铁血皇帝——柴荣传奇

杨新防　著

内蒙古出版集团

内蒙古人民出版社

图书在版编目（CIP）数据

铁血皇帝：柴荣传奇／杨新防著. —呼和浩特：
内蒙古人民出版社，2015.5

ISBN 978 - 7 - 204 - 13452 - 6

Ⅰ.①铁… Ⅱ.①杨… Ⅲ.①长篇小说—中国—当代
Ⅳ.①I247. 5

中国版本图书馆 CIP 数据核字（2015）第 097462 号

铁血皇帝——柴荣传奇

作　　者	杨新防	
责任编辑	王继雄	
责任校对	李向东	
装帧设计	HOUTA 侯泰设计	
出版发行	内蒙古人民出版社	
地　　址	呼和浩特市新城区中山东路 8 号波士名人国际 B 座	
印　　刷	内蒙古爱信达教育印务有限责任公司	
开　　本	710 × 1000 1/16	
印　　张	29	
字　　数	490 千	
版　　次	2015 年 7 月第一版	
印　　次	2015 年 7 月第 1 次印刷	
印　　数	1 - 4000 册	
标准书号	ISBN978 - 7 - 204 - 13452 - 6/I · 2629	
定　　价	68. 00 元	

联系电话：（0471）3946230 3946120
网址：http：//www. nmgrmcbs. com

自　序

　　中华民族有五千年的灿烂文明史，在这历史长河中，五年半的时间只是短暂的一瞬，但只有经历过的或学习探究过的人才知中国历史上公元 953 年至 959 年却是地覆天翻的不平凡岁月，中国的政治、经济、文化、生态和军事等都经历了结构体制深刻有力的变革。那么人们不仅会问是那位英主明君主宰的？他就是柴荣，五代时期最后一位皇帝，史家笔下的“五代第一明君”。在中国历史上，他像一颗灿烂的明星，照亮了五代乱世，为那个黑暗的时代的终结，奠定了坚实的基础，成为对中国历史进程影响最深的人物之一。

　　柴荣生活的时代，大唐盛世的光辉已经隐没在历史烟尘的深处。晚唐以来，藩镇军阀们为了争权夺利，把一个锦绣大唐拖入无休止的战火硝烟之中，导致了半个多世纪的五代十国分裂割据局面。五代的开国之君，全部是军人出身。北宋大儒邵康节用“纷纷五代乱离间”来形容那个黑暗时代。何为“乱离”？中国古谚有“宁为太平犬，莫作乱离人”之说，这可说是生逢乱世的中国人发自心底的悲鸣。

　　柴荣不是开国君主，但他和那些草根出身的开国之君有一个相似之处，那就是出身于民间的草泽之中。他在少年时期，为了养家糊口，做过卖伞贩茶的商贩，亲身体验过民间的疾苦，亲眼目睹过暴政与战乱给人民带来的灾难，因而立下了安邦定国的志向。从那时起，柴荣就开始习文练武，结交英雄豪杰，为将来的功业做准备。《新五代史》记载，柴荣“器貌英奇，善骑射，略通书史黄老，性沉重寡言”，这些本领和个性，想必就是从少年时期就开始养成的。

　　与同龄人相比，柴荣是幸运的。他有一位同样是草根出身、在后汉军中发迹的姑父——郭威。柴荣厚重笃实的个性，深得郭威喜爱，被郭威收为养子。在他 15 岁那年，郭威招他从军，到军中历练。柴荣不负厚望，在军中屡立战功，深得将士的拥戴。柴荣也因此开阔了眼界，增长了见识，坚定了抱负。他需要的，只是一个机会。

聪慧之人，不是机会等人，而是人等机会。公元 950 年，机会终于来了，柴荣抓住了。后汉皇帝由于疑忌郭威，竟然杀了他的全家，甚至企图派人谋杀郭威。在群情激愤之下，郭威起兵推翻后汉，建立后周，柴荣作为郭威的养子，也成为有继承皇位机会的人之一。郭威在位仅仅四年就去世，经过一番角逐，柴荣胜出，成为后周的第二位皇帝。后世称为周世宗。

柴荣 33 岁继位，正值年富力强。登基之前，他已经有了近 20 年的从军经历和治理朝政的经验，是一位成熟的、文韬武略的军事统帅和政治家。他有广大百姓的拥戴，绝对忠诚的文武大臣和一个能断善谋的智囊团的支持。因此，在继位之初，他就为自己立下一个 30 年的愿景，即"以十年开拓天下，十年养百姓，十年致太平"。怀着这样的宏伟远景，柴荣在他生命的最后五年中，以令人炫目的铁血手腕，奠定了让纷争扰攘半个多世纪的中国"致太平"的基础。

柴荣是一位目光远大、英明果敢、务实能干的政治家。他深知唐末以来的政治弊端，登基之后致力于革故鼎新，推行了一系列卓有成效、影响深远的改革。为发展经济、减轻人民负担，废除了国家正税以外的所有税收，还下令禁止地方豪绅、官吏向百姓转嫁赋税；鼓励农民开荒，重新分配无主荒地，颁发均田图均定赋税，促进了农业发展；大刀阔斧整顿吏治，罢黜贪腐庸碌官员，改革科举制度，为国家选拔贤才；重视法治、奉行人道，废除了五代以来以严酷著称的法律，制定了较为完善的《大周刑统》，即使对待监狱中的犯人，也尽量以人道措施对待；亲自主持兴修水利、疏通漕运、扩建京城，恢复了以都城汴京为中心的水路交通网，使汴京成为当时全国规模最大、设施最完备、经济最繁荣的城市……

柴荣是一位胆略过人、勇敢善战的军事统帅。为了实现统一大业，他力排众议，整顿五代时期为祸已久的骄将惰兵，提出"兵务精不务多"的战略，创建了精锐的禁军，改变了以往"将不用命、士不能战"的局面。统率着这支军队南征北战，在五年之间五次亲征，拉开了统一全国的序幕。在战争中，柴荣每次都亲力亲为，战斗在第一线；每次都能大获全胜，从割据政权和契丹那里收复土地，推进中国统一的步伐。公元 959 年 4 月，柴荣亲统各路军队，北伐契丹。在 42 天的时间里，就顺利地收复了三关三州（共 17 个县）。按照他的计划，下一步就要收复二十多年前被石敬瑭割让给契丹的幽州，彻底改变北中国由于失去屏障、以至于始终处于契丹军事压力之下的被动局面。然而，就在这时，他患了重病，只得班师。

公元 959 年 6 月 29 日，因操劳过度而积劳成疾的铁血皇帝柴荣，带着他未能让天下"致太平"的抱负、未能实现 30 年宏伟计划的遗憾，永远离开了人世，时年 39 岁，在位五年零六个月。柴荣留下的，是一个基本走上正轨的国家、一支能征惯战的军队和一半未完成的统一大业。

柴荣逝世三个多月后，他青年时期结交的好友、此时已经掌管殿前禁军的赵匡胤黄袍加身，建立宋朝。赵匡胤继承了柴荣留下来的强盛国力，继续柴荣统一中国的步伐，终于开创出中国古代一个文化和商业的高峰朝代。宋代的繁荣，应该也有柴荣的功勋。但是，宋代最为后人诟病的，是军事上的软弱，特别是北方的幽云十六州始终没能收复，导致了中原的农业民族在数百年间受塞北游牧民族的军事压力，直至元朝作为第一个少数民族建立的政权入主中原。而收复幽云十六州，恰恰是柴荣临终前还在惦念谋划的事，这不能不说是这位铁血皇帝的最大遗憾。

历史不能假设，但历史总会重演。每位人的思想都是一台发动机，作者就是发动机的点火者。因此，在这里不仅仅是描绘柴荣这位铁血皇帝的人生轨迹；更是希望读者能从这位草根出身的皇帝身上，看到人生的启迪；能从这位英年早逝的历史人物的身上，发现中华民族数千年来生生不息的生存智慧和奋斗精神。

2015 年 5 月

3

自序

故事梗概

公元 926 年，洛阳城内发生了一起政变。宫中大批的宫女及妃嫔被遣散回乡，其中有一位美丽的女子叫柴守玉。归家途中，偶遇逃难英雄郭威并一见钟情，二人在旅店草草成婚。婚后不久，郭威回到军营，却一去无音信讯。柴守玉在家中受尽了兄嫂的冷落，却与侄子柴荣建立了深厚的感情。郭威在军中立足之后，便将柴守玉和柴荣接出了柴家，夫妇二人对聪明伶俐的侄子柴荣甚为喜爱，收他为养子。由于郭威常年征战在外，家中用度不济，少年柴荣为了补贴家用，跟随商人颉跌氏到江陵一带卖伞贩茶。经历了一番艰辛的成长，少年柴荣也立下了安定国家的宏伟大志。柴荣 15 岁这年，姑姑柴守玉病逝，郭威悲痛不已，立誓要将柴荣培养成才，以报柴氏的深情厚谊，于是便将柴荣带入了军中。

在刘知远的军中，柴荣结识了意气相投的名将赵匡胤和耿直的郑恩，并和他们结为兄弟。兄弟三人相扶相持，生死与共，结下了深厚的友情。柴荣在跟随郭威平定李守贞等三藩叛乱期间，结识了一位奇女子符氏。郭威感符氏贞烈之德，将其收为义女。由于郭、柴父子屡立战功，功高震主，受到了后汉隐帝刘承祐的猜疑。于是隐帝与亲信李业密谋，诏令郭崇、李弘义诛杀郭威父子，并丧心病狂地指使开封府尹刘铢杀害了郭威和柴荣的家小亲族。不料李弘义反水，派人向郭威告急。郭威见事情紧急，即采用谋士魏仁浦之计，以"清君侧"之名被迫拥兵讨伐。七里坡之战，汉军战败，隐帝被杀，在众将的拥立下，郭威黄袍加身，正式登基称帝，改国号为"大周"，定都汴京。

出身草根的郭威登基后，先是命令柴荣和赵匡胤平定了慕容彦超的叛乱，

随即对朝纲进行了一系列的整治。在郭威的撮合下，柴荣与符氏结为夫妇。郭威感怀已故夫人柴守玉，将其追立为皇后，并驳回了大臣们再次立后的上疏。

由于郭威的亲子被杀，随之，柴荣卷入了与张永德、李重进之间的一场惊心动魄的夺嫡之争。郭威过世后，在王朴和赵匡胤等人的辅佐下，柴荣继位登基。

此时的中原四分五裂，雄踞北方的契丹虎视眈眈，定难军阀、西部党项、吐谷浑等骚扰不断。北汉更是视周为血海深仇，南部边界与蜀、唐战事不断，后周四面受敌。柴荣刚当上皇帝不足十天，北汉刘崇便勾结契丹南犯，企图趁周朝新丧之际夺取中原。柴荣御驾亲征，高平之战，亲自披挂上阵，由于右路军的临阵脱逃，致使柴荣一度陷入绝境。柴荣临危不惧，死战不退，终于绝处逢生打败了北汉和契丹联军，自此，天下各藩镇对柴荣刮目相看，纷纷上表臣服朝廷。

平定叛乱后，黄河发生了一场严重的水灾，由于国库空虚，朝廷居然拿不出足够的赈灾粮款。柴荣借机破除以张永德为首的旧势力的阻挠，兴利除弊，进行了一系列政治、经济、军事改革，治河、通漕、扩建汴京都城。国家安定之后，命大臣们以《为君难为臣不易论》和《开边策》为题，各抒己见，广开言路，以期削平天下，恢复中华境土。

柴荣力排众议，采纳了王朴先易后难的《平边策》，把平定天下的第一个目标对准了后蜀孟昶。于是，柴荣派凤翔节度使王景前往伐蜀。王景联同向训、韩通数将四面出击，击败后蜀，收回秦凤四州。此次攻蜀，柴荣敲山震虎，让后蜀、吐谷浑、党项等见识到了周朝的厉害，再也不敢轻举妄动。

公元957年，柴荣亲率大军征伐还在"小楼吹彻玉笙寒"的南唐李璟。不料，却受到南唐名将、寿州刘仁瞻的顽强抵抗，柴荣命赵匡胤抛开寿州率轻兵直袭清流关，攻下江北重镇滁州，使唐都金陵直接暴露在周军强大的威胁之下。李璟大为惊慌，遣使求和。柴荣斥退唐使，乘势攻取了南唐江北的一半土地，这才暂时休兵。

为了增强国力、补充军备，柴荣大刀阔斧地进行了一系列的改革。张永德等人兴风作浪，但在王朴的强力支持下，各项措施最终得以实行。在柴荣的治理之下，周朝欣欣向荣，人民安居乐业。于是，柴荣率领赵匡胤再次征伐南唐，不料，此时大符后病重不治，柴荣不得不回，坐在宫廷榻边，双手握着情深义重的大符后渐渐冰凉的双手，柴荣痛心不已。

两年后，周军终于攻下死守不降的寿州，刘仁瞻病故，李璟俯首称臣，南唐全面退守江南。后周大获全胜，柴荣得到南唐十四州六十县，国力骤增。

公元959年3月，北汉趁周伐唐时，乘机作乱，联合契丹南下攻周。柴荣再次亲率大军北征契丹，决心一举收回当年被石敬瑭割让的燕云十六州。赵匡胤领兵随行。

不料出征前，与其情同手足的丞相王朴突然去世，柴荣扼腕长叹，伤怀不已。

几个月时间，周军势如破竹，一举收复了瀛、莫、易三州和瓦桥、益津、淤口三关。契丹大震，国内一片惊恐。谁知正当柴荣准备进攻幽州之际，不幸身患重病，只得收兵回京。临死前，柴荣带着遗憾，立7岁的长子柴宗训为太子，委国事于范质、王溥两丞相，委军权于义弟赵匡胤。

公元960年，赵匡胤重演了郭威"黄袍加身"的历史旧剧，发动了陈桥兵变。

人物简介

柴　荣：有血性、有担当、有主见的一代英主。河北邢州人。15岁从军，24岁拜将，33岁称帝。英年早逝，在位仅五年六个月。

大符后：贞烈、美丽、睿智的一代奇后。将门虎女，深明事理，给予了柴荣极大的支持和勉励。与柴荣情深义重，感情笃厚。

郭　威：草根出身，后周开国皇帝。有血性、重情义，豪爽豁达、不拘小节，一生娶了四位二婚妻子。做事果断，作战勇猛，身先士卒，深受将士爱戴。柴荣的姑父，后成为养父。

柴守玉：柴荣的姑姑。世家出身，唐庄宗李存勖的宫妃。明宗李嗣源登基后，被逐出宫门，途中偶遇郭威，一见钟情结为夫妻。因病早逝，郭威登基后，追封其为皇后。

3

赵匡胤：柴荣的结拜兄弟，排行老二。与柴荣是驰骋沙场的生死之交。后成为柴荣手下的重臣干将。

王　朴：柴荣在位时的宰相，二人情同手足，互为知己。支持柴荣改革的中流砥柱。王朴是个全才，深通治国之术、用兵之道，然大器晚成，从政期间为柴荣平定天下提供了战略指导《平边策》。

张永德：郭威的女婿，柴荣时期的朝中重臣名将。年轻气盛。郭威病逝后，先是与柴荣争储，后又成为柴荣改革的主要阻力。赵匡胤陈桥兵变之前，倒向了赵匡胤。

李重进：郭威的外甥。福庆长公主之子，生于太原。为人持重，柴荣时期的朝中重臣名将，郭威病逝后，也曾卷入争储的漩涡。与张永德的私交不好，二人经常斗气。在柴荣的改革上态度两可。大是大非面前，能够忠于朝廷，赵匡胤发动兵变时，是唯一起兵抵抗的后周将领。

潘　豹：虚构人物。柴荣新政时的阻力派人物，深通权谋之术，张永德的门客出身，极受宠信。后来，倒向赵匡胤。

颉　趺：虚构人物。父亲是契丹人，母亲是中原人。定居中原，贩卖茶叶的商人。给予了少年柴荣有力的启蒙，柴荣新政期间也给予了很大的帮助。柴荣北伐契丹期间，二人战场相见。死于张永德之手。

耶律明：辽穆宗，辽太宗耶律德光的长子。杀人成性，凶狠残暴。喜爱酒色，晚上喝酒作乐时处理朝政。白天大睡其觉，外号"睡王"。柴荣平定天下的外围主要对手。

柴守礼：柴荣的生父。柴荣家事上的一块心病，恼其过又杀不得。

符彦卿：柴荣的岳父。出身武将世家，抗击契丹的名将。兄弟九人均为镇守一方的军事将领，自己有七个女儿。柴荣军事上的强力后盾。

秋　棠：虚构人物。大符后的侍女。

南平公主：虚构人物。郭威之女。暗恋柴荣。

郑　恩：柴荣、赵匡胤年轻时的三结义兄弟，排行老三。

陶三春：民间传说中的虚构人物。女中豪杰，武艺高强。郑恩当年卖油偷瓜时，被陶三春打败，二人私订终身。郑恩加官晋爵后，三春怒其忘恩负义，单枪匹马一路打进郑府。柴荣封其为一品勇猛夫人，准予参与朝政。

赵匡义：赵匡胤的兄弟。

高怀德：名将世家，河北真定常山人。柴荣军中得力的前锋将领。

李　谷：文武双全。朝中重臣，柴荣内政和军需上的得力干将。

冯　道：自号"长乐老"。官场不倒翁，先后侍奉过十三位帝王。为人处世圆滑谨慎。性格幽默，为官清廉，从政务实，能够体恤百姓。郭威与柴荣均对其敬而远之，并不重用。

王　峻：郭威的难兄难弟，官至宰相。精于玩弄权术，守旧势力人物。柴荣争储时期的政治对手，力主张永德继位，因勾结藩镇图谋不轨，被郭平南和驸马杀掉。

范　质：显德朝枢密院三大重臣之一，司职宰辅。主持修订《大周刑统》。

王　溥：显德朝枢密院三大重臣之一，司职宰辅。与范质主持修订《大周刑统》。

魏仁浦：显德朝三大重臣之一，司职宰辅。

向　训：征伐南唐期间，除柴荣外的周军前线最高军事长官。

韩　通：后周重臣，军中名将。柴荣时期主持水利、工程，扩建开封的主持者。

刘知远：后汉高祖。

刘　崇：北汉皇帝。后汉高祖刘知远之弟。后汉残余势力时的主要领导者。

刘承祐：后汉皇帝，刘知远之子。

李三娘：李皇后。刘知远早年的结发妻子。民间称其为李三娘。

慕容彦超：刘知远同母异父的弟弟。郭威登基时，北汉起兵伐周的将领。

孟　昶：后蜀皇帝。

花蕊夫人：后蜀皇帝孟昶的贵妃，青城人，姓徐，长于宫词。得幸孟昶，

赐号花蕊夫人。"十四万人齐解甲，更无一个是男儿!"便是出自其手。

李　璟：南唐中主。坐享富贵、能文不能武的风流公子。柴荣的对手之一。

李　煜：南唐后主，李璟的第六子，志大意逸，不切实际。

冯延巳：南唐宰相，李璟宠臣，朝中佞臣。南唐五鬼之一。

刘彦贞：南唐神武统军，南唐著名的饭桶将军。

刘仁瞻：镇守寿州的南唐将领，勇猛顽强，南唐首屈一指的一代名将。

吴廷绍：南唐御医出身的草包。

皇甫晖：南唐一位骁勇无畏的将军。

陈　觉：南唐最大的奸臣、佞臣。导致南唐历史性惨败的头号罪人。

孙　忌：南唐怪才忠臣，道士出身。冯延巳的对头。

窦　俨：主持编撰《大周正乐》《大周通礼》。

王　着：翰林学士。和柴荣的私交非常好，与范质不和。

萧思温：柴荣北伐时，契丹的幽州统帅。

潘　美：字仲询，河北大名人。赵匡胤手下牙将（《杨家将》中潘仁美的原型）。

柴　玭：柴荣的爷爷。

小符后：大符后的妹妹。符氏七姐妹中排行老五。

柴宗训：柴荣第四子，柴荣病故后继位，时年 6 岁。

陈　抟：隐居华山的道士。在柴荣宫中小住一个月。

田　布：河北真定人。柴守玉被驱出宫时相识的小宦官。后追随柴守礼。

王福顺：红菱客栈老板。后追随柴守礼。

马增寿：一名牙将。

李　琼：郭威早期军中的好友，后半路遇盗被杀。

赵守微：品行恶劣、夸夸其谈的村民。

赵弘殷：赵匡胤的父亲。一代名将。柴荣时代，任侍卫马军副都指挥使。

张　湜：柴荣时代的御史。

张　昭：柴荣的兵部尚书。

刘温叟：礼部侍郎，显德二年主持科考时发生舞弊案。

李　覃：上榜进士。

郑家玉：入试学子。

尹　拙：国子监祭酒。

田　敏：太常卿。

艾　颍：显德五年的散骑常侍。推行田租政策的骨干。

李　筠：柴荣征伐北汉时，驻守潞州的昭义军节度使。

郑仁诲：柴荣征伐北汉时，留守京城的重臣，负责粮草军需。

吴廷祚：宣徽南院使。王朴去世后，判开封府主事。

昝居润：宣徽北院使王朴去世后，判开封府副事。

张　美：三司使，后升任大内都部署，负责皇宫安全。

李从嘉：李璟的第七子。南唐谈判特使。

李景遂：李璟即位后，立李景遂为皇太弟。

李弘冀：李璟的嫡长子，后封为皇太子，参与日常政务。为人阴狠，争
　　　　储时毒死叔父李景遂。

耶律敌禄：契丹将领，柴荣登基之初，与北汉勾结进犯周朝的右路军
　　　　大将。

张元徽：刘崇的重臣，柴荣登基之初，进犯周朝的北汉左路军大将。

王延嗣：北汉枢密使。

樊爱能：柴荣登基初，抵抗北汉的周军右路大将。

何　徽：柴荣登基初，抵抗北汉的周军右路大将。

张　琼：赵匡胤手下的牙将，为赵匡胤挡过一箭。

刘崇谏：刘仁瞻之子，主张投降，被刘仁瞻大义灭亲。

薛夫人：刘仁瞻的妻子。

周廷构：寿州监军使。

孙　羽：寿州营田副使。

慕容延钊：显德元年，被改任为殿前散指挥使都校，兼任溪州刺史。高
　　　　平大战中，周军左先锋。赵匡胤的少年好友。

石敬瑭：后晋高祖。

故事梗概

高行周：高怀德的父亲。一代名将。

王彦升：赵匡胤手下军校。陈桥兵变后，杀了后周忠臣韩通全家。

石守信：陈桥兵变前，后周殿前都指挥使。赵匡胤的"布衣故交"

王审琦：陈桥兵变前，后周殿前都虞侯一职。赵匡胤的"布衣故交"。

"义社十兄弟"：赵匡胤发动陈桥兵变代周建宋的基本力量之一，即赵匡胤、杨光义、石守信、李继勋、王审琦、刘庆义、刘守忠、刘廷让、韩重赟和王政忠。

目　录

铁血皇帝——柴荣传奇

第一章 乱世孕龙

第1节 繁杂灾世

公元 926 年，仲春刚过，正值暮春。

原野上，气清景明，草长莺飞；放眼望去，遍地青翠，稀疏的杂花点缀其间，布谷鸟声声掠过，三三两两的老农弯腰田间忙于耕种，正是一片暖春的好光景。

漳河边，稀疏的断壁残垣之中，疯长的荒草却隐隐透着几分悲凉的肃杀之气。宽阔的漳河之中，浑浊的河水无声无息，暗流涌动。漳河发端于山西，位于洛阳与邢州的中段。过了漳河，便入河北境内。

临近红菱渡口，红菱客栈门前扬起的旗帜不时呼啦啦地迎风作响。客栈建在离漳河不远处一座高高的丘陵上。红菱渡口是从洛阳至邢州的一道重要门户。方圆百里之内，皆由此过往。

"飞起来喽——"伴随着一声清脆的童音，一名五六岁的孩童自客栈内奔了出来，手中扯着一只渐飞渐高的小飞龙模样的风筝，顺着丘陵下方冲了出去。

"阿荣，你这个浑小子，你给我回来！"一名胖胖的中年男子自孩童身后冲出了客栈。中年男子奔出门口几步，便气喘吁吁地停了下来。

唤作阿荣的孩童径自不停，反倒是加快了脚步，顺着丘陵之势，由高而下，奔得有些急了，脚底在草地上一滑，摔了一跤。哪知孩童敏捷地将身子一翻，稳稳地站了起来，借势继续前冲。"小飞龙"在空中略一盘旋，愈飞愈高。

"唉，真是个不听话的孩子！"嘴上抱怨，孩童摔倒的片刻，中年男子心中也是一紧，见到孩童安然，顿时宽慰。

"这位少爷是先生之子？"另一位住店的过路商人凑到近前搭讪道。

"嗯。"中年男子应了一声，转过头来，上上下下打量了此人一番。

那人四十左右，依稀契丹人的模样，精神矍铄，一身上下寻常的中原商人的打扮。

"身手敏捷，是块练武的好材料！在下颉跌。"颉跌冲着中年男子抱了抱拳。

"鄙姓柴，柴守礼。"柴守礼回礼道，"看你的相貌，不像是中原人氏？"

"家父原本是漠北突厥人氏，赴邠州经商之时结识家母，因仰慕中原，与母亲成亲后便留在了中原。不料家门不幸，颉跌自幼丧母，后家父又不幸病故。颉跌便留在了中原。"

柴守礼笑道："原来你是突厥人，乍一看，还以为你是契丹狗贼。如此说来，那你便算是邠州人士！"中原与契丹之间时有冲突，中原人屡遭契丹兵祸，因此对契丹人恨之入骨。

"说来如此。我自幼便是在中原长大。"颉跌微笑颔首。

柴守礼追问道："先生一身商家打扮，不知事何营生？"

颉跌道："常到江陵一带贩些茶叶，小本经营，糊口而已。"

柴守礼道："不必过谦。"忽然似是猛地一惊，"啊？我想起来了！你也是住在这店里的！昨晚刚到的。"

颉跌笑道："正是！"转头看下了丘陵，岔开话题，"我观贵少爷，天资聪颖，富贵之相，稍加点拨，他日前程必是不可限量！"

二人看向了柴荣，柴荣扯着风筝，正向一片废弃的旧墙跑去。

"弄不好将来混个将军当当，也是未知。"不知何时，客栈掌柜王福顺凑到二人近前，接过话来。

"这年头兵荒马乱的，能填饱肚子、保住性命便已是大幸，何谈什么前程？王掌柜，你来得正好！我正想问你，看那些破墙的格局不小，此地似曾是住过大户人家？"柴守礼指了指柴荣的方向。

王福顺叹道："岂止是大户人家！我听老人们说，百多年前，这里曾是一个小镇，南来北往，商贾云集，热闹非凡。自打安禄山和史思明起兵造反后，天下大乱，接连又闹了几次水灾，人早就逃光了，镇子也便荒废了！"

柴守礼笑道："怪不得你把客栈开到这片丘陵的高处。"

颉跌感慨道："想当初，好端端的一个大唐，普天之下，莫不臣服！唉，想不到一场祸乱竟致大唐盛世就此衰落，藩镇割据、兵戈不息、民不聊生。"

"想不到你一个突厥人居然关心起中原政事来了。"柴守礼警觉起来。

颉跌笑道："哈……先生方才还说我算是邠州人。"

王福顺道："这年头，兵荒马乱的，昨日归梁，今日归唐，明日醒来又不知换作哪个来做皇帝。管他那么多，能够安安生生有口饭吃，能在哪片土地安个家，那便算是哪方人士。对了，不知你们有没有听说，最近洛阳城又换了主？"

"换了主？此话怎讲？"柴守礼诧异地问道。

"还不是因为昏君李存勖听信谗言，冤杀了郭崇韬将军！"王福顺愤愤道，"可怜有功之臣竟被满门抄斩。便是连北抗契丹的李嗣源将军也险些被害。被逼之下，李嗣源将军这才起兵造反，讨伐昏君……"

柴守礼惊道："等等，你方才是说，李嗣源将军起兵造反了？"

王福顺点了点头，愤言道："李将军那也是被逼无奈！于是……"

柴守礼接过话来，"于是便带兵打进洛阳，自己当了皇帝？"。

"不错！不久前，洛阳城便易了主。李存勖这个昏君是咎由自取！"王福顺补充道。

"哼，便是他宠信的伶人将军郭从谦那个狗贼，亲手射了他一箭，又活活烧死了他！"颉跌冷笑。

"郭从谦可是宫廷的禁军首领！素来与李嗣源不和。怎么，他们怎么又会联合起来一起谋反？"听了王掌柜语无伦次的话语，柴守礼愈发显得吃惊。

颉跌道："倒也是不难理解。谁让昏君宠信宦官、任用伶人来着？这便是蛊毒反噬其主之理！李嗣源率领大军进兵洛阳之时，洛阳城内的趋炎附势之徒见势不妙，伺机作乱，以求另择明主以保其身。李存勖若不是宠信伶人、

重用宦官，又怎会有如此之祸？郭从谦不过是因为会唱几出戏文，便被提升为禁军首领。自此，伶人们出入宫廷内外，傲视贵族大臣，如寻常事。"

"不错！"王福顺接道，"为害最深的伶人之中，郭从谦又算得了什么？说起来，狗官景进当属第一！李存勖常居深宫，每每欲探听宫外之事便问景进。景进由此勾结宦官，大进谗言、干预朝政，群臣敢怒而不敢言。这些贪官污吏们沆瀣一气，陷害忠臣良将、鱼肉百姓、搜刮民脂民财。他们，他们……想我那在军中的兄长，原本是在郭崇韬将军帐前效力，跟随郭将军南征北战、抵御契丹狗贼、平定战乱，立下大功。想不到，到头来连同郭将军一起被狗皇帝给杀了……"

柴守礼心道："原来如此！怪不得言语中对李存勖如此切齿痛恨。"

颉跌道："如此荒唐，洛阳城又怎能不易主？"

"皇帝死了，那宫中的娘娘和嫔妃们岂不是……岂不是……"柴守礼喃喃自语，不由擦起了额头上的冷汗，神色不安地盯着洛阳方向的官道远眺起来。

官道上冷冷清清，未见一个人影。远处一只干瘪着肚子的野狗从道上快速奔过，箭一般射向草地的深处，在追逐一只狂奔逃命的野兔。

"岂不是什么呀？"王福顺不解，"听说现在这个新皇帝素来节俭，将宫里的宦官、伶人杀的杀，刷的刷，没杀没刷的，也大多被赶出了宫。"

"那，那些嫔妃和宫女们呢？"柴守礼追问道。

"听说，也都被赶出了宫外。"王福顺答道。

"怪不得！怪不得！"柴守礼呆呆地盯着漳河之水，周身如坠冰窖。"此事非同小可，须得马上禀告父亲！原来如此，原来如此。"柴守礼转过身，一边喃喃自语，一边急匆匆地进了客栈的院子。身后传来了柴荣的呼声，却是充耳不闻。

"父亲！父亲！"

柴荣已回到了客栈近前，连声呼叫父亲，见父亲不答，气哼哼地撅起了嘴巴，很是不满。

"光顾着说话，差点忘了店里的事情。您忙着！"王福顺和颉跌打了声招呼，便跟着进了院子。

颉跌微笑着打量柴荣一番，道："小家伙，你叫柴荣，对不对？"

"我不是小家伙！咦，你怎么知道的？你呢？你叫什么名字？"

"我叫颉跌。"

"颉跌？好奇怪的名字！你也是住在这店里的，昨天晚上刚到的，对不对？"柴荣歪着小脑袋。

"对！"颉跌微笑地盯着柴荣热得发红的脸蛋。

"那你是做什么的？也来这里接人的么？"

"不！我只是个贩卖茶叶的小商人。"

"你不是小商人！"

"喔？那你说我是什么人？"

柴荣直勾勾地盯着颉跌，似是故意卖起了关子，沉寂片刻，笑道："倒像是个大商人。"

颉跌一乐，问道："你是来这里接人的？"

"是的！是来接我姑姑的，十余日前，姑姑便托人捎信让我们在这里接她回家。我姑姑是宫里的妃子。知道什么是妃子吗？"

颉跌故作不知，笑着摇了摇头。

"那我来告诉你，妃子就是皇帝的小媳妇。"

"原来如此……"

颉跌似是明白了几分，为何柴守礼一听到洛阳的宫廷之变便紧张起来。

已是正午时分，一辆老旧的马车吱吱哑哑地行走在赶往红菱渡口的官道上。官道早已失修，坑坑洼洼。赶车的是一位耳背的老车夫。坐在车夫一边的是一位十四五岁的少年，一副敦实憨厚的样子。

一只白若葱根的纤纤玉手，撩开了马车狭小的窗帘，一双水汪汪的眼睛露出车窗，看向了窗外。睫毛上的泪痕未干，似是哭过不久。车内坐着的这位少女，大约十六七岁，便是柴荣的姑姑柴守玉。

不巧，一座泥土未干的孤坟矗立路边，祭祀亡魂的纸钱尚未散尽，一阵阴风卷起黑黑的灰烬，渐到半空。柴守玉坐在车内看着那孤零零的坟茔，回想起宫中的一幕幕惨剧，心中不禁悲伤，放松不久的心情又开始莫名地紧张起来。

洛阳至邢州远隔千里，十余日前，这辆马车便从洛阳出发，一路上停停歇歇，夜宿昼行，担惊受怕地在大道上走着，时刻担心路遇劫匪或是游荡的散兵游勇。好在吉人天相，并未生出乱子来。此时距离红菱渡已是渐行渐近。

柴守玉年方十六，入宫不久，尚未一睹天颜便经历了这场惨烈的宫廷惊变。万幸的是，劫后余生又被礼貌地遣送回乡。说是礼貌遣送回乡，居然连个侍女也未给，只派了一名小宦官随行，名曰护送，实则是一同驱逐出宫。

登上一辆破旧的马车，柴守玉便踏上了归乡之路。马车是柴守玉临时从洛阳雇来的，车夫有些耳背，不大说话，人倒也和善。随行的小宦官叫田布，河北真定人氏。田布与叛乱之事毫无牵连，又在宫中地位低下，因此免了杀头，被驱除出宫。只需将柴守玉送至邢州，他也便可到当地府衙交差返乡了。

出宫前，柴守玉便已托人给家中带去了口信，说好了让哥哥柴守礼到红菱渡口去接她。大概是在车内坐得有些烦闷，再加上心中焦急，柴守玉向坐在车前的田布问起话来，"田布兄弟，到红菱渡还有多远？"

"杂家方才打听过了，估摸着傍晚能到吧。"搁在宫里，尽管柴守玉的地位不高，毕竟也是皇上的人，宦官是不敢在她的面前自称杂家的，只能是自称奴婢。

"嗯。"柴守玉应了一声，放下了车窗的帘子。

田布抬头看了看日头，大概是觉得有些劳累和腹中饥饿，便问道："柴……柴姐姐，前方有片林子，我们是不是找个阴凉处先歇息一下？"田布原本是想称呼柴守玉为柴娘娘，话刚沾唇便又及时改了口。

"好吧，也都该饿了，便到前面歇息片刻，早些赶路。"一路上越是顺顺利利地走过来，柴守玉反倒越是觉得心中不踏实，悬着的一颗心始终放不下来，遍野的美景恍若无睹，心思早已飞到了邢州老家。

马车吱吱哑哑地刚到林边，便听林子里传出一阵吵吵嚷嚷的声音，一群乱兵进入了他们的视野，大约有十余人。车夫心中一惊，急忙揽起缰绳，随着一声嘶鸣，马车停了下来。

领头的是一位长着络腮胡须的中年将军，骑着一匹枣红马，从一身脏兮兮的盔甲上看，职位不高。手下的军士们见到马车，先是一愣，随即如狼似虎一般冲了上来，转眼间便围到车旁。

"停下！停下！搜查要犯！"

车夫手执缰绳，僵住了一般，呆呆地盯着冲到近前的军士们，不知所措。

不久前，田布在宫廷中曾亲眼看见了一场惨烈的政变，冲进宫中的兵士，见到宦官和伶人便杀，简直如同屠夫一般。他是躲到了墙角的布幔下，才有幸逃过了一劫。此刻，田布想要跳车逃走，只觉双腿沉重，已不听使唤，惊得双唇泛青，面色惨白，结结巴巴地言道："军，军爷，我们不是逃兵。是，是，是……"

"管你娘的是干啥的？滚开！"一名士兵一把将田布拖下车来，推倒在地。

田布下意识地身体蜷缩，将双手护住了脑袋。

车夫大怒："你们想干啥？光天化日之下，还有没有王法？"

又一名士兵一剑刺向了车夫，剑尖自后背而入，前胸穿出。士兵狞笑道："军爷从来便没有王法，只有军法！"

众军士一阵狂笑。

车夫手捂前胸，瞪大了眼睛，他万万没有想到，这群军士们说动手便动手。"你们，你们……这群畜生！"言毕，车夫用尽了最后的气力，大呼一声重重地栽倒于车下。

车内的柴守玉已经意识到情况不妙，掀开帘子，探出头来，见到眼前情景，急忙缩进车内。

一柄寒光闪闪的长剑伸进了车窗，猛地一划，窗帘掉落下来。

"呀！将军，车内坐着一位绝色美人！"划开窗帘的士兵惊得声音变了腔调。

中年将军跳下马来，凑到窗前，阴沉沉的目光向着车内的柴守玉上上下下打量了一番，脸上的刀疤抽搐了几下，狞笑起来，紧接着跳上车，钻进了车内，想把柴守玉拉下车来。当他毛茸茸的双手伸到柴守玉的近前，猛地停了下来。

柴守玉的双手紧握着一柄闪着寒光的匕首放在自己咽喉近前，脸色泛青，一言不发，怒气冲冲地瞪视着中年将军。

中年将军盯着柴守玉的目光，不由心中一凛，怔了一会儿，一时之间，不知是进还是退。

田布见情势不妙，从地上爬了起来，不顾一切地向车前冲去，"柴姐

第一章 乱世孕龙

姐——柴姐姐——"

　　田布进宫一年有余，但在宫中与柴守玉原本并不相识，一路行来，已渐渐熟悉。田布出身贫寒，父母给他取的名字，也是希望他将来有田种有衣穿。为了出人头地，才自辱进宫。自从进宫便常遭欺凌，此番被逐出宫外，既感失落，更是觉得长舒了胸中的一口抑郁之气。一路上，对这位端庄美丽又不失温和的"柴姐姐"，早已是心生好感。二人相约，若是田布回家之后，混得不好，随时可到邢州来投奔柴姐姐。

　　两名士兵一左一右死死地拖住了田布。

　　"你们想要干什么？柴姐姐是大贵人，你们快放了柴姐姐。你们这群畜生！"向来胆小的田布此时竟不知哪来的勇气，泪如泉涌，哭嚎起来，胸中堆积已久的怨气瞬间爆发出来。

　　便在此时，林中疾速飞出了一枚小石块，打中了车辕内的老马额头。老马吃痛，猛地抬起了前腿，一声嘶鸣，紧接着，向前狂奔起来。

　　随着车身猛地一晃，中年将军猝不及防，一个趔趄，差点摔下车去，慌乱中一把抓住了车上的门框，借势钻进了车内，趁着柴守玉猝不及防之际，夺下了匕首，扔出了窗外。

　　受惊的老马拉着破旧的马车在林中漫无目标地奔跑起来，士兵们大惊，跟在车后追了上去，边跑边高声呼喊着："将军，将军！"

　　中年将军坐到了柴守玉的身旁，柴守玉大惊，几次挣扎着想要跳车，均被拉了回来。

　　颠簸中，马车在林中大约行了数百步，渐渐地停了下来。原来是老马受惊脱缰，出了车辕，兀自不停地在林中向前狂奔。

　　中年将军将柴守玉拉下了车子，柴守玉挣扎着倒在了松软青翠的草地上。

　　中年将军淫邪的目光盯着柴守玉，得意地笑道："真乃人间绝色也！"

　　柴守玉惊呼道："好大的胆子！你想做什么？快放了我！"

　　中年将军一边解着盔甲，一步一步走向了柴守玉。

　　柴守玉不知如何是好，又气又急，不禁泪眼盈盈，模糊的目光向着周遭四下逡巡着，想要找个防身的东西。眼前晃动着的，除了杂草，便是干枯的树枝。

"将军，将军！"林中不远处传来了士兵们此起彼伏、气喘吁吁的呼喊声和阵阵野兽般的狂笑。

"柴姐姐——"附近传来田布一声凄厉的呼声，饱含怒火，在林梢回响着，惊得枝头的鸟儿扑棱棱地急速飞向了天空。

柴守玉把目光盯向了附近一棵粗壮的树干，挣扎着向前爬了过去，柴守玉决意一死。刚爬出几步，中年将军便看出她的企图，拉住她的双脚回拖了几步。

"放开我，快放开我！"柴守玉的双手死死地扣在了草地上，两撮青草被连根拔起。柴守玉心中一阵悲哀，苍天啊，为什么不让我柴守玉早点死在宫廷的乱军之中？

柴守玉万念俱灰之际，却听得身后猛地传来中年将军的一声惨叫，拉着她的两只手松了开来。柴守玉正待转身看个究竟，一匹快马疾驰到了身边，大鹏一般的身影自马背俯下，一只有力的大手将柴守玉从地上拎起，放在了马背上，揽其入怀。

一股浓烈、雄性的气息，涌入了柴守玉的鼻息，柴守玉心中一畅。

"驾！"随着一声雄浑有力的呼喝，马儿向前冲了出去。

"是你？！快，抓要犯！别让郭威跑掉了！"中年将军呼喝道。

"抓住他！别让郭雀儿跑啦！"赶到近前的兵士们也跟着惊呼起来。

……

柴守玉几次想要回头看看身后唤作郭威的究竟是个什么样的人。马儿狂奔，眼前飞逝而过的林木令人头晕，柴守玉索性闭上了眼睛，只觉身后靠着的是一座坚实的大山，惊恐的内心反倒是踏实了许多。

呼喊声渐无声息。不知行了多久，马儿终于停了下来。柴守玉睁开了眼睛。他们早已出了林子，眼前横着一条小河。

郭威跳下马来，伸出双臂想要将柴守玉抱下马背。

柴守玉厉声喝道："不许碰我！"

柴守玉此时才看清了郭威的模样，二十出头的样子，浓眉大眼，犀利的双目之中似是藏着两道闪电，阔耳宽额，狮子鼻，国字脸，下巴上留着黑密的短须，头发胡乱地扎着，穿着一身粗布衫，身材高大雄壮。周身藏着一股

第一章 乱世孕龙

夺人的英气，略带三分霸气的面相，看上去倒也显得和善。让柴守玉倍感惊奇的是，这人的脖颈右侧居然长着一小块酷似雀儿的胎记，难怪那群官兵追赶他们的时候，不停地嚷嚷着"郭雀儿"。

郭威悻悻地收手，望着柴守玉的目光，不禁面色微微一红，转过身去，走出几步。

柴守玉本是个聪慧之人，对此人的品性自是有了三分认识。

柴守玉想要下马，却又不知从哪里下。想要跳下，却又不敢。一时踌躇起来，不知如何是好。柴守玉这是平生第一次骑马，还是郭威把她拉上马背的。

郭威看了看逃来的方向，未见追兵赶来，不知何故，却皱起了眉头，似是有满腹心事。

"还不快来帮我！"柴守玉坐在马背上犹豫了一会儿，终是急了。

郭威转过身来，微微一笑，快步走到马前，双手卡住柴守玉的细腰，轻轻一托，毫不费力地将她从马背上抱了下来，放到了地上。

柴守玉只觉似是腾云驾雾一般。双脚落定，一阵暖风迎面吹来，有些微凉。不知是出于惊恐还是劳累，周身满是汗水，腹中开始饥饿起来。稳了稳心神，柴守玉向郭威感激地言道："多，多谢英雄搭救！"

"哼！逃营之时，若非郭某立下誓言，不再乱杀无辜，今日便将这群祸害百姓的畜生败类杀得一个不剩！"郭威脸色紫红，发怒的样子犹如天神，让人不寒而栗。

看着郭威的样子，刚刚缓和下来的柴守玉胸口又是紧张得起伏不已。心道："此刻，若是这位魁梧健壮的郭雀儿对自己有非分之念的话，那可真是呼天不应、叫地不灵了。"

柴守玉自是不知，郭威自幼父母双亡，野生野长，时常惹是生非、喝酒打架。大字不识几个，一个十足的粗莽汉子。

临近傍晚，红菱渡口。一抹夕阳斜照漳河水面，粼粼的波光如同在河面燃了一团火焰。

柴守玉的父亲柴邠、哥哥柴守礼以及侄子小柴荣祖孙三人正守在官道边，焦急地等待着柴守玉的到来。接连等了三日，始终不见柴守玉的身影，早已着急，日间又听得店家的传闻，柴玭父子更觉忐忑不安。小柴荣时不时顽皮地问东问西。柴守礼等得心烦意乱，不禁呵斥了几句。

年近花甲的柴玭眼望着儿子柴守礼摇头感叹，想我柴家祖上柴绍，世间豪杰，大唐开国功臣，一代女杰平阳公主的驸马爷。自己的父亲柴孟端，也曾做过翰林学士，自己虽说是多次应试不中，好歹也是秀才出身。想不到到了柴守礼这一代，家道竟衰落至此。柴守礼几次应试连个秀才功名也未能考取，整日里不思进取，游手好闲，指望着一点祖业支撑门面、坐吃山空，由于时局不稳，兵荒马乱，昔日偌大的家业，如今已经所剩无几。好在柴荣的聪明伶俐让柴玭感到些许安慰，似乎看到了柴家的几分希望。

"爷爷，你看！是姑姑！是姑姑娘娘回来了！"小柴荣惊呼起来。

柴玭已是老眼昏花，再加上天色已经暗淡了下来，哪里还看得清楚？伸出一只手来遮在额头，努力地向远处的官道上分辨着。

柴守礼学着父亲，也伸出手来遮在额头，向着官道的方向看了看，什么也没有看到，便责备道："瞎嚷嚷什么呀？哪有什么人影？倒像是有个鬼影忽地一闪，便又不见了踪影。怎么老的眼花了，这小的眼神也不好使了？"

柴玭一听，不禁气上心头，便道："阿荣长了这么大，我还未曾听见他说过一句瞎话。他说来了，那便是来了！便算是我老眼昏花，什么也看不见，我宁可相信阿荣！倒是你这不争气的东西……"

柴守礼委屈道："父亲，我又怎么了我？接连等了三日，未见守玉妹妹的影子，这也怨不得我。我知道你老心中着急，那也不能冲着我发火不是？这年头兵荒马乱的，守玉这次回家不是奉旨省亲，而是被赶出宫的。说不定守玉妹妹……"

"你给我住口！乌鸦嘴！"柴玭怒道。

"爷爷，是姑姑！是姑姑娘娘回来了！我方才又没说姑姑从官道上回来的，你就知道埋怨我！"柴荣不服气地冲着父亲撇了撇嘴，却抬起手来指了指另外的一个方向。

柴氏父子顺着小柴荣手指的方向看了过去，只见柴守玉侧坐在一匹青鬃马上，从丘陵的另一侧正向客栈走来，转眼已到近前。柴守玉似是一副憔悴的样子。牵马的是一位魁梧健壮的汉子，此人便是郭威。

第一章 乱世孕龙

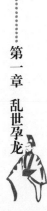

原来，郭威为了避开追兵，并没有领着柴守玉走官道。

一路上，郭威也将自己的遭遇如实告知了柴守玉。

郭威这年二十有二，由于脖子上长了一只酷似飞雀的胎记，所以人们便给他起了个外号叫"郭雀儿"。原本姓常，也是河北邢州人士，幼年时举家迁往太原。不料到了太原后，父亲被乱军所杀。三岁时，母亲迫于生计带着他改嫁郭简，由此改了郭姓。继父郭简因为曾经在梁朝当过顺州刺史，被后来的唐朝卢龙节度使刘仁恭攻破守城后杀掉。不久，母亲又病重去世。于是郭威成了无依无靠的孤儿，姨母韩氏怜其年幼，将其收养。姨母家也是一个家道并不宽裕的破落户。十八岁时，郭威到潞州投亲，恰逢军营招募，于是便投了军。由于武艺高强、勇武有力，深受州将赏识，被收为帐前亲兵。几年后，郭威又因军功升为马步军使。因为上司贪污、克扣军饷，从小便对乱军痛恨不已的郭威一怒之下，将其误杀，按军法当斩。幸得结义兄弟李琼相救，暗地里放他逃命。

柴守玉半道所遇的士兵，正是追捕郭威的军士，领头的是一位牙将，叫马增寿。郭威所杀之人是马增寿的胞弟。

郭威偶遇柴守玉，不过是巧合而已。亦或许，冥冥之中，早已注定。

一路上看着郭威憨厚耿直的性子、一身的英爽之气，正值豆蔻的柴守玉早已是怦然心动。素来天不怕地不怕、粗莽匹夫郭威一见柴守玉竟也如同是换作了一人，对这个弱不禁风的女子竟不敢直视，每每柴守玉的目光盯住郭威时，郭威便如同犯错的小孩一般，言辞迟钝手足无措，避开了柴守玉的目光方能说出话来。

柴守玉远远地见到年迈的父亲和历来对己爱护有加的亲兄之时，早已泪如泉涌，跳下马来便奔向父亲，到了近前，哽咽着，一时间竟说不出话来。

柴家父子二人对柴守玉在宫中的遭遇，从店家口中已然得知，亦是感慨万千，虽是久别重逢，也不知从何言起。

柴荣年纪尚幼，对姑姑之事自是无从知晓。母亲生下柴荣之时便因难产早亡，也算是柴守玉一手带大的柴荣，直到柴守玉离家进宫时才分开。因此柴荣从小便与姑姑感情甚笃，与姑姑离别之时，哭得如同泪人儿一般。此刻见到姑姑更是格外亲切，忍住了喉头的一阵哽咽，按照父亲在家中多次教导的礼仪，急忙上前参拜"姑姑娘娘"。

柴守玉一把拉起小柴荣，搂在怀里，心头酸楚。

"姑姑，阿荣想姑姑了。"

亲切真挚的童言更是让柴守玉忍不住泪如泉涌，大难之后的艰辛和委屈顷刻间如同洪水一般爆发出来。

柴荣见姑姑哭，自己索性也跟着号啕大哭起来。

见此情景，自小孤苦的郭威顿觉胸中翻江倒海，不忍视之，默然站立一旁，将濡湿的双眼转向了暗流涌动的漳河水面。

见此情景，柴玭忍不住潸然，擦了擦眼角的浊泪。

柴守礼原本是对妹妹寄予了厚望，一心指望着借妹妹的高枝享受几日荣华富贵，没承想，到头来，一场始料未及的宫廷政变，让妹妹差点没了命，居然又被逐出宫来。柴守礼既感大失所望，更是于心不甘。只觉心中窝着一团窝囊气，无处可撒，便责备起柴荣来，

"你这个小孩儿！姑姑心里委屈，哭几句也便算了，你跟着哭个什么劲、添个什么乱？"

柴荣抽泣着道："人家想姑姑嘛。"

柴守礼道："想，想，想，天天都在想！要哭回家再哭也不迟嘛，在这荒郊野外的哭个什么劲？让人听了，还以为是在为老人家送葬！"

柴玭一听，不禁大怒："看来你是巴不得我早死，好接手家业是不是？"

柴守礼自觉失言，分辩道："父亲，我不是这个意思。"

13

柴玭道："我不管你什么意思，我也实话告诉你，柴家的那点祖产也撑不了几天了。偏生你又不求上进……唉，算了，算了，我这把老骨头也不想指望你什么了。还愣着做什么？还不快赶紧领着守玉回客栈歇息，明天早上还要早起乘船渡河，赶回邢州！"

天色已黑。郭威眼见着已将柴守玉送到渡口，便欲道别，拱手道："既然柴姑娘与家人平安相聚，容郭某告辞。"

柴玭道："哎呀，你看，一家人光顾着哭哭啼啼，一时间竟冷落了这位英雄，不知这位英雄是……"柴玭深通人情世故，虽不知郭威的来路，见他与女儿同路而来，心中早已猜出了几分端倪。

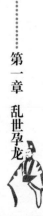

柴守玉站起身来，忙道："父亲，这位郭英雄是女儿的救命恩人。女儿路遭乱兵，差点……差点……多亏了这位郭英雄出手相救。"

柴守礼接过话来，不耐烦道："好了，好了！回吧，回吧！这般丑事回旅店再说也不迟！"

郭威忙抱拳向柴家父子行礼，"在下郭威，见过世伯、见过世兄！"

柴荣抬头打量了郭威一番，见冷落了自己，擦了擦眼泪，急道："还有我呢？"

郭威见着小柴荣挂着泪珠的小脸，正色的样子，不禁一乐，顿觉心生怜爱，便也向着柴荣抱了抱拳，"在下郭威，见过……见过……"一时之间，竟不知如何称呼这位小小孩童。

柴荣道："我叫柴荣！"

郭威忙道："见过小英雄！"

柴荣一听，顿时喜形于色，跟着抱了抱拳，老气横秋地回道："好说！在下柴荣，见过郭英雄。"

柴守玉听了一乐，赞道："一年未见，想不到姑姑的小阿荣长大了也懂事了！"

柴玭皱起眉头，冲着柴守礼不满地言道："看，看，看！连你生的这个几岁的娃娃都比你懂礼数。还不快见过郭英雄！"

柴守礼见着郭威落魄的模样，象征性地抱了抱拳，"见过郭英雄！"随即又从怀中摸了几两碎银，递给了郭威，"承蒙郭英雄对舍妹出手相救，一点心意不成敬意。唉，如今世道艰难，本欲多给，无奈力不从心，望郭英雄莫要嫌弃。"

郭威脸色一变，连连摆手，牵着马儿，便欲离开。

柴玭忙唤住了郭威，"天色已晚，郭英雄若非有要事，何必急于一时？不如等明天一早，大伙儿一起离开，岂不是更好？"他见郭威迟疑着，便又补充道，"您瞧这客栈开在了荒郊野外的渡口，前不着村后不着店的，有郭英雄相伴，我等心里也会觉得踏实。"

时下的郭威正觉前途茫茫，虽是辞行，实也不知何去何从。眼见天色已黑，不禁心中犹豫。不由看了柴守玉一眼。柴守玉满是期待的眼神正盯着郭威。二人四目相视，郭威脸色不禁一红，低下头来。

小柴荣对这位郭英雄格外有好感，凑起了热闹，仿着大人的语气，老气横秋地说道："天色已晚，看样子，又要下雨啦！郭英雄莫要走嘛，不如留下来小酌一杯如何？"

众人听罢，不禁莞尔。

说来也怪，柴荣言罢，天空跟着便飘下了几颗豆大的雨点，一阵冷风顺着河面向着众人袭了过来。

众人急忙上了丘陵，刚进客栈，雨点便哗哗啦啦地落了下来。

第2节　小龙遇难

一场滂沱大雨伴着呼啸的大风时断时续，下了整整一夜。次日清晨，天气丝毫不见好转的迹象，气温陡降。

柴守玉一路劳累，与父亲、兄长叙说了一番遭遇之后便早早歇息。一夜的大雨竟未知觉，醒来之时已是天光大亮。柴守玉住在二楼，推开小窗，眺望漳河，看罢不禁大吃一惊。但见河水暴涨，浊浪滔滔，码头边的渡船早已被冲得不见了踪影，远处的官道似隐似没，到处都是积水，野地里白茫茫，仿佛是一片汪洋。好在旅店建在了丘陵的高处，方不至于受淹。

柴守玉探出脑袋看向了马棚。马棚设在客栈的一侧，一面靠着土丘，两边围着晒干的玉米秸，马棚里不见人影，地上汪着积水，郭威的那匹青鬃马依旧拴在马厩边，柴守玉似觉稍稍安心。

底下传来了一声轻声的喷嚏，柴守玉俯首一看，原来是郭威站在了客栈的门廊下。柴守玉迟疑片刻，赶紧从床上拿起了御寒的毯子准备下楼。刚出门口便撞见了哥哥柴守礼匆匆而来。

柴守礼一副着急的样子，"守，守，守玉妹子，你没，没事吧。哥哥有话要，要问你。"言毕，柴守礼接连打了几个喷嚏。

"哥哥早！"

"妹，妹子，你这是去哪?"柴守礼诧异地问道。

柴守玉抱着一条粗布毯子并不答话，脚步不停，径直下了楼，快步到了郭威身边。

郭威冲着柴守玉微微点头，"早!"

柴守玉轻轻应了一声，"早!"将手中的毯子往郭威的怀中一塞，当即脸一红，四下看了看，幸好，没人见到，便转身上了楼。

殊不知，颉跌也早早起床，坐在客栈的角落里独自饮茶，对于二人的情形，看在眼里，微笑不语。

柴守玉回了房间，紧张得胸脯起伏不定，仿佛是做了一件亏心事。柴守玉并非是顾忌男女之间的礼节，而是一位怀春少女情感的真挚流露。（注：隋、唐政权都起自关陇士族，与鲜卑族渊源很深，受少数民族习俗影响，男女礼防是不太严密的，五代时期的礼仪基本承唐余风，又值乱世，男女之间的交往并无顾忌，至于男女授受不亲之说，那是宋代以后的事了。）

不一会儿工夫，柴守礼便裹着柴守玉刚送给郭威的那条毯子进了门，抱怨道："哎呀，妹妹，你怎么把毯子送给了外人?"

"你!? 哥，你怎么又给拿回来了?"柴守玉生气道。

"看他虎背熊腰的样子，比一头公牛还壮实。你倒是来关心一下我这做哥哥的，我可是你的亲哥哥!"柴守礼又打了一个喷嚏。

柴守玉皱起眉头，言道："说吧，什么事?"柴守礼比妹妹年长十余岁，从小便对这个妹妹疼爱有加，因此柴守玉也时常对哥哥直言快语，偶尔也会撒撒女孩子家的三分娇气。

柴守礼道："你也看到了，又是大风又是大雨的，下了整整一夜，还不知道什么时候能停下来，什么时候能够渡船。看这样子，一时半会儿我们还回不了邢州啦。"

"嗯，我都看到了。"

"哎，是呀，是呀，大家都看到了。"

"嗯。"

"这个，我说守玉妹妹呀，这个……"

"哥，你到底想要说什么? 就别吞吞吐吐的了，索性直说了吧。"

"妹妹到底是个爽快人。你看啊，又是刮风又是下雨的，哥哥我是一宿没睡好。哥哥便是不明白……你这次回家，还回洛阳吗？"

柴守玉不解，"回洛阳做什么？"

"回洛阳当皇后啊！算命的早说过了，妹子生来便是皇后的命！"

柴守玉笑颜一收，面色严峻道："嘘——哥，这种大逆不道的话，以后可不敢再胡说！"

柴守礼一惊，看了看门口，还好，毫无异样。

柴守玉接着道："昨天晚上不是都告诉你了，这次妹妹是被赶出宫的！未曾丢了性命，便已是万幸……"

"守礼——守礼——"门外传来了柴玭的声音。

"父亲！"柴守玉应了一声，赶紧迎到了门口。

柴玭急匆匆地进了门，不满地瞪了柴守礼一眼，"哎呀，你果然在这！怎么到守玉这里来啦，我到处找你。"

柴守玉道："父亲，看你急匆匆的样子，到底怎么了？"

柴守礼有些不耐烦，便回父亲道："我自然是来找妹妹有事商量的，这还没说上几句话呢。你便招魂似的匆匆赶来，到底怎么了嘛？"

柴玭擦了擦额头的汗水，急道："快，快去看看阿荣！"

柴守玉一惊："父亲，阿荣怎么了？"

头天晚上，本来小柴荣要闹着和姑姑一起睡的，柴玭硬是给挡了下来。于是，柴荣又闹着想要和爷爷睡在一起，由于柴玭半夜里时常咳嗽不已，怕吵醒了柴荣，便也拒绝了这个请求。柴荣只好很不乐意地跟父亲睡在了一起。

柴玭道："一大早，我去看阿荣，见他睡得沉便没有叫醒他。方才又去看了看，还是没有醒，我便摸了摸阿荣的额头，哎呀，烫得很，八成是着凉发热了……"

柴守礼一听，抱怨起来，"父亲，你是怎么看的孩子嘛。"柴守礼平日虽时常责骂小柴荣，心里着实也是疼爱儿子的。

柴玭怒道："你……我正想问你呢！你倒是责备起我来了！"

柴守玉劝慰了二人几句。三人匆匆下楼。外面哗哗啦啦的雨点又大了起来。到了柴荣的床边，各自不放心地摸了摸柴荣的额头。

第一章 乱世孕龙

柴荣已然醒了过来，揉揉眼睛看了看柴守玉，有气无力地说道："姑姑，我想回家。"挣扎着想要起身，接连咳嗽了几声，便又沉沉地躺下了。

柴守礼急道："阿荣，你怎么了？阿荣，你没事吧？"

柴守玉心下着急，依然镇定道："哥，还不快去让店家赶紧找个郎中来！"

柴玭跟道："是呀，是呀，守礼。我看阿荣八成是着了风寒，这可马虎不得呀。唉，出门的时候，我便是不同意阿荣跟着出来的，你看，你看……"

柴守礼委屈道："父亲，这事可不能全赖我！阿荣闹着要跟出来，也是你老人家点了头的。唉，瞧这鬼天气，这店家的被褥又薄又小，我昨天晚上把被褥全给了阿荣，所以我才……想不到，阿荣竟然……"柴守礼接连又打了几个喷嚏。

柴守玉道："哥，你便少说两句成不成？还不赶紧去找个郎中来！"言毕，又安慰起柴玭，"父亲，阿荣不会有事的！"

不一会儿工夫，客栈掌柜王福顺跟着柴守礼匆匆赶来，"你家荣少爷怎么了？"走到床边，摸了摸柴荣的脑袋，"哎呀，放个鸡蛋怕是都能给烫熟啦，我看，八成是着了风寒！"

迷迷糊糊之中，小柴荣推开了店家的手，不满地说道："都摸了好几遍啦。"

柴守礼冲着王福顺发起火来，"又不是让你来看热闹的！我们是你店里的贵客，你倒是赶紧给找个郎中啊？阿荣的脑袋又不是财神爷手里的元宝，谁来都想摸一下，合着能沾到财气似的。"

王福顺一听，心中有些不快，便道："我便是把他当作财神爷了！这么乖巧的娃娃，人见人爱，偏生你这个当爹的便不知道心疼。迟早你会后悔！"柴家人在客栈里住了三日，王掌柜本是八面玲珑之人，对于他们一家的情形自是眼见心明。

柴守礼道："哎，谁敢说我不疼儿子了？阿荣可是我亲生的，又不是我捡来的。"

王福顺嘲讽道："真若是知道心疼，也不至于弄成这个样子！算了，算了，我犯不着跟你在这抬杠！五里开外的村子里，倒是有个郎中，有本事你去请过来！"

柴守礼急道："可这会儿大水封了路，又下着雨，怎么去请？"

柴批、柴守玉同道："那怎么办？"

王福顺道："办法总会有的嘛，我看你家荣少爷是吉人自有天相。我先去给拿块冷手巾来敷一敷，兴许会好一点。"言罢，快步离开。

柴守玉坐在坑边，眼望着小柴荣烧得发红的脸蛋，不由心疼得落下泪来。

柴荣睡眼蒙胧地盯了柴守玉片刻，从被窝里伸出手来，握住了柴守玉冰凉的手，低声道："姑姑，姑姑，我梦见我娘了。我长这么大还是头一次见到我娘，我想跟我娘说话，可是我娘一句话也不搭理我。"柴荣的眼角中淌下了两行泪水，又重重地咳嗽了几声。闭上了眼睛，转过头去。

柴守玉听罢，眼望着柴荣蜷缩在被窝里的瘦弱背影，盈在眼角的泪水顿时如珠涟似的掉落下来。

柴批撩起衣巾，也擦了擦双眼，叹道："唉！可怜我苦命的乖孙儿，从小便没了娘！唉，也不知道是柴家作了什么孽！"

柴守礼抽泣起来，伤心道："阿荣啊，都怪你娘，把你一生下来便丢下我们爷俩撒手不管了。你若是有个三长两短，我，我，我……"柴守礼将裹在身上的毯子取下，盖在了柴荣的身上。

柴批生气道："你，你，你什么呀？光着急有什么用？还不快想个办法出来！"柴批说完，连连咳嗽了几声。

柴守玉走到父亲近前，帮着父亲轻轻捶了捶后背，关切地问道："父亲，您老人家没事吧？不会也……"

柴批摆了摆手道："没事，没事！我这把老骨头还硬朗得很！"

柴守礼道："父亲，你老人家不是素来自称见多识广、吃过的盐比我吃过的米多、走过的桥比我走过的路多，这会儿怎么也没了主意？你老人家都没了主意，我又能有什么办法？"

王福顺端着一盆冷水，里面放着一条手巾赶了上来，"都别着急，先把这湿手巾给敷上了，兴许能好点。我已经吩咐伙计们给熬了姜汤，一会儿便给端过来。"

柴守玉帮着柴荣将湿手巾敷在了额头。没多久，店里的伙计便将热姜汤端了上来。柴守玉哄着柴荣起身喝了一小碗，柴荣便又沉沉地睡去了。

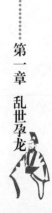

见柴荣安睡，柴守玉走出门外，来到廊下，眼望着珠涟似的雨滴，不禁心忧如焚，忍不住又掉下泪来，双手合十暗暗地祈祷起来，"菩萨娘娘，你若是真有灵验，便保佑我家阿荣无恙，保佑我柴家平安。"

郭威正站在马厩的泥水里刷着青鬃马的马鬃，柴守玉的情形他早已看在眼里。待柴守玉祈祷完毕，二人互望一眼，各自低头，默然不语。柴守玉回房去了，郭威停了下来，怔怔地盯着柴守玉的身影呆呆发愣。

柴玭、柴守礼父子俩守在房内急得团团乱转，时不时地吵几句嘴，互相抱怨着。眼望着小柴荣高烧不退，说着胡话，均不知如何是好。各自思忖着，看来也只能等着雨过天晴，路上的积水退去，再出去寻个郎中了。

柴守玉守在小柴荣的床边，将冷手巾换了又换，握着柴荣的小手，只觉自己周身也跟着透心冰凉。

听说柴荣病了，颉跌忙不迭地赶了过来，和柴家父子打了声招呼，便走到床边，二话不说拉过柴荣的手臂把起脉来。柴守玉赶紧为颉跌让了座位，颉跌也不谦让，索性坐了下来。

柴守礼瞪大眼睛，看了看颉跌，忙问："先生懂得医术？"

颉跌闭着眼睛，一边把着脉，并不答话。

柴守礼道："看你这架势，定然是懂点三脚猫的医术了！"

柴玭道："你能不能少说两句？清静清静。让这位先生好好地把把脉，诊治一番。"

柴守礼道："对，对，对！父亲唠叨了一个上午，孩儿只觉此刻父亲说的这句话似乎有些道理。"言下之意，柴玭所说的其他都成了废话。

柴玭怒道："你……"欲言又止，叹了一口气，摇了摇头。

"嘘——"柴守礼伸指放在了唇边，示意父亲不要再唠叨啦。

颉跌把脉之际，房内终于安静了下来，耳畔只闻外面传来沉闷的雨声和呼呼的风声。

"看来——"颉跌终于睁开了眼睛，放下了柴荣的手臂，欲言又止的样子。

柴守礼急道："看来什么？先生是不是有什么好法子？别卖关子，赶紧说呀，我们照做便是。"

柴玭道："你这紧一句慢一句的，还容得先生说话吗？"

颉跌皱起眉头，神色严峻，慢吞吞地言道："看来情况不妙啊！"

柴守礼不禁大失所望，"我以为颉跌先生有什么好法子呢。原来和我一样，也是一筹莫展、无能为力、束手无策！"

柴玭恼怒地对柴守礼言道："先生话未说完，你又来打岔。"盯着颉跌，问道，"看来先生必是精于医道，不知先生能否想出个好法子来？"

颉跌道："老人家谬赞了！精通医道一说，在下实不敢当！只是略通医术而已。显然，贵府小少爷是因为着凉，染了风寒。若是放在寻常，风寒之症倒也不难医治，可眼下店中没有可用的药材，便着实让人为难了。"

柴守玉急道："先生定然是有法子的！我相信先生的！"

颉跌摇了摇头，叹道："唉！可眼下没有药材。难哪。我先到下面的伙房找找看，看看是否有可用之物。"说罢，颉跌起身，下楼去了。

"我随先生去做个帮手。"柴守玉跟着颉跌出了房间。

伙房在后院，路过前堂之时，柴守玉见到郭威呆呆地立在门槛下，微皱着眉头，盯着窗外出神。

此时，柴守玉已顾不得郭威，跟着颉跌快步走向后院。

颉跌在伙房内翻腾了半天，找出了几个白萝卜、一些香菜根、老姜块。柴守玉帮着洗净切碎，熬起汤来。熬汤之时，颉跌告诉柴守玉，这个土法子他也只是听一位老中医说过，还不知灵不灵，不过，白萝卜倒是有几分止咳的功效的。

柴荣服下了颉跌的土方子，再次睡下。

到了傍晚时分，雨终于停了下来，可路上的积水一时半会儿却难以退却。小柴荣迷迷糊糊之中猛然醒来，开心地告诉姑姑说，梦见郭英雄教他武艺了。神色显得好了些，咳嗽也没那么严重了，却是依旧高烧不退。

见到柴荣好转，众人均是心中一宽。柴守礼连声称赞颉跌的医术高明。

颉跌不语，再度帮着柴荣把了把脉。这一次，颉跌眉头紧锁，告知众人，从脉象上看，若不能及时施针下药退去高热，再拖下去的话，病状必然加重，弄不好会有性命之忧，便算是勉强治愈，怕也是要落下病根子了。

柴玭听罢，差点急得昏倒在地，一屁股坐到了椅子上，久久说不出话来。

第一章 乱世孕龙

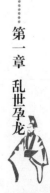

众人焦急之际，柴荣又嚷嚷着，想和郭英雄说说话。

柴守玉起身去寻郭威。此刻，柴家人也顾不得许多，又想不出什么法子来，只要柴荣提出的要求，一应照办便是，似乎唯有如此，病情方能好转。

到了马厩未见郭威的身影，连他的青鬃马也不在了。柴守玉忙去柜台询问王福顺："店家，怎么不见了那位姓郭的、郭英雄？"

王福顺在扒拉着算盘合计账目，头也不抬地回道："你说他呀，我也不知道啊！"

柴守玉急道："你怎么会不知道呢？"

王福顺停下了手中的算盘，顿了一会儿，猛地一拍脑袋，"对了，我想起来了。方才我去马厩那会儿，好像见他牵着马儿，匆匆出了门。"

"去哪了？"

"我怎么知道？管他呢！反正留下来也没地方住，马厩又进了水。八成是嫌小店简陋，早早赶路去了吧。"

"没有地方住？那他昨天晚上……"柴守玉诧异起来。

"昨天晚上？昨晚他住在马厩里呀，可夜里偏又下起了雨。今晚他自然也是住不成的了。所以另寻他处去了吧。"

"你怎么能让他住在马厩？"

"店里都住满了，他不住马厩还能住到哪里？反正这会儿人已经走啦。"

"外面下着雨，路也让水淹了，他能往哪走？是不是你们赶他走的？"柴守玉涨红了脸，生气地盯着店家。

"这可不管我的事。是他自己走的，究竟去了哪，我可就管不着了。昨晚的店钱他还没给我呢。我也不要了，全当我做了回活菩萨。"说罢，王福顺低头继续拨打起算盘，不再理会柴守玉。

柴守玉从袖口摸出了一点碎银放在了柜台上，"给，你先拿着！若是再见着那人，可不许赶他走，这是他的店钱。"

"好咧，您放心好咧！伙计——给柴家的小少爷打壶热水送过去。"王福顺喜笑颜开地收起了银子。

柴守玉不解，这个郭雀儿究竟去了哪？唉，且不管他，得赶紧帮阿荣想个办法来啊！见多识广的颉跌先生已经说过了，再拖下去的话，柴荣怕是……柴守玉不敢多想，便欲回房照看柴荣。心中虽在想着柴荣的事，可双脚却不由自主又迈向了马厩。

外面的雨未停，一阵紧似一阵的大风似乎平息了些许。

半个上午，柴家一家人围在柴荣的床边转来转去，不知如何是好。柴守玉心烦不已，看着柴荣憔悴的样子，听着小柴荣时不时地说着胡话，心如刀绞，双腿不禁又迈出了门。

走出了正堂的侧门，便直通马厩，进了马厩，柴守玉不禁一愣，心想：咦，我怎生又到此处来了？

柴守玉刚欲回头，猛地听见了一声马儿的嘶鸣，柴守玉抬起头来，不禁大吃一惊。

只见郭威牵着他的青鬃马，踏着泥水向着马厩走来。

马背上坐着一位长须清瘦中年之人，身披蓑衣。郭威已是浑身湿透，薄薄的青衣贴在身上，胳膊、胸膛之上似是隆起了几座小山。

紧接着侧门附近传来了店伙计的一声惊呼："咦?！郎中来了，五里庄的白九千白神医来啦。这下好了！柴家的小少爷有救了！各位客官，有病的看病，没病的向白神医请教长寿之道！"店里的伙计自是识得这位方圆有名的神医白九千。

柴守玉心中一热，眼泪差点夺眶而出，满怀感激地盯向了郭威，心道："定然是这个郭雀儿出门请来的郎中！"

二人目光相视，郭威低头转身，扶着白神医下了马。

柴守玉顾不得地上的泥水，快步走到郭威近前，从怀中掏出了一块手绢来，递给了郭威，嗔怪着，"快擦擦！外面又是雨又是水的，你怎么，你怎么不要命啦！"

郭威接过手绢，讷讷道："这，这，还是给白神医吧。"

郭威转手便将手绢递给了白神医，哪料白神医气哼哼地一摆手，道："哼！不必了！"

看来，这位白神医定然不是郭威好言相请而来的。

郭威笑道："冒犯之处，实出无奈，还望先生海涵！"

白千九道："哼，不敢！"

郭威转向柴守玉又问道："你家小少爷此刻怎么样了？"

柴守玉鼻头一酸，眼中盈出泪来，哽咽道："阿荣他，他……"竟一时说不出话。

郭威自小在市井中闯荡，对于人情世故了然于心，登时明白小柴荣定然是情况不妙，眉头一皱，急道："这便带白神医看看去。你别着急。放心，放心好了！"不知何故，柴守玉的一双泪眼，竟将郭威这个汉子的内心瞬间揪得紧紧的，似乎也如同柴守玉一般着急。

经过白千九一番麻利地诊脉、下针、开方、配药之后，众人这才稍稍安下心来。

白千九手捋山羊胡须，气度神闲，满怀自信地告知众人，"服过药后，一觉醒来，定当好转，只需继续服药，休养几日，便可安然无事！"

听罢，柴家父女三人总算是长长舒了一口气。柴守玉拿着白千九带来的草药，下楼煎药去了。

柴守礼赶紧殷勤地将准备多时的一杯热茶，端到白九千近前，道："先生辛苦！先生请喝茶！"

白千九接过茶碗，谦道："好说！"白九千被郭威强逼而来，虽是心存不满，倒也是古道热肠，一进屋，便忙着为柴荣诊病，一时之间竟也顾不得喝口热茶，直到忙完才松了一口气。

柴守礼讪笑道："看来，还是白神医的医道高明！先生真是妙手回春、华佗在世啊！"

白千九听罢，心中大悦，说道："哼，若非看在娃娃的份上，便算是把我绑来了，我定然也是不给医治！"面上一副讨债的模样。这位白神医平日里便是如此，从未笑过，勉强笑一回，能让旁人周身不爽，满是疙瘩。

柴守礼道："是，是，是！先生是悬壶济世、慈悲心怀。若非先生及时赶来，单是指望颉跌熬的那点萝卜汤、香菜根，怕是我儿性命难保！"

颉跌笑而不语。

白千九眉头一皱，不快道："什么萝卜汤？什么香菜根？"

于是，颉跌如实将情况简要地告知了白千九。

白千九点了点头，道："嗯，此方虽不能治病，倒也并非一无用处。"

柴守礼惊道："不过是熬了一碗白萝卜汤，那也能算作是药？"

白千九道："天下万物，只要使用得法，皆可入药。白萝卜、香菜根，原本便有止咳、平喘、固气之效，为何不能入药？"

柴守礼悻笑道："先生真乃神人也！"

白千九道："倘若是使用不当，便是人参也如同毒药。往后，不懂医道者，切不可胡乱下药。"言罢，自负地斜睨了颉跌一眼。

颉跌忙正色道："是，是，是，先生所言极是！若非情势所迫，颉跌是断不敢胡乱用药的！"

柴守玉熬完汤药，连哄带劝，侍候着柴荣喝下满满的一大碗，亲眼见着柴荣再次熟睡之后，这才松了一口气。

到了此时，整个客栈似乎都松了一口气，客栈原本不大，柴荣生病一事早已惊动了整个客栈。

柴家人总算是放下心来，有了白神医守在店里，仿佛也都吃了一颗定心丸。柴守礼主动邀饮白神医和颉跌，以示答谢。颉跌拒绝了。柴守礼心疼银子，正中下怀，索性也不强求。柴批感到有些劳累，茶饭不思，回房休息去了。柴守玉由于连日来的劳累和惊恐，此刻突然之间放松下来，仿佛虚脱了一般，不一会儿便伏在柴荣的床头睡着了。

郭威自从把白神医送来之后，便打了桶水一直在马厩里闷声不响地刷洗着马身。仿佛被人遗忘了一般。

颉跌有些过意不去，拿了一套自己的干净衣服，送过去让郭威换上。郭威推辞不过，只好换了。颉跌又邀郭威同饮一杯，郭威平日里便好赌好饮，已经受了颉跌的恩惠，索性再不客套，爽快地答应下来。为了图个耳根清净，颉跌让伙计将酒菜送到了自己房间。郭威的身世和颉跌倒是有些相似，虽是年岁差了许多，二人唠起家常之后，却大有相见恨晚之意，举杯对饮，相谈甚欢。

当晚，柴批腾出了自己的房间让给了白千九，柴守玉与侄儿柴荣住在了一间，以便照顾。柴家父子住进了一间，其实，从心底二人谁也不愿意和对方住在一起，眼下实属无奈，万不得已，也只好将就。

又是一夜的风雨，临近五更时分，雨停了，天空不见星月，愈发显得漆

第一章 乱世孕龙

黑。柴荣醒来，高烧退去了不少，依旧咳嗽着，撒了长长的一泡尿后，便嚷嚷着肚子饿了，想喝碗面汤。柴守玉欣喜不已，便赶着去伙房，想为柴荣煮碗热汤面来。

众人均未睡醒，不见灯火，柴守玉摸索着进了屋子，从怀里掏出火镰"啪啪"接连打了几次，八成是受潮的缘故，怎么也打不着，一时着急，火镰掉到了地上。柴守玉忙弯腰去捡，蹲下的片刻，似乎看到黑暗中有个高大的影子在眼前一晃，"谁？"柴守玉心里一惊。

"是我，别怕！"

随着"啪"的一声，房间里亮了起来，郭威手中拿着火摺放在面前，似乎是有意要将自己的面庞照亮一些，以便让柴守玉看得清楚。

"是你？你怎么会在这里？"柴守玉惊道。

郭威走到锅台前点着了焟烛，这才答道："客栈满了，我便住在这里了。"

柴守玉恍然大悟。

"你家柴少爷怎么样了？好些了吗？"郭威问道。

柴守玉感激之情不禁油然而生，多亏了郭威冒着风雨，硬是从泥水里赶到五里开外的五里庄请来了白神医，直到现在，自己还没顾得上说上一句感激的话语呢，自己的命是他救的，侄子的命也是他救的，真不知该怎么报答才好。

柴守玉道："嗯，好多了。多亏了你。"

郭威咧着嘴，挠了挠头，憨笑道："那便是好！那便是好！好些了那便好！"郭威平日言语粗鲁，还从未如此斯文过。"你到这里来…哦，是了！莫非你饿了不成？我帮你找点吃的。"说话间，郭威围着墙台转了一圈，又转了回来。

看着郭威憨憨的、有些手忙脚乱的样子，柴守玉禁不住一乐，笑道："是阿荣醒了，吵着要喝碗面汤。你帮我找找，面缸在哪了。"

二人开始分头寻找，不一会儿便在角落里的坛子里找出了一些面来。

当郭威把面放到面盆里，端了一碗水放到近前的时候，柴守玉开始傻眼了，此时才突然发现，自己长了这么大，还从来没有做过饭。在家的时候，家中有做饭的仆人，进了宫，更是无须自己下厨了。

郭威见柴守玉瞪着眼睛，盯着面盆发愣，便道："怎么？面不够吗？我再去拿点来。"

"别！不是……哦，够了，够了。我只是想，帮阿荣做碗面条呢还是包饺子？"说完这句替自己遮掩的谎话，柴守玉不禁脸一红，低下头来，硬着头皮，卷起了衣袖。

郭威道："包饺子可没有馅啊，做面条的话，我还得去找根擀面杖来。"

柴守玉"嗯"了一声，将白白的纤纤玉指，伸进面盆，在半盆干面粉中和起面来。

郭威吃惊地盯着柴守玉的双手在面盆里搅动着，不知柴守玉究竟在做什么。

灯光下，柴守玉露出的双臂让半盆面粉黯然失色。一枚红点清晰地印在柴守玉的小手臂上，郭威自小是从市井之中混迹长大的，自是明白，那便是女人珍之如命的"守宫砂"。

柴守玉见郭威呆呆地盯着自己的手臂，不禁脸一红，急忙缩回了手，怒道："你，你不是好人！"

郭威这才意识到自己的轻薄之举，急忙解释道："柴姑娘别误会！郭某只是不明白，你和面的时候怎么不加水？"

"呀，还要加水的呀？"原来，柴守玉根本不知和面的时候还要加水。

"不加水，怎么把面和到一起？不如，不如……"

"不如什么？"

"不如我来吧。"郭威已然明白，这位千金大小姐出身的宫中贵人定然是不懂得炊火之道的了。

柴守玉奇道："你会做面？"随即让到了一边。

郭威嗯了一声，一边卷起了衣袖。郭威倒不是在说大话，一个从小便尝尽苦头的孩子，又怎不懂一些炊火之道？

郭威又告知柴守玉，若是想快一些让阿荣吃到热汤面的话，做一碗疙瘩汤那是最快、最省事的了。

于是，二人开始忙了起来。说是二人同忙，实则是柴守玉转来转去，越帮越乱，好在郭威手脚麻利。郭威坐在灶头烧着柴火之际，忙乱的伙房才显

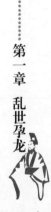

第一章 乱世孕龙

27

得安生下来。

灶火映照着郭威的脸庞，郭威的目光始终不离柴火，柴守玉不问，他便一声不响。柴守玉愈发觉得，郭威的面庞在火光下，更是显出了别样的英气。

"你怎么也会做面？"柴守玉不知说什么好，二人沉闷着，总觉着别扭。

"母亲去世后，我才学会的。自己不做，便要挨饿。"

"嗯，真是难为你了！"

"后来，跟了姨娘，姨娘便不让我再进厨房，姨娘说，男子汉当志在四方、驰骋沙场。炊火之事都是女人家才应该做的。"

"你姨娘说得对！男子汉当有驰骋沙场、平定四方的宏图大志。于是，你后来便去投了军？"

"郭某投军不过是为了填饱肚子，混口饭吃罢了，哪有什么宏图大志？郭某的爹娘去世得早，能有个安身立命之处，吃得饱穿得暖也便是知足了。"

"士有穷通显晦。不必如此瞧不上自己，我瞧你一身的英武之气，又有一身的好武艺，将来定有建功立业的一天。可得要好好珍惜，莫要辜负了死去的爹娘，莫要轻贱了自己。你可记住我的话了？"

郭威一愣，待了片刻，将手中的木柴往灶里用力一填，站起身来，抱拳向柴守玉躬身行礼道："柴姑娘之言，郭威定当铭刻于心、终生不会忘记一字一语！"

柴守玉不禁觉得双颊发烫，心道："哎呀，我跟人家不过是萍水相逢，这些话理应是他亲近之人才能说得的。"

热腾腾的水气自锅盖四周升了起来，伙房内似乎让人觉得越来越热。

柴守玉急道："开锅啦，你快看看，是不是汤面做好啦！"

便在此时，随着几声夸张的咳嗽，柴守礼大步迈了进来。

柴守玉转头一望，惊道："哥哥，你怎么来了？"

柴守礼道："哥哥我老人家这不是肚子饿了，过来找点吃的嘛！怎么，妹妹也饿了？"其实，柴守玉和面之际，柴守礼便已到了门口，二人所言，他听得真切。

"阿荣刚才醒来，说是想吃碗汤面。我这才……"

"啊!? 阿荣怎么样了？好些了吗？"

"嗯，好多了。"

"那便甚好！那就甚好！"柴守礼掀开了锅盖，"哇，做了这么多，阿荣一个人怎么吃得完？先给哥哥来上一碗。"不由分说，柴守礼径自盛了一碗，蹲到了灶台一边。柴守玉恼怒地瞪了哥哥一眼，随即也盛了一碗匆匆给柴荣端了过去。

刚到了柴荣门口，恰好遇见柴批从房内快步出来，二人差点撞了个满怀，柴守玉一不小心，随着"咣当"一声，手中的汤碗失手掉到了地上。

隔壁房间传来了几声咳嗽，显然对惊醒自己的好梦心怀不满。

柴批语气紧张，急促道："哎呀，守玉是你呀，我正到处找你。阿荣他……"

"阿荣究竟怎么了？刚才不还是好好的。"

"好什么呀，你还不快去看看。我去叫白神医。"

柴守玉急切回到房内，柴荣正睡着，柴守玉伸手摸了摸了柴荣的额头，不禁大吃一禁，又是纳闷，柴荣醒来的时候似乎高烧已退，此刻却又烫得惊人，双唇泛青，一张泪水未干的小脸在烛光的映照下，愈发让人生怜。

"娘！你别走，别丢下我。"朦胧之中，柴荣一声惊呼，小手猛地抓到了柴守玉的手背。柴守玉只觉柴荣的小手冰冷异常。柴守玉心道，"阿荣八成是昏睡中又做了噩梦。"

此时，柴批簇拥着白神医也匆匆进了门，来得有些急，白神医的外套也没顾得上穿。

待白神医皱起眉头再次替柴荣把了一次脉搏，已是天光大亮。

客栈掌柜王福顺、颉跌、柴守礼一干人等都聚到了房内，齐齐盯着皱着眉头、沉默不语的白神医。

柴守礼终是忍不住，又开始唠叨起来，"白神医，你不是说，一觉醒来便会药到病除的么？我家阿荣究竟这是怎么啦？不见好转，反倒是……"

柴守玉道："哥，你便不会少说几句，容白神医想想办法。"

"有什么好想的？想来想去，也是白搭！"一位道人进了门。

众人看了过去，但见他衣着邋遢，双目闪着精光，五十左右，颇有一番仙风道骨的样子。

第一章 乱世孕龙

"唉，大清早的扰人好梦！"道人喃喃自语，径自走到了柴荣的床前，冲着白神医摆了摆手，"起来啦！"

白神医听他方才之语，早已心中不快，道："你来做什么？"

那道人言道："自然是替这个娃娃诊病来啦！还不快让开啦！"

王福顺见这乞丐般的道人居然对白神医不敬，便道："你这道人，不好好地睡你的大觉，你过来添个什么乱？你不是吩咐过，要睡上三天三夜，不许任何人到你的房间打扰的么？"

原来，这道人三日前便住进了客栈。

白千九怒道："哼！好，好，好！"起身，让到了一边。

"按时辰，当至今日正午时分！天不亮便叮叮哐哐，分明是不让老道睡个安稳觉。算啦，起便起了，若再不起来，怕是小娃娃性命难保！"那道人大模大样坐了下来，对众人似无旁顾，说话之时只是盯着柴荣的脸色，拉过柴荣的手腕，搭起脉来。

柴守礼平时也结交过不少三教九流的市井之徒，深明"人不可貌相"之理，心道："说不定这道人有些门道，先看看再说，白神医若是真有手段，阿荣也不至于如此。"

"唉，看这龙娃娃，命悬一线啦，这么大的事情怎么也不早点叫醒我？"道人喃喃自语，"哪里是什么风寒，分明是伤寒嘛。庸医害人，庸医害人哪！若不是喝了一碗萝卜香菜汤，怕是问题就更严重喽！"

道人似是对发生的情形早已了然于胸。

白神医瞪了道人一眼，很不服气说道："轻寻有、按无有，浮脉飘然肉上游，寸关尺三部俱浮，分明的浮脉之象！脉象浮紧，显然是风寒外袭、湿浊上蒙，不是风寒又是什么？难道我还诊错了不成？"

道人叹道："唉，若是仅凭师父传的几句口诀便能治病，那天下的郎中岂不都成了神医？"

说着话间，道人从怀里摸出了一个黑漆漆的盒子，打开来，从中拿出一枚闪着微光的金针，放到唇间过了一遍，对准柴荣的仁中扎了下去，稍停片刻又迅速拔了出来。

柴荣的身子在被褥中动了动，随即安静下来，依旧昏睡着。

颉跌常年经商在外，见多识广，心内奇道："这道人处处透着古怪，说不定倒是有些门道。"

客栈掌柜王福顺也是一般的心思，白千九住在五里开外的五里庄，平日里便自负得很，又喜欢听几句奉承话，寻常的小病药到病除。大伙儿为了图个方便，索性白神医长白神医短，道个不停，久而久之，白千九也便成了白神医。

那道人揭开了柴荣的被子，索性将柴荣的衣服脱了个精光。

柴守礼惊道："你这道人，你到底在做什么？"

道人并不答话。

"少安毋躁！"颉跌低声提醒。

那道人接连又拿出了几根金针，在柴荣周身几处要穴扎了下去。

众人屏住气息，目瞪口呆地盯着道人。

半炷香的工夫，道人一一拔下金针，尽数拔完，这才轻吁了一口气，言道："奉茶！"

柴守玉将准备好的一杯茶水奉到近前，"仙长，请喝茶！"

那道长也不客气，接过手中，呷了一口，却不咽下，将茶水在口中转了几圈，猛地向着柴荣的身子喷了过去。

就在此时，后院传来一阵吵闹之声，似是有人在争执。

第3节　人中龙凤

店里出了事情，客栈老板王福顺便再顾不得柴家之事，快步出了门，顺着嘈杂之声，到了伙房。但见店里的伙计揪着郭威不放，郭威怒气冲冲的样子。

伙计见到客栈掌柜，顿时又来了劲，冲着郭威提高了嗓音："你偷了店里的东西，还想溜？幸好我发现得及时。正好掌柜的来了，到底是报官还是如何处置，全凭掌柜的一句话！"

郭威道："吃便吃了！你便怎样？郭某方才已经把话说得分明，眼下手头不济，且容宽限一些时日，定当加倍偿还！你怎的如此不讲理？"

伙计不依不饶，"到底是我不讲理还是你不讲理？"

郭威一把推开了伙计，抢起拳头，忍了忍，又放了下来。

王福顺是精明之人，听了三言两语，已然明白端倪，自是为了一锅汤面的事情起了争执。寻思着，从这莽汉子身上定然是榨不出油水来，弄不好这五大三粗的莽汉子惹起乱子来也难以对付，倒是这柴家似是来头不小，多一事不如少一事，便道："放开这位英雄！此事本柜已然知晓。这位郭英雄本是一番侠义心肠，也是为了柴家的少爷，这账总不能让郭英雄来偿，要记也只能记到柴家名下才是。"

伙计一听，松开了手。

郭威瞪了他一眼，随即又抱拳冲着王福扬了扬手，道："如此，那便谢过！告辞！"

郭威径自走向了马厩，到了青鬃马近前，想要解开了缰绳，迟疑片刻，便又住了手。搁着郭威平素的性子，此刻便算是洪水滔滔，也定然会纵马离去，不知何故，此时似觉不妥，寻思着，"也不知那位柴家少爷如何了？"其实，此刻郭威真正挂念的不见得是柴家小少爷，倒是那位柴家小姐。

思忖之间，一阵踏着泥水的脚步声来到郭威近前。"姓郭的！你把我从哪弄来的，便把我送回哪里去！这里我是一刻也不想待下去了！"

郭威转头望去，原来是五里庄的白神医背着药箱赶了过来。

郭威看着他怒气冲冲的样子，不知发生了何事，心中有些不安，毕竟人是被自己强逼着过来的，便问道："不知柴家少爷好些了没有？"

白千九原本便是一肚子怒气，看着郭威疑虑的眼神，心道："连这个莽汉竟也信不过我的医术！"

其实，郭威并无他意，顺口一问罢了。

白千九怒道："是死是活关我屁事！今日若不将我送回，我便报官，告你绑票之罪！"

不提报官，郭威倒也无意，从小到大，受人欺辱之事已是寻常，一提起报官，郭威不禁心中有气，冷冷道："请便！"

白千九怒道："你倒是送与不送？"

郭威道："我方才问你，柴家少爷好些了没有？"

白千九道："哼，关我何事？好！你不送，我自己走！"

白九千走出几步，便又停了下来，但见丘陵之下四处漫水，通向五里庄的道路在浑浊的泥水中，半隐半现。白九千倒吸了口冷气，恨恨地跺了一脚，泥水四溅，白九千背着药箱又回了客栈。

郭威不禁一笑，心下挂念着柴荣，思忖着，听这位白神医的语气，似乎与柴家之间生出了误解。郭威径直来到了柴荣的房门前，竟又犹豫起来，不过是萍水相逢，自己如此唐突，别再让柴家之人心生误会。

郭威寻思之间，柴守玉端着一盆水出了门，忽地泼出，幸是郭威闪避得及时，差点泼了郭威一身。见着郭威有些狼狈的样子，柴守玉不禁窘迫，"哎呀，差点泼了你一身，你站在这里做什么？"

郭威见了柴守玉的神情，断定柴荣无恙，心中一宽，便道："你家柴少爷好些了么？"脚步不禁挪到了柴守玉近前。

"承蒙郭英雄惦记，好多了，正在吃汤面。"

"那便好！"

"方才阿荣还念叨你，说是梦见郭英雄教他武艺呢。你若是闲着，不妨到屋中一叙。"

"只恐多有不便。"

二人言谈之际，道长出了柴荣的房门，见到二人相谈甚欢的样子，微笑着赞道："好一场风雨！好一对人中龙凤！"

柴守玉面色一红，嗔道："仙长取笑了！多亏仙长妙手回春，救了我家阿荣。仙长慢走！"

道长边走着边打量了郭威几眼，便进了另外一个房间，原来道长住在隔壁。

郭威奇道："这位道长是……"

柴守玉接过话来："这位仙长道号扶摇子，俗家姓陈……"

郭威惊道："咦!？陈抟?!"

"怎么？你认得这位仙长？"

第一章 乱世孕龙

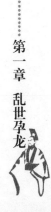

"不，不认得！倒是曾经听人说起过。"

"看来，这位仙长倒真是位奇人！"

郭威在军中之时，曾听他的一位结义兄弟李琼谈起过陈抟。陈抟原本亳州人士，多次应试不第，便潜心修道，自号扶摇子，颇有些道行。光启四年，应召入阙，深受僖宗器重，欲留其在朝中供事，陈抟辞谢不仕，僖宗挽留不住，便赐其"清虚处士"之号。这位扶摇子在民间救死扶伤，扶弱济困，颇有些名声，只是时常云游四方，行踪不定。

"嗯，蒙仙长相助，你家柴少爷当是无恙。"

"别再你家少爷、你家少爷的叫啦，怪别扭的，你不妨叫他阿荣好了。"

"嗯。那你也别再叫我郭英雄、郭英雄的了，我也是觉着怪别扭的。"

"阿荣昏睡着的时候还在念叨着，说是郭英雄教他武艺了。怎么，不想进来看看？"

"怕是多有不便。"

"没那么多讲究啦，说起来，你也是阿荣的救命恩人。"

柴守礼在房内将二人的闲聊听个真切，心道："不好，八成守玉是看上这个落魄乞丐了。这可使不得！"柴守礼自知家道衰落，一心指望能借着如花似玉的柴守玉攀个高枝，说什么也不能让妹妹跟上这样穷酸的后生。正想出门搅扰，偏生柴荣嚷嚷着想喝水。

也算是柴荣万幸，碰上了陈抟，此刻总算安然脱险，看眼前情形，只待休息几日，便可恢复如常。眼下只是身子有些虚弱无力。

柴守礼不耐烦道："老子站在门口，爷爷离你又近，不让爷爷倒，偏生让老子帮你倒。病刚好，便不让人安生。"

柴玭怒道："老子偏生让你来倒！不是我说你，你这个当父亲的哪里还像个父亲的样子？"

柴守礼讥笑道："我不像他父亲，难不成他还像我父亲?！"

听了柴守礼之言，柴玭啼笑皆非地看了看他，叹道："唉，想我柴家国公先祖是何等风光，想不到竟是一代不如一代……唉，罢，罢，罢！"柴玭起身便欲帮柴荣倒水。

柴荣见状，便欲下床，"我不要爷爷倒，爷爷你歇着，我自己能行。"

柴玭急道："好好躺着别折腾啦。"

便在此时，柴守玉领着郭威进了门，"父亲，你歇着，还是我来吧。"

郭威行礼道："见过世伯，见过世兄。"

柴守礼一见到郭威，便似乎有些不快，回礼道："好说。"

柴荣见到郭威，顿觉眼前一亮，想要下床，看了看父亲，便又老老实实躺了下来。

柴玭瞪了柴守礼一眼，道："还不快给郭英雄看座，守玉和阿荣都是多亏了郭英雄，郭英雄可是我们柴家的大恩人。"

柴守礼看了柴守玉一眼，不阴不阳地说道："那也只能算是守玉的恩人，跟我们有什么关系？"

柴守玉似是听出了哥哥话里有话，便道："本来就是！"

柴守礼道："虽说也是为阿荣出了力，可出的也是蛮力，没起作用不是？还差点耽误了阿荣。幸好阿荣吉人天相，碰上了陈道长。"转向郭威，"是吧，郭大英雄，请上坐吧。"

柴守玉道："哥，你怎么能这样说人家，真是好心没好报！"

柴玭道："算了，阿玉啊，别和他计较了。等阿荣养好了身体，天气好转，我们便渡河回邢州。"

柴守玉道："父亲，你老先歇着吧，为了阿荣，你一天一宿没吃好没睡好。"

柴守礼对柴玭道："总之呢，你老人家一直看我不顺眼。还有这个阿荣，一天天大了，也一天天不听老子的话了。"

柴荣委屈道："我才没有！是你不听爷爷的话。"

柴守玉对郭威歉意道："见笑了。"

郭威道："柴姑娘言重了。"

柴守玉又道："阿荣，你一直不是在念叨着郭英雄的么？这会儿怎么反倒没话了？"

柴荣早瞧见郭威，毕竟年幼，想要过来，却有些胆怯，见郭威关切的目光盯着自己，便道："我梦见郭英雄了，梦见郭英雄教我武艺了。还梦见母亲了，我去拉母亲的手，母亲不要我。"说到此处，柴荣的眼中噙满了泪花，强

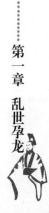

忍着不流出来。

柴守礼道："哪壶不开提哪壶，说点开心的喜事，别尽说丧气的。还梦见什么了？"

柴荣顿了顿，大声道："还梦见姑姑和郭英雄成亲了。"

一时间，房内顿时静了下来，柴玭和柴守礼一会儿看看郭威，一会儿又看看柴守玉。

柴守玉登时涨红了脸，"小孩子家，尽会瞎说！"

柴荣道："我没有瞎说，真的没有！姑姑，我真的梦见你和郭英雄成亲了。"

听了柴荣之言，郭威惊得目瞪口呆，双唇嗫嚅着，欲言又止。

柴守礼阴阳怪气道："果然是大好事啊！也正好遂了你姑姑的愿！英雄救美，美人以身相许，自古有之嘛！只可惜啊，你这是白日做梦！脑袋八成是烧糊涂了吧！"

柴玭怒道："混账东西，说话不知分寸！"

柴守玉羞红的面色，渐渐煞白，直气得双手发抖，怒道："便算是遂了我的愿，你又奈何？我便是要以身相许，你又奈何？"柴守玉的眼中盈出了泪水。柴守玉万万想不到，哥哥会说出如此伤人的话来，恼怒地盯着哥哥。

柴守礼道："我又能奈何？你得先问问父亲，他老人家奈何不奈何？"

柴玭听罢，大吃一惊，他深知女儿的脾性，倔强得很，但他毕竟老成，便道："阿荣不过是随口一语，童言无忌，都别再较真啦！"

柴守礼道："昨天半夜，在伙房我便瞧着两人不对劲。阿荣不过是把这层窗户纸给捅开了嘛。"

柴守玉怒道："哥，你这话是什么意思？"

柴守礼道："我能有什么意思？不过是借着阿荣之言，说出了你的意思而已。"

柴玭道："你们兄妹俩先别吵吵啦，婚姻大事非同小可，岂能儿戏？"

柴守礼道："父亲，不是儿要戏，是你宝贝闺女要戏！"

柴玭擦了擦冷汗，道："守玉啊，当着郭英雄的面，咱可得把话说清楚了，你的话可是当真？"

柴守玉正色道："父亲，女儿的话若是当真，你又若何？"

柴玭不知如何作答，结结巴巴地言道："这，这，这如何使得？"

柴守玉追问道："父亲，如何又使不得？"

柴守礼道："看，看，看！父亲大人，我说得没错吧？"

郭威也是惊愕不已，他万万想不到柴守玉竟如此直白。自从识得柴守玉，郭威平日里天不怕地不怕，泼皮无赖喝酒打架的劲头在柴守玉面前早已无影无踪，生生地换了一个人似的，臊得满脸通红，不知所措，口中嗫嚅着，想要说点什么，却又插不上话。

柴玭本以为女儿不过受儿子所激，说出来的气话，不料，看她的神情，却似是认了真，便道："我柴家自国公先祖以来，忠厚传家，诚信天下，断不能拿此事儿戏！此事暂且缓缓，回邢州家中再慢慢商议不迟。郭英雄又岂会拿你的话当了真？再者来说，郭英雄的事情也须禀告郭家高堂。"

柴守玉道："既然事已挑明，父亲话又至此，那我不妨当着郭威的面、当着父亲、兄长还有阿荣的面，把话说透了。"说到此处，目光盯向了郭威，"郭威，你自己说，我是决意……决意跟了你，你倒是愿不愿娶了我？"

柴荣乐道："好啊，好啊！姑姑要嫁人喽。"柴荣平日里在家中虽是顽皮，倒也乖巧懂事，大人之事，极少插嘴。明知自己若是多言，定然要挨父亲一通责骂。

柴守礼急道："那怎么成？你这么问，他当然是同意了！"

柴守玉道："哥，你别打岔，让郭威自己说。"

柴守礼道："父亲你看，妹妹好歹也该让我把话说完不是？真要不让我说，那我便不说了，便让妹妹嫁了这位郭大英雄！"

柴玭急道："那怎么成？那怎么成？守玉原本该是侍奉皇上的娘娘，不料想在宫中出了些波折，这才到了这里。这是谁也意料不到的事情。我柴家乃名门之后，嫁人之事怎能如此草率？"

柴守礼道："父亲说得极是！妹妹要嫁，起码也得嫁个藩镇节度使，再不济也得嫁个统领千军万马的将军不是？怎能如此轻率？"

到了此时，郭威再也坐不住了，站起身来，冲着柴玭、柴守礼各自深深鞠躬，又向柴守玉施了一礼，正色道："郭某自幼父母双亡，混迹市井，后万

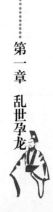

37

第一章 乱世孕龙

般无奈之下投了军营，不幸又惹下大祸，逃难至此，有幸结识了柴姑娘。柴姑娘貌若天仙，郭某敬姑娘犹如菩萨娘娘，郭威又怎敢有丝毫非分之想？"

柴守玉涨红了脸，怒道："如此说来，那你便是不愿意娶我了？"

郭威急道："柴姑娘不要误会，非是不愿，郭威一介莽夫，岂敢有此奢望？郭某万不敢亵渎人间美玉！容郭某告辞。"郭威说完，转身便大步去了。

柴守礼阴阳怪气是说道："他姑爷慢走！"

柴守礼见郭威出了房间，便道："守玉，不是我说你，婚姻大事，岂能如此荒唐？"

柴守玉道："父亲，我观此人相貌不凡，武艺高强，当今乱世之争，正值英雄用武之时，郭威此时虽是落魄，他日定能建功立业，前程不可限量。再者，女儿话已出口，父亲若不答应，这要是传了出去，让女儿以后如何做人？望父亲、哥哥成全了女儿、成全了妹妹！"

柴守礼怒道："妹妹，你怎能如此不明事理？别的事情都能答应，唯独此事不容商量！"

柴守玉不再理会哥哥，对父亲斩钉截铁地说道："女儿心意已决，非此人不嫁。若是父亲不答应，女儿立誓终身不嫁！"说罢，柴守玉行至窗前，取过剪刀，剪下了一缕秀发，"女儿以此为誓！"

柴玭大惊失色，忙道："唉，我不是说了吗？此事从长计议，从长计议！回家再慢慢商量不迟。现在只是在客栈之中……"

柴守礼打断了父亲的话语，急道："妹妹真的要嫁人，那便让他在这客栈里成亲好了！有本事的话，妹妹若是真能和郭雀儿在这客栈里成了亲，我便二话不说！"柴守礼料定妹妹半路遭难，两手空空归来，郭威又是身无分文，他们如何成亲？

柴守玉道："好！那便如此说定了！只是哥哥要说话算话。"

柴守礼道："决不反悔！"

柴玭道："荒唐！荒唐！"柴玭眼见着守玉将守礼的激将之语当了真，又气又急，哭笑不得。他深知女儿的脾气，那可是说得到做得到的主。

任凭柴玭和柴守礼再三劝阻，柴守玉是铁了心要跟着郭威，柴守玉道："便算是将来吃苦受罪，也是命中注定，决不后悔！"柴守玉相信自己的眼光，决不会看错人。

郭威万万也未曾想到，自己会摊上如此好事，又怎会不从？原本见到柴守玉的第一眼，便从心底里喜欢上了柴守玉，只是他想也不敢想。

柴守玉向客栈掌柜王福顺当了几件首饰，郭威又得颉跌之助，拿出银两让店家给布置了新房，布置了酒席。

柴玭执拗不过，眼睁睁地见着木已成舟，也只好勉强答应下来。

小小客栈今日举行了一场千古未有、别开生面的婚礼。成亲这天，天公格外作美，艳阳高照。

陈抟笑道："真乃天意也！世间万般皆有缘由，人心虽高，也不可拂了天意。"

婚后三日，柴荣恢复如常，汹涌的漳河之水终于平静下来，过客渐渐多了起来，渡口开始恢复昔日的繁忙与热闹。

在柴守玉的劝说之下，举目无亲、无处可去的郭威跟随柴家人去了邢州。一路上，柴守礼虽是喋喋不休，却已是生米煮成了熟饭，无可奈何，可心中却是着实憋足了一口怨气，看着郭威五大三粗、威风凛凛的模样，路上又不敢发作。

一到邢州老家，进了大门，双唇便似是洪水决了堤口，满腹抱怨和牢骚顷刻间发泄出来。好在一路上柴守玉暗中对郭威早有交代，勿要争执、暂且忍耐。郭威看着柴守玉的面上，索性只作充耳不闻。

柴玭也觉气闷，原本想着，接到女儿后，可以一路风风光光地回到邢州，却不曾想会是这般结果。事已至此，也只好张罗着家人将女儿女婿安置家中。

虽说柴荣的母亲早年去世，柴守礼并非是孑然一身，早有续弦。柴荣母亲去世不久，柴守礼便娶了马氏。马氏出身于大门大户之家，父亲原本是邢州一富商，到北方经商之时，不幸遭遇契丹打草的兵士，货物被抢，人被打得半死不活，回到邢州不久，一口气上不来便郁郁而终。马氏一门少了根顶梁柱，也便自此衰落。马氏的性格泼辣，方圆附近出了名的尖酸刻薄，平素在家柴玭也是怕她三分。不知何故，过门柴家几年，竟一直未孕。由于柴荣聪明伶俐又为人乖巧，马氏对小柴荣三分欢喜两分疼爱，还算过得去。

马氏见丈夫接得柴守玉归来，一开始满心欢喜，原以为是接回了一场大

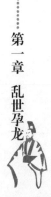

第一章 乱世孕龙

富贵，可经丈夫说出实情，不禁大失所望，也是连连抱怨，只觉得既好气又好笑。又见郭威饭量极大，每餐必定会唠叨一番，幸得柴守玉私下劝住了郭威，郭威这才隐忍不发，整日里闷声不语，郁郁寡欢，听凭柴守礼夫妇二人的冷嘲热讽。

好在小柴荣对郭威颇有好感，整日里缠着郭威学习武艺。郭威舞刀弄棒之际，才像是换了一个人的模样。

如此过了三月有余，这一日的晚饭后不久，郭威在家中忽觉烦躁异常，坐卧不宁，于是独自一人上了夜市。

郭威这人万般皆好，便是有两个坏毛病，一是喜欢饮酒，二是喜欢赌博。到了柴家后，一来是柴守玉对自己百般恩爱，二来是手头上一直拮据得很，索性收敛起来。搁在以往，此时的郭威不是在喝酒，便是在赌钱。

街市上人流不多，郭威行路间，忽觉左肩之上搭上了一只沉甸甸的手掌。郭威心中一惊，猛地转身，正待施展拳脚，却又停在了当场，呆立片刻，随即与来人一起哈哈大笑起来。

此人不是别人，正是他的结拜兄弟李琼。

李琼年长郭威三岁，沧州饶安人氏，郭威潞州投军后相识，二人一见如故，惺惺相惜，结为兄弟。郭威在军营杀人闯祸之后，也是幸得李琼冒死相救。此时邢州偶遇，如何不喜？

郭威奇道："李琼哥哥，你怎么到了此处？"

李琼笑道："说来话长！想不到郭威兄弟到了此地逍遥快活起来了。让哥哥好找！"

郭威拉着李琼进了一家酒馆，叫了一坛烧酒，几碟小菜，压抑了许久的郭威，此时索性放开量，兄弟二人畅怀痛饮起来。

原来，郭威逃走不久，行伍出身的新皇帝李嗣源便开始整肃军纪。马增寿由于贪污军饷被斩，郭威一案便得以澄清，于是李琼便四处打探，急寻郭威归营。路过红菱渡口时，不巧从店家口中得知了郭威的音讯，这才匆匆赶来邢州。此时的李琼已升为军中骑将。

兄弟二人数月未见，喜不自胜，你一碗我一碗，直至喝得酩酊大醉。饮罢，在楼上的客房，叫了间房，兄弟二人同床而卧，直到天光大亮，方才醒来。

接连在柴家憋屈了数月的郭威，此时方觉长舒了胸中的一口闷气，醒来后，顾不得梳洗，便拉着李琼回到了柴家，欲向柴守玉辞行。

郭威将李琼引见给了柴守玉之际，李琼当即惊得瞠目结舌，心中叹道："想不到郭威这个粗莽汉子，竟娶得如此美眷，真是羡煞旁人！"

此刻的郭威再也耐不住性子，当即便急着和李琼一起回营。柴守玉劝阻了几次，郭威死活不肯答应。柴守玉无奈，只好一边流着泪儿，一边开始帮着郭威收拾包裹。

刚巧，这天柴守礼夫妇不在，带着柴荣去了马氏的娘家。

郭威硬起头皮向柴玭辞别之际，原以为柴玭会大发雷霆，却不料，柴玭显得十分平静，盯着郭威看了半天，叹道："唉！我自知你早晚是要离开柴家的，你这个郭雀儿本非林中的雀儿，只是你要好自为之，莫要负了我家阿玉便是！"

郭威忙道："岳父大人，郭某出身贫贱，又值落难之际，蒙守玉垂青，蒙柴家不嫌，如此天恩重如山深似海，郭某便是粉身碎骨，也是难以为报，又怎敢有负守玉？岳父放心，待郭某返回军营，一切安顿下来之后，定然返来邢州，接回守玉。"

柴玭听罢，略为宽心，点了点头，又道："老夫活了一个甲子，识人无数，我已观察你数月，你本非寻常莽夫，此时虽是落魄，他日若是行得端、走得正，必当会有一番作为。若是误入歧途，也会为恶不轻。成龙还是做鬼，望你好自为之，细心掂量！"

郭威忙道："岳父大人的教诲，郭威会谨记在心，请岳父大人放心，郭威自小受苦，不求荣华富贵，只求有个立身之处，与守玉平平安安相过一生便已知足。为非作歹之事，断不敢为！"

柴玭道："自人进了柴家的门，你谨小慎微，处处忍耐，也算是难为你了。你且去罢！"

郭威跪倒在地，磕了几个响头，含泪道："是！谢过岳父大人，郭威拜别！"

郭威与柴守玉夫妻二人挥泪惜别，临别之际，柴守玉泪眼盈盈地叮嘱，

41

第一章 乱世孕龙

"可得要好好珍惜，莫要辜负了死去的爹娘，莫要轻贱了自己。你可记住我的话了？"

郭威听罢，不禁胸口一热，鼻头发酸，想起了红菱渡口的客栈伙房之中，柴守玉也曾说过这般话语。郭威喉头哽咽，顾不得旁人，一把将柴守玉揽入怀中，夫妇二人相拥而泣。

"大哥此行需要银钱打点，包中有缗钱五百，不可亏待自己，错失良机。"

郭威眼含热泪、喃喃自语："娘子之恩，犹如再造郭某之观世音菩萨。娘子之言，郭某岂敢忘怀？"

郭威与柴守玉临别相约，不日将返来邢州接回夫人。随即跟着李琼跨马扬鞭，返回潞州军营去了。

不料，一去数月杳无音信。

第4节　龙出浅滩

一个寒冬过去，绵绵春雨开始笼罩邢州。断断续续的雨滴击打着柴家破旧的青瓦，卧病了一个冬天的柴玭一宿都没有合眼。

柴守玉端着一碗热面汤进了柴玭的房间，柴玭在女儿的搀扶下，喝光了一碗热面汤，叹了口气，"守礼又出去耍钱了？"

柴守玉没有接话，反而轻声安慰："爹爹，不够吗？我再去给你盛一碗来。"

柴玭靠在床头，想起儿子柴守礼趁着自己病倒四处鬼混，顿时气由心生，"这个不肖子啊！成天游手好闲，何时才能光大祖先门楣啊！"

门外走廊马上传来媳妇马氏的阴阳怪气的声音，"哟——这几日厨房里可闹耗子了，好端端一家子的午饭，一转眼就少了一半。这耗子啊，真可恶，平日里啥事也不干，就会赖在家里吃白食。吃就吃吧，还会瞎嚼舌根子！"

话音未落，马氏进了门，"守礼在外奔波全是为了营生，他也不容易，公公不知，可别错听了小人谣言。"

"你!"柴守玉怒火中烧。

"我怎么了我?"马氏又腰昂首,摆开了架势。

"娘!姑姑!"剑拔弩张之际,柴荣跑进了房间,欢快地扯着马氏衣襟道,"娘,这两天我为齐家斋的老板卖伞赚了些钱!买了一盒胭脂孝敬娘!"

马氏低头,但见柴荣手中举着一盒胭脂与几个铜板,顿时喜笑颜开,拿起钱物,"还是儿子好,儿子跟娘亲。人家都说,嫁出去的女儿就是泼出去的水,可我们柴家可就不一样了,人是嫁了,泼出去的水还能收回来。以后啊,要是谁再提起覆水难收这四个字,老娘头一个跟他急!"言语之间,冷眼斜视着柴守玉,一副不屑的样子。

柴守玉又羞又恼,直气得说不出话来。

柴批面色铁青,他对这个马氏自是十分了解,此时若是开口,定然又要挑起一番争执,索性一言不发。

柴荣乖巧地立在一旁,不言不语,他年纪虽小,对于这个后娘的性子也是十分了解。

一通奚落之后,见柴守玉并不应战,显然是怕了自己,马氏心情大好,将胭脂和铜板揣入怀中,得意地出了房门。

柴荣走到姑姑面前,轻声道,"姑姑,不要生气了,都是我娘不好。阿荣帮你擦擦眼泪好不好?"柴荣伸出小手,为柴守玉抹去了腮上的泪滴。

"阿荣,你怎么回来了?是不是没有好好念书?是不是又逃学了?"柴守玉一边抹着泪水一边嗔道。

"不是阿荣逃学,是这两天学堂的先生病了。"

柴批不解:"阿荣,你过来,我还没有问你呢。你一个小儿,那齐家斋的老板怎么会放心把雨伞交给你去卖?"

柴荣回道:"我见这几天,连日阴天,便与两位同伴来到齐家斋,留下一人为质,每人拿十把雨伞走街串巷,专向无伞行人叫卖,卖完的便还他本钱,卖不完的退还于他。"

柴荣笑着,从兜里掏出两个白面馒头,递给柴批:"这是孙儿孝敬爷爷的!"

柴批接过馒头,端详良久,感慨万千。

柴荣又掏出一个布包，小心打开，露出一把牛角小梳。

"这是给姑姑的礼物！"柴荣笑道，"姑姑的长发青丝最漂亮啦！"

柴守玉没有接过梳子，把柴荣拉到跟前，轻轻擦着柴荣身上未干的雨渍。

"姑姑刚才生气了吧。我怎么会只想着娘，不顾姑姑呢？只不过阿荣不敢当面拿出这些，怕娘生气。"

柴守玉内心一阵感动，"阿荣，这些生意经，真是你自己想出来的？"柴守玉惊讶地问道。

柴荣摸摸脑袋，"是我从颉跌那里学到的。"

"颉跌？"柴守玉猛地想起那日在渡口客栈中用菜根萝卜汤为柴荣"医病"的突厥商人，"怎么，颉跌到邢州来了？"

"是的，颉跌先生来邢州都有一阵子啦。"柴荣答道。

"那你怎么也不邀请颉跌回家来做客？"柴玭显得有些不快。柴玭是一位懂礼数的老人。

"是他不让我告诉你们的。"柴荣委屈道。

原来自柴家人离开数月后，颉跌四处行商，辗转来到了邢州，坐地摆摊时，新奇的小物件常常引得小儿围观。好巧，柴荣也被吸引了过来，认出了恩人。放学之际，常不时地过来帮着颉跌照看摊位。颉跌一直喜爱这个乖巧聪颖的小家伙，闲暇之际，便教柴荣一些行商的窍门，没想到柴荣一学就会，引得颉跌惊奇不已。

柴守玉正欲再问，门口传来惊雷般的敲门声，惊动了柴家所有人。

"怎么没人开门！奶奶的！柴守礼，这是你家么？"门外传来一阵恶狠狠的声音。

"是是是！这是我家！大唐驸马府！"柴守礼的答话狼狈不堪。

"呸！驸马府，我家还皇宫呢！瞧这穷酸样，几十年没刷门漆了？你可别蒙我牛三，要是你家里没值钱的家当还债，看我不扒了你的皮！"

马氏听到男人的惨叫声，慌忙打开大门，牛三将柴守礼一脚踹进门，与马氏撞个满怀。

马氏惊道："哎哟，你个挨千刀的啊，怎么又惹强人回家了！"

柴守礼也不管老婆，爬起来忙领着牛三进大厅："三爷，家里真的有一对黑石砚台，可是先人遗物，价值万钱！"

牛三讥笑："万钱？你当我土匪啊！我只要你还赌债五百钱，多个子儿老子都不会要！"

"是是是！三爷仗义！请随我来。"

柴守礼唯唯诺诺，慌忙取来砚台递给牛三。

牛三拿着砚台横看竖看，也看不出端倪，冲着柴守礼的脸上就是一巴掌，柴守礼赶紧闪开，巴掌落了空。

"这就是你说的传家宝？我看也就块地摊货！想骗老子？没门！"

"哎哟！别打别打！三爷哪，那可是当年太宗的御赐之物啊，绝对值钱！"

对于柴家，牛三早有耳闻，听了马氏之言，又看了看砚台，有些半信半疑，"得了，今天算我吃亏。这破玩意算你三百，还欠二百，明日再来！"牛三转身欲走。

"不许走！"一声清脆的娇呼喝住了牛三。

牛三转头一看，哟，一个天仙般的小娘子正怒目看着自己！

柴守玉在内屋听到吵闹声，连忙赶来，见牛三手中拿着柴家的砚台正欲离开，不禁大声喝止。

"先把东西留下再走！光天化日，强入民宅，还有王法吗！"柴守玉怒道。

牛三盯着柴守玉，愣了半天，一抹淫笑在脸上绽放开来，"想不到柴家还有这等绝色美人！"脚步不由自主地挪到柴守玉近前，冲着柴守玉的脸庞便欲轻薄。忽觉身后有人一推，牛三猛地一个趔趄，差点摔到一旁。

牛三稳住身形，破口大骂："哪个小贼，竟敢推我？"

柴守玉定睛望去，是侄子柴荣推了牛三一把。

柴荣怒视着牛三，一言不发。

牛三气得眼珠暴起，抡起拳头，冲着柴荣奔了过来。"臭小子！看老子怎么收拾你！"

"阿荣快跑！"柴守玉惊呼。

柴荣冲着牛三扮了个鬼脸，转身便走，绕着院中左躲右闪。牛三跟着追了上去。小小庭院之中，牛三对上如同脱兔的小柴荣，显得笨拙不堪。

"好小子！练过啊！"追了一会儿，怎么也捉不住，牛三心生一计，停住

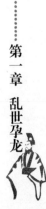

第一章　乱世孕龙

了脚步，擦着汗水，喘起了粗气。

柴荣毕竟年幼，没有经验，果然上当，跟着停了下来。牛三猛地冲到近前，一把抓住了柴荣的衣领！"臭小子！看你再跑？看老子怎么收拾你！"

"呸！坏蛋！"面对满目凶相的牛三，柴荣稚气的脸上却全是不屈，挣扎着转过头，狠狠一口唾沫吐了牛三满脸。

"找死！"牛三横行惯了，何时被这黄毛小儿侮辱过！不禁大怒，"看老子不活撕了你！"抡起拳头，正要对柴荣下手，猛地觉得肩头一痛，胳膊仿佛不听使唤，拳头再也挥不下去。

一枚石块顺着牛三的肩头落到了地上。

紧接着，一位身着铠甲的大汉进了院门。

柴守玉睁大了眼睛，瞪着此人，呆呆地半晌说不出话来。刹那间，泪水如泉一般夺眶而出，心道："你这个冤家，可总算是回来了。"

"姑父！姑父回来啦！"柴荣的眼中也涌出泪来。柴荣一把推开了牛三，奔到郭威近前。郭威借势将柴荣揽入怀中。

随行数名带甲士兵跟着进了院门。

见到郭威威风凛凛的模样，牛三惊得呆在当场，手中的砚台掉到了地上。

郭威瞪着牛三，一声呼喝，"拿下了！"

几位兵士冲到牛三近前，三下五除二将牛三放倒在地。

一位兵士抱拳问道："将军，如何处置？"

郭威冷冷地瞪着牛三，顿了顿，"辱我妻者，必死！"

几位兵士拖着牛三出了柴家的大门。

"将军饶命！将军饶命啊！"牛三连声惨叫求饶。

郭威一手揽着柴荣，几步走到柴守玉近前，盯着清瘦的柴守玉，喉头哽咽，"阿玉，我回来晚了，让你受苦了！"

数月的期盼和委屈一股脑地涌上心头，柴守玉忍不住扑到了郭威的怀中，"你怎么才回来？我以为你再也不回来了。"泪水止不住地往外涌着，打湿了郭威的胸襟。

黄昏时分，一向清静的柴家突然热闹了起来。

庭院中，七八个兵士围坐一桌，觥筹交错，行酒划拳，不亦乐乎。

内厅之中，柴家人济济一堂，所有的目光都集中在了荣归的女婿身上。此时的郭威与离别时的落魄模样已是天壤之别。柴守礼夫妇二人心中惴惴不安。好在郭威当作没事一般。一家人欢聚，原本应该是热闹的场面，却由此显得有些尴尬。郭威站起身来，双手端起酒杯，冲着柴守礼夫妇二人行礼，"郭威离家多日，多亏哥嫂照料阿玉，郭威敬大哥大嫂一杯！"

见到郭威一脸真诚的样子，并没有要兴师问罪的意思，夫妻二人心中略感踏实，内心虽觉无地自容，却也只好强作欢笑，连忙端起酒杯，接了礼敬。

半个月后，洛阳的驰道上，郭威骑着马徐徐行着，怀中还坐着小柴荣，好奇地东张西望。小柴荣头一次出这么远的门，偌大的洛阳远非邢州可比。后面跟着一辆马车，车中坐着柴守玉。

郭威终是兑现了诺言，接回了柴守玉。

临别之际，小柴荣非要跟着姑姑一起到洛阳，柴守玉实在不忍舍下侄子。倒是柴玭深明事理，料想着自己已是命不长久，把小柴荣留在家中，跟着一个败家的父亲，一个蛮横的继母，终归也不是办法，便也劝说柴守玉索性把柴荣一起带走。柴守玉原以为哥嫂会阻拦，不料想，正中柴守礼和马氏的下怀。二人早嫌柴荣在家中添乱。于是，郭威与柴守玉便将小柴荣一起带离了邢州。由此，居然带出了一片天下，终结了五代十国的变乱，这是后话。

柴守玉从随行的马车中探出头来，看看街道两边的来往不绝的行人和各式店铺的叫卖声，不禁感慨万千，第一次来洛阳，自己是先帝的侍妾。此时早已物是人非，已是郭威的妻子。眼前安定景象仿佛梦境一般，让柴守玉唏嘘不已。

一行人来到城西的一家小院。到了门口，郭威下马，亲自扶了柴守玉出了马车，"阿玉，这是上将军赏我的宅子，今后就是我们的家……"

第一章 乱世孕龙

第二章　云龙征战

第 1 节　三虎混斗

时光荏苒，六年时光转瞬即过。

这一天，日薄西山，洛阳城门缓缓关闭。百米外，一位虬髯壮汉与一浓眉男子驰马而来，眼见城门将合，快马加鞭，两骑骏马冲进了城门。

"来者何人！竟敢肆意闯关！"守将一声令下，一队人马持刀围住两人。正要盘查。浓眉男子从腰间亮出一枚腰牌，守将远远一瞧，吓得面无人色，匆匆赔罪放行。

过了城门，两人信马由缰，在洛阳的驰道上轻蹄而行。

虬髯壮汉对街边夜市饶有兴趣，开口问道："短短几年，洛阳城如同换了人间。知远，哪里有上等酒楼？"

浓眉男子眉头一皱："我们该先去枢密院报备。"

虬髯壮有些不快："要我问第二遍吗？"

浓眉男子悻悻点头："整个洛阳城，属城东'洛神居'名冠天下。"

虬髯壮汉一甩缰绳，当即策马向城东而去。浓眉男子见状，也只得跟上。

谈起洛神居，乃是明宗李嗣源继位后新政的产物。酒楼雕梁画栋，高五层，夜夜明烛照天。雅座清茶，大堂胡酒，美人佳肴，无一不缺。

浓眉男子与虬髯壮汉信步走入洛神居，执事殷勤迎上："两位贵客，不知是想品茶，还是品酒？"

浓眉男子掏出一锭银子："寻一间清静的雅间。"

虬髯壮汉横眉道："我喜欢热闹。"

执事连忙点头："贵客里边请——"

两人在一楼大厅随意找了个偏僻角落，又叫了两坛烈酒，一面听着市井醉汉高谈阔论，一面自饮自斟。

不多时，一位健硕少年，提着两条活鱼，步入两人视线。

"柴荣，你又来啦?"酒客中有人笑道。

"又来找那位'酒仙卫尉'了?"又有一人笑道。

此时的柴荣个头已长高了许多，出落成了一位俊朗少年，英姿勃发，深得郭威的喜爱。白天翘课一天去码头做零工，想起老师一定又要上门告状，柴荣灵机一动，先去护城河里摸了两条活鱼，又来到洛神居找喝酒的姑父回家。

如此双管齐下，保准姑姑无话可说。

即使挨骂，也是姑父打头阵。

郭威此时已升职为卫尉，因为时常带着兄弟们到酒楼喝酒，人们给他送了个外号"酒仙卫尉"。

可这样一来，常常是今日发了饷银，明日就花得一文不剩。害得柴荣不得不经常外出打零工，做点小生意补贴家用。

"姑父! 姑父!"柴荣寻到了已经喝得伏案的郭威，连连摇晃，"姑父! 该回家了!"

郭威沉醉不醒。无奈，柴荣凑近郭威之耳，厉声道："姑父! 姑姑来了!"

"嗯?"郭威连忙眼睛一眨，腾地坐起身，正襟危坐道，"没喝……没喝多少……"

"哈哈哈!"酒桌旁，郭威的手下一阵哄笑。

便在此时，门外街头突然一阵喧嚣，几声惊叫哭喊落下，两个瘦弱的人影拼命逃入酒肆。几乎同时，一声虎吼，一个二人高，袒胸露背，一身横肉，满脸鲜血的光头大汉紧随其后，冲进酒肆。

柴荣靠近门口，看清是一男一女两个汉人被一个外族大汉追杀。

"救命! 救命!"两个汉人大声呼救。

柴荣皱了皱眉待到外族大汉到了近前，灵巧地伸出右脚。外族大汉被绊倒在地，扑腾扑腾，打翻桌椅一片。

外族大汉连忙站起身来，恼火不已，连声呼喝，也不知他在说些什么。

"客官，此处是大唐'洛神居'，请勿放肆喧哗！"一位掌事模样老者匆匆前来劝阻。

"该死！该死！汉人都该死！"外族大汉推开掌事，又向二人追了过去。

"这还得了！"郭威手下秦元见状，放下酒杯，一个虎步上前，想要拿住来人。

不想来人力大，竟一把将冲到近前的秦元推倒！

"敢打朝廷官吏！兄弟们，上！"说罢，几人立刻拔刀，一拥而上！

"都给老子闪开！"秦元怒喝一声，从地上不甘爬起，取出腰间绳索，抛了出去，正中外族大汉。

"好！"酒肆看客齐齐喝彩！

"找死！"大汉一股蛮力，双手盘住绳索，用力一带，秦元整个人被带飞起来。只见大汉脸上泛起一抹恨意，一个直拳迎面打去，正中秦元左胸。众人只听得咔咔几声脆响，秦元口吐鲜血被打飞出去。

"有趣。"一直静静喝酒的虬髯壮汉笑道。

郭威见状，猛地站起身来，纵身前去，一个飞腿踢中外族大汉背心。大汉吃痛，一个趔趄。

"你是何人？"大汉横眉问道。

"我还要问你呢！"郭威怒道。

外族大汉冷笑道，"我乃契丹使臣耶律熊麾下第一勇士莫猛！这两个汉人胆敢偷窃耶律大人的东西，罪该万死！"

近些年，契丹使臣近乎年年入唐谈判，用郭威的话，就是叫花子上门数来宝，喊打喊杀就知道要钱要粮。唐明宗新政以休养生息为要，自然不愿主动挑起战事。对这些契丹使臣，也是尽量敷衍拖延，最后使得契丹人目中无人，总是在洛阳惹是生非。

郭威转头望向两个汉人，大声问道："你们可有偷窃契丹使臣财物？"

两人一听，连忙哭着摇头："我们几人一直以乞讨为生，今日在一处后巷翻到几块烤焦的烤肉吃了，那人看到我们，就要杀人！我们已经有两个伙伴被他打死在路上了！"

郭威强忍怒气，正色问大汉道："他们说的是否实情！"

"哼！我们契丹人的烤肉，喂狗也不喂你们汉人乞丐！敢偷吃，就该死！"

契丹大汉莫猛此话一出，全场酒客人人气得色变，不少人腾地就站了起来。

郭威大怒，一伸手猛地抓住了莫猛的胳膊，巧劲一扭。

莫猛只觉得瞬间窒息，眼前一黑，直挺挺地就倒在地上！

"酒仙卫尉！好啊！"众人喝彩。

虬髯壮汉也不禁微微颔首，问同伴道："知远，你觉得如何？"

浓眉大汉笑道："可为将才！"

虬髯壮汉道："我们若去那枢密院，能遇上这等人才吗？"

"您的意思是？"

"这人，我要了。"

柴荣、郭威二人正要离去之际，突然门外一片嘈杂声，一队禁卫人马杀到洛神居。

一黑甲武将提刀而入，酒肆众人一时间噤若寒蝉。

一见此人，郭威心中大惊，忙行礼道，"从马直卫尉郭威，拜见秦王！"

霎时，酒肆中人纷纷色变。

这秦王李从荣乃是当今皇上第二子，皇上长子李从审早在战乱时殉国，故而皇上钟爱秦王，不仅封其为汴京尹，还加封秦王天下兵马大元帅，兼判六军诸卫事，权势熏天。

虽皇上未明昭天下，但众人皆明，储君之位已非秦王莫属！

当今唐明宗虽然以兵变谋国，但上位后宽以待人，于民休息，是难得的贤君。可这秦王性子却与其父截然相反，刚愎雄猜，暴戾擅杀，其"威名"响遍天下！

"啪！"秦王许久不语，突然一记马鞭甩在郭威肩上，郭威岿然不动。

"与契丹使臣勇士动手，意图挑起两国战火。"秦王盯着郭威，"要杀你几次才够呢？"

51

第二章 云龙征战

"末将知罪！"郭威低头。

秦王转过头，吩咐手下道："将契丹勇士松绑，送入我府上医治。再将郭威押入大牢，交由枢密院处理！"

几人将郭威扭送带走，柴荣失色，冲到近前，"父亲，父亲！"

"回去，回家去！"郭威瞪着柴荣怒道。

柴荣很了解郭威的脾性，平素一直待人和善，但若发起火来，除了姑姑之外，任谁也拦不住。

柴荣不敢再多言，只好飞速往家中赶去向姑姑报信。

酒肆经这般闹腾，多数人也没了喝酒的兴致，纷纷离席而去。

虬髯壮汉悠悠地倒满一碗酒，看着平静的酒水面，自言自语道。

"为何秦王倒向契丹了？"

监牢中，郭威靠在墙角，眉头紧锁，只觉心绪不宁，便又站起身来，来回踱着步。折腾了一会儿，郭威终是又坐到了墙角，捡起一根稻草，叼在嘴边。

也不知道守玉和柴荣他们娘俩怎么样？是不是又为自己担忧了。

思忖之间，狱卒打开牢门，大喝一声："罪人郭威！出来！"

郭威慢慢起身，整整衣冠，随狱卒而出。

狱卒一言不发，带着郭威走到官府后院的一间房门前，轻叩门扉，只听见里面一声粗犷的声音。

"进。"

狱卒小声对郭威说："有位大人要见你，进吧。"

大人？郭威一脸茫然，推门而入。

只见宽敞的房间内，无任何家具摆设，只有一张案台，一把椅子。一位浓眉男子，年约不惑，虎背熊腰。

郭威冷冷地看了他一眼，一言不发。

"你就是郭威？"浓眉男子问道。

郭威不语。

"郭威，我在问你话。"那人的言语不怒自威。

"是！"郭威没好气地答道。

"好，不错。"浓眉男子站起身，"我乃河东节度使麾下牙门都校，刘知远。"

他找我做什么？郭威脸上泛出了迷茫。

刘知远笑道，"你得罪了秦王，洛阳王都，恐怕你是待不下去了。"

刘知远其名郭威不曾听闻，但河东节度使石敬瑭之名却是如雷贯耳。石敬瑭乃是当朝唐明宗的乘龙快婿。平素朴实稳重，不怒自威，原为明宗麾下心腹悍将，多次救明宗与战阵之中，后拥立岳父称帝登基，立下大功。只因明宗忌惮这个能干的女婿与儿子争宠不和，遂让石敬瑭领镇河东要地，成了一方封疆大吏。

是以，石敬瑭授意，郭威转眼间就被放出了牢房。刘知远不等郭威回复，就让他三日后起身入河东任职。

回到家中，郭威与妻子团聚，一阵唏嘘之后，郭威不禁对妻子道："妹子，河东与契丹毗邻，战事不止。哪有在洛阳安全？"

柴守玉问道："大哥可是不想去河东？"

"若是孤身一人，天涯何处去不得？只是如今……"

"如今拖家带口，不便远行？"柴守玉摇头道，"且不说大哥开罪秦王的小事，秦王专横跋扈，在朝中树敌无数，眼下皇上病倒，朝中权臣与秦王势必有一场恶斗，洛阳迟早成为是非之地，哪里会比河东安全多少？"

柴守玉曾在前朝后宫呆过，虽足不出户，但眼光却比郭威长远。

"如今天下大乱，何处不是危地？大哥切不可偏安一隅，何不趁此良机，效力军前，博一个功名，做一番大事！"

妻子良言让郭威听得面红耳赤，遂立即下定决心道："如梦初醒啊！妹子安心，郭威必定不负殷殷期望！"

公元927年，宣武节度使、检校侍卫朱守殷在汴京反，石敬瑭奉王命平叛，郭威名正言顺地被调入河东军出征。

数月后，乱事已平。郭威遂举家搬到了河东太原府。

折腾月余，郭威终于举家搬到了河东太原府。自此，郭威开始追随刘知远。刘知远将郭威安排做了名军籍文书，专管兵士档案。随即便跟随石敬瑭离营而去。

53

第二章 云龙征战

郭威每日读档写字，倒也落得清闲。只是郭威不解，自己身为一员猛将，当上阵领兵才是，不知刘知远为何做此安排。

可是郭威由于家事，也无暇将心思放在这些事情上来。

自从到了太原，原本身体羸弱的柴守玉一下子病倒，郭威请了多位太原名医诊治，均不见起色。郭威又嗜酒爱赌，每月的饷银不多，还要吃酒买药，一时之间举家拮据不堪。

随姑父来了太原府，懂事的柴荣白日读书习武，空余之时，则想尽办法赚钱来贴补家用。

郭威白日在军营当值，整理军务档案，夜晚便早早回家，照料生病的柴守玉就寝后，开始秉烛夜读。

这日，郭威还在帐中读写，突然营外一片人声马嘶，正觉奇怪，军帐突然被人掀起。

郭威抬头一看，来人身穿重甲，面色紫黑，浓眉大眼，眼中白多黑少——正是引荐自己入河东的牙门都校刘知远。

郭威连忙起身行礼："郭威拜见都校！"

"这次走得匆忙，没来得及安顿兄弟，是为兄之过，今日回来，我摆好了酒宴，直奔兄弟这里，来向兄弟赔罪！"

一听美酒，郭威顿时兴起，随刘知远去了帐中。帐中摆了酒席，已有两人入座。其中一人一脸横肉，眼如铜铃；另一人，虽一身轻甲，但文质彬彬，正悠然地自斟自饮。

两人一见刘知远与郭威，立刻起身来迎。

刘知远对郭威笑道："容我介绍！这位是石敢石将军，我麾下第一猛将，有万夫不当之勇。这位是王峻王参事，屡出奇谋，堪比当年卧龙凤雏。"

"军中书案郭威，见过石将军，王参事！"郭威向两人敬酒。

"既然是刘大哥的兄弟，就是我的兄弟！来，干！"石敢大笑，又自己先干了一碗。

刘知远笑道："常言道兄弟齐心，其利断金。近日我主多缺人才，为兄打算推荐三位贤弟上前效命，干他一番大事业！"

随即，刘知远向三人谈起了洛阳城的一起兵变。

数月前，掌管京畿禁军大权的秦王李从荣趁父皇病重谋反，攻入皇宫，最终被护卫军打败，身死乱军之中。掌管全国兵马大权的枢密使朱弘昭、冯赟早就视那跋扈凶暴的秦王为死敌，趁机落井下石，诛杀了秦王全家。

可怜病榻之上的老皇上，最宠爱的就是这个秦王，一心想让秦王继位，不想秦王造反，其后全家又被灭门，顿时又气又悲，昏迷不醒。

郭威心想，刘知远前阵子离营，想必与此事有关，不解问道："此事小弟也有听闻。但那秦王手握重兵，又得皇上宠爱，已是储君无疑，为何还要冒险造反？"

五代十国，战乱纷纷，各个帝王在位时间都不长。今日不知明日事，所以大多君主都没立下太子储君。但让一个王子手握禁卫六军大权，其政治喻义傻子都能明白。

"皇上出自沙陀，勇武无双。秦王承袭沙陀血统，跋扈傲慢，好杀不仁。常常当街就砍死当朝大臣，导致整个朝野，除了皇上，没几个人和他亲近。秦王可能自感没有众望，又怕宋王、潞王两个弟弟后来居上，所以才铤而走险。"刘知远干了一杯酒，沉声道，"这事，背后恐有契丹人的影子！"

"契丹人？"三人顿时一惊。

郭威马上想起，在洛阳酒肆中的契丹勇士犯事，秦王马上来救人，难道那时秦王就与契丹有染？

自大唐立国数十年，契丹对中原虎视眈眈，屡犯大唐边境，双方摩擦不断。但在当今皇帝唐明宗的斡旋下，双方勉强保持着和平。然而契丹数代君主，皆以入侵中原，称霸华夏为目标，从未放弃过任何侵略中原的机会。

一个不得势的国之储君和敌国暗通，这其间会有怎样可怕的后果？

"皇上病倒不朝，整个皇宫被禁卫军封锁。我主身为当朝驸马，亲自求见都被拒之门外。可见皇上状况，非常不妙。"刘知远继续道，"边疆军报，契丹此时已在集结兵马，隐隐有从东北入侵之势。内忧外患，我主心系家国，数月四处奔走，就是希望联合各路节度使，合力渡过难关。"刘知远所说的我主，自是指的石敬瑭。

郭威来到河东这么久，虽然未见石敬瑭，但从士兵与百姓口中得知许多：石敬瑭平日虽少言寡语，严肃威严，但治军赏罚分明，严惩了好几个贪官污

吏；治狱则明辨是非，断案如神，扫清了许多民间冤案；治民更是难得，常常忧心民间疾苦，轻徭薄赋，自己却节俭清廉，从不享乐。

不得不说，在这个军阀混战的乱世，石敬瑭这样的明主可谓是凤毛麟角，时常让刘知远暗自庆幸不已。

郭威道："主上有事，我等兄弟定当竭尽所能为主上效命！"

"俺一粗人，不懂国事，大哥让我做什么我便做什么！"石敢朗声道。

"士为知己者死。"王峻更是干脆。

"兄弟有心，我主幸甚！"刘知远郑重道，"明日我主将在中军大帐举行军政议事，三位随我前往旁观；切记，不可妄言。"

三人尽兴豪饮，闹到半夜，终于散去。

翌日，郭威军甲附身，精神抖擞，走到大帐前，文官武将十余人都已在外等候，郭威没有找到刘知远，就寻了队末，悄然等候。

未过许久，军中一声令出，士兵随即拖出一男一女两人。女子挣扎惨叫，连声叫冤，可未等她哀号一会儿，一名刀斧手马上赶到，一刀就将女子头颅砍下，血溅当场！惊得在场文官个个变色，更有甚者直接吓瘫在地。而那男子却被押在帐前，当众打了十记军棍。惨叫之余，男子却每每呼喊"石大人英明"，弄得众人摸不着头脑。

等候了一个时辰，帐中令兵终于召见官员入内。众人战战兢兢，低头步入大帐。郭威见到，大帐内上午丝帛装饰，下午地摊避潮，装饰与普通军帐无异。再观那北面将军，虬髯大眼，不怒自威，正是掌管河东军政大权的节度使石敬瑭。刘知远披甲带剑，护卫身边。

郭威与众官行礼拜见。

"方才那两人来找我主诉冤。"石敬瑭未发话，身边身材矮小的近臣桑维翰就说道，"那女子称军马吃了她家的麦子，前来索赔。我主当机立断，杀了战马，剖开马腹寻找，但并未找到麦子，故而我主直接砍了那个女子。"

郭威一听心惊，乱世中粮贱马贵，石敬瑭竟然为了小小青麦案，眼都不眨就下令杀马，何等果断！

"借我军军纪而自肥讹诈，此风不可长。"石敬瑭终于开口道，"今日，还有一对兄弟找我诉冤。原来老父一死，兄弟为分家而反目，两人找我评判。

兄弟俩各执一词，都想多得。我便让长兄将家财分为两份，让弟弟二者选一。"

众官眼前一亮，连连点头称赞。

"但是——"石敬瑭话锋一转，"长兄如父。哥哥无能，竟为分家和弟弟而反目。有过，是以罚十记军棍。"

赏罚分明！郭威心中对石敬瑭不禁暗自钦佩。

"当今，秦王叛乱伏诛，圣上病危不朝，诸皇子羸弱，境外契丹还对我中原虎视眈眈。内忧外患，局势险恶。今日招诸位前来议事，是以请教诸位，有何良策？"

一时间，众将官交头接耳，议论纷纷。

"石州县令黄安国请言。攘外必先安内。应先定国事，再对外事。"

石敬瑭朝着走出来的黄安国问道："如何定国？"

"圣人言，长幼有序，君臣有别。我主应在皇上为难之时，进京勤王，解救皇上。如若皇上不测，应联合潞王，拥立三皇子宋王为君，以稳定中原大局。"

一言既出，众人霎时沸腾，不少武将纷纷进言。

前军校尉马维都上前言道："宋王平庸，定不敌契丹。潞王更非皇上亲生。我主贵为驸马，勇冠六军，继承大统，名正言顺！"

"是啊！是啊！我主武功赫赫，还曾数次救皇上于战阵，此等功劳，谁能比肩？"

"万万不可！皇上为李唐正统，我主废皇子自立，与篡位何异？"

转眼间，众将官各自吵成了一团。

石敬瑭高高在上，冷眼旁观。

吵了许久，石敬瑭终于发作，一巴掌重重拍在案上，惊得热议戛然而止。

"前军校尉马维都，妄议国事，蛊惑军心，拖出去，斩！"

石敬瑭起身，拂袖而去。

方才还在一起议事的同僚转眼就被砍了脑袋，众人皆愤愤然，三三两两散去。

"郭威！王峻！石敢！我主召见！"

刘知远从帐中走出，暗中拍了拍郭威肩膀，领着郭威进入。

石敬瑭望着三人，沉声道："你三人都由刘都校力荐，现在我想听听你们的看法。"

石敢道："我主以为潞王李从珂如何？"

一提李从珂，石敬瑭脸色瞬时一变："李从珂是皇上义子，镇守凤翔，颇有战功。"

"敢问我主，潞王与宋王，孰更优异？"

"潞王勇武，宋王仁德，各有千秋。"

"那么我主还有何忧虑呢？"王峻笑道，"宋王正统，却势弱，外有强敌，内有强王，届时必定要倚仗我主。"

石敬瑭点头："有理。报上姓名。"

"末将王峻，军中参事。"

"我记下了。"石敬瑭示意王峻起身，转向郭威。

"你有何高见？"

郭威道："郭威以为，我主当明拥宋王，暗拥潞王。"

此言一出，全场皆惊。

石敬瑭问道："潞王势大，还是皇上义子，名不正，言不顺，有何理由支持？"

"宋王正统，拥民心。潞王勇武，拥军心。二心离德，均难以成事。"郭威话头一转，"郭威依旧记得我主今日断的两案。其中兄弟分家案，正如储君之争。我主没有参与其中，因为我主知道，外人不断家内事。我主抽身其外，却施计制衡二人，让矛盾在制衡消弭。最终二人都会感恩我主。"

石敬瑭又问道："既然如此，为何不可明拥潞王，暗助宋王？"

郭威笑道："因为我主斩了那骗财女子。"

"这是何解？"

"女子骗财，罪不至死。但我主不惜引发民怨而斩了她，是不想委屈将士。在我主心中，军心，高于民心！同理，潞王，高于宋王！"

石敬瑭惊在席上，再次端详郭威。连他自己都未想到其中深意。不想这一小小书案，竟把自己脑中模糊的想法猜得通透！

石敬瑭看着郭威久久不语，脸上阴晴不定。而刘知远察觉到石敬瑭的异样，额头上慢慢渗出了冷汗。

许久，石敬瑭掷出杀令："郭威，死罪！"

刘知远连忙跪下，深深一叩，"请我主收回成命！"

王峻和石敢也连连叩首求情："请我主收回成命！"

又沉吟了许久，石敬瑭道："郭威，今天，我不杀你。你到军法处自领二十军棍，好自为之！"

郭威一身冷汗："谢我主不杀之恩！"

二十军棍下去，郭威后背早已皮开肉绽，疼得下地都站不住。幸而刘知远三人一直在外等着。等行刑结束，石敢背着郭威，要把郭威送回府邸。

"郭大哥，这二十记军棍下去，你愣没哼一声，石某服你啦！"

"不回我家，去营中……"郭威强忍着痛道。

"也好，弟妹那我派人去说，你放心。"刘知远猜到郭威顾忌，安慰道。

四人来到行营，将郭威安顿下来，再上好了金疮药，稍稍坐定休息。

王峻感慨道："郭大哥今日可是一鸣惊人啊。"

石敢不解地摸着脑袋："哥哥说得顺溜，我虽听不明白，但也觉得有理，为何我主就大怒了呢？"

刘知远叹口气："你们哪里知道，我主最禁忌被属下猜透心思，今日贤弟一言，正中我主下怀，却也正中我主软肋。他并不是真的要杀你，而是要挫一挫你的锐气。真若是要杀你，你郭威十个脑袋也保不住了。"说到此处，刘知远转而笑道，"不出意外，贤弟，你就等着高升吧"。

然而，几日后，石敢被刘知远调去做了石敬瑭的近卫武士，王峻入了内府，成了石敬瑭为数不多的幕僚书记。郭威趴在床上几日，却悄无声息，毫无升迁迹象。

"这次大哥失算了……"郭威苦笑道。

军帐突然被掀开，一个俊朗的身影走了进来。"父亲，我来给你送饭了。"

郭威抬头一看，是柴荣来了，笑道，"家中一切都好吧？"

"母亲的病情近来有所好转，只是给母亲买药的银钱紧张，孩儿打算出门几日，行商赚钱。"

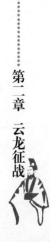

"好！辛苦荣儿了！这几日我也随你去卖茶赚钱！"郭威笑道。

"恐怕贤弟要另作安排了。"刘知远进了门，打断了二人的谈话。"三日后我主决意去洛阳，点名要贤弟亲随。"

郭威问道："大哥，这次去洛阳，所为何事？"

刘知远看了看柴荣，不语。柴荣原本便是机灵人，忙对刘知远恭敬一礼，默默退出营帐。

刘知远道："昨日收到军报，皇上殡天了。我主身为皇亲，必须进京守孝……"

翌日，郭威匆匆回到府邸，与娇妻一夜温存，天未明则离家去了军营。

洛阳，深夜，皇宫之中。

宋王李从厚身着孝服，依旧跪在先皇灵柩前，想起先皇种种，不禁又泪如雨下。

明宗一生有四个儿子，两个义子。

长子李从审早年征战阵亡。

二子李从荣因此深受明宗器重，不想封秦王后不久，李从荣竟然公然造反，最后被灭了满门。

三子李从厚，敦厚寡言，也深受明宗喜爱。然而有暴虐的二哥在前，李从厚从小就安分守己，安心地做了个安乐王。

最小的四子李从益，为明宗老来得子，如今还在母亲怀里撒娇。

再看那两个义子李从珂、李从璨，其实都是明宗的侄子。明宗兄弟多战死，明宗则收其遗孤做了义子。李从璨为人刚猛，浑然一个莽夫，连王位都没有晋封就被踢出了政局。而李从珂，骁勇善战，战不畏死，常一马当先，孤身深入敌阵，由于小名"阿三"，故而常被明宗唤作"拼命三郎"。也许是老皇帝出于长远考虑，封了李从珂潞王后就长期派他镇守凤翔，远离京都。

然而，这义子李从珂与女婿石敬瑭，都被明宗视为左膀右臂，均战功赫赫，在军中具有不可置疑的名望。

本来清楚明白的皇储身份，在秦王伏诛后，立刻变得暧昧不清，各路势力纷纷蠢蠢欲动。

老三李从厚自幼熟读《春秋》，自然不是个草包。他知道，自己最强力的竞争对手就是义兄李从珂，其次就是妹婿石敬瑭。然而自己军中素无威信，手中只有父皇留下的禁卫军三万人。如若那二人不服，想要自立，自己又当如何自处？

李从厚想到此处，不禁浑身一个冷战，悲从中来，再次爬到灵柩前号啕大哭。

殊不知殿前守灵的大臣中，跪在李从厚身后的枢密使冯赟居然随后也放声大哭起来，有这人带头，殿内昏昏欲睡的大臣纷纷惊醒，又都干号起来。

"陛下啊！可怜你一生文治武功，千里江山，最后竟要拱手让与他人！老臣，心痛啊！"

枢密使掌管全国各镇兵马，名义上是全国军队的最高长官。可在五代十国，各地方节度使四处割据，枢密使的权威早已名存实亡。

李从厚一听，顿时火从心生，但碍于对方两朝老臣的显赫身份，强忍着火气问道："冯大人何出此言？"

"外有蛮夷窥伺，内有藩王争储。如若后继之君只会在陛下灵前痛哭，是问，殿下能哭退契丹外敌吗？殿下能哭走十万叛军吗？"

李从厚听后一惊，立刻谦逊问道："国之危难，请冯大人教我。"

"陛下可曾听过一句话，两虎相争，必有一伤。"

"冯大人的意思是？"

"先帝贤明，余晖足以抱殿下登基即位，不然全国必然哗变。"冯赟正色道，"然而殿下未得军心，为今之计，就是离间石敬瑭与潞王，殿下稳坐山中观虎斗，后徐徐图之。"

"先生贤明！"李从厚大喜，连忙恭敬问道，"可有办法？"

"请殿下移步！"

很快，这一老一少君臣来到灵殿后的宣室，悄悄一谈就是一夜。

灵前，另一位枢密使朱弘昭看着宣室的方向，眉头暗暗紧皱。

朱弘昭可以说是冯赟的恩人。冯赟原先在地方节度使旗下任职，郁郁不得志，朱弘昭爱惜人才，将其招到枢密院，这才一步一步爬到今天的这个位置。

冯赟善谋，朱弘昭稳重，两人在朝中可是一对黄金搭档。一月前，秦王

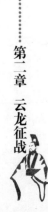

造反逼宫，就是二人合力将之击败。本来朱弘昭要将秦王交予先帝发落，但冯赟却狠心处死了秦王，接着还彻底灭了秦王一脉。

"舐犊情深，皇上必定不会杀秦王。秦王平素就与老臣们势同水火，如今更败于我二人。若日后东山再起，我二人死无葬身之地！"

朱弘昭至今还记得冯赟说话时眼中闪过的狠意，比起他的狠辣来，朱弘昭这个"师傅"还是胆小得多。

今日，冯赟突然灵前献策，朱弘昭是完全不知情的。他知道，可能就凭着一次先机，冯赟的地位将会更进一步。然而，那只狠毒的老狐狸会让李从厚怎么做？

朱弘昭心中萌发出深深的担忧。

远远在城外三里，城内就隐隐传来哭声。石敬瑭果断下令，一行人下马步行入城。郭威随着亲卫队进入洛阳，不禁被眼前的景象震惊。

整个洛阳城全然没了昔日的热闹，家家户户门口都挂着白灯挽联，路上百姓无一人不披麻戴孝，不少人竟跪在路边痛哭流涕，乍一听哭声震天，再一听入城将士也不禁鼻酸。

抬眼望，黑云压城，阴雷滚滚，压抑得让郭威只觉胸口气闷。

大哀国殇，天地变色。

石敬瑭忍不住一声叹息："先帝功绩，尽在这一片哭声中！"

"我主，我们该如何应对？"刘知远问道。

"民心不可违！"石敬瑭低声道，"约束部下，不可造次，违令者斩！"

"领命！"

就在石敬瑭进驻洛阳的当天晚上，潞王也急匆匆地从封地凤翔一路策马狂奔而来。然而不同于石敬瑭，潞王撇开大队，一人一马闯门而入，在城中一路奔驰到了禁宫，不等通传，就打退侍卫，冲入灵堂大殿，抱着先帝的棺木大声痛哭。直到灵前守孝的宋王赶到，才勉强拉开已经哭成泪人的潞王。

十二月初一，也就是明宗头七那天，在宋王的主持下，文武百官及各路节度使在西宫参加了明宗李嗣源的盛大葬礼。

后唐李嗣源虽在史书上籍籍无名，但论政绩、论人品，就算与唐太宗李世明相比，也毫不逊色。

李嗣源一介武将，被昏庸的义兄逼得造反，做了七年皇帝。七年来，中原地区从一片战争废墟中恢复了勃勃生机。在整个五代十国历史中，唯有后唐的版图面积最大，政局最为稳定，中原地区也是在后唐李嗣源手中得到了真正统一。

李嗣源戎马一生，不识汉字，却在即位后仍然刻苦读书，深受儒家思想影响，做到了以民为本，虚怀纳谏，生活简朴，谦和爱人，完全由一代名将渐渐成长为一代名君。然而，人无完人，李嗣源唯一的缺点，就是在制衡朝政上，缺乏经验和狠心，导致如朱弘昭、冯赟这样的权臣坐大，为后世之君留下了一个深深的隐患。

"诸位。"正当宋王要主持抬棺仪式之时，枢密使冯赟突然说道，"今日，国丧当头，却有一件比国丧还要重要的大事。"

潞王喝道："大胆冯赟！这是先帝灵前！有何事比先帝大丧还要重要？"

冯赟面不改色，正声道："国不可一日无君！先帝仁德，泽被神州。但如今，后继之君不明，此事不决，先帝英灵不安！"

说完，冯赟面对灵柩三拜九叩，大声道："请先帝遗诏！"

私立太监庄重拿出遗诏，全殿众臣工一惊，齐齐跪倒。

"大唐臣工天下，孤戎马一生，杀孽无数，虽修德政，亦感有违天合，寿数无多。皇三子宋王李从厚宽仁淳厚，唯贤唯德，今特诏宋王李从厚继任大统。众臣等须竭力辅佐，有二心者，人人得而诛之。大唐李嗣源绝笔，长兴四年十一月二十。"

遗诏一出，臣工们顿时纷纷喋声，目光不由得集中在了披麻戴孝的宋王身上。

只见宋王立刻跪在灵前痛哭道："儿臣无才无德，内不能安抚诸臣百姓，外不能抵御外敌契丹，愧对父皇信任。义兄潞王勇冠六军，长宁驸马石敬瑭名镇河东，儿臣自愧不如，跪请二位兄长担当国君！"

臣工中马上人人犯起了嘀咕，花花轿子人抬人，宋王演戏，自然需要有人配合，可此时发话，必定得罪三方其二，试问谁敢置喙皇位之争？

一片冷场之后，潞王一声冷笑，不屑道："你这菩萨奴，父皇在世时便喜欢推诿虚让，毫无父皇英雄气概！这皇位，父皇既然让你来坐，谁敢来抢，

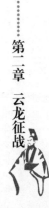

先得问问我凤翔三万精骑！"

一介莽夫！

石敬瑭知道潞王将难题踢给了自己，心中不屑，马上下跪道："先帝视末将为亲儿，下嫁长宁公主于末将，恩同再造！不敢忘恩！今日末将在此立誓，拥立先帝骨血，粉身碎骨，至死不渝！"

先帝骨血？那挑明了不支持身为义子的潞王。宋王李从厚心底品味着妹夫的话语，却总觉得妹夫狡猾：先帝还有一幼子，也是王室骨血。这石敬瑭话中有话，态度暧昧，比起那潞王来，更难对付！

冯赟见灵堂气氛突然剑拔弩张，正要进言，只听见门外侍卫高喊："契丹使臣耶律熊为先帝上香！"

契丹使臣？他是怎么进来的？宋王大惊，瞪向冯赟。

冯赟也是一头雾水，继而一头冷汗。他看向四周，最终把目光定格在正襟危坐的朱弘昭身上。一定是他！万万没料到，朱弘昭居然也留了后手！

耶律熊不顾众人目光，径直走到明宗灵前，敬香躬拜。"我奉国主之名，特来拜祭大唐皇帝。国主一生，只敬重大唐三位英雄，大唐皇帝李公，大将军石敬瑭，猛将李从珂。老皇帝既崩，不知后继之君是何人？"

"这是我大唐国事，特使耶律熊不必担忧。"冯赟上前，言语间绵里藏针。

"哈哈，管你国事家事，我只知道我主敬重英雄。倘若邻国国主草包，还是我契丹幸事！哈哈哈！"

一席话说得宋王李从厚脸色红白交替，正要发作，潞王气急，突然拔剑砍向契丹特使耶律熊，可眨眼间，石敬瑭竟也拔剑而出，生生在耶律熊面前挡住了潞王这致命一剑！

"石郎，你要通敌叛国么！"潞王瞪大了眼睛喝道。

"先帝灵前，不可造次！岂能让外人看了笑话！"石敬瑭也战意浓浓，直视对方。

"哈哈，让大唐两位勇士拔剑，我耶律熊，荣幸！"耶律熊面不改色，冲着已经不知所措的宋王看了一眼，"契丹人眼里，英雄就是朋友，草包就是羊羔。唯有二位为君，契丹才会敬服！"

"哼！"石敬瑭冷哼一声，对着刘知远一个眼色，刘知远马上示意手下，很快，两个河东军士抬着一重箱上堂。

打开一看，箱内竟是洒满石灰的赫赫人头！

"河东军镇，有二十六人劝我自立，如今，二十六人的人头尽在于此。"石敬瑭朝着先帝灵位跪下，沉声道，"先帝灵前，献上叛将二十六人首级，以此明志，拥立新君！北方蛮夷若敢犯我，这二十六人就是他们的下场！"

耶律熊面色一变，瞪着石敬瑭。

"还有我！"潞王不甘示弱，马上也跪在灵前表忠，"末将甘为先锋，杀尽外敌，死不旋踵！"

"契丹特使看到了吧？"冯赟冷声说道，"请特使回驿馆休息。"

耶律熊悻悻一哼，在众官的怒视中走出大殿，心中不禁嘀咕。窝火！被这"石狼"诳了一道！

耶律熊只听见背后朝臣山呼万岁，他离开后不久，宋王李从厚终于有惊无险地坐稳了皇位。

是夜，行馆中，刘知远忙完军务，找来郭威、王峻议事。

"今日可是大开了眼界。"郭威回想白天的情形，由衷说道，"大哥，这契丹使臣出现，是我主安排的吧？"

刘知远不动声色："何以见得？"

"不然，何以要千里迢迢运来二十六颗人头？用外敌消除内斗，比起我和王峻之计，高明何止千倍。"

刘知远笑道："果然瞒不过贤弟。"

原来早在出发之日，石敬瑭就暗中修书给匈奴王，谎称以幽云二州为代价，请求匈奴派出特使耶律熊，支持石敬瑭登基。在进京当日，石敬瑭又派出桑维翰和王峻秘密来到枢密使朱弘昭府中，说服已经"失宠"的朱弘昭在大丧之日上，放契丹使臣进来搅局。里应外合，让本来分崩离析的朝局短时间凝聚起来，避免了一场皇位争夺。

"我主英明，看来我才是班门弄斧啊！"郭威怅然道，"此事从头到尾，我主都没有让我参与，看来是已经对我的莽撞心生芥蒂了。"

"贤弟多虑了。"刘知远笑道，"若非我主首肯，我怎么会告诉你这些？我主一身傲骨，只是想压压你的锐气罢了。此事一过，日后必有重用。"

第二章 云龙征战

"好好好，我就收起这一身锋芒，好好地跟着大哥做事。"郭威话锋一转，有些担忧道，"我主此计甚好，可最后留下一个尾巴。"

"什么尾巴？"

"失信于契丹，日后恐有不妥。"

"哈哈！"刘知远大笑道，"贤弟是圣人书读多了吧。生逢乱世，讲的是兵马实力，仁义礼智信，全都是空谈！"

"但愿，是我杞人忧天。"郭威看向帐外北方，喃喃自语。

第 2 节　兄弟之争

契丹。

草原王帐中，契丹霸主耶律德光听完了堂兄耶律熊的回报，气得把手中的杯子摔得粉碎。

"可恶！石敬瑭竟敢欺我！"

"大王！石敬瑭许我幽云二州，却又出尔反尔，这等戏弄，我们怎么能忍！"

耶律德光拍案而起："召集各部兵马，三日内，南下中原，我们给唐国新君一份大大的贺礼。"

正当两人火冒三丈之际，一位独臂契丹妇人走进帐中。耶律德光见到妇人，连忙恭声相迎。

"母后！"

"太后！"

独臂妇人看了一眼儿子，问道："我问你，如若你现在南下，东丹王残部趁机夺权，你当如何？"

耶律德光语噎。

"都是大王了，怎么还像个莽夫一样！"

独臂妇人怒斥，耶律德光虎背熊腰，也不得不点头认错。

契丹一族，发源于三国后，南北朝时期，是一个典型的北方游牧民族。"契丹"一词的原意就是指"镔铁"。契丹人以此为名，就体现了这个名字铁一般的身骨和意志。

到大唐末年，六百多年来一直默默发展，让契丹逐渐强大。可游牧民族有一个普遍缺点——比起安土重迁的农耕文明来，游牧民族更容易发生内部分裂。大唐后期，契丹虽然强大，可内部分裂出了十几个部族，为了争夺生存空间发生了近一个世纪的疯狂内战。就在五代十国，中原群雄并起的时代，契丹草原上也崛起了一位雄主耶律阿保机。

耶律阿保机出生在契丹贵族之中，然而一生下来就命运多舛。祖父匀德实死于上层政治斗争，父亲和叔父们纷纷远逃，耶律阿保机在祖母的庇佑下度过了艰难的童年。成人后，耶律阿保机继承了祖父勇武好战的血统，也学到了祖母睿智多思的智慧，拉起了一帮勇士，凭借一生努力，终于统一了契丹各部，最终自立等级，号称"天皇帝"。

如果说已故的后唐明宗李嗣源是一只细嗅蔷薇的猛虎，那么天皇帝耶律阿保机就是一匹杀伐果断的狼王。耶律阿保机在位时期，诸王不服，大型叛乱足有三次，都被其残忍血腥镇压。趁着中原大乱之际，耶律阿保机又偷袭渤海国，直接把契丹的版图连成一片，延伸到了太平洋沿岸。

渤海国原是唐朝藩属国，地理位置居今日黑龙江东北部，俄罗斯境内，靠近太平洋沿岸的地区。虽然地处偏远，土地贫瘠，渤海国却民风彪悍，人人好战。当初唐朝鼎盛时期，武则天曾派兵攻打，可大唐军队在此几乎全军覆没。可见其战力卓著。不想百年过去，渤海铁骨仍在，却碰上了契丹这匹饿狼。耶律阿保机用了几年时间，硬生生将这块硬骨头吃进肚中。这渤海人也算硬气，誓死不降，纷纷逃离到中原或者更北的冰原为生。整个战后的渤海，用空无人烟，满目废墟形容是再贴切不过了。

耶律阿保机眼见渤海无人，遂发动兵马南下，在中原和东北处掠夺了大量的人口，赶到渤海定居。将渤海国改名为东丹国，取义"东契丹国"。又封长子耶律倍为东丹王，好好经营这块风水宝地。然而，就在安排完这一切，得胜回朝途中，耶律阿保机心力用尽，不治而亡。

皇帝横死，契丹王权突然陷入真空状态。这时契丹内部再次分裂，两股

势力分别支持两位皇子继承王位。其中以耶律阿保机心腹大臣为代表的一派，支持皇长子，也就是还在东丹国的东丹王耶律倍。而另一支就是萧皇后述律平代表的一派，支持二皇子耶律德光。

就汉人的思维，萧皇后一定是偏心亲儿的后妈。然而事实却出人意料。耶律倍和耶律德光，都是她的亲生儿子。

老皇帝耶律阿保机壮年时期，一日在草原策马狩猎，无意中发现一英武女子策马驱驰。阿保机一见倾心，要上前强掳女子为妃。哪知，单比骑马，耶律阿保机竟不是女子对手，反而还被对方嘲笑。耶律阿保机恼怒，和女子比起了弓射搏杀，竟然均不敌对方。耶律阿保机最终转怒为喜，重金大礼迎娶了这位奇女子——述律平。述律平也即以后的萧太后，为耶律阿保机诞下了子女无数，夫妻感情深厚，一时成为草原美谈。

后来，耶律阿保机死于回军途中，述律平竟未落一滴眼泪，在耶律阿保机下葬之时，述律平竟然拔刀斩下左臂，以左臂陪葬亡夫！

其刚，其烈，震惊朝野！

其实，在储君人选问题上，述律平与耶律阿保机早有争执。耶律阿保机少时缺乏父爱，为人父后便将所有爱护加注在大儿子耶律倍身上，最终导致了耶律倍性格柔弱，娇生惯养的毛病。述律平生下二儿子耶律德光后，便吸取教训，自己独自抚养儿子，最后将自己的全身武艺和刚烈性子全传给了耶律德光。

在她看来，没有血性的契丹人没有资格成为王者，就算那人是自己的长子也不行！

两个皇子背后的两派势力终日争斗，最终引发了契丹内部最大的一次内战。这次，耶律德光为主帅，战阵上尽显锋芒。而述律平坐镇后方，为儿子解除后顾之忧。这母子二人联手，很快就把草包东丹王打得丢盔弃甲。东丹王失了王位不说，留在契丹国内恐怕要死于亲生母亲和亲兄弟之手，最终万念俱灰，舍了一身尊严，南下投靠了后唐明宗李嗣源。

这等流亡国外的落魄王子，在李嗣源看来就是块鸡肋，留着无用，杀了可惜，只好当成一个高级人质，就好吃好喝地供在洛阳。

没想到这一待，就接近十年。

在萧太后的辅佐下，耶律德光不断地扩张势力范围，招兵买马，意图占领中原。可是先帝留下的一批忠心大臣，却认死理要找回耶律倍，不仅，东丹国，西北部，西南部，各个新占领的地区皆人心浮动，不少人怀揣狼子野心，蠢蠢欲动，大大牵制了耶律德光称霸中原的步伐。

"唐国皇帝新死，三派势力夺权，按理说是我入主中原的大好时机。"萧太后坐在帐中主坐，慢慢说道，"可是，现在不是时候。"

"母后觉得，何时最佳？"

"内部不稳，大军不宜久战。"萧太后叹息道，"我们只能突然发兵，一举南下，在一月之内占领中原。不然，腹背受敌，死无葬身之地。"

耶律德光一拳砸在案上："可恶！"

"中原虽乱，但也有百万人口，两三月内，随时都能拉出一支十万大军。可我契丹虽强，人口不过数十万，即使全民皆兵，精兵也不到十万。他们败了，可以不断东山再起，我们败了，就永远没有机会了……"

"可恶！急煞我也！"

萧太后见儿子浮躁，厉色喝道："生死关头，怎能失了耐心！"

耶律德光虽然杀人不眨眼，但在这个母亲面前依旧不敢造次。萧太后虽然断了一臂，可提起斩马刀来连耶律德光都不是对手。

"儿子，错了！"

"等，是人间最难的事。你父亲花了三十年，才等到了一个机遇，成就一世霸业。你要成就的，是入主中原，是契丹的千秋伟业！要更耐心，更谨慎地等！"

萧太后最后眼中闪过一丝温情，立刻起身离开大帐，只留下耶律德光呆呆地思考。

"等等等等！要我等到何时！"

中原，凤翔，潞王府。

潞王李从珂气急败坏，拔起佩剑就在大厅内一阵乱砍。

"潞王！息怒啊，潞王！"老臣卢沣连连劝阻，可望着剑锋就是不敢靠近。

李从厚登基已经三个月了。可这短短的三个月，几乎就要把这个脾气火爆的潞王逼疯。

李从厚当上皇帝以来，连对潞王发了三道圣谕。

其一，潞王之子，六军禁卫都尉李重吉，殿前失仪，冲撞枢密使冯赟，被贬至亳州任团练使。

其二，赐婚潞王之女，平安郡主和亲契丹东丹王。

其三，调凤翔节度使潞王改镇河东，河东节度使石敬瑭改镇成德，成德节度使范延光改镇天雄。

"那菩萨蛮！欺人太甚！"

"潞王啊！谨言慎行啊！他已经是当今皇上了，这小名不可随意呼唤啊！"

虽然嘴上劝着，其实卢沣也是恼怒不已：这当今皇上，出手如此老辣迅速，不是逼着潞王造反吗？

潞王之子在禁军中任职，由于不满冯赟对父亲的排挤，脾气火爆地冲撞了两句，就因此被调到了地方，这完全是害怕潞王造反的表现。

潞王的女儿平安郡主，早在半年前许配给了凤翔军中司马曹干，喜帖早已发给过当时还是宋王的李从厚！平安郡主与曹干新婚燕尔，正是甜里抽蜜的时候，那日一听要将她改嫁契丹，当即就要寻短见。幸而家仆劝阻，才没有酿成大错。但平安郡主誓死不嫁二夫，最后竟然削发出家，以此抗命。

如果说以上两手是两记重拳，那么最后一条调令，完全就是釜底抽薪了。

"让我去做河东节度使？笑话！河东是石敬瑭的地盘！他在河东经营了六年，上上下下都是他的心腹，我去河东作甚？去当神仙被人供着啊！"

从唐末开始，节度使作为地方的最高军政长官，权力日渐膨胀。安史之乱的始作俑者安禄山、史思明就是节度使。节度使掌管一方兵马和民治，又不听中央号令，割据一方，俨然就是一个没有封号的土皇帝。

儿女受辱，这事还可以忍；但是夺了自己的兵权，绝不能忍！

李从珂虽然只是先帝李嗣源的义子，可他骨子里却深深印着李家嗜血的天性。在战场上，李从珂的狠劲天下皆知，甚至连契丹人一听李从珂旗号，都会望风而逃。

胡柳陂之战时，李从珂本来被李嗣源安排垫后掩护，可那李从珂看到敌军势大，顿时杀红了眼，忘记了自己的职责，居然把后军当成前军，把自己当成了先锋，只有三千人马就冲向敌军两万人之中的中军大阵，结果，李从珂部以一敌六,硬生生与敌军咬在一起。中军来了一群饿狼,敌军阵脚顿时大乱,李嗣源抓准时机,发动反冲锋,居然反败为胜。事后,打扫战场,三千勇士几乎全部阵亡。幸而将士忠心护主,用身体掩盖住了身中十二刀的李从珂,潞王这才捡回一条性命。也是从这战起,"拼命三郎"一战成名。

握紧手中的利剑,李从珂心中依旧战心不已。

想起为自己死去的将士,李从珂心中一阵刺痛。

戎马生涯三十六年,李从珂早就把战场当成了归宿,即使被贬在凤翔的这几年,即使手下只有三万老弱兵士,李从珂都没有冷却战场的热血,甚至一年时光里,大部分时间都住在军营中。

可如今,那菩萨蛮小儿一登基,就要自己改镇他地!下一步不就是直接夺权了?

战死沙场。那是李从珂最大的心愿。他并不怕死,甚至更盼望轰轰烈烈地一战而死。可是他不甘死于政局,更不甘死于平淡。这两种结局,比将他凌迟处死,挫骨扬灰,还要悲惨。

想到此处,李从珂要爆炸的脑袋反而平静了下来。

"卢泽,你说说,菩萨蛮要平儿和亲东丹王,是何打算?"

"东丹王是契丹废王,自身难保,毫无价值……不,据臣所知,契丹东丹国一直动荡,东丹王旧部似乎一直不太安分……"

"难怪,难怪那日会有契丹人来捣乱。看来菩萨蛮是打算利用契丹人来压制我和石敬瑭……石敬瑭那边有何消息?"

"据秘报,石敬瑭接到诏命后就一直称病,至今也无任何反应。"

"上报给枢密院和菩萨蛮那里,说我也病了。"李从珂冷哼一声,"我修书一封,快马送到河东石敬瑭手中。那石狼,也不是吃素的!"

石敬瑭看完手中的书信,沉吟许久,最终还是将书信烧为灰烬。

"潞王透露,皇上要夺我二人节度使之权,要与我联手抗命。各位有何高见?"

"我主,皇上登基不到三月就要撤换三位节度使,如此猛药,心急如斯,恐怕是有高人在背后指点。"王峻第一个说道。

"除了枢密使冯赟,还能有谁?"石敬瑭笑道。

刘知远道："新君羸弱，大权注定旁落于近臣之手。我主兵权乃是安身立命的根本，切不可舍弃！"

"郭威，你说呢？"石敬瑭转身问道。

"我主，"郭威隐隐猜出了石敬瑭的意思，但他已经不敢造次，低声说道，"为今之计，我们只能等。三镇节度使都被调任，恐怕都多有怨怼，拖延越久，必定有人失去耐心，那时就是我们的时机。"

"如果其他二镇都不反抗，那该如何？"

"这……"郭威语噎了。当今新皇之所以要动凤翔、河东、成德三镇的节度使，就是想收回三镇的军政大权。那李从珂与范延光均是先帝时期的老资格将领，岂会乖乖地交出兵权？但是，如果二人真的不反抗，石敬瑭的处境就大大不妙了。

郭威道："我主可做两手准备，一方面派人前去洛阳活动，将皇上的注意力转向潞王；一方面，联系契丹，以策万全。"

"契丹？"郭威的话与石敬瑭的心思不谋而合，"王峻、刘知远，你二人马上前去洛阳，我会修书一封给朱弘昭。桑维翰，你替我去一趟契丹，务必澄清误会，取得耶律德光的支持。"

误会？在座几人一听心中好笑，明明是石敬瑭出尔反尔，哪里有什么误会。就怕那契丹人火爆脾气，把来使直接砍了泄愤。

"臣遵命！"桑维翰毫不犹豫应承下来，顿时郭威等人对这个矮小的沙陀人产生三分敬意。

"危急时刻，石某全要仰仗各位了！"石敬瑭冲着诸心腹由衷一拜。

诸将一愣，连忙回礼，顿时感到肩上的压力。

柴守玉最近的心情变得出奇的好，丈夫郭威留守河东，可以日日回家，而前不久出门做生意的义子柴荣，也在前几日回到家中，一家三口终于小别团聚，顿时郭府平添了几分喜气。柴守玉亲自下厨，置了一桌酒菜，和丈夫、儿子好好团聚。

"父亲，回家几日，军中调度频繁，刘叔叔、王叔叔都不见踪影，怎么你落得如此清闲？"柴荣不解地问道。

柴守玉看着长大的儿子，笑着说道："石帅左近必须有人守卫啊。"

郭威叹然："守卫只是其一，恐怕我主与我隔阂才是症结。"

郭威遂将上次被石敬瑭杖责的事告诉了柴守玉，引得柴守玉一阵心疼，连忙撩起丈夫衣服查看。

"都是皮外小伤，早就好了。"郭威安慰妻子，"不过从一开始，我主就因此事对我不冷不热，恐怕日后，我将在这军中书案的位子上终老了。"

"静守本分，安然度日，这不也挺好吗？"自从病了以后，柴守玉的性子变得更加沉静淡然，很期盼过上安稳的日子。

"静守本分？"郭威有些惘然，骨子里想要建功立业的雄心，对着妻子的含情脉脉，只好悄悄收起野心，笑着和妻子对坐。

"近来夫君无事，何不将郭家的亲人从顺州接到河东安顿？"柴守玉笑道。

郭威眼前一亮：是啊，如果潞王一打起来，顺州亲眷岂不遭殃？郭威自幼丧父丧母，是姨母韩氏抚养长大，虽然韩氏早已去世，但郭家与韩家亲人犹在，这份恩情必须报答！郭威想到此处，马上点头称是，感激地看向贤惠的妻子。

"父亲，上次我随颉跌大叔去沧州卖茶，碰到了一位有意思的故人。"柴荣笑道。

"沧州？契丹边境？会有故人？"郭威一愣。

"是石帅义子，石重贵。"

这五代十国的国君大将都有一个爱好，就是广收义子。这石重贵原本是石敬瑭哥哥石敬儒的儿子，石敬儒早死，石敬瑭也就学着老丈人明宗的手段，收了石重贵这员猛将为义子。

要说石敬瑭有六个儿子，多一个义子也无碍大局，只是这石重贵素来负责中军守备，被石敬瑭揽在身边，怎么近日又跑到沧州去了？

"石重贵押运货物来到沧州，我和颉跌大叔猜测应该是石帅秘密送给契丹的物品。"

想起当时，柴荣就不禁一身热血。契丹人在沧州专横跋扈，柴荣早就想去修理他们，无奈与颉跌约法三章，看见不平事也只好忍了。那日大街上又有契丹人闹事欺侮汉人，那石重贵正好路过，二话不说，就一个人冲上前去将几个契丹人斩杀当场，引得路人一片叫好。巡查而来的官吏，对石重贵当

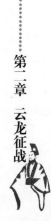

街杀人，也是睁只眼闭只眼。柴荣在军中训练，与石重贵还在演武场交过手，当时就跑去相认，两人一见如故，若不是有军务在身，恐怕两人马上就去喝酒叙旧了。

听着义子绘声绘色的讲述，郭威却陷入了沉思：我主不是已经派亲信桑维翰去了契丹吗？怎么又派义子去送东西呢？难道，他连桑维翰也不信任？

契丹路远，桑维翰杳无音信，王峻、刘知远洛阳一行，倒是马上产生了奇效。

李从厚登基以来，过了几日皇帝瘾后，就像一个不会水的人突然掉进了大海，马上就感到茫然无措的空虚感。这时枢密使冯赟就成了李从厚的救命稻草，为李从厚坐稳皇位可是奇谋百出。那打压潞王，互调三镇节度使的主意，就出自冯赟之手。

然而，就在冯赟作为第一首辅，春风得意的时候，恩师朱弘昭却突然给皇帝进言，要在冯赟的奇谋上再"画龙点睛"。

调走凤翔的潞王，凤翔节度使就空缺了下来，本来冯赟主张让名将杨思权接任，但李从厚却长了个心眼，派亲信打听得知这杨思权曾经在潞王李从珂手下当裨将。让他去凤翔，岂不是换汤不换药？

正当李从厚为难之时，朱弘昭为李从厚送来良策——派李从厚的堂弟李从璋到凤翔任节度使。

这李从璋少年骁勇善战，可由于是宗亲兄弟之子，明宗对之冷淡。一直游离在核心权力之外的李从璋生性不喜权谋，从不抱怨，安于值守，老老实实地做他的冷门将军。

李从厚对这个堂兄，可比对李从珂放心多了。而且皇帝看到朱弘昭的奏折，马上想起不可让冯赟一人独大，遂嘉奖了朱弘昭，按照他的主意再给凤翔加了一道诏命。

殊不知，这道诏令就如同压死骆驼的最后一根稻草，下了不到三日，那潞王李从珂忍无可忍，举旗造反了。

朝堂大殿上，看着李从珂的檄文，李从厚气得当即拍案："清君侧？这阿三不如直说篡位！冯爱卿，还有朱爱卿，看看你们出的好主意！"

大祸临头的二人再也不管什么嫌隙，连忙为皇帝献计献策，生怕李从厚像汉景帝杀晁错一般砍了二人头颅去堵住叛军的口实。

"陛下勿扰，李从珂谋反就在臣等计算之中，叛军只有三万老弱及凤翔一座孤城，陛下大可派两万禁军前往陇西，再调彰义、晋昌、护国三路节度使兵马，将凤翔三面围死，我军数倍于叛军，那李从珂就是瓮中之鳖。此事一了，陛下就除去了心腹大患了！"

朱弘昭其实早就料到今日状况，稳稳连声奏道。

"那彰义、晋昌、护国三镇会听朕调令吗？"李从厚不安地问道。

"以潞王家财许诺，重赏之下，必会听令！"

"好！"李从厚大喜，连忙道。"此事由朱爱卿张目，冯爱卿协同，速速发兵！三月之内，朕要看到那阿三的人头！"

二人退出大殿，冯赟早已惊出一身冷汗，不禁对朱弘昭这个平日里的老好人高看了一眼。

"我主，洛阳急报！"刘知远冲进军营大帐，"皇上和潞王开战了。"

"意料之中。"石敬瑭冷笑道，"那阿三和菩萨蛮二人都是沉不住气的人。现在两军情况如何？"

"潞王被彰义、晋昌、护国三镇兵马围攻，几次突围都没有成功，现在三路人马围住凤翔，只等两万王军到齐，发动总攻。"

"草包！两个草包！"石敬瑭气得发笑。

既然你潞王要谋反，怎么不事先准备好军备粮草，安定好周边诸镇再动手？既然你皇上要剿贼，为何不让几个节度使去冲锋陷阵，却把自己保命的主力派了出来？

不过，虽然潞王势微，但石敬瑭仍相信，潞王比皇上还要强上一分。

看吧，看这二虎相争，能斗到什么地步！

凤翔城中，中军帐前。

潞王李从珂被六万大军团团围住，反而出奇地冷静。

手上能出战的兵马不足三万，而且扣除预备队守城的将士只有两万左右。凤翔少战乱，所以修得城矮池浅，完全没有防守优势。按理说六万人马一个冲锋，就能拿下这座孤城，可硬凭着主将的勇武，生生杀退三波攻城的敌军。

"报！"传令官仓皇来报，"王军两万步卒已抵达乾州，急行军明日即可到

75

第二章 云龙征战

达城下！"

"主将何人？"

"姓王名思同，据报为原枢密院副侍。"

"哼！"李从珂不屑冷哼，"若要是先帝领兵前来，我自当授首。可那王思同是何人？听都没听过，我辈岂会怕他！"

果然，接下来的几日，王思同组织了五次进攻，皆未攻破凤翔城池，还有几次反而被城中军队杀出，险些突围了出去。

王思同本来没打过什么仗，见到阵前尸横遍野，也不敢继续强攻。徘徊之际，老将杨思权建议，将凤翔团团围住，切断水源，叛军粮尽自降。王思同大喜，马上照办。

连日来，潞王军队虽然大胜，但也损失惨重，兵丁是死一个少一个，连城中的百姓都被发动来到城墙上助防。更要命的是，粮草不济，水源被切，孤城无援，军中将士士气是一日不如一日。

潞王此刻也有些后悔了。原来打仗，他从来是冲在一线，从不管什么军粮辎重。如今仓皇起事，内外交困，真是自食其果。

想到此处，潞王心情郁郁，军营中待不下去了，直接到了城墙一线去视察。

凤翔城顶，此刻早已破败不堪，军士们死守了几日，正趁着敌军休整，三三两两地靠在墙边昏睡过去。而许多人重伤无药，就这么一睡不醒。

望着百步开外的敌军阵地，再看看死伤惨重的守军。潞王心生邪火，脑子一热，竟然点起五百精骑，兀自杀出城外！

"那是叛军贼首！"王军中一声高喊，众将士如同饿狼一般扑向五百骑兵，哪知那五百骑兵，在潞王带领下，个个敢死，所向披靡，杀得王军人仰马翻。然而毕竟人数悬殊，五百骑兵被大军围住，人数不断减少，潞王身上也中了几刀，盔甲破碎。潞王杀出了血性，脱了铠甲，赤裸上身，露出一身伤疤，振臂大呼：

"将士们！当今皇帝不仁，对同室兄弟操戈，累死三军，何其无妄！潞王死于社稷，死于外敌，绝不死于唐军！"

此言一出，王军顿时颓然，连日来征战，王军早已心生怨怼。不到一会儿，王军突然停止攻击，一名将军从王军中走出，正是那被皇帝猜忌的杨思权。

杨思权来到潞王跟前，下马单膝跪下："旧部杨思权，今日拜见潞王！"

"杨思权？"潞王记起此人，问道，"你这是何意？"

杨思权摘下头盔狠狠砸入地下："皇帝猜忌潞王，主将更苛待旧部，这王军，没什么好当的！末将愿追随潞王，再夺天下！"

"追随潞王，再夺天下！"王军将士亦被潞王的勇武折服，戏剧般地纷纷跪倒。

"哈哈哈！"潞王在马上狂笑，直指东方，"军心所向！菩萨蛮！看本王如何杀回洛阳！"

不到一月时间，由于王军的临阵倒戈起到了带头作用，潞王的叛军一路势如破竹，守军只要看到潞王旗号，纷纷投降献城。转眼间潞王部就杀到了陕州，直逼王都洛阳。

皇帝李从厚闻讯，仓皇从洛阳逃出。

石敬瑭接到皇帝诏命，连夜点起兵马，挥师南下勤王。

行军中，石敢摸着脑袋问刘知远："大哥，我们真去勤王？"

刘知远道："我也不知。石敢！此行凶险，你必须护我主周全！"

石敢笑道："领命！"

刘知远猜不透石敬瑭的心思，即使猜到，也不会说出来。看看身后的郭威，刘知远有喜有忧。忧的是，我主似乎不喜郭威，一直都不重用。喜的是，郭威心系自己，俨然成了自己的左膀右臂。

"报！我主随轻骑前队去了卫州！"

刘知远心中莫名一阵心悸，忙冲着石敢说："石敢！你乘千里马速去！"

"领命！"

望着石敢疾驰而去的身影，刘知远对着郭威问道："贤弟，我主这次南下，如火中取栗，我实在担忧啊。"

哪知郭威不慌不忙地答道："我主不是去夺皇位的。"

石敬瑭打的什么算盘呢？其实郭威心底早就有数：他先让弱小的宋王当了皇帝，接下来，就一定会暗中帮助名不正言不顺的潞王推翻宋王。

推翻合法的皇帝，那是谋逆。

77

第二章 云龙征战

推翻不合法的皇帝，那是护国。

再如果，先帝的几个儿子不幸都在战乱中死光，那么作为驸马的石敬瑭不就更多了一分希望？

石敬瑭阅人无数，早就知道郭威不是一个好驾驭的人，所以他才像熬鹰一般地熬着郭威的傲骨，如果成功收服此人，将来必定是一大助力。

正想着纷繁心事，石敬瑭率三百轻骑一路当先进了卫州。可到了城池脚下，他突然听到有人高喊"石将军救命"。顿时下令骑兵火速撤出。然而几千骑兵突然从城中冲出，将石敬瑭等人团团围住。

卫州兵马也谋反了？石敬瑭处事不惊，沉声问道："吾乃河东节度使，石敬瑭。你们是哪一部的人马？"

城墙上，已经有些疯癫的冯赟正挥舞着带血的宝剑高喊道："杀了那逆贼！皇上赏千金，官升三级！"

原来，大唐臣工一路逃亡到卫州，皇帝李从厚日日对冯赟、朱弘昭二人痛骂，说他们庸臣误国。冯赟自感大事不妙，反正杀过秦王，就不在乎再杀一个皇帝，于是联合了几个将领，在卫州发动兵变，绑了皇帝李从厚要献给潞王。朱弘昭不同意，就被冯赟等人和皇帝绑在一起。一见石敬瑭来了，朱弘昭看到老相识，立刻大声呼救，冯赟气急败坏，一剑就杀了朱弘昭。

可怜后唐一代名臣，六军总长，就这么轻易死在卫州小城之中。

王军听到号令，立刻对石敬瑭的部队展开围攻，石敬瑭身处绝境，倒也镇定自若。只要挡住一时三刻，后方的刘知远、郭威就会率部赶来营救。

石敬瑭且战且退，但兵马损失大半；正当危机之时，不远处突然传来一声怒喝："休敢伤我主公！"石敢提着两柄铜锤，一人一马从左侧杀入敌军。

"我主快走！"石敢挥舞着铜锤高呼。

石敬瑭也不犹豫，趁着这个空当策马狂奔，最终退出了敌军包围。不多时正与随后赶来的刘知远部碰上。

"大军随我前去，救出石敢！"石敬瑭早已怒火中烧，挥剑引大军杀回卫州。

卫州只是一座小城，几千叛军又没有主将指挥，不到一个时辰，就被石敬瑭部轻松击溃。

然而石敢在连杀了对方数十人后，终于力尽不支，被暗箭射落马下，死于乱刀之下。其首级还被对方敌将砍下挂在马上，当做首功。

刘知远和郭威从敌军中抢回石敢的首级颤抖地交给石敬瑭。石敢双眼依旧瞪如铜铃，如同活人一般。石敬瑭沉声叹息，亲自写下"泰山石敢当"，立碑悼念。

直至今日，青岛境内，街道家宅附近，依旧有人在大石上刻写"泰山石敢当"，以作辟邪之用。

石敬瑭葬了石敢和朱弘昭，马上进城见到了一身布衣、狼狈落魄的皇帝李从厚。

"妹夫！"李从厚两眼是泪，一见石敬瑭就像见了亲人，扑到石敬瑭身上哭喊，"妹夫你要救朕啊！阿三他要杀朕，冯赟那个老贼也要杀朕！"

"皇上安心，冯赟早已自刎，我军将士还将他碎尸万段，为皇上报了一箭之仇。"

"好好好！那个老匹夫！误朕误国！离间朕兄弟情义，朕恨不得把他凌迟处死！"李从厚咬牙切齿道，"不过，妹夫，还有阿三那边……"

"潞王那边，有末将在，定让他人不了洛阳！"

"妹夫！有你真好！有你真好……"

石敬瑭留下了几千兵马驻守，让皇帝也留守在了卫州，便引人军杀向了洛阳方向。

五日之后，满心期待的皇帝正翘首盼望着石敬瑭得胜的捷报，不想等来的却是潞王登基大统后的第一封诏书。

"李氏宗亲李从厚，亲信佞臣，失德于国，今贬为鄂王，镇守卫城……"

"鄂王？石敬瑭呢？各路勤王大军呢？先帝的那些老臣呢？怎么能如此待朕！"

李从厚在卫州发疯了三天，咒骂了三天，最终还是闭嘴了。倒不是他想通了，而是新即位的皇帝派侍卫王峦送来一杯鸩酒。

想那李从厚哪有自杀的勇气，哭哭闹闹大半日，最后还是被王峦亲手勒死，这才了结了一年有余的皇帝生涯。

后世之君，也就是后晋的开国皇帝石敬瑭登基后，下令追封李从厚为唐

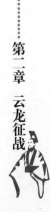

闵宗。

闵者，悯也，可怜，同情之意。

第3节　国仇家恨

河东，太原府，军镇演武场。

柴荣、石重贵正举着刀剑对垒练功。

自从上次沧州一遇，石重贵和柴荣两人志趣相投。回到河东后，石重贵经常手痒，找来兵士对练枪棍却总是被对方手下留情，石重贵好不扫兴，突然看到柴荣偶入军营，立刻就把他招到了演武场。

"说好，真刀真枪，不可让我！"石重贵一看柴荣的身形就知道对方是个高手，连忙叫道。

"好！真刀真枪！"柴荣一到演武场，顿时就没了在家里的温顺内敛，也是手痒不已，一声大喝就朝着石重贵刺去！

石重贵兵器一接，顿时感到虎口一麻，心中大喜：好大的力气！痛快！

两人一交手，就知道了对方的分量，顿时战意大起，双方你来我往，十几个回合杀得不亦乐乎。

正当这时，一支冷箭突然射向石重贵后背！柴荣眼疾手快，一枪打落冷箭。石重贵不禁回首，惊出一身冷汗。

这时一个冒失的小兵顶着一身宽大的军服匆匆跑来，冲着二人问道："二位可看到一只小箭？"

石重贵面色一冷，大喊道："卫兵！抓刺客！"

"错了，错了，我是夹马营的赵九重，不是什么刺客！"小兵连声高喊，可卫兵却不由分说，拔刀就冲了过来。

"你那军服宽松，一看就不是你自己的衣服！怎么不是刺客！拿下！"石重贵高喊道。

赵九重争辩不得，自知逃不出军营，只好拔剑迎战。一队侍卫五人，将赵九重死死围住，可那赵九重却丝毫不惧，提剑就攻。多人混战，侍卫占据优势，却被那力大无比的赵九重打得连连后退。

"我都说了我是夹马营！还打！"赵九重也打出了火气，剑招变得更加犀利起来。

眼见一队侍卫渐渐不敌，柴荣当机立断，举刀加入乱斗。赵九重自恃力大，一剑向柴荣挥去，可不想这柴荣力气更大，竟然一刀反将赵九重震退！趁着赵九重失神一瞬，柴荣一个堂腿扫倒对方，侍卫见机，立刻上前，将赵九重治住。

"喂喂！我服了，英雄！"赵九重一边挣扎，一边冲着柴荣高喊。

也在此时，营口突然爆发了骚乱，许多士兵向前聚集。

石重贵不满道："又出了什么乱子？"

一名士兵来报："有个莽汉想要闯营，打伤了七八个弟兄，还好被先锋官给拿下了！"

一日两乱！石重贵怒气冲冲道："把这二人都押到中军营中审问！"

中军营中跪着两人，看样子均年不过二十，可都是一身力气。

赵九重一身军装，面色轻松，时不时打着呵欠，而另一个黝黑少年，一身粗布，面带愤恨，不满地瞪着石重贵。

"你二人报上姓名来历！"石重贵威严地问道。

"都说了几百遍了，小兵赵九重，洛阳夹马营步卒，刚来河东没身合体的军服。少帅不信可以去查。"

"我自会查清，你，姓甚名谁？"

黝黑少年竟然怒气冲冲："我叫郑三，前来投军，为何不让我当兵！"

一旁的军官忙道："大帅有令，家中独子不兵，郑三正是家中独子。"

"我爹、大哥、二哥都被契丹狗贼杀了，我娘让我来投军，为父兄报仇，怎么不行！"

石重贵正色道："其情可悯，但军法不容情！"

"军法是啥玩意？"

"擅闯军营者斩！还有你，虽然你是我军士兵，但在军营中暗箭伤人，射杀上官，一样按律当斩！"

赵九重与郑三一听，双双牛眼一瞪，正要挣扎发作，这时静坐一边的柴荣突然发话："少帅，我有一个好主意。"

"讲来听听。"

柴荣灵机一动，狡黠道："少帅不是喜欢看人对垒厮杀吗？何不让这两个罪人厮杀，以图一乐呢？"

石重贵马上听出了柴荣的话外之音，笑道："好！你二人去沙场厮杀，赢者赦免，输者治罪！"

郑三问道："赢了就可以参军吗？"

"可以！"

"好！"

演武场上，二人刚发了兵器，郑三立刻拔刀就砍。那赵九重一开始只是敷衍，不想那郑三居然动了真格，招招要命。赵九重也打出了真火，手中的力道马上用上了十分！

两人打斗了数十回合，难解难分。渐渐，演武场外聚集了一圈士兵，都被这二人武艺吸引，人群中时不时爆发出一阵喝彩。

斗了半个时辰，郑三气喘如牛，对着赵九重说："小子，还不认输？"

赵九重也是累得汗如雨下，嘴硬道："输的人是你才对！"

"不服？"

"不服！"

"再打！"

短暂斗嘴后，两人又提刀冲向对方！

"停！"石重贵高喊一声，喝住两人，"你二人扰乱军营，按律当斩，可当下正是用人之际，念在你二人勇武，各罚二十军棍，下不为例！"

赵九重气呼呼地丢掉兵器："倒霉！"

郑三问道："少帅，我可以参军吗？"

"杀父弒兄大仇，岂能不报？"石重贵道，"拿我令牌去书办处报到吧！"

郑三激动下跪："谢少帅！"

望着两人离去，柴荣笑道："恭喜少帅又得两员良将。"

石重贵放松板得僵硬的脸，笑道："还不有你给我台阶，不然还真只能军法从事了。晚上我设宴，来我帐中喝一杯！"

柴荣摇头道："天色已晚，我得回去照料母亲了。"

柴荣别了石重贵，很快回到家中。

家门口早有一个身影在那殷殷等待。

"娘，是我。"

"荣儿……是你呀，快回家吃饭吧。"

自义父郭威陪同大帅南下已有半年，半年时间，石敬瑭等人被新帝李从珂强扣在洛阳，至今未能回到河东。

半年相思，窘得柴守玉日日坐在门口等候。

"有你义父的消息吗？"柴守玉为柴荣夹菜，殷切地问道。

"今日父亲有家书一封。"柴荣笑着从怀里掏出书信。柴守玉连忙拆信，看着看着，眼中泛起泪光。

"都好都好，一切安好。"柴守玉松了一口气，小心翼翼将书信放入怀中。

柴荣非常难理解当今皇帝的做法，死死扣住石敬瑭这个心腹大患在京都，只是连累义父迟迟不能回家。

柴荣服侍柴守玉喝药躺下，柴守玉借着盈盈灯火，又开始为郭威、柴荣缝制衣服了。

"娘，早点休息。我去读书了。"柴荣看着柴守玉秀发渐渐熬成了青丝，不忍道。

"嗯，马上就睡，荣儿你去吧。"

半年时光，柴守玉只要一得空，就用针线制衣，不知不觉，柴荣已有了十套新衣，而郭威的衣箱，也早已装得满满当当。

"父亲啊，你早点回来吧。"柴荣心底也不禁呼唤。

那远在京都的郭威，何尝不想这母子二人。

只可惜皇帝李从珂对石敬瑭的猜忌太深，登基大典之后，总是以各种理由强留石敬瑭。君命如山，更何况就在王城脚下，石敬瑭也是不敢明着抵抗。待了半年，实在无法，只好卧床装病，让自己的妻子，也就是长宁公主跑到后宫找老太后诉苦去了。

老太后是上一个草包皇帝、闵宗李从厚的亲母，按理说这前朝太后都应

无善终，然而，老太后对义子也就是李从珂极好，视如己出。李从珂感念恩情，登基后依旧尊其为太后，如亲母一般地侍奉晚年。新帝孝顺老太后，而老太后又最疼长宁公主这个小女儿。经不住两个女人的唠叨，加之又有太医证明石敬瑭病入膏肓，李从珂这才松了口，放石敬瑭回到封地"等死"。

就要回家，郭威本来满心欢喜，可石敬瑭一逃出生天，就突然下令，让郭威和桑维翰去沧州办事，郭威不敢忤逆，只好修书一封给妻儿，匆匆赶往北方。

柴守玉收到家信，虽然失落，但至少归期有望，欣欣然在家翘首以盼，可无奈，这一等，就是永诀……

这日，柴荣来到军营操练，刚进军营却发觉石重贵不在，各个高级将领全部失踪，正在诧异之时，一阵争吵入耳，循声望去，原来是赵九重和郑三又吵在了一起。

"死黑子，那么能吃！怎么把我的那份也吃了！"

"是你晚到！军粮过时不候！我怕浪费！"

"你就不能给我留着啊！蠢猪！"

"你！找打！"

柴荣无奈地摇头，自从这二人被石重贵看中，不久就都升作了伍长。可这二人一个灵活不羁，一个憨直不禁逗，好似一对冤家见面就要吵架——吵架也是赵九重一人嘴喷，郑三总是气愤不过，最后"文斗"往往就演变成了"武斗"。

"我说你二人终日打架不觉得腻吗？"柴荣走近叹息道。

"柴大哥！"赵九重嘴甜，马上跑来笑道，"今日午饭被那黑子偷吃了，你这可有私货？给小弟充饥。"

"是他自己偷懒睡过头！"郑三急切辩白。

柴荣掏出怀中的红薯，整个扔去："喏，拿去吃。"

赵九重接过红薯，笑嘻嘻地掰成两半，又递回去半个："小弟不敢独食，愿与柴大哥分享！"

那郑三看着赵九重手中的红薯，肚中突然一阵叫唤，居然又觉得饿了。

"半个红薯，又不是什么金贵的东西。"柴荣看到郑三模样，不禁一笑，把半个红薯又扔给了他。

"柴哥哥义薄云天，他日我必当报答!"郑三一喜，接过红薯就咬了一大口。

"他日你飞黄腾达，一定再送柴大哥一百个红薯。"赵九重打趣道，"黑子，你把柴大哥的午饭全吃了!"

"啊? 你怎么不早点说!"郑三两口就吃光了红薯，不知所措地干瞪眼。

"哈哈! 你们啊!"柴荣摇头大笑，少吃了一顿饭，反而心情大好，转而问道:"你二人比过骑射没有?"

"比过拳脚，比过兵器，还比过战阵，就是没有比过骑射!"

"那好啊，今日我三人比比骑射如何?"

"好!"两人顿时斗志高昂，齐声应道。

河东是古秦地，北边又与契丹国接壤，故而骑兵彪悍，骑射之风更是盛行。一个步兵射手能在平地上百步穿杨，可一旦到了马上，命中率估计只有十之一二。骑射不光是靠臂力、目力，还要腰马合一，全身肌肉一起配合。再加上骑射是移动射击，实战中目标也在高速运动，必须要求射手有高度敏锐的动态视觉以及预先判断，因此，一个优秀的骑射手不在马上射上几万支箭，是完全练不出实战手感的。

柴荣到河东几年来，骑射练习几乎没有断过，技艺早已炉火纯青。今日技痒，正好压一压两人好斗的气焰。

三人跨弓上马，一路疾驰到射圃，就在百步开外，柴荣意气风发，策马回首起长弓，一支箭矢破风而出，闪电一般钉在标靶红心。

"好! 柴大哥厉害!"赵九重一声喝彩，也暗暗给自己鼓劲，提弓搭箭，一气呵成，对准标靶一箭射去! 只看见箭矢打在靶上，却被反弹在地。

"咦? 怪事!"赵九重明明看见射中，可怎么就钉不中靶上。

正当赵九重迷惑之时，郑三也豪气万丈，拉弓如满月，大喝一声一箭射出，哪知那箭矢会如闪电，却擦过标靶，直直又飞去了几十步，才落到地上。

"哈哈。黑子，你不仅人黑，眼也黑啊。"

郑三自愧弗如，也不辩白，追上柴荣问道:"柴大哥，你这一手是如何练出来的?"

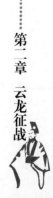

第二章 云龙征战

85

"一日二十箭，满满两年。既练骑技，又练射技。"柴荣爽朗笑道，又是一箭而出，再次正中靶心。

"柴大哥，为何黑子射而不中，我中而不入？"赵九重不解问道。

"你二人可有什么仇人？"柴荣收起笑容郑重问道。

"有！"郑三抢先答道，"契丹狗贼杀我父兄，家仇不共戴天！"

"那你就把那标靶当成你的仇人，把那中心当成他的头颅！"柴荣眼中突然闪过一丝恨意。这恨意瞬间传染给郑三，只见郑三突然杀气腾腾，拉弓时却又敛住气势，屏气凝神，瞪大牛眼对准前方，只听见一声呼啸，杀气瞬间爆发，不偏不倚，箭入靶心。

"真解气！"

赵九重吃惊地看着郑三，不禁暗自赞叹：一句点拨就进步如斯，这黑子果然厉害！

"射不中，是你无人可恨！射不入，是你恨未入骨！"

柴荣想起小商，心中顿时杀意滔滔，镇得郑三、赵九重二人不寒而栗。

"柴大哥可有仇人？我为大哥报仇！"郑三大声道。

"也算我一个！"赵九重赶紧抢道。

"我的仇人，已经被我杀了。"柴荣说着，身上的戾气渐渐散去，突然大力抽马，向军营疾驰而去。

"哈哈！我三人比比马力，看谁最先入营！"

"我怎么觉得柴大哥比我还蛮？"郑三一声嘀咕，赵九重也无奈笑笑，两人立刻快马加鞭，追赶前人。

正当三人迫近军营，柴荣突然看到，一队奇装异服的外族武士，正整齐立在军营门口，定睛一看，居然是契丹步兵！

敌袭！

柴荣一惊，立刻搭弓箭起，一箭照着一名皮甲光鲜的千夫长射去，之间箭矢正要射中眉心，对方却突然抬手一握，竟然空手接住了柴荣雷霆一箭。

"什么！"柴荣大惊，正要再射。对方射手也全部提弓搭箭，双方正要对射之时，石重贵突然从营中冲出。

"住手，都住手！这是友军！"石重贵对着柴荣大喊。

"怎么回事？"柴荣收起武器，满心戒备地靠近营口。

那契丹千夫长不屑一笑，长满绒毛的大手轻轻一捏，就把箭矢捏成两截。

"下次再敢冲撞本将军，杀无赦！"

随后赶来的二人和柴荣一样，皆惊愕不已。石重贵匆匆拉着三人入帐，一路上三人才发现，几乎一千契丹士兵驻扎在营地之中。郑三气得差点就拔刀去杀，幸而被石重贵制止，才勉强拉入帐中。

面对三人，石重贵重重叹息一声，缓缓道出真相。

原来新皇李从珂与石敬瑭斗争日益升级，石敬瑭准备一年，突然对全国发出檄文，要求李从珂让位给明宗最后的血脉——七岁幼子李从益。这无异于直接对李从珂宣战。李从珂本来就看石敬瑭不顺眼，巴不得在战场上一决雌雄。双方人马各有支持，遂在中原展开大战。本来石敬瑭准备充分，处处占尽优势，可李从珂不知在哪个高人指点下，竟通过契丹弃王东丹王，联合了数万契丹骑兵，偷袭了石敬瑭的后方粮草。石敬瑭部腹背受敌，瞬间由胜转败，几乎到了绝境。石敬瑭狗急跳墙，让心腹桑维翰急入契丹京都，找耶律德光求援。

那耶律德光，曾被石敬瑭所骗，每次想起都会气得牙痒。这回倒好，自己送上门来了！正要拉开架势，准备好好羞辱桑维翰一番再杀掉，可这时萧太后却出马了。她让桑维翰在王帐前哭喊了一天一夜，最终趾高气扬地面见桑维翰，要石敬瑭答应三个条件才肯出兵助他。

一、割让幽云十六州给契丹。

二、石敬瑭若取得天下，必须向契丹称臣，必须拜耶律德光为父皇。

三、石敬瑭每年必须向契丹岁贡十万钱纹银，三十万匹布帛。

桑维翰一惊，这三条无论答应哪一条都是丧权辱国，遗臭万年！可生死关头，哪管其他！桑维翰一口答应。那萧皇后也不是傻子，立刻下令陈兵边境。派出先遣队与桑维翰一同回中原，务必看到石敬瑭在国书上盖上大印才同意出兵。

桑维翰回到石营，说出契丹的三条要求，霎时石敬瑭气得拍碎了桌案，几个将领差点将桑维翰当场砍了，然而，桑维翰一人顽固地坚持着，苦苦劝告着在场所有人。

这场生死攸关的军事会议开了整整一夜。帐外士兵们也度过了惊恐的一夜。

只听见主帅帐中，不时传来争吵声，吼声，哭声，东西被打烂的声音。郭威将军中途被拖出去打了五十军棍，可其后又挣扎着爬进大帐。然后又听见一阵阵兵器互砍的打斗声，军医随后被急招入大帐。接着又是刘知远将军背着郭威跑出的大帐，两人脸上均是一脸不甘与悲愤。

煎熬了一夜，天终于亮了。大帐中恢复了平静，士兵们也赶紧抓紧时间补充睡眠。殊不知还未睡醒，一大波契丹骑兵就冲进了大营。士兵们正要抵御，可上官们却纷纷要求士兵不做抵抗，随即军中举行了受降大典。那个战神一般的主帅石敬瑭仿佛一夜之间老了十岁，在众多迷惑的目光中，第一次向高高在上的契丹使臣下跪叩首，接下了契丹的国书。

全军震惊地沉默了。

这种沉默持续了很久很久，石军将士中有许多人，这一生到死，都陷入了这种沉默，再也没有开心过。

然而，耶律德光和萧太后拿到国书，却是大喜过望，整个契丹都城陷入狂喜之中。随后的两年中，六万契丹主力骑兵挥师南下，一一接管了位于中原东北的幽云十六州，即幽州、顺州、儒州、檀州、蓟州、涿州、瀛州、莫州、新州、妫州、武州、蔚州、应州、寰州、朔州、云州十六个州城，将现今北京、天津、河北北部、山西北部大部分地区易守难攻的关隘，全部拱手送给了契丹。

从此，契丹领土深入中原腹地，中原无险可守，导致整个中原几百年都生活在契丹铁蹄的梦魇之中。

从此，北宋王朝不得不花费大量的人力物力驻守北方，为后来契丹、女真这些外族覆灭北宋，留下了不可挽回的祸根。

从此，石敬瑭的一生功绩，一世英名，永远地被历史抹杀。

代价如此沉重，但也迅速换来了中原战事的胜利。

王军不断溃败，河东军和契丹的联军于公元936年轻松拿下了洛阳。李从珂这个在位仅仅两年的武将皇帝，死守洛阳直至最后一刻，临终疯狂大骂石敬瑭"祸国殃民、遗臭万年"，抱着玉玺愤然引火自焚，悲愤死去。

五代中第二个中原政权——后唐，就此覆灭在石敬瑭——准确来说，应该是契丹手中。

从此，石敬瑭众叛亲离，诸多节度使，不甘国耻，此起彼伏地举起了抗辽（契丹）大旗；石敬瑭诸多心腹，也大多心灰意冷，纷纷离开了这位当年的英雄。

其中，就包括刘知远、郭威、柴荣。

柴荣听完石重贵的沉痛讲述，最先担忧的，就是义父郭威的安危。

"奶奶的！这不要脸的河东军老子不干了！"郑三气得丢掉手中的盔甲，誓要与契丹狗贼同归于尽。

石重贵马上厉声喝道："外面就是契丹千夫长萧虎！河东军现在和契丹是友军，你想挑起更大的事端吗？"

正当帐内三人悲愤之时，柴荣突然看到，太原城中，燃起许多浓烟。想起契丹年年南下掠夺中原的惨状，柴荣心中赫然大惊，也不顾帐中几人，马上冲到马上，策马奔向城中。

一伙契丹驻军，没了主将的节制，把太原城当成了牧场，进城大肆抢掠起来。一路上，哭声震天，四处都有被杀死的百姓尸体。柴荣越跑越惊，几欲抽断手中的马鞭，最终赶回家中。

"娘！"柴荣一脚把门踹开，却看见院中一片狼藉。柴荣又惊又怕，立刻飞奔到屋中，却只见柴守玉倒在地上，项上带着几处刀伤，胸前的鲜血染红了衣襟。

"娘！"柴荣惨叫一声，立刻扶起柴守玉。

"夫君……是你吗？"柴守玉自己不知昏睡了多久，感觉有人在呼唤自己，艰难地张嘴问道。病了几年的柴守玉终是挺不过去了，此时已是灯尽油干。

"娘！娘！你别怕！我马上带你去找大夫！"柴荣肝胆俱裂，泪落当场，连忙抱起柴守玉，就向屋外狂奔。

"夫君……等我有了孩子，我们一起……回邢州老家……去见……"柴守玉喃喃说着，声音却是越来越小，身体也是越来越凉。

"娘！娘！马上就到了！马上就到了！"柴荣感到手上的血渐渐冰冷，脑

89

中突然一瞬闪过和柴守玉、郭威的种种回忆，不祥的恐惧感笼罩他的全身，不禁颤抖着抱紧柴守玉，不要命地冲向医馆。

医馆门前此刻早已挤满了人，都是受了刀伤的百姓。柴荣危急难当，哪里会和别人客气，一股蛮力就冲开了人群，生生冲进了内堂。

"大夫！救人！救人！"柴荣不顾众人指责，将柴守玉放到内堂的病榻上，口齿不清地向大夫求救。"务必救活我娘！多少钱都可以！"柴荣六神无主，掏出了身上所有的银钱，"不够我再回家去拿！"

"钱你拿回去吧。"大夫摇摇头，默然转身，"你娘已经去世了。"

柴荣霎时如被雷劈中，霎时泪如泉涌，扑通一声重重地跪在大夫面前，拉着他的衣襟死死不放："不可能！我娘方才还和我说话！她分明还活着！求你！求你了！不要走！救救她！我愿意为你做牛做马！一生为奴……"

大夫黯然道，"人世无常，福祸由天，为你娘料理后事吧。"

柴荣的手无力滑落，他就这样一直跪着，整个人愣在了当场。

他想起小时在柴守玉怀里撒娇；想起在那客栈，自己高烧不退，柴守玉彻夜守在自己床边几天几夜；想起自己逃学贪玩，柴守玉拿着戒尺狠狠打自己手，含着泪教训自己；想起孤灯下，彻夜为自己缝制冬衣……

赵九重和郑三闻讯赶来。

"柴大哥，人死不能复生……"赵九重小声安慰道。

"柴大哥，你，你还是起来吧。"郑三嘴拙，不知说什么好，上前就要扶起柴荣。

哪知柴荣脸上表情恢复正常，他自己站起来，走到柴守玉遗体面前，理了理柴守玉被弄乱的头发。

"我没事了。"柴荣冷静地问道，"河东契丹最高将领是何人？"

赵九重答道："就是今日在营口接住一箭的千夫长，他叫萧虎。"

"我近日要为我娘准备后事，帮我向少帅告假。"柴荣一把抱起柴守玉，转身缓缓离开。

"大哥！别以为我不知道你想干什么！"赵九重大吼一声，拦在柴荣面前，"你一个人杀不了萧虎！"

"让开。"柴荣冷冷说道。

"大哥，契丹也欠着我家三条人命！要报仇，我跟你一起！"郑三急切说道。

"把我当怂包了吗？"赵九重狠狠冲着郑三吼道。

"你们，都回家去吧"柴荣一停，语气稍稍软化。

"柴荣，你不把我们当兄弟！"赵九重冲着柴荣孤寂的背影狠狠骂道。

柴荣头也不回，不紧不慢地往家的方向走去。

是夜，月黑风高，然而河东军营中，契丹守军点燃了篝火，屠羊宰牛，狂笑喝酒，从黄昏时分，一直闹到了子时还不肯散去。

契丹每到春夏交季，兵壮马肥之时，就会南下中原洗劫。见到便宜就占，看到大部队就躲，以骑兵特有的机动性驰骋中原，烧杀抢掠，无恶不作，契丹自称此举为"打草谷"，言外之意就是将中原当成了自家草场。

"奶奶的，每次抢女人都不顺！"一个队长喝着黄酒，对长官萧虎抱怨。

契丹勇士每次抢得带劲，杀得过瘾，却总无法理解中原女人宁死不从的刚烈。

"男人战死了，女人不就该乖乖听话吗？"队长哈哈笑道，"中原人正好反过来了。男人倒是乖乖听话，女人却死活不当俘虏。"

萧虎面带不屑，大口吃着烤肉道："中原人讲礼法，讲仁义，讲纲常。"

"缸？肠？吃的还是喝的？"队长大眼一瞪，打了个酒嗝，"讲这么多，在勇士的钢刀面前，都是废话！"

"等着吧，大契丹一统中原的日子快来了！"萧虎痛快大笑，一口干了一坛黄酒！

二人的高谈阔论传入河东军耳中，不少人都气愤不过，差点就冲上去拼命，可一一都被事先有所准备的掌管们弹压住。

当契丹人喝得正凶之时，突然后军中升起一道火光，马上传来卫兵高喊："粮仓失火了！"

"嗯？"萧虎一惊，但马上沉着下令，"你，带齐一队人马，速速去救火！"

队长酒醒大半，马上领命而去。可待他去了没多久，后军出又传来了阵阵马嘶，卫兵高声报告："马惊了！马栏被人打开，战马全跑出去了！"

第二章 云龙征战

"战马！"萧虎这时可坐不住了。对契丹人来说，战马可是比生命还重要的战略资源，契丹将领打了败仗没什么，可无故丢了战马就是死罪。

"二队、三队！速去追回战马。少了一匹，我便砍你们一颗脑袋！"

又有两队契丹士兵急匆匆跑出营房。萧虎坐镇营中，越想越不对劲，料定这是河东军故意所为，正要找石重贵麻烦，突然营外一阵嘈杂喊杀声，萧虎正要出帐，一颗人头突然飞落帐中，萧虎定睛一看，这是自己的亲卫兵。

一直冷箭突然朝萧虎射来，萧虎心中冷笑，敏捷一侧，避过冷箭。帐外刺客见一击不中，马上策马掉头就跑。那萧虎出帐一看，自己精心挑选的十五名亲卫，竟然大半身首异处，躺在血泊之中。萧虎顿时气得哇哇大叫，跨上战马就冲着刺客逃走的方向追去。

"刺客别跑！我要拧下你的脑袋！"

那刺客一路向西，策马狂奔，奈何马力不济，被萧虎渐渐追上。不知不觉，两人来到黄河边上。刺客见没了退路，索性勒马停缰，等着几里外的萧虎匆匆赶来。

"是你？"萧虎看到刺客年轻的面容，顿时一愣，"原来是你小子。"

柴荣面色冷峻，一言不发地望着萧虎。

"把我引到此处，是有同伙埋伏吧！统统死来！"萧虎大笑一声，拔出战刀，气势汹汹地向柴荣杀来！柴荣依旧沉默，拔出佩刀迎头冲去。

二人二马在这奔腾的黄河岸边，如同两颗流星碰撞在一起，雷霆一击之后，又迅速分开，回马迎面。

"好小子，有点力道！"萧虎虎口泛麻，但毫不在意，"居然是要和我单打独斗，痛快！"

柴荣无碍，正是战意滔滔，无奈方才一击，手中战刀却是已崩开了豁口，再来一击注定刀断身死，柴荣无惧生死，索性扔了战刀，跨上弓箭，拉满如月，箭头直指百步开外的萧虎。

萧虎一看，几乎同时提弓搭箭，死死地瞄准远处的柴荣。

"我乃契丹神射手，国主亲授王弓，岂会怕你！"萧虎毫不畏惧，大喝一声，箭离弦而出。

而柴荣，静默之中却将全身杀意浓缩在这一箭之上，屏气凝神后也射出破风一箭！

两道黑色闪电几乎擦身而过，箭头擦出隐隐火花，纷纷朝着对方疾驰而去。

柴荣胸口似被一拳轰中，低头一看，那支箭羽插入自己左胸，柴荣整个人突然疼得脱力，坠落马下。

可遥望萧虎一眼，萧虎眉心中箭，深入三分，满脸皆是惊愕不解，直挺挺倒于马下。

柴荣捂着胸口箭伤，来到萧虎面前，冷冷说道："你的恨，没有我深。"

柴荣解开衣襟，从怀中掏出一把匕首——这正是柴守玉的遗物，挡住了萧虎致命一箭，让柴荣捡回了半条性命。

"娘，孩儿给你报仇了。"柴荣再也不压抑自己的情感，沉寂了数日，终于在这奔腾的黄河边再次号啕大哭。

可大愿一了，柴荣整个人突然失去支柱，眼前一黑晕倒在萧虎尸边。

很快，萧虎亲卫与石重贵部一起赶到。

亲卫看见倒在血泊中的萧虎，大怒吼道："将军被害，随我去将那刺客碎尸万段！"

石重贵也看到了萧虎旁边的柴荣，心中一急，进退两难，不知如何是好。可身边的赵九重和郑三却毫不犹豫，两人对视一眼，默契地突然拔刀，一人一刀就砍倒了身边的两个契丹亲卫。

"要杀柴大哥，先过我们这关！"

亲卫们还剩不到六人，一见两个汉将造反，纷纷举刀向二人杀来。

这萧虎的亲卫兵，均是百里挑一的武士，在战阵上随萧虎冲锋陷阵，个个都是以一敌众的高手。而赵九重和郑三又岂是庸将？

二人对六人马上缠斗在了一起，打了十几回合，六人竟然杀不了二人，反而又被砍倒两个。

"石重贵，你义父已经投降了契丹！你也想造反么！"情急之下，一名契丹武士大声质问在一边不管不问的石重贵。

那石重贵正在犹豫中，一听这话，居然眼中闪过一抹狠意，举刀就向赵

九重和郑三杀过来。正当赵九重和郑三绝望之时，石重贵居然闪过二人，一刀砍死那个喊话的契丹亲卫。

"杀！契丹狗！一个不留！"

"石重贵！我契丹人绝放不过你！"

河东军早窝着一股邪火，一听少帅发令，二话不说，冲向契丹亲卫，剩下的五人在一阵无力地抵抗后，一一被斩杀马下。

"黑子！柴大哥还活着！"赵九重扶起柴荣，惊喜地叫道。

此刻柴荣终于幽幽地睁开了眼睛，看到赵九重、郑三，还有一脸怒气的石重贵，不禁挣扎着站起来道："少帅……"

"柴荣、郑三、赵九重，为保契丹将军萧虎，中了敌军埋伏，英勇殉国。"石重贵对着四周河东军朗声说道，"契丹亲卫悉数战死，萧虎将军跌入大河之中，生死不明。我河东部将全力寻找将军下落！都听清楚了吗？"

河东军将士心领神会，齐声高呼："得令！"

"柴荣，你三人不能再待在这里了。去沧州找你义父去吧。"石重贵满怀歉意道，"你母亲遗体，我会派人安葬在父帅封地中，你放心去吧。"

"少帅！"柴荣心头一暖一痛，跪在石重贵面前重重一叩！

"你从来只叫我少帅，却不喊我大哥……我身为石家子孙，恐怕这一生，都无缘与你成为兄弟了……"石重贵黯然一笑，引大队离去。

"柴大哥，你也真是的，一个人杀了七个契丹狗，都不叫我们！"

柴荣看着身边生死不离的郑三、赵九重，疲惫的脸上终于露出了笑容。

"九重，郑三，我要和你们结为兄弟！"

两人眼中齐齐一亮，异口同声道："小弟从命！"

三人跪在地上，冲着天地盟誓："明月在上，大河在下。我柴荣、赵九重、郑三三人今日结为异姓兄弟，有福同享，有难同当……"

突然郑三打断道："哦哦，不对不对，盟誓当用大名，不然神明怎会保佑我三人？"

"就你事多！"赵九重笑道，"不过话也有理！"

三人相觑一眼，重新盟誓。

"明月在上！大河在下！"

"柴荣！"

"赵九重！"

"郑恩！"

"三人在此盟誓！结为异性兄弟！生死与共，福祸共当！粉身碎骨，永不相负！"

这位赵九重便是后世登基的宋太祖赵匡胤。

第4节　河东崛起

公元 936 年，后唐灭亡。在契丹天皇帝耶律德光的册封下，石敬瑭开创新朝，国号"晋"，定都洛阳，史称后晋。从此，石敬瑭拜小他十岁的耶律德光为父皇，契丹后晋成为所谓的"父子之邦"。而后晋也成了中华历史上第一个由少数民族扶植的中原傀儡政权。

随后的日子，总体来说，耶律德光和石敬瑭两人过得都不轻松。

耶律德光得了梦寐以求的幽云十六州，便马上着手吸收消化这块蛋糕。938 年，耶律德光定都上京，升幽州为南京，改南京（燕京）为东京，史称三京，将整个政权中心南移，加大对十六州的统治。同时，耶律德光开创了南北两面官制。让一直有反契丹情绪的汉人充当南面官，放点虚职予以安抚，而军国大权都牢牢控制在以契丹人为首的北面官手中。

石敬瑭当上了梦寐以求的中原皇帝，虽然是个儿子皇帝，但一开始也乐得忘了国耻。都城洛阳几经战火，损毁殆尽，石敬瑭看着糟心，便在 937 年迁都汴京，这就是以后的开封府。开封经济繁荣，纸醉金迷，石敬瑭到了晚年，索性破罐子破摔，一改壮年时的勤政节俭，将本来就不错的皇宫改建得富丽堂皇，极尽奢靡。从此，汴京皇宫日日夜夜都是歌舞升平。石敬瑭深陷声色犬马之中，终日以花天酒地度日。

然而，这两个皇帝都有烦恼。

后晋向大契丹年年岁贡，大大加重了百姓的负担。虽然石敬瑭"忙里偷

闲",也曾努力地恢复中原经济,可后晋国力,直至灭国时都没有崛起的迹象。北面的契丹,对中原百姓祸害的是无以复加。整个中原大地因此处处燃起了反契丹战火——大同节度使吴峦,闭城誓死不受契丹封官;应州节度使郭崇威,弃官罢印,举兵南归;天雄节度使反于魏州,朝廷派东都巡卫张从宾讨伐,不想结果王军加入了天雄军,两处一起反了……

各路反声招呼得耶律德光应接不暇,耶律德光担心儿子石敬瑭也顺道一起反了,于是在朝堂上扶植侍卫将军杨光远为第二傀儡。杨光远自恃重兵,又有契丹国撑腰,完全不把石敬瑭放在眼里,干预朝政,专横跋扈,处处与石敬瑭针锋相对。

面对义军、政敌、父皇,石敬瑭又能如何?

几个可用的儿子先后在镇压义军的战争中阵亡,孤家寡人的石敬瑭如果不依靠契丹国,马上就会死无葬身之地!

就在这千夫所指、万人唾骂的战火中,石敬瑭郁郁地做了六年"儿皇帝",于公元942年,最终一命呜呼。

齐王石重贵,隐忍多年,趁着石敬瑭突然去世,唯一嫡子石重睿年幼,发动宫变夺了帝位。

契丹国方面,倒也视这种兄夺弟位的场面为平常,反正汉人的天下是他们的,换条看门狗又有何妨?于是一纸册封国书从上京发往汴京,最终,放在了新帝石重贵案前。

河东,太原府,节度使府邸。

刘知远急招文官武将议事。

"齐王登基不到三日,契丹国就发来册封国书。齐王接下了册封……"

"不可能!"正当众人聚精会神地听着刘知远讲话时,郑恩急吼吼地叫道:"少帅不可能降契丹!"

郭威身边的柴荣见状马上喝道:"郑恩无礼!听我主说完!"

柴荣当年射杀契丹千夫长后,兄弟三人一路奔波到了沧州,和郭威一起投靠了被贬的刘知远。当初刘知远极力反对石敬瑭对契丹称儿,据理力争,差点被石敬瑭格杀当场。从此,石刘二人多年的主仆情义出现了裂痕。石敬瑭为了面子,将刘知远和郭威分别贬到了北方戍边。刘知远一待就是两年,直到石敬瑭登基称帝，面对重重困难却无人可用时，石敬瑭这才想起了刘知远。

也许是出于拉拢，也许是出于补偿，石敬瑭一纸调令，将刘知远调回了河东；任河东节度使——这也是当年石敬瑭最后所处的官职。

再回河东，已物是人非。

刘知远回到河东已经心如止水，对石敬瑭已经不爱不恨，连国丧之日，刘知远也没有感到悲伤。

但是，郭威与柴荣再次回到太原府，却几乎肝肠寸断。这对父子找到柴守玉的坟茔，一前一后跪祭了整整一月。一月来，柴荣不到十八，却长出了一脸络须；郭威不过四十，却生出了一头华发，两人生生老了十岁，深深陷入失去挚爱的痛苦中。

刘知远也算细心，见郭威郁郁寡欢，几年后为郭威做了大媒，将太原府一年轻美貌的寡妇杨氏许配给郭威做小妾。二人婚后平淡如水，一年后生下一女，郭威为其取名平南，寄以平定南方中原之志。殊不知，几年后杨氏急病死去。刘知远以延绵郭家香火为由，马上又为郭威安排了另一个寡妇张氏做妾。然而郭威此时已心如止水，守着柴荣和平南，心满意足，不再强求子嗣。

黄河上游谷地有一个少数民族王国吐谷浑，多年来为契丹欺凌，郭威见机，劝刘知远，吐谷浑民富马壮，应趁机接纳该部。刘知远上奏石敬瑭，封吐谷浑酋长白承福大同节度使，白承福欣然率部归降。然而两年之后，白承福竟然又和契丹开始勾勾搭搭，欲献大同之地于契丹，以谋权贵。郭威截获情报，当下向刘知远献策，诱骗白承福来河东太原叙旧，在酒桌上将其诛杀，兵不血刃就接管了大同。刘府抄家之时，兵士们叹为观止，那白承福家的马槽居然都是白银打造，可见其富庶奢靡到什么程度。

刘知远循郭威之计，平空拿下了大同，还抄得白承福家财百万两，良马数千匹，瞬间实力大增，故而更加器重郭威。

刘知远被郑恩抢白，也不恼怒，神色如常地继续道："齐王接了册封，并未完全答应。他上书耶律德光，称臣不称儿。暗中却给我寄来密信，让我联合西部诸使，等待时机，一起行动。"

刘知远摸摸花白的胡须，问向众人："诸位，齐王一面与契丹讨价还价，一面又要和我们暗通款曲，究竟为何？我部又该如何应对是好？"

王峻进言道："君上暧昧，我们也装糊涂，扩充实力，静观其变，比较稳妥。"

柴荣道："我主，以标下对齐王的了解，如果他会臣服于契丹，那么早在六年前，河东就是契丹国的疆域了。"

郑恩马上连连点头："对对对！少帅不是孬货！我郑三用人头担保！"

郭威沉思道："军国大事，岂可儿戏？六年不见，如沧海桑田。当年谁又能料到赫赫石敬瑭，会叛国自保呢？"

刘知远一听就知道郭威有了想法，马上倾身问道："贤弟可有高见？"

"大哥，为今之计，可上表齐王，要钱要粮。"

王峻反问道："这岂不是敲诈新君，发国难财？"

整个军营里，敢这么和郭威说话的也只有这个王峻了。郭威不以为忤，解释道："此计一箭双雕。一则麻痹契丹，让契丹以为河东使贪财势利，放松警惕。二则取信齐王，我部有所求，齐王才会更加信任我部。"

"怎么？齐王对河东还有猜忌？"刘知远没考虑到这一层。

"我们猜忌齐王，齐王何尝不会猜忌我们？"郭威笑道，"各镇节度使良莠不齐，也有人与契丹国暗中勾结，那潞州节度使杜威不就是其中一个？"

杜威原名杜重威，原是石敬瑭的妹夫。其人才能平平，却最会钻营。这齐王石重贵一登基称帝，杜重威马上把名字改成了杜威，就是避石重贵的一个"重"字，其机巧心思，可见一斑。

"大哥！二哥此计好是好，可是会让大哥英名受损！"王峻急道。

"唉，这世道，要名声作甚？兄弟们吃饱饭才是正道！"刘知远下定决心，立即上表朝廷。

"二弟，方才你为何一言不发？"柴荣走出营帐，问赵匡胤道。

"是啊，二哥你怎么不帮少帅说话？"郑恩也不解。

赵匡胤无奈道："我不觉得石重贵是个明主。"

"二弟，何出此言？齐王对我们三人可有救命之恩啊！"

"原来少帅还在河东，你二人不知，我却偷偷看到，石重贵暗地里每日都要一名女子侍寝。"

"这算鸟事！"郑恩笑道，"少帅有权有势，娶她三宫六院都不算为过。"

"问题正好就在此处。"赵匡胤正色道，"军营重地，严禁女色。少帅知法犯法，是为意志薄弱。偷偷摸摸不敢见光，是为其心不正。侍寝女子多哭哭啼啼，看似不像自愿，是为不仁不义……"

"够了！"郑恩大吼一声，气呼呼地径自走了。

"这黑子……"赵匡胤朝着柴荣无奈笑笑，"大哥是不是我言过其实了？"

柴荣叹息道："金无足赤，人无完人。希望是二弟你言过其实了……不然中原乱世，何时才能安定啊……"

汴京皇宫大殿，契丹特使耶律熊手持国书，气焰嚣张地问道："石重贵，你到底想好了没有？"

坐在龙椅上的石重贵好歹是个皇帝，一听对方直呼自己名讳，顿时脸色一沉，冷冷道："特使耶律熊不曾过目朕给契丹国国主的回信吗？"

"哼！一句话的事！何必文绉绉一堆看不懂的鬼画符！"耶律熊不屑道，"接受就磕头谢恩，不接受就赶快让位，哪有你讨价还价的余地？"

宰臣冯道一看皇帝越来越难看的脸色，连忙站了出来打圆场："特使耶律熊言重，皇上也未说不可啊……"

这冯道，是石敬瑭临终的托孤大臣，石敬瑭千叮万嘱要冯道扶持小儿子石重睿上台。可冯道与石重睿生母王美人有过节，害怕石重睿长大对自己不利。所以，石敬瑭一死，冯道转过头就变了卦，和禁军都尉指挥使景延广一起联手，将石敬瑭义子，齐王石重贵推上了王座。

可以说，石重贵与冯道是一根绳上的蚂蚱，石重贵倒台，冯道绝无善终，所以连忙上前周旋。

"你们中原汉人说话就是啰嗦！快说！是否受封？"耶律熊已经耐心耗尽，发出最后通牒。

"特使息怒，此事可以从长计议。不妨随我去侧殿歇息，那里备好了酒菜……"

冯道所谓的酒菜，当然包括了绝色美人。

前几次契丹国特使耶律熊都是急吼吼地松了裤带，就在这皇宫重地行那

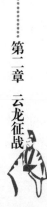

苟且之事。可今日不知怎么，突然转了性，冷笑道："别总拿女人当挡箭牌！那几个婢女本使早就玩腻了。若是个公主、皇妃，到可以考虑考虑……啊哈哈哈……"

"你！"石重贵气得脸色变紫，恨不得把在这殿前淫笑的大汉当场剁成肉酱。

朝臣们脸色也都不好看，可现在能怎么样呢？先君殷勤讨好契丹国，契丹国自然不会公然让朝廷难堪。可现在，这个新上任的年轻皇帝，为了赌气，得罪契丹国，岂不是自取其辱？

想到这里，朝臣们大多都释然了，纷纷闭目入定，做起了庙里的神仙。

"呔！你这契丹恶狗！怎敢在我大晋新君面前无礼！"武官队伍中，终于有一人忍无可忍，站出大声喝道。

众臣齐齐看去，那人不是别人，正是拥立新君我主的禁军都指挥使景延广。

"你刚才说什么？"特使耶律熊恶狠狠地瞪着景延广。

"哼！恶狗就是恶狗，听不懂人言！"景延广掌管禁军，平日里横行霸道，岂容得下别人在皇宫大殿放肆。

"你是何人，所任何职？"特使耶律熊怒极反笑。

"你爷爷我乃禁军都指挥使，景延广是也！"景延广毫不示弱，几乎是吼着喊出了自己的名号。

"石重贵，本特使最后问你一遍，这人你要如何处理？"耶律熊眼中全是挑衅，直直地看着龙椅上的汉人皇帝。

石重贵握紧拳头，咬紧牙关，一言不发。

"呵呵，本特使明白了。"耶律熊冷笑一声，转身决然而去，"尔等汉狗，等着大契丹天皇帝的战书吧！"

和大契丹开战？那还有什么活路可言？

耶律熊一句话，震得全场百官呆在当场。冯道急了，正要上前劝说。可那景延广竟然先发制人，快步追上特使耶律熊，拔剑狠狠一刺，正中耶律熊心窝！

"你……竟敢……杀大契丹……"契丹国特使望着景延广，满脸都是不可置信的表情，还未说完这句话，便扑倒在地上，再也起不来了。

这下，全场百官齐齐面色惨白，不少人双腿都开始发抖。

"景延广！你竟敢擅杀特使！"冯道也彻底懵了，冲着景延广大叫道。

"这契丹狗贼犯我皇天威，千刀万剐都不为过！"

"两国交战，不斩来使！你闯下大祸了！"

景延广也不含糊，朝着新皇抱拳跪下："末将忠心护主，不想犯下大过。末将的命是皇上的，是杀是剐，皆由皇上做主。但要让末将死在契丹狗贼刀下，末将即使自刎，也要抗命！"

"哼！真当我大晋是待宰的羔羊吗？"阴沉许久的石重贵终于发话，只见他从龙椅上缓缓站起，稳步走到景延广面前，扶起景延广道："爱卿，有功！"

冯道马上知道石重贵下一步要说什么，"皇上，不可啊！"

"哼！先帝称臣，那是权宜之计！是国耻！尔等百官，受的是朝廷的俸禄，还是那契丹国的赏赐？"

众臣一听，顿时跪倒一片，冯道大哭道："皇上，难道你忘了唐末宗李从珂是如何殉国的吗？你忘了赫赫大唐是如何一朝覆灭的吗？"

景延广一听，立刻跪下："皇上勿扰，大晋今日有十万铁骑，远胜前朝，末将愿领兵北上，驱除外夷，收复失地，一洗国耻！"

"好！好！好！"一雪国耻正中石重贵心中所想，马上厉声下旨，"传旨！送契丹国特使耶律熊人头和那国书于耶律德光！他要来打，大晋奉陪到底！"

见冯道还不死心，石重贵又加一句："再言议和者，按通敌叛国罪论处！"

石重贵出了一口恶气，畅快地走向后殿，可留下的众臣们，个个如丧考妣。

冯道摇头连声哀叹道："国难啊！国难啊！"

"给了你中原太平，这孙子居然忘恩负义！"大契丹皇帝耶律德光看到耶律熊的首级，勃然大怒。大契丹诸将闻讯，也个个义愤填膺。就这样契丹国上下一心，八万铁骑很快集结，顺着幽云十六州关隘，大举南下，誓要灭了晋国。

同时，石重贵以天子诏昭告天下，拜景延广为主帅，领十万晋军，北上

抵御契丹兵，并发动全国各镇节度使，一同起兵抗击契丹。

双方摆开了决一死战的架势，陈兵于中原北方。

"皇上明昭抗击契丹！"刘知远指着沙盘说道，"在兵力上，晋军稍胜一筹，在士气民心上，我大晋远胜于契丹。我决意举起抗契丹义旗，诸位说说具体打法吧！"

自从吞下大同，河东有钱有粮，有兵有马，将士铆足了士气，就等着和契丹国开战的一天！主帅此话一出，一时间大营沸腾了起来。

郑恩第一个请命道："末将愿领三万河东将士，奔袭冀州，会合王军与契丹狗决一死战！"

王峻马上反对道："不可！晋契丹两军现对垒冀州、北州、镇州，契丹军骑兵灵活，随意攻破一处，都能长驱直下，攻占王都。我军兵马虽众，但也只有兵卒四万，骑兵一万。如若抓不住契丹军主力，我军极易被契丹军骑分而击破！"

柴荣指着沙盘道："无论契丹军从哪路南下，我军都可以等两军大战之时，攻其不备，偷袭拿下幽州、蓟州，截断契丹军退路，成关门打狗之势，让他契丹军此次有来无回！"

"好！"众将一听，齐声叫好。可唯独那王峻面色有些不屑。

"贤侄异想天开，幽州、蓟州是契丹国重镇，多年来经营更是固若金汤，你以为耶律德光会放个空城让你去取？"

"即使不成，也能让契丹军腹背受敌，我们只要围城佯攻，届时契丹军主力必定回援，我们在半道上设下伏兵……"

柴荣还未说完，郑恩就兴奋地大吼："定让那契丹狗一命呜呼！"

"黄口小儿，尔等打过几仗？半道设伏必定要借道保义、武顺、义武三镇，如若这三镇临战变节，瓮中之鳖的则不是契丹军，而是我军！"

"战场瞬息万变，王叔想算无遗策，可算来算去，战机稍纵即逝！"

郭威突然严厉道："柴荣，如何与你叔父说话？"

"这里是军营，标下只知将军，不知叔父！"

柴荣在郭威的熏陶下，兵法战阵是越来越灵活，刘知远惊喜地看着自己手中又成长起一员帅才，笑着打圆场道："打虎亲兄弟，上阵父子兵。二弟，柴荣年少，就得靠你这样的老将磨砺才行。"

王峻与柴荣对视一眼，皆不服气。

郭威连忙也出来说话："偷袭契丹军后路是好，但一路势力混杂，难保机密。我军可兵分三路，上路先锋骑兵五千，从大同出发，一路佯攻较为薄弱的武州、新州、蔚州。三州于我近，于南下契丹军远，契丹军后院起火，士气必定动摇。中路，主力三万步兵，猛攻幽州，能拿下最好，关门打狗；不能拿下也要打痛守军，迫使契丹军回防，减轻王军压力。下路，派轻骑敢死营五千人马，延沂水一线设伏游击。若契丹军不回援，则南下驰援王军战场，若契丹军回援，就半道痛击！余下一万步兵，坐镇河东，以防契丹军偷袭。"

王峻一听不禁心悦诚服："二哥奇谋！三路兵马齐下，上下呼应，连成一线，可攻可守，小弟拜服！"

刘知远看了沙盘许久，最终也眉头舒展开来，说到："二弟大器晚成，用兵堪比郭嘉哪！不过，分兵战法，虽然牢靠，毕竟人少，如何能吃掉契丹军主力？"

"大哥！"郭威正色道，"此战我军目的是重创契丹军，而不是歼灭契丹军。契丹国近年来发展壮大，国力军力倍于中原，数倍于河东。我军能守土不失，已属不易。若要收复失地，打垮契丹，非我辈毕生经营而不可！"

刘知远沉思良久，自知也是一时心急，不禁点头。

"好！就按二弟计策，三路齐下！痛击契丹！"

正当众将摩拳擦掌，争领军命之时，传令官突然跑进帐中急报："冀州急报！王军高行周部、符彦卿部与契丹军先锋鏖战，被困冀州，王军主帅大军在邢州闭关不出！高、符二部告急，向河东求援！"

众将一听，霎时大惊。刘知远问道："可知王军主帅为何不援？"

"主帅景延广称，这是契丹军诱敌之计，严令各部不得妄动！"

"庸才！"王峻冷笑一声。

"武顺节度使离冀州最近，为何也不救援？"柴荣不解地问道。

"乱世之中，人人都求自保。"郭威对刘知远道，"大哥，王军这两万前军不可不救啊。中原一败，河东唇亡齿寒啊！"

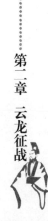

"军情紧急！令郭威将军领一万兵马火速驰援冀州！"刘知远当机立断，立刻下令。

郭威得令，领着柴荣等人点齐兵马，连夜赶往冀州。

那冀州晋军，乃是王军先锋，高行周、符彦卿二人皆是悍将，被两倍契丹军围攻数日，竟然战得旗鼓相当。无奈将士血战，那在朝堂上信誓旦旦的景延广一上战场，就变得畏畏缩缩，坚持死守邢州，任凭契丹军在眼皮子底下蚕食先锋兵马。

冀州晋军鏖战了三日，人数折了四成，剩下的大多都是伤兵。是夜，刚刚打退契丹军的夜袭，将士们疲惫不堪，纷纷睡下。哪知天还未亮，城外又传来了厮杀声。

符彦卿一宿未睡，听到杀声，红着眼立刻警惕地登高而望。西面隐隐扬起黄沙，一队印着"刘"字的帅旗迎风飘扬。

"杀！"

柴荣远远看到契丹军，深藏心底的记忆再次涌出，想起柴守玉的惨死，双眼血红，高举战刀，率三千轻骑，一马当先冲向契丹军营地。

"大哥，郭帅有令，等中军步卒赶到后一起进攻！"赵匡胤见柴荣红了眼，立刻劝道，哪知柴荣此刻什么也听不进去，快马加鞭，直面冲向契丹军大营。

两军对接，河东军正士气高昂，一个冲锋就将契丹军撞得人仰马翻，柴荣这个杀神，完全忘了个人生死，一路狂砍，杀了数十契丹兵，深入军营内部，想要一举擒杀契丹军指挥官！

可就在这时，契丹军北面树林中，突然冲出一队埋伏已久的契丹兵，草草一眼人数竟然有一万有余，朝着河东骑兵的后方掩杀而来。

"不好！不能让契丹军封了我军退路！"

战前，郭威最担心契丹军会采取围城打援的战术，临行前特别嘱咐三兄弟不可擅自冲击。不幸果然料中！

赵匡胤粗略一算，即使郭威七千人马赶到，河东军人数上已不占优势。而且，谁知道还有多少伏兵？赵匡胤立刻冲着身边的郑恩说道："三弟！不可恋战！我们由西面突围，进入冀州城与王军会合！"

郑恩大怒："大哥还在敌阵中，要走你走！"

郑恩虎吼一声，领着一队骑兵，朝柴荣的方向杀去。

赵匡胤心中又急又气：大哥怎么变得比黑子还莽撞！罢！罢！罢！今日就是陪兄弟战死沙场又如何。

赵匡胤血气上涌，也把理智抛到脑后，疯狂地冲杀起来。

此刻契丹营已经乱成一锅粥，柴荣眼中只有那中军大帐，一路砍杀，不知何时身上布满了刀伤，胳膊也酸痛不已。但见前方大帐中突然又有十人护卫一契丹大将出营督战，柴荣瞬间来了精神，提刀就向大将杀去。

可那十人护卫岂是木头，看见柴荣，十人马上摆阵相迎，五支利箭几乎同时迎面射来，柴荣马技精湛，侧身贴在马背一侧躲避，胯下战马中箭，反而更加凶猛地奔向前方。

护卫三人立刻摆出了长枪阵，待柴荣冲到，齐齐向柴荣和战马刺出。战马悲鸣一声，撞飞了三人，应声倒地。而柴荣却在最后一刻，从战马背上一跃而起，从天而降，挥刀就向契丹军大将劈下！

契丹军大将立刻拔剑刺向柴荣，电石火光一闪，柴荣右胸中了一剑，可手中的刀势丝毫不减，一刀下去，干脆地砍断了大将脖子。

柴荣砍下帅旗，高高举起首级大喊："契丹贼大将授首！尔等还不投降！"

"乔将军阵亡了！"

契丹军士兵看见首级，不禁纷纷惊恐叫道，本来不高的士气瞬时低迷下去。

众护卫一愣，气急败坏，誓要将这个汉将剁成肉酱。

而柴荣此时早已是强弩之末，眼中所见全是白光，还剧烈地咳出血来，手中的头颅似有千钧之重，最后只听得二弟、三弟远远呼唤自己的名字，竟然眼前一黑，倒地昏死过去。

恍惚间，柴荣身子变得飘飘然，整个人好不舒服。一会儿他回到了河东太原府，和义父、义母一起吃着晚餐；一会儿回到营中，与郑恩、赵匡胤三人喝酒打闹；一会儿又回到邢州老家，看到了依旧成日赌钱的生父……正当柴荣意识越来越模糊时，柴荣脑中突然回到了最初那个小小的客栈。

自己变成了五岁幼子，一双温柔的手抚着他的额头，轻轻唤着他的名字。

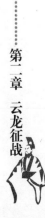

"荣儿，快醒醒，再贪睡，姑姑可要生气了……"

"娘?"柴荣听到呼唤，瞬间心中一痛，两行热泪涌出，缓缓睁开了眼睛。

一名年约十五六的貌美女孩正拿着湿布为柴荣擦汗，见柴荣醒了，惊喜道:"呀! 你可醒了。"

柴荣口中干渴，说不出话来，女孩体贴地端来温水，笑道:"这里是冀州一处民宅。你昏睡了三日。"

"我……睡了三日?"柴荣喝下温水，顿时觉得右胸口火辣辣的疼痛。

"看你年纪比我大不了多少，怎么上了战场就不要命了呢?"女孩忙扶着柴荣躺下问道。

"冀州……契丹军……河东军……"柴荣艰难地问道。

"都好，都好。"女孩坐在床头，娓娓道来。

那日柴荣杀了契丹大将，晕倒在战场。这时赵匡胤和郑恩冒死来救，几千河东军聚成一团抵抗契丹军。郭威部随后杀到，马上加入战斗。冀州王军主将符彦卿见状，果断打开城门，率部杀出，两军前后夹击，正要全歼敌军之时，又一路契丹军援军到来，对晋军亮出了最后的杀招。

正当两部人马陷入危急时刻，一路王军，气势汹汹地奔入战场。郭威等人定睛一看，大喜——竟然是皇上石重贵亲率大军，及时赶到救援。契丹军一见不妙，丢下了几千具尸体，仓皇撤离。

郑恩、赵匡胤浴血奋战，吸引了大量敌军，最终等来了援军，柴荣却由于契丹大将临死一击，重伤昏死，命悬一线，被送入冀州抢救。

石重贵见到河东军助他抗契丹，还取得大胜，顿时龙心大悦，立即下令犒赏三军。是夜，冀州歌舞升平，石重贵摆足了排场，亲自主持酒宴。

然而，近年来水患、蝗灾、兵祸频发，中原元气早已被掏空，可石重贵却不惜万金摆酒歌舞，郭威见了，丝毫高兴不起来，草草喝了几杯，就回河东复命去了。

柴荣病重，不能颠簸，石重贵念及当年情意，尤其重视，临走时下死令让符彦卿好生照料。符彦卿军务繁忙，又想讨好郭威，便让长女符玉儿亲自照顾。

"你叫……玉儿?"柴荣一听"玉"字，心中一暖。

"你在梦中总是唤娘，又哭又笑的，可把我爹吓坏了。"女孩嫣然一笑，"既然心有父母，为何如此不爱惜性命？"

"爱惜，性命？"

"是啊，身体发肤，受之父母，哪能像你这样不要命地折腾！"

柴守玉虽不是自己生母，却对自己视如己出；郭威虽然不是自己生父，却对自己恩同再造。自己因鲁莽差点死掉，对得起他们吗？

"答应姐姐，好好养病，回头给你买冰糖葫芦！"

柴荣看着女孩爽朗的笑容，心中多年的坚冰竟然在此刻开始慢慢融化。

柴荣在冀州休养了一个月，符玉儿天天侍候在侧。

符彦卿向来忙于政务，对儿女向来放养，符玉儿天性爽朗，全无深闺女子该有的男女之防，为柴荣擦洗身子、换药、喂食，俨然一副大姐照顾小弟的架势，常常弄得已经成年的柴荣哭笑不得。

与此同时，中原战局中，晋军主将景延广依旧刚愎自用，自以为是，在澶州会战中，晋军主力被杀得大败。河东军却在刘知远的带领下，采用郭威计策，三路出击，最终在沂口、朔州大败契丹军，迫使契丹军撤军，为石重贵狠狠扳回了一局。石重贵大喜，连升刘知远为太原王、北平王。

异姓封王，即使在不重伦常的五代十国，都是非常罕见的。刘知远实力、威望顿时大增，俨然称霸河东一方。

数月后，柴荣终于康复，不得不离开冀州回归河东。

临行时，符玉儿为柴荣牵来战马，一路送到城外，依依惜别。

"小荣子一路保重，姐姐我日日为你祈福。"符玉儿人小鬼大，故作大姐，以减轻离别伤悲。

柴荣掏出怀中贴身收藏的匕首，送给符玉儿："这是我母亲的遗物，曾救我性命，玉儿……妹妹，今日我将它托付于你！来日，我必定亲手取回！"

柴荣早已对玉儿有意，此刻正脸红低头。哪知玉儿却毫不害羞，接过匕首嘟囔道："哪有送女孩子匕首的……好吧，姐姐替你保管！"

柴荣不想说离别，突然跨马扬鞭，兀自撇下女孩，冲了出去。不过百步，背后突然传来符玉儿的大声呼唤，"小荣子！我等你回来娶我！"

一声马嘶，柴荣心中一暖，迎着朝阳，一骑绝尘而去。

107

第二章 云龙征战

第5节　物极必反

后晋皇帝石重贵守住了国土，在朝中大肆庆祝，朝臣们墙头草似的山呼万岁，让这个年轻的皇帝不禁飘飘然而得意忘形。

契丹皇帝耶律德光自称战神，睚眦必报，第一次在中原吃瘪，气得连斩了三员汉将出气，马上又派出五万骑兵南下复仇。

契丹军星夜兼程，第一个目标就是突袭贝州。

贝州乃是后晋最大的军备仓库，战略地位非常重要。故而城高粮多，守将还是一代名臣吴峦。本来贝州城是固若金汤，然而晋军中一个名叫邵珂的校尉与吴峦有仇，为了一己私怨，竟然打开城门，迎契丹军进城。

结果，吴峦无辜战死，贝州城被屠城三日，可用三年的军备粮草落入契丹军手中。

后晋与契丹两军危险的平衡瞬间被打破。

歌舞升平的石重贵这才有些慌神，他一面继续派"草包将军"景延广领兵迎敌，一面却以国君身份写国书给契丹国要求议和。耶律德光看都未看国书，继续对中原发动进攻。

那景延广一上战场，马上又变得胆小如鼠，只会死守一招，从不主动出击。这时，晋军中年轻将领李守贞脱颖而出。他不顾将令，于马家口，契丹军东渡黄河时，半渡击之，致契丹军数千人溺水身亡。

"我大晋人才辈出，岂容契丹猖獗?"石重贵闻胜则喜，马上颁布诏书重奖李守贞部。

契丹军恼羞成怒，每占领一座城池，动辄屠城，虐杀战俘百姓数十万，引起了整个中原汉民族的愤怒反抗。尽管石重贵任用的主将是个草包，但在河东战场，刘知远一呼百应，军民一心，鏖战数月，大胜连连。耶律德光深入南方，眼看就要击溃王军，可后方连连被郭威偷袭，气得吐血，最终不得不撤军北归。

可笑的是，面对败退的契丹军，晋军主将景延广依旧坚守"契丹军有诈，诱我出城"的信条，悠然目送契丹军仓皇离去。

河东军大胜，河东许多人家都摆开喜宴庆贺。

然而，月儿弯弯照九州，几家欢乐几家愁。

这夜，明月当空，郭威府中也摆开了喜酒。

这新郎正是郭威义子柴荣，而新娘却不是与柴荣私订终身的符玉儿，而是一位富家千金刘氏。

一年前，柴荣回归河东，请郭威为自己向符彦卿求亲。然而恰逢契丹再次入侵，此事就被耽搁了下去。不想李守贞在马家口一战脱颖而出，石重贵一时兴奋，竟自作主张将符彦卿的女儿符玉儿赐婚给了李守贞！

"我不嫁！"符玉儿听到婚事安排，立刻气得和父亲大吵起来。

"玉儿！男大当婚，女大当嫁，不可造次！"符彦卿还不知道女儿和柴荣私订终身，以为女儿是在赌气，宽慰道，"那李守贞乃是人中龙凤，皇上眼中的红人，日后必定飞黄腾达！而且今年不到三十，英武堂堂，尚未娶妻。如此好男儿，不会委屈了你的。"

"要嫁你嫁去！我宁死不嫁！"符玉儿才不管父亲把李守贞夸得如何如何，闺门一关，再也没有开门。

"哼！这碎女子，怎么越发不懂事了？"符彦卿愠怒诧异，拂袖而去。

符玉儿果真说到做到，竟然真的绝食抗议，一连数日，水米不进，生生要寻短见。符彦卿也是烈性子，令人撬开女儿嘴巴，生灌米汤，吊住女儿性命。

"你要死，也要嫁入李家再死！"符彦卿对着气息奄奄的符玉儿绝情道。

符玉儿心力交瘁，绝望中，咬破手指，写了一封血书派丫鬟秘密送往了河东。出嫁当日，凤冠霞帔之下，符玉儿怀揣着柴荣所赠的定情匕首，决然上了花轿。

"小荣子，你送我匕首，是不是早已料到了今日？"符玉儿握紧匕首，悲极反笑。

"君如磐石，我如蒲苇，生生世世，永不负卿。"

柴荣颤抖地看着符玉儿最后留给自己的绝笔信，娟秀小字竟然全是血泪

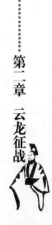

融成，看得柴荣触目惊心，肝胆俱裂！

"李守贞！"

柴荣如同发疯的狮子，跨马狂奔，誓要到冀州抢回玉儿。

一人一马，一路烟尘，最终来到黄河河畔，不想郭威早就率部等在那里。

"荣儿，回家吧。"郭威平静地说道。

"父亲！玉儿对我有救命之恩！"柴荣第一次对着义父虎吼，眼中哗地流下了眼泪。

"荣儿，回家吧。"郭威再次平静说道，语气中，更多了一份无奈。

"待不孝子归来，任凭父亲处置！"柴荣去意已决，突然抽动马鞭，想要闯关。想那柴荣敢在千军万马中孤身取敌将首级，此次心急冲关，气势汹汹，兵士纷纷吓得变色。

郭威暗叹一声，策马迎头冲去。只是一个照面，郭威举重若轻，一枪挥出，将气势汹汹的柴荣打落马下。

"把少将军绑了，送进大牢！"

兵士一听，马上上前按住柴荣，五花大绑。

"父亲！放了我！父亲"，柴荣绝望中挣扎，惨叫哀求声不绝。

柴荣在狱中待了几日，水米不进，度日如年。这日，郭威来探监，柴荣一见是义父，马上趴在牢笼上哀求。

"父亲！看在多年的情分上，儿子求你了！"柴荣跪下，哭着朝着郭威深深地一叩。

"本以为你待了几天能冷静下来，没想到依旧意气用事。"郭威走进牢房，慢慢说道，"这几日为父为你打听了。李守贞新婚燕尔，没有听闻新娘自尽。你小子恐怕是一厢情愿了。"

"不！绝不可能！玉儿绝笔，绝不负我！"柴荣坚信不疑地朝着郭威吼道。

"醒醒吧！符彦卿已被封了魏王。君命如山！既然符玉儿已经妥协，你这么做岂不是害了符家全家？"

柴荣几欲争辩，可看到郭威严厉的眼神，最终一声叹息，深深地垂下了头。

刘知远知道此事，冲着郭威哈哈一笑道："多情男儿多猛将。荣儿不小了，是该娶妻了。此事由我操办。"

刘知远为郭威安排两个老婆后，当媒人当上了瘾，马上又为柴荣张罗了一位绝色美人刘氏嫁给了柴荣，期望柴荣能从儿女情长中走出来。

落魄的柴荣自从牢中出来，就心如死灰，如同木偶一般地与刘氏拜堂成亲。

翌日刘氏哭着向公公郭威诉苦，说柴荣一夜宿醉，梦中呼唤"玉儿"不绝。

郭威无奈，只得苦笑。

一晃两年太平日子过去，知书达理的刘氏为柴荣生下了一个儿子，柴荣虽然忘不了玉儿，但也渐渐接纳了刘氏，夫妻俩平平淡淡，但也过得相敬如宾。

然而，这两年太平时光，也彻底改变了后晋皇帝石重贵的个性与未来。

石重贵与石敬瑭一样，骨子里都具有既奋发进取又耽于享乐的双重性格。见不可战胜的耶律德光被自己击败，石重贵心中的得意越来越膨胀，两年的太平时光，石重贵没想着如何恢复经济，加强国防，倒是拾起石敬瑭过去的一套，夜夜笙歌，声色犬马去了。

将士在外奋战，百姓嗷嗷待哺，国君却怀抱美女，终日饮酒作乐。这样的皇帝，如何不招致国家的灾祸呢？

公元947年，沉寂了两年的契丹大军由耶律德光亲自带兵，卷土重来。

中原诸州皆如临大敌，石重贵从宠姬的床上走到朝前，气定神闲地制定起御敌方略。

由于前两次的"优秀表现"，景延广差点被冯道、桑维翰为首的老臣送上刑场，这一次石重贵还想立景延广为帅，遭到了全体朝臣的一致反对。石重贵无奈，只好拜一向忠心耿耿的姑父杜威为主帅，率领十万晋军，北上御敌。

杜威原名杜重威，是石敬瑭的妹夫。为了给侄子皇帝避讳，所以才改名为杜威。其人精于钻营，常常为石重贵送来吴越美女，讨得皇上欢心。

是问这样一个弄臣，如何堪当主帅重任？

果然，两军交战还未过十日，晋军主力就被耶律德光围于孤城之中。在明明还有战机的时候，杜威被契丹屠城的威胁吓破了胆，想都没想就让手下

的十万晋军统统弃城归降。

讽刺的是,这十万晋军之中,还有石重贵最为器重的将领——李守贞!

客观来说,景延广虽然草包,但好歹还有点军人的常识,可杜威草包,真是旷古烁今,空前绝后了。

十万晋军归降的噩耗瞬间传遍中原。

刘知远惊了,石重贵惊了,甚至连耶律德光本人都惊了。

谁能想到,准备多年的恶仗就如此儿戏的结束了?

契丹大军长驱直入,一路屠城,肆意发泄着两年前的屈辱。不到一月,契丹兵临汴京城下。遭受重大打击的石重贵再也没了往日的傲气,一纸乞降书送到了耶律德光手中。而耶律德光却指挥千军万马,攻破了汴京,将乞降书亲手砸在了石重贵脸上。

城破之时,石重贵本想效法后唐末宗李从珂引火自焚,火折在手却又怎么也不敢下手,结果被屈辱地生擒。

耶律德光没有杀石重贵,因为河东还有个刘知远呢,这落魄皇帝还有用处。然而,这位契丹国主可是睚眦必报之人。翌日,耶律德光坐在龙椅上,后晋百官齐齐到场,让石重贵当众下跪认错。石重贵求死不得,反而贪生,骨头一软就跪倒在耶律德光脚下。

耶律德光当场"大度"地"赦免"了石重贵死罪,降后晋国君为光禄大夫,封"负义侯",发配于渤海黄龙府。

负义者,忘恩负义是也。

由此可见耶律德光对石重贵可是恨之入骨。

而对另一个"仇人"景延广,耶律德光正计划着怎么羞辱这个跳梁小丑,不想景延广挺有自知之明,果断在牢中自扼而亡,让耶律德光好不恼火。

此后,石重贵连同老母安太妃、后宫几位皇妃,所有儿女,举家被押往了远在千里之外的黄龙府。一路上,安太妃受惊而亡,几个皇妃被契丹侍卫抢走,就连石重贵不满十岁的幼女也被禽兽一般的契丹王爷掳走为妾。

当整个府邸只活下石重贵一人的时候,石重贵恍然间做了一个梦,他梦到还在河东时,与柴荣意气风发在沙场比武;梦到大河边,以为柴荣战死时,第一次抗命杀了契丹亲卫;梦到冀州城外,柴荣不惜同归于尽,斩敌将首级于乱军之中……

奇怪，怎么梦到的都是柴荣？

石重贵苦笑，当即解下裤带，悬于梁上，狠心自尽。

不想房屋破败，石重贵悬而未死之时，大梁竟然崩然断裂，石重贵重重摔倒在地上，直摔得骨头散架，也摔出两行悔泪。

石重贵声嘶力竭地朝着中原方向大喊。

"柴荣！柴荣！柴荣！"

"复仇！复仇啊！"

在这悲凉的嘶喊中，石敬瑭一手建立的后晋灰飞烟灭，二世而亡。

947年，耶律德光占领了汴京，索性再也不立什么汉人傀儡，干脆自立为中原皇帝，正式改国号为"辽"，妄图建立契丹统治下的中原王朝。

辽军继而兵分两路，西面进击河东，南面征服吴越，妄图一统华夏。

自从王军败亡后，刘知远部独木难支，面对辽军的猛烈攻势不得不节节败退，保存有生力量。最终，河东军被辽军团团包围，随时都有覆灭的危险。

正当耶律德光春风得意之时，中原百姓被契丹人欺压凌虐，已然到了没了活路的地步。反辽怒火，一触即发，星火燎原，整个中原义军遍起，无论百姓、军阀，纷纷揭竿而起，对这个暴虐的北方民族，予以了最为坚决地抵抗。辽军虽然勇猛，但毕竟人数不及中原，四处救火，分兵驻守，渐渐显出兵力不足的疲态。

947年，河东刘知远，在郭威等人的力劝下，于太原称帝，国号为"汉"，五代十国第四代——后汉王朝就此建立。

后汉是在激烈的民族危机中建立起来的中原政权，是汉民族对抗外敌最后的希望，加之刘知远励精图治，赏罚分明，后晋遗臣、各路义军、纷纷投靠汉军旗下。

耶律德光和他的辽军，陷入汉民族的汪洋大海之中，全然没有征服华夏九州的气量与能力，不到半年时间，辽军死伤惨重，士气低迷到无以复加的地步，耶律德光不得不留下干臣守卫汴京，自己挥师北归。可行至河北栾城外的一处树林时，耶律德光突然被一阵邪风刮倒在地，当夜就暴毙而亡。为了保存他的遗体，将士们将耶律德光开膛破肚，掏空内脏裹满食盐，做成了

木乃伊运送回国。中原百姓对此是拍手称快,将此处树林命名为"杀胡林",将罪行累累的耶律德光戏称为"肉干皇帝"。

耶律德光一死,辽国历史重演,再次陷入分裂的内战之中。这一次,耶律德光的儿子和流亡太子耶律倍的儿子继续父辈恩怨,再次为皇位开战。固执偏心的萧太后——准确来说已经是太皇太后——年逾五十,再次披甲上阵,又为耶律德光的儿子开始了连连征战。

刘知远抓住此次良机,在郭威的建议下,令大将史弘肇挥军南下,一举拿下了洛阳、汴京,继而光复了大部分中原失地。

特别要说到杜威这个铁杆汉奸,自知毫无退路,竟然领着原十万晋军在魏州死守,刘知远久攻不克,为了大局,无奈许诺,保其不死。杜威在坚守了数月之后,终于等来了刘知远的赦免,最终开开心心地举手投降。事后,刘知远信守承诺,封其为检校太尉,自此,中原大定,刘知远的后汉王朝,在不到一年的时间内,成功地打败了外敌,为中原九州,争来继续生存的机会。

948 年,正月。

新年伊始,正当举国上下欢度打跑契丹人的第一个春节时,汴京皇宫,却笼罩着一股愁云。

"皇上如何了?"郭威担忧地问着从寝宫走出的内侍太监。

小太监一看是当朝枢密副使问话,连忙对郭威躬身回道:"禀大人,皇上依旧水米不进。"

郭威从怀中掏出银两,递给小太监低声道:"不许对外人提起"。

"小人明白,小人告退!"

郭威看着寝宫大门,不禁长长叹了口气。

老子曰物极必反,此言果然不虚。

刘知远在鼎盛之年,赶走外敌,平定天下,辛苦五十四载,终于登上了人生顶峰,成为了一代开国明君。然而,福祸相依,就在刘知远得胜回朝之时,皇长子魏王刘承训突然因病暴毙,享年才二十五岁。

郭威还清晰记得,春风得意的刘知远,在皇宫门外看到漫漫白衣时惊愕的表情,铁人一般的刘知远就在那时,就在六军将士面前,直挺挺地坠马倒地，直到现在都还没有站起来。

魏王刘承训是刘知远最器重的儿子，多年征战，刘知远总把魏王带在身边，兵法民治，无一不是亲身教导。刘知远攻打杜威的时候，他就将整个汴京及三万禁军交给了魏王，让魏王坐镇监国。何曾想到，前方战事得胜，回朝后居然白发人送黑发人！

"皇上有旨，宣枢密副使郭威觐见！"郭威正要摇头离开，不想身后太监高声传召。

"臣郭威叩见陛下！"

郭威进入寝殿，朝着龙榻跪下，刘知远已经病得不能起身，只得侧头朝郭威挥手道："二弟……"

这一声苍凉的"二弟"，叫得郭威眼泪都快出来了。抬头看皇上，白发寥寥，眼窝深陷，面色蜡黄，形同枯槁，这还是当年面对契丹铁骑都面不改色、谈笑风生的我主吗？

没想到，英雄迟暮，竟如此悲凉！

郭威忍着泪意，安慰道："陛下定要保重龙体，切不可太过伤心。"

刘知远让太监将自己扶起，靠在床头，轻声对郭威说："这里没有君臣，只有兄弟……"

郭威不忍，大声道："大哥！"

"这就对了……"刘知远勉强露出笑容，"今日找你来，是想问一问你，储君的人选……"

郭威连连磕头道："大哥还是壮年，切不可妄动念头啊！"

"朕自己的身体，自己清楚……杀孽太多，终得恶报……"

刘知远这一病，夜里难以安睡，偶然间听了一段佛经，竟然有所改观，从此开始潜心礼佛起来。

"大哥一生征战，救天下苍生于水火，大德大行，岂会恶报！"

"若不是恶报，训儿……"刘知远想起亡子，不禁又老泪纵横，一边太监见了连连给他拭泪，"不说了，不说了……二弟，你听朕把话说完……朕这一世，共有三子。老大去了，还有老二承祐，老三承勋……这大汉江山总得要继承下去吧……二弟你说说，你觉得谁更合适？"

郭威一惊，顿时警惕，脑中飞快地思度起来。

这些年战火纷纷，后梁、后唐、后晋、前蜀、后蜀、南唐、荆南……王朝多如牛毛，改朝换代更快得如同翻书，每当旧皇崩，新皇立之时，必定伴随一场政局的腥风血雨，轻者乱朝，重者灭国。刘知远在这个节骨眼上问自己这个问题，岂不是要把自己放在炭火上烘烤？

郭威连忙收回兄弟称呼道："储君国事，臣不敢妄言。"

"二弟，你还在为杨邠的事生为兄的气吗？"

提起杨邠，郭威心中一阵苦笑。这杨邠是当朝一名文臣，一直辅佐刘知远治理河东，颇有才干。本来百官都认为新皇登基后，此人要做平章事，即后世的宰相。可谁曾想，一纸诏书，杨邠被刘知远任命为了枢密使，掌管全国军权，而众望所归的郭威，却沦为枢密副使，置于杨邠之后。

论武功、人望，这个杨邠是大大不如郭威的。郭威无故被顶了位置，心里没有想法那是骗人的。但实际上，这个文绉绉的长官不通兵事，实际兵权还是在郭威手里。

"臣不敢！"郭威谨慎地答道。"皇上如此安排，必有皇上的用意。"

"二弟，打仗你在行，可治国却缺火候……这朝局要稳定，就必定要文武制衡，武将除了你之外，禁军都指挥使史弘肇，掌管皇宫禁军防卫，左仆射苏逢吉携一万精兵，防卫京畿诸镇。这武将二人不和，正好互相制衡……可是这文臣，只有杨邠、王章二人可堪重用。王章一向掌管赋税民生，朕让他做了三司使。杨邠精于政务，是宰臣的最佳人选。可他二人对军务一窍不通，又无半点军功，一旦六军有变，那该如何是好？"

郭威大致也猜到了刘知远的心思：文臣弱，武将强。要平衡朝局，最好的办法就是加强文臣的兵权，但又不是实权，这样，新君即位后，文武互相牵制，更容易驾驭。

当然，皇帝是不是想顺便削弱郭威，这就值得琢磨了……

"把你安排成枢密院副使，就是希望你安全一点……咳咳！"刘知远突然剧烈地咳嗽起来，太监连忙呼唤殿外御医进来急诊。

"大……皇上！皇上！"

"出去……都出去！"刘知远大怒，喝退了众人，艰难地朝郭威招招手。

郭威连忙走到刘知远床边。

"皇上!"郭威关切道,"皇上有话,只管跟臣说,臣必定做到!"

"朕时日无多啦……老三年幼,总是卧病,不适合做皇帝,只有老二承祐……"刘知远说着,突然抓住郭威的手,用力攥住,"二弟!朕的承祐就交给你了!"

郭威看着刘知远虚弱又殷切的目光,心中一软,毅然跪在床前,郑重道:"臣郭威在此起誓,决死拥护二皇子、左卫大将军刘承祐为大汉储君,必为大汉王室流尽最后一滴热血!"

"好……好……"刘知远紧张之后,整个人突然放松,竟然白眼一翻,晕死过去。

"御医!御医!"

殿内传来郭威惊恐的吼声,皇宫内院,今夜注定又是一个不眠之夜……

刘知远那日回光返照,和郭威密谈了须臾就昏死过去。几日过去,刘知远只醒过两次,说了两句话。于是刘承祐被急招回京,榻前尽孝。而郭威、杨邠、王章、史弘肇、苏逢吉五位重臣,彻夜守在寝殿旁的偏殿中。

五人皆在等候,但各自等的是什么,就各有不同了。

史弘肇也是武将出身,此时只觉得与郭威更亲近,悄声问郭威道:"郭将军,陛下那日与你谈了什么?能否告知标下?标下不懂朝政,莫要在殿前说错了话。"

郭威稳坐殿中沉思,一言不发。

苏逢吉笑着饮茶道:"枢密使……哦,是枢密副使,与皇上义兄叙旧,岂容我们这些外人置喙?"

史弘肇立刻拍案而起:"苏逢吉,你敢对郭帅无礼!"

"我眼里只有皇上,没有别人!"苏逢吉针锋相对道。

"你!"

"苏侍郎,史将军,你们还有心情吵架?"杨邠自恃是军事总长,对着两个即将开打武将打着官腔,"二位是想让皇上一醒来就听到将帅争吵吗?"

王章忙打圆场:"国事当头,大家都别烦躁了,安心为皇上祈福吧。"

"你们这些儒官,就知道躲躲躲躲躲躲!太医都说皇上不行了,你们还要假

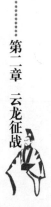

117

第二章 云龙征战

惺惺地安慰自己皇上无事，有鸟用！"苏逢吉被围攻，自觉无趣，径自起身，拂袖离开。

"大逆不道！大逆不道！"杨邠气急大喊。

王章依旧打着圆场："少安毋躁，少安毋躁。"

"郭帅，我看那人不对劲，要不要？"史弘肇悄悄对郭威做了下去的手势，而郭威却依旧稳如泰山，只是轻轻地摇摇头。

就在此时，一个太监突然跑来大喊道："几位大人，皇上醒了！召几位大人速速觐见！"

五人当即齐齐来到皇帝病榻前参拜，只见刘知远靠在床头，面色潮红，如同常人一般，恰如太医所说的回光返照。

而在床前侍奉的，正是温文尔雅的二皇子刘承祐。

"五位爱卿都是朕的心腹，今日朕自感时日无多，决意传位于二皇子刘承祐……"

刘承祐立刻跪在老皇帝面前哭道："父皇，父皇龙体安康！不可如此，不可如此啊！"

"承祐，听朕把话说完。"刘知远语气突然透着锋芒，仿佛回到了统率六军的时光，令在场五位军国大臣都吃了一惊，"你五人皆是大汉股肱之臣，除了你们，朕谁也不信。"

杨邠率先跪下，哭道："皇上知遇之恩，微臣必定竭死拥戴二皇子。"

被老狐狸杨邠抢了"头彩"，"和事佬"王章连忙跪地附和："微臣谨遵皇上圣意，拥立二皇子为新君！"

禁军总长史弘肇继而跪下，杀气腾腾地说道："末将谨遵我主军令！如若谁胆敢对新君说一个不字，末将和手下一万禁军，定将其挫骨扬灰！"

苏逢吉见三人都表了态，满脸不屑，继而跪下道："只要末将在世一日，汴京与新君便无人能够撼动！"

郭威最后跪下，沉沉道："皇上心安，郭威领命。"

直到郭威说出八个字，刘知远瞬时如释重负，点头道："如此，朕心安……你五人今后，同领平章事，行宰相权，辅佐新君……承祐，这是传位诏书，一式三份，你与五位大臣各执一份……"

刘知远还未说完，竟然兀自倒下，整个人如同吹灯拔蜡，倒在床上。

"皇上！"

"父皇！"

刘知远只觉浑浑噩噩，身子坠入深渊，然而，他突然想起一事，拼尽最后气力，大声吼道："杀……杜威！"

前朝第一卖国贼杜威？

五人与新君皆是一惊，刘知远曾在军前许诺，饶杜威不死的，可现在……

当六人回过神来之时，再看龙榻，刘知远早已气绝身亡！

"皇上！"

是夜，后宫哭声震天。一代后汉开国皇帝刘知远，戎马一生，赫赫战功，在鼎盛之年创立汉朝，即位一年后却死在病榻之上，史称"后汉高祖"，享年五十三岁。

五位顾命大臣临危受命，拥立二皇子刘承祐继承大统，新君即位后所做的第一件事，就是令苏逢吉率兵将杜威擒拿，押赴刑场，斩首示众！

面对如狼似虎的苏逢吉，杜威脸色惨白，手捧先帝诏书，大声道："先帝许我不死！新君是要忤逆先帝旨意吗？"

苏逢吉冷笑道："先帝许诺不杀你，未说新君杀你不得！"

杜威自知死期将至，垂死挣扎："难道堂堂大汉皇族，竟会出尔反尔？"

苏逢吉啐了口唾沫："呸！你这乱臣贼子，人人得而诛之！你不知，为了争下这份差事，本将军差点和禁军都尉使打了起来！好好等着吧，刑场一路，有的是人送你上路！"

苏逢吉大手一挥，军士们争先恐后将杜威五花大绑，押上囚车，趁机个个都给杜威来了几拳泄愤，直打得杜威鼻青脸肿，哇哇哭喊。

一路上，被耶律德光苦苦蹂躏的汴京百姓，皆对第一奸贼杜威恨之入骨，烂菜鸡蛋纷纷投来，骂声喊声不绝于耳。

杜威被砸得浑浑噩噩，烂泥一般被押赴闹市，刽子手一刀下去，杜威人头落地！顿时闹市百姓雀跃不已，山呼万岁英明！继而争先恐后，踩踏杜威尸体，以解心头之恨。

柴荣与郭威远远观刑，见杜威惨状，柴荣欣欣然对郭威说道："父亲，这不要脸狗贼一死，新君即收获了第一份民心拥戴，我主虽去，奇谋无人能及啊！"

自从刘知远死后，郭威就惜字如金，今日听了柴荣的感慨，终于开口。

"新君第一诏即杀人，此血染之拥戴，不吉啊……"

第三章　父子双龙

第1节　五星遮月

入夜，汴京，皇宫。

宫人们灭去了大部分灯火，使得宽广的寝殿昏暗晦明。乐师们小心翼翼地奏起了低哑的舞乐，一位身材婀娜的女子在殿中盈盈起舞，顿时宫墙上人影浮动，衬着窗外的月光，倒是别有一番韵味。

刘承祐坐在龙椅上，漫不经心地喝了一口雨露酒，神色黯然，轻轻地发出了一声叹息。

一旁的国舅李业见状，连忙道："皇上，可是对这霓裳羽衣舞不悦？"

刘承祐叹然道："父皇仙逝，朕哪有心情赏舞？"

李业心里顿时一愣：外甥当了皇上之后，日益消沉。自己好心好意安排一场歌舞给皇上解解闷子，皇上不想看，当时也没说不要啊！李业再转念一想：不对，先帝新丧。按规矩，新帝至少要守孝半年的。如果今晚之事被那五只老虎知道……

李业顿时惊出冷汗，故作镇静赔笑道："皇上大孝难得，但依旧应以国事为先。臣安排歌舞，是想让皇上早日振作，龙驭天下！"

刘承祐听到这话，脸色就更是难看："龙驭天下？父皇安排了五位辅政大臣，个个都是军政奇才，朕倒是落得清闲。"

李业笑道："大汉的江山最终还是刘家的，皇上不必忧心。"

"唉，可惜了。父皇百名佳丽，竟统统殉葬。"想起上月在帝陵被活埋的美人儿的哭喊，刘承祐心中依旧隐隐作痛。

先帝驾崩，按照唐朝的规矩，留下的妃子们一般都是被安排出家为尼的。大名鼎鼎的武则天就曾经为驾崩的唐太宗剃发修行。因此，可还真没有妃子们殉葬的道理。

大丧之礼上，刘承祐跪在灵前哭了三日。先前还是正正经经地哭丧，可后来却怎么也号不出眼泪，倒是身边一群娇滴滴的美人哭起来楚楚动人，让他不禁心旌动摇起来。

五代乱世之下，人伦纲纪就是一块破烂的遮羞布。后梁、后唐、后晋前三朝的皇帝都有子承父妾的传统，就连那唐高宗李治不也是娶了武媚娘做皇后吗？

先帝刘知远武将出身，不免也有好色的毛病，做皇帝不到两年，临了，积攒下了近百名美人尚未临幸。如果内侍总管稍稍动动手脚……

正当刘承祐想入非非之时，一身重孝的禁军指挥使史弘肇上前拜祭先帝。

史弘肇跪在灵前泣不成声道："末将出身寒微，跟随上位南征北战，出生入死，才有了今日的富贵。上位于我恩同再造，末将无以为报，无以为报啊！"

一旁的左仆射苏逢吉素来是个搅屎棍，马上阴阳怪气地说道："哼，为何史将军不以死相报？"

史弘肇听罢，铿的一声，杀气腾腾地拔出佩剑，吓得苏逢吉连忙躲开。

只见寒光一闪，咚咚两声，史弘肇竟然一剑砍下了自己左手的二指！顿时堂内血溅三尺，百官诸将人人变色！

史弘肇面色煞白，额上渗出了豆大的汗珠，却生生忍下了锥心之痛，将断指放在灵前，重重地磕了三个响头！

"上位，保重！末将定不负君！"

刘承祐缓过神来，却又畏血不敢上前，只好遥问道："史将军何必如此，保重身体要紧……"

哪知史弘肇循声望去，眼神中浸透着点点杀意，吓得刘承祐不禁连退几步："史、史将军，你、你要干吗！"

史弘肇的眼神透过刘承祐，最终定在了那些后宫的妃嫔身上。马上，他不顾还在流血的左手，走到这群女人面前，冷声道："上位归天，你们却活得好好的？"

众妃嫔一听，纷纷吓得瑟瑟发抖。

"文死谏，武死战。先帝的侍妾不应该以死报之吗？"史弘肇斜眼看了苏逢吉一眼，虎吼一声，"禁军侍卫听令！将这些妃嫔一个不剩，全部拉进皇陵殉葬！"

先帝暴毙，"太妃们"本来就倍受打击，没想到临了还要为其陪葬。霎时，殿内女子们都吓得面无人色，纷纷哭天抢地，跪地求饶。史弘肇手下的禁军可没有丝毫怜香惜玉的意思，一队侍卫进殿，一人几个，一转眼就将殿内搬得空空荡荡。

一名妃嫔离刘承祐最近，眼看就要被拖走，发疯一般地抱着刘承祐的大腿，哭喊道："皇上！皇上！奴婢愿意终身为尼，为先帝守灵！皇上！饶奴婢一命！饶命啊！"

刘承祐不禁心软，转而望向史弘肇问道："史将军，殉葬之事尚无先例，是不是……"

哪知史弘肇二话不说，再次拔剑，那女子只觉双手一轻，两条玉臂竟然眨眼间被齐齐砍断！顿时惨叫一声，倒地晕死过去。而那刘承祐，胯下溅满了热血，还有两只人手抓住大腿，顿时吓得要瘫倒在地。

史弘肇一只大手将刘承祐生生扶住，推心置腹道："皇上！天下未定，重孝在前，不可妇人之仁哪！"

这时的刘承祐哪听得见话，差点就要白眼一翻，晕倒当场。

苏逢吉看不下去，厉色道："史弘肇你敢在上位灵前拔剑，想造反吗！"

"苏庖子！别咋呼谁想造反，还不一定呢！"

史弘肇拜别了吓傻了的皇帝，冷哼一声，步伐稳重地走出大殿。

苏逢吉气急败坏道："皇上，皇上！史弘肇这可是欺君大罪啊。"

杨邠和王章两个文臣首辅也被吓得够呛，见史弘肇走了，连忙唤人扶起六神出窍的小皇帝，说道："都什么时候了！速请皇上去内殿休息！传太医！"

众人手忙脚乱，众星捧月地将新帝送回皇宫。

123

唯有郭威，望着皇帝的行辇远远离去，一言不发，沉默全场。

想到那场景，刘承祐不禁觉得腿上又有两只人手在抓着自己，一身冷汗涔涔而下。

李业安慰道："皇上勿惧史弘肇，那匹夫打辽兵时就鲁莽成性，一定成不了大器。"

刘承祐哭丧道："可他掌管着一万禁军，虎狼之师在侧，朕担忧……"

李业一听，窃喜，"等了一晚上终于等到这个机会了！"连忙说道："皇上必须安排自己人掌管禁军，方才万无一失。"

"哦？舅舅此言，是有人选？"

"皇上，茶酒使郭允明，开封尹刘铢，一文一武，皆愿为皇上肝脑涂地。"

"郭允明、刘铢？倒是没怎么听说过……他们可靠吗？"

"臣舅愿用脑袋担保，此二人决计誓死拥护皇上！"

刘承祐身在豪强世家，自然深知一朝天子一朝臣的道理，早一天换上自己的心腹，就早一天彻底掌握政权。

刘承祐端详起眼前慈祥的舅舅。父亲刘知远成天南征北战，又偏爱大哥刘承训，自己这个老二就像是捡来的儿子一样，倍受冷落。只有舅舅一人，在他最失意的时候还一直陪在身边。现在自己当了皇帝，怎么就不能信任舅舅呢？

想到此处，刘承祐不再顾虑，点头道："舅舅放心，朕心中，宰相这个位置，迟早是你的！到时刘家江山，就要靠舅舅扶持了。"

李业瞬时眉开眼笑，连连磕头谢恩。

想出对策的刘承祐心情马上大好，赏舞的兴致又来了。李业见火候已到，连忙击掌三声，马上殿门大开，一位身着唐服、面色绯红的妖艳女子款款步入殿内。

"奴婢源氏姬，拜见大汉皇上……"妖艳女子娇声一拜，本来低胸的侍女服一下尽收刘承祐眼底，只看得他目瞪口呆，连手中的杯子都迟迟悬在嘴边，忘了放下。

"皇上？皇上！"李业见状，连忙笑道，"此女是东瀛国进献的皇族郡主，微臣特地选来侍候陛下……"

李业说了半天，不见回应，抬头一看，刘承祐就差流出口水和鼻血了。这内臣李业做得倒是贴心，连忙让众人随自己一同退下，将寝殿留给了年轻的皇帝。

禁欲三月的刘承祐早就心猿意马，见外人纷纷退下，连忙猴急抱起源氏姬，抛到龙榻上就开始云雨大战。

这东瀛女子果然新鲜，媚骨天生，娇妖并蓄，令刘承祐雄心顿起，找回了当皇帝的感觉，正剑拔弩张、鏖战正酣之时，一名内监却急匆匆地闯了进来，惊慌地跪在榻前。

"皇上，皇上！不好啦！不好啦！"

烈火遇冰水，刘承祐怎能不气，震怒问道："找死！来人！拖出去斩了！"

内监连连磕头道："皇上！枢密副使郭威郭大人持先帝令牌，要面见皇上！"

"郭威！"刘承祐霎时又被浇了一壶冰水，彻底是清醒了，慌忙问道："他人现在何处？"

"禀皇上，郭大人现在就在殿外！"

堵在殿外门口？这下可真是被"捉奸在床"了！刘承祐吓得六神无主，连忙用厚被盖住一丝不挂的源氏姬，自己慌忙穿好衣服，战战兢兢地坐在前殿召见郭威。

"微臣郭威，深夜惊扰皇上，请皇上恕臣死罪。"郭威跪在刘承祐面前低头行礼。

刘承祐此时作贼心虚，又怒又怕，等了半晌，才哭丧着脸笑道："郭爱卿不必见外，你与先帝情同手足，论起辈分，朕还要喊你一声叔父呢。"

郭威抽动鼻子，早已闻到空气中淫靡的味道，但他不怒不喜，依旧低头沉声道："微臣不敢"。

"郭爱卿深夜觐见，一定有急事吧？"

"公事一件，私事一件，特来奏报皇上。"

"哦？郭爱卿还有私事求朕？"刘承祐眼睛一亮，"速速报来，朕能办的，一定照办！"

"皇上，几日前史弘肇将军灵前失仪，皇上如何看待？"

"这……"刘承祐还不敢告诉郭威要换了史弘肇的意思，只好说道，"请教郭爱卿拆解。"

"史弘肇原是悍将，先帝驾崩，锋芒毕露，言语莽撞，但忠心可嘉，望皇上小惩大诫，将来南征诸国，北御契丹，必堪重用。"

刘承祐脸色一黯，只好道："朕明白了"。

"苏逢吉大人现执掌宰臣，心胸不宽，多心直口快，皇上只需左耳进，右耳出即可。"

"苏大人？嗯，郭爱卿接着说。"

"杨邠大人执掌枢密院，但实则行太师之职，总领朝政，与苏逢吉制衡，是正直之臣，皇上倚重杨大人，兼顾苏大人，则内事无忧。"

郭威见刘承祐打起了呵欠，也不恼怒，继续说道："至于王章王大人，是执掌国库民生，运筹军备粮草的人才，皇上只需让他继续管理户部，国库军饷无忧。"

"好好好……就按郭爱卿说的办……"刘承祐漫不经心地敷衍道。

"皇上……"郭威本想再说，但心中暗叹，只好继续道："郭威最近新得一子，感念先帝大丧，不敢张扬，今日特来请皇上赐名。"

"小事小事。"刘承祐有些不耐烦地说道，"明日朕令太庙为郭公子占卜，赐嘉名！"

郭威站在刘承祐前许久，黯然无语，只好跪下叩谢道："臣叩谢皇上。臣告退！"

好不容易目送婆婆妈妈的郭威离开，刘承祐心中气急，怒道："连黄发小儿取名都问到朕这里了，真是倚老卖老，不知所为！"

"皇上……"

身后再次传来娇滴滴的媚声，刘承祐霎时烦恼尽去，欲火再起。

"管他什么苏大人、史大人、杨大人，朕统统不要，一切交给舅舅不就好了？"

刘承祐笑着，再次向床上的美人扑去。

汴京，郭府大院中，此刻正上演着小小的战斗。

郭威先前被刘知远赐婚，与杨氏、张氏生有一女二子。此时长子郭青已有五岁，与郭威生得一模一样，小小年纪就拿着木剑满院子喊打喊杀起来。而柴荣与妻子刘氏多年来日久生情，也生下了三个儿子。此时长子柴鸿也是三岁，却高出了郭青一个头。这叔侄同年，恰巧成了一对玩伴。

　　"青哥叔叔，你做大将军，我就做先锋，我们一起带兵打契丹贼！"柴鸿奶声奶气，对着小叔叔郭青嚷道。

　　"不行！先锋多好玩，我才不给你！我要自己当先锋！就和荣哥哥、赵哥哥一样！"郭青煞有介事，认真地说道。

　　"两个皮猴，快给我回屋吃饭！"一声少女的娇呵，让两个小家伙顿时一愣，齐齐撒腿就跑。

　　"小姑姑来了，快跑！"柴鸿拉着郭青就跑。

　　郭青不解地问道："南姐姐是个女娃，我才是郭家真男人，怕她做什么！"

　　"郭青，你刚才说什么！"

　　一把飞刀甩出，从两个娃娃身边飞过，两个熊孩子脸色一变，这才知道捅了马蜂窝，连忙撒丫子往外跑。

　　郭平南气呼呼地从内屋跑出，追赶着两个淘气包。

　　郭平南是郭威和杨氏所生的长女，今年正是含苞待放的豆蔻年华。十几年前，杨氏早亡，而从给女儿取的名字上都能看出，郭威也不会教女儿，最终只得让儿子柴荣照顾幼女长大。

　　郭平南遗传了杨氏的美貌，不到十四岁就生得如同出水芙蓉一般亭亭玉立。可让人咋舌的是，郭平南不知是受了郭威还是柴荣的影响，骨子里刚烈好胜，活脱一花木兰转世。再加上柴荣亲授武艺，郭平南骑射身手更是了得，小女子十岁就敢"单枪匹马"挑战全军上下。开始十战九败，可摔打了三年，军中竟只有柴荣、赵匡胤、郑恩几位大将能胜得了她！

　　两个熊孩子正要逃命，出门却与两男人撞得满怀。两儿子抬头一看，来人正是回家的赵匡胤和柴荣。

　　"爹爹！"

　　"哥哥！"

　　郭青、柴鸿冲着柴荣大喊求救，可两个大人还没弄清状况，匆匆赶到的

127

第三章　父子双龙

郭平南瞅准机会，一手一个，将两个半大的娃娃拎到半空，恶狠狠地吼道："两个小鬼好大胆，竟然敢骂我，今晚每人屁股十巴掌，谁也逃不了！"

"姑姑饶命啊……"

"哥哥救我啊……"

柴荣正要说什么，郭平南却一口堵道："大哥你别说话，我就是这两个娃娃的小妈妈，该打的时候就得狠狠打！"

赵匡胤看着热闹的郭府门口，冲着柴荣笑道："大哥，每次到你家，我都头晕。这个辈分……有点乱……"

柴荣脸红，见郭平南脚下只穿着一只小鞋，问道："南妹，你的鞋呢？"

"哦？在院子里，刚才跑急了，哥，你们快进来，"郭平南想了想，干脆甩下另一只鞋，赤脚踩着青砖，拎着两娃，一溜跑回内屋了。

"这个……"赵匡胤看了一眼女孩的玉足，脸刷刷就红了。

"这什么！"柴荣捡起地上的小鞋，佯怒道，"她是我妹子，就是你妹子，你敢有非分之想，我先骟了你！"

"小弟不敢！小弟不敢！"赵匡胤哈哈大笑道。

望着手中的鞋，柴荣虽然开心，但心里却觉得有点不对，看来是要教一教南妹男女之事了……

郭青和柴鸿吃了顿"熊掌拍屁股"，正泪眼汪汪，可看到一桌郭平南准备的丰盛饭菜，还有郭威、柴荣难得一同回家聚餐，全家人济济一堂，两人顿时又喜笑颜开，围着饭桌玩耍起来。

然而有人欢喜有人愁，此时一家之主的郭威一言不发，慢慢自斟自饮。

"爹是有烦心事？"柴荣见状，问道。

郭威微微点头，问道："郑恩还在郑州大营？"

柴荣道："今日由他当值，郑州一切妥当，义父放心。"

"郑州汉军，是汴京最后一道保证，切不可大意。"

赵匡胤笑道："那黑子做事向来小题大做，郑州现在恐怕连只苍蝇都飞不进去……"

郭威点头，轻轻叹了一口气："让郑恩多多磨炼李重进，那小子还缺历练。"

说起李重进，这人还是郭威的外甥。自从刘知远登基之后，郭威位极人臣，便遣人至顺州，将抚养自己长大的姨母韩氏一家风风光光地接到汴京郭府供养。这韩氏有个女儿赵氏，正是郭威的表妹，两人青梅竹马，姨母本来打算将女儿嫁给郭威，亲上加亲。没想到造化弄人，郭威离家一去就是二十余年。赵氏早已嫁人，碰上饥荒不幸去世，只留下了李重进这么一个儿子。郭威自责不已，就将表外甥接到了身边，开始悉心培养。

郭威看着张氏怀中吃奶的婴儿，再看看满屋子跑的郭青，脸上终于充满爱怜。

"信儿还小，你们兄弟几人日后得多多照应。"

郭青的"青"，取自大汉大司马"卫青"之名，而郭信的"信"，取自汉初三杰"韩信"之名。郭威在两个儿子身上寄托的希望，可谓不言而喻。

赵匡胤在郭家从来不把自己当成外人，问道："郭帅，信儿名字多好听。为啥一定要找皇上赐名啊？"

郭威转而问柴荣："荣儿，你知道为父的用意吗？"

柴荣想了片刻，答道："爹是想向皇上示好？"

"是啊！"郭威叹息道，"我曾对先帝许下重誓，辅佐新君。可新君资质，比起先帝……"

面对朝中局势，浑然不觉，面对重臣示好，毫无反应。看来新君在帝王之术上，完全没有开蒙啊……

郭威转而说道："你们不知道，今日朝上，苏逢吉又做了一件混账事。"

众人一愣，齐齐看向郭威。郭威语气沉重，慢慢道来。

早朝时，刘承祐呵欠连天地坐在龙椅上，却听到宫外百姓哭喊，很是诧异。接着，苏逢吉向皇上汇报"净狱"之事。

新皇登基，大赦天下。刘承祐照规矩找负责邢狱的苏逢吉净狱，是以宽赦天下罪犯。可那苏逢吉阴损嗜杀，不放一人，反而将汴京牢狱中所有囚犯，无论有罪无罪，罪大罪小，一律处死。一夜之间，汴京便多了七百多具无头尸首。那些无辜被杀的百姓家属哭声震天，最后震动皇城。而那苏逢吉竟然笑嘻嘻地向皇帝汇报"狱已净矣"。皇上目瞪口呆，而群臣敢怒不敢言。

"哼！"柴荣一拳砸在桌上，却不想吓哭了郭信，张氏连忙带着小孩离开。

"那苏逢吉本来就是个厨子，只是会做菜才被上位欣赏，没想到这个小人一朝得势，变得比契丹狗贼还狠！"

一想到当今"五星伴月"的混乱朝局，郭威也不禁无奈。

苏逢吉阴鸷，掌管刑狱与百官监察，类似于现今的最高公检法长官。

史弘肇刚烈，掌管皇城禁军，类似于现今的首都军区司令官。

杨邠正直，总领朝政巨细，类似于现今的国务院总理。

王章圆滑，掌管全国赋税财政，类似于现今工商、税务、金融最高长官。

郭威忠心，掌管全国大半兵权，是三军总司令，堪比后汉擎天巨擘。

可讽刺的是，这五人的官职和实际权力完全错乱。先帝为求稳妥，特意如此安排令军政大权互相制衡，本是权宜之计，可没想到有了今天的效果。

柴荣说："最近我部下说起，苏逢吉那厮的妻舅死了，他居然让百官捐丝帛治丧，毫无顾忌地巧取豪夺。文武百官早就对他不满了！"

赵匡胤说道："郭帅，既然如此，我们何不顺众意将那小子给办了？反正军权在我们手上。"

郭威摇头道："不可。这是下下之策。这事要做得名正言顺，不然就会向前朝那样，天下大乱的……而且，没了苏逢吉，史弘肇和杨邠两人不知会闹出什么乱子。"

柴荣不解问道："史将军和杨大人不是私交不错吗？"

"朝廷之上，没有私交，只有敌我。"郭威忧心道，"你们以后也要注意，做人必须谦和谨慎，不可无妄树敌。"

柴荣一听，不禁感慨：父帅现在位极人臣，不想过得竟然比石敬瑭时还要谨慎憋屈，真是世事难料啊……

事实上，过得憋屈的，又岂止郭威一人？

翌日，早朝之上，刘承祐一改往日萎靡的状态，迈着大气的步伐走到龙椅上坐定，还未等百官上奏，大手一挥，身边的太监打开圣旨，朗声读道。

"宣皇上诏令，后宫总管李业，操办先帝大丧有功，拔擢李业为御前控鹤都尉，司掌禁宫守备。茶酒使郭允明，开封尹刘铢，在任功绩卓著，百姓有口皆碑，特拔擢为户部侍郎，京都禁军左指挥使……"

"皇上！"还未等太监宣读完圣旨，百官之首的杨邠突然跪下，恳切道，

"请皇上收回成命！"

刘承祐笑容一滞，不悦问道："杨枢密，为何啊？"

"李业乃一文臣，在后宫大兴土木，中饱私囊，再授武将岂不荒唐？中书省正在决议茶酒盐税制改革，郭允明横征暴敛，恶名远播，岂可进入户部？刘铢更是在汴京城门设卡收入城税，雁过拔毛，此等赃官，不杀则已，岂可再委以重任。"

刘承祐一愣，转而想苏逢吉问道："苏爱卿，杨枢密所言是否属实？朕怎么从未听你报过？"

郭允明、刘铢这两个活宝早就闻名京都，苏逢吉怎会不知？可他此时却装傻充愣道："臣从未听闻此事"。

"看吧，杨枢密。连掌管吏治的苏爱卿都这么说，你还有什么顾虑？"

杨邠毅然道："皇上，没听闻不代表无罪。此三人不仅不堪重用，还应马上撤职，送入刑部法办。"

文官队伍之末，李业本欣喜万分地等着升官，一听朝廷一把手要查办自己，吓得马上跪下哭道："皇上，微臣冤枉啊！"

刘承祐看到舅舅受委屈，语气立刻硬气不少："朕是皇帝，朕的旨意就是圣旨！"

杨邠针锋相对道："受先帝遗命，皇上圣意若有偏颇，枢密院有权驳回！"

刘承祐一听先帝祖制，色厉内荏地环视百官道："还有谁，觉得朕的圣旨有误？"

王章马上站出跪下："臣请皇上收回成命"。

有了王章这一带头，殿内百官不约而同，纷纷下跪，齐声道："请皇上收回成命！"

刘承祐看见，整个朝上，除了苏逢吉，所有文官全跪了，而武官郭威和史弘肇完全没有替自己说话的意思，整个人顿时气泄头疼。

罢了，舅舅的事日后再议吧。关键是现在怎么收场呢？

刘承祐突然想起"王顾左右而言他"这句话，转念一想，尴尬笑道："好好好，爱卿们先起来再说。……嗯，国不可一日无后，先帝大丧已过，朕想册封一位郡主为后，为大汉国事冲冲喜气。"

第三章 父子双龙

杨邠一听，立刻谨慎问道："不知是哪位郡主？"

刘承祐得意地说道："东瀛国国主女儿，源氏，如今朕给她取了一个汉名，耿氏，表东瀛国对我大汉忠心耿耿之意，诸位爱卿以为如何？"

百官一听，面面相觑，连惊魂未定的李业都不禁傻眼：这傻外甥怎么提起这事了？那源氏姬哪里是什么郡主！只是自己从扶桑商人处买来的一个歌舞伎而已！

杨邠一听顿时急了，马上反问道："皇上，从古至今，你可曾听过一国之母是外族人的先例？"

"外族人就不行？"刘承祐一愣，又看见舅舅李业远远地冲自己摇头，傻傻问道，"那朕赐她入我大汉籍不就好了？若封她为后，我大汉不就平空多了一支强援？"

"皇上！非我族类，其心必异！"杨邠急切说道，"东瀛倭奴乃蛮夷之族，又远在东海，于我中原战事，有何助力？这外族郡主来京朝圣，为何礼部没有收到任何国书？"

"这……"刘承祐答不上来，冲着李业问道，"国舅，你来解释一下。"

"皇上，微臣……微臣……"李业顿时也傻了，嘟嘟囔囔说不出话来。

杨邠一见，马上猜出了实情，马上进言道："皇上！这东瀛郡主身份可疑，请皇上将其移交刑部查问！"

"杨爱卿，封后之事就当朕随便说说，查问之事就不必了吧……"刘承祐可舍不得源氏，连忙说道。

"不可！若那女子是刺客或是细作！吾皇安危岂不堪忧？请皇上马上送耿氏出宫！"

"杨爱卿，不必如此，不必如此……"

正当刘承祐慌神之际，一直冷眼旁观的史弘肇突然冷哼一声，下令道："禁军护卫，速速将那妖女擒获，送入刑部大牢！"

"史弘肇！你敢！"刘承祐对源氏姬可是动了真情，想起史弘肇又要虐杀美人，顿时拍案而起！

"皇上勿忧，此事正是末将分内之事。"史弘肇毫不留情道。

眼见殿外武士转身离去，刘承祐急了，立刻大吼道："谁敢动朕的人！朕砍了他！"

史弘肇反而向前一步道："那么请皇上砍了末将吧！"

苏逢吉马上火上浇油："皇上，史弘肇这是逼宫啊！"

"你！你！"刘承祐七窍生烟，手指哆嗦着指着史弘肇，差点气得窒息。

眼见朝局剑拔弩张，郭威终于走了出来，挡在史弘肇与刘承祐中间："皇上息怒。臣为史将军担保，必定妥善处理耿氏之事。"

郭威轻轻一言，史弘肇和刘承祐两人总算各自消了戾气。

郭威朗声道："如今正值夏秋之交，北方辽贼'打草谷'之期又至，我大汉应早做准备才是……"

吵了几个时辰，终于被郭威领回到了正事上。

百官齐齐松了口气，正要开口进言，突然殿外一名护卫急匆匆跑入大殿。

"军前急报！河中护国军节度使李守贞、长安牙将赵思绾、凤翔巡检使王景崇，举兵谋反！"

"什么！三镇同时谋反！"

此言一出，举朝大惊。

河中，长安，凤翔！

这三镇兵力加在一起，足以颠覆新生的汉朝政权！

通晓战略的郭威与史弘肇齐齐变色，刘承祐更是吓呆在了龙椅之上，再也没有丝毫先前"王霸之气"了。

第2节 风云骤变

李守贞这几年过得着实不好。

还是后晋石重贵当皇帝的时候，马家口抗辽一战，李守贞一战成名，被皇帝赐婚，一夜成为后晋年轻将领的翘楚。可后来大汉奸杜威携十万大军一起投降耶律德光，李守贞面对上官和辽军的钢刀，骨头一软也做了降将。

所谓一失足成千古恨，虽然杜威最终伏诛，后汉皇帝看重李守贞手上的实力，没有株连李守贞这名叛将，还封他护国军节度使，镇守河中府重镇，可谓是仁至义尽。

然而李守贞依旧倍受汉臣排挤，护国军军饷军备最少，士兵素质最弱，每次边境有事，护国军总是第一时间长途奔袭先前，恶战连连，苦不堪言。

李守贞心气极高，见升官无望，再加上听闻刘知远新丧，新君与朝臣不和。于是当机立断，杀了朝廷监军，举旗反了。

长安的赵思绾、凤翔的王景崇均是投机倒把之辈，见有人挑头反了，觉得可以浑水摸鱼，于是干脆也先后兵变造反。

河中府中，李守贞望着地图，心情却是复杂难言。

半月之内，李守贞部连克数城，地盘扩大了一倍之多，隐隐有突破河南，直逼西都洛阳之势。可李守贞也有他的烦心事。

"报！汉军长途奔袭，先已有五万人马驻守洛阳！"传令兵来报，让李守贞心里一沉，该来的总会到来。李守贞不动声色，问道："汉军主将是何人？"

"枢密副使郭威，先锋柴荣！"

"柴荣？"李守贞眼神一厉，冷哼一声，"可是郭威义子柴荣？"

"正是此人！"

李守贞冷笑道："真是冤家路窄哪，柴荣？我让他有来无回！来人！"

一名内侍应声入内。

"命你加派人手护卫将军府。看紧夫人，不得让她外出！"

"遵命！"

李守贞心中发狠：符玉儿，这次是让你死心的时候了！

柴荣此时行至河阳，眼前百里不到就是陕州，早在几天前，河南府失陷，陕州马上暴露在叛军攻击之下，同时与朝廷失了联系，目前陕州是敌是友，完全不知。

"李守贞！"柴荣第一时间知道敌首的名字，心中多年潜伏的杀意，几乎是瞬间喷发而出。与玉儿一别四年，柴荣虽然早已娶妻生子，可依旧未忘记那个将自己从鬼门关拉回来的"玉姐姐"，同时也对那个横刀夺爱的李守贞恨之入骨。

赵匡胤快马来报："探马来报！前方守军送来文书，陕州坚守了三日，目前尚未失陷!"

柴荣望向西方，滚滚洛水之畔，故人就在那里……

"再探! 前锋军快马加鞭，赶赴陕州!"

"大哥!"赵匡胤笑道，"这次可不能像上次那样冲动了。不然郭帅会砍了我的!"

"时至今日，我早已不是当年的柴荣!"柴荣挥动马鞭，策马狂奔向西方。

"这架势，有什么不一样?"赵匡胤苦笑一声，立刻策马赶上。

陕州城乃保义节度使王权的辖地，早在城外十里，保义军探马歪歪倒倒，早已翘首期盼援军的到来。柴荣最先率部赶到，一问对方，还好，陕州虽然几日恶战，但还在保义军手中。

"王将军正在城中死战，望将军火速增援!"探马一脸是血，一见柴荣，立刻跪倒在柴荣面前。

"二弟，你怎么看?"柴荣明知李守贞就在眼前，虽然脸上杀气腾腾，可还是用理智压抑着冲动。

赵匡胤道:"看着探马惨状，不像有假，大哥可兵分两路，我正面攻向陕州，你从后路包抄攻城叛军!"

"不，我正面进攻，你后路包抄!"柴荣对着赵匡胤一个眼神，还不等赵匡胤回应，马上策马开拔。

"大哥! 多加小心!"赵匡胤冲着柴荣背影远远喊道。

路上奔袭，由保义军探马领路，一众人马顺林间小道西进，柴荣冲着探马大喊问道:"陕州城伤亡如何!"

"禀将军! 三日苦战，陕州三千守军伤亡七成!"

"你是如何突出重围的?"

"标下十名死士三路突围，只有标下一人活着冲了出来。"

"汉军小心! 有伏兵!"林间突然传来一声女人的喊声。

柴荣一听，神色马上一凛，拔刀就要向探马砍去。而探马自知露馅，突然回头一甩手，一只飞镖闪电一般，朝着柴荣眉心射来。

柴荣似早有防备，冷笑浮上嘴角，轻轻侧首，就躲过了这致命一击。

"兄弟们，杀!"那探马一声大喝，路两边树林中，突然冲出两队短兵人

第三章 父子双龙

马，喊杀而来。眼见柴荣部几百人就要被包围，柴荣丝毫不惧，抽出战刀，反而率部向前冲出。两股人马一旦碰撞，以逸待劳的叛军居然最先人仰马翻，一眨眼就是数十人落马身亡！

"早就看你不对，拿命来！"柴荣望着不远处的探马，怒喊道。

"李帅有命！取柴荣首级者，赏万金！"

探马一声高喊，叛军如同嗜血的豺狼一般，疯狂涌向柴荣。柴荣以一挡十，却被人海团团围住！

"大哥，我来救你！"远处，传来一声大喊，汉军回头望去，赵匡胤居然去而复返，带着救兵火速冲来！

树林里本来不宜藏兵，再加上数百援军加入，叛军几个回合就被杀散，纷纷溃逃而去。

乱战中，柴荣看见探马居然想趁乱出逃，当即一箭将其射落马下！

"报！那贼军被杀退！在树林一边，发现一名女扮男装的女尸！"

"什么！"柴荣心中狠狠一沉，眼中马上闪过柴守玉惨死的样子。

不会是玉儿！绝不会是玉儿！

柴荣疯狂赶到现场，将女尸拉入怀中一看，幸好，对方不是符玉儿，而是一名年轻的女人。

"从她身上搜出一封血书"。赵匡胤说道。

柴荣接过血书一看。

"君如磐石，我如蒲苇，生生死死，永不负卿。"

玉儿！是玉儿！

柴荣癫狂了一般，马上令人将那探马押到了跟前。"说！李守贞现在何处！他的……夫人现在可好！"

探马奄奄一息，说不出话，柴荣二话不说，提刀就砍断了对方一条胳膊，疼得探马当即惨叫起来。

"说！"

柴荣再次举刀，吓得探马马上招认。

"饶命啊……李帅现在正在河中府，夫人如何，我不知道啊！"

柴荣气急，一刀砍下对方首级。

"这细作，既然突围而出，一身是血，背后怎么没有一点伤口？"赵匡胤笑道，"大哥明察秋毫，我差点没看出来。"

柴荣此时双眼血红，哪里还听得进什么话来。

郭威将郑恩收在中军，却把赵匡胤和柴荣一起安排在前锋，就是因为三人中赵匡胤最为冷静，能在关键时刻提醒柴荣，而不是和他一起往前冲。

陕州丢了，前方就是敌占区。在赵匡胤的劝说下，柴荣悻悻地退回河南府，等了几日，郭威主力终于有条不紊地赶到。

李守贞自以为是当世战神，信心满满地迎战郭威这个老将，哪知三日不到，还未看到郭威的中军，柴荣和郑恩两个疯子就率兵强行攻破了陕州，甚至连好不容易攻下的赵州也被一同拿下。敌军锋芒太甚，李守贞无法立刻退兵，回到河中府大本营据守。

"可恶！"李守贞气得摔了杯子，"为什么会有人在陕州城外通风报信？是不是你干的？"从生还的士兵口中得知实情，李守贞气得七窍生烟，将符玉儿叫到跟前，抬手就要一巴掌扇下。

符玉儿现在年芳十八，久经磨炼早已没了当年的稚气，反而狠狠瞪向李守贞："我父亲魏王现正在百里之外的耀州，你还敢打我吗？"

"你，你！"此言一出，李守贞高高举起的右手迟迟不敢落下，满脸涨红，"来人，将夫人押入军中大帐，严加看管，谁也不能探视！"

"哼！多行不义，我等着看你的好下场！"

自从李守贞降辽，符玉儿对这个丈夫更是厌恶，一家人不闻不问，形同陌路。而李守贞早就想教训老婆，无奈岳父符彦卿手持重兵在侧，是他必须争取的对象，他投鼠忌器，只好放任符玉儿的放肆。

如今虽然三镇反水，加起来共有近十万人马，但是长安、凤翔都是些兵痞闹事，战力堪忧。那赵思绾、王景崇也不是什么好人，一旦得势，便各自占山为王，谁也不服谁，大有各自为战的意思。李守贞前线顶着汉军的冲击，后面还不得不提防这两匹野狼的偷袭，实在有苦难言。

符彦卿的封地就在河中府北边的耀州，李守贞造反，这个岳父可逃不了干系。可李守贞一再修书劝岳父和他一起造反，耀州却迟迟不见回信，许是符彦卿也是在举棋不定，在一旁观望。

第三章 父子双龙

种种压力，压得李守贞越来越透不过气来。

遥相呼应，汉军帐中，柴荣此时也气得摔了杯子。

"父帅！我军势如破竹，河中府近在咫尺！一鼓作气拿下贼首，岂不省事！"

郑恩也是杀得兴起，附和道："是啊，郭帅，给我五千步卒，我不出三日就能拿下河中！"

郭威看着柴荣，慢慢说道："荣儿，说实话，你这么急着破城，是为了自己，还是为了别人？"

"父帅，我！"

赵匡胤忙解释道："大哥，你别心急，郭帅是考虑北边虎视眈眈的契丹狗贼。"

郭威不禁看了赵匡胤一眼："九重说得不错。敌军虽然势颓，可主力未失，我五万汉军想吃掉一个李守贞不难，但要同时吃掉河中、凤翔、长安的三镇叛军，你自己想想，我军要付出什么代价？汉军好不容易积攒元气，一战而伤，如何去抵挡北边的大敌？"

"那群兵匪只会抢掠百姓，一上战场全无战力，十万乌合之众，完全不是我汉军的一合之敌！"

"乌合之众？"郭威冷笑道，"我汉军就是正规军了？你们自己看看，进驻河南府，多少百姓到我这里告状！"

当初刘知远为了抗辽，扩张无度，收编了大量流寇逃兵。郭威上任以来，一直都在下大力气整饬军风。可无奈老鼠屎太多，郭威也是头痛不已。

此次匆忙出兵，手下的兵痞们又故态萌发，一路坏事做尽。河南府中，几个兵痞闯入民居，杀了男主，轮奸了民妇，悲愤的百姓联名血书送到了郭威这里。郭威震怒，立刻下令，当众斩了那几人。可无论如何震慑，此类事件怎么也弹压不尽。

"汉中之地，可是我大汉根基，我们切不可伤了民心啊……"郭威语重心长道，"你几人严令各营，不可扰民，违令者杀无赦！等那河中城破，贼手家中十万黄金，美女无数，悉数都由他们自取！"

柴荣悻悻，只好与众将一起跪下。

"末将遵令!"

一晃三月过去。

蠢蠢欲动的汉军在严厉的军纪重压下，总算没出大乱子。可河中城中，正如郭威所料，自己先乱了起来。

大军围城，河中城内三万守军，六万百姓，一共九万人，天天都得吃饭，可后方各路被汉军死死封锁，李守贞调不来粮草，唤不来友军，自己还空丢了几千援军，好不懊恼。

河中城内，一时间人心惶惶，物价飞涨，一口粮食竟然变得比黄金还贵。

不到半月，无数百姓就断了口粮。不到一月，城内就出现了暴民、兵痞抢夺富户的乱象。如今三月过去，河中府内，饿殍遍地，俨然成了一座人间地狱。

"长安那边的援军还未到吗?"

空气中随风飘来一股肉香，李守贞望着案前碗里的半碗米饭，皱眉问道:"可是庖厨做了肉食? 先给老太爷和夫人端去。"

下人望着半碗米饭直咽口水，战战兢兢道:"大帅，府中早已断肉月余了……"

"胡说! 我怎么闻到肉香?"

"那是……那是……城中将士烹煮饿殍……"

李守贞听罢，长叹一声:"唉……你去把夫人请来。"

将军府粮食也紧缺，符玉儿还算孝顺，将自己的吃食大部分让给了李守贞的老父，可此刻自己却是白脸浮肿，步履轻浮。

"夫人，看在多年夫妻的份上，今日你务必修书一封，劝说岳父大人派兵来援救河中。"李守贞第一次对着妻子轻声恳切道。

"早知今日，何必当初?"符玉儿摇摇头，"我父亲不会听我的。符家也不能为你陪葬……"

"玉儿，你就忍心看着为夫战死沙场? 这一城百姓跟着一起遭殃?"

"若不想百姓遭殃，你何不趁早投降?"

"你!"眼见符玉儿软硬不吃，李守贞怒了，立刻狠声威胁道，"你若不从! 信不信我把你剁成肉块，煮了吃了!"

符玉儿惨笑一声道："你去看看，城中女人，早已被你的手下吃得干干净净，我能多活这么久，算是赚到了！我就等着你烹妻食父的那一天！"

符玉儿拂袖而去。

"你以为我不敢杀你！"李守贞冲着妻子背影怒喊，可杀意涌到嘴边，最终又被他生生咬碎咽了下去。

眼下，岳父符彦卿是他眼下唯一的活路。

有其女必有其父，符彦卿也是一个爱憎分明之人。女婿当初降辽，气得他大骂自己有眼无珠，派人要接回女儿，断绝这门亲事，可一直被李守贞拒绝。如今李守贞谋反，他并不看好志大才疏的李守贞，打心底里不想和他一起覆灭。可是毕竟两家是亲家，女儿还在他手上。符家如何能脱得了干系？

年逾古稀的符彦卿第一次迟疑了，最终他只好决定两不相帮，紧锁耀州，静观战事的发展。

又过去了三月，河中城中，肉香弥漫，白骨遍地，人口锐减，余下不到一半。就连李守贞近日也只能一日三碗清粥度日。

李守贞神色萎靡地坐在将军府大营中，看着墙上的地图突然拔剑发起了疯癫。

"骗子！小人！全都是一群小人！"

"急报！急报！卫成赵成开门投降了汉军。汉军已从北门涌入城中！大帅！快……"

还未等卫兵说出"逃"字，李守贞就将来人一剑刺死。

"都来了！都来了！哈哈，我让你们这些小人一个都活不成！"

李守贞自知末日已近，癫狂大笑，挥舞着长剑，披头散发，在府中逢人就砍，霎时府内哭声震天，血流成河。

李守贞来到老父房中，却见老父早已悬梁自尽，于是更是狂怒，提剑就向符玉儿房间杀去。

推开大门，符玉儿一身素服，穿戴整齐，静静地看着一身鲜血的李守贞道："城破了？"

"贱人！我就知道你心底一直念着老相好！今天我杀了你！看那柴荣如何得逞！"

李守贞提剑就向符玉儿冲来，就在最后一刻，符玉儿突然从怀中掏出一把匕首，躲开李守贞的长剑，又一剑刺入李守贞的左胸。

"你！"李守贞胸口剧痛，不可置信地看着一向沉默的妻子。

"如若不是担心父族，我早就自尽了！"符玉儿眼中戾气一闪而逝，转而化为两行热泪，缓缓流下。

"我恨你！更恨我自己！"

汉军从北门杀入，一路兵不血刃，直取将军府。憋屈了三月的汉军早就红了眼，看见雕梁画栋的李府宅子，如同发情的猛兽，肆意烧杀抢掠起来。男丁一律杀死，女子、财物一律抢走，甚至连夜壶、痰盂都没有放过。

一对汉军闯入后院主卧，进房间一看，贼首李守贞竟然已经倒在血泊之中。而一名绝色妇人，稳坐在屋中，衣衫齐整，神情自若。汉军顿时邪心大起，狞笑着向符玉儿走来。

"哟，好俊俏的小娘子啊，快来陪哥哥们乐和乐和。"

符玉儿望着几只色狼，面无表情地举起了手中的匕首。

"我乃魏王符彦卿之女，与你们郭帅乃八拜之交，谁胆敢动我，必定死无全尸！"

"魏王？听都没听过！小娘子你是在说书吧！哈哈，哥哥最喜欢听说书了……"

领头的汉军狞笑着朝着符玉儿走去，符玉儿面色灰冷，摇头心中一叹。

本想再见你一面……今生注定你我有缘无分……

符玉儿两行清泪尽出，挥刀就往自己小腹猛刺下去！

匕首入腹，符玉儿不觉冰冷刺痛，竟然感到一股温暖释然的暖意。

剑断愁肠，竟是如此解脱……

多年来，压在符玉儿心中的大石突然轻了许多，符玉儿轻轻微笑，任由那股温暖的困意席卷自己全身。

"住手！"最后一刹那，被黑暗吞噬的符玉儿似乎听到了一个男人的声音，但她已无力睁开眼睛。

小荣子……是你吗……

恍惚间，符玉儿身体飘飘忽忽，如同浮萍一般在虚空中飘荡。又如同置

第三章 父子双龙

身于温暖的小河之中，随波逐流。

母亲，父亲，妹妹……亲人的景象变成一个个气泡从她身边飘过，却又一一破裂，化成了青烟。

我是谁？我在哪？我要去往何方？符玉儿的神智也渐渐模糊起来。

不知过了多久，符玉儿眼前突然出现了一处小桥流水人家，她好奇推门而入。小院中有一颗桑树，一位气质高贵恬静的妇人正坐在树下纺着纱线。

"姑娘，你累了，进来坐会吧。"妇人放下纺纱，轻声说道。

"你是谁？这是哪里？"

妇人笑而不语，为她端来桌椅，并为符玉儿沏上了一碗香茶。

"好香！"符玉儿端起茶碗赞叹，只觉口中倍感饥渴，举手就要送入口中。

"姑娘，先别急。"妇人笑道，"我告诉你，这茶一入你腹中，你就会忘却所有爱恨烦恼，从此无忧无虑。"

符玉儿恍然大悟道："难道这就是孟婆汤？我已经死了吗？"

"哀莫大于心死，姑娘，你的身子已经死了，但你的心还没有死。"

符玉儿不解道："这是为何？"

妇人笑着递出一把匕首，符玉儿倍感眼熟，轻轻接过，顿时一股电流涌遍全身，一个熟悉的身影如同洪水溃堤一般占满符玉儿的心海。

"既然心有父母，为何如此不爱惜性命？"

"身体发肤，受之父母，哪能像你这样不要命地折腾！"

"一路保重，姐姐我日日为你祈福。"

"哪有送女孩子匕首的……好吧，姐姐替你保管！"

"小荣子！我等你回来娶我！"

"小荣子……柴荣……柴荣！"符玉儿的泪水再也抑制不住，抱着怀中的匕首痛哭起来。

"看吧，直到今日，你还忘不了他。"妇人笑道，"活着忘不了，死了就可以忘记吗？"

"我想见他！我做梦都想见他……可是，我没脸见他，我负了他……我该死！早就该死！"

一滴眼泪滴入琥珀色的茶水中，泛起了轻盈的涟漪。

妇人抽走茶水，笑道："你死了一了百了，倒是简单。而你可曾想过那些活着的人，那些还对你牵肠挂肚，念念不忘的人？"

"我……"符玉儿正要开口，突然身下一空，自己仿佛踩空下坠，整个人坠向无底深渊。

"去吧，你还不该来这儿，到荣儿和他父亲身边去，他们需要你！帮他们早日平定乱世！"

符玉儿心神一惊，双手一抖，竟然艰难地睁开了眼睛。

"军医！快！她醒了！"

这个声音好耳熟，他是谁呢？符玉儿仿佛做了一个长梦，脑子浑噩不清，意识开始一点一点地聚拢起来。

"奇怪，奇怪……"

"如何奇怪了！她活了！她活了！你要救活她！"

"这伤势，应绝无生机才对，可现在……"

"她到底如何了！"

"看情形，符姑娘已无性命之忧，只是伤了肝肠，恐怕以后会落下病根……无妨，人活着就有办法，先吃些温补养肝的药，日后再徐徐静养……"

符玉儿只觉得小手被一只颤抖的大手握紧，一个山一般的男人此刻哭得像一个孩子，热泪直接滴到了符玉儿的脸上。

"小荣子……是你吗？"

柴荣有些癫狂地哭道："玉儿，你会好起来的！我向所有神佛许愿，用我所有阳寿，换你活过来！你没事了！你没事了！"

符玉儿鼓起全身气力，举起右手，摩挲着柴荣的脸庞。

"小荣子……对不起……我食言了……"

此言一出，符玉儿心头的块垒霎时荡然无存，她如释重负地笑着，却又突然身子一轻，玉手落下，晕死过去。

"玉儿！玉儿！"柴荣疯狂地叫道，"军医！军医！"

一时间，柴荣的军帐中乱作了一团。

自河中李守贞部覆灭，汉军一路势如破竹，很快，长安、凤翔两地叛军悉数归降。郭威以不到一成的伤亡，一年内就平定了三藩之乱，活捉两名贼首，风光班师回朝。

如此一战，令郭威在军中的声望完全超过了史弘肇等人，甚至隐隐盖过了皇帝刘承祐的威望。

"现在六军之中，士兵只知郭威，不知皇上！"苏逢吉偷偷跑到皇帝寝宫，告起了黑状。

"呵呵，郭将军乃先帝最信任的义弟，我们这些外戚，怎么能和他相比？"想起当日郭威骑着高头大马，全汴京百姓夹道拥迎的场景，国舅李业的语气也变得阴阳怪气。

皇帝刘承祐恼怒道："那又能怎么办？朕都是听你们的，先派了你们举荐的几人平叛。结果如何？败了朕两万人马！难道要朕御驾亲征吗？但凡你们争气一点，朕会把平叛军权交给郭威吗？"

苏逢吉冷笑道："皇上勿忧，臣有一计，可让皇上重新执掌大权。"

"哦？说说看。"

"契丹打草谷大军现已攻入洺州境内，不日就要再度南下。皇上可让郭威领兵数万，镇守邺都，让他与契丹决一死战！"

"混账！"刘承祐大骂道，"朕正怕他拥兵自重，你还让他领兵北伐！说，你是不是和郭威、史弘肇那些武人一党的！"

五辅臣中，唯有苏逢吉和王章两人与皇帝没有直接矛盾，苏逢吉虽然阴毒，可还是明着斗不过其他四人。

昨晚，朝中大臣为郭威举办庆功宴，席间，苏逢吉喝多了几杯，出言不逊，赞郭威是牛头，而史弘肇却是鸡后。史弘肇正因为没能上战场杀敌而窝火，一听这话，怒火攻心，居然拔刀就要把苏逢吉斩杀当场。

苏逢吉想着有郭威、杨邠等人在场，史弘肇不敢过分。没想到全场文武竟无一个出来"劝架"，史弘肇举剑砍来，苏逢吉见势不妙，鞋都没穿就仓皇逃回家中，史弘肇在苏府大门口砍了几刀，骂到半夜，才终于悻悻离去。

这一夜，苏逢吉彻底明白自己孤立无援，人人可欺的处境，愤懑万分。天还没亮，就来到皇宫，跪在刘承祐面前哭诉。从此以后，苏逢吉算是正式投靠了皇帝，一直在为皇帝出谋划策。

"皇上别急，等微臣慢慢道来。"苏逢吉成竹在胸，不慌不忙地说道，"辽军与叛军不同，骑兵勇猛，神出鬼没，郭威再强，兵种强弱悬殊，最多也只能与之打个平手。我们在后方掌管军械粮草，双手稍微松松紧紧，控制战局，让他们两败俱伤，乃轻而易举之事。"

"如果郭威神勇，轻易打败辽军，又当如何？"

"此次北伐，皇上可以借故留郭威家眷在京，作为人质。郭威投鼠忌器，必定不敢对皇上有二心。"

刘承祐又问道："不错。这么解决倒是妥帖。可那史弘肇怎么办？没有郭威在，他不翻天了？"

"郭威一走。汴京只剩下杨邠、王章、史弘肇三人，届时皇上正可将这无君无父的三人一网打尽！"

刘承祐想起史弘肇杀人时的煞气，不禁一个寒战："一网打尽？那史弘肇可是杀人不眨眼的魔王！"

李业连忙道："皇上，你忘了耿美人是怎么死的了吗？"

当日封后之争，郭威虽然出来调停，可后来为军务耽搁。史弘肇趁机将妖女从后宫抓出，亲自砍了脑袋。刘承祐眼睁睁地看着心爱的女子被杀，心中是敢怒不敢言。如今再想起那一幕，刘承祐身子虽不抖了，但眼中凝聚出了慑人的杀气。

"杨邠、王章、史弘肇！统统该杀！"

三国时期，曹操平定袁绍，于北方冲要之地营建邺城，后来曹丕废汉献帝，在邺城登基建立大魏政权，从此邺城改名邺都，位居五都之一。

从政治影响上来说，邺都早已无足轻重。但从经济和军事角度来说，邺都却是一处宝地。此处水路四通八达，陆路交通便利，行商云集，市场繁荣。

自幽云十六州被契丹占去之后，邺都便成了抵御北辽的前线，幸而当年曹操将城池设计如军事堡垒，这才一直屹立北方不倒。

郭威得胜回朝还未坐稳，皇帝马上赐封他为邺都留守，天雄节度使，兼枢密使，领王军六万，北御契丹。

"苏逢吉、杨邠、史弘肇皆先帝旧臣，尽忠报国，愿陛下推心任之，必无败失。至于疆场之事，臣愿竭其愚弩，不负圣恩！"

临行前，皇帝让郭威留下一家老小，郭威便嗅出了一丝不对，推心置腹

地对皇帝拜别表忠。刘承祐巴不得郭威早点走，唯唯诺诺，亲自送走了郭威大军。

在柴荣府中，也上演了一场夫妻离别。

"夫君……最近可是要迎回一位夫人？"柴荣的妻子刘氏临到柴荣最后出门时，才犹犹豫豫问起柴荣。

柴荣一听头大，不知该如何回答。

当初符玉儿在兵祸中自尽，幸而义弟赵匡胤及时赶到才留住了她的性命和清白。

符玉儿在生死线上挣扎了近十日，最终才吉人天相，转危为安。养伤之时，柴荣放下所有军务，一刻不离地照料符玉儿。两人朝夕相对，虽言语不多，爱意浓浓。然而康复之后，符玉儿不知哪里出了毛病，竟然拒绝了柴荣的求亲示爱，誓要出家为尼。

"今生能再见你一眼，跟你说一声抱歉，我已心满意足。你已娶妻生子，我也嫁为人妇，有缘无分，不要再强求了……"

符玉儿决绝之语在柴荣耳边萦绕，无论柴荣如何苦苦相劝，符玉儿就是放不下过去种种。眼看两人又要分离，郭威见儿子肝肠寸断，只好请来了符彦卿。

父女见面，恍如隔世。符玉儿抱着爹爹大哭了一场，最终在郭威和符彦卿两人的劝说下，答应拜郭威为"义父"，留在了郭威身边。

柴荣想到此处，心情复杂万分，回答自己的妻子道："嗯，正是我常常提起的魏王之女符玉儿。我想娶她为妻，你们不分大小……"

刘氏拉着三个儿子，温顺说道："一切都由夫君做主。夫君行军在外，有人照料妾身更为安心。望夫君保重身体，凯旋……"

柴荣心中愧疚妻子，一把抱住刘氏："皇天在上，我柴荣今生今世，必不负你！"

刘氏心头一暖，兀自流下热泪。一旁的柴鸿最大，拉着柴荣的手说道，"爹爹抱抱，我也要抱抱……"

柴荣转而笑着抱起柴鸿，高高举起："你是我柴家的长子，可要保护好娘亲！"

"鸿儿遵命！"

一家人依依惜别之时，郭平南笑嘻嘻地跑过来："大哥，别腻了，再不走该领军棍了。家中嫂嫂、侄儿都由我照看，你还有何顾虑？"

"南妹拜托了！回头我给你介绍个如意郎君！"

"去你的！"郭平南羞极，一脚踹向柴荣，柴荣借势一跳，终于跳出了家门，朝着家人挥手离去。

郭平南望着柴荣渐渐离去的身影，再看看身边的刘氏和侄儿，心中幽幽一叹：大哥，你心中有了嫂子，有了玉儿，还有地方容下南儿吗……

郭威六万大军顺利抵达邺都。然而一进城门，郭威等人却发现城内大街上几乎空无人烟，百业凋敝，兵痞横行。郭威一面派兵驻防，一面整顿军务，忙得不可开交。

符玉儿一直秉笔左右，端茶送水，俨然成了郭威的郎官。郭威一开始"受宠若惊"，但越到后来，越发现符玉儿处理民务上的天赋，连连感谢上天又赐他一个智囊。

皇帝封郭威邺都留守、天雄节度使，那就意味着将邺都封赏给了郭威。对待自己第一块封地，郭威是格外上心。自己大力整饬军纪，自上查办了一批贪污军饷的军官，自下严惩兵痞扰民，裁汰吃空饷的冗兵。同时严格操练新军，对虎视眈眈的辽军严阵以待。

邺都的民务、财务方面，在符玉儿的建议下，郭威下令废止了多如牛毛的苛捐杂税，鼓励漕运行商，并调出库银整修了废弃的运河与农田，没收豪强兼并的土地，无偿分给流民耕种。

不到三个月，暮霭沉沉的邺都飞速地重现生机，再次展现出了繁荣的预兆。而契丹人本想趁机捞点好处，不想有柴荣、郑恩、赵匡胤等人在，辽军连连吃亏，最终发展到汉军主动出击，辽军望风就逃的地步。

北边的郭威等人，表现出一副热火朝天、施展抱负的架势。而远在南方的汴京，气氛就颇为不妙了。

几次大战，史弘肇均失之交臂，让这个一身傲气的杀神脾气越来越暴躁。远在郭威镇压三藩之时，汴京内人心惶惶，出现了许多无赖趁机闹事。史弘肇负责京畿卫戍，派来一半禁军，直接将汴京封锁戒严。参与闹事之徒，无论是主犯还是从犯，起哄的还是看热闹的，一旦被抓，就地格杀勿论！短短月余，就有不下千人被株连。

刚开始汴京百姓纷纷上告指责禁军暴政，可史弘肇不但不收敛，反而在闹市筑起高台，每日当众行刑。断舌、抽筋、烹煮、折足、放血……每日处死十人，没有一个是重样的。就这样过了噩梦般的几个月，行刑台被染红了一层又一层，最后变成了褐色。汴京的百姓再也不敢言语了，京城治安也变得出奇的好。

对此，杨邠和王章也是无可奈何。此时此刻，的确需要有人出面稳定后方治安。史弘肇虽然粗暴残虐，但至少为人刚正，不贪不党，没有二心。他若喜欢杀人，就让他去杀好了。

然而，每当史弘肇带着一身血腥上朝的时候，这股浓重的杀气不禁吓得百官集体噤声。

"史将军，你这杀伐，是否太多了？"刘承祐忍不住问道。

史弘肇不言，只是一个冰冷的眼神瞪向刘承祐。立刻，就连这个当今皇上也瞬间被吓得面无人色。

杨邠怕出娄子，站出来说道："陛下但噤声，有臣等在。"

史弘肇听罢，冷冷哼了一声，不再放肆。

是夜，国舅李业被今日杨邠那句"陛下但噤声"弄得辗转难眠。

"让皇上噤声，这杨邠是什么意思？难道……"

突然一名太监传入国舅府大喊道："国舅爷！皇上出事了！"

"什么！难道他们真的下手了？"

李业匆忙随太监赶到寝殿一看，只见刘承祐裹着被子，面色惨白，坐在床上瑟瑟发抖。

"舅舅！朕听到了！听到了磨刀的声音！"刘承祐一把抓住李业的手，颤抖地说道。

"磨刀？"李业仔细一听，什么都没听到。"皇上是不是做噩梦了？"

"不会有错的！绝不会有错的！"刘承祐害怕地说道，"明天，一定是明天！史弘肇磨好了刀，要来杀朕了！"

"皇上，皇上！镇静点！"李业安慰道，"史弘肇现在还在城外检查驻防，不可能在城内磨刀，皇上你真的是做噩梦了！"

"他们要朕噤声，不就是要朕死吗？朕不要死！朕要他们死！"

长久的精神压力让刘承祐声嘶力竭地大喊起来，李业一听面色大变，连忙捂住外甥的嘴巴："皇上！即使要动手，也不能瞎嚷嚷啊！"

"舅舅！再这么下去，朕会疯掉的！"刘承祐泪流满面，抱着李业痛哭起来。

"皇上勿忧，其实臣与苏逢吉早已准备妥当，就等皇上首肯了……"

"朕不管，你们尽快，尽快动手！"

李业脸上露出会心的笑容："皇上放心，一切都放在臣舅身上……"

刘承祐登基第三年，即公元950年，十一月十三日清晨。

天空中黑压压乌云密布，闷雷隆隆，下起了倾盆大雨。百官们结伴上朝，无一不被淋成了落汤鸡，各自狼狈地等在大殿之中。

然而，让百官感到不对的是，早朝时辰早已过了，杨邠不在，王章不在，苏逢吉不在，史弘肇不在，就连当今皇上也不在。

正当百官百思不解的时候，突然殿外传来一阵嘈杂的兵器交接的声音，百官齐齐变色，正要出殿探查，一堆武士突然涌入内殿，将大臣们牢牢困在殿内。

"苏逢吉！你这个小人！你愧对先帝！"

"皇上！不必如此，不必如此啊！"

大臣们越听越是心惊，这不是几位首辅大臣的声音吗？出了什么大事？史弘肇谋反了吗？皇上遇刺了吗？还是苏逢吉和史弘肇又打起来了？

正当群臣惴惴不安之时，李业扶着一脸惨白的刘承祐，终于姗姗来迟。还未等有人发问，苏逢吉带着一众武士，一身血迹，紧随其后，进入大殿。

众人定睛一看，武士手上赫然提着三个人头，再仔细一看，人头面容竟是如此熟悉。

苏逢吉走上高台，站在皇帝的左边。

皇帝右侧的李业看了看惊魂未定的皇帝，上前对着文武大臣朗声道："史弘肇、杨邠、王章三人，意图谋反，行刺皇上！我与苏大人识破他们奸计，拼死护驾，格杀三人于当场！"

三位首辅谋反？百官骇然地望着三颗血淋淋的人头。

这怎么可能！傻子都不会信！

李业见百官脸上的表情，厉声道："圣上有令，立刻查抄乱党家宅，三人朋党九族，一概入狱严办！"

天空中突然一道惊雷，震彻整个汴京。

数百带刀士兵开始在城中洗掠，无数大户人家中发出震天的惨叫声。城中百姓都不知发生了什么，但隐约感觉到这次暴动，和"史阁王"的抓人杀人，完全不是一回事。

开封尹刘铢、茶酒使郭允明憋屈了将近三年，被杨邠这个老匹夫死死压着无法升官，这次二人奉旨查抄逆臣家宅，还不趁机狠狠公报私仇？

士兵闯入杨邠家中，先是见人就杀，鸡犬不留，可谁知翻天覆地折腾一番，杨邠家中竟然清贫得没有半分油水。除了几幅看不懂的字画，连个像样的金器都没有！气得二人一把火将杨邠家宅付之一炬，扬长而去。

"这老匹夫，没想到真是个清官。"郭允明扔下早已被血磨钝的刀，无奈道。

"别急！王章可是朝廷的财神爷，他家一定有好东西！"刘铢一抹脸上的血迹，发狠道。

二人提起精神，又率兵赶到王章家，一通烧杀，发现一点黄金，却也是少得可怜。

"娘的！真他妈怪！这两个老贼位居首辅，居然都不贪财！这下没油水可捞了！"郭允明气馁道。

"等等，让我想想……"刘铢外号"雁过拔毛"，最为擅长敛财，他小眼睛滴溜一转，低声对郭允明说道，"我听说，郭威家中，有很多宝贝，他的几位妇人、女儿、儿媳妇，都是大美人啊……"

"哦？可是，皇上没让我们动郭威啊……"郭允明犹豫道。

"这有何难？我们就说郭威家与史弘肇勾结谋反，一同办了不就得了。"

"可那郭威还在邺都，他手上可有六万兵马哪！"

"哼，撑死胆大的，饿死胆小的！皇上收拾了三位首辅，下一个不就轮到郭威了，丞相手上有二十万王军，怕他做甚！"

郭允明眼睛一亮："好！听你的！还有郭威的义弟，王峻！那小子为了鸡毛蒜皮的事曾经参过我，干脆把那小子的老窝一同办了！"

"哈哈，正合我意！我们走！"

郭府的护院家丁听到了城外的喧闹，自恃首辅之家，自然也没太在意。

不想厚重的大门突然被拍得山响，家丁不知恶鬼到来，还开门查问。一把钢刀顺着门缝就捅了进来，将那家丁捅死当场！

"小的们！郭府意图谋反！给我杀光抢光！"郭允明最先冲入郭府，振臂一呼，一群饿狼扑入郭府，大肆烧杀抢掠起来。

郭平南最先察觉不对，马上赶到前院，见士兵在自家大开杀戒，立刻拔剑冲上前去。

"反了你们！这里是郭府！"

"哟！这不是郭家大小姐？"刘铢可是武将出身，不惧这个只有十四岁的小姑娘，淫笑着提刀杀来。

郭平南见贼首自己跑了出来，擒贼先擒王，使出浑身本领与之厮杀起来。几个回合下来，刘铢身上平添了几处刀伤，节节败退，心中大叫不妙，眼看着就要命丧当场。

"这哪里是弱女子，分明一个母夜叉啊！"

"你们这些坏蛋，看剑！"郭青不知轻重，竟然拿着木剑就冲着乱兵挥去。

郭允明见势不妙，见一个小娃娃主动冲着自己跑来，顿时大喜，一把抓过小孩，将钢刀比在他的脖子上，高喊："你住手！不然我砍了这个娃娃！"

郭平南一见，怒喝："青儿！你这个畜生！拿小孩子做挡箭牌是什么英雄好汉，有种和我单挑！"

"哼！我们奉圣旨，查抄郭家，你乖乖束手就擒，不然杀无赦！"

"你放屁！"

"放了我儿子！"后院中，郭威妻子张氏突然跑出来，眼见儿子被人用刀架着哭喊，心疼万分，马上惊叫着跑向贼人。一个士兵一见，当即一刀刺入张氏的胸口，张氏一脸惊恐倒下，向儿子方向爬了几步，最终断了气。

"二娘！"眼见亲人倒在血泊中，郭平南仿佛梦中，愣在当场。

"娘！"郭青见娘亲倒下，顿时号啕大哭，狠狠一口咬在郭允明手上，郭

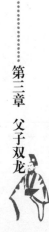

第三章　父子双龙

允明吃痛，不禁松手，见郭青跑了，下意识一刀甩出，大刀直直插入郭青后背，郭青喊都没有喊一声，也倒在地上，再也不叫不动了。

"青儿！"郭平南肝肠寸断，血泪几乎蹦出眼眶，"你们这群畜生，我要杀了你们！"

一个十四岁的小女孩，如同发了疯的狮子，抱着同归于尽的杀气，举剑冲入敌阵之中。

"她疯了！"刘铢退到人后，眼见郭平南一身是血，连杀他近十名心腹，气急败坏吼道，"弓箭手！射死她！"

一队弓箭手早已搭箭拉弓，十几只流矢齐齐射向郭平南，郭平南毫无惧意，挥剑抵挡，避过了要害，左臂和小腹却中了三箭！

"可恶！"郭平南痛得脱力，身子一沉，竟然感到眼前一花！

"再射！射死她！"

这一轮齐射下来，郭平南身子一滞，眼看就要命丧当场。突然刘氏张开双臂，扑到郭平南面前，瞬间工夫，刘氏正面插满箭镞，直直倒下。

"嫂嫂！"郭平南哭着扶着刘氏，"你为什么要救我！你为什么不跑啊！"

"救……我……儿……"

"娘！"柴鸿也哭着跑来。刘铢见状，立刻吼道，"再射啊！你们看什么热闹啊！"

几名弓箭手好歹是军人，看见射杀了妇孺，心有不忍，这么一犹豫，郭平南当机立断，一把抓住柴鸿，跑出门外，抢了一匹马，策马而去。

"饭桶！统统都是饭桶！"刘铢追出门外，马上提弓拉箭，一支利箭瞄准郭平南后背，呼啸而出。

郭平南只觉后腰吃痛，惨叫一声，顿时血性大发，拿来马背上的弓箭，策马回首起长弓，一箭还击，竟从刘铢左耳擦过，刘铢一摸耳朵，竟然少了半块！

"可恶！"郭平南甩了弓箭，忍痛快马加鞭，顷刻离开了众人视线。

"一个不满十四的女娃，竟然如此刚烈。"郭允明望着一院子的死尸和满脸是血的刘铢，不禁由衷感叹道，"郭家果然不简单啊！"

"传令，杀光郭威全家，鸡犬不留！"刘铢捂着耳朵，狠狠说道！

当天，郭威与柴荣全家老弱妇孺，除郭平南与柴鸿二人逃出，全家上下一共三十二口，均被刘铢残忍杀害，无一幸免。

而王章、杨邠、史弘肇，再加王峻的九族家人，被皇帝一纸圣意，统统拖到史弘肇设立的邢台上，斩首示众。不仅如此，皇帝还下旨将反贼及全家的人头挂在汴京城墙上，日日暴晒，直到变成一颗颗白骨骷髅，方才解恨……

整个汴京顷刻变天，陷入死一般的恐惧之中。

郭平南趁着城门未关之际，策马冲出了汴京大门，整整一个时辰的颠簸，让她浑身浴血，精疲力竭。

"嫂嫂，二娘，青儿，信儿……"郭平南停下浑身是汗的战马，满腹悲凉地回头看着乌云密布的汴京。

郭平南抱紧了怀中的柴鸿，落着泪，安慰道："鸿儿，别怕，姑姑带你去邺都见你爹！我们一定要为他们报仇！"

柴鸿在郭平南怀中，从头至尾都未哭闹一声。

"鸿儿……鸿儿！"

郭平南见柴荣面色惨白，浑身僵硬，心中一寒，这才发现一支利箭从自己后腰贯穿，又刺入柴鸿后胸要害。不知何时，柴鸿早就在郭平南怀中断了气。

"鸿儿！"郭平南声嘶力竭地哭喊，眼中的泪早已变成了血水，"鸿儿！你快醒醒！快醒醒！你让姑姑有何颜面去见你爹啊！"

"大哥！爹爹！"郭平南此刻才露出豆蔻少女的柔弱，伤心地抱紧侄儿痛哭。整个人浑身是伤，全凭一口气撑到现在，如今她极悲攻心，竟然眼前一黑，与柴鸿一起，从马上摔了下来，挣扎着再也站不起来。

"不行……我还不能死……我要去邺都……我要报仇……"郭平南喃喃自语，最后一刻，沉沉闭上了充满血泪的眼眸。

一名年轻猎户早早来到汴京，本想进城卖货，不想城门紧闭，士兵不让自己进城。恼火之余，只好收拾东西回家。路遇一片树林之时，却发现前方一匹染血的战马兀自吃草。

"难道是契丹细作？"猎户心惊，连忙四处查看。很快，在百步之外，发

第三章 父子双龙

现了一名倒在血泊之中的少女。

猎户大吃一惊，连忙将郭平南扶起查看。

"还是个女娃娃啊！好狠的心哪！"张永德见少女一身刀伤，后腰还贯穿着一支箭羽，将她怀中的娃娃与少女串在一起，顿时惊愕万分。

"这个娃娃不行了……她，她还活着！"猎户试探两人鼻息，见郭平南一息尚存，顿时一喜，拔刀小心斩断利箭，分开两人，将少女抱起。

郭平南还在昏迷之中，却强撑着一口气不愿死去，黑暗中，她只觉得有人抱起了自己，便死死攥住对方的胳膊，拼足全身气力，艰难说道："邺都……"

猎户看着怀中少女，心中一紧，连忙上马向自家赶去。

第 3 节　雷霆之怒

邺都，将军府内，柴荣徘徊在符玉儿门前，几次想进，却又犹豫不决。

一门之隔，符玉儿怎能不知门外站着何人，她为郭威献计，整顿邺都民治，废寝忘食，就是故意想要远离柴荣。可此刻，故人就在门外，符玉儿的心也不禁动摇，她犹豫了许久，最终走到门口，推开了那扇大门。

"玉儿！"

柴荣一见符玉儿开门，大喜过望，连忙上前，不想符玉儿侧过面容，淡然道："大哥，你见我有事？"

"玉儿，你这是何苦呢？"柴荣心中苦得发涩，焦急道，"你我好不容易再见，难道你忍心与我生分？你知道，我并不在乎那些虚名！"

"大哥，你军务在身，岂能为了这些儿女私情分心。"符玉儿低头轻声道，"城郊的盗匪流寇，城内的军户入册，都是你的职责。夜已深了，速速去安歇吧。"

不等柴荣回应，符玉儿狠心回房，紧闭大门。柴荣进也不是，退也不是，只好长叹一声，悻悻离去。

"二弟，三弟，起来陪我喝酒！"柴荣胸口气闷难解，干脆跑到军营大帐，一声虎吼叫起睡眼蒙眬的赵匡胤和郑恩。

"我说大哥啊，你那千军万马取敌将首级魄力跑哪儿去了？"郑恩睡品奇差，此刻愠怒地喝着烈酒，大声嚷嚷道，"妹子不听话，打一顿不就好了。"

"打？你信不信我打你一顿？"柴荣气得一瞪郑恩。

"大哥，这黑子哪懂男女之事，别气。"

赵匡胤连忙劝酒。想那当日河中城破，赵匡胤心细如尘，怕乱兵伤了大哥的心爱之人，抛了战功快马赶到李府，遥遥看见符玉儿决意自尽的一幕，心中骇然无比。

将符玉儿抱回军营之时，赵匡胤偷偷端详这个女子，身材娇小，长发及腰，宛如睡着一般安详，哪里还有自尽时那一瞬的刚烈？

赵匡胤不禁想起了远在汴京的郭平南：南妹虽然也是桀骜，但比起怀中女子，却是少了一份温婉与成熟。大哥心仪之人，果然不凡。只是可惜啊，天下奇女子，竟都只爱慕大哥……

该死！该死！我在想什么呢！

赵匡胤突然心神一动，心中暗骂自己混账，连忙喝了口酒掩饰。

"大哥别恼啊！"郑恩最怕柴荣发火，连连告饶，"这事俺郑三不懂。唉，这情情爱爱，如此麻烦，还是俺这光棍来得痛快。"

"问你也是白问！"柴荣白了郑恩一眼，转而向赵匡胤问道，"二弟，你可有什么法子？"

"大哥"。赵匡胤问道，"玉儿姑娘刚从鬼门关爬了回来，想这几年，定是身心俱创，哪是那么容易好的？"

"天杀的李守贞！"柴荣听闻李守贞最后要杀玉儿殉葬，料定这几年玉儿过的是如何非人的日子，气得又大骂起来，"二弟，你说得极是，我该如何是好？"

"大哥你也别急，这玉儿姑娘不还好好在你身边吗？她对你还有情谊哪！女人如玉，要用心温养。来日方长，大哥精诚所致，必定有云开雾散那一天！"

"咦？二哥？你跟我一样，光棍一条，怎么这么懂女人心思？"郑恩不解

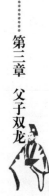

问道。

"谁和你一样成天只知道吃喝打仗啊!"赵匡胤笑道,"我还想早点娶媳妇,为老赵家延续香火呢!"

"好!"柴荣一听兄弟插科打诨,心中烦躁顿时减轻不少,"二弟放心,我必定为你物色绝色佳人!"

"好!敬大哥!"

"大哥!有好事也别忘了我郑三!"

兄弟三人借着月色,开怀畅饮,好不痛快。

头顶一朵乌云遮住了月光,眼看就是三更时分,三人喝得醉眼蒙眬,正要休息,不想卫兵突然传入大帐急报。

"报!有人深夜闯营,打伤我军哨兵,声称要见郭大帅!"

柴荣一听,怒道:"哨兵是吃干饭的!竟被打伤!看我怎么罚他!来者何人?现在何处?"

"来人一男一女,现被我们团团围住,只等将军定夺。"卫兵说着,掏出一块腰牌递上,"这是那男人拿来的信物,说只要大帅一见,就知道他们是谁。"

柴荣拿过腰牌一看,心中一惊:这不是郭府之物?怎么上面还染着血迹?

柴荣心中越发不安,连忙来到大营门口一探究竟。只见一名猎户打扮的男人,风尘仆仆,手持猎刀,背着一个浑身是血、气息奄奄的女子,怒视着将其团团包围的士兵。

"那不是……南妹!"柴荣看到男人背上女子正是妹妹郭平南,一个趔趄,差点摔倒,几步走到男子面前,抢过郭平南,按捺着心中焦急,小心地将其抱在怀里。

"南儿!南儿!"

柴荣手中的少女此时已轻得没了分量,浑身都包着血迹斑斑的粗布,柴荣甚至还摸到她腰上一支残箭!

郭平南是柴荣一手带大,名是兄妹,可实则柴荣视他为女儿一般疼爱,眼见郭平南如此惨状,柴荣触目惊心,差点当场落泪,温情地唤起妹妹乳名。

郭平南好似听到了哥哥的呼唤，艰难地睁开眼睛，看见眼前的亲人，顿时，干涸的眼眶再次盈满委屈的眼泪。

"大哥……报仇……"

郭平南拼尽全身气力，说出四个字，竟又在柴荣怀中晕死过去。

"军医！军医都给我起来！救我妹妹！救我妹妹！"

"好大胆子！竟敢伤我义妹！"郑恩也是心中痛惜，转而看向被抛在一边的猎户，怒从心生，拔刀就砍，可那猎户竟然毫无惧意，拿起手中的猎刀迎面一接，竟生生挡住了郑恩的蛮力一劈！

"咦？有点力气！"

郑恩一愣，欲要再砍，却被赵匡胤及时一手拦下。

"三弟！动点脑子好不好！别添乱了！"赵匡胤心中也是急得发火，但还未失去理智，向猎户道，"壮士且在军中休息，等郭姑娘醒来，我等必当答谢壮士救命大恩！"

猎户心中有气，愤然道："不必了，好心当成驴肝肺！放我走！"

赵匡胤岂是傻子，连忙挽留："给壮士赔罪，我三弟也是爱妹心切，勿望海涵！请壮士稍做歇息，明日说清缘由，也算给南妹一个交代。"

一提到郭平南，猎户怒气稍解，遂答应留下。

军中发生如此大事，最终惊动郭威。天还未亮，郭威、符玉儿等人就赶到了军中大营。

"小姐重伤！几乎要了性命！"军医取出郭平南体内的半支残箭，转头递给郭威，也不禁一脸骇然，"老夫从军多年，还未见到过如此惨烈的外伤！"

"别说废话！"柴荣怒道，"我妹妹现在如何？"

"蒙郭帅、少帅之福，小姐体魄强健，挺过了伤势最重的关口，此刻已无性命之虞，只是……"

郭威脸上抽筋，心痛问道："只是什么？"

"只是小姐失血过多，元气大伤，需要时日才能恢复神智。另外小腹被箭镞贯穿，伤了身子，恐怕日后落下病根，将子嗣无望……"

"放屁！治不好我妹妹，我砍了你！"

"住手！"

157

第三章 父子双龙

柴荣拔刀就要砍来，却被郭威怒视制止，他心痛地摸了摸女儿惨白冰冷而又充满委屈的脸庞，沉声道："荣儿，大夫已经尽力了。"

军医见状，连忙告退。

柴荣悲愤地跪倒在郭威面前，哭道："父亲！南妹她才十四岁啊！"

郭威摇晃了一下身子，心中怎能不痛？

他转过身看向帐中的猎户，阴沉问道："可是壮士你护送小女来的？"

猎户点头跪下道："没想到小姐是郭大帅的女儿。在下新乡猎户张永德，拜见郭帅！"

"壮士请起！"郭威连忙亲自扶起猎户张永德，"其间种种，一定是艰险万分，请壮士帐中一叙缘由，郭某定当重报！"

郭威将张永德奉为上宾，设宴款待，所有人都来陪同。很快，张永德说出几日前的汴京之变。

"……那日小姐抱着小少爷杀出城外，晕倒在路边，我正巧路过，小少爷已经气绝，我只有救起小姐……后来我才听说汴京城内出了大事，几个朝中大官造反，被皇上诛了九族……小姐伤势太重，总是昏迷，好不容易醒了一次，却要我送她来这邺都……家中缺医少药，我怕她有不测，只好连夜出发，马车走了七八天，才走到这里……"

郭威一听大惊失色，忙问道："小少爷？小少爷是谁？长得如何？"

"唉，那是四五岁大一个男娃娃，白白胖胖，一身好料子，我也不知叫什么名字。我只好将他埋在山上。那么小，真是作孽啊……"

急人！急死人！

柴荣和郭威同时急得发毛，一股不祥的念头霎时笼罩心头。

面对已经变色的两人，张永德一脸愧疚道："小姐伤重，我不敢耽搁，马上就出发往邺都这里赶来。城中具体如何，我实在不知。给各位大人谢罪了。"

"壮士不必自责"。郭威勉强笑道，"请壮士先行休息"。

张永德知趣，拜别众人退下。

柴荣心乱如麻，对郭威说道："父帅，南妹最后跟我说了'报仇'二字，莫不是汴京家中也遭了变故？"

郭威也满脸担忧："现在南儿昏迷不醒，那人说的是真是假，无从辨别……"

"父帅！孩儿还是担心家中有事，请父帅恩准孩儿带兵回家一探！"

郭威想了半天，摇头道："不管如何，京中一定发生了变故，我部贸然回京，一定不是好事。"

"父帅！亲人吉凶未卜，孩儿心急如焚啊！"

赵匡胤马上言道："郭帅，不如让我回京一探，我挑七八精干之人乔装回城，必然不会惊动各方。"

郭威抬头道："此次汴京一行，吉凶难料，让九重你以身犯险，我于心不安哪……"

赵匡胤恳切道："郭帅是大哥的父亲，也就是我赵九重的父帅，父兄有急，我怎能放任不管？"

郑恩急忙也跟着说道："郭帅，我也要去！"

郭威说道："好！难得荣儿有你们这样的好兄弟。多年以来，我郭威心中，早就将你与郑恩视作亲子了！郑恩你留下，交给九重去，这种事，他比你更在行。"

亲子？

赵匡胤心头一喜，马上道："末将领命！"

郭威转而对着柴荣道："荣儿，你这几日不可毛躁，待在军中照看南儿。"

"孩儿……遵命！"

"玉儿，这里只有你一个女娃，劳你照顾你义妹了。"

符玉儿担忧地看了柴荣一眼，乖巧地听话允下。

难熬的几日过去了。

正当郭威、柴荣焦急等待赵匡胤的消息时，邺都里的二把手，都指挥使郭崇威却发来请柬，设宴请郭威到府上一聚。

郭崇威与那郭威的名字只差一个字，却不是本家。朝廷给郭威邺都留守的时候，也顺手派了个尾巴给他，这人就是郭崇威。

郭崇威虽然是朝廷派来监视郭威的，可他做事老老实实，中规中矩，从不干涉郭威的邺都新政，在这敏感时期，他请郭威赴宴是为了什么？

邺都第二长官宴请，郭威不好推脱，当即带了一队亲兵去赴宴。

然而，郭威去后还未过半个时辰，柴荣却双眼血红，点齐百名人马从军营杀出，直奔向郭崇威府。

众人正要破门而入，可还未砸门，大门兀自打开，郭威满眼血丝和恨意，缓缓从门后走出。

柴荣狠狠跪在地上，哭喊道："父亲！南妹醒过来了！家中……出大事了！"

郭威本来还抱着一丝侥幸，一听柴荣禀报，浑身一震，险些跌倒。

郭崇威一脸无奈地从后面走出，抱拳向郭威跪下道："郭帅，我所言句句属实！李业和苏逢吉他们怂恿皇上灭了你全家九族，还让末将暗中杀你！末将深感郭帅仁义，实在于心不忍啊！"

郭威喃喃道："都是真的……都是真的……"

"天！"

郭威突然冲着上天怒号一声，整个人如同抽去了灵魂，直挺挺倒了下去。

"父帅！"柴荣惊恐万分，疯狂地冲上前去。

郭威这一倒下，整个邺都一片愁云，开始戒严。所有军民均陷入一片惶惶之中。

一日后，赵匡胤也终于策马狂奔地赶了回来。原本去了十二人，回来却只剩下三人，而且人人带伤，赵匡胤差点因此折在了汴京。

"大哥！郭家上下三十二口，还有王峻大人一家十六口，都被狗皇帝下旨杀害了！"赵匡胤还来不及喘气休息，一下马就一口气冲进中军大帐，哭着跪在柴荣面前。

郭威自那夜晕倒之后，突然闭门不出，谁也不见。

柴荣无故丧妻丧子，早已憋闷得如同发狂的狮子。若不是还要照顾郭平南，早就不知会做出什么事情！此刻见赵匡胤一身的伤痕，也知兄弟是九死一生才逃了回来。

啪！柴荣想到痛处，气血上涌，一拳狠狠拍在案上，把一尺厚的楠木案几生生砸成两段！

符玉儿这几日一反常态，总是以照顾郭平南为由，留在军营之中，此刻见到柴荣发狂，右手被自己弄得鲜血淋淋，只好对赵匡胤道："二哥，郭帅和大哥心情都很不好，你先去休息几日吧，这一路你也辛苦了……"

"好！我去探望南妹！大哥保重！"赵匡胤抱拳而去。

符玉儿见柴荣流血不止，静静拿来丝布，想为其包扎，却被柴荣暴躁地推开。

"我不想见你！出去！"

符玉儿也不发怒，放下丝布，悄然退出军营。

"义父、义妹、大哥。"符玉儿心中暗叹道，"整个郭家上下，性子一模一样，唉……"

郭威闭门不出，已经整整七日了。

柴荣只知道终日喝酒，郭平南还未伤愈就成日哭着喊着要复仇，王峻全家无辜遭难，也暴躁得失去了理智。这些日子，邺都军政与民政完全处于真空状态，要不是还有赵匡胤与符玉儿努力维持，邺都不被契丹破城，也早就被内乱毁了。

"小妹，这样下去可不行啊。"赵匡胤忙了一天军务，感觉离开了郭威，手下兵丁越来越难以弹压了，对符玉儿道，"小妹你足智多谋，义父和大哥那里，还需要你多多开解啊……"

符玉儿叹息道："义父和大哥都有丧妻丧子之痛，我一个外人，如何开解？"

赵匡胤对着符玉儿躬身一拜："狗朝廷已经开始调兵遣将了，恐怕很快就会对邺都不利。大难当头，只有小妹你能力挽狂澜，劝回义父和大哥了。为这邺都全城百姓，也为义父一生心血，我赵匡胤在此求你了！"

"二哥！别这样！快快请起！"

赵匡胤眼看就要跪下，符玉儿连忙拦住，犹豫再三，终于无奈点头答应。

翌日清晨，符玉儿端好早膳，推开了义父郭威房间大门。

整个房间久未通风，迷漫着一股压抑至深的气息，符玉儿遥遥一望，只见一个老人背坐在房中，披头散发，背影佝偻，全身散发着暮霭沉沉的颓废之气。

"义父……"符玉儿心头一酸，轻声道。

第三章 父子双龙

这还是那个沉稳若水，泰山崩于前而面不改色的义父吗？怎么短短七日，便形如枯槁，英雄迟暮？

"义父，我为你端来了早膳，你多少吃一点吧……"符玉儿被这屋内气氛感染，也想差点落泪。

可郭威好似木头一般，对来人问候不闻不问，依旧黯然坐着。

符玉儿走到郭威身边，发现郭威手中捏着几件小孩玩具，暗自摇头叹息。

"义父，我不是来劝你的。我只是来给你送来一样东西。"

符玉儿从怀中掏出一把匕首，放到郭威面前："这是柴大哥送我的心爱之物，义父你可曾认识？"

郭威呆滞地抬头望去。

那符玉儿手中之物，不是当年亡妻柴守玉的遗物吗？

此时此刻，郭威空洞的眼神中终于闪过了一丝神采。

"当年河中城破，玉儿拿此物自尽。"符玉儿忧伤道，"那一次，玉儿昏睡了十日。睡梦中，玉儿做了一个梦……玉儿梦中，遇见了一位妇人，她的手中，也有这一把匕首……"

郭威一听，缓缓抬头，看着符玉儿。

"那时玉儿一心求死，正走到奈何桥边，端起了那碗孟婆汤。可那妇人却跟玉儿说，'你死了一了百了，倒是简单。而你可曾想过那些活着的人，那个些还对你牵肠挂肚、念念不忘的人？'"

郭威睁大了眼睛，震惊地望着符玉儿。

"……那位妇人最后将玉儿推了出来，玉儿这才捡回了一条命……义父，你可想知道，那妇人最后对玉儿说了一句什么话？"

郭威全身开始颤抖，他满目期待地看着符玉儿，只听见符玉儿缓缓说道。

"她说，大哥需要玉儿，义父也需要玉儿，她要玉儿协助你们，平定乱世，造福天下！"

符玉儿说罢，将那把匕首放在桌上，悄然退去。

郭威静静看着眼前的匕首，眼神慢慢变软。突然，他放下手中的玩具，将匕首捧在怀里，许久，一声轻叹。

"妹子……"

郭威的两滴热泪，终于也是应声落下。

军中，柴荣此时正在射圃射箭。只见箭靶之上，密密麻麻地钻满了箭矢，粗略一数，竟有三十多根。只见柴荣满目通红，右手食指、中指早已血肉模糊，却浑然不觉，依旧杀气腾腾，瞄准眼前，一刻不停地拉弓放箭！

一旁的郑恩也急了，连忙上前抢弓："大哥！你拉的是最硬的王弓！神射手一次五箭已是极限，再射下去！你的右手就废了！"

可柴荣一脚就将郑恩踹倒在地，不打不骂，抬手又是一箭射中靶心！

"大哥！大伙都憋着一股劲哪！就等着大帅一声令下，杀回汴京，斩了那狗皇帝！你现在弄坏了右手，到时候怎么报仇啊！"

报仇？

柴荣停顿一下。他心中何曾不想报仇！

鸿儿五岁，玉儿三岁，最小良儿还不会走路！

幼子何故？夫人何故？他们犯了哪条王法！被那狗皇帝一日杀尽！

想到这里，柴荣心中塞满了仇恨！理智完全被怒火烧尽！心中只有一个念头：破坏！将一切破坏殆尽！

柴荣再次搭箭，灌注自己所有的恨意在手中的箭上，将王弓拉到极限。

直拉到坚韧的弓身吱吱作响！

直拉到弓弦上流满鲜血！

突然背后一声呼啸，一击流矢快速射来！

"大哥小心！"郑恩眼瞅流矢就要射中柴荣后脑，大吼一声。

可那柴荣此刻正沉浸在仇恨中，哪里听得到别人的话？突然只觉得脸颊异样，一股热流缓缓从脸颊流出。

那一支流矢闪电般从柴荣脸庞擦过，最终落在柴荣眼前十步之处。

"哪个刺客！"

柴荣满是杀气转身回头，一气呵成，手中蓄满威势的一箭，闪电射出！

可眼前的景象却让柴荣立刻心惊肉跳！符玉儿竟然一身戎装，手持王弓，正搭箭拉弓，冲着自己！

"玉儿小心！"

柴荣知道自己那一箭的威力，射中符玉儿后果将不堪设想！可还未等他

吼出警告，符玉儿面对致命一箭，竟然毫不避让。

王弓对王弓，杀矢对杀矢！

符玉儿玉指轻放，一计杀矢呼啸而出！两只利箭在空中擦身而过，又朝着对方一闪飞去！

郑恩惊愕地眼中，看见一幅诡异的画面：柴荣肩膀正中一箭，浑然不觉，呆呆傻傻地看着对方。

符玉儿胸口要害正中一箭！霎时整个人疼得冷汗淋淋，整个人忍不住朝后退了一步，却又咬着牙屹立不倒。

"玉儿！"柴荣脑子一片空白，扔下弓箭，就朝着符玉儿冲去。可眼见符玉儿脸上霎时惨白，却依旧倔强咬牙地搭箭拉弓，一股鲜血从伤口喷发而出！

"柴荣！你给我站住！"

"玉儿，你这是要干吗！赶快放下弓！快啊！"柴荣心急如焚道。

"哼……想你当年威猛，敢一人杀入重围，直取敌将首级……怎么现在……怎么现在，一箭射不死我这个女人？"

"玉儿！"

"别动！再动我就射死你！"符玉儿吼着，口中已经咳出鲜血！

"好好好！玉儿！我不动！我不动！你快放下弓箭啊！"柴荣焦急地吼道。

"如果你这一箭……正中眉心……那才是一好箭！"符玉儿艰难说道，"你看看，射中这里……要是在战场上……你早就战死了！"

"玉儿！我知道你想说什么！我知道！你快放下弓啊！你的伤口会裂开的！"柴荣急得六神无主，全然忘了方才的仇恨。

"你教过我……射箭……应该这样！"符玉儿手中蓄势之箭终于射出，与柴荣擦肩而过，正中柴荣身后的箭靶。只见此箭精准无比，竟将靶上一支箭矢劈成四瓣！

符玉儿用尽气力完成这惊鸿一箭，力竭倒地，柴荣哪有心情再回头，几步跑到符玉儿身边，抱起符玉儿，急切地检查道："玉儿！玉儿！你不要紧吧！"

"柴荣……你那种箭，还射不死我……"符玉儿大口喘息，柴荣见势不妙，直接解下符玉儿的甲胄。

谢天谢地，符玉儿胸口竟然装着两层护心镜，箭矢射穿了两层护甲，最终也是强弩之末，并未深入胸腔。而自己箭头上，那支箭竟然是无头之箭，柴荣跑着跑着就落到了地上。

柴荣又疼又喜，马上抱起符玉儿朝着军医处赶去。

"胡闹！玉儿！你胡闹！"柴荣心疼无比，又不敢大声呼喝，只好小声责备怀中的符玉儿。

"震怒之箭……射不死人的……"符玉儿一身傲气尽散，偷偷地把头靠在柴荣怀里，"小荣子……你不能再这样了……"

"小荣子"三个字，让柴荣浑身一震，许多东西在这一瞬仿佛瞬间化解，柴荣眼中暴戾尽去，此刻只剩下了惭愧与疼惜。

"玉儿，别说了，我明白了！我这就带你去疗伤！"

郑恩目睹全程，傻傻地愣在全场。

"连王弓都拉得动？原来不只有南妹子厉害啊！难道这世间的女子都是母老虎转世不成？"

"黑子，傻了吧？"赵匡胤从一旁走来，捡起地上的箭矢，笑道，"郭帅有令，所有人午时，集聚中军大营！"

"郭帅！"郑恩大喜道，"郭帅也想通了？"

"都是玉儿妹子的功劳啊。比起我们这些笨嘴笨舌的武人，玉儿一句话，抵得过我们千军万马啊！"

"太好了！"郑恩兴高采烈，马上跑向营房，"我这就去磨刀！"

赵匡胤走到符玉儿倒下的地方，摸着地上浸透的点点血迹，心中百感交集。

没想到她竟敢用如此之法劝谏大哥，她就不怕大哥一箭射中她眉心吗？

大哥刚烈，她更刚烈！

可贵之处，就在这刚烈之外，却含着三分柔情！

可敬！可叹！可惜啊……

赵匡胤不禁叹息一声，转身孤身向军营走去。

"诸位，我郭威当年也只是个市井落魄之徒，念先帝之恩，才有今日成

第三章 父子双龙

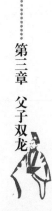

就。如今先帝之子要将郭某一身荣华，全家性命收去，我郭某也无话可说。"

站在军中高台上的郭威，此刻虽然一脸疲态，头发也白了不少，可他环视麾下的目光中却重新透出了坚毅之色。

郭威缓缓摘下自己头盔，冲着台下全军将士沉声道："君要臣死，臣不得不死！今日，请诸位摘下郭威的人头，向朝廷复命！"

此言一出，全军骇然，不少士兵都在交头接耳。

"郭帅！朝廷不仁，我们何须死忠！"王峻一脸冰冷，看向下方众将士，"郭帅还在前线抵御外敌，朝廷在做什么？在后面屠杀我将士家眷！郭帅和少帅的五个儿子，两位夫人，全家上下三十二口，无一幸免！郭帅何罪？妇孺何罪？这样的朝廷，这样的昏君，我们还护它作甚！反了！"

"大胆！"郭威怒喝道，"我郭威曾立下重誓，誓死效忠新君，要为刘氏天下流尽最后一滴忠臣之血，你王峻虽是我二弟，公然谋反，岂不是置我于不忠不孝之地！"

王峻哭着跪倒在郭威面前："大哥！我那全家也死在汴京！他们！他们竟把我家人头颅挂在城墙之上，日日暴晒！这是何等深仇血恨，我若不报，枉为七尺男儿！"

"来人！将王峻拖下去！斩！"郭威心中滴血，面色冷峻，厉色道，"将他与我的头颅一起送回汴京！用我郭家一腔热血，换三军将士一生荣华富贵！"

"郭帅！"

台下将士一听，纷纷变色动容。想那郭威治军，虽然军法森严，可军饷从未拖欠，军士们没一个饿过肚子！这在如今的时代，就是天大的恩情！郭威身为一方军政统帅，从未以权谋私，以上欺下。常常深入军营基层，与士兵同吃同住，一同训练！这样的好大帅，现在哪里还能找到？

想到此处，台下将士纷纷哭着下跪。

"郭帅不能死啊！"

"郭帅是好人！朝廷狼心狗肺！"

"反了！"

"兄弟们！我们不能被狗皇帝欺压！"

赵匡胤见眼下火候到了，上前单膝跪在郭威面前请愿："念在王将军往日的功劳上，放王将军一条生路。"

柴荣等人此时也一同跪在郭威面前。

"请大帅网开一面！"

郭威苦笑道："不是我狠心，是朝廷要杀我们，皇上要杀我们！君要臣死，臣不得不死啊！"

这时赵匡胤走到台前，向下面的众人说道："诸位，如今新君刚刚登基，受李业、苏逢吉、刘铢等奸臣蒙蔽，才做出如此糊涂之事！郭帅一生忠义，在此国家危难之时岂可轻言生死？"

柴荣带头道："请郭帅率领中将士杀回汴京，清君侧，诛奸臣！"

"清君侧！"

"诛奸臣！"

有柴荣带头，麾下的士兵不约而同地纷纷吼道。

此刻校场军气震天，士兵热血沸腾，郭威环视周遭，心中大安。

"朝廷杀我，我死不惧，但军心不可违！我岂可放任奸佞小人欺侮我麾下将士！传令！邺都五万人马，明日齐整拔营，杀向汴京！"

"尊令！"几乎所有人同时吼出。

郭威转而看向离自己最近的柴荣道："副帅柴荣，领一万兵马，镇守邺都，防备契丹之敌！"

"父帅！"柴荣一听急了，这可是亲手复仇的机会啊！自己怎能眼睁睁地看着溜走！

"柴荣，听令！"

郭威眼神复杂地看着柴荣，军令如山，柴荣他又能如何？

"末将——尊令！"

公元 950 年十一月末，邺都城上风云变色，一场疾风骤雨，开始席卷中原后汉王朝！

第4节 黄袍加身

郭威大军虽然只有四万人马，可所谓哀兵必胜，再加上郭威赫赫声望，义军所到之处，守城之将无不放弃抵抗，开门迎接。义军军纪严明，绝不骚扰城中百姓，更是赢得了天下民心。

就这样，不到三日急行军，义军军旗已经插到了汴京城郊。

"一群反贼！"刘承祐气得摔掉了手中的奏折，"郭崇威是干什么吃的！还有枢密使魏仁浦，义成军节度使宋偓，全都不战而降！"

刘承祐指着李业和苏逢吉两人的鼻子继续骂道："再看看你们指派的兖州节度使慕容彦超！五万守军对四万叛军，竟然一个回合不到，死了几百人就溃退到了汴京！胆小鬼！朕要斩了他！"

慕容彦超是苏逢吉的心腹，手下窝囊，主上脸上岂能有光？

"皇上，眼下叛军压境，正是用人之际，请皇上法外开恩，让慕容彦超戴罪立功！"苏逢吉无奈求情道。

自从做了真正的皇帝，刘承祐最喜欢就是"法外开恩"四个字，仿佛充分表现了他皇帝的权力一般。

"让他到汴京城防守城去！哼！当初杀了郭威全家，朕还心有不忍，现在一看，果然如舅舅所言，那郭威早就想造反了！"

李业道："皇上放心，郭威只有四万人马，我部加上兖州兵，一共是八万人马，又有汴京坚城，料他郭威如何嚣张，也让他有来无回！"

"好！好！届时朕一定要御驾亲征！"刘承祐高兴道，"想不到一代名将郭威，竟会变成朕的刀下鬼，畅快！畅快！"

李业与苏逢吉对视一眼。虽然对于志大才疏的刘承祐，二人均无可奈何。但对于歼灭郭威叛军，没上过战场的两人均是信心百倍。

郭威义军行至汴京城外十里，安营扎寨。

第一日，郭威派郑恩佯装攻城，城中几万守军竟然倾巢而出，想要围歼郑恩部，幸而郭威早有叮嘱，郑恩未敢恋战，一个冲锋后马上就撤兵退回营寨。

第二日，赵匡胤带兵继续佯攻，一个回合又马上佯装败退，城中守军只抢了十几副义军丢下的盔甲，悻悻而归。

第三日、第四日、第五日，一连三日，郭威都派出大将主动进攻，无一次不颓然败退。城内守军打出了自信，每次出击，均倾巢而出，连后备军都未留下。

第六日，刘承祐来到了城墙上亲临战阵，亲眼看见军再一次英勇地把叛军赶回老营，大笑道："哈哈，两位爱卿，我军将士如此勇猛，朕心甚慰啊！"

李业开始还劝阻刘承祐不要来城墙一线，可看到城下战况，心中最后的担忧也荡然无存，马上奉承道："皇上贵为天子，武运昌隆，那郭威，一个乱臣贼子，岂是皇上的对手？"

刘承祐对李业的话，向来受用之至，正要夸奖，突然，刘承祐眼前一亮，遥指场下前方急切说道："你们看！那里！"

李业和苏逢吉顺势望去，只见一里之外，一展大旗迎风飘扬，上面正绣着一个大大的"郭"字。

苏逢吉道："皇上，那是郭威的帅旗！郭威一定就在阵前！"

李业一听，连忙道：　"皇上，为防郭威狗急跳墙，我们还是先退回城中吧！"

刘承祐却摇头道："不！朕还会怕了他不成！所有人马都给我出城杀敌！"

守将慕容彦超上次战败，一连降了三级，这次眼见机会千载难逢，连忙跪下请命："末将愿带兵出城，生擒郭威，献给皇上！"

"好！"刘承祐点头，"你若戴罪立功，朕不仅让你官复原职，还让你入枢密院任职！"

"末将领命！"慕容彦超大喜，领着全场守军，如同下山的猛虎，急吼吼地冲杀出城。郭威部见状，全然没了斗志一般，立刻偃旗息鼓，仓皇败退。

"杀啊！活捉郭威者，赏千金！取郭威首级者，官升三级！"

"呵呵，重赏之下，必有勇夫。"刘承祐看到慕容彦超一改胆小的性子，一马当先，冲在全军最前方，笑道，"叛军覆灭，就在今日！"

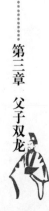
第三章　父子双龙

刘承祐说的兴起，突然对手下说道："打开城门，朕要出城观战！"

李业一听，急忙劝阻道："皇上！万万不可，刀剑无眼哪！"

苏逢吉好不容易得到机会拍马，笑道："李相，你看看城外，哪里还有刀剑？皇上御驾亲征，活捉郭威。此事若传遍天下，南北那些蛮夷外族，还不吓得望风而逃？"

刘承祐大喜道："对！对！朕要御驾亲征！"

"苏逢吉！你想让皇上以身犯险吗？"李业愠怒道。

苏逢吉朝李业使了个眼色，轻声道："让皇上出城溜达一圈就回来，过过瘾，李相还真以为我是傻瓜啊？"

"这……"李业犹豫了一下，"你要安排人手，确保皇上万全！"

刘承祐才不管两个大臣咬耳朵，马上领着百人亲卫队，兴奋地跨马出城，绝尘而去。

"皇上！慢点！"李业和苏逢吉带兵紧紧跟随，百人队在皇帝的带领下，一路狂奔，一眨眼就跑出了城外五里之外。

路上两边，全是叛军丢下的旌旗和盔甲，一幅丢盔弃甲的败亡之象，刘承祐更是欣喜，毫无减速之意。

"皇上！前方不远就是叛军大营！请皇上慢行！"苏逢吉此刻也有些沉不住气了，大声劝阻道。

"进！进！直取贼首大营！"刘承祐从未到过沙场，正享受杀伐快意，哪里听得进去，反而快马加鞭，朝着前方冲去。

这一路太过顺利，李业和苏逢吉两人都隐隐觉得不安，正要再劝皇帝回头，突然前方传来杀声，刘承祐一惊，刹住御马，马上问道。

"前方怎么回事？"

"皇上稍等，待探马前去探查！"皇帝总算停下，苏逢吉松了一口气，连忙派遣手下前去。

眼见探马快马前去，不到一刻工夫就仓皇跑回。

"报！皇上！前方我军中了叛军埋伏，被叛军包围，正在苦苦厮杀！"

"什么！"刘承祐一听，气急道，"叛军有多少人马？能围杀我军？"

"敌军大约三万众，三路围攻我军！"

"饭桶!"刘承祐骂道,"慕容那个饭桶!"

"皇上!"李业急忙道,"我们这里正是叛军反攻必经之地,请皇上马上回城!"

苏逢吉也慌了,立刻劝道:"皇上,慕容将军一定能突出重围,我们在此于事无补,不如速速回城坚守!"

刘承祐听见前方的杀声越来越近,心里也发毛,只好悻悻道:"哼!回去看朕怎么收拾那个饭桶!回城!"

一行人跑了几里,无功而返,急匆匆地往汴京城赶去,谁知赶到城门之下,城门前一片狼藉,满地都是箭镞、乱石、死尸,好似经历了一场大战。

偷袭?

刘承祐看得心惊胆跳,连忙派人叫门。

那汴京守将正是开封尹刘铢,方才一伙叛军假装王军模样到城下叫门。幸而自己多了个心眼,识破对方的奸计,杀退对方。可这么一折腾,守城之军仅剩下了不足百人!眼下,又有一伙王军叫门,这不是故伎重演吗?

刘铢气道:"以为老子是三岁小孩吗?又来骗城!传令!闭门不出!放箭击退敌军!"

城下百人队还未报出名号,叫门的士兵就被迎面而来的箭镞射成了筛子,刘承祐大惊,冲着城上叫道:"混账!想造反吗?不知道是朕吗!"

可刘承祐的圣旨还未传到高高城墙上,迎面又是一阵箭雨,刘承祐气急败坏,只好往后退走。

"皇上!刘铢一定反了!"李业大惊失色道。

"苏逢吉,那刘铢可是你的人!"刘承祐气急质问道。

苏逢吉也是一脸震惊与不解,这刘铢杀了郭威全家,这时怎么可能自掘坟墓?"皇上,其中一定有误会,皇上先找地方安身,容臣前去劝说!"

刘承祐冷笑一声:"你想和刘铢一起反了吗?来人,把苏逢吉给朕绑了!"

"皇上!"苏逢吉大惊失色,还未出口求饶,就被身边的军士五花大绑,还被破布堵住了嘴巴。

"舅舅,如今我们该如何是好?"

李业早就恨苏逢吉分宠,也不为其辩驳,说道:"如今汴京是万万不能去

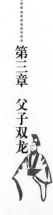

第三章 父子双龙

171

了。我们先到城郊找一处藏匿，静观慕容部与郭威部决战结果。如果他胜了，汴京之围自解。如果他败了，我们马上西退，回到河东老营，河东节度使乃皇叔刘崇，是可信之人！"

刘承祐远远看着汴京城，不甘道："好不容易才夺下的汴京，就这么拱手相让吗？"

李业劝道："留得青山在，不愁没柴烧。再说前方胜负未定，皇上不要悲观，我们且退，静观其变！"

刘承祐叹息道："也只能如此了。"

刘承祐的百人队从汴京城边退走，一路偃旗息鼓，来到城郊外一座小村安顿下来。

苏逢吉被皇帝拿下，皇帝身边却有一人最为惴惴不安，那人就是郭允明。

那日，郭允明与刘铢一起席卷了郭威全家，如今刘铢反水，郭允明正是最为不解的一人。

然而，不解归不解，郭允明现在更为自己的处境担忧。

看眼前这情形，郭威用兵如神，汴京失陷已是定局。看这大汉王朝，恐怕最终是要被郭威灭掉，到那时，我手染郭家鲜血，必定死无葬身之地！

天色渐渐暗下，躺在床上的郭允明辗转反侧，想着想着就是一身冷汗。

正当敏感之时，村外突然泛起兵马嘈杂之声，郭允明只听到，有人大喊"叛军杀到"，顿时如惊弓之鸟，腾地从床上弹出，赶出房外。

"护驾！护驾！"此时，刘承祐衣冠不整从屋内赶出，正要逃走，却和郭允明撞了个满怀。

"是你！郭允明！都是你！你和刘铢不听朕令，擅自杀了郭威全家！害朕如此狼狈！"刘承祐惊慌之际，终于想起了这个罪魁祸首，气愤至极，大喊道，"来人，把他给朕绑了，用他的人头平息兵乱！"

郭允明一听，心头触电般一凉，正要辩解，皇帝身边的武士就拔刀向自己走来，郭允明惊慌到了极致，脑中一片空白，一个念头突然从脑海中闪过。

"人头平乱？皇上的人头不比我的人头更有分量？"

郭允明眼中突然闪过一抹狠意，不知从哪来的勇气，竟然突然拔刀发难。

刘承祐还未反应过来，只觉得胸口一痛，低头一看，一柄战刀竟然扎透了自己的胸口！

"你！你……"刘承祐惊愕地瞪大了双眼，指着郭允明，可还未说一句囫囵话，眼神生机瞬间散去，整个人竟然直直倒下。

一时间，周边的士兵纷纷放下手中的刀剑，望向倒下的皇帝，死一般地沉默下来。

"皇上！皇上！"李业看到这一幕，肝胆俱裂，急忙大叫着跑到刘承祐身边。"郭允明！你敢弑君！你！你！"

李业与刘承祐情同父子，此刻悲极震怒，满脸杀气地望着郭允明。

郭允明愣了半晌，既然做下，他也没了后路，"兄弟们！我们绑了国舅和苏逢吉，献给郭威！郭威不仅不会杀我们，还会重重有赏！"

士兵都不想陪死，郭允明的话此刻就像梵音一般动听，立刻，不少人向郭允明处聚集，慢慢包围住了李业。

"皇上！皇上！"李业抱着刘承祐的尸体痛哭，"舅舅我一定为你报仇！所有将士，拿下这个弑君叛贼！"

"兄弟们！杀了李业，我们就能活命！"

百人队顷刻分成了两拨，剑拔弩张，一场大战眼看一触即发！

"皇上！慕容彦超护驾来迟！望皇上……"

一身狼狈的慕容彦超一场大败，带着三万败军不敢回城，从探马处得知皇上身处小村匿藏，连忙跑到小村迎驾挽救，不想眼前的场景却让他目瞪口呆。

"皇上！皇上遇刺了！"

郭允明此刻也是气急败坏：方才是谁乱喊乱叫，敌我不分，坏我大事！

李业见到援军到来，指着郭允明打骂道："慕容将军，正是这个贼子杀了皇上！将他碎尸万段！碎尸万段！"

慕容彦超正愁军法处罚，发觉皇帝死了，心中反而松了一口气。眼下国舅最大，讨好他不会有错！

"末将遵命！"慕容彦超大手一挥，郭允明及其手下马上被团团围住。

眼见自己就要被乱刀剁成肉酱，郭允明万念俱灰，突然血气上涌，大吼一声，提剑自刎当场！

一场令人捧腹的闹剧，就在这一夜悄然落幕。

后汉王朝第二任皇帝，刘承祐，即位不到三年，好不容易以宫变手段拿到大权，不到数月，身死于自己人之手，可悲可叹。后世之君定谥其"后汉隐帝"，意指隐瞒、怜悯之意。

郭威诱敌骄兵之计在前，釜底抽薪之计在后，再加上刘铢、慕容彦超、郭允明等草包的"意外相助"，以五万之众对战八万据守敌军，不过一月，最终攻破汴京。

一入汴京，郭威去的第一个地方，就是自己的将军府。

然而，一别三月，原本其乐融融、充满天伦之乐的郭府，此刻已经变成了一片废墟。

不顾手下的劝阻，郭威执意孤身进入了这片废墟。在残垣破瓦之中，郭威一个人麻木地发掘着，好似想要找到幸存的亲人，然而挖掘了一夜，郭威只找到了一柄已经烤成了焦炭的木剑……郭威再也无法隐忍，悲鸣一声，惨然哭泣。

赵匡胤、郑恩等人看在眼里，无不黯然落泪。

"等了一晚。"郭威哭干了眼泪，用手用力一擦，站起身道，"我们该去皇宫了。"

赵匡胤抱拳道："郭帅放心，皇宫已被我军死死围住，刘承祐的后宫一只苍蝇都飞不出去！还有，杀害郭帅全家的罪魁祸首刘铢、苏逢吉，已经被我部骑兵抓住，现正押往汴京。"

"把那两人，还有他们的家眷……好生看好，不准一人逃走，不准一人死于非命……"郭威平静的语气中透着阵阵寒气。

赵匡胤第一次听到郭威如此瘆人的语气，深吸了一口冷气，继续道："还有一件事……郭帅的义兄，王峻将军，昨夜回到家中，怒极发狂，纵容士兵在汴京城内大肆报复，株连相干官员、百姓等及家人，我军士兵参与暴动，目前已有失控之态……"

郭威沉默了许久，摇摇头道："王家无辜，让他去吧！"

赵匡胤正要再说，可郭威早已转身离开。

步入禁宫，物是人非。郭威望着正殿上空荡荡的龙椅，毫无表情。转而带人走进后宫。

后宫大殿中，刘承祐的生母李太后，一身素衣，一脸决然，怀抱一位五岁大小的孩子，站在最前。其后，一群花枝招展的妃嫔乌压压跪倒一片，无不低头哭泣。

"邺都留守，天雄节度使，郭威，拜见太后！"郭威冲着李太后恭敬跪下，行人臣大礼。

李太后冷哼一声："郭大帅何必如此？不错，是我皇儿负你在先，如今祐儿和他舅舅已死，只剩下我们这些孤儿寡母，你来报仇，天经地义！"

妃子们一听李太后气话连连，不禁恐惧，哭声顿时又大了几分。

"郭威不敢！"郭威抬头直视李太后道，"皇上受国舅李业、宰相苏逢吉蛊惑，无辜诛杀忠良，直至汴京大乱。郭威深恐大汉根基动摇，举兵勤王，实属无奈之举。"

"哼！连皇上国舅都敢杀，你勤的哪一家的王？你郭家的吗？"李太后丧子，正是悲痛之时，气得大骂郭威。

亲卫长李重进与手下士兵一见郭威被辱，顿时义愤填膺，不少人都亮出了刀剑，只要郭威一声令下，这后宫大殿，顷刻就会血流成河！

"都放下兵器！"郭威怒喝道，"禀太后，皇上驾崩，郭威心痛之至。郭威岂敢弑君？是那中军护卫长郭允明狗急跳墙，杀死了皇上！至于国舅李业，见皇上驾崩，悲痛过度，跟在皇上其后，自杀殉主而去。"

"祐儿！大哥！"李太后终于得知真相，也不知道信了没信，抱着幼子痛哭起来。

"太后切勿太过伤心。"郭威语气不悲不喜，淡然道，"还请太后安心坐镇禁宫，皇上大丧之事，还要请太后决断……"

郭威说着，眼神却定在了太后怀中的五岁幼子之上。

李太后察觉出郭威眼神中复杂的变化，不禁抱紧了孩子："你要作甚？"

郭威沉寂了许久，终于道："城内兵荒马乱，请太后将皇子交予郭威护卫。"

"不！不！这不是皇帝的皇子！这是他叔王刘崇的儿子，刘赟！"

郭威心中自然清楚这个皇子的身份，河东节度使刘崇虽然是皇帝亲叔叔，

但一样不被皇帝完全信任，出任河东节度使之时，特意将其唯一的儿子刘赟留在太后身边，以作人质。

郭威此时却毫无平日的恭敬礼让，冷声道："郭威亡子郭青，时年也正好是五岁！"

李太后听出了郭威话中的杀机，吓得连连后退了几步。

"郭威！这孩子是无辜的！你不能杀他！刘崇手下还有河东老营，你不怕他报复吗？"

郭威沉久不语，身后李重进啐了一口道："太后！别敬酒不吃吃罚酒！兄弟们，上！"

几个如狼似虎的士兵上去，一把就抢走了刘赟。

"赟儿！"李太后失声惨叫道，"郭威！你还是不是军人？你还是不是男人！"

"郭某此刻只是一个丧妻丧子的父亲！"郭威抱起刘赟，不顾李太后的哭喊，毫不犹豫地转身离去。

然而郭威还未走出后宫，只见一位白发老者独自一人站在宫外大道上，静静地等着郭威走近。

"冯大人？"郭威一见来人正是老臣冯道，不解道，"我已下令让你回家，你在此处做什么？"

"恭迎郭威将军覆灭大汉，不日将改朝换代，冯道特来道喜。"冯道面不改色，躬身道。

这老家伙！马屁拍得也太早了吧？

郭威看着行将就木的冯道，不禁拉下脸。

要说冯道，可是五代十国里面最传奇的一位人物：他一生七十二年，历经后唐、后晋、后汉、后周四朝，拜相二十余年，前后共侍奉过十位皇帝！

后唐的李存勖、李嗣源，后晋的石敬瑭、石重贵，后汉的刘知远、刘承祐，哪怕是杀人不眨眼的辽国皇帝耶律德光！这些霸主轮流在中原龙椅上坐庄，无论是明君还是昏君，仁君还是暴君，冯道竟然每次都能顺利搭上新君的马车，在朝中高位上屹立不倒。

可正是由于冯道换主子换得太过迅速干脆，毫无人臣节操，文臣武将们多数人都对这个官场不倒翁嗤之以鼻。

郭威见冯道赤裸裸的溜须拍马，心中也不免嫌弃道："冯大人，切不可胡言乱语，我郭某深蒙先帝皇恩，绝不会做乱臣贼子！"

冯道一听郭威暗讽自己，也不羞愧，继续淡然道："既然如此，那么请郭威将军放下皇子吧。"

"哼！"郭威冷哼一声，"原来冯太师是为皇子而来的。"

冯道平静道："郭将军逞一时之快，可曾想过此举恶果？"

"五万河东军要来，我郭某必然恭候！"

冯道摇头道："八万王军都不是郭将军一合之敌，更何况那不会打仗的河东刘崇？"

"那么就请冯太师回府！郭某保证，冯太师日后，依旧是太师。"

郭威不想多说，正要夺路离去，冯道却站在原处，一动不动。

"郭将军，这不是老臣要说的恶果。"

身后的李重进性子暴躁，拔刀就冲着冯道怒骂："你这老头！别婆婆妈妈！再不让开，休怪我手中利刃无情！"

出人意料，冯道丝毫不惧，直直地看着郭威，等待郭威的回应。

"冯太师，你有话直说吧。"面对这个六旬老者，郭威也不好做得太过分，不快说道。

"皇上驾崩，郭威将军如今是大汉的股肱之臣，将军可曾想过，继任之君的难题？"

冯道此言一出，郭威也不禁蹙眉。

这天下是刘氏的天下，郭威虽然声望极高，但却终究不姓刘，即使心中有做皇帝的想法，也是困难重重。再说死鬼刘承祐，登基三年，后宫无数，却一个儿子都没留下。先帝刘知远一脉，如今只剩刘承祐的亲弟弟——老三刘承勋。刘承勋天生体质虚弱，躺在病床上已经十年有余，形如废人一般。要让这个病痨即位，全朝上下，怕是口服心不服。

这即位之君册立，可是个烫手山芋啊。

冯道一问，将郭威失去的理智重新找了回来，他开始变得恭敬，问道："冯太师既然有此一问，必定胸有成竹，请冯大人不吝赐教。"

第三章 父子双龙

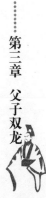

冯道终于笑了："军国之事，须得慎重。"

郭威立刻点头："有理。请太师到军中一叙！"

郭威恭请冯道军营大帐，好生款待。两人秉烛夜谈了整整了一夜，旁人一个不许靠近。也不知道冯道跟郭威说了什么，翌日清晨，郭威从帐中走出，已是愁云顿消，神清气爽。

立刻，郭威连下了几道军令。其一，立刻制止王峻的疯狂报复，恢复汴京秩序。其二，亲自送刘赟回到后宫李太后手中，再由冯道出面，秘密觐见李太后。其三，立即亲笔修书一封，派人给河东刘崇。

三件事风风火火执行下去，混乱不堪的汴京城内终于安定，城外一场兵祸也悄然消弭于无形。

数日后，郭威召集了满朝文武大臣，为皇帝刘承祐举办了隆重的大丧典礼。在先帝灵前痛哭，郭威大骂自己无能，动情时，还趴在棺椁上痛哭不已。

一场做戏，文武百官哪个不知，可周遭全是带甲士兵，又有谁人敢笑？百官们只得纷纷抹了把眼泪，加入了哭丧大军之中。

在丧礼之末，郭威最终请出了李太后，与刘承祐的侄子刘赟，当着众人的面，沉声道："国不可一日无君。先帝早逝，并未留下子嗣。为今王室血脉，只留下了先帝之兄、检校太尉刘承勋；与先帝叔父、河东节度使刘崇两位。"

李太后继而站出说道："诸位大臣皆知，吾幼子承勋，多年卧病在床，身子太弱，无法继承大统。他叔父刘崇，年事已高，又居河东要职，不可擅离职守……"

重头戏来了。

百官们顿时纷纷竖起耳朵，心中忖度：如果郭威当了皇帝，那么自己应当在这改朝换代中站在哪个位置？

"……为今之计，皇室血脉之中，只有刘崇之子、刘赟，天资聪颖，堪当大任！"

刘赟？那个不到五岁的娃娃。百官齐齐一愣，面面相觑。李太后居然自己推掉了小儿子的皇位，让自己的小侄儿上位？

郭威马上跪在李太后与幼子刘赟之前，大声道："末将愿秉承太后旨意，拥立少主刘赟为帝，誓死效忠刘氏血脉，内除奸佞，外御蛮夷，粉身碎骨，死不旋踵！"

内除奸佞，外御蛮夷？

郭威这八个字基本把军政大权都揽在自己身上了。文武百官顿时感觉后背森森寒意，生怕自己下一步就成了郭威所说的那个"奸佞"。

这时，冯道突然跪下道："老臣冯道，听从太后安排，恭迎新君登基！"

李太后威严环视群臣："赟儿年幼，请老太师、郭威大人辅政，辅佐新君！"

"微臣遵命！"

"末将遵命！"

有了这一文一武两位大人物的表态，其他大臣还有什么好说的？纷纷叩头，冲着懵懂的小娃娃山呼万岁。

远在河东的刘崇收到郭威的亲笔信，知道自己儿子即将继承大统，心中又喜又忧，但终究还是喜大于忧。那刘崇本来打算集齐河东兵马，趁乱去那汴京捞一把好处，可一封来信便改变了主意。很快，刘崇快马送回臣表，欢欢喜喜地恭贺儿子当皇帝。

极具巧合的是，与刘承祐一样，小皇帝刘赟登基后的第一道圣旨也是杀人。

由冯道草拟，李太后握着小皇帝的手盖上玉玺，刘铢与苏逢吉被点为谋逆钦犯，由郭威监斩，押赴城中刑台斩首示众。

想想三年前，也是同样的场景。百姓群情激奋，将囚犯骂得灰头土脸。只是没想到，原来的监斩官苏逢吉，现在却成了被斩的死囚。

城郊一变，皇帝身死，国舅殉国，苏逢吉与慕容彦超两人穷途末路，竟要带着几万人马想出逃辽国。开封尹刘铢后来得知犯下大错，害得皇帝被杀，吓得魂不附体，也带着亲信家眷，一路北逃。常言道，冤家路窄，两拨人马在北上的途中均被一支以逸待劳的义军截获，唯有慕容彦超仗着人多，突围逃向了北方。而义军主将不是别人，正是郭威的小女儿，郭平南！

此时，苏逢吉一脸死灰，抬头看着高高在上的郭威。人之将死，其言也哀。苏逢吉冲着郭威哀求道："郭威！我知道我死不足惜，可是杀你全家并不

是我本意！看在多年同僚的份上，请你网开一面，给我苏家留一条血脉吧！"

郭威冷面沉声道："自己作孽，家眷何罪？你以为我也会和你们一样，禽兽不如？"

苏逢吉急忙问道："郭威……不，郭帅！你当真放过我的家人？"

"你一个要死的钦犯，骗你对我有好处吗？"

"郭帅大义！"苏逢吉热泪盈眶，一头重重磕下，竟然砸得额头破血，"苏逢吉禽兽不如，来世做牛做马，报答郭帅大恩大德！"

一边的刘铢听到郭威说话，也是涕泪横流，连连叩头求饶："郭帅！郭帅！刘铢也是禽兽，也是畜生！求郭帅将我千刀万剐，放过我的家人吧！"

"要杀你的是朝廷，是皇上。不是我。"郭威见到刘铢这个刽子手，心中杀意腾腾，但还是强忍住，冲着台下观刑的百姓大喊道，"此二人多行不义，误君误国，死不足惜。但国有国法，岂可因我郭威一人私仇而废。郭威在此当众明示，诛杀二人，放其家眷！"

"郭帅大义！"

"郭将军英明！"

台下百姓齐声喝彩，从此郭威仁义之名，一夜之间传遍四方。

就在百姓欢呼雀跃之下，两刀下去，苏逢吉与刘铢的人头滚落台下，还未等百姓上来肆意踩踏两个狗官的尸身，人群中突然冲出一个娇小的倩影，却如同蛮牛一般撞开人群，矫捷地抢走两人的人头，又转而撞开人群，朝着郭府废墟而去。

"南儿……"郭威看着女儿的背影，心中也是百感交集。

然而，皆大欢喜之际，汴京城中却有一人气得在家发怒。

"大哥是被那冯道说傻了吗？"郭威的义弟王峻气得摔着家中的瓷器，"不杀别人也就罢了！可那苏狗、刘猪的家眷！怎么能够放过！"

副将对王峻禀报道："大人，郭帅已经令人将那两家人送回老家。"

"哈哈，大哥果然高明！"王峻一听，脸上狰狞笑道："你派人，一路跟随，只要护送兵士一走……一个不留！"

王峻右手狠狠下切，副将心领神会，马上退下安排去了。

"大哥，你要仁义，要天下。这些脏事，就都由我来做吧！"王峻面色阴晴不定，突然阴鸷地大笑起来。

邺都将军府中，柴荣坐在案前，不耐烦地将眼前一封又一封塘报一推，大嚷道："父亲偏心！偏让我来做这无聊文职！自己却带着李重进去京都报仇！"

符玉儿坐在一侧，一边整理文书，一边笑道："小荣子，不要烦，我不是在陪着你么？"

自从上次柴荣一箭，射得符玉儿休养了半月，可同时也射破了两人间的隔阂。郭威一走，符玉儿就成了柴荣的郎官，日日夜夜帮着柴荣整理邺都军政事务。

"义父捷报，汴京大定。仇人也被义父诛杀。小荣子你别再想着报仇的事了。"

"我不报仇，还有什么事可做？"

符玉儿笑骂说道："你个呆瓜，你不知道义父把你留下的用意吗？"

"什么用意？不就是看着那些契丹狗贼吗？"

"唉，这些年你打仗都把脑子打坏了……"符玉儿无奈叹息，"让你坐镇邺都，有两层深意。一则，如果义父南下不利，邺都就是他最后的退路，这里的守将必须是他最信任的人，在他心中，除了你，没人可以代替这个位子。"

柴荣一听，想起父亲郭威多年来对自己的种种，不禁心头一暖，连连点头。

"二则，义父是想给手下一个信号。如果南下大捷，改朝换代，那么储君人选，非你莫属！"

柴荣一听，又连连摇头："我做太子？儿戏！且不说我那老实父亲会不会登基自立，玉儿你应该知道，我并非父亲亲生……"

"不是亲生，可义父待你比亲生儿子还好！"符玉儿感慨道，"若义父还有儿子，储君之位定轮不到你！可如今，义父膝下无子……唉，你自己不明白吗？"

"这些尔虞我诈之事，我向来嗤之以鼻。"柴荣不屑道，"父亲还有一个外甥，李重进，正在他身为鞍前马后。我看那小子做太子也不错……玉儿，此

事太敏感，日后不要再提！"

"小荣子，我知道你不想争……好吧……"符玉儿倍感委屈，只好摇头叹气。

"报！"传令兵突然跑进房间，送上一份火漆密信，"汴京郭帅八百里急报！"

柴荣神色一凛，接过密信，屏退士兵，再取出信件，急急看了起来。

"火漆密信，义父从未用过！可是汴京那边出了什么大事？"符玉儿也急忙凑近来看。

"父亲要我写急报送呈汴京，称契丹大军南下，要朝廷火速增援。再令我点齐五千兵马，三日内奔赴澶州。"柴荣将密信递给符玉儿，说道，"父亲要我谎报军情，又要我动兵去一座空城，这是何意？"

"看来玉儿猜得没错，义父，就要开始行动了。"符玉儿看完后马上将密信焚毁，郑重道，"几日后，澶州就要变天了！"

十余天折腾下来，汴京总算被郭威刚柔并济的手段安定下来。可第一首辅的位子还未坐热。邺都那边却突然发来急报，契丹人得知汴京之变，趁机举兵来犯。

一时间朝野变色，郭威马不停蹄，留下了王峻镇守汴京，收拢兵马，就往北方行军而去。

可众将士一路缓缓而行，哪里有军情火急的样子。正在士兵们乐得悠闲之时，大军来到澶州休整，一待就是三天。

第四天清晨，郭威下令继续北上。还没等他走出府衙，突然从外面闯进一伙士兵，他们狂呼道："我们进京师时，大掠市中，已经与刘氏为仇。如果武宁继位，我等还有活路吗？不如今天尊奉郭帅为天子，共取富贵！"

郭威一听，大惊失色，喝道："胡闹！你们想造反不成！"

"刘氏无才无德，郭帅才是真龙天子！"

郭威气得立刻拔剑，指着手下士兵道："我郭威在太祖面前立下重誓，誓死效忠刘氏皇族，为皇族流尽郭家忠血。你们让我造反，是要将我推向不忠不孝、人人唾沫的地步吗？"

此时，赵匡胤突然从士兵中冲出，对郭威重重跪下，恳切道："郭帅一家！三十二口！忠血流得还不够多吗？"

一提起此事，郭威顿时气闷语噎。

"想我军将士，在边塞风餐露宿，枕戈待旦，可大家是否知道，那刘承祐在汴京过的是怎样的神仙日子！日日酒宴，夜夜笙歌！他的妃子，给我们所有兄弟一人一个还有多的！这样的昏君！还听信谗言，诛杀郭帅、史将军等忠良全家！兄弟们，这样的皇帝，我们还拥他作甚！"

"我也想要一个妃子老婆！"

"奶奶的，反了！反了！"

"傻子才给昏君卖命！"

郭威见台下群情激奋，军队即将失控，气得拿剑指着赵匡胤怒喝道："赵九重！你不怕死吗！"

"为了全军兄弟，为了郭帅安危。我赵九重就是死一次又有何妨！"

这时，赵匡胤身边突然有人拖着托盘上来，托盘上居然放着一件黄袍，赵匡胤一把扯过黄袍，迎风一抖，不顾郭威手中的利剑，几步上前，就将黄袍盖在了郭威身上。

身边的柴荣与符玉儿率先跪下，手下人等立刻齐齐跪下：高呼："我等誓死拥立郭帅为帝！"

"誓死效忠郭威皇上！"

郭威面对这等变故，早已愣在当场。

"你们，你们，你们这是——唉！"郭威见戏已做足，不再推脱，狠狠摔下手中的利剑，大声道："我郭威幸蒙全军推崇，在此立誓，定当不负众望，让在座人人，都过上太平日子！"

"郭帅万岁！"

"皇上万岁！"

在闹哄哄的现场，赵匡胤悄悄对柴荣说："大哥，这黄袍加身的主意真好！"

柴荣呵呵笑道："那也是玉儿提的。"

赵匡胤再道："郭帅登基，已成定局，京都还有一个小皇帝要处理呢。大哥……你也要开始为自己打算了！"

183

第三章　父子双龙

柴荣如何听不懂赵匡胤的深意,想起玉儿的劝告,柴荣心中不禁沉沉。

难道,我也要去做那争储之人吗?

第5节　明争暗斗

郭威称帝的消息传到汴京,李太皇太后立即吓得变色。早在当初冯道来劝说她的时候,她就料到有这么一天,可没有想到,这一天来得这么快!

太皇太后连忙命人,连夜密宣冯道觐见。

"老太师,这是你干的好事!"太皇太后一见冯道,当头就开始冷笑,"那郭威给了你什么高官厚禄,让你如此欺瞒我这老太婆!"

冯道能存身三朝不倒,早已练出了一层厚脸皮,神色不变,平静道:"郭威登基,太皇太后早已料到,何须生气?当今之际,是如何避开眼下的杀身之祸。"

"哼,老太婆我年近六十,还怕死吗?"

"太皇太后不为自己和皇上着想,难道也不为儿子着想吗?"

太皇太后一听,也不禁一愣:要说当今小皇上,只能算是她的侄儿,从亲情上讲,肯定比不上她的亲生儿子。当初她想让老三刘承勋即位,就被冯道劝住。有郭威和他的大军在侧,如今这个皇位,谁坐谁死。太皇太后犯了私心,便让侄儿刘赟当了挡箭牌。

如今看来,刘赟是必定活不成了,可郭威容得下先帝另一个儿子刘承勋吗?

太皇太后想到如此,语气顿时软了下来:"请冯太师为承勋筹谋。时至今日,我孤儿寡母只求能安度残年,其他的,就任他郭威去了!"

"太皇太后圣明!臣有一策,可保太皇太后与刘将军性命无虞!"

于是,就在郭威登基的三天后,汴京那边突然召开了朝会,由太皇太后亲自主持,颁布了两道皇令:第一,皇帝刘赟以年幼德浅为由退位,改封为湘阴公。第二,遥封郭威为监国大臣,招郭威"火线回京",总领朝政。

王峻自始至终，都派兵死死守着这场朝会，听到最后，才满意地点头大笑："这老太师，真会来事！"

当时天下，最为高兴的，恐怕还是郭威。

郭威得到王峻消息，终于可以名正言顺地回京。正月初一这一天，郭威班师回朝，领任监国。在庙堂之上，有王峻、冯道带头，亲信们连连劝进，郭威一连推辞了几天。终于在正月初五这日，太皇太后正式下达国书诰令，将已经名存实亡的汉朝天下以"禅让"的形式"强行"传给监国郭威。

公元951年新年，郭威身着衮冕，满面春风的临御崇元殿，在百官"万岁"的山呼声中，正式登基称帝。

郭威坐在龙椅上，回想自己一生，又想起亡妻亡子，不禁也唏嘘不已：谁能想到，当初自己为一口饱饭，还在军队中打生打死，可如今，摇身一变，却成了九五之尊！

欣欣然中，五代中最短命的后汉王朝，历时仅仅四年二代，便化为乌有。虽然在开国皇帝刘知远手上，后汉盛极一时，赶走了辽国侵略者，疆土也曾一度膨胀，但无奈后世之君太过无能，后汉王朝犹如昙花一现，便化成了尘埃。紧接着，五代十国最后一个王朝——后周，展现出了更强大的勃勃生机，迎来了属于它的历史时刻。

几家欢喜几家愁。

远在河东，刘氏皇亲刘崇，此刻却正在饱受煎熬：原本以为儿子刘赟当上了皇帝，自己还能当上个太上皇。可没想到，儿子皇位还没坐到满月，就被太皇太后给废了。本来就够让人空欢喜一场了，可后来发生的事情更让刘崇愤怒——太皇太后居然把刘氏江山"禅让"给了郭威！

李氏是什么人？只是先帝妻子，一个外姓女人！她有什么权利把刘氏江山禅让他人？

还有那郭威是什么人？只是当初大哥手下的一个马前卒，还是大哥的结义兄弟！他有何颜面篡夺义兄后嗣的皇位？

刘崇越想越生气，本想偷偷接回被贬到宋州的儿子刘赟，再拥立为帝，与郭威争夺正统之位。可没想到刘赟出了汴京还未来到封地，半道上就暴毙而亡！

朝廷对外宣称是得了疾病，可傻子都知道刘赟是怎么死的。

刘崇老年丧国又丧子，悲痛万分，恨郭威入骨，誓不承认大周政权。

郭威登基称帝不过十日，刘崇立刻也在河东晋阳自立为帝，国号依旧为"大汉"，连年号都沿用了刘知远的乾祐年号。

由于河东在汴京的北边，世人为了区别前后两个"汉"政权，便称刘崇政权为"北汉"。而北汉，也成了"五代十国"版图里，十个小国中的一国。

"刘崇称帝，举兵犯我晋州、隰州，各位以为如何？"郭威一身龙袍，坐在大殿龙椅上问百官道。

王峻如今取代了原来苏逢吉的丞相之位，正是春风得意之时，马上进言道："刘崇区区五万老弱，竟敢自立为帝，与天朝为敌，实乃飞蛾扑火，请皇上下旨调兵遣将，一举灭了那什么北汉国，收复河东老营，一统华夏！"

话音一落，武将中站出三名年轻将领，齐齐跪下请战。

"父王，儿臣自请带兵剿灭河东叛贼！"柴荣第一个说道。

李重进也不甘落后地说道："皇上！末将也请命去前线杀敌！"

张永德不太会说话，结结巴巴地说道："愿为大帅……啊不，皇上分忧！击退敌军！"

郭威看着大殿中跪着的三个年轻人，心里若有所思。

柴荣不必说了。

外甥李重进是他一手培养起来的战将，拜郑恩为师，学的一身武艺，又跟随王峻学习兵法，假以时日，必定成为第二个柴荣。

而张永德是上次护送女儿回邺都的猎户，郭威见他一身蛮力，又和女儿走得很近，便让张永德做了军中一名小校。可没想到张永德是天生将才，在汴京一战中屡立奇功，这才拔擢他做了左近将军。如果不出意外，就是将来驸马人选。

这三名战将，可谓是郭威的嫡亲心腹。如今三人一起请战，郭威自然陷入了权衡之中。

王峻笑道："我大周人才济济，乃皇上之福。请皇上选将！"

郭威思度再三，慢慢说道："汴京三次大乱，元气大伤，需要时间休养生息，不宜大动干戈。朕不能给你们太多兵马，说说你们的战法。"

李重进抢先道："河东皆是老弱残兵，末将只需三千人马，主动出击，定让叛贼有来无回！"

张永德第二说道："兵来将挡，水来土掩。末将会死守城池，让贼敌有来无回！"

柴荣想得最久，最后才慢慢说道："父皇，河东乃是前朝老营，根基深厚，未必能一战取之，儿臣在想，如果将他们逼到绝境，会不会被北边的契丹狗贼渔翁得利？所以儿臣以为，当今之计，只需击退敌军，控制并保留北汉的势力，以其为我北方屏障，抵御契丹外敌！"

王峻突然笑道："如今皇上刚刚登基，天下人心未定，任他北汉存在，陷皇上于何地？你说呢，柴将军？"

郭威听到王峻在"柴将军"三字上语气加重，突然察觉到问题，马上向王峻问道："丞相，你觉得如何呢？"

"为今之计，可派李、张两位将军各帅五千兵士奔赴隰州、晋州增援。李将军主攻，张将军主守，击退敌军为主，击溃敌军为次，待我大周恢复元气，再一举灭国！"

柴荣蹙眉道："丞相，那末将做什么？"

"那就要听从皇上安排了。"

郭威目睹眼前的一切，心想：早就知道荣儿和二弟不和，不想二弟竟然当朝给荣儿难堪，看来日后也是隐患啊……

郭威想了许久，这才慢慢说道："丞相说得有理，擢升李重进讨逆将军，张永德为征西将军，各领兵五千，前去剿贼！"

"末将领旨！"

郭威望了一眼满眼期盼的柴荣，继续说道："授柴荣澶州节度使，兼检校太保，赴澶州上任！"

澶州？

难道父亲就要开始防备我了？

柴荣一惊，愣了半晌，却等不来郭威改变主意，最终只得黯然叩头："儿……末将领旨！"

王峻得意地朝着李重进使了一个眼色，李重进一脸茫然，可王峻却得意

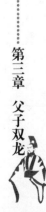

第三章 父子双龙

地笑了。

郭威当上皇帝，一连做了几件天下称颂的好事：首先是免除民间对前朝的一切税负欠账，然后将后宫中刘承祐搜刮过来的金银珠宝，全数散于因内乱失去家园亲人的百姓人家，更严令各地不得再向皇宫进贡宝物。最后，郭威还下令文武百官，上奏书表无须空言奉承，必须言之有物，大大提高了朝廷的办事效率。

其实，还有一件好事百姓并不知道。后宫每日用度就是几千两纹银，郭威登基第一天，就解散了后宫众妃，裁汰了大量太监宫女。循例，皇帝每顿饭要吃四十道大小菜肴，可郭威却实在，减成了一荤一素，一饭一汤，和原来军中伙食毫无差别。

两个月来，郭威连连几项善政，天下人都看在眼里。民间原本还有不少反对郭威的声音，可百姓得了实惠，谁还会在意这个皇帝是从哪儿来的？纷纷安心过自己的好日子去了。

朝廷两员大将奔赴前线，北汉河东军果然不是对手，围攻两城数月之久，死伤甚重，最终被大周军打得退回了河东。

总体说来，郭威治下的大周国势正盛，事事皆顺，焕发着勃勃生机。

然而，远在京城三百里之外的澶州，柴荣的日子却过得不是滋味。

就和当初的邺都一样，澶州也是被前朝乱政折腾得百业不兴，若要重新治理，必定要和当年郭威一样，下大力气整治。

可来到澶州，柴荣心情总是不好，做事皆是烦躁。这日，他寻了个空子，扔下一桌的政务，居然一个人跑到城郊钓鱼。

然而，钓了整整一个下午，柴荣一条鱼都未钓到！眼见日薄西山，柴荣气得折了鱼竿，空手就要离开。没走几步，柴荣却看见眼前有一年轻书生，好似也是钓不上鱼，也气得折了鱼竿，还对着湖水破口大骂。

"你这死湖！不产鱼虾，要你何用！"

说着，书生还捡起一块大石，投入湖中，没想到湖水浑浊，反而溅起污水，那污水好巧，正好溅得柴荣一身！

那书生见弄脏柴荣衣服，一愣，连忙跑来致歉道："书生王朴，无意冒犯兄台，特来致歉！"

若不是符玉儿总是管着柴荣，柴荣才不管什么仪表干净呢。柴荣看着自称王朴的书生，笑道："我这身衣服不值钱，脏了也就脏了。"

王朴认真道："书生家境贫微，赔不起兄台，只好如此了。"

王朴说着，又抬起一块大石投进湖中，这一次，却把自己溅得一身泥浆。

"哈哈，痛快！"柴荣哈哈大笑，"你我已互不相欠。来来来，找个地方，我们烤干衣服！我请兄弟吃烤肉！"

"甚好！我也好久没吃过肉食了！"

王朴也不客气，同柴荣一起捡了干柴，寻了一处空地燃起篝火。柴荣拔出随身飞刀，打了两只野兔，剥洗干净，抹上盐巴，熟练地烤起兔肉。

不久油滴冒出，香气袭人，兔肉眼见变成了诱人的焦黄之色。

明月当空，两人就着篝火，撕一口兔肉，吃得好不快活。

看着王朴狼吞虎咽的样子，柴荣笑道："可惜，没有烈酒，不然这野味更香。"

王朴一听，一愣，连忙翻出怀中一个竹筒道："差点忘了，我身上有酒！"

柴荣接过竹筒，也不客气，一口豪饮："好酒！真是好酒！喂，你不是说你穷吗？怎么出手就是这么好的美酒？"

王朴抢过竹筒也灌了一口："读书岂能无酒？别给我一口喝完了！这可是我一个月的存货！"

"哈哈！"柴荣爽朗大笑，"小气！我今日喝你一口酒，日后就保你一月美酒不尽。"

王朴问道："看你的身手，还有烤肉的架势，恐怕是常年征战的军官吧？"

"哦？这你也看出来了？"柴荣来了兴致，问道，"那你猜猜，我现在官有多大？"

"你爱说不说，我才懒得瞎猜！"王朴急着啃着烤肉，没好气地回应道。

"如果我说，我是这一方节度使，你可害怕？"柴荣玩性大发，玩笑道。

"节度使？"王朴看了看柴荣，"看你年纪，还真和柴荣大人相仿。也罢，吃你一顿肉，我就奉承你一把吧。"

说着，王朴煞有介事地站起身，手里还拿着烤肉，对着柴荣恭敬一礼道："参见澶州节度使，谢节度使赐肉！"

189

第三章 父子双龙

柴荣立刻被逗得哈哈大笑，王朴也不禁笑了，坐下继续吃喝。

"看你样子，还真不信我是柴荣？"柴荣笑道。

王朴道："你若是柴荣，此刻就不该在这里钓鱼狩猎，而应在澶州府衙里日夜操心才对。"

柴荣心中一叹，黯然道："你可不知，柴将军被贬到澶州，正是落魄，哪有心情去料理政务啊。"

这次轮到王朴笑了："你们这些大兵。就知行军打仗，哪里懂朝局政事？"

柴荣一听，不屑道："我不懂，你一个乡野书生就懂了？"

王朴终于啃完兔肉，依依不舍地放下骨头，摸摸嘴，舒坦道："吃得畅快！今日投缘，不妨跟你说道说道。"

"我洗耳恭听！"

"柴荣是当今皇上的义子，这你知道吧？"

"这事早就人尽皆知了。"

"嗯，柴荣和皇上虽不是血亲，可多年来，柴荣跟随皇上征战，极尽信任。两人父子之情，不言而喻。这次柴荣被下调澶州，看似贬黜，其实更有深意。"

"哦？什么深意？"柴荣来了精神，竖起耳朵问道。

"前朝乱政，皇上三个儿子都被苏逢吉给杀了。目前皇上年近五十，膝下无子，必须首先考虑立储问题。"

"皇上正值壮年，怎么就不能再生一个？"

"迂！"王朴直言骂道，"现在再生，即使一索得男，你想想，下任新君即位时，他能有多大？"

按当时平均寿命来看，男人活过六旬已属罕见，柴荣盼望郭威长寿，可不敢想郭威寿数长短。

"我给你算吧。就算皇上长寿，活到七十。他那小儿子最多也就二十出头。你自己想想，二十出头的皇帝，能有多少声望和能力？找个首辅辅政吧，难免又像前朝那样君弱臣霸，内乱不止。所以，皇上现在最好的办法，就是在已经成年的后辈中，找一个立为储君。"

柴荣一听，神色一黯，道："即使储君，也应是皇上血脉。皇上现在还有一个外甥，现居京都，封为将军，可是不二人选。"

"哟！你还知道李重进？看来官职不小啊。"王朴不禁对眼前的柴荣高看了一眼，"不过你说错了。如果皇上心中的人选是李重进，那么就应该是柴荣待在京都，李重进贬到澶州了。"

"额？这是何意？"柴荣眼前一亮，连忙问道。

"木秀于林，风必摧之。古往今来，立储之争都是兄弟手足血拼，英明点的皇上从不会把心中人选第一个推到风口浪尖，而是让他远离争斗，保存实力。秦孝公嬴渠梁，汉武帝刘彻，魏高祖曹丕，唐高宗李治，这些皇帝，登基前有哪个是被先帝最先立为太子的？"

"你的意思是……皇上有意调走柴荣，就是为了让他避过立储之争？"

"六成把握是这个意思。还有四成原因，那就是皇上昏了头了。"

"放肆！你敢说皇上坏话！"柴荣顿时翻脸怒道。

王朴不惧，反而瞪了柴荣一眼："论政不诛心，我就事论事，你急个逑啊！"

"你最好说个子丑寅卯出来，不然小心我拿你治罪！"

王朴喝了一口酒，慢慢道："论武功，论才德，论声望，柴荣都远胜那李重进。若是皇上英明，这自然是一记妙招。反观皇上登基以来的种种手段，哪一步不是果断干脆，以稳为先？所以我说，柴荣才是皇上心中的储君人选。"

柴荣望着篝火，喃喃道："可是，如果柴荣自己不想争储呢？"

"那他就更该在澶州励精图治了。"王朴马上接道，"澶州就是皇上送他的一条大龙，只要大龙不死，新君没有必胜把握，就不敢动他，朝局反而会稳健平衡。你想想，前朝皇帝刘承祐，若也有一块直属领地，当今皇上敢贸然出兵进攻汴京吗？"

王朴一席话，前半部分符玉儿早就跟他分析过，可是最后"大龙不死"这段，却让柴荣耳目一新。

柴荣望着篝火，神色时而迷茫无措，时而又果敢坚毅。

王朴仰面喝光了最后一滴酒，拍了拍柴荣的肩膀，说道："节度使大人，天色已晚，书生先走了。"

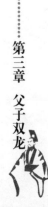

柴荣一愣，问道："你怎么知道我的身份的？"

王朴笑道："本来只有三分把握，但是现在你自己告诉我的。"

柴荣一听，心中不禁对眼前这个书生敬服无比，立刻站起整整衣冠，郑重道："先生大才！可愿到我军中一展抱负？"

"哎哎，你这样我可不习惯。"王朴白了柴荣一眼，"你那有酒喝嘛？"

"哈哈，痛快！只要你喝得下，管够！"

柴荣豪爽地大笑起来。

本想今日偷懒，谁想却得来一个知己，幸甚！幸甚！

半夜三更，柴荣才意兴阑珊地步行回府。本想悄悄走进房间，不想书房的灯火却一直都亮着。

"这么晚了，谁还在书房？"

柴荣心中疑惑，轻声走到书房一看，符玉儿竟然还在那儿挑灯批示公文。许是看得累了，符玉儿轻轻一个呵欠，揉揉眼睛，然后又埋头接着看下去。

柴荣心中顿生怜惜，推门就进，走到符玉儿案前，抱住符玉儿，轻声道："玉儿，你怎么还不歇息？"

"放开我！放开我！"符玉儿顿时小脸通红，"让下人看到成什么样子？"

自从郭威去了汴京，符玉儿没了地方住，"只好"搬到了柴荣府上。明眼人早就当符玉儿是未来的柴夫人了。只可惜，柴荣心中还无法忘记亡妻亡子，立誓要为他们守丧一年，与符玉儿的婚事就一直拖到现在。

"看到就看到，你我情投意合，害怕他们说什么？"柴荣心情大好，抱着符玉儿就亲了一口！

"急色！去你的！"符玉儿连忙挣脱开柴荣。

这两年来，符玉儿一直与柴荣保持着距离，她虽然嫁过人，却从不敢看轻自己，也不愿让柴荣看轻，一直对柴荣敬如大哥，两人关系再近，也不敢越雷池一步。

"玉儿，今日我结识一位佳人，颇合我意，我想让他入府，取代你现在的位置，你可愿意？"柴荣心情大好，玩性顿起，故意板着脸对符玉儿说。

符玉儿一听，原本还是满脸桃花的小脸顿时乌云密布，看着全身一震，欲言又止，许久才咬着牙，艰难道："大哥你想娶谁，自己拿主意就是，玉儿走了……"

符玉儿转身就走，柴荣突然从后面抱住她的腰肢，在她耳边轻声问道："你就不想知道，那位佳人姓甚名谁，有何妙处？"

谁知，此言一出，柴荣双臂感到玉儿身子微微震动，两股冰冷的水滴随之滴在手上。

"玉儿！"柴荣一惊，把符玉儿转过身来，只见平日里坚强可爱的符玉儿此时却是梨花带雨，捂着嘴，强忍着一串眼泪努力不让它们落下。

"玉儿，你怎么了？我只是和你开玩笑啊！你别哭啊！"

"……我自知配不上你……可我一直妄想……一直以为妄想……今日知道你的心意，我不敢再求什么……你让我走吧，我再也不自欺欺人……"

符玉儿哭出声来，挣扎着就要跑出去。她的哭声，声声都像刀子，狠狠地划在柴荣心头。

"玉儿！玉儿！你听我解释！我本以为你会吃醋打我一顿，没想到你会如此敏感！"柴荣死死抱住符玉儿，他知道此刻一旦放手，这辈子都找不回这个女人了，连忙伏在符玉儿耳边，轻声解释道，"我跟你开玩笑呢。那位我所谓的佳人姓王名朴，字文伯，乃是我今天在山野遇到一位高人。由他来助我理政，你再也不必如此操心了！"

符玉儿任由柴荣为她擦着眼泪，心有余悸地问道："可是真的？你没骗我？"

"我柴荣对天起誓，如果我此刻心里还有别的女人，我柴荣身首异处，不得好死！"

"不许胡说！"符玉儿忙捂住柴荣的嘴巴，"多不吉利啊！呸呸呸！"

符玉儿眼泪未干，连忙擦了半天："小荣子，你吃了豹子胆啊！敢骗我！害我出丑！看我打死你！"

"对对，这才是我的玉儿！"柴荣抱紧了符玉儿，闻着她身上的香味，许久，柴荣抬起头，坚决地看着符玉儿，"玉儿，你嫁给我吧！"

"啊？"符玉儿顿时傻了。

"我决定了，我要八抬大轿，明媒正娶，娶你做我柴荣的正妻！"柴荣看着符玉儿的眼睛，一脸郑重地说。

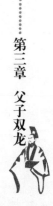

符玉儿眼中全是期待，全是幸福，然而，她神色一黯，头渐渐低下："你可想好了，我嫁过人了……你现在这样，将来总会介意的！"

"那我再对天起誓！"柴荣急吼吼正要发毒誓，却被符玉儿一把堵住嘴巴。

"我不要你发誓！"符玉儿急切道，"我只要你好……"

"玉儿，我对你如何，难道你心里还不信我吗？"

符玉儿轻声道："小荣子，你待我如何，我怎么会不知……可是今时不同往日，你是要做储君的，将来还要继承大统，我的身份，会让你蒙羞，会让你失去天下的……"

柴荣一听，气得破口大骂："去他娘的储君！老子不要！我只要你！"

"你真的愿意为我放弃皇位？"符玉儿满脸幸福地问道。

"那些东西我不在乎，我只在乎玉儿！"

符玉儿将头伏在柴荣宽广的胸口，听着里面清脆干净，还有点紧张的心跳声，轻轻地闭上了眼："有你此言，玉儿今生再无所求……小荣子，我想通了，你心里有我，我还在意那些名分做什么？你不必娶我，我今生今世，此身此心，都是你的……"

说着符玉儿轻轻抬头，满眼都是热情地看着柴荣。

柴荣接受着符玉儿的暗示，顿时觉得身上一股欲火冒起，真想就此抱起美人，马上就到卧房去共赴巫山！可是柴荣忍住了，他将了将符玉儿秀发，亲亲她的额头。

"我知道玉儿你担心什么。你越为我好，我越不负你！我柴荣的正妻，你是做定了。"柴荣坚毅地说道，"不管你愿意与否，我都会通知你我双亲，通知全澶州，全天下的人知道你我成亲的喜事。你我的婚事，将是盛况空前，天下祝福！"

"小荣子……"符玉儿此时哪有平日的智慧，只剩下幸福的泪水了。

"我送你回屋。"柴荣揽腰抱起符玉儿，吓得她连忙抱住柴荣的腰。

"小荣子……你……你今晚就要……"

"玉儿，你放心，我不会轻薄你。你在我心中完璧无瑕，我绝不敢侮辱你。"柴荣动情说道，"我会等到你我大婚之日，等你名正言顺地成为我的妻子，成为我的女人！"

柴荣一言既出，说到做到。翌日一大早，就修书两封，八百里加急送出。一封发给汴京郭威手中，请郭威为他主婚，迎娶魏王之女符玉儿为妻。另一封发给魏王符彦卿，告知符彦卿，不日他柴荣将登门求亲。

两边老人接到急信一看，不约而同舒了一口气。

郭威这边，知道柴荣终于放下往日阴影，又见符玉儿贤惠无比，两人情投意合，终于为柴荣松了口气。而符彦卿那边，早就担心符玉儿再嫁之事，见柴荣如今身份显贵，又对女儿有情有义，也终于为符玉儿的终身大事松了口气。

既然双方父亲同意，那此事还有什么阻碍？准备了一月有余，澶州柴荣府上，早就张灯结彩，八抬大轿，准备妥当，而符彦卿那边，老岳父可是亲自前往澶州，三媒六聘，嫁妆婚书，一样不差。双方极尽所能，就是要把这大周开国第一件喜事办到最好。

柴荣差不多请来所有的亲朋好友，更没忘记请来自己多年不见的生父柴守礼。大婚当天，澶州城全城欢庆，礼乐震天，鞭炮更是从一大早放到深夜没断。

将军府内，亲朋齐聚一堂，双方老父更是高高在上，乐得合不拢嘴。郭威身为一国之君，不能亲自前来，却专门派来特使！

"呀！是南妹妹！"符玉儿心直口快，惊喜道。

"大哥，玉姐姐，南儿被父皇派来，为你们带来一份大大的贺礼！"来的特使不是别人，正是郭威的亲生女儿，南平公主——郭平南！

原来郭平南重伤逃回邺都，正是由符玉儿贴身照料，加上两人又都是大大咧咧的女英雄个性，进而彼此钦佩，关系早就好得亲如姐妹。

此次郭威一改节俭之风，让郭平南送来一对白玉，黄金千两，以示对义子大婚的贺礼。更可贵的是，郭平南还带来一纸圣旨：郭威不仅御笔为两人赐婚，更册封符玉儿为一品诰命夫人！

试想，堂堂一品夫人，还有皇上御旨赐婚，公主证婚！还有谁能质疑这门婚事？还有谁敢质疑新娘的出身？

符彦卿一听圣旨就明白皇上的良苦用心，顿时对郭威是感恩戴德，敬佩得五体投地，更是让他下定决心，要将符家上下，死死绑在金龟婿柴荣这艘

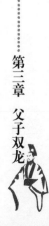

战船之上。

盼望了许久，忙晕了的柴荣终于等来了符玉儿的花轿，在喜娘的搀扶下，符玉儿与柴荣欢欢喜喜跪在大堂之上。冲着皇上圣旨，两位高堂，以及满屋宾客，这对新人可是一通叩拜，虽然辛苦，可乐得柴荣几乎合不拢嘴。

正当此时，门外突然司仪通传："节度掌书记王朴，前来贺喜！"

柴荣一听，大喜，拉着符玉儿就往外迎："玉儿，这位王朴就是我所说的高人！"

王朴一身素衣，手持一面信封，进屋环视一周，冲着柴荣夫妇道："酒鬼王朴特为酒友及夫人大婚送上贺礼！"

符玉儿一听，差点被逗笑，只好温婉地冲着王朴行礼。

而柴荣一听，哈哈一笑道："看来王朴你是专门来讨酒喝的啊，今日这里，美酒管够，过会儿我要与你一醉方休！"

王朴连连摆手："不敢不敢，素闻柴夫人勇武盖世，还能拉得动王弓，三军将士中都难逢敌手，小人今日把大人灌醉，明日还能活着回去吗？"

王朴此言一出，全场爆笑。符玉儿本人，更是羞红了小脸。

"姐姐别理他们！"郭平南看见符玉儿窘样，上前拉住新娘的手，就坐回了主席。

王朴见新娘羞怯，不在放肆，双手奉上信封道："王朴身无长物，不好意思两手空空来贺喜，故特送来文章一篇，以作贺礼！"

柴荣眼前一亮，连忙打开文章一看，不一会儿，连连点头，激动得拍手称快："整饬军纪，肃清吏治，修订律法，劝课农桑。四纲十六目共一百二十八条！王朴，这份礼物分量可太重了！"

王朴冲着柴荣郑重行礼道："若柴大人能采纳实施，小人幸甚，大人幸甚，澶州幸甚！"

"好！我答应你，势必在澶州一一实现，你所写的盛世繁华！"

王朴看了看柴荣身后的符彦卿，沉思了片刻，说道："小人还有第二份贺礼送给大人！"

"哦？还有良策？"柴荣欢喜道，"快快说来，让大家都高兴高兴。"

王朴走到符彦卿身边，指着符彦卿手下中的一个高个男子，笑道："小人的贺礼，就在此人身上。"

此言一出，高个男子脸色顿时难看，全场宾客也全都不解。柴荣忙问道："王朴，你这可是玩笑？"

"王朴这次绝不是玩笑！王朴的贺礼的的确确就在此人身上，如若不信，柴大人派人一搜便是。"

符彦卿此刻脸上有点挂不住了，说道："先生，此人是我带来的小厮，不曾与你相识，也不曾与你接触，你是不是弄错了。"

王朴不语，却对柴荣微微摇头，报以一个警告的眼神。柴荣正摸不着头脑时，王朴突然大叫一声："护卫！抓住此人！他是契丹刺客！"

众人顿时一愣，还未等护卫反应过来，高个男子突然面露凶光，从怀中掏出匕首，饿狼一般扑向柴荣，匕首寒光眼看就要刺中柴荣，只见此时，王朴扑到柴荣面前，挺胸要挡下这致命一剑。

"夫君！"

"大哥！"

两声娇乎传来，同时两个酒杯化成两道白光，后发先至，闪电一杯砸中刺客面门。柴荣趁机，飞起一脚，就将对方匕首踢飞！

护卫马上赶到，将刺客制服在地。

"来人！把他押入大牢！好好审问。"柴荣面色冷峻，"不得让他死了！"

"遵命！"护卫将刺客揍得七荤八素，若不是看着这是喜堂，早就把他当场打死了。

"夫君！你有没有受伤！"

"大哥！你怎么样了？"

符玉儿与郭平南最先奔到柴荣身边，心有余悸，仔细看着柴荣全身有没有受伤。

而此刻，符彦卿脸色惨白，赶到柴荣身边，连连解释道："贤婿，此人是我从府中挑来的小厮，可他为何要行刺于你，为父事先实在不知啊！"

未等柴荣说话，王朴连忙为他解释道："此事不怪魏王！我一进门，就见那人身材高挑，却衣衫短小。别的护卫只顾喝酒吃肉，他却死死盯着柴大人，而且按着胸口，面露凶光，所以王朴断定，此人七成是换了别人衣服，蒙混进来，怀揣利器的刺客！"

"老朽真是瞎了眼了！王先生仅凭一眼就看出刺客破绽，佩服！佩服！"符彦卿急忙奉承王朴道。

柴荣面色稍解："岳父大人放心，杀我对你毫无益处，我又岂会中了奸计？此事定与您无关，请岳父大人回座！小婿待会为您敬酒压惊！"

符玉儿扶着惊魂未定的符彦卿回座。柴荣转头又向王朴问道："你知他是刺客不假。可你又怎知他是契丹人？"

王朴拍拍身上的尘土，笑道："这一点容小人卖个关子，日后再说！酒鬼酒虫闹腾开了，我要速速豪饮！"

"好！"柴荣当即端来一碗佳酿，亲自敬到王朴面前，"酒兄为我挡剑，我敬兄一碗酒！"

"哈哈，痛快痛快！"王朴端起酒碗，毫不客气地与柴荣一同，牛饮而尽！

"从今日起，你我就是兄弟！"柴荣郑重说道。

"我比你虚长几岁，以后我要当大哥！"王朴放肆笑道。

"小弟再敬大哥一碗！"

"好！来者不拒！"

经此一闹，宾客们大多心有余悸，唯有这对酒友哥俩喝得不亦乐乎。很快，良辰已到，柴荣拜别宾客，抱起符玉儿就往洞房走去。

"夫君，你真的没有受伤？"符玉儿注意力都在柴荣身上，还未察觉自己现在被宾客笑话的窘态。

"没人的时候，还是叫我小荣子吧……"柴荣打了个酒嗝，但是人醉心不醉，笑嘻嘻地冲着符玉儿说，"我有没有受伤，过会你亲眼一看不就知道了？"

"坏蛋……"符玉儿娇嗔一声，羞得把头埋在柴荣怀里。

怀中女儿香扑鼻，再加上酒精的作用，柴荣只觉得血脉膨胀，心跳快如奔雷，这是当初与刘氏成亲时都不曾有过的感觉。

柴荣望着怀中佳人，口干舌燥，几乎一路小跑就跑进了洞房，将符玉儿轻轻放在床上，猴急地脱了衣服，就拉下床帘，窜进被中。

自两人私订终身，至今已是苦等七年，洞房花烛夜，久旱逢甘霖，符玉儿一声娇呼，柴荣龙精虎猛，两人一直折腾到寅时，方才相拥而卧，回味着方才的美妙。

柴荣这时无意发现床上一处未干红斑，又想起方才符玉儿的反应，心中顿然一亮，有些惊喜地问道："玉儿，你方才那样……你是不是……"

符玉儿披头散发，懒懒靠在柴荣胸口，慢慢道："这件事，我也只有此时此刻，才有脸跟你说清。"

原来，符玉儿的前夫李守贞于马家口一战成名，却不想在战中伤了下身，又泡在冰冷的河水中整整一宿，李守贞从此完全失去了人事之力，性格这才变得越来越暴戾古怪，而符玉儿守活寡整整五年，竟然至今还是处子之身！

"老天对我不薄！玉儿，你以后都是我的，谁也无法将你抢走！"

符玉儿只觉得幸福满怀，突然喃喃地对柴荣说道："小荣子，你别忘了南妹妹……"

"南妹？"柴荣不解问道，"南妹她怎么了？"

"傻瓜。你难道看不出来，南妹妹对你有心吗？"

"胡说！她是我的妹妹。"柴荣连忙说道，"而且，从今以后，我的心里，再也装不下别人！"

"好吧……一切顺其自然吧……"符玉儿喃喃说着，竟然筋疲力尽，呼呼睡去。柴荣一脸怜惜，拥着娇妻，也慢慢闭上了眼睛。

半夜时分，喜宴早已散场，王朴喝得太多，竟然趴在院中小亭中就睡了过去。许久，一个娇小的身影走进小亭，摇醒了王朴。

"谁……谁……烦人！"王朴迷糊道。

"王先生，是我。"

王朴眯起眼睛一看，顿时笑了："原来是公主驾到啊。王朴给公主行礼了……"

郭平南连忙按住王朴道："免了！我深夜前来，是想问先生一个问题。"

"公主但问，小人知无不言……言，言无不尽！"

"我是想问，你怎知那刺客是契丹奸细？"

"哈！那是我……骗人的！我哪里知道……他是哪里人……"

"哦？那你为何这么说？"

"刺杀初衷……杀节度使是假……当众破坏，魏王和柴荣关系……是真！

第三章　父子双龙

有人眼红我柴荣贤弟呢！我，我当然要，要当场'澄清'，误会啦！"

郭平南眉头一蹙：有人眼红大哥？离间大哥与魏王的翁婿关系？这人是谁？

郭平南想到此处，突然胸口燃起怒火，放下醉如烂泥的王朴，气得一拳就打碎小亭的石凳！

哼！敢伤我大哥的人，我一个都不会放过！

第四章　江山传承

第1节　我若为王

荣儿和玉儿大婚已两月了，不知他们现在过得如何？

郭威在山间小路慢慢走着，不顾两边的美景，心中却是思绪万千。

"皇上，就在前面。"张永德此时脱下了将军甲胄，重新穿上了一身猎户皮衣。投靠郭威麾下近一年，虽然现在已是大将军，可张永德还是觉得在大山里活得自在。

"鸿儿……"郭平南跟在郭威身后，再次踏进这处伤心地，不禁眼圈又红了。

郭威称帝已有四个月了，可他没想到在皇宫里的日子实在憋闷，整日就是处理奏折，和冯道、王峻等人上传下达，哪有在军中自在？

这日，天朗气清，郭威放下了一桌政务，叫上女儿南平公主、都尉张永德，三人乔装打扮，来到汴京城郊张永德山村探访。

"奇怪，怎么走了十几里路，没碰到一个山民……这里没有外人，不要叫皇上，叫我老爷吧。"郭威对"朕"这个词也是很不喜欢，私下面对兄弟儿女时，称呼是非常随意的。

没有外人？

张永德看了一眼郭平南，心头一喜，立刻道："是，老爷！小人的茅庐就在前面几里处，数月未回，恐怕已经破败成一片废墟了。"

郭平南急切道："张大哥，你真的还记得埋葬鸿儿的地方？"

张永德点头道："就在我屋后的菜园旁，与我母亲的坟墓一起。为了防止野兽刨食，我还垒了不少石块在上，应保柴少爷遗体无虞。"

当日郭威攻打汴京，柴荣还在邺都留守大后方。等到郭威称帝，柴荣才匆匆从邺都赶到汴京，没留几日，又被派到了澶州，柴荣没有时间去拜祭亡子之墓，留下一大心愿，只好委托妹妹代劳。

郭平南想起惨死在自己怀里的柴鸿，不禁悲从中来，凝噎着冲着张永德跪下："张大哥大恩大德，平南无以为报……"

"公主，可别这样！"张永德立刻慌了，连忙扶起郭平南。

郭威看了一眼年轻的两人，暗叹了一口气，扭头走在最前面。

之所以安排女儿和张永德一起"郊游"，郭威也是有他的用意的：女儿心中装着柴荣，这一点郭威早就看在眼里。可柴荣心里却只有亡妻和符玉儿，与女儿之间只有兄妹之情，这一点郭威也看出来了。南儿还小，又是身心俱损，再经不起感情上的煎熬了……

郭威想起柴守玉，多年来的苦思不断，怎能让唯一的女儿也遭受如此痛苦？看那张永德与女儿也是有情有义，故而郭威才屡屡出面，撮合两人。

郭威、郭平南各怀心事，在张永德的带领下很快就到了茅庐。

本以为废弃的茅庐此刻却远远燃起了炊烟，随风还隐隐飘来了一阵香气。

"怎么回事？"张永德心中一惊，连忙快步跑向茅庐。

"我们也跟上去看看！"郭威对郭平南说道，也紧随其后。

三人跑进院中一看，张永德家中，不知何时来了八个衣衫褴褛的难民。他们找出了山民遗留的大铁锅，又燃起了大火，正围成一圈，争先恐后地抢着锅中肉食。

"喂！你们是何人！为何闯入我家！"

张永德看满院一片狼藉，门口四处都留有血迹和剥下的内脏，心中恼火不已，大喝一声。

然而张永德的虎吼丝毫不能引起难民的回头。这时，一个难民手扶锅沿，半个身子探进了锅口。后面的人生怕吃不到肉，拼命往前挤，前面的难民正在全神贯注地抢食，被这么一挤，竟然身体往前一栽，整个人落入滚开的大锅之中！

顷刻，杀猪似的惨叫声从锅中传出，落入沸汤中的难民连连惨嚎，不断地拍打热水，本能地挣扎着往外逃生。然而周遭的难民却对他熟视无睹，依旧争抢着锅中的美食。

"你们都疯了！救人啊！"张永德见状，想都未想就跑到大锅边，准备救人。可就这么须臾几步的时间，锅中人竟然浑身变成了玫瑰色，惨然地飘在沸水之上。

"肉！肉！"

"又多了！肉！"

难民如同饿狼见了肉块，两眼中全是血红，不顾张永德的阻止，纷纷开始抢食锅中人的尸体。

张永德原是猎户出身，上山敢与虎豹搏斗，上阵不惧千军万马，什么阵仗没有见过？可唯有今日，看见一个活人烫死在自己面前，又被同伴疯狂分而食之，心中一阵胆寒，不禁连连后退了几步。

郭平南看到此景，强忍着恶心没让自己吐出来。郭威站在门口，远远看着，一言不发，只是眉头紧蹙。

"老爷……这群人都疯了，我们……我们还是避一避吧。"

还未等郭威做出回应，院中难民就以惊人地速度啃完了肉块，锅中只剩下了一堆骨架。

一个难民意犹未尽地咀嚼嘴里的美食，涣散的眼神四处扫视，这才发现了门口三个衣着光鲜的不速之客。

"肉……肉，又有肉来了……"

有这人带头一指，其他几人回头，看到郭平南白嫩的皮肤，几人脸上顿时再次充斥起贪婪之色。几人马上拿起身边的砖块，竹竿，还有柴刀，号叫着朝着三人冲来。

"老爷！小姐！你们快走！"张永德正要出手，不料话音未落，郭平南倒是一个闪身，赤手空拳就冲着难民冲去。

"就七个畜生！怕他作甚！"

"小姐，你小心啊！"

郭平南可是从死人堆里爬出来的悍将，还有张永德相助，还会怕这几个连饭都没吃饱的难民？不到十个回合，七个难民均被一招打倒，皆是内伤吐血，倒地哀号。

"这些畜生！哪配活在人世上！"

郭平南拔出随手小剑，怒气冲冲举剑就刺。

"南儿！住手！"郭威眼见女儿冲动，连忙厉声制止。

"父亲？"郭平南不解地问道。

"难民吃饿莩，是朝廷的罪过。把他们带回去，我要好好问话。"郭威看了一眼大锅，摇头说道。

"此地不宜久留。老爷小姐请赶快回城，明日小人再带卫士前来请回小少爷遗骨！"

正当张永德忧心忡忡时，突然院子外传来一阵嘈杂的喊杀声，张永德心中一惊，抬头就看见不远的一座山村中突然冲出黑压压一群难民，气势汹汹地朝着茅庐冲来。粗略一数，来人竟然有百人之多！

"捉住那三个有钱人！他们有钱！"

"怎么会有如此多的难民？"郭威此刻也有些变色，百人难民冲击，即使自己三人再厉害，也很难全身而退，"永德，这里可有隐蔽之处？"

张永德一擦额头上的冷汗，心虚道："这里只有上山路与平原，无险可守，只有速退！末将该死！没有考虑周全！"

"退不得啊……"郭威摇头，拔出佩剑，"我们跑得过饿狼吗？如今只有一战了！"

"哼！不到百人流民，有何所惧怕？"郭平南拔出长剑，手握双剑，神情淡然道，"来多少杀多少！"

张永德哭笑不得地看着郭平南，这个小姑娘恐怕心里从来没有"怕死"这二字出现过。

如今自己还有什么办法？只得舍命陪君子了！

三人手持锐器，据守小屋。而难民群眨眼间就蜂拥而至，人人骨瘦如柴，一脸菜色，却又手持棍棒，满目杀机。见到此景，郭威父女看上去面不改色，可张永德握刀的手上早已攥满了冷汗。

人数悬殊的双方眼看就要短兵相接，突然一只响箭呼啸而至，直取跑在最前的难民之首级，那人立刻太阳穴中箭，哼都没哼一声就死在当场。

哪里来的响箭？

人群中很多人齐齐一愣，转头看向箭射来的方向，只是这一刹，天空中突然飞来了黑压压的一片箭雨，难民还未反应过来，还是傻傻地看着天空，眨眼间，十几人顷刻就被坠下的乱箭射成了刺猬！

"妈呀！"

"快逃！"

后面的难民见状不妙，纷纷扭头就跑，可一队全副武装的骑兵突然从平原中冲杀过来，正好堵住难民的退路。

"这群反贼，竟然敢谋害皇上！统统就地处死！"骑兵队伍中间，王峻骑着高头大马坐镇中军，拔出佩剑，大手重重一挥。数百骑兵如同脱缰之马，毫无保留地向难民冲杀而去。

还来不及郭威制止王峻，仅仅一个冲锋，几十个难民竟然全部身首异处，无一活口。

王峻快马来到郭威面前，下马跪道："大哥！小弟救驾来迟！请大哥赎罪！"

郭威遥望死去的几十人，又转头看着王峻，脸色阴郁道："把那院中的七人给朕带回皇宫，丞相，你也来，朕有话问你。"

郭威也不管跪在地上的王峻，径直跨上一匹战马，策马而去。

郭平南似对王峻充满敌意，揶揄道："王叔叔好耳目，这么快就赶到了。下手也这么干脆。"

王峻站起，面不改色道："公主恕罪，为保皇上完全，下官也是出于无奈。"

"哼！"郭平南冷哼一声，转而向张永德问道，"张大哥，我们去找鸿儿吧。"

"好！公主！"

望着离自己远去的郭威和郭平南，王峻脸上冷峻万分，不禁握紧了手中的缰绳。

205

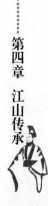

第四章 江山传承

皇宫大殿中，郭威脸色阴沉，急召了冯道等持重老臣，等了王峻半晌，王峻才从宫外姗姗来迟。

"王相，今天此事，你与诸位说说吧。"郭威看着王峻，说道。

王峻朝着皇上一拜，慢慢道："今日，皇上微服出行，行至城郊山林，数百反贼杀出，幸而老臣早有准备，禁军护卫出动，杀光了贼人。"

"数百乱贼？"冯道一听，面不改色，但心中早已明了：汴京之外，怎么可能还有几百乱贼，一些流民罢了。看皇上的脸色，恐怕是在为难民问题生气吧。

"王相，那些人是反贼还是难民，朕心里清楚。朕如今只想问你，汴京周边土地，何时才能发到难民手中，中原的农事，何时才能恢复？烹煮饿殍的惨事，何时才能消失！"

郭威话中已经透着严厉的质问，可王峻却丝毫不惧，反而慢条斯理地答道："据户部统计，从皇上登基至今，已有一万六千四百五十一户百姓分得了土地，汴京周边约两万亩田地已经开始恢复农耕。皇上，分发土地可不是简单的散财，其中还要涉及土地重新丈量登记，户籍入册，设置地方官员等一系列琐碎的事务，老臣几月来宵衣旰食，从未懈怠一天！"

冯道此刻也站了出来："皇上，宰相王大人的勤政在百官中有口皆碑。只是粮食短缺是几朝积弊，不是王相几个月就能毕除的。"

郭威心中有气，可还未失去理智，听到王峻和冯道的解释，心中也暗暗叹气。

五代七十余年，每年夏秋契丹南下"打草谷"大军就从未间断过。特别是自石敬瑭割幽云十六州以来，契丹骑兵长驱直入，趁着中原秋收之际烧杀抢掠，大捞一笔。许多老农还来不及收获庄稼，就被契丹兵杀死了，而年轻的劳力又都被抽去做了壮丁，地里的水稻往往无人料理，稻穗眼睁睁地烂在了地里。原来的沃野千里的中原之地，如今多是一片荒地。

就这么几代下来，粮食短缺的问题已经变成了常态。

"诸位可有什么良策？务必要想办法先让百姓能安身立命。"

王峻道："皇上，治积弊须用长策，朝廷已着手赈灾与恢复生产，两者都不可操之过急，不然会适得其反。"

郭威看看油盐不进的王峻，又看看闭目养神的冯道，心中有劲也发不出，只好一声叹息。

"澶州近期吸纳了八千难民，王朴大人安排他们去修筑城墙与运河，以工代赈，真是出人意料。"

澶州节度使府中，符玉儿看着柴荣一桌整齐的公文，随意抽出一本细细读着，不久不禁感慨道。

柴荣一把抓过符玉儿，将她顺势抱进怀中，笑道："有了王大哥，我和玉儿就整日乐得逍遥啦！"

新婚伊始，两人正是甜里抽蜜的时候，可符玉儿还是羞红了脸，正要挣扎逃出魔掌，一个冒失的人影竟然不等通传，急匆匆地闯进柴荣书房。

"呀！"符玉儿吓得连忙跑开。

王朴愣了一下，不禁道："贤弟，好兴致啊……不对，唉，弟妹，别跑啊！愚兄有要事相商！"

柴荣脸皮厚，一听王朴有要事，一把拉住符玉儿留下，问道："大哥请说。"

"大事有三，其一，皇上在汴京城郊遇刺……"

"什么！"柴荣与符玉儿齐齐变色，柴荣更是惊得站起，"父亲！父亲安危如何？"

王朴连忙道："两位真是急脾气，等为兄说完啊……当时南平公主、张永德均在场，宰相王峻及时赶到，皇上有惊无险，毫发未伤。"

"还好还好……"柴荣长舒一口气，继而怒道："哪个刺客吃了熊心豹子胆！敢害我父亲！"

"哪有什么刺客！那只是王相邀功，故作夸张而已。"王朴笑道，"其实只是几百个无知难民而已。皇上对汴京周边还有难民十分震怒，在朝上责问王相呢。"

"父亲仁厚，最看不得百姓挨饿受冻……"柴荣感慨道，"还有两事，大哥继续说。"

"其二，北汉主刘崇向辽称臣纳贡，请来契丹五万铁骑，会同两万北汉军，攻打晋州！"

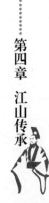

柴荣一听，急忙起身走到沙盘前，郑重端详道："守卫晋州的建雄军节度使王晏是一员老将，建雄军还有三万人马，守城绝无问题！只是……"

符玉儿担忧问道："大哥，只是什么？"

柴荣笑道："只是此乃歼灭北汉军的天赐良机，我真恨不得此刻就跨马上阵，一举灭了北汉！"

王朴点头道："其实就此次平叛人选，皇上第一个提起的就是贤弟……不过，遭到王相坚决抵制，皇上和王相争执了一晚，最后还是妥协了，决定下令让王相领兵五万，出兵解救晋州。"

符玉儿气呼呼道："素闻王峻大人小心眼，可大哥与他无冤无仇，为何他就盯住大哥不放了？"

柴荣摇头道："王叔速来与我不和，不然我也不会被贬到这澶州了……他是父亲的义兄，我的义叔，他要对付我，我又能奈何？"

王朴劝道："二位不必太过介怀此事。所谓塞翁失马，焉知非福。贤弟不去战场，反而有其好处。"

符玉儿最先眼睛一亮，忙问道："有何好处，大哥请说。"

"战事有胜有败，胜了只得虚名，败了却获实罪，当真不及手上的兵马来的实际。还是为兄当初那句话，经营好澶州，贤弟就将立于进可攻退可守的不败之地。"王朴淡淡笑道，"再说，王相带兵，吉凶难测，观其心胸气量，为兄私下并不看好他。"

柴荣回忆道："王叔善用计，但不喜冒险，打仗总是四平八稳，善守不善攻。"

王朴马上道："王相胜了，只会更加跋扈，若败了，则会失去皇上信任。所以不用太过介怀此战。"

柴荣道："请大哥说要事三。"

"第三件事，是最为重要的。"王朴突然正色，对着柴荣与符玉儿两人恭敬一拜，"请贤弟举荐，为兄决意赴京拜于冯太师名下。"

柴荣一听，当即愣住了，忙问道："大哥，可是小弟哪里怠慢了你？你为何要离我而去？"

王朴正色道："因为在此处，发挥不了王朴最大的作用。"

柴荣脸色阴晴反转，最终颓然坐下道："好吧，好吧，大哥无论到何处，今生今世，都是我柴荣的大哥……"

"哈哈，贤弟对王朴如此，王朴真是受之有愧呢。"王朴笑道。

符玉儿一听听出了端倪，巧目一转，笑问道："妾身有一问想问大哥。"

"哈哈，弟妹只管问！"

符玉儿莞尔一笑："汴京塘报未至，为何大哥会有如此准确消息？"

王朴突然也笑了："因为为兄有千里眼，顺风耳呀。"

符玉儿拍拍柴荣的肩膀，说道："小荣子，别闷着了。大哥入京是为你而去的。"

柴荣不解问道："这是何意？我怎么不懂。"

符玉儿解释道："王朴大哥赴京是为了给你做内应啊，笨小荣子！"

柴荣一听，恍然大悟，忙道："大哥，汴京风云难测，凶险万分，大哥怎可为我犯险？况且澶州大小事务，哪里离得开大哥！"

王朴笑道："长治用法，短治用人。几月下来，澶州已有一套法规制度，犹如木牛流马一般，可自行运行。少我一人，又有何妨？然而贤弟储君之位，杀机重重，乃当务之急啊。"

柴荣摇头道："储君？我从未想过当什么储君。父亲姓郭，而我姓柴。我只想辅佐父亲平定天下，其他的，不敢有什么非分之想。"

王朴突然厉声道："糊涂！我王朴等了多年，才等到一个明君之才，没想到他竟是个草包！你再说这丧气话，我就与你割袍断义！"

王朴气得马上拂袖而去。

柴荣一脸茫然地问符玉儿："玉儿，是我说错话惹恼大哥了吗？"

"大哥是个直肠子，有啥说啥，你还怕惹恼他？"符玉儿微笑道，"只是小荣子，关于你的前程之事，你现在就该有所决断了。"

柴荣问道："玉儿，你希望我将来做皇帝吗？"

符玉儿抱住柴荣的脑袋，温柔道："你若做皇帝，我就做你的妃子，你若为乞丐，我就陪你乞讨。关键不在我，在你自己的选择。"

我自己的选择？

柴荣扪心自问，突然感到了一阵迷茫。

第四章 江山传承

柴荣百无聊赖地在城中步行，不知不觉就走到了一片乱砖碎瓦之间。抬头看，居然不觉走到了澶州城墙边，此刻难民被组织在一起，正热火朝天地修补古城墙。

"这就是大哥收容的几千难民？"柴荣看到衣衫褴褛却精神饱满的难民，默默点头，几步登到城上。

登高远眺，澶州城内炊烟袅袅，一派生机勃勃，而澶州城外，却还是一片荒野，杳无人烟。

如大哥写的那样，将澶州沃野千里开垦出来，那会是怎样的一片美景呢？

柴荣遥望着荒野，直到日薄西山，忘了时间。

"开饭了！"小吏们拿来一桶白饭，一桶咸菜，高嚷了一声。顿时，难民们欢呼起来，放下手上的活计，纷纷跑向小吏。

"和往日一样，排队！抢食者没饭吃！"小吏恶狠狠地冲着难民吼着。难民倒也规矩，依次排队，无人哄抢。

柴荣不动声色，默默地看着难民拿到饭食，三三两两地坐在一起，狼吞虎咽起来。人群中，柴荣发现了一个妇人带着两个女娃，妇人把自己的饭食全分给了孩子，自己却独自啃着咸菜。柴荣心头一暖，走到前去问那妇女。

"大姐，你怎么还带着两个女娃娃？你丈夫在哪做工？"

妇女一听，慢慢地咽着咸菜，仿佛在吃什么美味一般细嚼慢咽。

"他爹死了。被契丹狗杀了。"

柴荣见那妇女面无表情，好似已经麻木一般，只得再问："大姐，两个娃娃多大了？"

"大女儿十一岁，小女儿八岁。本来还有个儿子，不到十三岁就拉去当兵，最后也死了……"妇女抬头望向柴荣，看到柴荣一身布衣，却也穿戴整齐，突然朝着柴荣跪下，连连磕头道，"大人！求大人收留我女儿吧。一个也好！为奴为婢，就算是卖到妓院也无妨！只求大人给她一口饭吃！求大人发发慈悲啊！"

妇女磕头磕得实在，柴荣还来不及阻止，她就磕得头破血流。

"大姐，别这样！澶州官府会管你们的！你们在澶州可以好好活下去的！"

妇女终于哭了，悲痛道："上一个姓刘的皇帝跟我们许诺，说我们会有自己田地家园，可结果呢？他不到几年就死了！他的儿子对契丹狗不管不问，对我们却是百般盘剥！官府？要是信官府我们早就饿死了！"

刘承祐干的混账事！

柴荣压住心中的怒火，蹲下看着较大的女孩，问道："小妹妹，你叫什么名字？"

小女孩怯怯地看了柴荣一眼，不敢说话。

"你这碎女子！"妇女气得一拍女孩，连忙道，"大人，我女儿没有大名，只有一个小名，叫小商……"

小商……这个名字……怎么这么耳熟？

突然，柴荣浑身一触，一段遥远的回忆此刻却像洪水一般在他脑中奔腾而过。

北方边市……

两脚羊……

小商……

救小商……

柴荣强忍着颤抖的手，拉住小商的手，问道："小商……你饿不饿？"

"我饿……"

柴荣心头一酸，这一声轻唤差点唤出他两行热泪。

柴荣不由分说，抱起小商，还有另一个小女孩，对着妇女说，"你们母女三人，我管了，随我来！"

"大人大恩！我给大人磕头！"妇女一听大喜，连忙给柴荣磕头道谢。可这一闹不要紧，周边难民听到一切，也都蜂拥跪在柴荣面前，扯着柴荣的衣襟哀求起来。

"大人！我有力气！要我吧！我只要一天一顿饭！"

"大人！我也有一个儿子！求你收留他吧！"

"大人！我也饿！"

柴荣被难民团团围住，不得脱身，正头疼之际，王朴恰巧带着巡城官吏赶到，官吏们挥舞起棍棒，强行趋开人群，终于将柴荣"救"了出来。

此刻柴荣浑身衣衫早已被扯得破破烂烂，乍看与难民别无二致。王朴哭笑不得道："贤弟，你这是打算做一回难民呀？要不是我及时赶到，恐怕你就成了难民头子了！"

"大哥，我想救这三位母女。"柴荣心情郁结黯然，不愿多话，冲着王朴道了一声谢，拉着母女三人就往府上走去。

"柴荣！"王朴突然冲着柴荣大喊，"我知道你心软了！可救三个人算什么！有本事，你把全澶州，全中原，全天下的难民都救了啊！"

柴荣一愣，看看身边的难民母女，久久沉默不语。

无故捡回三个"女人"，一开始却是把女主人符玉儿吓了一跳，然而细看母女三人穿着，再一推敲，符玉儿心中也猜出大半，马上安顿母女三人在家中住下。

"小荣子，我安排了张大姐做些针线活，她的两个女儿我看着可爱，收在我身边做贴身婢女，你看如此安排可好？"

闺房中，符玉儿看出柴荣心事重重，为他宽衣时轻声细语问道。

"玉儿……"柴荣抓起符玉儿的手，低头不敢看她的眼睛，"我想跟你说一段往事。"

"小荣子……"符玉儿担忧地躺在柴荣怀里，抱着柴荣，"你说，我听着。"

"那是我还只有十五岁，跟随一名名叫颉跌的外族商人到边境行商，在那里，我遇到一个比我还小一岁的女子，她叫小商……"

柴荣不紧不慢地回忆着，不知不觉说完时，柴荣却突然发现怀中衣襟早已湿透，符玉儿伏在他胸口嘤嘤抽泣。

"玉儿，你别生气。"柴荣拍拍符玉儿的后背，轻声道，"我的确喜欢过小商，甚至还曾经想要娶她。只可惜我晚了一步，没能救得了她，于我心，悔恨甚于爱慕……"

符玉儿抽泣道："玉儿是那么小气的女子吗？我是在哭那苦命的小商，你当初若是娶了她，那该多好……"

"到今天，我又遇到了一个叫小商的小女孩，在她身上，我看到了小商的影子。我很害怕，我怕她和她结局一样，最终被这个世道吃得尸骨无存！"

柴荣抱紧了符玉儿，眼神渐渐凝聚了神光。

"玉儿，我想做储君！我想做将来的皇帝！"

"小荣子……"

"我要君临天下，赶走那些吃人的豺狼，打碎这个吃人的乱世！我想让天下百姓都过上人过的日子！"

柴荣此刻眼神无比坚毅，浑身散发着王者的气息，直看得符玉醉了，痴了，喃喃道："小荣子……你才是当世英雄！我会一直跟着你，看你君临天下的那一日……"

红烛轻摇，柴荣紧紧地抱住了符玉儿，两颗心此刻完全融为一体。

"大哥，此去一行恐怕凶险万分，小弟敬大哥一杯！"

澶州城外，柴荣端起一杯清酒，举杯为王朴饯行。王朴望了一眼小小的酒杯，不满道："就这一小杯？"

"马上有上好花雕一囊，专供大哥在路上解闷。"符玉儿乖巧笑道。

"还是弟妹有本事。"王朴一语双关，"想我骂了某人几个月，不及弟妹一晚的功夫，哈哈……待我再回澶州，你们可要给我生个侄儿，不然太便宜某个甩手掌柜了！"

"大哥无礼！"符玉儿小脸通红，连忙跑开了。

"大哥，你我一见如故，柴荣与你结交，三生有幸。"柴荣举杯，杯中酒一饮而尽。

"不是你我一见如故，而是你我都有同样的抱负！"

王朴豪气地干了杯中酒，再不多话，跨上骏马，朝着南方疾驰而去。

"贤弟，等为兄的好消息吧！"

"大哥，愿你一路平安。"柴荣望着王朴的背影，心中默默念道。

远在汴京城郊，此刻也正上演着一场兄弟分离的场景，不过主角却换成了郭威与王峻这对兄弟。

郭威嘴上殷殷嘱托，心中却对这个心比天高二弟不怎么放心，倒不是担心王峻心生异志，却是担心王峻心浮气躁，白白折损五万军士。

王峻呢，总觉得郭威人老啰嗦，差点就要当众立下军令状，最终闹到与皇帝不欢而散方才罢休。

五万大军浩浩荡荡杀向西部，驰援被契丹北汉联军围攻的晋州。

213

第四章 江山传承

转眼一月过去了。

"禀皇上，刑部草拟的《大周续编敕》已草创完成，敬请皇上过目审阅。"早朝上宰辅范质率先进奏。

郭威点头道："目前，大周急需一部法典以安民心，此书朕已详细看过，刑部功不可没，传令下发各州府，下月正式施行新法。"

郭威转头望向冯道道："冯大师，你上书进言修改盐法，深得朕意，朕特旨刑部将此条正式加入《大周刑统》之中。"

冯道不慌不忙回道："皇上，老朽老矣，此善政是由老臣门生王朴提出。"

郭威眼前一亮："哦？太师的门生？有如此见解，必定人才难得，传旨，宣王朴御书房觐见，朕要见他。"

冯道心中一乐，老狐狸的他怎么会不知道王朴背后的正主是澶州的柴荣。自王峻担任宰相之后，权倾朝野，一早就把他这把老骨头当成了眼中钉。

冯道韬光养晦，从不与王峻争执，可单凭隐忍，是做不了四代元老的。故而，当王朴前来投奔冯道时，冯道毫不迟疑，就为王朴铺下了一条通天大道。

王朴走进御书房时，郭威正一面吃着肉饼喝着面汤，见王朴来了，连忙放下饭菜，笑道："王先生来了？可曾用过午膳？"

"谢皇上！草民还真没吃饭！谢皇上赏饭！"王朴恭敬一拜，居然依旧大大咧咧坐下来，抓起肉饼就大吃起来。

许是察觉到王朴干练直爽的习气，郭威倍感亲切，也不怪罪对方放肆，看着王朴吃完了饭菜，这才慢慢问道："王先生可吃饱了？"

"八分饱吧。不过能与皇上同案吃饭，也够小人荣耀一生了。"

郭威点头道："朕才疏学浅，今日找先生来是想听先生拆解你的新盐法。"

王朴摸摸嘴说道："自汉武以来，盐铁由官府专营，民贩私盐，哪怕被查出一毫一厘，即是死罪。大唐灭国后，霸主更迭频繁，朝廷朝不保夕，官府哪有什么精力管理盐铁贸易，民间私盐早已泛滥开来。皇上初登大宝，统一国内盐铁市场势在必行，但民心不稳，不宜严刑峻法，故而臣才建议改'私盐者死'为'私盐超五斤者死'，一则不失法度，二则给百姓一条活路。"

郭威听王朴引经据典，不禁又对王朴高看了几分，点点点头道："先生所言甚是，不瞒先生，朕微时邻居就是个盐贩，深知民间盐贩求生不易。"

王朴心中暗暗赞许：这位皇帝丝毫不顾忌谈论自己的出身，果然和柴荣一样，是位明主啊。

郭威继续道："朕观先生气度，定是胸有乾坤，请先生今日一一道来，朕愿洗耳恭听。"

王朴道："哈哈，痛快！皇上看得起草民，草民也绝不藏私！"

这日，郭威与王朴在御书房从正午聊到深夜，又从深夜聊到天明，一连三日，郭威罢了早朝，两人就吃住在御书房，日夜商讨。

等到两人"出关"，郭威神清气爽地出现在大殿上，一连提出了几项大政请群臣商议。

其一，将官府籍没的罪犯名下的地产，还给他们的家眷。以后除谋反大罪外，一人有罪，九族无辜，基本上取消了株连之法。

其二，打破国禁，允许境内商人和蕃人进行商品贸易。

其三，对战乱流民，由官府无偿分发无主土地，免三年赋税。暂时无地的流民，则以工代赈，修筑水利、城防，按劳付酬。

敢在朝上反对郭威的人也只有王峻，此刻王峻正在晋州领兵，故而郭威新政无阻力地推行了下去。

此后，郭威并未像百官预料一般地待在宫中理政，反而点齐三万兵马，带上王朴，毫无预兆开始了御驾亲征。

王峻远在晋州，大军陈兵近一月，可一直毫无动作，不禁让郭威心生疑窦。

王朴向郭威进言中就有一项："限制相权，以俟储君。"

王峻此举绝非是拥兵自重，恐怕还是消极备战。但倘若他此次立下大功，是否会更加狂妄跋扈，容不下别人？

郭威想到此处，终于下定决心，亲自带兵奔赴晋州。

三军主帅王峻还在阵前"冷静斟酌"之时，不想郭威突然驾到，一举收走了王峻军权，八万大周军会师，立刻向围困晋州的敌军发起突袭。

一个月来，敌军早已习惯了大周军的龟缩战术，加之南方冬季湿冷，又久攻坚城不克，契丹骑兵早就心浮气躁，现在对方突然发难，后方哪里还有

215

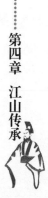

什么警戒，顿时被冲得人仰马翻。仅此一战，五万契丹铁骑扔下了一万五千多具尸体，仓皇逃回了北方。

郭威登基以来，善政连连，仁德之名早就在民间传送，而第一次御驾亲征，又获得了空前的胜利。

军心民心，尽被郭威收入怀中。朝野百官，更是对郭威敬服得五体投地。

可山呼万岁的大殿之上，唯有一人，对郭威射去了怨毒的目光。

第 2 节　昔日兄弟

"不知王相今日找小人前来，所为何事？"

这日傍晚，张永德从军中离开，正欲回家，却被在军营前久候的相府管家拦住，称王相有请，不由分说就将张永德请到了相府。

"无它，本相只是想与张将军叙叙旧。"王峻居主座，慢慢自斟自饮。

"我与你这个煞星可有什么交情。"张永德素来不喜政事，更不喜嘴上无德的宰相，心中小声嘀咕道。

"张将军可知，后日即是南平公主的生辰？"

张永德一听，顿时来了兴致："王相所言当真？哦，也对，王相是公主的叔叔，自然知道得比末将清楚。"

"张将军对南平公主的情谊，天下皆知。连皇上都在有意撮合你们。"王峻慢慢说着，"如果张将军有意，本相愿做一次月老，替张将军向皇上提亲。"

张永德激动得连酒杯都打翻了，连忙在王峻面前单膝跪下，恳切道："王相若能帮末将完成凤愿，末将必定厚报！"

"张将军言重了。"王峻面露笑意，可神情却冰冷异常，"本相下野，是迟早的事。如此行善，只求张将军在老朽风烛残年，赐一片茅庐，两顿温饱……"

张永德皱眉道："王相是在担心晋州之战？王相放心，皇上仁德，胸怀宽广，必定不会因战前无功而责罚王相的。"

朽木不可雕也，不过，倒可为打狗杖……

王峻佯装叹气道："但愿如张将军所言。"

翌日，王峻信守承诺，当朝向郭威进奏，为张永德做媒，请求郭威将南平公主许配给中军都尉张永德。

郭威本想冷一冷王峻，让他反思一下，不想今日王峻竟然倒是做了一件好事，郭威点头，满意地接下了奏折，也未急着答应，而称要考虑几日。

后宫中，当郭平南从父皇口中得知此事时，居然当即破口大骂道："那王峻真是狗拿耗子，多管闲事！女儿爱嫁谁嫁谁，干他鸟事！"

郭威脸色一沉，喝道："南儿无礼！他可是你的叔父！"

"哼！"郭平南眼中容不得沙子，当即冷哼道，"父皇可曾忘了，你想提拔郑仁诲、向训、李重进三人时，王峻那厮是如何在朝上顶撞父皇的？那日痛骂，如泼妇骂街，连女儿在后宫都听见了！柴荣哥哥何故？生生被他逼到了澶州！连哥哥大婚，他都不让父皇前去探望！晋州之围，王峻不让大哥领兵，自己却在阵前畏敌，缩头宰相，贻笑天下！父皇，如此无才无德之辈，怎配做父皇义弟？又怎配做我叔父！"

"啪！"郭威气急，一巴掌打在郭平南脸上。"逆女！你知道什么！你王叔与我向天地盟誓，要同生共死！纵使他如今有千般不是，他这辈子都是我郭威的义弟！都是你的叔父！"

郭威只剩下郭平南这唯一的亲人，平日里百般宠爱，哪里舍得打一下！今日气急出手，郭威马上冷静下来，竟是心痛不已。

郭平南脸上眼看红了一块，但她却也是不哭不闹，反而抓住郭威的右手，恳切道："父皇！女儿身子残缺，无颜嫁人。父皇登基以来，忙于政务，日渐消瘦，女儿求父皇开恩，许女儿一生不嫁，长侍父皇左右！"

"女儿身子残缺"这句一入郭威之耳，郭威端详女儿瘦削的身子，想起过往种种，一时间差点老泪纵横，一把抱住女儿，含泪好生安慰。

郭威别了女儿，回到书房，执事的王朴见到异状，忙问："皇上可有烦心事？"

"无它，就是一些家务事。"郭威神情委顿道。

"微臣看过了王相的奏折，皇上可是忧心南平公主与张都尉的婚事？"王

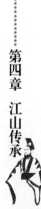

朴笑道。

"什么事也瞒不过你的眼睛啊。"

自从郭威受王朴御书房执事，王朴便成了郭威的私臣，深受郭威器重。

"此事，不知皇上心中有何打算？"王朴问道。

"还能如何？"郭威无奈道，"南儿心有所属，可那人却对南儿无意。朕是皇帝，更是人父！何曾不希望女儿有个好归宿？"

"皇上对张永德将军可中意？"

郭威回忆道："要说张都尉其人，倒是对南儿有情有义，人虽然木讷一点，可还是一名勇武将才。人品方面，乡间久传他对老母亲极其孝顺，料想不会太差……"

听皇上的语气……可是很中意这位张都尉啊。

王朴笑道："皇上，既然如此，您是很赞成这门亲事了？"

郭威无奈道："我赞成有什么用，要南儿她愿意才行。唉，还不知道几日后如何答复王相呢……"

王朴突然躬身一拜："微臣愿为皇上分忧。"

"王朴，你这是何意？"

"微臣愿去开解公主，让她敞开心扉。"王朴正色道。

"你？"郭威诧异地看着王朴，"朕只知王朴你精通治国治军，可从未听你说过也精通这男女之情。"

王朴信誓旦旦："微臣一不威逼，二不利诱，只与公主小谈半日，微臣有把握说服公主。"

"如此甚好！"郭威对王朴的才学毋庸置疑，既出此言，何不让他试试？

王朴奉命，在内侍的带领下，来到后宫。

空荡荡的宫殿，少有几个打扫的宫女宦官走过，往日嫔妃居住的正殿，现在居然是冷冷清清。

"皇上登基以来已经近一年了，还未招一人进宫侍寝，看来也是个长情之人啊……"

王朴不禁感慨，很快就步入了南平公主所住的正德宫。

郭平南此刻正是内心烦躁，正在院中舞剑释怀，一见郭威贴身内侍前来，一愣。再见内侍身后的王朴，更是一愣。

待内侍告退，王朴朝着公主恭敬一拜："小人王朴拜见公主。"

"哦？果然是小人王朴来了。"郭平南话无好话，一边舞剑一边取笑道，"你不在父皇面前谄媚，跑到我这里做什么？"

"小人今日前来，是特意来答谢公主数月来通风报信，让小人对京城大小事务了若指掌。"

"哼！"郭平南剑指王朴，冷声道，"我原以为王朴你对大哥忠心耿耿，如今看来，是我瞎了眼！"

王朴面对寒光凛凛的剑锋，面不改色，继续道："今日，小人前来，还有一事。小人恭劝公主，同意王相奏请，下嫁都尉张永德……"

"王朴！"郭平南气急怒喊，"你信也不信，我在此杀了你，父皇也不会对我如何！"

"父女情深，小人自然相信。"王朴笑道，"不过，公主只顾父女之情，就不顾兄妹之情了吗？"

郭平南听出话头，蹙眉问道："你是何意？"

王朴看了一眼四周，郭平南会意，立刻道："所有人退下！五十步内，不得有人！"

"有话就说！"

待到院中只剩王朴与郭平南两人，王朴这才松了口气，慢慢说道："公主，你可知王峻他为何突然要为张永德做媒？"

"他吃饱了撑的！"

"呵呵，此言实在，的确是多此一举。"王朴笑道，"不过公主，王峻可不会无的放矢，此次举动目的，恐怕是为了拉拢未来驸马，以图对柴大人不利。"

"什么！"郭平南一惊，"那老狐狸上次行刺离间不成，这次又想什么鬼主意了？"

"王峻与皇上有旧，自然不惧皇上，却心忧未来储君人选。他嫉妒柴大人众所周知，既然不想让柴大人上位，那么他只能选择皇上的侄子李重进，以及未来女婿做文章了。"

"李重进?"郭平南不屑道,"冲锋陷阵还行,运筹帷幄不通,处理政事白痴。"

"李重进资质不高,可也算皇上血亲,也是储君人选之一。无奈李重进头脑简单,毫无野心,对皇上言听计从,短时间内,王峻想要控制他,难上加难。"

"所以王峻那厮就盯上我和驸马了?"郭平南生气道,"历朝历代,哪有听说驸马继承王位的?"

王朴笑道:"还真有,大唐名将薛平贵娶了西凉公主,最后就做了西凉国王。"

"咦?真有此事?"

王朴点头道:"公主,皇上一家横遭剧变,血脉凋零,他如此疼爱于你,怎么不会点驸马做后继之君?"

郭平南喃喃道:"王峻为张永德提亲,若是随了他意,张永德不就成了王峻的傀儡?那么大哥岂不更加危险?不行!我誓死不嫁他!"

"公主如对柴贤弟有意,如今反而要嫁给张永德。"

郭平南望向王朴,一字一顿问道:"王朴,你到底站在哪边?"

王朴笑容全无,对着公主郑重一躬:"为天下苍生计,我王朴愿为明君粉身碎骨。"

"王先生。"郭平南渐渐也猜出王朴意图,语气变得恭敬道,"请王先生说出其中缘由。"

"公主嫁给张将军,一举三得。"王朴郑重道,"其一,化解柴大人一个敌人。其二,劝说张永德成为反间,监视王峻。其三……公主对柴大人的情谊,恐怕终将成为柴大人未来登基的负担,况且张将军对公主有情有义……公主,长痛不如短痛啊!"

王朴话虽简单,但字字千钧,字字敲打在郭平南的心上。

"大哥……我注定与你无缘吗?"

郭平南一脸黯然,最终持剑的手渐渐无力垂下。

今日郭威特旨,放王朴一天大假。王朴这个酒虫想都未想,一头扎进汴京街边酒肆豪饮,一喝就是一整天。

"听说了吗？南平公主和张将军定亲了！"

"这么大的事，怎会不知！"

"听说南平公主设下擂台，与张将军比武决战。张将军只有胜了，才能当驸马！"

"笑话，将军对公主，还能打不过吗？"

"这你就不知了，咱们南平公主，可是当世女英雄，当年只身一人，对战几百官兵，杀了对方数十人，最后还在乱箭中全身而退！"

"啊？公主这么厉害？那张将军可悬了。"

"公主与将军一战，可是惊天地，泣鬼神。两人打了一天一夜，难分胜负。最后一刻，张将军技高一筹，最终赢了公主一招，拿到了驸马爷的宝座。"

"哈哈，王三，听你的口气，好像亲眼看见一样！吹牛吧！"

"唉唉，我听说，张将军本来赢不了的，是最后公主故意输给他的。"

"嗯嗯，一定是公主芳心暗许啊，不然怎会轻易输给张将军？"

"你们别听他吹牛！我知道啊……"

王朴听着酒客们兴致勃勃地谈论昨日之事，一言不发。他斟满一杯烈酒，双手端起酒杯，朝着皇宫的方向遥敬故人。

"公主，敬你。"

王朴将烈酒一饮而尽，突然苦笑暗道：不知贤弟知道此事，会不会打我一顿呢……罢罢罢，今朝有酒今朝醉！

"小二！再来三坛女儿红！"

王朴这一喝，又是一通昏天黑地，直喝到日落西山，暮色沉沉。王朴也算借酒消愁，醉得趴在桌上呼呼大睡。

不知又过了多久，王朴被一瓢冷酒泼醒，醉眼蒙眬起身一看，竟然发现自己身处小巷，三个持刀的黑衣人面露凶光，将自己死死围住。

"王大人，你这一醉，可真是逍遥啊。"黑衣人首领冷笑道。

"你们……你们是……何人？"王朴舌头打结，但还算清醒，踉跄问道。

"王大人，柴荣给你多少好处！令你在皇上面前如此上蹿下跳，玩弄权术！"

王峻想笑，可脸醉得怎么也动不起来："唉、唉，是……王、王、王相？"

"哼，我家主人有命，弄臣王朴，留他不得！受死吧！"

黑衣人杀机毕露，齐齐举刀，正要乱刀砍死王朴之时，突然几道白光闪过，几把小巧的飞刀嗖嗖而来，正中黑衣人手腕。黑衣人吃痛，不禁松手弃了兵器，

"有高手！"

三人见势不妙，立即分头逃走，不想前路竟然被士兵堵住，一员大将以逸待劳地等着三人落网。

"横竖是死！冲啊！"首领深知困兽犹斗，带头冲向前方大将。殊不知那大将竟是身经百战，剑未出鞘，赤手空拳，三招就将三人制服在地。

"押回去！好生款待。"

大将冷哼一声，几步走到王朴面前，扶起歪歪斜斜的王朴，恭敬道。

"大哥神算，小弟敬服！"

"九重？你、你可算来了。"王朴拍拍僵硬的脸颊，终于笑了出来，"按辈分，你现在是三弟了！"

"大哥的大哥，自然是我赵九重的大哥！"

自柴荣被贬以来，赵匡胤、郑恩两人也倍受冷遇，被分配到后勤部队，做了毫无实权的押粮官，憋屈了一年，如今柴荣派能人来京，联系昔日兄弟，两人岂不欢喜？

王朴想要抓住王峻把柄，故而请赵匡胤暗中相助，引蛇出洞。赵匡胤先还对王朴将信将疑，不料现在果如王朴所料，不禁对这个陌生的大哥心服口服。

"九重啊，二弟新婚，你不来贺喜，二弟蛰居，你未来一封书信……你对二弟，可是心有怨怼？"王朴拍拍身上的灰尘

赵匡胤心中一惊，马上道："不敢！小弟绝不敢对二哥不敬！"

"哈哈，我就喜欢谈笑。三弟莫怪。走，我们回府，去看看那三个小贼能吐出什么好东西来！"

王朴兴致勃勃地快步离去，赵匡胤望着王朴的背影，心中突然忐忑不安：这人谈笑间一语中的，好一个下马威……大哥，看来我赵九重只能老老实实

在你身边做一员猛将了……

郭平南与张永德的大婚办得风风光光，见女儿终于有了依靠，郭威了却心中的一件大事，大喜之下，封张永德为驸马都尉，掌管京都防务。

郭威惊喜地发现，在王朴有力的举荐下，各地州府的恶报渐渐减少，而恢复生产，流民安居的善报不断增多。再加上军人出身的户部侍郎李谷的提议，郭威终于下令改革了牛皮征收制度。

牛皮可做战甲、马鞍，是当下稀缺的战争物资。历代官府都在民间强行征收牛皮，层层盘剥，百姓是怨声载道。郭威继而规定：在民间按土地占有量进行牛皮征收，以每五十亩地为一张牛皮的征收标准，不及前朝的百分之一，大大减少了百姓的负担。

另一方面，郭威还一起废除了所谓的牛租。

六十年前，后梁开国皇帝朱温从淮南掠夺来几十万头耕牛，这些牛被分配给了有地农户，农户只需每年向朝廷交点牛租即可。此举本是好意，可后梁亡国后，唐、晋、汉三朝官府不讲道理，依旧强行向百姓征收牛租，弄得百姓苦不堪言。

李谷认为，耕牛是恢复生产的关键所在：减少牛皮征收，可以大大增加民间耕牛数量，废除牛租，可以大大增强农民养牛积极性，两项措施齐下，可保农事兴旺。

事实上，大周在郭威善政的调理下，不到两年，已是渐渐恢复了元气，流民得到安置，荒田也有人耕种，朝廷紧巴巴过了一年半，国库之中终于也开始有了存银与存粮。

上次行刺王朴不果，王峻志忐地安分了数日，却发觉皇上并无训斥，渐渐故态复萌，不断地给朝廷各部输送自己派系的门人，郭威虽有抵制，但无奈王峻太过强横，常常不满圣旨就在朝上对百官破口大骂，弄得郭威也是难堪不已。

"皇上！老臣有要事禀报！"

这日早朝，王峻不等郭威发话，第一个站出上奏。

"王相，今日你又要参谁呀？"郭威见到王峻就是一阵头疼。"不如让王相专司御史大夫，如何？"

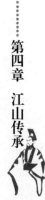

王峻面色冷峻道："臣今日参澶州节度使——柴荣，勾结契丹，企图谋反！"

柴荣？皇上的义子？他会通敌？

王峻此言一出，满朝上下齐齐变色。

郭威一听，脸色瞬间由无奈变得冰冷。

王峻可不管满朝哗然，继续道："上月，黄河泛滥，契丹瀛、莫、幽州大水，契丹细作扮成流民涌入澶州，柴荣不加阻止，反而对敌国之民大开城门。臣已查明，柴荣自知于皇储无望，竟然暗通北汉、辽国，图谋我大周江山！"

"王相耳目够广啊。"王朴连忙站出来问道，"不知王相怎知柴大人为何于皇储无望？柴大人私通敌国，你又有何真凭实据？"

王峻早就料到王朴质问，不慌不忙道："臣已拿到契丹证人、证言，是真是假，皇上一看便知！"

"皇上！证人可以买通，证词可以捏造，切不可听信王相一面之词啊！"王朴连忙下跪道。

郭威脸色阴晴不定，许久未发一言。

这时，门外突然有名士兵急匆匆闯入："急报！兖州节度使慕容彦超打起北汉旗号，反叛大周！"

王峻一听，立刻添油加醋道："皇上！看，北汉已有动作，下一步就是澶州造反了！"

"王峻！你可知疏不间亲！捕风捉影，陷害柴荣！你的心眼比无知泼妇还小！"王朴急了，生怕郭威会脑子一热把柴荣办了，不禁脱口大骂起来。

王峻舌毒可是举朝皆知，现在竟然有人敢痛骂王峻，百官不禁对王朴这个新人高看一眼。

眼看一场国骂就要在大殿展开，郭威面露愠色，喝道："王朴敢对首辅无礼！拖出去，杖责二十！"

"皇上！柴荣无辜！澶州无罪啊！"王朴也是郁闷之至，原本以为行刺一事可以扳倒王峻，没想到皇帝心里还是偏向王峻，将此事压了下来。无论王朴如何努力，皇帝要保王峻，他有何办法？

看着王朴被拖了下去，满朝文武噤声，大殿的气氛沉闷到了顶点。

契丹与中原积怨已深，收容契丹流民，于情于礼，都是大忌。柴荣此举，到底是为何？

郭威沉默了许久，终于沉声问王峻道："王相，朕可是这中原的皇帝？"

"皇上乃是真龙天子，龙御中原，谁敢不从！"

"朕视中原百姓为子民，竭尽所能让他们吃饱穿暖，安居乐业，这是朕的责任。然而朕曾闻太师讲起，四海之内莫非王土，率土之滨莫非王臣。朕不想只做中原霸主，还想让天下臣民，都成为朕的子民。契丹也好，北汉也好，南唐也好，后蜀也好，敌国之民来投，岂不是正应民心所向？"

王峻一惊，语滞当场。

郭威目光望向远方："柴荣年纪虽小，却想得比朕长远，朕心甚慰……传旨！即日起，如再有契丹流民来投，边境州府不得阻止，一律以中原百姓视之，如若他们想要定居中原，皆准入我汉籍，按人头分发土地！"

"皇上仁德！堪比尧舜！"冯道闭目养神许久，突然大呼一声，对郭威行三跪九叩大礼。

太师免跪赐座，冯道四朝老臣独有待遇。如今他带头一跪，文武百官岂敢站着，纷纷也跪了下去。

王峻如同鹤立鸡群，跪也不是，不跪也不是，见参奏柴荣无果，只得在叛军上找回面子："皇上，兖州节度使慕容彦超本是前朝叛军，如今不顾圣恩反叛，臣请领兵三万，活捉这无君无父的叛贼。"

"王相！"郭威语气中的不满已经呼之欲出，"文臣主内，武将主外！王相，全国土地发放，还需要你多多筹谋！"

王峻还要争辩，却见郭威眼中已经泛起了怒色，只得悻悻低头道，"臣……遵旨！"

郭威看着王峻，心中不禁叹息：二弟呀二弟，当初你的聪明才智跑到哪里去了？荣儿会私通契丹？笑话！他娘就是死在契丹人手上！难道你真要为了嫉妒之心，绝了你我多年的情分吗？

郭威面露忧色，而低头的王峻脸上，又是怎样的表情？

"王朴可恶！冯道可恶！柴荣可恶！皇上……哼！"王峻回到家中，犹如一头愤怒的狮子，咆哮着砸了一个又一个茶杯。

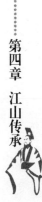

"王相……你这又是何苦呢？"张永德如今已经是王峻的"盟友"，一下朝就跑到王峻府中。

"你懂什么！"王峻发起脾气来，连皇上都敢骂，对眼前的驸马也是毫不客气，"今日一事，可见柴荣在皇上心中的分量！亏你还气定神闲，还想不想当皇帝啊！"

当皇帝？

这三个字在张永德心中只闪过一瞬，却马上就被南平公主的倩影代替了。

真麻烦，南儿要讨厌这个王峻，直接派兵抓了不就好了，还要演戏，真麻烦！

"王相所言甚是，末将受教了。"张永德佯装听话，问道，"下一步，我们应该如何呢？"

"王朴那厮天天在皇上面前当值，私下也有赵匡胤和郑恩跟着，完全没有下手的机会……看来如今之计，只有借助外力了……"

"外力？"张永德一惊，问道，"王相是想借契丹或者北汉……"

"糊涂！"王峻立刻破口大骂，"皇上待我再不义，我还是大周宰相，还是皇上义弟！此等忘恩负义之事，以后休要再提！"

张永德暗自舒了一口气，还好你还有点良心，于是再问："那王相是何意？"

"我会修书给各地节度使……"王峻说着，突然察觉失言，连忙道，"这些你都不用去管，安心哄好公主，控制好汴京兵马动向，安心等着将来做皇帝吧！"

张永德"大喜"道："一切听凭王相安排！"

王峻面露冷笑，心中暗道：王朴，柴荣，你们想斗倒我？做梦！

王峻做梦也没想到，没过几个时辰，他在家所说的话，一字不落地被王朴转述给了皇上。

"……皇上，王峻不臣之心，昭然若揭，再不法办，国家有变啊！"

郭威看着被二十廷杖打得直不起腰的王朴，不露声色问道："王大人，你如此陷害王相，到底是为了私欲，还是为了别人……"

一边的郭平南一听，急得当即也跪在郭威面前："父皇！王峻之词，是驸马亲耳所闻，你不信王大人，难道也不信女儿了吗？"

郭威一见郭平南领着王朴，就明白王朴身后正主就是柴荣了。

荣儿也会玩弄权术了？

郭威不禁也头疼起来，摆手道："南儿，为父有些累了。"

两人一听，王朴连忙知趣告退，郭平南也不再多话，连忙侍候父亲休息。

如今驸马公主已经偏向荣儿，王朴……不能留在身边了……

于我心中，名利荣华早已淡如止水，如不是履行对妹子的承诺，这皇帝我也不想再当了！荣儿，迟早是要坐上龙椅，看来储君暧昧不明才导致二弟心存幻想啊……

郭威看着女儿，想着已经快两年未见的儿子，心中连连叹息，脸上也露出了倦容。

新年伊始，黄河之水泛滥，由上游契丹诸州，波及了下游中原。郭威立刻下令，令宰相王峻带着赈灾将士、钱粮，前去黄河沿岸赈灾。

王峻正想联络各地节度使，这下正好如愿，嘱托张永德"守好"汴京，马上就带兵北上。然而在黄河待了不到几天，王峻越想越觉得不对。

治理水患，户部李谷比我擅长，皇上怎会舍近求远……不好！中计！

王峻连骂自己贪功蒙心，连赈灾皇命都不顾了，只带了几百护卫，三日兼程，快马就赶回了汴京，心急火燎地就冲着皇宫奔去。

"咦？那不是王相吗？"王朴眼尖，冲着王峻笑道，"王相你不是在黄河赈灾吗？怎么跑回来了？你快来看看，我身后的故人是谁？"

王峻风尘仆仆，这才注意王朴背后还有一人。

"侄儿柴荣，拜见王叔。"

柴荣？

王峻一愣，眼前的男子高大英武，却又气息内敛，神情自若——这般气质，哪里还是当年那个莽撞浑小子？

"柴荣，你不得圣召，私自跑到汴京，该当何罪！"

柴荣不怒不喜道："末将奉皇上诏命，来京述职完毕。"

"奉召？皇上会召你入京？哼！定时你矫诏入京！来，与我一起去面见皇上！"

王朴笑道:"王相,皇上与柴大人谈了三个时辰,方才休息,此刻已经睡下,王相若无急事,明日早朝再来也不迟呀。"

对王朴的话,王峻心里已信了八成,但依旧嘴硬道:"哼!你们别得意!我这就去面见皇上!"

柴荣望着王峻急匆匆往后宫赶去,不禁对王朴说:"两年不见,物是人非啊……"

"哈哈,比起平常,王相方才还是客气了!"

王峻奔至寝宫,却被侍卫拦下,无论如何威逼,侍卫就是不放王峻进去。

莫不是柴荣把皇上软禁起来了?

王峻心急如焚,马上又火速赶到驸马府,不等通传就跑进驸马屋内。张永德正在看地图,被突兀进来的王峻吓了一大跳:"王相!你怎么回来了?"

"驸马!你还有闲心看地图!柴荣进京了,意图不轨啊!"

张永德笑道:"王相勿忧,的确是皇上下诏召柴荣进京述职。此事文武百官都知道。"

王峻一听更气了:"满朝皆知?可本相为何不知!哼!定是那王朴奸计!让皇上与我离心。驸马,你可知皇上召柴荣进宫,到底所为何事?"

张永德想了想,慢慢道:"皇上要追封原配夫人柴氏为皇后,好似还有给柴荣封王的意思……"

封后?封王?

王峻如五雷轰顶,呆在当场。

这不就是昭告天下,立柴荣为储君吗?

不行,柴荣一旦上位,还有我的活路吗?

不行!绝对不行!

王峻如同疯狗一般,翌日就守在寝宫外要面见郭威。起初,郭威还耐着性子见了他两次,可任谁也受不了王峻的泼妇骂街,后来,郭威干脆称病,避而不见。

郭威已经对王峻把话挑明了:无论如何,柴荣的晋王头衔是封定了。随后,还会授柴荣开封尹兼功德使,留任汴京。

王峻被逼无奈,竟然跑到太师冯道府中,恳求冯道。

"……若柴荣上位，你我必定不得善终，请太师捐弃前嫌，劝谏皇上！"

冯道抬眼看了一眼王峻，心中纵有千般不满，可脸上依旧不露声色："王相少安毋躁，储君何人，尚无定论，你我不可心急，不如静待事态发展……"

"太师！唇亡齿寒哪！"

冯道闭眼道："王相，老朽老矣，早就没几颗牙了……"

冯道虚与委蛇，王峻岂能看不出来，但他又有什么办法？一路骂骂咧咧回到相府，王峻如坐针毡，思度半天，最终还是令人将张永德叫到了府上。

"驸马，本月十五，皇上就会在大殿上宣布封后封王之事。"王峻神色严峻地冲着张永德说道。

张永德一副事不关己的样子道："礼部已经着手准备，末将也知道此事了。"

王峻忍着焦急问道："柴荣一旦封王，下一步就是君临天下。驸马你没有什么想法吗？"

"呵呵，皇上中意他柴荣，末将有什么办法？"

王峻探出身子，压低了声音问道："我欲为驸马除掉障碍，敢问驸马意下如何？"

张永德吓了一跳："王相，你要刺杀柴荣？"

王峻点头道："为今之计，不是他死，就是你亡。驸马以为，柴荣上位，你还能做你的大将军？"

疯了！这老贼真的疯了！

张永德忙问道："王相，你想如何行事？"

柴荣面露狠色："十五那日，柴荣从府邸入宫，路上安排伏兵，出其不意，将其格杀！"

"可王相，你哪有伏兵可调？"

"这一点，就要仰仗驸马了。"

王峻拉着张永德细细安排，不想张永德心不在焉，越听越怕，一不小心，撞翻了案上的茶杯。

这驸马，还真是胆小。

王峻心中鄙夷，但脸上却是一脸关切，拍着胸脯说道："驸马莫怕，有老

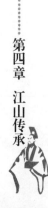

第四章 江山传承

臣在，定让那柴荣有来无回！"

三月十五这日，天公作美，艳阳高照，春风习习。

郭威召集文武百官，一大早就聚集在皇宫大殿之上，静候吉时，为柴荣加封。

王峻此刻手心全是冷汗，不住往大殿外探望。

不知驸马此刻，是否得手？

即使驸马一击不中，宫门口还有我重金请来的刺客，柴荣今日必定踏不进皇宫半步！

如若柴荣不死，今日就是我王峻的忌日……

"驸马都尉到！"司仪突然高唱道，百官一听，齐齐回头。

王峻思绪一滞，心头一喜，马上将目光投向健步走入大殿的张永德。

谁知，张永德刚进大殿，南平公主居然也一身甲胄，紧跟在驸马其后入殿。王峻细观两人，发现两人身上竟然还染着点点血迹！

公主也来了？这是怎么回事？王峻不解，一股不安升上心头。

张永德面朝郭威跪下，恭敬道："末将护卫柴荣大人来到皇宫，请皇上示下。"

郭威点头道："宣澶州节度使柴荣觐见。"

在司仪的唱和声中，柴荣终于一身礼服，出现在百官面前。

两年历练，此刻柴荣面色黝黑，瘦削了不少，不过精神却是无比饱满，神采奕奕，浑身都散发着上位者该有的英气与自信。

这一天，终于来了……

柴荣望一眼高高在上的郭威，得到对方一个鼓励的眼神，柴荣点点头，一步步向王座走去。

"不可能！驸马！这怎么可能！"王峻眼见柴荣就要得逞，此刻全然不顾什么身份场合，竟然跳出来失声大叫道。

"王叔，大哥进宫，路上由我与驸马一同护送，真是有惊无险哪！"郭平南话中有话，对着王峻冷笑道。

"王相，末将是皇上的驸马。"张永德对王峻歉意道。

"你！"王峻傻了，最后一计杀招居然临阵倒戈，他不顾礼仪，跑到郭威面前大叫道，"皇上！柴荣不能封王啊！"

郭威冷冷道："来人，扶王相下去休息！"

王峻突然泣涕涟涟，跪倒在郭威面前："皇上！你要三思啊！柴荣封王，误国误民啊！"

"够了！"郭威突然怒喝一声，拍案而起，"王峻！你莫要欺人太甚！"

"皇上！此事不仅是老臣反对，全国各地节度使，六军将士皆有不满！皇上！你要三思啊！"

郭威望着王峻的眼睛，一字一顿道："王峻，别以为朕什么都不知道！"

郭威欲言又止，那是再给王峻最后留点面子，王峻却毫无悔改之意，跪在郭威面前连连叩头："皇上，军心不可违啊！"

郭威见王峻死不悔改，不禁心中暗叹，下定决心道："宣旨！宰相王峻，年事已高，朕不忍重任，特改任王峻为商州司马，即刻上任！钦此！"

"皇上！皇上……大哥！你全然不顾你我兄弟之情了吗？"

"来人，送王司马回府，收拾行装，明日朕亲自送王司马上路！"

侍卫听令，马上上殿，将哭闹的王峻强行带了下去。

"举世皆浊我独清，众人皆醉我独醒！大哥！这满朝文武，只有我一人对你忠心！大哥！大哥！"

望着王峻侍卫被拖走，百官齐齐舒了一口恶气，看来这"泼妇"今日之后，再无出头之日了，纷纷面露喜色。

郭威心中却怎么也高兴不起来，他望向柴荣，一生过往种种不觉浮上心头，柴守玉，石敬瑭，刘知远，石敢，王峻……

过往五十年，物是人非，竟如黄粱一梦……

"皇上，王大人在府中自缢，幸而被及时发现，现已神志不清，疯癫如痴。"

柴荣受封晋王，此刻郭威、郭平南、张永德、符玉儿、李重进等自家人济济一堂，享受着亲人团聚的喜悦。

不想内侍突然传来噩耗，郭威好不容易才有了笑容顷刻间就消失无踪。

"多派些人手看护，明日朕去探望，朕要王峻好好活着。"

郭平南不屑道："自作孽不可活。"

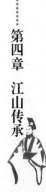

王朴连忙进言道："皇上，王峻这是以退为进，装疯卖傻，以图躲过一劫啊！"

郭威摆摆手："你们别把王峻看得太坏，他只是气量太小，不堪那宰辅高位……"

柴荣点头道："父皇，今日喜庆，不要沮丧，明日我与父皇一起探望王叔。"

"荣儿，你变了，你的脾气变得越来越适合做一代明君了……"

柴荣连忙低头道："父皇在上，儿臣不敢妄想！"

"都是家人，我们不说虚的。"郭威看了李重进、张永德一眼，坦然说道，"重进勇冠三军，但智谋不足。永德老成持重，但不通政务，最适合做继我大位的，就只有荣儿了……今日为父在此跟你们三人通个气，一年之后，带我理顺朝政，就将大位传给荣儿。你二人必须竭力辅佐，兄弟三人，不可离心离德！"

李重进只爱打仗，张永德只爱公主，两人对现状满足万分，连忙齐齐抱拳道："谨遵父亲（舅舅）圣意！"

符玉儿心细，劝道："父皇你正春秋鼎盛，不必急着退位啊。我们几人一起为父王筹谋献力，岂不更好？"

郭威摇头叹道："今日追封守玉，令我想起了种种往事。蓦然回首，陪我一路走来的故人一一离我而去，心中凄凉啊……为这把龙椅，我当真成了孤家寡人……"

郭威老态尽露，郭平南心疼老父，满目含泪，拉起郭威的手道："父亲，还有我呢，女儿时常进宫陪你！"

郭威强颜欢笑道："长江后浪推前浪，天下还是你们这些后辈的，来来来，今日我们一家团聚，不说这些，荣儿，痛饮！"

柴荣品着杯中酒，望着英雄迟暮的老父亲，心中五味杂陈，涩然语噎。

第 3 节　多事之秋

"王司马近日病情如何？"郭威批着奏折，不动声色，突然问道。

自柴荣被封为晋王，王朴又被郭威召回了御书房，做起了皇上与晋王之间的传声筒。王朴抱来晋王的一摞奏章，摇头道："皇上，王司马终日疯疯癫癫，赖在相府不愿上任，已经抗旨三次了。"

郭威头也不抬，继续问道："可曾请御医看过？"

"三位御医都去把过脉了，倒也查不出病因，只说是惊吓过度，生了心病。"

郭威指了指案上整理好的各地奏章，对王朴说："把这些给晋王过目，晚上送回御书房。"

王朴放下一摞奏章，又抱起一摞奏折，苦笑道："皇上，可有什么话嘱托晋王？"

郭威沉吟半晌，最终默然摇头。

汴京城中，宰相府邸。

这片宅子原来是前朝刘承祐为国舅李业特意修建的，六进六出，雕梁画栋，规制上丝毫不逊于皇宫。然而，原本访客络绎不绝的宰相府，此刻却只剩下了奢华的空壳。

夜已深了，相府门口连灯笼都未点起。郭威披上了一身黑色大氅，由张永德与几名精干武士陪同，敲开了相府大门。

"皇上！"开门小厮一惊，连忙下跪行礼，给皇上引路。

"怎么不见仆人管家？"郭威见凄冷的庭院里堆满了落叶，不禁皱眉问道。

"老爷不但失势，整日还疯疯癫癫，相府的仆人们不到几日就逃得七七八八。"小厮老实答道。

郭威看向小厮："既然如此，你为何不逃？"

小厮连忙道："老爷落魄，咱一走，谁来照料？"

郭威点点头："患难见人心。"

郭威来到王峻房门口，正要推门而入，小厮潘鲍连忙提醒郭威道："皇上，老爷发病时见人就打，一开始还用剑砍伤了几个下人，后来咱把房中利器都收了，他就用手抓，用脚踹。皇上可要小心啊。"

张永德听后，也不禁担忧道："父皇，此地危险，不如让儿臣进去查看。"

郭威不语，丝毫不惧，用力推开房门。

房间中，王峻披头散发，蓬头垢面，缩在墙角，正昏昏欲睡。

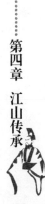

"二弟，我来看你了。"

王峻慢慢抬头，见来人竟是皇上大哥，顿时双眼里充满惊恐，腾地一下跳起来大叫道："皇上饶命！大哥饶命！我不想死啊！"

张永德正要上前喝止，却被郭威拦下。

"驸马，门外等候。"

"可是父皇！王司马一旦发疯……"

"此时此地，此人是朕二弟。"郭威叹息道，"出去吧，朕会小心的。"

皇帝言尽于此，张永德不好坚持，只得退出门外，等郭威关好门，又警惕地竖起耳朵，听着屋内的任何动静。

起初，屋内传来的都是王峻尖利的疯叫，无非是哭喊求饶云云。随后只听得郭威沉声说了几句，激动的王峻才渐渐平静了下来。郭威说了什么，张永德丝毫没有听清，只知道郭威不时寥寥几句，王峻竟然老老实实不再发病。

过了一盏茶的工夫，郭威推门而出，张永德这才放下心来。

"父皇无事吧？"

"驸马，回宫。"郭威脸色凝重，出门看到那个忠心的小厮，又加了一句，"那小厮倒是忠心，调到你府上当值去吧。"

张永德一愣，看了看跪在地上的小厮，点头遵命。

自郭威暗访后，王峻的病态明显好了不少。一月之后，王峻终于领着圣旨，灰溜溜地出京赴商州任职去了。

"二弟，此次去商州，一路放心。朕会派驸马专程护送。只要你安心养病，宰相待遇永远不变，荣儿也不会动你。记住，你是我的二弟，荣儿是你的侄儿。我郭家绝不会做屠戮家人之举！"

王峻缩在马车上，眼睛余光瞟了一眼车外的驸马，脸上不经意露出鄙夷的冷笑。

扶不起的阿斗！白费老夫倾力扶持！

王峻不傻，自然猜到装疯瞒不过郭威的眼睛，可这疯还得装下去，不然，他如何能"安然逃离"汴京？

哼！大哥真是敏锐，竟然把我的心腹潘鲍当夜就调走了。不过无妨，送给天雄节度使的密信已经发出，一旦出了汴京百里，就能遇上王殷的接应人马!

天雄节度使王殷与王峻原是本家，也是战功赫赫的战将，平日素来桀骜不驯，野心勃勃。此次王峻失势，密信告知王殷下一个倒霉抄家的就是王殷。王殷本就不甘屈居人下，被王峻连蒙带激，也是马上拍案，决意派兵半路秘密劫回王峻。

王峻"忍辱负重"，装疯卖傻，就是为了麻痹郭威和柴荣，暗中勾结地方节度使，企图一举起兵，改朝换代！

"王司马，舟车劳顿，你可饿了渴了？"

张永德驱马靠近马车，好心问道。王峻马上收起脸上的狠色，恢复成一片木然。

哼！等着吧！待会一定先要杀了你这个反复小人，以解我心头之恨！

因为王峻是个"病号"的缘故，队伍一行走得极慢，走了整整三日，直到这日暮色降临，一行人才出了汴京，远远看到了郑州城的影子。

商州在西部，而天雄军远在北方，还要秘密行军，估计要费些时日。

张永德吩咐手下，要在天黑前赶到郑州。此时远处突然传来一阵金戈铁马之声，一名武将率百人马队，杀气腾腾地疾驰而来。

"列阵！"张永德一见来者不善，立刻下令队伍警戒御敌。

"哈哈，救我的援军终于来了！"王峻心中大喜，忍不住将头探出车外。

可待那名武将快马跑近时，王峻和张永德不约而同，大吃一惊。

南平公主？

"公主！你怎么来了？"张永德见妻子突然出现，连忙令人放下刀箭，驱马向前问道。

"驸马，一路可安好？"郭平南关切问道。

张永德心中一暖，高兴道："一路顺行。公主，你可是来接应我的？"

"夫唱妇随，我自然是来帮你的！"郭平南笑道，又来到王峻马车面前，话中带刺对着王峻问道，"王叔，一路翘首以盼，真是辛苦你了！"

王峻一脸茫然地看着郭平南，心中早已翻江倒海起来。

这妮子怎么来了？王殷的兵马呢？大哥察觉了？还是柴荣暗中派她来杀我了？

235

第四章 江山传承

"王叔，你可能想不到吧。你的亲信小厮潘鲍，一进驸马府，就将你那阴谋对我和盘托出！我已告知父皇，你的救兵早在半路就被澶州军秘密截击。现在人证物证俱在，你有何话可说！"

王峻此刻再也装不出茫然呆傻的表情，脸色顿时大变。

这可是他最后一根救民稻草啊，王峻不禁失声叫道："我不曾和王殷勾结！这都是潘鲍栽赃陷害！"

郭平南冷笑道："我还没说王殷呢，你怎么知道谋反将领是他？"

王峻顿时大惊："你，你！你敢诈我！"

"哼！是你做贼心虚！"

"你！你想怎样？"

郭平南眼中露出一丝凶光："王峻！你嫉恨我大哥，处处陷害，竟然在他大婚之日派出刺客，欲置他于死地而后快！父亲大哥对你处处忍让，可我郭平南再也忍无可忍！"

郭平南说着，当即拔出利剑！王峻脸上闪过银色寒光，看看周围铁骑，只觉得死亡气息扑面而来。

"不！我是冤枉的！那时我没有派刺客杀柴荣啊！你不能杀我，我，我是你的叔父！你父亲也答应不杀我！"

"呸！就你这卑鄙小人，不敢做不敢当，不配做我父皇兄弟！"

那日，郭平南得到消息，马上就要去禀告郭威，然而路上正巧撞到了抱着奏折出宫的王朴。

王朴见公主急色，多嘴一问，不想问出惊天隐情。王朴马上拦住公主，告诉公主，此事如果被皇上知道，多半还是会心软将王峻发配到边塞，好吃好喝地供奉一生，谁知道他哪天又出来闹腾！

这世上没有千日防贼的道理！

欲除王峻，此事就绝不能让皇上知道！

王朴、郭平南对王峻早就动了杀机，此次良机难得，两人一拍即合，决意瞒着郭威、柴荣，王朴秘密调动澶州兵马截击王殷救兵，而郭平南则带着百人骑兵，追赶王峻，先斩后奏！

王峻见郭平南这个杀神真动了杀机，顿时吓得面无人色，慌乱中看到待在原处的张永德，好似看到救命稻草，疯狂大叫道："驸马！我与你有恩！你答应过我！救我！"

张永德想起当日王峻为自己做媒，自己曾发下誓言，脸色不禁难看，对着妻子道："公主，此事……不如还是交给皇上处理吧？"

"驸马！你太心软了！今日若不是我及时赶来，你以为这老贼会放过你？"郭平南推开张永德，冲着王峻高高举起利剑！

"公主饶命啊！我知罪！我认罪！饶我一命啊！"

王峻闭眼哭喊了半天，可半天郭平南的剑都没有落在自己身上。

郭平南收起剑，一拍脑袋："差点给气忘了，王大哥特意嘱咐，不能有外伤……来人，给王大人喝龙凤酒，送他上路！"

"公主，公主三思啊！"张永德无法预料郭威知道此事后会如何处置郭平南，越想越怕，连连劝道。

可郭平南丝毫不为所动，片刻之后，手下人端来一套精致酒杯，琥珀色的一杯毒酒慢慢端向王峻。

"王叔，按大唐规矩，这酒可是只有皇亲国戚才有资格喝呢！"郭平南笑道。

"郭威！郭雀儿！同生共死？做皇帝？你这个背信弃义的小人！"王峻自知难逃一劫，万念俱灰，挣扎着打泼了毒酒，破口大骂起来，"柴荣！你就是个卖伞贩茶出身的臭行商，你凭什么做太子！凭什么当皇帝！"

"住嘴！"郭平南听罢气急败坏，"给我灌下去！"

"公主，现在收手还来得及啊！"

王峻看见张永德还在为自己求情，反而大笑道："臭打猎的！别惺惺作态了！你以为公主真的喜欢你吗？她喜欢的是柴荣！她嫁你，是在利用你哪！"

张永德一听此话，顿时愣在当场。

"帮情敌上位，你比猪还蠢！你不知道，天下皆知，你头上那顶驸马的帽子，是顶天大的绿帽子！"

"闭嘴！"

还不等郭平南回应，只见寒光一闪，张永德突然怒吼一声，腾地一下拔出佩剑，狠狠地朝着王峻掷去！

237

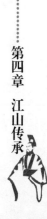

第四章 江山传承

王峻死性不改，还要骂街，不想突然左胸透心凉，眨眼间，利剑竟然将自己胸腔贯穿！王峻只觉得胸口一痛，全身力气潮水般散去，喉咙再也发不出声音，瞪着一双恶毒眼睛，看着杀死自己的张永德，直直倒在地上。

王峻还未断气，张永德不顾四周惊色，走到王峻面前，握住朝天的剑柄，毫不犹豫，狠狠一绞！终于，王峻口吐鲜血，毙于当场！

"侮辱公主者，死！"

一时间，全场寂静，看热闹的护卫兵士全都愣在当场。

平日里驸马待人和善，从不与人争执，没想到今日居然瞬间杀神附体，面目狰狞！

"驸马……"郭平南见温和的丈夫现在却是一身杀气，也不忍问道。

张永德拔出利剑，溅得一脸热血："公主，此地由我善后，你先回去吧。皇上那里，由我去复命。"

郭平南虽然心系柴荣，可对张永德也绝非毫无好感，连忙拉住张永德的手说："夫妻有福同享，有难同当。我与驸马共进退！"

张永德脸色阴晴不定，但感受到妻子的关心，最终还是慢慢平静了下来。

"逆女！"郭威气得满目血丝，竟狠狠一巴掌打在郭平南脸上！

"皇上！"张永德见妻子被打，连忙大喊道，"杀皇上义兄之人是罪将！与公主无关！"

"你！"郭威气急，怒骂道，"你身为驸马，手刃叔父！还有什么脸面跪在朕面前！"

张永德连连叩头道："罪将这就去赴死！请皇上不要责怪公主！"

说完，张永德起身就向门外走去。

"驸马！"郭平南连忙拉住张永德，对郭威苦劝道，"父皇，这些都是女儿的主意，你要杀要剐就冲着女儿来吧！"

"逆女！你怎么下得去手！"

郭平南没有丝毫悔意，顶嘴道："王峻犯上，意图谋反，人人得而诛之！"

"你！"

郭威虎目孜裂，气得拔出佩剑，朝着倔强的女儿举起就刺！

"皇上！"

张永德大惊失色，立刻挡在公主面前。而郭威盛怒之下，剑势迅猛，煞将不住，狠狠地朝着女婿刺去。

早在两人回京之时，王朴就察觉不妥，这才将事情原委全部告知了柴荣，柴荣一听也是大惊失色，立刻火速赶到皇宫。刚进御书房，就见郭威竟然要举剑杀人，情急之下，柴荣不顾礼仪，大吼一声，眼疾手快，箭步冲了上去，一把抓住郭威的剑稍！

"父亲！这是南妹啊！是你唯一的女儿啊！"

柴荣右手顷刻鲜血淋漓，血色刺激下，郭威的理性慢慢恢复，他颓然长叹一声，最终放下了手中的剑柄。

"二弟啊！我郭威愧对你啊！"

郭平南见柴荣一手是血，连忙抓住他的手心疼问道："大哥！你流血了！御医！御医！"

一旁的王朴立刻跪在郭威面前道："皇上，一切都是微臣的主意，公主、驸马都是按微臣计策行事！"

郭威转而看向王朴，两眼中竟是杀机："你？王朴？恃才傲物！你以为朕就不忍杀你吗？"

王朴立刻叩拜道，"皇上仁德于民，在朝中杀谁都不会有负仁君之名！然而，皇上不杀王峻，却会落得妇人之仁，宠溺奸臣的骂名！"

郭威好不糊涂，听得出王朴句句有理，沉默了半天说不出话来。

"皇上！为人君者，大仁不仁，大德不德！你先是天下百姓的天子，再才是王峻的义兄啊！天雄节度使王殷谋反在即，当务之急是立刻化解危机，而不是在此震怒啊！"

"你们个个有理……你们个个有理！"郭威颓然地坐回位上，喃喃自语。

"这龙椅，坐得真累啊……"郭威说着，竟然缓缓闭目，沉沉睡去。

郭威大怒一消，御书房立刻慌乱了起来，郭平南急着拉着柴荣去见御医，王朴也请御医过来为郭威查看。唯独剩下驸马张永德一人。

张永德望着公主拉着柴荣的手，急匆匆离去的背影，脸色突然变得难看起来。

"如果哪一日，我也受伤，不知公主会不会也如此伤心！"

王殷的谋反还未浮出水面，王殷就很快被郭威秘密处置了。

王峻之死，朝廷对外宣称是中途疾病暴毙，而朝中却传出流言蜚语，说是晋王柴荣容不下叔父，落井下石，中途派人杀了王峻。

此事柴荣一直未作解释，也无法解释。

直到王峻下葬那日，悲痛的郭威亲自主持葬礼，出乎众人意料，披麻戴孝，为王峻扶棺入土的人竟然是柴荣与郭平南！

王爷与公主为皇上的义兄披麻戴孝！

此事一出，一时成为汴京佳话。

郭威看着浮土慢慢覆盖王峻的棺椁，心中不禁悲凉。

"二弟，你也走了……我郭威对不起你啊……"

泪眼蒙眬之间，郭威仿佛听到了王峻的声音："大哥，你我约好，不是同年同月同日死吗？"

郭威抬头而望，却见墓碑之上，王峻一脸惨白，垂头看着自己！

"啊！二弟！"郭威大惊失声，大叫了起来。

"大哥，你再看看，谁在你身后？"

郭威直觉背后一阵阴冷，转头看去，一个无头战将抱着一颗人头站在自己身后。

"石敢！三弟！"

郭威心中一寒，连退了几步，可马上撞到一人，郭威回头一看，身后之人竟是苍老迟暮的刘知远。

"二弟……你杀了我的儿子……夺了我的江山……我的今日，就是你的明日……"

"大哥！大哥！不是我！不是我！"

柴荣见郭威连连呓语，还撞到了身边的太监，对着太监连连吼叫，连忙上前询问，不想还未赶到郭威身边，郭威惊叫一声，竟然眼前一黑，直直地昏倒在墓前。

"父皇！"

郭威一倒，墓地顿时乱成了一团。

郭威病榻前，柴荣终日寸步不离，连身怀六甲的符玉儿都没时间去照料。

熬了遥遥数月，郭威身子每况愈下，终日就在昏睡之中，少有苏醒之时。这日深夜寅时，郭威突然悠悠醒来，见柴荣趴在自己床边睡着，恍惚间郭威不知其他，本能地扯过被子，想盖在柴荣身上，哪知全身无力，挣扎了半天，才艰难抬起了右手。

"父皇！你醒了！"柴荣被惊醒，连忙拉着郭威的手关切道。

"荣儿……是你吗……"

柴荣一听郭威气若游丝的发问，心中悲凉得差点落泪："父皇，我在！"

郭威艰难地眨眨眼，断断续续道："荣儿……国事为先……你去吧……"

"父皇！"柴荣抱住郭威，强忍泪水，不断呼唤。

"我终于……梦到……你娘了……"郭威缓缓闭上眼睛，面露微笑，又深深沉睡而去。

"太医！太医快来！"

薛太医一直在偏殿侍候，闻讯赶来，为郭威搭脉半晌，又对郭威施针半天，最终摇头道："皇上大愿已了，心火渐弱，老臣怕……"

柴荣满目通红，又不敢大声吵闹，只得压低了声音道："薛神医，你与我父皇有二十年之交，求你救他一命啊！"

薛太医无奈道："寿数有天定，皇上身心俱疲，油尽灯枯，毫无外邪入体，如何用药……"

王朴知道柴荣关心则乱，上前问道："神医直言，皇上……还有多久？"

"只怕……过不了今年寒冬……"

"晋王，今年寒冬很快就到了，我们要早作打算啊！"王朴急切地对柴荣说道。

"怎会如此？怎会如此！"

柴荣拉着郭威粗糙的大手，感觉就像回到儿时一样……

驸马府，刚从皇宫回来的郭平南想起郭威的病情，不禁双眼通红，张永德令人备好了一桌饭菜，不想郭平南一脸愁容，面对饭菜动都未动。

"公主，你都两日没有好好吃饭了。"张永德关切劝道，"还是吃点东西吧，这里有你最爱的银耳羹。"

"父皇病危，我如何有心情吃饭！"郭平南倍感烦躁，没有好气说道。

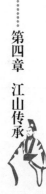

张永德正要再劝，突然小厮潘鲍赶到内屋，急急禀告："公主！晋王府管家来了，说晋王妃临盆难产，而晋王不在家中，急求公主帮忙！"

"什么？玉姐姐难产？"郭平南惊得站起，"快！你火速去宫中通知晋王！还有带太医出来！府中的安大夫跟我一起去晋王府！"

张永德拉住郭平南："公主，你好歹吃点东西再去吧！晋王妃难产，你又不是稳婆，去了有何用？"

"混账！玉姐姐对我有救命之恩，更是大哥的心头肉，她若再出事，大哥就完了！"

郭平南摔了饭碗，急匆匆地向门外赶去。

"救命之恩……我对你难道不是吗？"张永德慢慢捡起地上瓷片，又慢慢将粘了沙子的米饭放进嘴里，慢慢咀嚼起来。

"柴荣……"张永德将米饭狠狠咽下。

晋王府闹腾了一夜，自公主驾到后才稍显秩序。

符玉儿身有旧伤，导致孩子胎位不正，符玉儿性命堪忧。稳婆见了公主，竟直接就问保大保小的问题了。

郭平南深知柴荣脾气，自己冲进产房帮忙，让稳婆力保母亲。可符玉儿却倔牛一般，痛苦中坚持要舍命生子。

"大嫂，孩子还能再生！你性命要紧啊！"

"这是他的孩子！我就算拼命也要保住！"

闹腾了半夜，柴荣终于赶回王府，一声洪亮的婴儿啼哭立刻传入耳中。柴荣奔到产房，只见郭平南面色难看，抱着一个孩子从产房走了出来。

"南妹！"柴荣惊喜迎上，"男孩女孩？玉儿现在怎样？"

郭平南木然将孩子送入柴荣怀中："是个男孩……大哥，你快进去看看嫂子吧……"

柴荣方才还在再为人父的喜悦之中，听到郭平南此言，心中一颤，连孩子都不顾看一眼，就冲进产房。

"玉儿！"

产房内一阵浓厚的血腥气，柴荣心惊肉跳，几步就跑到床边，拉起符玉儿的手焦急唤道："玉儿，我回来了！"

符玉儿满头都被汗湿，嘴唇变得惨白，气若游丝地躺在床上，对柴荣的呼唤，没有半点反应。

"玉儿！玉儿！"

郭平南走进来，竟然跪在柴荣身后，痛哭道："大哥！是我无能，嫂子难产，却执意冒死生子，导致血崩，如今生死难料……"

柴荣心中邪火升腾，想都未想就回头给了郭平南一个耳光："你是故意的！故意看她死吗！"

柴荣怒极之下没有留力，郭平南的脸立刻肿了半边，郭平南不敢捂脸，哭道："大哥，我不敢诅咒大嫂……是我无能……"

"你滚！滚！"

王朴连忙拉开郭平南："公主，晋王发疯，你别放在心上，还是先回家休息吧。"

王朴送走了哭哭啼啼的郭平南，又看着如同疯狮一样的柴荣，不禁暗叹了一口气。

多事之秋，多事之秋啊！

郭平南回家，张永德一宿未睡，看到郭平南眼肿如桃，半边脸上还印着清晰的巴掌印，顿时火冒三丈，要去找柴荣理论，却马上被郭平南拦住。

"大哥已经够难了，你不要去！"

"大哥，大哥！我只知道你受了委屈！"

张永德一把抱住公主，疼惜地紧紧拥住，郭平南委屈的眼泪沾湿了张永德的衣襟，更在张永德心中的怒火上，浇了一把热油。

"柴荣！你欺人太甚！"

寒冬腊月，汴京城少有地飘起了雪花，但在郭威的寝宫之内，柴荣命人燃起了十多个火盆，使得寝宫温暖如春。

郭威病危，再加上符玉儿产后命悬一线，昏迷不醒，柴荣被连连打击，几欲崩溃。

然而此时，柴荣、李重进、张永德三人跪在榻前，面容憔悴，聆听郭威弥留之言。

"我死后……薄葬，与皇后……一起……你兄弟……三人，不可……不可

反目，齐心协力……北御契丹，南平诸国，切记！苍生为先！"

"儿臣，谨记！"三人含泪，齐声吼道。

"荣儿，你也有儿子了……"

郭威微微颔首，面露微笑，正要抬手摸摸柴荣的脑袋，不想突然油尽灯枯，右手无力垂下，含笑而逝……

郭威，五代后周开国之君，少年贫苦，发于行伍，本是前朝托孤之臣，迫于新君无道，登基称帝。执政三年，废弃苛政，轻徭薄赋，爱民如子，中原百姓因之得以喘息生存。史家对之评价极高，谥为"后周太祖"，与后唐明宗并肩，为五代乱世罕见的明君之一。

柴荣一身黄袍，头戴皇冠，高高在上，低头俯视着跪在地上的群臣。

这就是皇帝？

柴荣抬起双手端详，只觉得背后的龙椅竟是一片冰凉。

这就是耗费父亲一生心血的皇帝？

柴荣失望地摇摇头。

如果可以选择，当初父亲不入军营，而是和母亲归隐山林，男耕女织，恩爱一生，那么他们现在会在何处，我，又会在何处？

玉儿，你说过要做我的皇后，可你现在却贪睡不醒，我这皇帝做得还有什么意思？

自郭威去世，柴荣的精神就一直有些恍惚，朝臣见新君居然在登基大典上走神，不禁大胆地在下面交头接耳。

"什么声音？"柴荣突然惊醒，大声问道。

顿时，群臣噤若寒蝉，大殿上鸦雀无声。

一片隐隐的嘤嘤之声随风飘入大殿。

"皇上，这是汴京百姓的哭声啊！"冯道老泪纵横，跪倒在柴荣面前。

柴荣凝神于耳，细细听着，嘤嘤哭声原本若隐若现，可越听哭声就越大，越哭越悲，最终萦绕大殿，震彻皇宫。

"圣人云，贵胄大丧，礼有余而哀不足。如今汴京百姓自发为先帝哭灵，哀恸寰宇，天地动容，可见先帝一生功绩，可见百姓赤子之心啊！"

柴荣看着冯道，心绪又回到了眼前：连这个四朝老臣之心都被父亲收服，父亲御人之术，御民之术，我真的能够做到吗？

"传圣谕，新君即位，大赦天下，免各州府一年租税。"柴荣终于宣旨，再次低头对冯道恭敬道，"老太师，新帝大丧，政务更替，全要仰仗你了。"

冯道连忙颤颤巍巍拜道："老臣粉身碎骨，也要报答先帝与新君的知遇之恩啊！"

王朴在下看着柴荣，此刻柴荣的颓态他并不担心，先帝大丧，发妻长眠之时，如果柴荣还能神采奕奕地发号施令，那么王朴也不会跟着柴荣了。

为今之计，是要让皇上早点从低迷中走出来……

冯道已经年逾七旬，行将就木，虽然居太师之尊，也只是名义上总领朝政，大周内政实权，实则在王溥、范质、李谷三人手中。

百官之首平章事，王溥，兼任中书侍郎，类似于当今的国务院总理，掌握着朝廷行政大权。早在郭威还在刘知远手下任枢密副使时，王溥就是郭威的下属。郭威攻陷汴京，他是第一个劝谏郭威不要滥杀仇人家眷的大臣。郭威平定李守贞之乱，王溥截获了一批朝中官员与李守贞私通的书信，随后却又在郭威面前付之一炬，劝谏郭威宽恕待人，又让郭威大大收获了一把人心。由此可见，王溥是一名心怀仁德、心细如尘的儒官，让他位居首辅，上下敬服，对柴荣也十分安全。

左仆射范质，主管国史及刑法，类似于当今最高人民法院院长，掌握全国司法制度的修订。他年逾不惑，却经历丰富，五代之中，四朝为官，也当过宰相。前朝时范质为了避难，流落邺都。正巧被郭威找到。当时正值寒冬，冰天雪地，郭威亲自解下自己的大氅，披在饥寒交迫的范质身上，并不顾朝廷反对，马上加封范质为兵部侍郎。如此知遇之恩，范质发誓要结草衔环，舍身相报。其对柴荣的忠诚度，不言而喻。

另一位左仆射李谷，主管工部、户部，负责兴修水利，大兴土木，征收赋税等事务。郭威废除牛皮税与牛租，很大程度上就是李谷的功劳。他曾跟随后晋石重贵北击契丹，不幸被俘，六次拷问都不曾投降。郭威几次御驾亲征，后勤辎重全是李谷一手安排，毫无差错，连郭威都曾赞许李谷是大周的好管家。

以上四位文臣，就是郭威留给柴荣最大的遗产，可偏偏没有给柴荣安排

第四章 江山传承

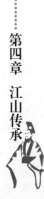

一位掌有兵权武将，由此可见，郭威以前朝为前车之鉴，同时也能看出，郭威对柴荣军事能力上的放心。

在满朝文武齐心协力下，郭威的丧礼办得简朴却盛大。河南新郑的嵩陵，怕是论得上有史以来最小的皇陵，前后动工不到三月，墓前仅一块碑文，乍一眼看去还不如平常富户之墓。

郭威生前是见识过前唐古墓被盗掘的惨状的，他总是唏嘘人死入土，要那么多陪葬冥器作甚，误人误己，还不如散之于民，因此死前反复叮嘱柴荣，不得厚葬。

然而，郭威没想到的是，在他死后，柴荣的确是薄葬了自己，但汴京上下，竟有十万军民自发为其下葬送行！

大丧之日，天下缟素，哭声震天，军民相送百里，最终将郭威灵柩送入嵩陵，其后久久不散，跪在嵩陵周边哭丧，一连百日，哭晕者不计其数。

许是天意垂怜，也许是人心所向，嵩陵经过千年至今，从未被盗。百年后世有位诗人，拜谒嵩陵，见高大墓冢周边无树无碑，竟是一片麦田，顿感寂寥落寞，题诗曰：

荆棘丛生旧衣甲，

夕阳残照衮龙袍。

朔意正浓天肃静，

铁骑纵横成麦苗。

新君守灵已有七日了。

四月春寒料峭，百官咬牙坚持，无奈城郊北风呼啸，个个被冻得瑟瑟发抖。再看跪在灵前的新君与三位首辅，一身麻衣，岿然不动，百官无奈，只好陪着继续耗着。

正当众人昏昏欲睡之际，老太师冯道被人搀扶着，匆匆赶到灵前。

"皇上！西北急报！"冯道颤颤巍巍地喊着，"北汉刘崇灭我之心不死，趁先帝新丧，竟向契丹主耶律瑾称儿臣，联军十万，犯我潞州！"

刘崇又来了？

百官一听，纷纷变色。

郭威在世时，刘崇对大周就发动过两次大战，一次策反，骚扰无数，每次都被郭威击退。然而这次，郭威已死，敌军人数空前之巨。

十万人马哪！新君如若稍有不慎，便是灭国之灾！

想到此处，众官不禁齐齐看向沉默数日的柴荣。

"依太师之见，大周应当如何应对？"柴荣纹丝不动，沉声问道。

"皇上勿忧，契丹北汉早就是我大周手下败将，此次兵来将挡，我大周大可派出数万勇士北上御敌，将贼寇赶出中原。"

"呵呵，朕心中邪火难释，终于有人来找死了……太师，你心中可有主将人选？"柴荣憋闷了许久，怒极反笑，握紧了拳头说道。

冯道心中一惊：素来新君对兵权问题很是敏感，柴荣又是战将出身，如此直接发问，岂不是在试探我的口风？

冯道做事，向来以自保为先，立刻摇头道："老臣不通兵事，一切由皇上圣裁！"

李重进与张永德曾与叛军交手，信心满满，主动上前请战。而憋屈了三年的赵匡胤、郑恩，也不甘落后，争先恐后地站出请战。

柴荣突然转身，看了看与自己同龄的年轻将领，又看了看站在后面默不作声的老将，咬牙道："契丹狗贼，刘崇小儿，扰我父皇清净，欺人太甚！"

"李重进、张永德！"

"末将在！"

"赵匡胤、郑恩！"

"末将在！"

"你四人此次各领兵八千，北上御敌！"

八千？方才还热血沸腾的四人顿时一愣，总共加起来才三万多人马，可对方是有十万人马啊！

冯道问："皇上，不知主将是四人中的哪一位？"

"儿皇帝刘崇不是亲自领兵吗？"柴荣冷笑道，"朕岂有不战之理？"

此言一出，众人皆惊，冯道忙问道："皇上可是要御驾亲征？"

柴荣点头道："朕要亲手擒获刘崇！用他的狗头祭奠先帝在天之灵！"

三万对十万，而且还是新君御驾亲征，一旦失败，岂不亡国？

曾掌管兵部的范质正要劝谏，不想冯道却突然大笑起来。

柴荣不满道："太师为何灵前发笑？"

冯道笑意不减道："老臣想起一件前朝往事，的以大笑不已。"

柴荣道："太师有何高见，不妨直说。"

"皇上可认识石重贵？"

柴荣皱眉："可是后晋出帝？"

"对极对极！"冯道回忆道，"想那石重贵年少气盛，登基第一件事就是与契丹使臣撕破脸皮，妄动干戈。老臣百般劝阻，可他就是不听，还要御驾亲征，妄图一举收复幽云十六州。结果呢？晋军被契丹杀得大败，石重贵自己落得被契丹俘虏，受尽凌辱，客死北疆的下场……"

冯道说着，原本议论纷纷的百官被震得齐齐瞪大了眼睛，再看柴荣脸色，被气得发紫，若不是在灵前，恐怕当即就要爆发了。

"太师……你以为，朕会和石重贵一样，败于契丹之手？"

冯道拱手道："先帝新丧在前，文武交接在后，皇上有多如牛毛的问题要去解决，北汉小贼，哪里值得皇上御驾亲征？"

柴荣隐忍不发，转头对百官问道："诸位大人以为呢？"

王溥、范质、李谷纷纷带头，劝阻柴荣不要冲动。

柴荣沉默许久，突然起身，拿起陪葬的利剑，缓缓拔剑出鞘，横眉冷对七嘴八舌的官员们。

顿时陵殿内杀气四起，文官们齐齐闭嘴，噤若寒蝉。

柴荣将剑横在冯道眼前，沉声道："老太师，朕要你看看，朕与石重贵的区别！"

冯道还未来得及说话，只见柴荣左手竟死死握住锋利的剑锋，右手迅速往外一拔，顿时寒光一闪，带出一抹鲜红，柴荣左手竟被自己弄得鲜血淋淋！

柴荣举起左手，让热血一滴滴滴在郭威灵位之前。

"先帝在上，朕在此起誓，此战不破北汉契丹，朕自裁于先帝灵前！"

冯道哪里知道新君是如此刚烈脾气，连忙劝道："皇上，皇上！不必如此，不必如此啊！"

"冯老太师，年高劭劭，朕特旨委派太师，于嵩陵主持先帝大丧祭祀之礼！"

"皇上！"冯道听闻，激动得跪在地上。

柴荣高声说着，环视众官的反应，三位首辅都没有兵权且秉性温良，哪里敢与明显在发泄怒火的柴荣争辩？百官见老太师眨眼间就被新君给"流放"了，谁还敢多嘴，一遇柴荣锐利目光，就纷纷低头，唯唯诺诺。

"好！既然如此，各部点齐人马，三日后整装出发！"

"朕要那刘崇，有来无回！"

第五章　一战成帝

第1节　反败为胜

公元 954 年 2 月 21 日。

大周军三万两千人，由新君柴荣带领，连辎重部队都顾不上，就朝着潞州匆匆急行进发。

王朴快马赶到柴荣身边，不顾贯入口中的大风，大声喊道："皇上！您处置老太师的手段太重了！"

"哼！老古董，安乐日子待久了，朕只是让他清净一下！"柴荣想起冯道的讽刺，不禁火大，又一计重鞭狠狠抽打在马后。

"太师忠心无误，只是过于担忧皇上安危！况且，此次战事，于我方不利……"

"大哥，你以为我还是原来那个鲁莽之将？"

"哈哈，贤弟看起来没多少改变啊！"朝野上下，敢跟新君这么说话的，也只有王朴了。

"三万对十万，是有些勉强，但我还有一支奇兵！"

"奇兵？"王朴还在深思，可柴荣早已快马前去。

王朴左右猜测之时，大军很快赶到卫州，众将士没有想到，新君的老丈人，老魏王符彦卿居然领着万余骑兵，在此等候王军。

"哈哈，把国丈给忘了！"王朴惊喜道。

符玉儿冒死为柴荣诞下皇儿，至今沉睡不醒。柴荣发下重誓，此生不再娶妻纳妃。待此战得胜还朝，立刻晋封符玉儿为皇后。符彦卿得到柴荣的亲笔信，一想到女儿封后，外孙很有可能成为储君，符家眨眼间就要变成炙手可热的外戚，哪里还有二话，立刻搬出多年经营的兵马，前来相助新君。

加上符彦卿一路人马，王军就要近五万人，加上建雄、昭义、彰德三镇守军，倒也有了近八万人马！

是夜，中军帐中，十几名武将在柴荣的主持下召开作战会议。

柴荣不满道："大军一日才行六十里，太慢了。传令各部，明日行军百里，落后者斩！"

这几年太平日子过惯了，老将领们面面相觑：大周军日行六十就累得趴下了，要日行百里岂不是要了那些兵卒的老命？

控鹤都指挥使赵晁抱拳道："陛下，贼势方盛，我军劳师以袭远，正遇其锋芒，不如持重以挫其锐气！"

柴荣冷笑道："持重？潞州是汴京的门户，你是让周军在家门口开门揖盗吗？扰乱军心，拖出去，二十军棍！"

赵晁一听，大叫冤枉。可卫兵不由分说，马上将其拖出帐外开打了。

老将们心中个个摇头：这赵晁可是王峻的旧部，敏感时期，竟然不识好歹，真是找死。

帐外惨叫连连，王朴却对着众将徐徐说道："潞州战局，刻不容缓，如今有魏王加入，我军已有五万守军，早日奔赴潞州，可确保潞州不失！"

柴荣摇头道："远远不够！刘崇敢在父亲大丧之日攻我，必定轻视我这个新君，此次不把他打死打残，河东边境，将永无宁日！"

符彦卿会意，连忙道："各位，潞州是中原最后的关隘，贼军一旦拿下潞州，将再无忌惮，长驱直入我中原各府，国难当头之际，亦是建功立业之时！"

众将领也明白其中利害，纷纷点头道："愿为皇上赴汤蹈火！"

"哈哈，我大周众志成城，朕定要给那北汉贼军有来无回！"

柴荣此刻战意浓浓，立刻来到地图面前，胸有成竹地调兵遣将。

"西路，护国军节度使王彦超会同保义军节度使韩通，领兵一万，取晋州

路东进，骚扰北汉西部边境。"

"东路，国丈符彦卿会同澶州老营节度使郭崇，领兵一万，取磁州道，入北汉境内，沿路骚扰敌军，做出直取首府晋阳之势。"

"中路，朕自亲率王军主力三万，直扑潞州敌军主力。"

将军们看着地图上的三路精兵，不久就有人暗暗点头：柴荣迂回的策略是将周军组成了一个口袋，是要将北汉一口吞下！

张永德担忧道："皇上，敌众我寡，还要分兵三路，会不会让贼军钻了空子？"

"驸马安乐日子过久了吧？"柴荣心里还气着郭平南，对张永德没有好脸色。

"你！"张永德气急，但最终还是忍住没有发作，"末将，但听皇上调遣。"

"驸马别气。"柴荣自知方才失言，语气也软了下来，"令驸马亲率中军禁卫五千，朕的安全就全交给你了。"

张永德对柴荣的善意没有半点反应，面无表情地抱拳道："末将领命。"

"好了，今日散了，各自管好部下，明日卯时，大军出发。"柴荣摆摆手，将军们领命后纷纷离去。

待众将离去后，柴荣才露出一脸疲态。

王朴笑道："还以为皇上是铁打的，没想到一日急行军也会累的。"

柴荣从怀里掏出干冷的馒头，狠狠咬了一口道："没想到，不光是朝野上下，连军中都有这么多人不服新君！"

王朴点头道："新君上位，威信未立，服众，是要些时间……"

柴荣气愤道："赵晁也就算了，没想到驸马居然也出来质疑将令！这妹夫我是白叫了！"

"二弟，你还在迁怒驸马。"王朴劝道，"弟妹的事，不能怪公主啊。"

"大哥！让我静一静！"柴荣一听符玉儿的事就心中剧痛，立刻喊道。

王朴叹气道："忠言逆耳，二弟你好好静静吧。"

王朴也走了，大帐内空落落地只剩下柴荣一人。

"父皇，这就是孤家寡人的滋味？"柴荣狠狠地咬着馒头，又狠狠咽下，

"哪怕只剩下我一人，我也要让刘崇死无葬身之地！"

无独有偶，北汉主刘崇此时心情也是大大的不好。

几乎倾尽整个北汉的国力，才请来五万契丹铁骑。可不想契丹人拿钱倒是爽快，可一到战场却蜷缩在了北汉军后面，一副有便宜就占，没便宜随时闪人的架势。

连攻了潞州近十日，北汉军死伤过千，契丹人在后面看热闹，气得刘崇天天回到军帐就破口骂娘。

契丹主将耶律敌禄看着刘崇气得手舞足蹈，一边喝着美酒，一边笑道："汉皇莫急啊，今日不是差点就冲破城门了？明日再接再厉，多派些士兵冲击！定能夺下潞州。"

不行，北汉军一旦拼完，那些辽狗肯定马上就会吞了河东！

刘崇不算庸才，眼下契丹人不怀好意，几百里外后周援军日益靠近，心中掂量，立刻做出决定。

"传令，令后军一千人继续佯攻潞州，我军立刻南下，取道泽州，绕过周军，直扑西京洛阳！"

耶律敌禄一听，倒对刘崇高看了一眼："妙！洛阳乃军政要地，西京一旦失陷，东京汴京便是秋后的蚂蚱！"

刘崇没好气地拱手道："还望耶律大帅扶持，与周军决战，少不了契丹勇士用命。"

"哈哈，那是自然！"耶律敌禄嘴上满口答应，同时又冲着帐外大叫，"再来一只烤羊！"

吃！吃！就知道吃！

刘崇看着肥猪一般的耶律敌禄，心中更是恼火。为了筹集军粮，刘崇可是把河东全境百姓都刮掉了一层皮，可契丹人上上下下个个都似饿死鬼投胎一般，一人消耗三人的军粮不说，还顿顿不能离肉！

北汉的国力已经到了极限，再也拖不得了！

心急火燎的刘崇领着北汉军悄悄离开了潞州，一天一夜急行军终于赶到了泽州边界。

北汉军多是步卒，比不上契丹骑兵的机动性，赶到泽州时全军上下个个

累得趴下，怎么抽打也不愿再走。

"我军现在何处？"刘崇遥望四周多丘陵地带，问副将道。

"禀皇上，我军现在在泽州东北十五里外的高平境内。"

"汉皇，泽州就在眼前，怎么不走了？"耶律敌禄跨马前来问道。

"散出探马游骑，大军暂且在此安营扎寨！"刘崇心中隐隐躁动不安，下令道。

"哼！才几十里路就累趴下了。汉军真是不堪！"耶律敌禄没好气笑道，径自回营去了。

"皇上！那契丹人欺人太甚！"心腹将领张元徽气急，冲着刘崇不满道。

"少安毋躁……"刘崇心里也是一股邪火，但为了复仇，还是得忍着。

可还未等北汉军扎其营寨，前方探马突然急速回禀急道："报！前方三十里发现周军！"

刘崇一惊，连忙问道："人马几何？主帅何人？"

"约三万人，帅旗上绣着'柴'字！"

"柴"字！

刘崇和耶律敌禄两人同时站起身来，一个对视，竟然同时大笑起来！

这周军上下，敢用"柴"字的还有何人！

"天亡伪周啊！"刘崇狂喜道，"尔等再探，确定敌情！"

"还确定个鸟啊！"耶律敌禄狂笑道，"才三万人马，还是平原野战，无处设伏，我八万大军是吃素的不成！"

刘崇点头同意，连忙下令："传令，三军不得解甲，不得埋锅造饭，就地冷食待命！汉军配合辽军铁骑，随时发动进攻！"

刘崇激动地看着暗黑的远方，心中发狠道：父债子偿，柴荣，高平就是你的葬身之地！

十里开外，柴荣的主力军团开到高平，探马也是第一时间发现了敌情。

"敌方步卒三万，骑兵五万，驻扎在北方三十里处！"

王朴指着地图，对着默默不语的柴荣问道："皇上，两军主力狭路相逢了。"

"冤家路窄。"柴荣不屑笑道，"看来刘崇还有几分脑子，还会暗度陈仓了。不过他运气不好！碰上朕了！"

整个军中，还能笑起来的，恐怕只有柴荣一人了。

张永德详细听着探马汇报，一遍一遍看着地图，最后沉声道："敌众我寡，而且还有契丹骑兵，我军已无退路了。"

"驸马可曾听过，置之死地而后生？"赵匡胤从容不迫地问道，"既然毫无退路，那就奋力一战，我大周铁军，还怕了契丹狗贼不成？"

李重进也点头道："契丹人欺软怕硬，对付他们就不能手软！"

张永德心中暗暗叹息道："皇上，距离高平最近的河阳节度使刘词部，赶到增援尚需一日，等到援军，我军胜算更大！"

柴荣摇头道："河阳才不到一万人，远水不解近火，等之，反而误事！"

三万对八万哪，谁不希望能多点援军呢？

王朴看到张永德为首的将领一脸忧色，立刻站出来道："众将士，目前，我军还有一个最大胜算。那就是北汉与辽军貌合神离。一旦两军离心，我军就有胜算！"

张永德问道："离间计？现在还来得及吗？"

"不用离间，大难临头他们自会分崩离析！"

王朴自信满满，为众将分析起辽国目前政局。

十余年前，耶律德光远征中原暴毙，其侄子耶律阮趁机回国夺权，耶律德光之子耶律璟不敌叛军，不得不让堂兄耶律阮当了皇帝。可这个耶律阮上位不到三年，就因为部下叛乱而死，耶律璟最终还是笑到了最后，成了辽国第四任皇帝。

耶律璟有三大嗜好：睡觉，杀人，求仙。

当上皇帝之后，耶律璟夜夜饮酒作乐，常常一喝就是一宿，白天就大睡其觉，有一次甚至睡了七天七夜！因此被契丹民众称为"睡王"。耶律璟还喜欢杀人，而且不分敌我，不分亲疏，兴致一来，抬手就杀。近几年，耶律璟还迷上了女巫所说的长生不老，竟相信勇士肝胆是长生不老的仙药，为了取胆，杀人更是变本加厉。

正因为耶律璟的荒淫无道，辽国十几年来内乱连连，贵族不断发动夺权政变，耶律璟不断地杀伐镇压，但也全幸亏了耶律璟的暴虐，后汉乱成一锅粥时，辽兵没有大举南下，才给了后周郭威足够的时间休养生息。

"如今辽国局势依旧是危机重重，无力南下，不然耶律璟也不会答应留下刘崇这个看门狗。然而，耶律璟手下最多十万人马，五万骑兵一旦受损，对耶律璟来说无疑是灭顶之灾。如果我猜得不错，这一次辽军主将临行前一定被耶律璟叮嘱过……"

王朴一席趣谈倒是让紧张的气氛淡化不少，柴荣解道："你是说，契丹狗贼这次很有可能是来坐山观虎斗的？"

"河蚌相争，渔翁得利。"张永德总结道，"目前来说，北汉军倒是其次。我军要提防的，是契丹人！"

"睡王麾下的士兵，能有多厉害？"王朴笑道，"岂是我大周军的一合之敌？"

"那是！"李重进和郑恩两个憨货率先大笑了起来，顿时帐内一片欢腾。

见士气回来了，柴荣也是倍感欣慰："传令，三军冷食，枕戈待旦，想那明日黎明，就是两军决战之时！"

众将纷纷退下，路上，心事重重的张永德拉住王朴，小声问道："王大人，辽军五万铁骑可不是纸糊的，你心中可有对敌之策？"

王朴叹息道："驸马啊？你还是太稳重了。我且问你，两军决战，势力悬殊之时，什么最为重要？"

"狭路相逢勇者胜？"

"对极！"王朴点头道，"如今我们能做的，除了尽可能地鼓舞上下士气，我们还能做什么？"

张永德摇头道："郭帅从未打过如此之仗！若是次次如此，打仗不就和赌运一般了？"

王朴还想说些什么，却对张永德的话无话可说，他拍了拍驸马的肩膀，叹息离去。

妻子生死未卜，加上丧父之痛，将柴荣的暴躁冒进的秉性又逼了出来……

公元954年，2月19日清晨，高平平原之上，两军大军大阵已近在咫尺，针锋相对。

仇人见面，分外眼红。

按理说，的确是郭威夺了刘崇儿子刘赟的江山，王峻那厮又擅作主张杀了不到十岁的刘赟。大周对刘崇来说，有杀子灭国之仇！

而对柴荣来说，丧父失妻之痛痛彻心扉，急需找人发泄，这刘崇是自己找上门送死来的。

不管出于如何目的，决定北汉与后周两国命运的大决战，即将爆发。

大周军在柴荣指挥下，摆出"山"字阵，分左、中、右三路，各由将领指挥。柴荣不居中军，竟然重甲骏马，手持巨剑，稳稳站在"山"字最前面，驸马都尉张永德率领亲兵，环卫四周。

耶律敌禄，见大周主将一马当先，一眼就看出对方是身经百战的勇士，不禁提醒刘崇道："汉皇，大周新君倒是个人物，我们不能大意。现在正刮南风，我军逆风作战，不利，不如做防守阵势。"

刘崇早就气红了眼，咬牙道："大周新君近在眼前，我军一个冲锋就能取其首级，机不可失！大帅若怕他柴荣，尽管在后掠阵，看我大汉儿郎，报仇雪恨！"

北方游牧民族都有个毛病，不怕战死，就怕被人嘲笑胆小。刘崇无心之言一出，立刻让耶律敌禄的马脸拉了下来。

不出王朴所料，契丹此次出兵，表面上是助北汉复国，实际上也就是来坐山观虎斗的。耶律敌禄身上有辽国主的死命令：不得和汉人军队硬拼！此刻他又受了奚落，心中有气有恼，冷哼一声，竟然真令契丹七万铁骑按兵不动了。

正当双方剑拔弩张之时，北汉军突然有一战士跨马走到阵前，拿出一封信件就扯着嗓子高声念了起来。哪知念了几句后，周军这边，柴荣、张永德、李重进等将的脸上顿时铁青了起来。

此信乃是当初郭威占领汴京时，秘密写给刘崇的。郭威在信中对刘崇许诺，只要刘崇按兵不动，他就推举刘崇之子刘赟为帝。

"……自古岂有雕青天子？幸公无以我为疑……"

刘崇仰天大笑道："郭威脖上有雕青胎记，人称郭雀儿，果然是个雕青天子！无信无义，卑鄙无耻！"

郭威是何人?

对大周三军将士来说,郭威是战神,是不可亵渎的明君!

"住口!"

柴荣气得双眼泛红,再也听不下对方辱骂之词,位于三军最前的他立刻提弓拉箭,满满一箭疾驰而出!

三百步开外,念信的士兵应声中箭,不可置信地看着对面的将领,倒在了地上。

一时间,北汉军顿时悍然。

三百步外一箭杀人!这敌将还是人吗?

柴荣甩开烈弓,巨剑一挥,大吼道:"大周军,为先帝英名,杀!"

"大汉军,今日复国之战,取柴荣首级者,立刻封王,赏万金!杀!"刘崇惊愕之余,也拔剑冲着三军大喊。

两方士兵怒吼着,在战将的率领下,如同两股海潮,狠狠地撞击在了一起。

"那柴荣,还真是个人物。"观战的耶律敌禄远远望着一马当先,冲在最前的柴荣,不禁赞许道,"你们说,这周和汉对拼,哪方才是最后的赢家?"

柴荣率禁卫军变成了一把尖刀,一次冲锋砍杀,竟将北汉军从头到尾分割成了两块!

一名契丹将领道:"即使放在我辽人中,周皇帝也算是个勇士。你们看他只有两千骑兵,竟然杀透了汉军战阵。汉军是草包,草包怎么可能敌过勇士?"

耶律敌禄指点战阵道:"骑兵分割汉军成两块,周军三队人马可以将其两两包围,不错,是比刘崇那草包强!"

又一名契丹将领提醒道:"大帅,我们不是来看热闹的!皇上不是让我们确保汉军不灭吗?"

"辽国还未稳定,需要北汉国牵制周国。"耶律敌禄自言自语道。

"那是啊!大帅,我们出击增援吧!"

"不急。"耶律敌禄摇头道,"胜负还不一定呢!你们仔细看那周军的右军!"

众将士举目望去，只见战场之上，周军将汉军两两包围，双方胶着在一起厮杀，可周军右方阵脚明显渐渐变乱，一股汉军从右方杀出了重围。

"怎么回事！"

柴荣望着右军溃散，发怒问道。

此时，北汉军名将张元徽率主力精锐冲击右军，右军将领樊爱能、何徽在战局正酣之际，竟做出了一个出乎所有人预料的决定：他们丢下了右军一万人，率了亲卫队转头就往南方逃去！

"樊爱能！何徽！"柴荣望着临阵脱逃的两员大将，气得虎目孜裂！

"张永德！那是你的部下！"

"两个饭桶！"张永德恨铁不成钢，也是气得说不出话来。

更出人意料的是，右军一万步卒群龙无首之时，那些樊爱能和何徽手下的兵油子们一见主将跑了，马上毫无战意，竟然成片丢下武器，山呼"北汉万岁"，纷纷跪在地上投降！

耶律敌禄叹息摇头道："一只猛虎带领了一群羊羔，还是打不过一群残疾的猎狗。右军完了，周军完了。"

原本三万对八万的局势，如今瞬间变成了两万对八万！

右军完了。

周军的士气陷入了致命的低谷之中！

敌军从右方切入，一旦将周军拦腰切断，周军就死无葬身之地！

陷入绝境的柴荣此刻觉得时间仿佛静止了一般，他瞪大了一双虎目静静地看着瞬息万变的战场。

"如果父亲在此，他会如何？"

找到阵眼，一举击之！

柴荣眼前一亮：北汉军的阵眼，就在那里！

柴荣突然不顾乱矢横飞，一把夺过帅旗，跨马而立，指着右军方向大喊："众将士，北汉主将身在右军！杀了他！是我们唯一的生路！"

"皇上！危险啊！"张永德立刻率近卫，将高高在上的皇帝团团护住。

这时，中军之中，血战正酣的赵匡胤心有灵犀地抬头看到了柴荣的帅旗，赵匡胤顿时振臂高喊道："皇上身陷险境，我等部下岂敢偷生！驸马！你我左

右开弓，誓要杀了北汉军主将！"

赵匡胤的部下都是平日里的生死兄弟，个个敢死，一声令下，竟齐齐扑向势头正旺的右路敌军主力。张永德见此危机，自知要戴罪立功，立刻指挥余下禁卫军合力冲击右路敌军。

两股生力军加入战局，赵匡胤与张永德都是两员猛将，突入战阵一连砍杀十余敌兵！

习惯了与草包对战的北汉军，面对两个杀神和两群饿狼的夹击，竟然被杀得心惊胆寒，节节败退。主将张元徽气急败坏，一连砍了几个逃兵总算稳住了局势。

这时，一阵南风骤起，沙场上卷起一阵狂沙，对着身居北面的北汉军扑面而来。张元徽被吹得双眼痛如针扎，胯下战马也被狂风吹得慌乱不已，一声长啸，竟然将张元徽摔到了地上！

正当张元徽从地上爬起来，揉开了双眼之时，一声虎吼突然在耳边炸响。

"大周都尉赵九重在此，敌将授首！"

一身浴血的赵匡胤手起刀落，张元徽只觉得脖子一凉，脑袋一轻，整个世界一阵天旋地转，最终归于黑暗。

赵匡胤高举张元徽的首级，大声吼道："北汉军主将授首！尔等还不投降！"

北汉士兵震惊地看着赵匡胤手中的首级，不禁纷纷大叫起来。

"张将军！张将军战死了！"

"快逃啊！连张将军都战死了！我们还有活路吗！"

"饶命啊！不打了！"

赵匡胤手中的首级如同一种病毒，在北汉军中疯狂肆虐开来，开始仅仅只是右军，眨眼的工夫竟然感染到了全军上下！

左军、中军的压力顿时大减，柴荣一鼓作气，竟然又带着禁卫军冲杀了出去！

"大帅！你看，刘崇他逃了！"

耶律敌禄歪着脑袋看着仓皇逃走的刘崇，摇头道："只是死了一员战将和几千人马，刘崇就逃了。不听我的劝告，逆风对敌也就罢了。危急时刻，明明只要出面振奋士气就能挽回败局，刘崇竟然逃了……这汉皇和汉军真是纸糊的……"

"大帅，我们现在如何？出兵吗？"

"你们觉得，吃下这只两万人的周军，我军会死多少人？"

众契丹将领一想，顿时语噎。

"除了投降的一万人，剩下的周军都已经杀红眼了，我们犯不着为了汉人去和汉人死磕！传令！五万人马对空齐射一轮，然后马上撤退！"

"齐射？大帅，这里射箭杀不到周军啊！"

"笨蛋！"耶律敌禄骂道，"杀到了不就引火上身了！这里是中原腹地！做做样子就行了！"

于是，一阵莫名其妙的箭雨落到周军阵前百步的地方，总算掩护了一万北汉残兵撤退。

柴荣收拢不到两万人马，喘息着望着丢盔弃甲的北汉军，大吼道。

"刘崇！你跑不了的！"

是夜，河阳节度使的援军终于提前赶到，周军稍作休整，又再度疾行北上，追击溃逃的汉军。

让人可笑的是，刘崇逃命时慌不择路，竟然领着北汉军挤进了一处狭窄的山涧之中，一万多汉军挤在狭小的山涧谷地里动弹不得，被周军堵在其中成了活靶子。一个时辰不到，北汉兵再次大败。刘崇最终带着十几名近卫惊惶失措地逃出了山涧，却在战场抛下了无数的尸体以及所有的粮草辎重。

"皇上！周军又追来了！"近卫队长冲着奔逃的刘崇大喊道。

刘崇好歹也打过几场仗，可从未遭遇过柴荣这等虎狼之师，此时正是被吓得肝胆俱裂，连忙道："柴荣疯了！断后！找人断后！"

断后的死士撒出去，面对杀红了眼的周军，整个泥牛入海，毫无阻塞作用。刘崇最后只身一人，走投无路，路上遇到了一位农夫，倒是生出急智，毫不犹豫地杀了农夫，换上布衣，扮成百姓，从小路逃向太原。

一路辗转，逃亡数日，许是刘崇命不该绝，胯下老马识途，最终将刘崇一人有惊无险地带回了太原府。刘崇大难不死，不感激三军将士，倒是只谢那匹战马，竟封它做了"自在将军"，享受三品俸禄。一时间，北汉军民上下

第五章　一战成帝

心生漠然。

可怜老迈苍苍的刘崇，从此躲在太原之中不敢动弹，像惊弓之鸟一样，稍有风吹草动，就吓得失魂落魄。

没有活捉刘崇，柴荣只好收拢部队，悻悻而归。

高平决战，周军取得了空前的胜利，但柴荣心中清楚，此生死之战，战胜得着实侥幸。就在这短暂的休整期间，柴荣召集众将，决心整顿军纪。

"驸马，樊爱能、何徽是你的部下，他们现在何处？"军帐中，柴荣当着众将的面，冷冷质问张永德道。

张永德脸红如火，跪在柴荣面前谢罪道："末将治下不严，樊爱能、何徽临阵脱逃，末将早已派出追兵追捕，现已将他们二人捉拿，请皇上发落！"

樊爱能、何徽两人是张永德的同乡，从河东就追随郭威，其后在张永德麾下守卫汴京，一直未有差错。

柴荣脸色铁青，问道："朕听闻，这两人居然敢反抗追捕，还杀了追兵数人，可有此事？"

张永德头不敢抬起："确有其事。"

"哼，没胆冲锋陷阵，却有胆杀自己人！"

河阳节度使刘词进言道："皇上，末将带兵增援途中，曾遇到樊爱能、何徽这二人。他们一路大喊皇上阵亡，大周全军覆没，还劝末将不要前来送死，导致沿路诸城民心浮动！"

"好，很好！"柴荣怒极反笑，问张永德道，"驸马，你说这二人该如何处置才好？"

张永德道："樊、何二人，临阵脱逃，按律当斩！"

李重进皱眉，进言道："皇上，这二人跟随先帝多年，还算两员猛将，此刻正是用人之际，不如让他们做一名战前死士，战死沙场吧！"

李重进代表了很大一部分老将领的意见，毕竟大家都曾一起出生入死过，谁也不希望同袍死得太难看。

赵匡胤也适时小声提醒柴荣："皇上，这个节骨眼，不宜阵前斩将，会让很多老人寒心的。"

柴荣心里也想到了这一层，此时也冷静了下来：自己刚刚上位，如此得罪人的事，真不宜亲手去做。

张永德突然狠狠咬牙道："皇上！军法不立，如何治军！如何服众？将来又如何指挥六军扫平天下？"

柴荣望向张永德，看见张永德眼中的决绝，不禁心中暗下决心。

你下得了决心杀人，朕还会输你不成！

张永德继续说道："主将脱逃，士兵无罪！请皇上杀了二将，饶过剩下的四千右军将士！"

大战过后，周军居然俘虏了一万余俘虏，其中四千人就是很不光彩的大周右军。一万战俘一天就能吃掉几百石粮草，倒也是令周军头疼的问题。

"右军主动投降者过半，哪有那么好的事！朕没那么多粮草喂养闲人！"柴荣立刻摇头道，"驸马，我只给你两千名额，右军中谁该生，谁该死，由你定夺！"

"皇上！一次杀降卒两千，恐有违天合，请皇上三思啊！"张永德一听大惊失色，忙下跪劝谏道。

"请皇上三思！"

有了驸马带头，其他诸将也纷纷跪下劝谏。

柴荣环视四周，大帐内只有李重进和赵匡胤还站着，不想连三弟郑恩都跪下了。柴荣望着站着的两人，沉声问道："李将军，赵将军，二位的想法呢？"

赵匡胤原本也想劝谏，可看到大哥柴荣脸色不好，只好低头道："末将但听皇上圣旨。"

李重进为人简单，摸摸脑袋，大大咧咧说道："若是郭帅在世，军法森严，该杀就杀！只是……这次人数也太多了……唉，皇上，你定夺吧！我听你的！"

"若是先帝在世……"柴荣对李重进的话倒是满意，"诸位，先帝做到的，朕今日也会做到！诸将听令！朕意已决，三日后召开军前大会，公决叛军！"

柴荣一席话，暗含杀机，诸将震慑，纷纷低头，不敢言语。

数日后，柴荣力排众议，召开军前大会，当众细数樊爱能、何徽二将罪状，一连处死了七十余名大小将领，几乎将右军所有士官悉数斩尽。然而皇上义正词严，军令如山更是让没有参与叛逃的士兵拍手称快。

诸位老将心中有话，也被麾下士兵山呼万岁给堵了回去。

右军大多是汴京禁军，面对旧部求饶，张永德心如刀割，可也要一一甄别，未主动投敌者免死。可当时阵前混乱，谁说得清当时自己干了什么？

张永德心痛加头痛，花了三天时间，才艰难地送出了两千叛卒。

而这两千人，当即被柴荣下令，当众处斩！

另一方面，王朴受命处理北汉俘虏，却是另一番天地：除了几百死硬分子拒不投降被处死外，剩下一半精壮被编入"效顺军"，发往淮河北岸戍守，抵御契丹。而另一半老弱竟然每人领到了两匹绢布，然后悉数遣送回北汉境内。

两相对比，狠狠震动了大周三军将士！

后周大营外，血流成河，成片土地被染成了暗红色，两千人杀了整整一天，几百把刑刀被砍废！

刚开始，还有不少士兵欢呼叫好。可等那几千颗人头堆积成山，渐渐，后周大营中只剩下了一片骇然的沉默。

张永德望着戚戚然的手下，又望着欣欣然的返回北汉的俘虏，心中不禁暗道。

"古往今来，恩威如此者，唯有柴荣！"

第 2 节　功败垂成

王朴还在军中点算粮草辎重，赵匡胤突然将其拉到帐中。

"唉唉，三弟，你这是何意？莫非要请我喝酒？"王朴笑道。

赵匡胤面有忧色，压低了声音道："大哥，军中粮草有多少你最清楚，汴京那边迟迟征不来军粮，如今你还笑得起来？"

王朴不禁点点头："是啊，大军粮草不济。不过此役已经击溃敌军，大周危局已解，粮草用完怕甚，班师回朝就是了。"

"难怪大哥发那北汉卒一人两匹绢布，这么大手笔！大哥是早就想到班师的事了？"

"四千匹绢布是多了点。"王朴想起花掉的军费就一阵心疼，"不过如今多花点钱，买来河东百姓民心，动摇北汉军军心，这银子花得不冤！"

赵匡胤点头道："军中士兵说起此事，都对二哥敬服得五体投地……可我担心的不是这个……大哥，实话跟你说吧！皇上一上战场就变了一个人，我怕皇上这一仗打红了眼，不愿撤军怎么办？"

高平一战上，王朴倒是第一次见到柴荣彪悍嗜血的一面，赵匡胤说的话恐怕八九是真。

"三军未动，粮草先行。二弟不是顾前不顾后的莽夫。"王朴慢慢说道，"只要粮草问题不解决，他不想退兵都不行！"

这时禁卫士兵突然进来："王大人！皇上召你！"

"大哥，皇上那里，还得你多多劝谏！"

"放心吧！"王朴拍了拍赵匡胤的肩膀，笑着离开。

一进王帐，柴荣兴奋地拿起一封信递给王朴，笑道："大哥，你快看看，岳父大人给我带来了什么好消息！"

"东路？可是太原府的消息？"王朴心中也是一喜，面不改色，摊开信件细细读了起来。

北汉的三万精锐全灭，刘崇逃回太原府后如同惊弓之鸟，唯恐大周军一举将其歼灭，又急诏扩军。原先三万人马大半就是刘崇强征而来的，河东境内如今大多只剩下了青头半大的娃娃，可刘崇还是照征不误，无论妇孺老幼，统统都要到城楼上守城，附带还逼每家每户再交出两石军粮。

"盂县、辽州官民不堪刘氏暴政，已向周军投诚……河东境内，十室九空，周军所到之处，河东百姓，无人不泣诉刘氏，无人不拥戴周军入城……"

王朴沉声道："刘崇开始杀鸡取卵了……此举一出，河东百姓可就遭殃了！"

柴荣兴奋点头道："这是刘崇自寻死路！所谓得道多助，失道寡助。大哥，一举灭掉北汉的时机终于来了！"

王朴放下信，沉思了半天，郑重地摇头说道："皇上，现在还不是时候

......"

"怎么？大哥你有何顾虑？"

"皇上，百足之虫，死而不僵。北汉现在正是困兽犹斗之时，此时灭汉，代价太大了……"

"代价？"柴荣笑道，"有什么代价！对方民心尽失，军心动摇，兵源不足，粮草不济。我大周军取太原府，不就如同探囊取物一般轻松？"

"皇上所言甚是。不过皇上想过没有，攻城略地，双方拼得都是粮草辎重，如今北汉兵源不足，我大周何尝不是？北汉粮草不济，我大周又有多少余粮？"

柴荣貌似早就想到了这一点，得意地笑道："大哥，近日有一人为我献策，你不妨听听他的高见。"

柴荣一声令下，帐外走进一人，王朴见他一身禁卫步卒打扮，三十光景，看起来还有些面熟。

"小人潘豹，叩见皇上，王大人！"

"潘豹？怎么如此耳熟？"王朴皱眉问道。

潘豹笑嘻嘻地对着王朴一躬，回禀道："小人乃是驸马府上的家丁，此次随驸马出征，不想做了皇上的近卫。"

驸马？家丁？

王朴心中豁然开朗：潘豹？潘鲍！不就是王峻手下那个通风报信的小厮吗？

一年之前，王峻失势，潘鲍作为心腹为其奔走，不想被郭威识破，调去了驸马府。潘鲍盘算着王峻东山再起无望，跟着他终究没有好果子吃，索性跑到公主面前，将王峻谋逆的事情作为"投名状"和盘托出。

事后，王峻被公主、驸马杀了，潘鲍自以为立了大功，正等着封赏。不想郭威对王峻之死伤心欲绝，没杀他就算好了。公主无故受了郭威一巴掌，也对这个卖主求荣之人没有好脸色，要不是因为他有大功，估计也早就将其赶出驸马府了。

潘鲍如意算盘落空，还落得里外不是人，懊恼之际，只得不甘心地向驸马哭诉。张永德虽然盛怒之下杀了王峻，但毕竟曾经对王峻许诺保其终老，心中一直暗暗有愧。

这一股愧意，到了潘鲍身上，就变成最后的救命稻草了。

张永德安排潘鲍到了身边护卫，做了一名亲兵。潘鲍发誓要奋勇杀敌，还把自己的名字改成了"潘豹"，就是想让文弱的自己平添几分杀气。

"原来是故人啊。"王朴对卖主求荣之辈也是嗤之以鼻，讥讽道，"不知潘先生有何高见啊？"

潘豹也不气恼，依旧赔笑道："昔日汉武帝征伐匈奴，钱粮不济，便下令举国募捐，视其财务多寡，轻者免徭役，重者赐官爵，家有人罪者还可减罪，此举一出，全国富人争先捐钱，武帝也因此一举荡平了匈奴，统一天下……"

这小厮还熟读汉书？

王朴不禁对潘豹高看了一眼，但马上就不屑说道："皇上，我是听明白了，他是让你卖官鬻爵呢！"

柴荣不以为然道："乱世之中，官爵贱如草芥，拿来换粮有何不好？"

王朴冷笑了一声："皇上，你可知，就因为卖官鬻爵，武帝治下出了多大的乱子，太史公对此口诛笔伐，几令武帝一世英名扫地！"

"英名？那算什么？"柴荣不屑道，"要是朕的英名能换大军早点灭北汉，朕马上弃了这虚名！"

潘豹马上说道："王大人所言甚是，卖官鬻爵的确好说不好听，不过皇上大可不必照搬汉武帝之法，仅仅向百姓征召粮草，许诺减免捐粮者几年赋税，岂不两全其美？对那些捐钱的大户，皇上也大可不必直接赐官，随便给个不能世袭的爵位，那些大户们就能争破脑袋给皇上送钱！"

柴荣一听，连连点头："真乃妙计！大哥……王大人，你意下如何？"

王朴想了又想，总觉得潘豹之计似有不妥，但一时又说不出在哪，只好摇头道："皇上，此计乍听不错，但……"

"王大人，你我交心，有话但说无妨！"

王朴慢慢道："短时间内，的确能解我军燃眉之急，但河东贫苦，此举有如竭泽而渔，终究不是长远之计啊……"

柴荣豪气道："只要再给朕一月粮草，朕就能攻破北汉都城太原！"

"皇上，高平之战虽胜，但那是双方主力野战，胜败就在眨眼间。可攻城

战就不同了。一座城池，一千守军，往往能抵御数倍之敌数月，我军方才经历恶战，人困马乏，一个月攻破太原，太武断了……"

潘豹马上笑道："王大人，我军几日前高平之战，那是何等凶险的局势，不也被皇上力挽狂澜了吗？你处处高估汉军，低估我军，可是心生畏惧了？"

"放肆！"王朴脸色一变，当即就怒斥道，"我和皇上说话！尔小兵岂敢置喙！"

柴荣见王朴发火，心里倒是忍俊不禁：想不到大哥如此精明之人，如今也会吃瘪，看来朝中还得多几个能说会道之人才行啊！

柴荣故作生气，呵斥了潘豹，潘豹马上知趣离开，帐中只留下了柴荣、王朴二人。

王朴马上气急说道："皇上！这潘豹本是王峻的人，是个卖主求荣之辈！你不可听信他的谗言啊！"

"大哥，我记得你跟我曾说起过，君王眼中，只有能臣，没有小人吗？"

王朴一愣，沉声道："皇上……不，二弟！你可还记得，骄兵必败？"

"骄兵必败？"柴荣听出了王朴的意思，也郑重说道，"大哥，北汉覆灭近在咫尺！错过此次良机，不知又得几年时间才能收复河东！河东那里，可是葬着我娘啊！"

太后？柴氏？王朴顿时一惊。千算万算，怎么漏了这点！

"父亲虽然追封我娘为皇后，可娘的遗骨，至今还在太原！"柴荣终于说出心中秘密，动情道，"他们生不同衾，难道我还忍心让他们死不同穴吗？"

王朴长叹息，摇头道："二弟重孝，可不能公私不分啊！打仗，不能总是赌运啊！"

"于我心中，这既是私事，也是公事！"柴荣毅然道，"我今日在此立誓！一月之内，攻破太原！得胜之日，我亲自向大哥敬酒赔罪！"

固执的柴荣最终没有听从王朴的劝诫，反而提拔了潘豹做了军中司马，让他负责在河东搜集钱粮。

这潘豹在丞相府历练了几年，倒也真有几分才干，不过数日就收获了大量的粮草，周军后顾之忧即消，柴荣立刻下令，调集国内可调的所有兵马，誓死要一举灭了北汉。

四月十八日，东路，北汉宪州、岚州刺史皆降。

四月十九日，西路，周军攻克石州。

四月二十日，中路，北汉沁州刺史投降。

四月三十日，北汉忻州监军杀刺史起世，举城归降。

一连半月，周军势如破竹，不费吹灰之力，从东南西北四个方面不断攻占北汉领土，最后竟生生切断了北汉与契丹的联系，将太原府围成了一座死城。

五月初三，柴荣终于点齐了全国十五万大军，浩浩荡荡开赴太原城下。

太原府即晋阳，又称"龙城"，是河东的首府，经过了石敬瑭、刘知远、郭威几代名将的经营，早就被建成了一座固若金汤的军事堡垒。

刘崇几乎面无人色，畏畏缩缩地从城墙缝隙中朝外望去，只见城下密密麻麻的后周军队一眼望不到边际，差点吓得当场跌倒。

"辽国的援军呢？耶律敌禄在哪？朕命休矣，朕命休矣啊！"

太原守将刘福不禁皱眉，高平之战，汉军主将张元徽战死，身为刘氏宗亲的刘福临危受命主持太原守卫战，正是踌躇满志之时。可这仗未开打，皇上就当众怯战，士气一旦崩溃，那就真的万劫不复了！

刘福立刻劝谏道："皇上勿忧，昨日收到军报，契丹铁骑就在北方三十里处，眨眼间就能赶到晋阳增援！"

"可他们怎么还不来！等着看朕被柴荣破城吗？"

"皇上，契丹人一定是在等待时机，周军攻城之时，必定后方空虚，届时发动奇袭，定能一举破敌！"

"可！这晋阳撑得过他们的强攻吗？"刘崇担忧道，"周军可是有十五万人马啊！"

刘福自信满满道："晋阳方圆四十里，城高池深，我军尚有两万守军，且粮草、军械齐备，固守坚城，抵御他周军半年都不是问题！"

"如此……甚好，甚好！晋阳安危，就托付于刘将军了！"

刘崇在河东强征了几次，粮草军械倒是勉强足够，只是人数悬殊过剧，闹得刘崇一点信心都没有，只好把军务大权悉数交给了这个兄弟，自己马上窝回皇宫发抖去了。

翌日，按捺不住的周军立刻对着太原城发动了第一次进攻。李重进、赵匡胤各领两万兵，从南门、西门同时发动冲击。

然而刘福所料不差，周军仓促间组齐人马，奇缺攻城撞车、云梯这之类的重型武器，只靠弓箭手掩护，步卒敢死冲锋。北汉军居高临下，不计代价地射出箭雨退敌，不到半个时辰，周军还未爬上城墙，就伤亡过千人。李、赵二将见试探不利，立刻下令退兵。

契丹人还在不远的北方虎视眈眈，柴荣不得不安排岳父符彦卿领两万人马北上防御。手上还握有十余万人马的柴荣求胜心切，恨不得毕其功于一役，丝毫不在乎首战千人伤亡，一连数日，每日几万人马轮番猛攻太原。

短短不到五日，周军对太原就发动了不下二十次进攻，且不说城外战况如何惨烈，单单是皇宫内，刘崇每日听到的喊杀声不绝于耳，血腥梦魇挥之不去，害得他几日都活在心惊胆寒的噩梦之中。

"皇上！皇上！"这日清晨，刘崇心跳了一夜，好不容易睡着，内侍突然跑进寝宫大叫，吓得他一跃而起，惊慌道："周军破城了？摆驾！朕要出宫！"

"皇上！不是周军，不是周军！是辽国特使来了！"内侍连忙说道。

"辽国特使！"刘崇像是抓到了救命稻草，连连叫道，"还愣什么？快宣，快宣啊！"

两名虎背熊腰的契丹武士陪同，护送着一名身材矮小，戴着斗篷的特使走进皇宫大殿。待那来人摘下斗篷，满心期待的刘崇顿时失望透顶。

没想到，契丹特使竟然是个女人！

细看之下，那契丹女人长得还十分妖艳，举手投足皆带尊贵之气。可刘崇哪里顾得上这些，只好问道："特使前来，可带来了皇上的援军？"

契丹特使面如冰霜，一言不发。

身边的护卫不满道："汉皇帝，此乃我大辽国师，肖古大人！"

肖古？

刘崇一听，再看看桀骜的女特使，顿时变色："可是耶律皇上身边的那位女巫大人？"

"正是！"

刘崇投靠辽国，对辽国皇帝的事情自然了解不少。最近几年，耶律璟不知发了什么疯，竟然笃信长生不老，宠信一位名叫肖古的神秘女巫，终日杀人取胆，炼取仙药，乐此不疲。

今日耶律璟把这个歹毒的女人派来，是何用意？难道是来助我成仙的？

正当刘崇胡思乱想之时，肖古终于开口说话了："汉皇，你想击退周军吗？"

"国师大人！晋阳危在旦夕，望父皇搭救啊！"刘崇病急乱投医地拜道。

"这一声父皇，也不能让你白叫。"肖古看着刘崇，玩味地笑道，"本国师自然有办法帮你退兵……"

刘崇听肖古话中有话，连忙接道："国师大人放心，若能保我晋阳，朕必定厚报！"

"汉皇爽快，"肖古递出一份国书，"这里面有皇上想要的东西，你应该明白……"

刘崇打开国书一看：每年增加十万岁贡，五万匹丝绸，三百名美女，还有三百名童男童女。

本来每年三十万的岁贡就让后汉背上了沉重的包袱，刘崇手下节度使每月仅仅才三十贯的月俸，朝臣的月俸还都拖欠着，财政状况可见一斑。如今又加十万，这不是要榨干后汉三十万百姓吗？

要钱要物要美女也就罢了，还要三百童男童女？耶律璟要小孩子干什么？他吃人胆吃上了瘾，傻子都知道他接下来要干什么！

刘崇脸上一阵阴晴转变，难看到了极点。肖古却还是风轻云淡。

"汉皇，汉国若亡了，这些东西皇上自然也拿不到。辽国既出此言，自然会力保你汉国不灭。我可听说，上个月，周皇帝一下子就杀了两千俘虏……"

刘崇一阵挣扎，最终想起柴荣，想起高平之战上柴荣恶鬼一般的模样，顿时身子瘫软在龙椅之上。

五月初，河东地区的老霖雨悄然而至。

纷纷雨幕打在周军的帐篷上，慢慢浸入了士兵脚下的土地。雨水洗去了地上的血水，也洗净了空气中的血腥味，却将一片平原变成了泥沼。

周军久攻太原不克，最终不得不在城外安营扎寨，可这雨季一来，建在泽国之上的军营却是感受到了不妙的滋味。

士兵们吃住几乎都在雨中，春寒料峭，个个都冻得瑟瑟发抖。而且脚下没有一块干地，将士两只脚终日泡在冰冷刺骨的泥水里，不出几日，湿毒入体，许多人双腿疼痛不堪，脚上更是长出了烂疮，连走路都困难起来。而那些本来就负伤士兵的情况，就更加糟糕了。

柴荣看着各营的伤亡汇报，不仅也是眉头紧蹙，突然喉咙一痒，柴荣也不禁咳嗽起来。

可恶的霖雨！连老天都与我作对！

"皇上！出大事了！"王朴这时突然闯入帐中，却又低声冲着柴荣叫道。

"怎么？又死人了？还是又有士兵逃了？"柴荣故作轻松道。

"比那更糟！军中出现疫病了！"

"疫病！"柴荣震惊站起，"什么疫病？多少人染病了？"

"好像就在一夜之间，各营都出现了疫病，昨日才只有十几人染病，今天一下子就发展到上百人了！"

王朴额上渗出了冷汗，他和柴荣都知道：打仗，最多也就死个十几万人，可疫病一发，往往就是数十州府九成绝户，那时，可是几十万，甚至上百万的人会为之丧命！

"严密封锁消息！把那些染病士兵安排到一起，专人看护！"

"皇上！我们这次只带了粮草辎重，草药本来不多，而且多是外伤止血之药，我们对疫病几乎是无药可用啊！"

草药！柴荣后悔地一拍案几，当初怎么没有考虑到这一层？

又过了三日，周军军营内染病士兵暴增到一千三百余人，本来这个数字对于十二万大军可谓是九牛一毛，可不知消息从哪里透露了出去，在军队中传播开来。

疫病？

无药可治？

几千人已经被感染了？

军中流言四起，士兵们纷纷陷入了惊恐之中。

"皇上！我们已经查明，疫病来自于汾河水源！"王朴几日来彻夜调查，终于找到了症结，"刘崇竟然令人将死尸用大网罩起，置于汾河上游，任其腐烂！我军从汾河取水，这才中了尸瘟！"

"刘崇他疯了吗？他是想让整个大河上下为他陪葬吗！"柴荣气急拍案道。

"狗急跳墙啊！皇上，退兵吧。如今我们天时、地利、人和尽失，非战之罪，已经没有一分胜算了！"王朴急切地跪在柴荣面前。

张永德、赵匡胤也是明白人，几乎同时跪在柴荣面前："皇上！退兵吧！我们即使现在撤军，也已是大胜了啊！"

"可恶！可恶！"柴荣愤怒地砸着案几，咬牙切齿道，"太原就在眼前！只要再强攻一次……一次！"

柴荣突然站起，不顾众将劝谏，发怒道："马上点齐所有人马！不惜代价，朕要今日就破城，朕要斩了刘崇！"

举世之中，能劝服盛怒之下柴荣的人只有符玉儿一人，可她现在远在汴京沉睡，众将苦口婆心，可哪里劝得动已经红眼的柴荣半分？

五月初七，下午。

周军突然疯了一般，倾巢压向太原城，存亡之际，刘福麾下的疲惫汉军强撑起来，奋力抵抗。这一仗，双方都打出了真火，柴荣率部又杀到了前方，周军浴血奋战，竟然爬到了城墙之上，与汉军短兵相接。不到几个时辰，城墙几经易手，竟躺满尸体断剑！

张永德随柴荣杀到了前线，见阵前不利，柴荣一脸怒容下尽是疲态，不禁劝道："皇上，天黑了，不利我军攻城。您也累了，不如今日暂撤吧。"

"我军将士……今日当真是尽力了……"柴荣低声喃喃自语，"难道，真是天助北汉吗？"

"皇上，经此一仗，北汉没有十年缓不过劲来。皇上高平一战之功，足以名震天下了！"

"高平？"柴荣突然觉得一阵恍惚，"难道朕，真的错了……"

张永德还要再劝，只见柴荣双目缓缓闭上，整个人像是被抽光了精力，竟然直直地从马上摔了下来！

"皇上！"张永德大惊失色，连忙下马扶起柴荣，可一碰柴荣这才发觉他浑身如炭火一般滚烫！

难道皇上也染上尸瘟了？

第五章 一战成帝

张永德心中闪过一道惊雷，连忙抱起柴荣，仓皇撤回大营。

等到柴荣缓缓醒来之时，他才发现王朴等人都焦急地围在他的榻前。

"皇上，你染上了风寒，要好好休养。"王朴连忙轻声对柴荣说道。

"岳父？您怎么也来了？"柴荣看见了符彦卿也在身边，无力问道。

"皇上！末将无能！"符彦卿老泪纵横地跪在榻前，"就在大军攻打太原之时，契丹骑兵突然对我军发动奇袭！是我大意轻敌，史彦超将军战死，两万人马，我只带回了三千……末将死罪！末将死罪啊！"

柴荣沉默许久，最终一声叹息："不怪你们，这次，是朕大错特错了……传令，大周军即刻清点人马辎重，班师……"

许是心力交瘁，柴荣还未说完，竟然又眼前一黑，晕死过去。

"皇上！太医，太医！"

是夜，周军内出现了骚乱，幸而李重进、赵匡胤、符彦卿等将领约束镇压，才没有出现大乱。

经太医诊断，柴荣身染疫病无疑，即使马上送回汴京医治，也是凶险万分。王朴等人立刻推举国丈符彦卿出面，一面安定军心，一面匆匆从北汉境内撤离。

一月以来，胆战心惊的刘崇终于盼来了周军撤军的一天，可面对高额的岁贡，以及境内不断扩大的瘟疫，刘崇可是恨得咬牙切齿。

得知柴荣病危，刘崇的自信又来了，立刻下令刘福率人追击撤退的周军。可汉军久战，疲惫不堪，哪里追得上周军的影子？

"大哥，代州、宪州、岚州这些投诚的城池我们不设兵驻防了？"忧心忡忡的赵匡胤私下对王朴问道。

"都什么时候了！还顾他们！"

"大哥！那可是大伙拼了命才打下的地盘啊，就这么白白地还给刘崇？二哥醒了也不会罢休的！你要想想办法啊！"

王朴此刻也是心急如焚："能保住大周军主力不失，保住皇上安危才是关键！派兵？现在契丹大军肯定已经陈兵边境，我们北线空虚，自保都吃力，哪还有多余的兵力浪费！"

"大哥！沿途士兵军纪涣散，居然大肆抢夺河东百姓财务，这可事关二哥的一世英名啊！"

"别叫了！老子不是神仙！回去！赶快回去！搞不好这次朝中又要变天！皇上幼子现在处境更加凶险！这些，不比这河东民心重要百倍！"

王朴心中也是急出邪火了，心中除了柴荣，再无其他。

后周大军星夜回朝，一路谣言四起，人心惶惶，不少士兵中途看准时机，偷了军械财务，溜之大吉，到地方倒当起了土匪流寇。

柴荣脑子昏昏沉沉，几次醒来，又沉沉睡去，都不知过了几日。

这日，柴荣突然感到一阵清风拂面，沉沉醒来，精神终于恢复了一点。

"我军，现在……何处？"

内侍太监见柴荣行了，连忙道："皇上，你醒了！你都睡了四天了！我们现在在河南府，新郑地界！"

"新郑……"

王朴一听柴荣醒了，连忙爬上御驾马车，"皇上！你可醒了！我们马上就要到汴京了！"

"新郑……大哥，我想去嵩陵……"

"皇上，你的身子有恙，我们应该早点回去啊！"

"大哥……我想去拜祭父亲……"

望着柴荣死水一般的眼睛，王朴也不禁暗叹：这一败，二弟竟被打击得如此厉害。现在，纵使把他拖回汴京又有何用？

王朴叹息点头，周军立刻改道，开到了嵩陵之外。

一到嵩陵，柴荣的气色顿时好了许多，他不让部下搀扶，一个人慢慢走进了寝殿。

"父亲……不肖子，来看你了……"

望着高台上郭威的灵位，柴荣缓缓跪下，叩头拜祭，两行热泪不被人知地润湿了冰冷的青砖。

"皇上，数月不见，如今你气色不佳啊。"

一个苍老的声音从背后响起，柴荣连忙擦干了眼泪，回头一看。

出乎意料，来人竟是被自己贬黜为先帝守灵的老太师冯道。

"老太师，是你！"柴荣看见故人，想起往事，不禁羞愧万分。

第五章 一战成帝

"皇上御驾亲征，连取北汉半壁，差点灭了刘崇，老臣恭贺皇上凯旋！"冯道说着，郑重向柴荣一拜。

"老太师，你是想羞辱朕吗？"柴荣脸红道，"太原大败，朕还有何脸面见天下世人？"

"皇上。"冯道平静地说道，"痛定思痛，方能长治。我大周目前有三弊，先帝一生都在致力摒除这三弊，无奈天不假年，是以先帝一直休养生息，不对邻国妄动兵戈。"

"三弊？老太师，请直言教我！"

"三弊其一，冗兵。先帝马上得天下，仰仗的全是武人，可麾下将士，良莠不齐，兵痞众多，军纪涣散，空有十几万大军之势，能战之人还不到三分之一。

"三弊其二，匮贤。朝中先帝一柱擎天，可朝野内外奇缺能臣干吏。没有能臣，皇上呕心沥血也难泽天下。没有干吏，治下幅员再广也是一片荒地。

"三弊其三，民财。粮草不济，如何御敌？民之不富，又何来粮草？民财乃是国之根基，根基不稳，国事不兴。

"皇上，此次北伐，你一缺粮草，二无精兵，三无能吏。除了打了一次胜仗，可曾为大周扩充了领土，还是为百姓打来的财富？"

一席话说得柴荣羞愧难当："老太师，这些忠言，为何不早点说与朕听！"

冯道淡笑："现在说也为时不晚。皇上，老臣苟活乱世七十三载，侍朝四代，不节污名，恐万世难消。不过，看尽乱世的老臣，今日尽是肺腑之言。

"高平之战，皇上一战成名，威震九州，全仗皇上勇武。太原之战，皇上功败垂成，含恨而归，这是皇上轻谋。皇上，平定乱世，不可只凭刀剑啊……"

冯道最后的话，如同洪钟一般敲打在柴荣心中，他时而羞愧，时而大悟，时而沉思，时而摇头，全然进入了自省的世界里面。

当柴荣回过神来之时，却发现冯道长坐在先帝灵前，许久岿然不动。

"老太师？"

柴荣心忧，一探鼻息，老太师冯道竟然就这样与世长辞！

"老太师，你是为见我最后一面才撑到今日吗？"

柴荣再度热泪盈眶，他朝着冯道遗体下跪重重叩头一拜。

若我柴荣大难不死，必定不负太师苦心！

第六章　雄狮崛起

第 1 节　危机时刻

汴京，驸马府。

"驸马身体康健，无须多虑。"

年过五旬的老伤医安林通在驸马府已经三年了，一年到头都不见驸马生病。可今日，驸马胜利归来，第一件事却是找来自己瞧病，着实让他不解。

张永德长舒一口气，点头道："有劳安老，这几日，请安老为归来家将一一查看。"

安林通马上问道："寻病有因，请驸马明示，老朽也好对症问诊。"

张永德轻描淡写道："无他，北汉疫症频发，仅以防万一，请安老为众将排查。"

"疫症？"安林通脸色一变，马上道："此事可大可小。如若无肌肤血污接触，用药水沐浴，烧艾三日，即可万全。"

"如若染病，又当如何？"

安林通摇头道："视疫病种类与病人体魄不同，治法不一。然而总体说来，疫病者，凶险万分，九死一生！"

张永德平静的脸上终于闪过了一丝担忧，沉思之中，半晌不语。

"知道了。此事请安老保密。另外，也请安老为驸马府，特别是公主房间做些处理。"

"老朽遵命。"

带安林通告退，潘豹走了进来。

张永德马上问道："宫中有什么消息？"

"驸马，皇上一进皇宫，王朴就封锁了禁宫，还让国丈的人马接手了御前守卫，我们什么消息都无法得到……"

自从潘豹献出筹粮之策之后，被柴荣大加赏识，从一个小卒连升三级做了一名校尉，正是春风得意之时，不想柴荣一病不起，潘豹被王朴等人排斥在外，万般无奈，中途又回到了驸马麾下。

"再探！有任何消息，都要立刻禀报！"

"驸马……"潘豹欲言又止，小声说道，"小人虽然没有进入禁宫，可公主她就在宫中。如果驸马想知道确切消息，公主她一定……"

"什么！"张永德震惊，拍案而起，大吼："公主怎么进宫了！谁？谁告诉的公主？谁走漏的风声！"

潘豹为难道："驸马，公主照顾皇后，一直都在皇宫没怎么出来，如今……"

"休要多说！速速备马，我要入宫！"

张永德情急之下，竟连衣服都不顾换，穿着单衣就跑了出去。

皇宫中，一辆不起眼的马车，趁着夜色，从不起眼的南门开出，徐徐而行，不到半个时辰，就来到了城外一处营帐之中。

驭手见到了地方，停下马车。

一个身穿黑色大氅的男子随即从马车帷帐中艰难地走出。

"二哥！小心！"驭手见皇上弯腰下车吃力，连忙上前用手搀扶。

"哈哈，三弟，我还没病到那个地步！"

柴荣走出马车，脸色苍白，但精神还算饱满，他紧了一下领口，慢慢步入军营。

"三弟，回去吧。这几日我就住在这里。"

赵匡胤一听急了，马上叫道："二哥！这里是病卒的营地！你乃万金之躯，怎能以身犯险？"

柴荣有些无力地笑道："皇宫里有玉儿、南妹还有宗训。我如今这样，若

是把瘟病染给她们，那就真的死不瞑目了。"

"二哥！皇上！"赵匡胤当即含泪跪下，"不可轻言生死啊！"

"回去吧，皇宫守卫还需要你，玉儿和宗训的安危，就交给你了。"柴荣说话，头也不回地就走入军营之中。

赵匡胤心急如焚，却又没有办法，马上叫来管事将领，细细嘱托一番。

北伐一战，周军前后共有两千多名兵卒染病倒下。大军得胜归来，可这些兵卒却不能直接进城，又不能放任不管，最终王朴想了一个折中的办法，就是在城郊开辟一座军营，将两千病号悉数安排在其中，由军医集中治疗，同时派兵严加看管，不准一人外逃。

沉沉暮色之中，点点篝火被风吹得左右摇摆，给本来死气沉沉的军营更增添了几分悲凉。

"今日方才知道什么是孤家寡人。"柴荣心中苦涩，环视四周，"还是这军营待着舒服，若是死在此地，也算是马革裹尸了吧？"

突然，身边的营帐发出了一阵凄惨的叫声，柴荣闻声入账，发现帐中一个汉子手中握刀，脖子被利刃割破，血水汩汩而出，眼看就活不成了。汉子身边一个瘦弱的小兵看见这一幕，才吓得惨叫起来。

"嚎什么嚎？"一个闷头睡觉的老兵起身一巴掌就扇在小兵脸上，"扰了老子美梦！"

柴荣看那汉子渐渐死去，黯然接下大氅，走到汉子身边，将衣服盖在了汉子身上。

"哟，可惜了那一身貂皮了！"老兵看了一眼柴荣，嘲笑道，"他活不了了，自寻短见，你这人又何必多此一举呢？"

小兵连忙拉了拉老兵，耳边道："别，别！老哥你看那人打扮，不是个都尉，也是个校尉！"

"老子都快死了！还怕个鸟啊！"老兵故意扯开嗓子，"每天都有人自尽，有个当官的来看过一眼吗？"

柴荣也不争辩，环视帐中一圈。小小军帐中躺着十个兵卒，大多面黑体瘦，对眼前发生的人事毫不关心，径自沉沉睡去。

"老哥，听口音，你是邢州人吧？"柴荣走到老兵身边坐下，递出了一个馒头。

"馒头?"老兵喜开颜笑,拿过馒头三口就吞下肚去,"不差,咱老家就在邢州。"

"别急,还有。"柴荣掏出随身带着的干粮,分给周围的几人,"我也是邢州人,老乡,看你样子,该有五十了吧?是哪个将军麾下的?"

"不瞒你,老汉我今年五十有七,原先还和先帝一起干过河东军呢!之后在李谷将军手下,干了十年禁军!"

老兵一聊起从戎经历,就变得眉飞色舞,唾沫横飞。

柴荣不禁笑道:"老哥如此精神,看起来也不像是得病之人吧?怎会落魄到此地了?"

"你都看出来了?老子的确没病!"老兵一听,顿时咆哮起来,"老子不过就是摸了一把死人,他们就把老子一起关起来等死了!还有没有天理!"

老兵一再解释,柴荣方才听个明白:原来军中死者众多,老兵见财起意,扒了病死的兵卒财务,不慎被人发现,就被不由分说地和病卒一起关了进来。

老兵这么一带头,帐内许多人都连声附和,一个帐中同一遭遇的人竟然不少。

"这就是你们不对了。"柴荣听完众人诉苦后,沉声说道,"毕竟朝廷每月按时发饷,难道你们还不够花?"

"军饷?"老兵一听大笑,其他人也跟着一起大笑起来,"你是哪家的公子少爷?我们每月只有五钱的饷银,还不如大街上要饭的叫花子!"

"五钱?"柴荣顿时一惊,"不是规定每人三十钱吗?"

"那是面上的说法。"老兵不屑道,"军中老爷太多,钱哪够分的!"

"老爷?可是有人贪污军饷?"

"要不说怎么叫你少爷呢?"老兵躺下继续说道,"咱大周朝皇上还算贤明,军里贪官咱没见过几个。咱说的老爷,是那些领空饷,不干事的太上皇!"

原来,早在后汉建军之初,战火不断,为了召集兵马,各路流寇兵匪投诚后就被直接编入军中,时间一长,军中充斥着兵痞无赖,直到后周郭威时期,这个问题都没有解决。

第六章 雄狮崛起

这些兵痞，好吃懒做，操练懈怠，多是游手好闲之徒，全无战斗力可言。平日领军饷时，个个争先恐后，如饿狼扑实。可一旦上了战场，他们就能退则退，缩在最后。无路可退之时，就直接投降。反正两边都缺人手，谁也不会处死他们。

"要我说，皇上在高平一下子杀了两千人，该杀，早就该杀了！右军里面的全是那些老兵油子，不败才怪！"

柴荣以为自己杀了两千人，大周兵卒还会埋怨自己，没想到今日听到这个"该杀"的言论，也不禁感慨，正要接话之际，一个熟悉的声音突然闯入帐中。

"大哥！我可找到你了！"

柴荣回头一看，来人正是自己的妹妹郭平南。

柴荣连忙退出帐外，和郭平南保持距离。

"你来干什么！这里都是疫病，快回去！"

"大哥！"郭平南一下跪在柴荣面前，痛哭流涕道，"大哥在宫中失踪，可把我吓坏了！"

为了符玉儿的事，柴荣赌气冷落郭平南，不想郭平南就此深深自责。柴荣北伐之时，郭平南日日夜夜都在符玉儿身边照料母子，以图"赎罪"，几月下来，废寝忘食，弄得人衣带渐宽，面色憔悴。

柴荣回宫以来，这是第一次看见妹妹，见到郭平南现在楚楚可怜的样子，心中也顿生怜惜和愧疚。可他一想起身上疫病，依旧硬起心肠，冷生回绝道："你走吧，我不想看见你！"

郭平南心中悲苦，可依旧倔强："大哥不走，我也不走！"

郭平南和柴荣一样的脾气，说到做到，竟真的不顾劝阻，誓死要跟柴荣一起住下来。

"死妮子！找死啊！"柴荣不知哪来力气，竟要将郭平南推出军营外。两人推搡之际，一位老者的声音突然传入耳际。

"还真是兄妹情深呐。"

循声望去，一位一身道袍，仙风道骨的老道人竟站在两人身后。

"你是何人？"柴荣一见来着，便觉面善，不禁问道。"军营重地，你怎么进来的？"

"贫道扶摇子，特来中原济世救人？"

"济世救人？"柴荣警惕道，"你来错地方了，这里是军营，不是道观！"

"小施主，你真不记得了？三十年前，红菱渡口……"

柴荣顿时一惊，记忆猛然打开，迟疑地看着老道："你是……你是客栈里，那位救朕的道长？"

道长沉默看着柴荣，笑而不答。

原来，回到汴京之时，细心的赵匡胤怕柴荣一病不起，就派郑恩去邢州请来柴荣的生父柴守礼，免得父子二人见不到最后一面。郑恩赶到邢州，还未来到柴家，正巧碰到一个名叫扶摇子的道士在道馆开诊，赠医施药。再一打听，邢州百姓个个都称赞老道是个神医。郑恩病急乱投医，也不管那扶摇子愿不愿意，强行起来，连同柴守礼一起"押回"了汴京。

扶摇子还以为自己遇到了歹人，可见到故人柴守礼，多年不见，柴守礼依旧改不了吹牛的毛病，一路攀谈，扶摇子这才知道当年小小的红菱客栈，竟然出了两位皇帝！

"唉，四弟办事真是鲁莽，冲撞了道长！该打！"柴荣听完，立刻摇头苦笑，"道长还是早点离开此地吧，这里到处都是病人，一不小心，就会染病上身！"

"既来之，则安之。"扶摇子一脸淡然，"皇上还是找个地方坐下，容贫道为君把脉。"

"大哥！看看吧！总没有坏处！"郭平南也劝道。

柴荣见状，也不好坚持。三人来到一处空的营帐里坐定，扶摇子闭上双目，将手指搭在柴荣的尺寸关上。

"如何，道长？"郭平南紧张地问道。

许久，扶摇子收回右手，捋着白须，眉头微蹙，一言不发。

"道长，生死有命，有话就请直言吧。"柴荣坦然说道，

扶摇子想了许久，然后又看了看柴荣的面相和舌苔，又想了许久，最终才幽幽发话："皇上，你没有染上疫病。"

"什么？"柴荣疑惑道，"我和其他病卒一样，低烧不退，全身乏力，上吐

下泻，怎么道长却说朕没病？"

"皇上，恕贫道直言。你的症状不是得了疫病。而是……而是中了慢毒！"

"中毒！"

柴荣一听，顿时愣住了。

"怎么可能！朕怎么可能中毒！"

扶摇子也不解释，从怀中抽出里两根长针，分别扎进柴荣和另一名病卒手上。一炷香的工夫后，扶摇子将两银针拔出，亮给兄妹俩一看。

"银针！大哥，你的那根银针变黑了！而另一根却没变！"郭平南夺过银针，气愤叫道，"哪个歹人竟敢给大哥你下毒！我要杀了他！"

柴荣霎时间震惊无比，他脑中开始飞速地回忆北伐过程中的种种。

是谁？是谁对朕下毒？

驸马？李重进？国丈？潘豹？还是……王朴？

柴荣脑中闪过一个个人，这些平日里与他亲密无间的亲信们，仔细一想却个个都有杀自己的动机！

自己一死，驸马和李重进就有机会争夺皇位！

幼子柴宗训上位，国丈符彦卿就能外戚专权！

潘豹原是王峻的家仆，他卧薪尝胆，为旧主报仇也未尝不可！

大哥……大哥他太聪明了，甚至聪明到，比我更适合做皇帝！

一时间，柴荣突然觉得孤立无援，他一背冷汗，第一次感到无限的惊恐！

"道长！既然你查出皇上是中了毒，可有办法解毒？"郭平南急忙追问扶摇子。

扶摇子想了想，点头道："皇上所中之毒奇特，不似中原之物，贫道闻所未闻。不过世间万物，相生相克，有毒便一定有解药！请皇上回宫，贫道尝试解毒。"

"不是中原的毒物？难道是契丹人的手段？"柴荣不禁自言自语。

"目前看来，极有可能。皇上身上的毒素，应该是尸毒的一种，看脉象，是由肠胃侵蚀入体的，而且，不是一次中毒，而是每日慢慢中毒……"

"这么说来，是军中有人，勾结契丹，每日在朕饭食中下毒了？"柴荣说着，语气中透着冰冷。

"该死！大哥！你放心，我一定要揪出此人，碎尸万段！"

扶摇子见两人杀气腾腾，连忙劝道："皇上！切不可动气，也可能是贫道误诊，请少安毋躁，等贫道再为皇上试药后，才可确诊！"

"有劳道长了。"柴荣冷冷说道，"事后无论朕是生是死，道长都是我大周的恩人！"

远方天际渐渐泛白，一队人马这时风风火火地赶到军营。

张永德看见郭平南，又看见她身边站着柴荣，心中五味杂陈。

"末将来迟，恭迎皇上、公主回宫！"

柴荣居高临下地望着，令张永德浑身一个冷战。

皇上，这是怎么了？

那个想杀朕的人，会不会就是你呢？

第2节　精兵强国

汴京城中，最大的客栈中，今日迎来几位不速之客。

"禀告国师，周国皇宫里面没有任何消息传出，目前周国朝野人心惶惶，周皇帝已经十日未曾出现，朝野内外流言四起，称柴荣已经病逝，只是国丈暗中示意，秘不发丧。"

肖古沉醉于窗外繁华的汴京，手中还拿着一杯美酒："这汉人的酒，喝起来细腻淳厚，可就是缺了几分烈性。"

肖古将杯中残酒往窗外一泼，回头道："张永德和李重进那边呢？什么态度？"

来人低头继续禀告："两日前，驸马府中传出争吵声，声音惊动巡城守卫，其后公主很快离府进宫，疑似与驸马不和。而李重进一直住在军中，从不外出。"

"看来两边都有想法了。"肖古望着手中的空酒杯，玩味笑道，"柴荣之死已成定局。周国大乱，只缺一颗火星而已……"

第六章　雄狮崛起

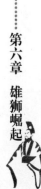

翌日，汴京皇宫大殿百官齐聚，唯独龙椅上空空如也。百官们交头接耳，目光不时都朝着宫门外瞟去。

张永德与李重进居于武将之首，然而两人此刻却是神情各异。

几日前为了公主"擅自"去找柴荣，张永德担心公主安危，终于与公主发生争吵，郭平南赌气离家出走，进了皇宫几天都没有回家。张永德又急又气，此刻望着空着的龙椅，心中忐忑不安。

李重进看起来却是更加泰然，原因很简单，这个皇位本来就是他的。如今轮到他来即位，名正言顺不说，更是心安理得。

站在文官末位的王朴，从后面望着朝中的局势，表面是镇静自若，心里恐怕是这全场最慌乱的一人。自从柴荣那夜偷偷外出归来之后，柴荣仿佛变了一个人，下令封死寝宫，除了公主以外，谁也不见。百官去找郭平南打听消息，可郭平南却只有一句话"皇上还在养病"，甚至对心腹王朴也不例外。

公主态度大变，这是怎么回事？难道是国丈那边有动作？难道皇上他已经……想到此处王朴额头上不禁也渗出冷汗。

"辽国特使觐见！"

门外一声通传，打断了百官纷繁的思绪，众文武不约而同，朝着门外望去。

冷艳的肖古，一身辽国服装，从门外款款走进。

"想不到辽国特使竟是个女流之辈！"

"哼！看来辽国气数也差不多了！"

肖古听到周朝文武暗自议论，也不生气，朗声对着百官说道："奉大辽皇帝国书，大辽国师肖古特来参见周国皇帝。"

宰相王溥立刻站出答道："我大周皇上今日龙体小恙，吾乃大周平章事，国师有事尽可在此直言。"

肖古笑道："高平一战，周皇帝柴荣一战震惊九州。怎么，今日竟不敢见个女人？"

王溥不卑不亢道："大周男尊女卑，即使我大周皇后，也不能随意进出正德大殿。如今让国师觐见，已是破例！"

肖古摇头，不屑道："算了，咬文嚼字，我自认不是你们汉人的对手。本国师此次前来，是为汉周两国修好而来。"

北汉，自太原一战之后，可谓是九死一生，气若游丝。

国内精锐尽失，加之瘟疫横行，国内人口从三十万余锐减到不足十五万人！面对战后千疮百孔的河东，年逾六旬的刘崇终于精疲力竭，一病不起。数月后，刘崇在余悸的梦魇中一睡不起，更令乱成一锅粥的北汉朝野混乱到了极限。最终，由辽国出面，扶植刘崇次子刘承钧即位。

肖古此行，正是为了刘承钧而来。

契丹扶植北汉，就是为了养好一头对付后周的看门狗，眼看狗就要被打死，自然不会袖手旁观。

"汉与周本出一脉，大辽皇帝希望，兄弟之国可以尽弃前嫌，和平相处。为表诚意，汉国新君也奉来国书一份，只求周国同意和解罢兵。"

"哼！"王溥不愧是一国宰相，处理邦交之事上经验十足，"伪汉认贼作父在先，不义攻周在后，哪里是什么兄弟之邦！"

"宰相大人，本国师抱着诚意而来，这就是中原的待客之道？"肖古悻悻说道，"契丹三十万铁骑从来只攻敌国，不打友邦。宰相大人，如今若是挑起三国战端……千古罪人之名，你承担得起吗？"

眼看王溥就要吃亏，李重进一副家主模样站出，不屑道："三十万铁骑？笑话，当我大周四十万精兵是吃素的吗？国师你今日有事说事，再拿兵马压人，这千古罪人，恐怕就是国师你自己兜着了！"

肖古高高举起两份国书："两国国书在此，是接是拒，请周国皇帝当面明示！"

"你这不是强人所难吗！不早就说了，我大周皇上身体抱恙，怎么出来接你国书？国师不如安心在汴京住下，待皇上得空，再谈此事。"

肖古一声冷笑："周国皇帝身染疫病，让我等他，岂不要等到周国大丧？"

此语一处，四地皆惊，品级在上的官员自然得到皇上病重的消息，品级低一点的官员，也多多少少听闻一些传闻。可谁也不知道，皇上得的是令人谈之色变的疫病！

王溥连忙叫道："放肆！你敢诅咒我主！是何居心！"

"是真是假，请你们皇上现身一见不就能够验证？"肖古笑道，"恐怕现在

周皇帝已经病得不能下床了吧?"

"你! 放肆! 卫兵!"李重进气急,大喊道,"敢在大周撒野,不看看你身前是什么人!"

王溥见状,连忙阻拦:"李将军,不可不可啊,两国交战,不杀来使!"

肖古高举着国书,气定神闲道:"好吧,也不为难你们了。周皇帝不便出现,那就退而求其次,请周国储君接国书。"

"这……"

听到肖古此言,义愤填膺的百官顿时又安静了下来,众人的目光不约而同,齐聚在张永德与李重进身上。

辽国国师这个要求,合情合理,可要命的是,柴荣登基不到一年,还来不及设立储君。国书大事,总不至于让柴宗训这个小孩子去接吧。那样大周会变成笑柄,被其他诸国嘲笑不说,很有可能还会招来其他强国的觊觎。

如今有资格接这国书的人,朝野上下,只有张永德与李重进了。可是皇上病危,如此敏感时期,让两人谁来接国书呢?

肖古笑望两人,眼神中多有暗示。

张、李二人不禁对视了一眼,顿时大殿中杀气四起,让许多文官莫名其妙地一阵哆嗦。

李重进见张永德不动,最终还是按捺不住,往前走了一步。

"国书就由我……"

"国书之事,朕已知晓。"

熟悉而威严的声音传来,众臣齐齐扭头望去,不知何时,柴荣身着龙袍,一脸清爽地站在龙椅前,朗声说道。

"皇上!"

"看! 是皇上!"

"皇上他没有病倒! 流言! 都是流言!"

百官一见柴荣到场,立刻气壮如牛,憋了许久的王朴会意,连忙跪下大呼万岁。百官一听,立刻纷纷下跪,顿时大殿之上气势滔滔。

张永德连忙也随之跪下。李重进一脸惊愕地望着柴荣,身后人拉了拉他的衣襟,他才缓过神来,立刻也跪了下来。

全殿上下，恐怕最为震惊的，就是肖古本人了。

怎么可能！我亲自配的毒药！怎么可能被解了！

"辽国来意朕都明了。"柴荣望着失神的肖古，正色道，"如果伪汉真能痛定思痛，对双方百姓未尝不是一件好事。不过，伪汉无故犯我边境在先，这笔账总该算算吧？"

肖古面色难看问道："那周皇帝的意思是？"

"我们会理出一份国书，上面会有我们的条件和要求，如果伪汉能够同意，我们自然愿意罢兵休战。但如若伪汉拒绝，那就别扯着求和的幌子来骗我大周了！"

"是……"肖古高举的双手终于无力垂下，"周皇帝的话，我会一字不落地传达给北汉皇帝和大辽皇帝。"

"国师，河东之地本属我大周，北汉一国，我大周从未承认过，这次我大周国书上，必定也有一条，那就是河东俯首称臣，刘承钧接受大周册封，成为一方节度使！"

"你！"

"国师，朕言尽于此，请回。"柴荣摆手道，"禁卫，送客。"

待到肖古满腹怨气地离开之后，满朝文武再一次齐齐跪下，山呼万岁。

如果方才一呼只是为了震慑他国来使，那么现在这一呼，就真是发自内心地敬畏了。

"皇上！你是怎么好过来的？"

"对啊，皇上，这一阵子，真是要把末将急坏了！"

是夜，寝宫内，柴荣摆了一桌酒宴，宴请张永德、李重进、符彦卿、王朴等心腹文武。众官内心中充满不解，王朴和赵匡胤率先问道。

"朕今日偶遇一位神医，方才起死回生。"柴荣气定神闲，对着两人说道。

皇上怎么了？怎么大病初愈，对我等兄弟的语气冷淡了不少？

王朴和赵匡胤同时有了这种感觉。

"神医诊出，朕是中了契丹人的毒药，方才病倒……"

"什么！"

柴荣平淡一言，惊得四座齐齐站起。

"皇上！那契丹狗贼太可恶了！末将这就去把那狗屁国师的狗头给砍了！"李重进似乎对今日举动有些心虚，立刻表忠心道。

"末将护卫皇上不利！令奸人得逞，请皇上赐罪！"身为柴荣站前的近卫长官，张永德自然知道自己的处境，连忙跪下请罪。

"都少安毋躁。"柴荣不为所动，继续淡然地倒着茶，"原本朕还以为我军出了内奸，今日契丹国师逼宫，朕才肯定是契丹人的一箭双雕之计。毒杀朕不成，还可以离间我君臣之心……诸位，君子报仇，十年不晚。"

王朴马上问道："皇上，心中可是有了谋划？"

"不错，朕是有些事情要分派给你们去做，今日这里没有外人，朕先跟你们通个气。"柴荣慢慢说道。

"军中闲人太多了，朕打算编练一支新军。"

翌日，汴京城门边，招贴着一张大大的皇榜，无数士兵和百姓纷纷驻足围观。

"上面写的是啥？有识字的来念一念吗？"

"皇榜上说，皇上要裁汰六军中的老弱，安排回家种田去，还要招一批新兵做禁军，要后生们去报名呢！"

"招兵？朝廷不年年都招吗？不新鲜了！"

"这次好像有点不一样了。你们看，要求年龄在十八至三十五岁之间，还要经过什么筛选，识字的人还能当个军官！乖乖，月俸有五十个大子啊！"

"啥？五十个？我听说原来不是只有三十个吗？"

"五十个大子！干他半年我都能买头大黄牛了！"

"我去！我要报名！哪里可以报名！"

经不住几个年轻人的叫嚷，城门外变得一片欢腾。

然而这片欢腾传入驸马府，张永德的脸色就变得不那么好看了。

禁军的最高长官是他，临阵投敌的一万右军就是出自禁军！这次皇上军改，第一个拿禁军开刀，也是合情合理的。

可是，哪一个将军愿意自己的部队被重新洗牌呢？

张永德正在暗自懊恼之时，三个昔日的旧部就齐齐跪在了张永德面前哭诉。

"驸马爷，我老张头一开始就跟随于你，南征北战，打汴京，打李守贞，打北汉，哪一次我不是冲在最前面！如今我这条贱命老了，不值钱了，朝廷就不要我了！驸马爷，你要为我做主啊！"

"驸马！我两个儿子都战死了，我也断了条胳膊！如今要我滚出禁军，我可怎么活啊！"

"驸马！老汉一辈子都是个兵，即使马上战死，也愿再回老家种田！"

张永德看着底下几个老兵的哭诉，也是一脸不忍。

和郭威一样，张永德出身寒微，所以对下层士兵一向是爱兵如子。可是如今，他有什么办法？

"我禁军的老人，我自然不会撒手不管。你们且先回去，我去和皇上进言。"

"谢驸马大人！"

三名老兵欢喜地从房间走出，正巧遇上潘豹。潘豹拦住几人，问了几句，冲着几人摇头笑了，说了几句话后，三个老兵顷刻又愁容满面，纷纷朝着潘豹跪下叩头。潘豹连忙拉起几人，在他们耳边轻声耳语了几声，顿时，老兵们再次眉开眼笑，拜谢了潘豹，又风风火火地跑出了驸马府。

"驸马，你是说要朕放弃裁汰旧军？"

柴荣大病初愈，正在御花园练剑。一听张永德来意，也不表态，反问道。

"皇上，末将不是这个意思！"张永德连忙道，"末将是觉得裁军有利于国，势在必行，但是不宜过快过急。一则契丹对我虎视眈眈，新军编练需要时间，北方城关守卫至今依旧人手不足，短时间内兵力缺口过大，于我大周不利。"

"继续说。"柴荣一边舞剑，一边说道。

"二则，裁军过剧，容易扰乱军心。将士们如果人人担心被裁汰，谁还有心思守土杀敌呢？

"三则，许多老兵身有残疾，已经无法耕作养老，毕竟都曾为国出力，裁汰他们回乡，会显得朝廷薄情，会令将士寒心哪。"

"有理。"张永德说完，柴荣也舞完，收起剑说道，"不过驸马可曾想过，

我大周对外号称四十万雄兵，真实兵力有多少？"

"皇上，我军上下，可由朝廷调度的兵马，大致有十八万之多。"

"哼，十八万，除去辎重部队，能够作战的不到十五万吧？那朕再问你，这十五万人中，能和你身边的亲卫兵那样，在战场拒不畏死的精兵又有多少？"

"皇上！末将的亲卫兵是专门为保卫皇上精心挑选的，都是千里挑一的勇士，平日里也是操练严格，不能比啊……"

"朕替你回答吧，五万，我大周目前能有五万精兵，朕就能不愧先帝了。"

"皇上……"张永德听出柴荣的话外之音，可是依旧不想放弃，"皇上的要求太高了，就连以彪悍著称的契丹骑兵，恐怕也没有十五万锐士啊。"

"所以，这就是中原一直打不赢契丹的原因！"柴荣狠狠地将剑送入剑鞘，气愤说道，"大周每年花几百万银钱养兵，养出来的却是一群老弱兵痞！上战场个个争后，领饷抢劫起来个个争先！你说，这样的兵痞多了，岂不让那些奋勇杀敌的勇士寒心！"

"皇上说得有理，可是契丹方面……"

"契丹方面，驸马不用担心。朕早已知晓，契丹内部分崩离析，耶律璟正忙着求仙，几个汗王天天造反，契丹已经是自顾不暇。不然他们也不会不吞下河东，反而扶植伪汉制约我大周。"

张永德突然语噎，他发现柴荣似乎已经想到许多他想不到的方面，只得心中暗暗叹息。

"看来皇上心意已决，我只能在老兵抚恤上再多说说话了……"

正当张永德想要开口之时，赵匡胤突然匆忙觐见。

"禀告皇上！一群禁卫军的老兵聚众围在枢密院前，看似要聚众闹事！"

"驸马，看来你的手下比你还要心急啊。"柴荣望着张永德，冷冷说道。

张永德何曾见过柴荣如此冰冷的眼神，那里面分明透着杀机！他连忙跪下道："皇上！此事末将真不知情啊！"

你的手下，你会不知情？

柴荣心中一声冷笑："好了，九重，命令那些新兵整装出发。驸马，今日朕请你看一场好戏。"

枢密院，是五代乃至宋朝最高军事行政机关，有点类似于今日的中央军委司令部的味道。

如果有人敢围攻枢密院，就等同于造反了。

"范质大人！请你为我们这些老兵做主啊！"

"范质青天大老爷，我们都是你辖下的兵，你不管我们，我们今天就死在你面前！"

范质身为三大首辅之一，虽然名义上是枢密使，是这里的最高长官，可是他仅仅是一名没打过仗的文官，平日里也就上传下达，做做参谋总长的工作。如今面对这一群嘴上叫冤，可手上却拿着利器的老兵油子们，范质也有些抵挡不住。

"尔等速速散去，本官可不追究你们今日之罪！"

"还追究？老子都活不下去了！"一个断臂的老兵振臂一呼，"老兄弟们！朝廷不把我们当人看，我们还为朝廷卖什么命啊！"

"对！反了！"

"老子也反了！"

"你们！你们大胆！"

眼看门前一队护卫就要被乱兵冲散，范质须臾之间就要成为暴民的刀下亡魂，这时突然从街口冲来一队士兵，个个都是青年精壮，虽然步伐不齐，可个个脸上都透着斗志。

"新兵们，今日就是最后的考验，打赢这些暴民者，直接收为新禁军。而打不赢的，就滚回家种地去吧！"赵匡胤冲着手下青壮大声叫道。

"杀！"新兵们一听，顿时士气大振，举起兵器就朝着暴民涌去。

"皇上！那些都是些莽撞的老兵，容末将去劝说他们！"张永德遥遥一看，带头闹事的正是前几日来找自己诉苦的老部下，连忙劝道。

"驸马，你想去送死吗？静静看着吧。"柴荣面不改色，望向前方。

新兵与老兵很快短兵相接，顷刻间就血流如注。

老兵油子不怕讲道理的，就怕不要命的，面对这群老虎一般的后生，顿时心生畏惧，习惯性地朝后退去。很快就被包围，砍倒在地。而一直坚持打斗的，虽然经验老到，懂得五人一伍，展开战术阵型，可无奈年事已高，体

293

第六章 雄狮崛起

力不支，打倒了几个后生后就气喘吁吁，最终也被新兵各个击破。

最终留在包围圈中，依然屹立不倒的，就只剩下那带头的三个老兵。

"停手！"柴荣下令道，快马奔到前去。

"你三人率众冲击枢密院，可知死罪！"

"皇上！老汉心里冤啊！"其中断臂的老兵一见皇帝来了，顷刻就哭了出来。

"哭什么哭！你以为你哭了皇帝他就不杀我们了吗？"领头的老兵呵斥同伴，"咱要死也要像个大丈夫！不然如何去见地下的那些老兄弟们！"

柴荣欣赏地看着三人，点头问道："不想回家？"

"不想！"

"那好！朕也舍不得放你们走。"柴荣笑道，"九重，他们三人打败了你的新兵，按规矩该怎么办？"

赵匡胤脸色一红，低头道："新军编练，勇者为先，无论新兵老兵，谁能打赢就留下！"

"好！你们三人，还有方才一直战到最后的十几人，朕念你们勇武，赦免你们死罪，罚你们每人二十军棍，你们可服？"

几个老兵一听，顿时一喜，跪在地上道："小人心服口服！就是打死小人，小人也愿意！"

"剩下的，主动投降的，临阵后退的……统统抓起来，朕要在新军面前，拿你们的人头祭旗！"

顿时，人群中又爆发出一阵哀号和求饶之声。

新军的祭旗仪式上，柴荣一声令下，斩掉了三百余名暴动的老兵，此举不仅给新军将士上了生动的一课，同时也让那些心里存有幻想的老兵油子们彻底死心。

总体来说，在柴荣和赵匡胤两人的严格删选下，汴京的三万晋军在不到几月内完成了一次成功的换血。两人秉着宁缺毋滥的态度，裁汰掉了七成老兵，留下精华成了一批军官。

同时招收各地青年精壮补充进来。日日操练，不合格者立即淘汰，但也不直接遣回原籍，而是交由地方，组建"乡兵"，在乡兵之间，也如此景象筛选淘汰，作为一支预备兵役，由国家出钱养着，定期训练，闲时还要参与地方建设的徭役，可谓一举两得。

从此，赵匡胤接替了张永德的位置，成了禁军的最高长官，而赵匡胤直接对柴荣负责，可不听旁人号令，事实上，三万禁军的指挥权就这么收回到了柴荣手中。同时，地方上，由于乡兵的出现，节度使再也不能私募兵马，大大限制了节度使的兵权。

如是几年之后，大周终于有了一支铁军，也为柴荣征服乱世打下了坚实的一步。

然而，几家欢喜几家愁。

驸马府中，失意的张永德正端着酒杯喝着闷酒，不曾想公主听闻老兵冲击枢密院一事后，立刻气冲冲地跑到张永德面前。

"驸马！你怎么能这样！"

"我……我怎么了？"张永德有些醉意地望着公主。

"你竟然为了一己私欲，怂恿那些老兵闹事！我看错你了！"

"一己私欲……哈哈，一己私欲！"

张永德突然狂笑起来，猛然站起摔了酒杯。

"我禁军都指挥使的帽子都没了！我为了谁！还不是为你那混账大哥的江山！"

"啪！"郭平南最听不得有人辱骂柴荣，一巴掌扇在张永德脸上。

"你咎由自取！还敢骂我大哥！"

郭平南虽然彪悍，但从来敬重张永德，从未给他难堪。第一次被妻子扇耳光的张永德突然愣在当场，他摸了摸麻木的脸颊，不可置信地看着妻子。

"从今日起，我与你恩断义绝！"郭平南好不含糊，转头就跑出府门。

张永德颓然坐到位子上，他摸着脸颊，不可置信地喃喃自语："南儿，为什么你会如此对我……"

因为你的心，从一开始就没有在我这里。

柴荣……柴荣！

张永德一把摔了酒杯，眼中突然闪过浓烈的杀机。

第3节　求贤若渴

汴京，中宫。

"道长，皇后的身体如何？"柴荣望着扶摇子，关切地问道。

扶摇子闭目号脉，丝毫不为柴荣所动，过了许久，他才慢慢睁开眼睛。

"皇上，皇后失血过多，伤了心脉，所以一直沉睡不醒。"

"可有康复的希望？"

柴荣紧张地看着扶摇子，自从他将柴荣治好后，柴荣就把治好符玉儿的所有希望寄托在了这位神奇的老道身上。

扶摇子沉思了一会儿，慢慢说道："治此病，不难。"

"什么？太好了！"柴荣捏住扶摇子的手，激动地摇着，"道长，你若治好了皇后，朕！定予厚报！"

"皇上，贫道现有一件要事，请求皇上应允。"

"道长救朕夫妻，再造之恩，无以报答，请尽管开口！"柴荣激动说道，"只要朕能做到的，不妨天下公义之事，朕都能应你！"

"说起来，此事，还真是有些为难……"扶摇子突然站起，走到柴荣面前郑重一躬，"请皇上下令，限制邢州佛家招收弟子！"

"佛家？招收弟子？"柴荣一愣，方才还以为扶摇子狮子大开口，要请个国师当当，没想到却是这件风马牛不相及的事情。

"事情是这样的……"

扶摇子叹息一声，沉声慢慢道来。

邢州位居中原之地，土地肥沃，富庶一方，从西周开始就是天下名城。然而自唐朝开始，佛教在中原盛行，邢州城内也建起了不少佛寺，盛唐百年下来，邢州城内几乎处处是佛寺，人人信三宝。本来劝人向善，涤化民心，也是好事，可谁料僧人数量实在太多，严重影响了当地的发展。

"百姓笃信佛教，一旦落魄就皈依佛寺，而佛寺对此来者不拒，致使邢州僧人日剧。"扶摇子慢慢讲道："僧人日日念经礼佛，不务农，不做工，全靠邢州百姓供奉。唐初，邢州僧人人数不到民众的十分之一，可如今，邢州城内已有半数百姓做了和尚……大片良田无人耕作，成为荒地，而有些庙祝竟然趁机收购土地，变成地主，再雇佣佃农大肆盘剥……邢州百姓，日渐穷困，转而更多人剃度出家。未能出家为僧的，多以乞讨度日……"

柴荣骇然道："我只知佛家劝人向善，不问世事，却不知竟然也会误民，道长既然洞察一切，为何不禀报官府，让朝廷处理此事？"

扶摇子听罢，叹息摇头，欲言又止。

"皇上，贫道是道门出世之人，评判佛家功过，多有不便。再说当和尚一不犯法，二不强迫，三不生事，官府要管，如何下手？"

柴荣嗤之，不屑道："朕与先帝征战多年，见到的都是百姓流离失所，忍饥挨饿，骨肉分离，何曾见到僧人布施赠药，济世为民的？道长放心，朕马上派人去邢州调查，如果真如道长所说一样，那么朕必定设法遏制此风！"

扶摇子问道："皇上不怕由此担上骂名？"

柴荣点头道，"比起百姓疾苦，朕最看不上的就是一己私名，道长不必担忧，请速速为皇后诊治！"

"皇上大德，贫道定当竭力就醒皇后！"

"道长，皇后就交给你了，朕前朝还有国事要处理，先行一步了。"

"今日百官的举荐信在哪？朕要过目。"

"皇上……奴才不识字。"小太监连忙跪在柴荣书桌前。

"哦，差点忘了。朕自己找吧。"

自从中毒事件之后，柴荣心中疙瘩未消，再也没让王朴侍候御书房左右。如今换上一个小太监照应，总觉得处处不顺手。

"怎么，昨日只有三封，今日倒好，一封都没有了！"柴荣不满道，"这群当官的真是人精啊，原来吏部送来的举荐信如同小山，可朕一说连坐，就没人敢举荐贤人了？"

近日，柴荣将编练新军的事宜全数压给了赵匡胤，自己却开始盯上了大周的官吏制度。

正如老太师冯道临死前说的，大周缺乏能臣干吏。

第六章 雄狮崛起

柴荣翻查政务之时就发现了许多问题，譬如一个地方要求朝廷派人治理水患的公文，到了工部，居然不知被哪个官员当成了压桌腿的垫子整整三个月！如果不是柴荣视察时心细发现，恐怕此事至今还无人知晓。

柴荣当即大怒，狠狠训了工部一顿，再去盘查其他各部的政务，各种遗漏失误，真是数不胜数。

朝中那些文官，个个暮霭沉沉，早朝上不是一言不发，就是人云亦云，真是尸位素餐，误国误民。想到此处，柴荣顿时心生吐故纳新的想法。就在三日前的早朝上，柴荣推出了酝酿已久的一道诏书。

"在朝文资官翰林学士两省官内，有曾历藩郡宾职州县官者，宜令各举堪为令录者一人……不拘选限资叙，虽姻族近亲，亦无妨嫌，只需举状内具言。除官之日，仍署举主姓名。若在官贪浊不公，懦弱不理，或职务废阙，或处断乖违，并量事状重轻，连坐举主。"

原来是求贤诏书啊。

诏书开头还和历代帝王求贤书没什么两样，百官们本来听得昏昏欲睡，可一听到最后一句，所有人顿时齐齐一愣，四下对视之后，才发现不是自己听错了。

连坐制度？

如果被举荐的官员有违法渎职行为，一旦查处，其举荐者也要受到同样的处罚？

百官犹如当头一棒，顿时目瞪口呆。

科举制起源于隋唐，才不过百年历史。此前几千年来，举荐制才是朝廷选拔人才的主要手段，可诸如柴荣这种连坐的举荐之法，真可谓是古今罕有！

几位老臣一听皇上又出了新招，正要习惯性地劝谏皇上不要乱来，可仔细一想，自古以来，不管皇上是好是坏，只要他提出求贤，就是传世的一段佳话。皇上今日的诏令，除了连坐之外，似乎并无不妥之处。

要真论起连坐，举荐的官员的确是有责任对自己举荐的人才负责，不然这朝上不满是门生故旧，朋党同乡了？

大不了，一年之内，自己慢慢找个老实人来当官不就得了！想到此处，几位老臣顿时心安理得，不再言语了。

然而，柴荣得意没有多久，吏部送呈的举荐信锐减，就让他又头疼起来了。

到头来，还是让他们钻了空子，朕要的贤人，一个都没招上来！

和编练新军虽然一样，都是推陈出新之举。然而柴荣毕竟是个武将出身，不善于文治，手下不敢推荐新人，他一时也没有办法，还因为求贤若渴而闹过笑话。

乡野有个村民叫赵守微，因为读过几本书，喝了点墨水，自以为很有才学。他从家乡步行到汴京，上书皇帝言事。柴荣用人心切，也不仔细考察赵守微的具体情况，就加以重用，授右拾遗，做起了给皇上提醒建议的私人秘书。

从一介草民，到官拜正八品的右拾遗，赵守微连升三级的速度让朝中许多人眼红嫉妒，纷纷私下开始调查赵守微有何不法勾当。果然，赵守微还没当几天官，在"好心人"的帮助下，他的父亲和妻子就跑到汴京，将他告上了公堂，告发赵守微"大不孝"。

衙门仔细一查，赵守微虐待老父的恶名已是乡里皆知的事实，铁证如山！柴荣看了卷宗连复查的想法都省了，想来赵守微任职几日就能看出他的人品和才学，除了会读几句论语，其他的真是差王朴十万八千里。

这日早朝，柴荣处理了赵守微，免掉了赵守微的职务，杖责一百，最后发配到沙门岛，永不录用。之后马上发布了一条《求言招》，诚恳地反省了自己的过失，并恳求朝野大臣的批评指正。

自古以来，能容下诤臣的君王少之又少，魏征和唐太宗这对君臣够千古留名的吧？可晚年之时，魏征不一样被唐太宗各种整治，不得善终？满朝文武，谁又会傻到去找皇帝的错处呢？

正当满朝文武都埋头不语之时，一个年迈御史张昭却不识趣地跑了出来，悉数柴荣自登基以来的种种过失。

"一，穷兵黩武。不听太师之言，御驾亲征，以身犯险。

二，不守孝道。先帝大丧之时不在国守孝，却远赴河东征战。

三、重武轻文。偏爱赵匡胤、李重进等武将，忽视朝中文治之臣。

四、轻上重下。出身寒微者易被重用，非其有才，唯陛下偏爱……"

张昭越说越起劲，可柴荣和百官的脸色却越来越难看。不少同僚朝着张昭使眼色，让他别说了。可张昭貌似不吐不快，悉数完柴荣"八大弊政"，最后幽幽拜在柴荣面前，请求柴荣赐他欺君之罪。

柴荣脸色阴晴不定，但最终长叹一口气，起身下来，亲手扶起了张昭。

"张大人所言逆耳，但大体不差，柴荣不肖先帝，恳请张大人为朕之师！来人，赐张大人白银百两，御驾一乘！"

一时间，百官震惊。抱着必死之心的张昭听闻柴荣不杀自己，反而重赏，激动地当即老泪纵横，跪下誓死要为皇上鞠躬尽瘁。

此事霎时轰动了朝野上下，一时在文人骚客之中传为美谈。很快柴荣期待的贤人纷纷慕名而来，而百官做事也逐渐积极了起来，整个朝廷开始朝着好的方向运转。

许是上天垂怜，好消息一个接着一个前来。这日柴荣还在御书房理政，突然郭平南惊喜地跑了进来，大叫道。

"大哥！大嫂她醒过来了！"

"什么！玉儿醒了？"柴荣大叫一声，扔下手中的奏折和朱批，连忙跑向中宫。

到了符玉儿宫中，柴荣跑得只剩下一只鞋子，可自己还是浑然不觉，一进宫门逢人便问："皇后呢？皇后在哪里？"

扶摇子满面春风笑道："皇上，皇后大病初愈，刚刚醒来，不可受惊。"

"好好！朕知道了！"柴荣说完，果然蹑手蹑脚，轻声走进皇后寝殿。

只见符玉儿头戴黄巾，一脸憔悴地依靠在床边，怀中抱着已满周岁的柴宗训，满目都是爱怜的泪水。

"玉儿，你醒了？"柴荣激动万分，却又怕惊了妻子，只好强忍着狂喜，轻声问道。

"皇上……"

宫娥太监见状，纷纷知趣地离开。

柴荣一把抓住符玉儿的手，问道："玉儿睡了很久，玉儿都瘦了。"

"小荣子，你也瘦了……你看，我们的孩子，他多可爱啊……"

"玉儿，以后我们还会有很多孩子，答应我，不要再撇下我一个人了！"

须臾，整个冰冷的后宫终于因为皇后的醒来，渐渐温暖复苏。

"原来，我睡了这么久啊……"

柴荣几日来放下政务，有空就来陪着皇后，深怕符玉儿又一睡不醒。符玉儿听完柴荣诉说这大半年发生的事情，不禁一阵唏嘘。

"小荣子，你中毒了？现在还要紧吗？"

"没事没事，你看我现在，还是一样龙精虎猛！"

符玉儿拉着柴荣的手，慢慢说道："没想到你身边也出了这样的事，真是人心叵测啊……不过，小荣子，你把大哥外放，冷遇我爹、李重进和张永德，这可不是什么好事。"

柴荣也不禁摇头道："每当想起他们之中有人曾害过我，我就对他们再无信任可言。"

"奸细最多只是其中一人，可能还只是你捕风捉影呢！无端端放走这么些心腹手下，你不心疼，不觉得无人可用吗？"

"我……那段时间事情太多，太过烦心，我脑子一热，就这么办了。现在想想，也是有些后悔啊。"

符玉儿笑道："再过几日，应该就是宗训周岁了，我们不妨摆上家宴，请这些故人一聚呢？"

"不行！"柴荣突然厉色道，"如果中间有人趁机行刺你和宗训，太危险了！不准！"

"有南妹在场，你还怕刺客？我们自己设宴，更不怕歹人投毒。小荣子，你不能因为此事，就自断臂膀啊……"

此事……且容我想想……"

"放心吧。"符玉儿轻轻抱住柴荣，柔声说道，"有我在，别人再不能暗害你了……"

几月之后，符玉儿以皇子柴宗训周岁之名，邀请诸位故人来皇宫吃宴。

众人见符玉儿醒了，柴荣脸上终于彻底扫去了阴霾，不禁个个举杯庆贺，一扫前嫌。

然而宴席之上，却有两个席位空着。

"王朴，张永德……"

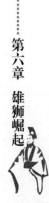

柴荣望着空出的两位子，心中轻轻念道。

第4节　业报在我

王朴被外放到卫州已经半年有余了。

柴荣没有只言片语传来，王朴死硬脾气，也不曾写过一封奏折上报柴荣，两人这么干耗着，直至近日皇子周岁，柴荣特意发来请柬邀请王朴入京一叙，然而王朴却对外称病，一直没有赴京。

卫州政务清闲，王朴每日过了午后，就无所事事，干脆每日提了鱼竿，跑到河边学起姜太公来。

湖面平静如水，浮萍点点。

王朴心中却不平静，他时不时烦躁地提起鱼钩看看，每次鱼饵都不知何时被鱼儿偷偷吃掉，辗转到日落西山，他都没钓上一条小鱼。

"唉，心性不定，连鱼都钓不起来。回府喝酒去咯！"

正当王朴无奈地收杆走人之时，府上小吏突然跑来。

"王大人！朝廷有急件发来！"

是问罪的诏书吧？没去汴京，实在没给他面子。

王朴不以为然地想着，探诏书一看，顿时双眉紧锁起来。小吏不解问道："王大人，你怎么皱眉了？这诏书上写的什么？"

"皇上发话了，要我给他作两篇文章。"

"哦？是那两篇文章？"

"一篇《平边策》，一篇《为君难为臣不易论》。"

王朴拿着诏书，想了半晌，最终无奈叹气，把手中的吊杆扔进了湖里。

"大人，你这是为何？"

"为我收拾行装，看在这两篇题目的份上，老爷我要回汴京当官去咯！"

为君难，为臣不易。

二弟，你是在跟我道歉吧？真是小心眼，小肚鸡肠！一朝被蛇咬，就把绳子全给扔了！

王朴想到此处，也不禁气愤，顿时觉得心中块垒难消，匆匆赶回家中，一夜未睡，伏案专心写下了两篇奏折，翌日心急火燎地三百里加急，送回汴京。随后，王朴却又变得气定神闲，雇了一辆牛车，慢慢悠悠地朝着汴京进发。

显德二年（公元 955 年）四月十八日，也就是柴荣新政快到一年之时，大周朝野终于慢慢焕发出了新朝该有的生机。文官们频频议论朝政，武将们则加紧编练新军，柴荣见时机已经成熟，对着满朝文武发下了两道考题。

其中一道《为君难为臣不易论》是特意为王朴所立，讲的是君臣之间加强沟通，互相体谅。而另一道《平边策》却是柴荣的重点所在。

平边，首先就要了解后周当时的世局态势。

五代十国，总体说来指的是唐末到宋初之间七十二年，中原存在过的五个朝代，即后梁、后唐、后晋、后汉、后周，以及包围在中原周围的十个小国，即前蜀、后蜀、吴、南唐、吴越、闽、楚、南汉、南平、北汉。再加上辽、吐蕃等少数民族政权，这一时期，可谓是四处乱仗，一锅糨糊。各个势力互相攻伐，国之兴旺，竟在眨眼之间。

到了柴荣的后周王朝时期，五代乱世已步入了尾声。梁、唐、晋、汉前四代，已经消亡，其他小国也互相吞并，如今，摆在柴荣面前的劲敌，总体说来，共有四个：契丹、北汉、南唐、后蜀。

契丹从后晋手中拿到幽云十六州后，雄踞北方，对中原一直虎视眈眈，乃是柴荣面对的第一强敌。

北汉虽然建国时间最短，而且也被柴荣打得奄奄一息，可是毕竟虎踞河东古秦地，有黄河、峻岭等天险为依托，再加上契丹支持，也是不可小觑的一方劲敌。

南唐地处今安徽、江苏、福建一代，沃野千里，远离中原战乱，在契丹和中原血拼之时，南唐却在几代明主的治理下不断兴旺富庶，可谓是十国中最富足的国家。

后蜀地处今四川、甘肃一代，凭借蜀道天险隔绝中原战乱，天府之国本来富庶，安心发展了三十余年倒也兵强马壮，不惧中原。

柴荣的后周周边，最具威胁的就是这四个国家，倘若要平定天下，势必要从这四者中挑出先后，一一对战。涉及国家兴亡的战略安排，柴荣自然慎之又慎，这才将这个命题交予满朝武文的手上。

过了三日，柴荣要求百官交上答卷。而此时，有两件事百官们没有料到。其一，最快交卷的，竟然是远在卫州的王朴。其二，驸马张永德竟然在朝上公然反对柴荣对外用兵的主张。

"驸马，你为何交了白卷？"大殿上，柴荣面色不悦地问着张永德。

张永德环视了一下四周，发觉满朝文武竟然没有几个和自己站在一边，倒也不惧，坦然道："皇上，因为微臣认为，此时平边，时机未到。"

"哦？驸马详细道来。"

"皇上，微臣还是那句话，三军未动，粮草先行。如今虽然我大周新军已成，朝野一心，但百姓依旧贫弱，前年大河泛滥，几个州府的田地全部绝收。百姓连饭都吃不饱，何来粮草支持大军持久作战呢？

"另外，虽然我军五万新军已成，可无论是南唐、后蜀，还是契丹、北汉，我军都将面对十数万之敌，倘若敌方勾结，那么就可能是数十万之敌。皇上，那时纵是我军将士个个以一当十，恐怕也抵挡不住敌军进攻。"

张永德的话让百官回忆起了北汉与契丹联手的十五万联军，一想起高平之战的凶险，不少文武都不禁变色。

"众爱卿呢？还有谁要说的？"柴荣对张永德的拆台心有不满，可他不能直接表示，只能期待下面人为他接话。

"皇上，驸马此言差矣！"

殿外，王朴风尘仆仆，一溜小跑就跑进了宫门。

你终归是来了。柴荣望着王朴，高兴地点点头问道："王爱卿，说说你的平边策。"

张永德也不怀好意地冲着王朴笑道："微臣洗耳恭听。"

微臣？张永德不自称末将了？看来皇上把他的军权也给收了。看今日形式，驸马这是要站在皇上的对立面啊。

半年不到汴京，没想到真是物是人非啊。

王朴收拾心中纷繁的思绪，朗声对着满朝文武分析起来。

一直困扰后周的最大问题，就是钱粮不足。王朴认为，这个问题，无论后周如何休养生息，都是无法内部解决。原因很简单，由于黄河年年泛滥，中原一带虽然沃野千里，却总有州府年年绝收。太平年景尚且如此，更不提打仗的日子了。

"我大周，没有好的农田粮仓，这就要求大周必须对外扩张，必须拿下一两块丰腴之地，才能安心积攒实力，不然比拼财力，我们永远不是其他四国的对手。因此，微臣以为，皇上的平边之意，并非一举灭国，而是不断攻取蚕食他国，让大周在战争中不断壮大的长远之计！"

"嗯，知朕者，莫过王朴大人！"

王朴接着分析道，北汉、后蜀皆有天险屏障，易守难攻，如今大周最佳的进攻目标，就是南唐与后周接壤的江淮平原。

江淮地区是千里平原，没有什么险要地势，只有一条不算太宽的淮河横断南北。只要周军渡过淮河，淮南十四州覆手可取。而淮南沃野千里，人口百万，周军拿下淮南后，就可以"务食于敌"，以战养战。南唐如果丢掉了淮南，其都城江东就直接暴露在周军的兵锋之下。南唐一旦灭亡，湖南、两广、浙江、福建诸侯皆不战可下。届时南方诸国中，只剩下了一个劲敌后蜀。但周朝已经控制了湖广，对后蜀三面合围，后蜀皇帝孟昶插翅难逃，只能束手就擒。

南方平定之后，不用几年休养，周军将兵强马壮，粮草充沛，到那时，便可安心决战北汉，收复幽云十六州！

总体来说，王朴走的是一条先南后北，先易后难的战略路线。此举正与柴荣的想法不谋而合。柴荣望着一边滔滔不绝的王朴，再看看沉默不语的张永德，心中对外扩张的决心更是坚定起来。

"王大人巧舌如簧，微臣敬服。不过有句话叫巧妇难为无米之炊，打仗与做生意无异，都需要本钱。我只想问王大人一句，当下攻占江淮平原，我军势必要消耗大量粮草。这粮草何来？"

面对张永德的质问，王朴沉声道："驸马，民间也有句话叫舍不得孩子套不着狼，目前是我大周最困难的时候，也是时机最佳的时候，必要时刻，需要举国上下齐心协力，才能共渡难关！"

"说来说去，还是要强征百姓口粮做军粮。王大人你可知道，此举一出，多少百姓会遭殃，皇上好不容易安定的局面又会变得多么混乱不堪？到时候，别提征服南唐、后蜀，我大周自己不乱就是万幸了!"

正当两人唇枪舌剑之时，站在文臣末位的潘豹突然站了出来："皇上，卑职有一计，可解眼下燃眉之急。"

"潘豹! 你!"张永德没想到潘豹这时会出来"反水"，瞪大了眼睛气急败坏地望着这个精明的家奴，恨不得一口吃了他。

"哦? 你是太原之战时，为朕筹集粮草的那个卫兵潘豹?"柴荣故作惊讶道，"有何良策，速速说来。"

"皇上可收尽天下黄铜，铸币，再向邻国购粮!"

"哈哈，潘豹，你是让朕做无本买卖吗? 收尽天下黄铜，那是要不少银钱的!"

潘豹小眼睛滴溜一转："皇上，有一种黄铜，皇上尽可收取，无须付钱!"

"哦? 快说快说!"

"皇上可责令天下佛寺，交出黄铜佛像，铸币资国!"

潘豹此言一出，大殿之上顷刻间鸦雀无声，就连王朴和张永德两人都惊得有些说不出话来。

宰相王溥立刻站出来道："皇上，此举惊扰神明，会天降灾祸，万万不可啊!"

就连王朴此刻也沉默不语了，心中也有些犹豫。平心而论，潘豹这小子的馊主意倒真是个办法，可佛教在唐朝兴盛开来，中原百姓多是信徒。就连朝上百官，也有不少定时会去佛寺参拜。贸然灭佛，恐怕会导致民心不稳，更可怕的是，会在青史上留下不灭骂名。

北魏太武帝、北周武帝、唐武宗，三位前朝皇帝都曾经灭佛，史称三武灭佛，这三个皇帝，因此没一个留下好名声，世世代代都被天下口诛笔伐，可见灭佛之举严重后果!

王溥带头，朝中几位老臣也纷纷跪下叩头，恳求柴荣不要采纳潘豹的意见。可柴荣一直低头沉思，沉默不语。

"皇上……"王朴忧心忡忡地对着柴荣问道，"请皇上示下……"

柴荣想了许久，最终才毅然抬头，环视着满朝文武道："佛教盛行，导致各州府冗寺冗僧。若是太平日子，也就罢了，可那些和尚不做农事，成天只会吃着百姓供奉，空空念经，误国误民……弊大于利！"

"传旨！擢升潘豹为户部侍郎，按汝之意图，遣散各寺僧众，收尽天下佛像！"

"皇上！万万不可啊！"一时间，百官如丧考妣，跪倒一片。可柴荣不为所动，立刻拂袖而去。

潘豹望着周遭文武射来怒意，还有老主人张永德的杀意，心中一半激动，一半恐惧，脸上展现出难看的笑容。

属于我潘豹的日子，终于来了！

汴京，相国寺。数十个和尚端坐在佛像面前，不断地念经敲着木鱼。

潘豹带着一群兵卒，几乎将刀架在了和尚的脖子上，可那群和尚个个不为所动，依旧镇定自若的闭目念经。

柴荣得知消息，立刻带着王朴，摆驾来到相国寺。

"皇上！这些老秃驴，竟然敢抗旨不从，以卑职之见，不如绳之以法，明正典刑，以震慑天下！"

"潘大人好威风啊。佛前杀和尚的可是大罪，你不怕报应吗？"王朴故意将"报应"二字重读，其实是想有意提醒柴荣。

此举风险太大了，二弟如果后悔，此刻还来得及！

"潘侍郎，朕只让你遣僧收佛，没让你杀人。"

柴荣说着，径直走到佛像目前，低头望着一众僧侣，沉声问道："请问哪位是住持方丈？"

一名白眉善目的老和尚睁开了眼睛："老衲慧明，见过施主。"

柴荣问道："天下苍生受苦，你们守着这尊铜像，有何意义？"

"施主，正因苍生为红尘所苦，才有我佛慈悲，以佛法普度众生……"

"百姓吃不饱，穿不暖，无处居所，佛法能解决问题吗？"

"皈依我佛者，死后不受红尘轮回之苦，可登西方极乐世界……"

"哈哈！真是天大的笑话！"柴荣仰天大笑，"死后之事何人可知？朕是百姓的天子，就只管活人的疾苦！来人，把这些和尚统统请走！"

慧明等僧众被官兵拉走，眼看佛像就要被官兵挪动，慧明老和尚不知哪来的力气，一把挣脱官兵，一头就撞到了佛像之上！

"方丈！"

顷刻间，血溅佛堂，慧明软软地摊在地上，眼看就活不成了。慧明用尽最后的力气，冲着柴荣说道："皇上……亵渎佛祖，会遭报应的……"

"化铜济世，功在佛祖。天降灾祸，业报在朕！"

柴荣硬硬地甩下这句话，头也不回地就离开了。

"潘豹！"柴荣突然喝道。

"卑职在！"

"所有铜像铸币所得，一半让利于民，一半用于军费。若是让朕知道有一人胆敢贪污一文一毫，朕不管别人，只会砍了你的脑袋！"

潘豹被吓得一阵哆嗦，立刻唯唯诺诺。

王朴见柴荣越走越快，心中担忧，问道："皇上，其实你不必太过介怀，乱世之中，念经最易，活着最难。"

"大哥，前一阵子是我犯浑，二弟给你赔罪了。"

柴荣此时心中万分难受，听了王朴的劝解，方才顿悟：普天之下，唯有大哥王朴，才能是自己真正的知音。

"哪里话，我也不是犯浑了吗？"王朴笑道，"说起来，我们哥俩还真像是一个人。"

"大哥的平边策，与我所想，不谋而合。"柴荣说道，"不过，我却有一处改动。"

"哦？难道是我有遗漏的地方？"

"欲攻取江淮，必先攻后蜀！"

"后蜀？那里可是蜀道天险啊！"王朴不解叫道。

"我大军南下，中原空虚，后蜀最有可能从秦州出秦岭，进攻关中，再沿黄河水路东进，洛阳、汴京便无险可守。"

"二弟，你是担心，蜀军趁我军与南唐决战，从西面偷袭我方都城？"

"极有可能。如果我是孟昶，我就会这么做。"

如果蜀军真么做了……王朴想到此处，不禁额头上也渗出冷汗。

"二弟，这次是我托大了，没想到会有这么重大的漏洞在里面！"

"大哥，此次来京就不要走了，左谏议大夫，开封府事的位子，我一直给你留着。"

半年不见，二弟竟然历练得如此老道！

他稍一发呆，柴荣就已经走远，王朴突然惊愕发觉，自己有些赶不上这个二弟的步伐了，王朴连忙加紧脚步，紧紧跟上这个二弟皇帝。

第5节　兵戏后蜀

风风火火的灭佛令执行了两个月，令柴荣意外的是，文臣们担心的"百姓哗变"的事情并没有发生。百姓们没了佛像和僧人供奉，也就是起初埋怨了几句。到后来，后周官府将铜像融成了铜币，不仅减免了百姓许多赋税，对遭受水患地区还及时地进行了救灾与水利兴修。百姓们得了实惠，再也没有过激的行为抵抗官府了。

正如王朴所说的，乱世之中，念经容易，活着最难。百姓只有被逼到没了活路，才会对虚无缥缈的来世充满希冀。

从某个方面来说，潘豹的确是个干吏，短短不到两月的时间，统计上来一共废寺院三万三百三十六所，还俗僧尼多达六万一千二百人。收铜像大小一万余座，共计二千万斤！二千万斤，即使放到大唐盛世，也是个天文数字！

柴荣马上下令潘豹组织工部将其锻造成铜币，一部分投入市场流通，另一部分则对外大量购进粮食与生铁等战略物资。眼见大周的国库越来越满，柴荣终于踌躇满志地对着西边的后蜀展开了作战攻势。

五代十国中，有一个前蜀，也有一个后蜀，其实两个政权从地理位置上来说，基本是重合的，简单来说，就是一先一后建立在蜀地的两个政权。

大唐末年，壁州刺史王建趁着中原战乱，占领了蜀地自封为王，建立了前蜀政权。经历两代之后，就被后唐庄宗李存勖给灭了。后唐后来派武将孟知祥出任西川节度使，掌管蜀地。不想没过几年，中原大乱，天高皇帝远的

第六章　雄狮崛起

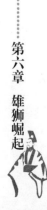

孟知祥，干脆也学起前任，画地自封为王，在同一片土地上建立了后蜀政权。

孟知祥也算是一代明主，在其治下，后蜀远离中原战乱，很少发生战乱，渐渐发展成了十国中少有的富庶之国。如今，孟知祥早已作古，后蜀的皇帝现在是孟知祥的儿子孟昶。

要说起这个孟昶，还算得上是当时有名的文学家，文学功底相当好，能写一手漂亮的花间词。但孟昶在豪府深宫里长大，养出了骄、娇二气，是除了后世南唐后主李煜之外，又一位令人啼笑皆非的文人皇帝。

当柴荣将战书送到孟昶手中之时，孟昶不仅不动怒，反而带领着满朝文武笑了半日。

"叫花子一样的周军还敢来送死，真是痴人说梦啊！"

马上，孟昶玩笑一般地组织起一支军队奔赴前线御敌，还在每个士兵脸上刺了一把斧头，号称破柴都。孟昶饱读诗书，认为柴荣姓"柴"，而"斧"能破"柴"，故而自作聪明地想出这么一招来。可怜后周西征的将领一直不明白后蜀军脸上的图案是何意，直到攻入后蜀境内，抓来俘虏一问才明白孟昶的"深意"。

柴荣攻打后蜀的目的，是为了占领后蜀与后周西部接壤的秦、成、阶、凤四州，便以防止后蜀在周军攻打南唐江淮地区时来个背后偷袭。因此，柴荣的战略重点还是放在南唐，所以并没有御驾亲征后蜀，而是在宰相王溥的举荐下，点了镇安军节度使向训为主将，凤翔节度使王景为辅，两人率领六万人马，对后蜀展开作战。

眼看着周军兵马就要入境，孟昶这才不慌不忙地派了一位亲信特使赵季礼到前线查看。赵季礼在凤州和秦州走马观花了一圈，回到成都后是这样回禀孟昶的。

"禀告皇上，秦州雄武节度使韩继勋、凤州刺史王万迪，两人皆非将帅才，不足以御大敌。"

"爱卿，周军不日兵临城下，谁又堪当护国大任呢？"

赵季礼风度翩翩，马上毛遂自荐道："臣愿领两万破柴都，主动出击，将来敌悉数歼灭！"

赵季礼其实只是个近侍文臣，而且是酸腐气十足，以诸葛武侯自居的儒官，可正是这样的儒官，最符合孟昶的"审美"标准，所以孟昶想都未想，就马上将驻守十年的老将换下，而让这个风度翩翩、羽扇纶巾的赵季礼成了护国军主帅。

赵季礼春风得意，深怕蜀人不知他的威名，一路上锣鼓开道，写诗留念，还带了一群姬妾乐师，俨然把蜀军装扮成了风月班子。一行两万人慢慢悠悠地北上到了德阳，这时前军探马发来警报，周军先遣部队竟然已经进入后蜀境内。

"什么！"赵季礼震惊又不解问道，"昔日诗仙李白不是写道，'蜀道难，难于上青天'吗？怎么周军这么快就入蜀了？他们个个长了翅膀不成？"

一众随行将领们又气又笑，照主帅这个游山玩水的行军速度，周军没有入蜀才是奇怪哪！

"周军一定有阴谋，一定在效法诸葛卧龙后有伏兵，哈哈，本将才没那么傻！"赵季礼干笑几声，立即下令驻扎在德阳，闭而不出，眼看就放弃了攻击周军的最佳时机。

然而待在德阳左等右等，赵季礼也没看出周军的诡计在哪，倒是眼睁睁地看着周军渐渐包围了凤州。

这时赵季礼不去援救凤州，反而又做了一件令人震惊的傻事。他居然直接密信孟昶，以天时不利为由，要求孟昶将他和大军调回成都。

孟昶还没收到密信，赵季礼竟然先把随军的辎重和姬妾打发回成都，随后某日深夜，自己带着几十名轻骑护卫，撇下大军，光棍一般地逃回了成都，导致是夜蜀军大乱，逃亡了两千余人。

赵季礼逃回成都，找孟昶报信，称前线将领临阵叛国，导致他的护国军出师不利。孟昶这时才半信半疑地问赵季札，前线战况如何？叛将是谁？周军有多少人马？主帅何人？

赵季札根本就没到前线，只能惶惶中胡吹乱侃一番，前言不搭后语，恨不得将周军描述成了诗文中的妖魔鬼怪一般。这时，前线副将的书信送达成都，孟昶这才知道赵季礼在前线干的好事，气得暴跳如雷，立刻下令砍了赵季札的脑袋，送去前线安慰三军将士。

一路未见蜀军的向训一开始也被弄得莫名其妙，可所谓机不可失，再三

311

探明敌情之后，周军决定"铤而走险"，一举拔掉了防卫凤州的黄牛寨、木门寨等八个军事据点，剑锋直指要塞凤州。

得知凤州危在旦夕，孟昶这时才有些坐不住了，不得不正视柴荣的周军了。这才正儿八经地派出了保宁军节度使李廷珪、左卫圣步军都指挥使高彦俦两人率军北上救援凤州。

李廷珪与高彦俦是后蜀名将，一直不被重用，直到此危急关头，文人皇帝孟昶才想起启用他们两人。而正是这两位名将的上阵，后蜀与后周的大战，才能说是正式开始。

果然，二将不负所托，凭借着蜀地天险，蜀军与周军在威武城展开了一场激战，双方旗鼓相当，论战力周军新军还要略胜一筹。然而，让人始料不及的是，由于前面几仗胜得太过轻松，周军一开始低估了蜀军。

所谓骄兵必败，如今倒轮到周军自食其果。威武城一战，周军大败而归，伤亡一千余人，连前线长官濮州刺史胡立也被蜀军俘虏。

孟昶一战而胜，终于又找回了一开始的傲气，于是以盟主的姿态展开了外交攻势，派出王命使者，分赴北汉和南唐，约请二国出兵攻周，合力灭周。

然而，由于两个王命使者太过盛气凌人，北汉和南唐虽然都答应了出兵，但事实上却都没有实际动作。

这一点，也早在王朴与柴荣意料之中。

北汉奄奄一息，就算想趁火打劫，也没有实力。而南唐离后蜀太远，其间还夹着中原后周，书信一来一回就是数月，可能南唐主还未收到国书，后蜀之仗就已经打完了……

凤州地处秦岭腹地，多奇峻山脉。蜀军山地作战经验丰富，并没有继续和周军作战，而是凭险固守。

蜀军居高临下的防守，让周军一筹莫展，攻不上去，又不能撤，只好在山沟里待着。从六月一直拖到了七月，周军依旧没有任何进展。

时间一长，周军的粮食供应出现了问题。小股蜀军穿梭在山林小道之间，专门攻击周军的运粮队伍，本来军粮补给困难，这样骚扰下去，前线周军顿时陷入军粮紧缺的窘境。

"皇上！西征前线作战不利，趁我军还未有重大伤亡，请皇上考虑马上撤军!"

如今大殿上,无事可做的张永德竟成了柴荣的头号反对者,往往柴荣想做什么,张永德都能找到各种合理的理由对之"劝谏"。

柴荣此刻也是有苦自知。西征打得不上不下:强攻,死伤惨重,周军将元气大伤;撤退,之前所有的努力将付之东流。

后周朝堂之上,文武大臣也以王朴和张永德为首,泾渭分明地形成主战与主和的两派,成日在朝堂争吵辩论,也没得出个结论。

最终,柴荣想了一个折中的办法,他立刻令殿前都虞侯赵匡胤奔赴前线实地考察,由他判断是否有必要撤军。赵匡胤身为柴荣的心腹,怎能不知柴荣的心意?赵匡胤连夜赶回,在朝堂上细数文人皇帝孟昶的种种笑柄,最终得出一个结论:后蜀上下昏聩,蜀军将士离心,绝不是周军对手。柴荣这才稳住了主和派的言论,下令强攻凤州。

蜀军主帅李廷珪毕竟年少气盛,见周军锐气被挫,妄想一次打仗一举歼灭周军。于是他兵分三路,妄图前后夹击一举吞掉周军主力。哪知抄周军后路的人马不慎碰上了两支周军的游击小队,双方一场恶仗,蜀军将领王峦见势不妙,临阵脱逃,最终导致后路五千蜀军全军覆没。而左右二路蜀军风闻前方友军没一个活着回来,竟吓得全都逃了。

蜀地安逸,将士缺乏死战意志,故而临阵脱逃成了蜀军的"光荣传统",可这关键的一点,恰恰是才接手部队不久的蜀军主帅所忽视的地方。

部下跑光了,主帅有什么办法?无奈之下,只好带兵退守青泥。凤州随即被周军一举拿下。凤州的失陷,对秦州、成州、阶州的蜀军守将造成的打击简直就是晴天霹雳。很快,驻守秦州的蜀雄武节度使韩继勋干脆弃城逃回成都,秦州成为一座空城,周军兵不血刃就将其拿下。

紧接着,蜀军一触即溃,见到周军旗号想都不想就弃械而逃。不到一月,成、阶二州也被划进周朝的版图。

经过四个多月的半玩笑,半艰苦的作战,周军终于完成了既定目标。在收复秦、成、阶、凤四州,在后周西线,筑起了一道牢不可破的防线,也正是这道防线,让柴荣可以放心大胆地去攻打南唐。为此,柴荣十分高兴,在宫中设宴犒赏得胜回朝的三军将士。

宰相王溥推荐主帅有功，柴荣特意给王溥敬酒道："为吾择帅成边功者，卿也。"

几家欢喜几家愁，蜀军的惨败震惊了成都，顿时整个后蜀都开始人心惶惶。李廷珪、高彦俦等人灰溜溜地逃回成都，上表负荆请罪。可孟昶还算通情达理，知道临阵换将他也有几分责任，也就没有追究两人死罪。

然而，文人义气的孟昶终究无法忍下这口恶气，旋即在与后周接壤的剑门等地囤积粮草，增加军队人数，妄图找回颜面。不料此时，孟昶得到了一名绝色美人，就是历史上闻名的花蕊夫人贾氏。

文人风流，孟昶得了美人，竟然转眼间就把国仇家恨给抛到一边，抱着美人又重回风花雪月的后宫世界去了。

十年后，后蜀亡国，花蕊夫人特意作诗一首，反而盖过了一代文豪皇帝孟昶的文采。

《述亡国诗》

君王城上竖降旗，妾在深宫哪得知。

十四万人齐解甲，宁无一个是男儿！

玩笑一般的西征圆满结束。柴荣雄心勃勃，立刻将剑锋指向了富裕糜烂的南唐。

第七章　战淮南

第 1 节　挥师南下

汴京城郊，皇家校场，此刻正上演这一场声势浩大的对战。

一队百人骑兵，手持木棍，朝着前方策马狂奔。而在骑兵对面，三阵步兵成雁形阵，手持木盾长棍，毫无惧色地面对着杀气腾腾的骑兵。

当骑兵大队突入"雁心"之时，排在最后的"雁身"突然向两边闪开，让开中间一道通道任由骑兵冲出，而前方展开的"雁翅"突然合并，一位精壮的百夫长，领着十个士兵猛然冲向骑兵中队，顿时像是拦河的水闸一样，狠狠将骑兵队伍拦腰斩成两截！

战马撞上盾牌，猛然减速，顷刻间不少步兵被撞飞，而骑兵这边，生生勒马，顷刻间也是人仰马翻！

"中队撑住！左队、右队合拢！围住骑兵中队！"百夫长大声喊道。

骑兵中队被对方打得措手不及，很快被三股步兵围在中心，原本横冲直撞的骑兵队伍如今却截成三节，霎时失去了冲刺的空间。

可骑兵不会束手待毙，马上反应过来，前后两队人马立刻围着合拢的步兵大阵飞速转圈骑射，靠近步兵的骑兵纷纷拔出兵器，朝着马下的步兵砍去。

"变阵！圆形阵！外围拒马，中层掩护，内层围杀！"

在百夫长熟练的号令下，步兵很快围成一个圆圈，竖起木盾长矛变成了一只刺猬，而内层步兵与骑兵狠狠地绞杀在一起！

　　柴荣站在高台上，远远地望着这一场激斗，回头望着王朴说道："大哥，你看我大周新军战力如何？"

　　王朴对眼前的一幕不禁点头赞道："步兵机巧，居然能在平原野战中抵住骑兵围攻，称得上一支铁军！"

　　"那依大哥之见，步卒与骑兵，哪方会获胜？"

　　"目前来看，步卒方阵占足优势，如不出意外……"

　　王朴还未说完，突然圆形军阵中突然一阵骚乱，一声烈马长嘶，一名身着红缨白甲的骑兵将领左突右撞，竟然生生撞倒三个人高马大的步卒，奔马飞跃，竟然在突出了重围，在"刺猬"的身上打开了一个空门！

　　"队长！"

　　"所有人！随我冲入阵心！"

　　白甲骑兵队长振臂一呼，有些低迷的骑兵士气瞬间爆炸开来，二十余骑马上组成了一把尖刀冲锋，杀向兵卒圆形阵上的那个空门。

　　出人意料地，仅仅一个小小的缺口，竟然被骑兵生猛地冲开了一条裂缝！二十人队势如破竹，竟然一个冲锋就杀透了敌阵，顿时兵卒圆阵立刻被分割成两半！

　　"骑兵！分割围杀！"

　　步卒眼看就要被围杀，百夫长立刻冲到阵前对着骑兵砍杀，大吼道："朝着中心合拢！速速成阵！"

　　转眼之间，换骑兵竭力分割步卒，南北两个方向对冲，而步卒却又缩成了一团，不断伸出长矛挑下骑兵。

　　"真是……厉害啊！"王朴看得眼都直了，"双方旗鼓相当……不，按理说应该是兵卒更胜一筹！"

　　远处，步卒百夫长不顾指挥，竟然跑出大阵，手持盾牌长刀，竟和骑兵队长决斗了起来，而骑兵队长立刻也放弃指挥，拔刀冲向百夫长。柴荣看见此幕，不禁头疼了起来："两兄弟一个德行，一上战场就杀红眼了。"

　　王朴也看到了这一幕："皇上别说别人，你上了战场可不比他们强多少。"

　　"传令，立刻鸣金！不然这两头疯牛真能打出人命！"

　　柴荣一声令下，传令兵立刻敲动铜锣，过了好一会儿，战意滔滔的两队人马才慢慢停下厮杀。

"此次谁输谁赢?"百夫长气喘如牛,瞪着骑兵队长问道。

"输赢与否,看皇上圣裁!"队长终于收起了战意,收起兵器,跃下马来,拍拍百夫长肩膀,"走吧,阿弟,方才没伤着你吧?"

"阿哥,方才你没留手吧?"

"留手?我找死啊!"

"哈哈!那就好!"

很快,两队人马再次整装列队,由专人进行盘点。

"禀告皇上,步卒方阵一百五十人,伤亡四十七人。骑兵队八十人,落马二十五人!"

柴荣听着回报,满意点头道:"两倍与敌,步骑对抗,如此战果,大哥,你看如何?"

王朴有些震惊道:"步骑对抗,没有三倍步卒依阵据守,根本不是对手。没想到,今日步卒能稳住阵型与骑兵鏖战多时而不败,无论伤亡多少,此战果,已是大胜了!"

柴荣笑道:"这就是新军战力。"

"皇上,你手上这样的锐士还有多少?"

"大哥,实不瞒你,新军现已练成八万,不过,眼下这两队人马都是参与过高平之战和后蜀之战的老兵,战力超群。加上虎将指挥,称得上我周军精锐中的精锐。"

无论在校场上如何威猛,没经过战火的洗礼,新兵永远还是新兵。

"皇上加紧练兵,是否已经想以南唐磨刀了?"王朴试探问道。

"南唐之战,势在必行!"柴荣斩钉截铁道,"来来,大哥,我给你介绍一位小弟。"

骑兵队长和步卒百夫长两人被召到阵前。

"三弟,原来是你!"王朴指着一身白甲的骑兵队长惊讶道。

"禁军都统赵匡胤,拜见皇上。"赵匡胤冲着柴荣一拜,然后对着王朴挤挤眼道,"九重也拜见大哥。"

"标下赵匡义,拜见皇上!"步卒百夫长随后也拜道。

"赵匡义?"王朴一听,立刻问道,"九重,难道他是你的……"

赵匡义马上笑道:"小弟给两位哥哥叩头了!"

柴荣笑着解释起来:原来自从他新政编练新军,优质兵源一直缺口较大,赵匡胤旋即拿赵氏子弟"开刀",劝说他们积极参军。戎马一生的赵弘殷,即赵匡胤的父亲一听,怦然心动,很快领着赵家军加入新军,而赵匡胤的胞弟,赵匡义,随之在新军中脱颖而出,俨然又成了一颗战将新星。

"大哥,我们这次可又多了一个小弟了。"柴荣对王朴笑道。

"长江后浪推前浪。"王朴点头道,"恭喜皇上又多一员虎将了!如此高兴,今晚酒鬼王朴可要赖着不走了!"

"今晚?"柴荣一听,似乎想起什么,看着日头渐西,忙问道,"现在几时了?"

"应该快到酉时了。"王朴不解问道,"皇上?"

"糟!差点误我大事!"柴荣一脸慌乱,连忙起身说道,"大哥,三弟,我有急事,先行一步了!"

"何事皇上如此慌张?"王朴望着柴荣匆匆离去的背影,"莫不是朝中有变?"

"大哥,这你就不懂了。"赵匡胤笑道,"光棍早点成家吧……"

"哈哈,飞起来咯!"

柴荣将柴宗训高高举起,绕着屋子跑来跑去,哪里还有平日皇帝威严的样子。他手中的孩子,竟然也不畏高,咯咯开心笑了起来。

"玉儿,你看,宗训笑了!他笑了!"柴荣兴奋地叫道,"这小子像我,胆大,将来一定是个指挥三军的帅才!"

符玉儿扑哧一下笑了出来:"慢点慢点,别摔着孩子。胆大倒像你,可这三军帅才嘛……"

"怎么?我就不是帅才了?"柴荣一愣,横眼问道。

"你呀,一上战场就冲到战前了,哪里像大帅?"符玉儿白了柴荣一眼,接着把柴宗训抱回怀里。

"额?你怎么知道……"柴荣一愣,顿时气得破口大骂,"哪个兔崽子告密的!看我回去不收拾他们!"

"是南妹告诉我的。"

"南妹？怎么，她还在宫里？"

符玉儿哄着孩子，不满道："真不知道这半年你是怎么过的，居然弄得妹妹和妹夫都分居两个月了。"

"张永德？他是咎由自取！"柴荣想起驸马，顿时恨得牙痒，"让他跟着李谷学习政事，他却成天跟我对着干，好几次都让我在朝堂上下不来台！"

符玉儿见柴荣说的不是气话，看似动了真火，将已经熟睡的柴宗训交给奶娘，又下令屏退左右。庭中无人后，符玉儿这才放肆地依偎在柴荣怀中说道。

"小荣子，你是想挥兵南下了吧？"

"嗯，南唐之地，我势在必得！"柴荣抱紧了符玉儿，"玉儿，你不必为我担心。"

"唉。"符玉儿叹了一口气，幽幽道，"你我聚少离多，好不容易在一起了，要是不打仗，那就好了……"

柴荣一听，动情道："玉儿你放心，不出五年，南唐诸国定不复存在。十年之内，幽云十六周定回我手！届时，中原平定，九州一统，契丹狗贼再也不敢南下，大周百姓人人都能过上安居乐业的日子！

"玉儿，我只要十年，等我功成身退，我必定放下这一身政务，陪你周游天下，做一对神仙夫妻！"

符玉儿点点头，淡淡道："我原来就说过，无论你去哪里，要做何事，我都会陪着你……只是，小荣子，我担心你的安危，刀剑无眼，你身边还是要几个忠义之士护卫。"

"哈哈，玉儿莫愁，我有三弟、四弟，最近还收得一猛将小弟，他们可都是以一当百的虎将！"

符玉儿说道："小荣子，我知道你为什么要冷落妹夫，我想了很久，你中毒一事，可能真的和他无关……这次南征，你还是让他随军任职吧……你身边义兄义弟虽多，可是，我总觉不妥……还是要些骨肉血亲方才万全。"

"张永德？"符玉儿的话让柴荣终于沉下心来认真考虑这个问题，"容我考虑一下……"

第七章　战淮南

"南唐虎踞江南，鱼米富庶，天下无双。四十万南唐军凭借淮河、长江天险，可抵御数倍过江之敌！我大周新军虽然锐利，但兵力不足，且不善水战，征唐之计，皇上万万三思啊！"

张永德也是命该如此。

正当柴荣松口，准备再度启用张永德时，没想到翌日早晨张永德又再度当众反对起柴荣的南征大计起来。

这小子若是到了军前，岂不天天找我麻烦？还是让他待在汴京，让大哥看着他！

就这么一通败坏士气的进言，立刻打消了柴荣重新启用张永德的想法。

然而柴荣心里清楚，张永德故意动摇军心的言论虽有私心，但并非全然夸大南唐实力。不得不承认，当时的南唐，正是大周不可小觑的劲敌。

南唐强盛到何种地步？可以这么说，整个五代十国，再加上北方的辽国，十六个政权中，论起国力来，没有一国能胜过南唐！

和其他政权一样，南唐开国皇帝，后唐烈祖李昪，也是通过武将篡权的手段称帝建国。"烈祖"，即建立功业的先祖，刘备死后的谥号就是"蜀汉烈祖"。李昪虽然比不上郭威勤勉，但也算是一代明主，一生苦心经营江南，坚持做到了三点。

其一，与邻为善，不动兵戈。几十年来，南唐安心南方一隅，从不惹事，和闽、楚、中原、吴越、南汉这几个邻居一直保持着和平的状态。

其二，轻徭薄赋，鼓励生产。李昪出身寒微，对百姓疾苦感同身受，故而特别注重吏治清明，从不横征暴敛。

其三，健全法制，依法治国。李昪下令编订《昇元格》，并严格施行，特别对官吏作奸犯科之举从不手软，一律依法严惩。

李昪执政六年，也并无大刀阔斧的改革，可南唐就在这六年，发展得兵强马壮，富庶天下，一跃成为南方最强大国。然而盛极必衰，就在李昪功成名就之时，李昪却开始迷信方士，追求长生不老，最终竟因服食丹药而中毒去世，享年仅五十五岁。

李昪虽死，余威犹在。其后的政权交接并没有发生意外，嫡长子李璟顺利万分地坐到了龙椅之上。要说五代十国都有一个奇怪的特点，就是明主大多仅仅一代，明主之后几乎均是草包。李昪以武立国，以仁治国，算得上一代明君。而后继之君李璟，却好高骛远，重文轻武，满脑子都是风花雪月、青史留名的文人皇帝。

李璟身边有冯延巳、陈觉等五位心腹，史称"南唐五鬼"，个个都是饱学文士，可偏偏都好大喜功，好言兵事，日日怂恿李璟征伐四方，恢复大唐盛世。

"先帝贤明有余，而大略不足。我大唐明主应君临天下，而非偏安一隅之田舍翁！"

五鬼之首的冯延巳评说起先帝功过来，毫不避讳，竟把英明的烈宗比作了胸无大志的田舍翁。可这李璟心中尽是"大国圣君，四方来朝"的浪漫幻想，故而不但不怒，反而对冯延巳更加恭敬信任，天天和这群文人聚在一起商讨"灭国大计"。

很快，按捺不住的李璟打破了先帝"和睦四邻"的国策，先后对周边的闽、楚两国发动了战争。

闽国与楚国都是小国，实力远远不及南唐，加之当时两国都发生了内部夺权的政变，李璟见天赐良机，立刻毫不犹豫地发动两次"灭国之战"。

然而，五个轻狂文臣指挥之下，又能有怎样的结果呢？

对闽一战，南唐军一路狂飙，锐不可当。可闽国之侧的吴越却没有坐视南唐扩张，突然从后方偷袭南唐大军，五鬼毫无应变之力，坐拥数倍兵力而一触即溃，反而让吴越渔翁得利，顺手收下了南唐攻下的福州。

对楚一战，楚国正值内乱，南唐几乎兵不血刃就占领了楚地中枢湖南。可不等南唐消化掉嘴里肥肉，冯延巳又出绝世妙招，以"坚壁清野，以充国库"为由，竟怂恿南唐大军公然大肆抢夺百姓财物，其甚者，就连山间野果树木都没有放过。楚人忍无可忍，纷纷揭竿而起，不到一年，湖南得而复失，被新军阀王逵、周行逢占领。李璟再一次劳民伤财，将到手的鸭子让给了别人。

两次出手，李璟成为天下笑柄，秉性尽显无疑。

如此志大才疏之辈，又岂是我大周的对手？

柴荣想到此处，心中战意再燃，他俯视群臣，坚定说道："南唐伪朝，在

北汉袭我之时，暗通契丹，妄图夹击大周，此等国仇，怎可不报！"

"禀皇上！"三大首辅之一的李谷马上进言道，"近日淮南征伐无数，边境流民甚众。皇上仁德，拨发国库之粮赈济淮南灾民，不想赈粮却被淮南兵马悉数抢走，导致流民饿死无数。此等不仁不义之举，淮南何堪自称大唐！周不负唐，唐实负周，竟祸及苍生！"

柴荣看着李谷的支持，心中不禁满意，转而问宰相王溥："王相，你意下如何呢？"

王溥心知肚明：自己在政事上或还有几分威信，可在兵事上，皇上已经下定决心南征，加之三位首辅已有人响应，自己还有什么话说？

"老臣不通兵事，尽听皇上圣断。"

张永德连忙站出来道："皇上，淮河天险，易守难攻。我周军南征，首先就要渡过淮河。可淮河渡口易守难攻，南唐军必定重兵看守，我军若渡河不成，被其半渡击之，那就是灭顶之灾啊！"

乌鸦嘴！

柴荣心中不悦，可当着满朝武文，必须面露轻松，不然就会打击朝野士气。

"驸马不必多虑，在淮南，朕已潜下一支奇兵，不日就能助我军安然渡河！"

奇兵？张永德一愣，望着柴荣故作高深的神情，不禁狐疑皱眉。

深冬时节，北风呼啸着从淮河上方吹向淮南，本就凛冽的寒风中更平添了三分入骨的寒气，直吹的岸边守卫的士兵瑟瑟发抖。

"真倒霉，大冬天的还要等着。"高个士兵一个冷战，牙齿不禁咯咯打战。

同伴见状，偷偷从怀里拿出一只水壶，递给高个："我有酒！去去寒！"

"咦？好！好！"

高个眼前一亮，接过酒壶就大灌了一口，马上一股暖流从胸口散发开来。

"啊，痛快！想咱昔日如何风光！不想今日会如此落魄！"高个酒意上来，不禁抱怨道，"朝廷不知哪根筋不对，把浅军守土十年，说撤就撤！半点情分不讲！"

"我听说又是冯延巳那个老贼出的馊主意，嫌我们坐吃空饷。"

"毛！让他到这淮河边守守试试！要不是我们天天站在这儿吹江风，北边的人早就打过来了！"

李昇时期，为防北方偷袭，特别在淮河沿岸渡口设置据点，派重兵把守。而每年冬季，淮河水位就会下降，南岸这些常驻守军就被称为"把浅军"，依靠淮河天险，构成了南唐边境的第一道防线。

然而宰相冯延巳一次翻看军籍，发现把浅军人多势众，日日死守仅有商船往来的渡口，未免太过浪费军饷，于是再次自作聪明地向上进言，建议李璟撤除把浅军。

南唐两次荒唐出兵，无功而返，致使国库大伤元气。可李璟当时正准备修一座别院，专门用于和这些"文友"吟词品茗，正愁没钱之时，冯延巳的建议好似一阵及时雨，正中李璟下怀。于是，驻守南岸沿线八年之久的把浅军就这么被轻易解散，仅留下不到十分之一的兵马继续看守。

两位守兵正在痛骂朝廷无情无义，这时突然从江中驶来一艘商船，高个士兵连忙跑到高台，打动旗帜，让商船泊进港中。

"喂！你们是何人，船上载的是何物！"

"两位军爷，在下颉跌，是来自北方的突厥商人！"一名浓眉大眼、头发花白的商人立刻跑到船头，冲着案上的士兵高喊，"这一船装的都是活羊，是从北方运来卖到庐州的！"

高个士兵远远一看，果然是个浓眉大眼的外族商人，再加上船上挤满了白花花的绵羊，以及随船飘来的一阵羊骚味……

原来真是个羊贩子。

士兵心里一松，可脸上却依旧严肃，厉声喝道："瞧你一口中原话说得顺溜，莫不是奸细吧！"

颉跌马上变色急忙摆手道："军爷莫说笑，我可是正经商人！"

"有何凭证？"

"军爷，我这里有上好的羊羔，现宰一只给军爷尝尝如何？"

"哈哈，甚好！甚好！"

高个士兵一想起晚上能围着热锅吃上一顿肥美的羊肉，美得口水都差点流出来了。连忙催促着商船靠上码头。

323

第七章 战淮南

"捡一只大个的……"高个士兵迫不及待地跳上还未停稳的甲板，突然一个趔趄，摔倒在密密麻麻的羊群中，可就此再也没有站起来。

"怎么还没回来？"同伴等了许久之后，觉得十分不对，正要前去查看，背后一只充满羊膻味的大手突然伸出，捂住他的嘴巴。

"有奸……"

士兵浑身一惊，正要高喊，可嘴巴马上被牢牢堵住，背后来人手臂狠狠一扭，只听见咔嚓一声脆响，士兵应声全身一震，然后软软地瘫倒在地上。

"一队跟我上去，二队三队原地待命！"来人轻声说道，马上甲板上几只白羊突然"站起"，羊皮下面竟是一个个精壮的战士。

"唉，没想到，硕大的正阳渡口只有两个士兵站岗。"说话之人竟是赵匡胤的弟弟赵匡义。

颉跌笑道："看来南唐把浅军裁撤的传言不虚，真是天助皇上。"

赵匡义对着颉跌郑重一拜："颉跌大人奇谋，标下敬服！"

昨日，柴荣大军未动，却先把赵匡义叫到军中，给引见了一个外族商人，还让他完成这个神秘的潜伏任务。一开始，赵匡义被颉跌这一船羊皮弄得莫名其妙，还以为要打一场硬仗，没想到装一次羊羔，南征第一仗，就这么轻松结束了。

"颉跌大人立下大功，请在此安心等候，皇上嘱托要确保你的安全，我会派专人保护大人！"

颉跌一愣："怎么，赵将军不在此等候大军？"

赵匡义摇头道："我还要深入南唐，为大军开路！"

淮河北岸，李谷收到前方死士传来的消息，立刻下令士兵，火速搭建浮桥。

李谷掌管工部，又擅长用兵，这次被柴荣钦点作为先遣部队主将，果然卖力。只花一夜的功夫，三座浮桥已经搭好。当天上午，三万周军就顺利完成了南渡任务。

南唐第一道天堑居然就这么悄无声息被突破，南唐朝野上下竟然还是三日后才得知。

这日，李璟正在池边对着蜡梅品酒，诗意盎然之时，没想到下人竟然慌张跑了进来。

"混账，朕填词之时竟敢扰朕雅兴！出去自领廷杖二十！"

"皇上！大事不好了！三万周军通过正阳渡过淮河，现已拿下几座小城，直逼寿州！"

"什么！"李璟大惊失色，什么梅花雅兴一概抛之脑后，"去！立刻招丞相过来！"

阵前的急报来的路上冯延巳早已知晓，可面对惊慌失措的皇帝，冯延巳却依旧是一脸淡然。

"丞相！周军攻过淮河了！这可如何是好！"

"皇上应学大唐太宗，千军万马前也不慌神。"

"可是！周军现在已兵临寿州！他们是怎么过江的！河边把浅军怎么没有挡住他们！"

看来李璟已经把自己裁撤把浅军的事完全忘了，冯延巳自然也不会傻到去提醒他，依旧镇定回道："皇上，周军仅仅三万，寿州有我大唐第一名将刘仁瞻及两万精兵把守，定能堵住周军南下兵锋！"

"对，对！还有刘仁瞻，周军定攻不下来！"李璟突然想起自己手中还有三十万大军可用，顿时愁容稍解，"不过，丞相，周军既然能过来三万人，证明主力大军也很快会渡过河来，届时该如何应对？"

"皇上，自伐楚以来，我大唐将士多有懈怠，朝野上下对皇上也颇有微词……"冯延巳慢慢说道，"此刻周军入侵，正是天赐良机，老臣还怕柴荣那厮不亲上战阵呢！大唐兵强马壮，又是本土作战，定能一举击溃周军，届时，皇上威望必定如日中天，大唐尽可乘胜反击，北上覆灭周国，一统中原！"

冯延巳还未说到"驱除契丹、收复幽云十六周"，李璟脑中就已经浮起出此等画面，方才一脸忐忑此刻全被豪情代替。

"好！正如丞相所言，朕正觉无聊，周国就来找死了！朕立即下诏，点齐十万兵马前去灭了周军！只是这主将一职人选……"

冯延巳似心中早有计划，马上言道："皇上，寿州前任守将刘彦贞年轻有为，又熟悉地形，正是可用之士！"

李璟想了一想，担忧道："刘彦贞？可他不是与寿州现任守将刘仁瞻不

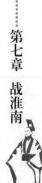

和吗?"

说起刘彦贞,冯延巳心中也不禁一阵叹息,五鬼手下皆是文人,没几个武将愿意与之为伍,好不容易来了一个刘彦贞投入门下,冯延巳自然鼎力栽培。

寿州是南唐的最后屏障,拿下寿州,敌军即可一路顺势南下,直逼都城金陵。所以自烈宗开国以来,寿州防务一直是南唐第一要务,而寿州守将,非亲信大才者,绝不任用。冯延巳为了抬高刘彦贞,力排众议,让毫无资历的刘彦贞成了寿州第一守将。

本来南唐后周间少战事,刘彦贞如果老实待在寿州也没有大碍。可这厮不知从哪里得来的奇妙想法,竟以修建护城河为借口,将寿州附近的用于灌溉的安丰塘水引到了护城河!安丰塘马上干涸,耕地缺水,当地粮食产量立即大幅下降。而当时南唐又在攻打闽国,逼着百姓交粮,百姓走投无路,只好忍痛卖地。刘彦贞这时又跳了出来,趁机挪用军饷贱价大量收购农田,一举成了寿州最大的地主,狠狠发了一笔横财。

刘彦贞欺压一方,可背后有丞相撑腰,朝野上下敢怒不敢言。南唐名将刘仁瞻得知此事之后,义愤填膺,立即将其丑事上书禀报李璟。李璟文人出身,最重名声,得知此事后颇为不快,责问冯延巳追究此事。可不知这冯延巳怎么上下运作,最后仅仅只是斩了几个县令,刘彦贞平调出了寿州就了解此事。

此事之后,刘仁瞻就被李璟看重,代替刘彦贞做了寿州守将。而刘仁瞻与刘彦贞两人因此结下不解之仇。

冯延巳听到李璟的担忧,淡然一笑道:"正是两人不和,皇上方可安心任用两人……"

李璟顿时恍然大悟:"原来如此,丞相深谙用人之道,果然是朕第一智囊啊!"

当天,刘彦贞接到调令,一夜之间成了统领十万大军的大帅,兴奋得当夜就点齐人马,一路狂奔就朝着北部李谷杀去。

此刻李谷部的处境十分不妙。

柴荣正在督造战船,后续主力因此迟迟不能渡河,李谷四万部队,此刻就是一支孤军，本想奇兵一举拿下寿州待援，没想到寿州守将刘仁瞻竟是个硬骨头，大军强攻数日，伤亡三成，可寿州守从不出城，坚守寿州岿然不动。

"暗探来报！南唐主将刘彦贞，率十万唐军，从金陵出发，兵分三路，朝我军掩杀而来！"

"报！寿州守军在城内拆卸民房，建造数百战船！"

"什么！"枉是曾被契丹俘虏，严刑拷打无惧色的李谷，此刻也是惊出了一背冷汗。

"唐军主力在后不说，最可怕的是那寿州的守将刘仁瞻啊。如若他的战场顺流冲击浮桥，切断我军退路，那么我大周四万儿郎岂不有来无回？"

许是英雄老矣，一生英明的李谷越想越怕，在十万唐军只离正阳不到百里之时，李谷做出了一个他终生痛悔的决定。

"所有周军，放弃围攻寿州，从浮桥撤回淮河北岸！命断后士兵，烧毁粮草，不能让唐军趁势反击！"

当三万余周军含恨退回北岸之时，李谷万万没有想到，柴荣竟带着十五万主力大军匆匆赶来。

得知前军伤亡近一万可寸功未立，还悉数丢了粮草辎重，赶来的周军主力将士们不禁气泄，不少人都垂头丧气起来。

柴荣一脸阴沉地看着跪在地上瑟瑟发抖的李谷，任他跪了一盏茶的工夫，柴荣都没发话。

按大周军法，不顾将令，畏敌而逃者杀无赦。

自高平一战血的教训后，柴荣对临阵畏敌的将士，从未手软过。

此时，军帐中正是杀意凛冽，李谷是生是死，就在柴荣的转念之间。

"李大人，你今年贵庚？"

"皇上！老臣一时疏忽，铸成大错，恳请皇上治罪！"李谷如今已是六十出头，本希望最后在战场上辉煌一把，没想到临了临了，竟会沉不住气，导致周军大败。

"罢了，李大人，你累了，回汴京养老去吧。"大战在前，阵前斩将，而且还是要斩这位德高望重的花甲老臣，柴荣于情于理都下不去手。

回京养老，这就等于宣告李谷政治生涯的结束。李谷一听，黯然垂首，谢恩而去。

"幸好浮桥犹在,不过十五万大军横渡至少需要三日时间。当务之急,是要派出一支人马速速渡河,不惜一切代价,抵挡住南唐主力攻击至少三日!"

柴荣环视四周将领:"此等硬仗,谁人敢去?"

李重进立刻抱拳跪在君前:"皇上!末将愿立军令状,誓死钉在正阳,不让敌军靠近浮桥半步!"

"李将军……"

自张永德落魄之后,李重进更老实了许多。他本来就是一个兵痴,上阵杀敌才是他的挚爱,绝了皇位的念头后,李重进则一心扑在带兵打仗之上,这倒让柴荣意外不已。

"好!李将军,朕给你精兵两万,速速渡河,等大军顺利横渡,李将军当立首功!"

"末将领命!"李重进一接将令,就风风火火地退下指挥去了。

虽是寒冬,可淮河之水依旧滔滔,柴荣依靠岸边,远望淮河南岸,心中暗暗发劲。

南唐,我柴荣来了!

第 2 节　捷报频传

"快!快!周军就在前方!所有人丢下辎重,全速前进!"

刘彦贞此刻心急火燎,生怕晚到一步,周军就被吓回北岸去了。

"大帅!寿州战况不明,不如先派出探马……"副将好心提醒道。

"就几万孤军,有什么可探的!再晚一点,那几万军功就都被刘仁瞻给收了!"

"可是大帅,大军连夜奔袭,已经整整一日了!将士们都又累又饿……"

"都什么时候了!还想着吃饭!"刘彦贞气愤道,"传令!后军就地放下军粮!再有延误军机者,杀无赦!"

刘彦贞部不顾一切，一路狂飙到正阳。南唐将士们一整天没有吃喝，心中愤懑，纷纷消极行军，渐渐有不少人落后掉队。

"看，那就是周军军旗！"刘彦贞远远看到正阳城外飘扬的战旗，兴奋地冲着手下喊道，"马上列阵，冲击周军大营，活捉敌方主将！"

"大帅！后军四万人马还在三十里外，我部现在仅有六万人！"副将担忧道。

"什么！后军那群饭桶，坏我大事！统统该杀！"刘彦贞气急败坏，转而问道，"周军现有多少人马？主将何人？"

"周军现有步卒两万，军旗上打着"李"氏旗号，应是周国猛将李重进！"

"只有两万人？哈哈，天助我也！"刘彦贞仰天长笑，"管他什么猛将，我六万大军顷刻之间就能将他碾成粉末！"

刘彦贞大笑半晌，突然想起什么："唉，就这么赢了太不过瘾了。传令，让手下士兵按我吩咐行事，我刘某要借此一战成名！"

正阳北岸，李重进大军看见风风火火杀来的南唐军，严阵以待，以为马上就有一场硬仗要打。可没想到，南唐军居然在几千步外突然停下，也不安营扎寨，士兵们突然忙活起来。

"唐军是要作甚？"

周军上下起先紧张万分，可慢慢看懂唐军在做什么，可又莫名其妙起来。

唐军几十匹一字横排，之间用铁链链接，俨然成了一条大阵。唐军阵前，还撒下一层铁蒺藜，好像是拒马之用。最让人看不懂的是，唐军不知哪里找来了许多木块，刻成说不出是老虎还是狮子的形状，赫赫放在阵前。

李重进好歹也是身经百战，但如此阵仗他还是第一次看到。

看不懂，索性不看！

李重进立即虎吼道："管他什么鸟招！前军五千步卒，锥形阵！给我冲！"

刘彦贞以为周军怕了自己的妙计，正得意扬扬地准备进攻，没想到周军居然先攻了过来。

"咦？周军狗急跳墙了？哈哈，罢了，让我刘某送他们一程！"

刘彦贞马上下令，一字马阵开路，六万唐军居然全部压上，冲上阵前。

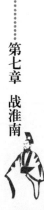

五千对六万，看似必输无疑。可唐军一字马阵由于铁索连接，无法冲刺，步卒为了躲开自己投下的铁蒺藜，左弯右拐，弄得阵型大乱。周军五千人真如一只烧热的钢刀，碰到唐军就想碰到一块猪油方砖，轻轻一划，竟然杀得透穿！

"哼！害我还让五千人去试探！不堪一击！"李重进终于看出对方主将是个饭桶，气得骂骂咧咧，"敌军已被分割！儿郎们给我全部压上！建功立业，就在今朝！"

李重进手下都是经历过高平之战洗练的钢铁之师，一声令下，顿时个个敢死，朝着唐军不要命地猛冲过去。

可怜唐军士兵，连夜奔袭百里，还饿了一天一夜，此刻又碰上这群虎狼之师，一次交锋，瞬间就有几千人被周军斩落马下！眼见前方骑兵纷纷落马，再听到周军疯狂的喊杀，后面的步卒顿时心惊胆跳，纷纷丢下武器，转身就跑！

"回来！都给我回来！"

刘彦贞一连斩了十几个逃兵，都未挽回颓势，正气得发狂之际，敌方主将李重进居然单枪匹马掩杀了过来！

"哦？这就是李重进，来得正好！"

刘彦贞大喜，拔出兵器，跨马向前大喊道："吾乃大唐第一猛将……"

可还未等刘彦贞报完头衔，李重进就是一记横刀过来，刘彦贞还来不及阻挡，整个人竟然被李重进一刀斩成两截！

"刚才斩的是何人？"李重进脑子里念头一闪而过，"管他！杀！杀唐军！"

可怜大唐主将刘彦贞横死战前，剩下的唐军瞬时全盘崩溃，再无一人有抵抗意志，前军被杀光，中军立刻举手投降，见势不妙的后军纷纷逃亡！

是役，周军以少胜多，斩敌两万四千，俘虏三千，斩敌方主帅，擒裨将千夫长数十人，获战马八千匹。后方如此大胜，李重进一战成名，其名威震南唐上下！

三日后，柴荣大军终于完成横渡淮河，大大嘉奖李重进之后，立刻下令部署，大军立刻围攻寿州！

"皇上！那三千俘虏该如何处理？"李重进问柴荣道。

"大战在即！哪有工夫管他们！"柴荣不耐烦道，"统统缴械，遣送回去！"

李重进会意，让手下赵晁处理此事，可军令还未传到，赵晁竟然已将三千余人悉数斩首！

李重进得知此事，不为所动，想那手下悍将个个嗜血，此等小事，杀了也就杀了，再说皇上哪有工夫再顾这事？

很快，杀降事件被周军淡忘，但此事却如同一种病毒，慢慢在南唐境内传播开来。

寿州城外，十五万周军悉数陈兵城下，黑压压的一片军营望不到边际，让寿州城内守军不禁心中胆寒。

刘仁瞻料定刘彦贞必败，早就派出部队接应败军，可谁能想到，刘彦贞竟然败得如此彻底，自己窝囊战死，丢了三万人马不说，还严重打击了南唐军本就低迷的士气。

"周军个个虎背熊腰，有两人之高！"

"周军主将李重进一人就斩了三百人！"

"他们都是恶鬼啊！我们怎么能打过他们！"

那些从前线退下的溃兵，一进寿州城内，逢人就说周军的可怕之处，弄得寿州城内顿时人心惶惶，粮价飞涨。幸而刘仁瞻及时镇压，方才没有酿成大祸。

"唉，皇上用人不明，大唐危矣……"四下无人时，刘仁瞻总是扼腕而叹。

如今，周军主力已经在寿州城外公然安营扎寨，架设炮车，运送石弹，俨然一副攻坚的准备。

"大帅，我军兵力优势已经不再，如何抵御周军进攻啊？"

刘仁瞻站在城楼眺望，听着属下绝望之词，突然拔剑转身，大吼道："你们这样还是我大唐精兵吗？"

"大帅，可十万大军都败了……"

刘仁瞻冷哼一声："尔等听着！就在昨日，周军斩了三千降兵！周军凶残，阵前怯敌，只有死路一条！"

周军屠杀降兵！

刘仁瞻的话，一下子让部下将士断了心中最后幻想。

"再说，我刘仁瞻又岂是泛泛之辈！"刘仁瞻语气一转，自信满满说道，"我军如今有六万人，粮草充沛，依靠坚城，据守两倍之敌绰绰有余！我军只要守住寿州几日，皇上援军一到，届时内外夹击，必定让周军死无葬身之地！"

刘仁瞻治军严而不酷，治理寿州防务不到半年就深受上下敬佩，有他承诺，手下顿时恢复信心，枕戈待旦，等着周军的大举进攻。

公元955年，1月23日清晨，柴荣一声令下，二十万周军终于发动猛烈进攻，闻名青史的寿州攻防战，就此爆发！

深刻吸取太原之战的教训，柴荣这次可谓是准备充分。面对坚城，周军不再一味猛攻。五十辆笨重的炮车被摆在阵前，士兵们拉动沉重的缰绳，两人合力将百斤重的石炮抬到车上，再用力斩断绷紧的缰绳，一颗石炮飞跃六百余步，轰的一声，准确地打在敌方城楼上。

"报！首炮正中城上敌军，造成敌军数人伤亡！"

柴荣听到捷报，大手一挥："好！我军如今弹药充足，半日内，三千枚石炮，给朕全部射入敌城！朕要让那唐军，今后无人敢站在城上！"

顷刻间，几百枚石炮遮天蔽日，朝着寿州扑面而来。石雨飞降，城楼上士兵纷纷变色，突然大吼了几声，就被砸成了一团肉泥！

"所有人不要惊慌！暂入城中躲避炮击！"刘仁瞻临危不惧，手下的士兵也是训练有素，很快撤离城楼。

一连两个时辰，周军的石炮不计成本地射向城墙，几千枚石炮不少垒在城上，寿州城竟然凭空高了几米！幸亏寿州城墙不断加固，坚固异常，这一通炮击仅仅只是砸出了几个大洞，整个城墙竟然没有一处倒塌。

噩梦般的炮击终于停了，唐军从城中探出脑袋，艰难地搬开石头，突然城下杀声震天，唐军士兵不禁纷纷变色。

炮击过后，三万周军对寿州发动猛攻！

而那一马当先的敌军主将，竟然就是凶名赫赫的李重进！

出乎李重进意料，寿州守军并不像先前的刘彦贞一样无能，面对大军冲锋，反而马上组织人手清理城楼石头和尸体，不过眨眼间，数百弓箭手整齐地排在城上，一阵阵箭雨顷刻间就冲着周军袭来。

"盾阵！"李重进一声高喊，顿时前排兵卒立刻竖起手中宽大的盾牌，组成一堵高墙，后面的士兵立即半蹲掩蔽。

"这才是南唐名将！不同凡响！"

李重进大喊过瘾，夺了一块盾牌，竟冲到阵前，朝着寿州大门不要命地冲去！

"李将军虎胆！我们岂是鼠辈！兄弟们，掩护将军！"

有了李重进的带领，身后的士兵个个浑身是胆，冒着箭雨滚石，以李重进为中心，朝着城门猛攻而去。

就在城门前不到百步的区域，开始上演一场生死之战。周军如暴风惊雷，刚烈无比，唐军则壁立千仞，岿然不动，一场大战从清晨一直杀到黄昏，直到寿州城外堆满尸体，也未分出谁胜谁负。

夜幕降临，前方喊杀声未消，数十只战船趁着夜色，顺流而下，悄然向寿州城驶去。可就在战船就要开到寿州水域之时，前方突然出现了同样数十只战船的队伍，明火执仗，气定神闲地等着来犯之敌。

"大唐水师，在此恭候！"唐军楼船上，一个洪亮的声音高喊道。

居然被他料到了！时间、地点丝毫不差！

周军船队的主帅不是别人，正是大周皇帝，柴荣！

柴荣望着对面的船队，心中突然有了一种棋逢对手的感觉，立刻高声笑道："大周天子在此！来将可留姓名！"

唐军中统帅顿时一愣，没想到今日遇上了闻名天下的柴荣！顿时抖擞精神，高喊道："吾乃大唐寿州守将，刘仁瞻！周国国君，今日不义之战，累及唐周百姓，请国君为天下苍生计，罢兵而去！"

"笑话！周不负唐，唐实负周！伪唐趁我大周收复东河，暗通契丹攻我南方！此等国仇，怎可不报！尔等若不投诚，休要多话！大国之间，只有胜负，没有仁义！"

柴荣话未说完，突然一只黑影从对面窜来，眨眼间就直扑柴荣面门！

"皇上小心！"

护卫见暗器将至，连忙扑向柴荣，哪知还是晚了一步，一支利箭从对面飞射而来。柴荣来不及反应，动也未动，只觉耳边一阵劲风吹过，一支利箭竟然赫然钉在身后的桅杆之上。

可恶！竟然没有射中！

刘仁瞻趁着柴荣大喊之时，悄然拉弓，本想一箭射死柴荣，没想到自己百发百中的箭术，今日却突然临阵失灵！刘仁瞻好不恼火！

"哈哈！刘将军果断！方才还在大讲仁义，眨眼间就暗箭伤人！"柴荣面对冷箭，丝毫不惧，竟推开众护卫，从楼舰走到高耸船头，冲着对面高喊。

"一箭一天子？刘仁瞻，你好大的胃口！今日朕就站在此处任你射杀！看看是你的南唐气数未尽！还是朕的大周天命所归！"

刘仁瞻一愣，毫不犹豫，再次搭箭拉弓。

这一次，刘仁瞻全身心全在右手三指之上，瞄准再瞄准，穷尽一生箭计之极限，一击电矢蓄足他一身气力，最终离弦而出！

可就在眨眼之间，江中突然吹来一阵北风，空中的箭矢被轻轻一吹，竟然偏了几分，再次擦着柴荣面颊而过！

"皇上！你怎可如此儿戏！"身为禁军护卫长的赵匡胤吓得心惊胆跳，不顾柴荣挣扎，拉着柴荣下了船头。

"刘仁瞻！是朕赢了！是朕的大周赢了！"

面对对面柴荣的豪迈狂笑，刘仁瞻顿时心中一惊。

难道真是天主周国，灭国大唐？

不！绝不！我刘仁瞻深蒙先帝重恩，即使粉身碎骨，也不能让我大唐江山被他人夺取！

"大唐将士们！敌帅天子就在眼前的楼船之上！我刘仁瞻在此立誓，斩大周天子者，赏千金，封万户侯！"

"大周儿郎们，敌帅就在眼前，斩敌将首级者，赏万金，封唐王！"

名利二字最能鼓动士气，柴荣和刘仁瞻几乎同时鼓动将士，也几乎同时，一场激烈的水战瞬间在滔滔的淮河江面上爆发！

高手过招，胜负仅在毫厘之间。柴荣胜在士气高涨，坐拥人和。刘仁瞻胜在主场作战，占据地利。双方在江面上展开一通厮杀，一时间，无数将士中箭落入江中，也有无数战船被炮弹击中，沉舟淮河。双方从午夜凌晨，一直打到日出东方，竟杀得难解难分，不分胜负！

"大帅，城防来报，周将李重进像是疯子一样猛攻南门一夜，城门几次险些被夺！如今南门危在旦夕，请大帅速速回城主持大局！"

"可恶啊！"刘仁瞻与柴荣胜负未分，激战正酣，却不想后方城中吃紧，刘仁瞻望着不远处柴荣的战舰，心中不甘如同滔滔江水！可他毕竟知道自己是一城守将，只得立即鸣金，带着剩余舰队撤离战场，开回寿州城内。

见南唐终于败退，周军顿时欢呼雀跃起来。

柴荣望着寿州方向，意犹未尽地捏紧拳头。

"刘仁瞻，你注定败于朕手！"

周军乘胜追击，连续不计代价地猛攻寿州整整十日，可刘仁瞻不愧是南唐名将，十日下来，周军死伤近万，可依旧没有丝毫进展。

可十日之后，周军一夜之间突然改变了策略，分成若干小队，轮番对寿州发动佯攻。往往守军刚刚退下喘息休息，周军就立刻喊杀而来，守军回到岗位守卫之时，周军却立刻脚力抹油，退回大营。如此反复，守军心生懈怠，对敌情反应不再敏感，谁曾想到，周军十次佯攻之中，竟有一次是真！唐军总是被这九假一真的打法打得措手不及，伤亡剧增不说，身心俱疲才是最大噩梦！

"援军呢？皇上的援军呢！"

"好困啊，我已经四天没有睡觉了……"

"不要睡！周军又来攻城了！"

刘仁瞻目睹兵卒疲惫之态，也不禁扼腕怒道："援军都去哪儿了！"

是啊，所有人不禁发问，南唐的援军现在何处？

是夜，周军王帐之中，此刻柴荣正接待着一位贵客。

一位头发花白老将，双手被绑，神色颓然，被押到柴荣面前。

老将一见面前一位年轻人身着龙甲，睥睨天下，心中料定他就是周国皇帝柴荣。

"大胆俘虏！见我圣上，竟敢不跪！"

"末将有伤在身，不可下跪，请大周皇上见谅！"老将冷冷说道。

柴荣摆摆手："无妨，给皇甫老将军松绑！朕要与故人叙旧！"

"哼！"皇甫晖冷哼一声，"皇上莫要乱说，末将身为唐将，不曾与皇上有旧！"

"哈哈，皇甫老将军可是魏州人士？先帝守卫邺都之时，魏州就在其辖下。"

谈起郭威，孤傲的皇甫晖心中也不禁暗升敬意，对柴荣的语气也稍稍客气了一些："皇上，末将伤在后背，不能直立，请皇上恩准末将卧着会话。"

"来人，铺上地毯软榻！"

柴荣对这种铁骨铮铮的老将最为敬佩，一脸和气地看着卧在软榻上的皇甫晖问道："皇甫将军，朕早就听闻你在后晋一朝，领兵北击契丹的壮举，先帝对你一直神交依旧，无奈造化弄人，先帝早逝，今日朕替先帝，敬拜老英雄！"

英雄惺惺相惜，皇甫晖心中升起一股暖意，但他依旧冷面回答："皇上，文死谏，武死战，莫要以为末将会因此投降周国！"

"老将军，朕今日只为表达敬意，并无他意！"柴荣冲着皇甫晖郑重一拜，"请老将军在我营中养伤，待痊愈之时，朕必还老将军自由之身。"

皇甫晖一听，马上道："此话当真？"

柴荣笑道："朕此次攻唐，只为报李氏国仇，江南百姓何故？忠臣良将何故？朕既出此言，必定做到！"

皇甫晖听罢，不禁长叹道："想我主皇上，若是有陛下一成气量，大唐……也不止于此啊！天意！天意啊！"

皇甫晖作为两朝老将，一直被烈宗重用。哪知李璟一朝登基，就大肆裁撤老臣老将，任用五鬼亲信。皇甫晖居然也在裁撤之列，被发配到滁州任职。

就在柴荣在寿州与刘仁瞻打得如火如荼之时，皇甫晖多次上表，请求领兵支援寿州，可朝廷总是不许，反而派来一文官监军，对皇甫晖处处牵制，生怕皇甫晖造反一般。皇甫晖心灰意冷，想着好好守住滁州，也算不失本分。可谁曾想到，几日前，赵匡胤领着一只精兵奇袭滁州，正在皇甫晖带兵与赵匡胤决战之时，滁州监军竟带着城中所有守军，仓皇逃难而去！皇甫晖因此气急分神，在沙场被赵匡胤击落马下，这才做了俘虏。

皇甫晖想到此处，不禁赞叹道："皇上，你明面上一直强攻寿州，可暗地里却分派兵力，围城打援，偷袭我南唐后方，如此战略奇谋，我大唐上下，估计没有几个是你的对手。"

面对对手的赞许，柴荣却沉寂了下来："老将军，实不相瞒。滁州失陷，南唐朝廷马上下发文书，昭告天下……称老将军临阵投敌，最不容赦，李璟已经下令，将老将军全家……灭族……"

皇甫晖虎目孜裂，一口恶气涌上心头，可又马上生生咽了下去："皇上可是骗我降周才出此妄语？"

"这是南唐皇榜诏书，老将军过目。朕也在此起誓，若对老将军有半句虚言，不得好死。"

"皇上身在前线，却能拿到金陵皇榜，看来南唐气数，真的尽了……"

皇甫晖早已相信柴荣，此刻只能痛苦地闭上眼睛，两行浊泪不禁暗暗留下。

"老将军，南唐负你在先，你已经恪守臣节，无愧于天地了。朕今日许诺，无论你是否愿意为朕效力，朕都会为你在魏州老家建一座将军府，供养老将军终老。"

"多谢皇上，老朽累了，想告退休息了……"

"来人，送老将军到暖帐休息，好生照料！"

正当手下扶皇甫晖走出大帐之时，皇甫晖回头对柴荣突然说道："皇上，攻打滁州的白甲小将好生厉害，不日，他必将是大周一员虎将！"

三弟？

柴荣一愣，能让百战老将称赞，看来三弟阵前当真在给我长脸啊。

"传令，让赵匡胤固守滁州，不准放任何人进城！朕不日将南下与他会合！"

翌日，出乎柴荣意料，皇甫晖昨夜在暖帐中，趁卫兵不备，竟夺了兵器，自刎而亡。

"老将军，何故还放不下南唐故主呢？不行！老将军一世英名，不可被那李璟小儿败坏！"

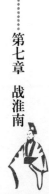

柴荣心痛万分，立刻下令举行盛大葬礼，亲自为敌将皇甫晖送葬，正名！

"给朕联系楚地、吴越掌权者，告诉他们，朕要与他们结盟！朕要三面合围南唐！朕要南唐李璟死无葬身之地！"

周军继续着围城打援，消灭唐军有生力量的战略，于此同时，柴荣下了一道釜底抽薪的狠招，竟联系湖南军阀王逵，吴越国主钱弘俶，各自许诺，在南唐的西方、东方再次烧起了两把大火！

如今南唐，除了南部的南汉，由于太弱没有出兵攻打外，已是被三面合围，四面楚歌。南唐朝野上下，无不惶惶不可终日，举国笼罩在灭国的阴云之中。

自赵匡胤攻下滁州之后，严格遵守柴荣圣旨，紧闭城门，据守待援。

是夜，三更时分，一行周军赶到滁州城下，只听来将一喊，守兵立刻紧张万分，马上到军中叫醒熟睡的赵匡胤。

"将军！您父亲，赵老将军正在城下，有急事请求进城！"

父亲？

赵匡胤一惊，立刻爬起来赶到城楼上。朝下一看，果然是父亲赵弘殷。

"我儿！我军截获两个南唐使节，他们身上有南唐国书，为父不敢耽搁，连夜赶到你处，速速开门！派人将这两人送到皇上那里！"

赵匡胤听明白赵弘殷来意，冷言道："皇上有令，不得他的许可，任何人不得入城！父亲在城外稍候，我这就派快马请示皇上！"

"这！"赵弘殷又气又笑，"九重，你认不出为父了？这还要请示？"

"军法如山，不避血亲！请父亲在城外等候！"

没想到赵匡胤说到做到，竟把老父晾在城门外吹了一夜寒风。

柴荣得知此事，也是又气又笑，不禁感叹道："几经锻炼，三弟显出帅才了！传令，速速让赵老将军入城，随军御医也去，好生照料！还有，让赵匡胤把那两个南唐使臣好生送来，朕倒要看看，李璟还有什么把戏可出！"

"大唐户部侍郎钟谟，文理院学士李德明，参见周国国主！"

柴荣坐在帐中，瞥了两个南唐文臣一眼，懒懒道："李璟派你二人来，有何遗言要说？"

钟谟一听，立刻不满回道："周国礼仪之邦，怎可不懂礼数！我大唐国君名号，周国国主岂可不敬直呼！"

"没叫他李璟小儿，朕已经是礼遇你们了！"柴荣讥笑道。

户部侍郎钟谟，是冯延巳的门生，平日里在朝中横行惯了，哪里听过如此刺耳的嘲讽，立即变色道："周国不义伐唐在先，恶言辱我国主在后，我大唐皇上英明神武，举国上下万众一心，四十万大军枕戈待旦……"

看来钟谟嘴皮子功夫不错，一张嘴就滔滔不绝，看似想学像诸葛亮骂死王朗一样，将眼前这位年轻的国君骂死。可柴荣仅听他说了几句，就掏掏耳朵，指着钟谟轻声道。

"来人，拖出去，斩了。"

钟谟一听，顿时止住痛骂，有些不信地看着柴荣。

柴荣不语，手下马上上前，夹住钟谟就往外拖，钟谟这才急了，高喊道："两国交战，不斩来使！周国想冒天下之大不韪吗！"

"朕都被你骂成无道昏君了，昏君就该杀人，然否？"

钟谟立刻惊出一身冷汗，挣扎着叫道："我是丞相门生，你敢杀我？大唐必会挥师北上，一举灭了周国。"

柴荣干脆打了个呵欠，一言不发。

"我是圣人弟子！只有暴君才杀儒者！周国国主！你敢杀我！你不怕青史留污名，遭万世唾骂吗！"

可无论钟谟如何辩解，柴荣始终一言不发，很快，帐外传来一声惨叫，顿时骂声戛然而止。

柴荣望向另一个已经面无人色的使臣李德明，好似没事一般继续轻声问道："你呢？有何话对朕说？"

李明德早已吓得魂飞魄散，口不能言，挣扎许久才颤颤巍巍从怀中掏出国书，对柴荣五体投地地奉上。

"金千两，银五千两，缯锦两千匹，犒军牛五百头，酒二千斛……南唐对大周称臣，并割让寿州……哈哈，这个李璟真是妄自菲薄啊！南唐李氏江山，就值这点破烂玩意？"

底下的李明德自五体投地以后就一直没有起身。

卫兵上前一看，马上对柴荣禀道："皇上，这人晕过了去了。"

"外面那个书呆子现在如何?"

"尊皇上圣旨,卫兵仅亮出兵器吓他一下,那厮尿了裤子,晕厥过去!"

柴荣不屑地将手中国书扔到地上,说道:"从这二人身上,就能看出南唐众臣的德行!"

最终,柴荣没杀这两个使臣,将其扣住,继续一如既往地指挥大军吞噬南唐领土。

和南唐十四州相比,李璟开出的"割肉"条件,柴荣看都懒得再看。

二月二十二日,周军大将韩令坤与率兵进下江北重镇——扬州。大军在寺庙中俘获南唐丞相冯延巳族弟,装扮成和尚的扬州刺史冯延鲁。

二月二十五日,韩令坤攻陷泰州,泰州守将方讷弃城逃回金陵。

二月三十一日,大周境内守军截获南唐国主送往契丹的密信,信中李璟对契丹许下重金求援。

三月初三,周军司超攻陷光州。

三月初四,周将郭令图攻陷舒州。同日,蕲州守将李福杀蕲州刺史王承巂,举州降周。

噩耗接连传来,神经敏感的李璟终于忍受不住压力,当着冯延巳的面号啕大哭起来。

"丞相!大唐亡了半壁,契丹言无音信,金陵沦陷就在朝夕之间!要朕做亡国之君,朕有何颜面去见先帝!"

冯延巳的族弟也落入敌手,此刻也是着急上火:"皇上勿扰。大唐半壁犹在!为今之计,只得再派使臣与柴荣媾和了!"

"朕都答应对周称臣了,还想怎样!"

"皇上,周军不同意,可能是我们的条件太低了……"

"低?"李璟气氛道,"朕连最宝贵的君臣之别都让给周了,他们还想怎样!"

"皇上!柴荣狼子野心,恐怕不仅仅是让我大唐称臣那么简单!如今周为刀俎,我为鱼肉,城下之盟,不得不忍辱负重啊!"

"与其苟且偷生,不如和柴荣拼得鱼死网破!"李璟终于激起血性,咬牙道。

"皇上，万万不可！"冯延巳担心弟弟成了柴荣刀下鬼，马上劝道，"如此国难之际，皇上岂可妄言生死！想那越王勾践，举国覆灭，卧薪尝胆十余年，不也一雪前耻了吗？"

李璟一下子想起勾践，顿时一股莫名的文人豪气升起，战胜了心中的自暴自弃。

"对，朕当效法越王，卧薪尝胆，一雪前耻！"

很快，李璟第二次派出求和使臣。不过这一次，使臣并不是孤身前往，而是带来数百人的朝拜队伍，以及数十箱沉甸甸的金银贡品。

柴荣有些不屑地看着站在帐中，有些木讷的南唐使臣，随意问道："来使何人？"

"大、大唐，右、右仆射，孙、孙、孙忌！奉大唐国、国书！觐见周国、国、国主！"

"居然是个结巴！"柴荣不禁笑道，"南唐当真无人了吗？"

哪知那个孙忌一听此话，突然流利正色道："大唐式微，可尚有三十万带甲之士！臣最不肖，是以使周！"

"好个孙忌，竟然敢装结巴愚弄朕！"

孙忌一听，顿时又变得结巴说道："臣、臣虽口吃，但、但、精于论、论、论、论战！"

柴荣脸色一沉：这人是装的还是真的结巴？

接下来，柴荣终于尝到了孙忌的厉害，只要柴荣一旦威吓，孙忌那厮就变得口吃，让柴荣焦急不已。可只要一谈起两国政事，孙忌又变得口若悬河，唇枪舌剑起来。比起上个钟谟来，这个孙忌言之有物，气场十足，果然不易对付！

柴荣骨子里就是粗人，哪里擅长论战，几个回合就被说的无言以对，气急之下，柴荣大手一挥，命人将孙忌拖出去斩了。可孙忌那厮，到了刑场，却又变得木头一般，木然地看着头顶上的大刀，丝毫不惧。

柴荣最后试探孙忌道："孙忌，此刻朕让你说最后一句话，你若求饶，朕可考虑从轻发落。"

哪知孙忌望着柴荣，还真只说了一句话。

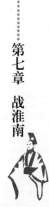

第七章　战淮南

341

"士可杀，不可辱。"

霎时，柴荣心中一凛，孙忌六字虽轻，可却字字击在柴荣心头！柴荣顿时走上前去，亲自为孙忌松绑，朝着孙恭敬一拜。

"先生气节，柴荣敬服！"

接着，柴荣点齐仪仗，终于正式接见了南唐使臣孙忌。

李璟这次开出的条件，比上一次的确丰厚不少：李璟许诺，南唐入藩周朝。献金千两、银二十万两作为战争赔偿。同时，割让寿、濠、泗、楚、光、海六州之地，并每年向周朝进贡价值百万的岁贡。

李璟唯一的条件，就是保留李氏在南唐的统治。

看到这里，一直保持高姿态的柴荣，终于认真地沉思了。

第3节　峰回路转

自第二封求和信送出之后，南唐朝野日夜都在忐忑地等待中。然而，等了几日，派出百人使团最后只有一人仓皇逃了回来。

"皇上！微臣终于活着见到你了！皇上！"文理院学士李德明衣衫褴褛，一到大殿之上看见李璟，就像受了委屈看见母亲的小孩，通的一声跪在李璟面前痛哭起来。

"李明德！柴荣如何回复的！"李璟并不关心李明德等人的死活，马上急切问道。

"臣……不辱使命，九死一生，带回了柴荣的亲笔信！"

李璟慌忙从龙椅上走近李明德，一把抓过他手中的信件，紧张地看了起来。

许久，李璟脸色青紫，却强忍不发，颤抖地将信件递给宰相冯延巳。

"柴荣不要寿、濠等六州，而是要我淮南全境十四州！"冯延巳看完信，也是愤愤道，"狼子野心！也不怕撑死！"

"诸位爱卿，柴荣要我大唐整个淮南，你们看呢？"李璟压低了声音，环视朝野群臣。

眼瞅着皇上语气不对，大臣们哪里敢随意发话，纷纷低头闭目不语，做起了聋子哑巴。

"皇上！柴荣欺人太甚，是可忍孰不可忍！"冯延巳作为李璟的心腹，关键时刻马上接话道，"我大唐还有三十万雄兵！只要皇上一声令下，即使玉石俱焚，也不能让柴荣得逞！"

当初，冯延巳主和，李璟这才派出了两拨使臣求和。可如今求和不成，冯延巳却又第一个跳出来主战。

"皇上！万万不可啊！周军、周军个个都是虎狼！我大唐硬拼下去将有灭国之危啊！"

李明德不知受了什么刺激，一听到主战之言，马上失态地大喊起来。

"大胆李明德！你竟敢诅咒大唐！"冯延巳立刻怒道。

"无妨。"李璟此刻出奇的沉静，转头问道，"李大人，周军如何虎狼，说来听听。"

"皇上！这几日微臣在周军无时无刻都是命悬一线，那周军、周军个个都是吃人的虎狼！周军有一大将，能射穿两百步以外的箭靶！一打起来，寿州城上的守军像麻雀一般被射落。唐军好不容易射中周军将领，可那人身中数箭后，依旧生龙活虎，比士兵冲得还远！这几日下来，那人一身是伤，却越战越凶，连杀我数十人，嘴里还总念道'杀不过瘾'！"

李明德说的周军将领，正是周军第一猛将，李疯子李重进。

"周军士卒顿顿都以唐军人头为食，生啖饮血，当初两千降兵就这么被他们吃成了一堆白骨！"

寿州城外，的确有一堆白骨小山，也的确发生了人吃人的惨剧，不过李明德没弄清楚，吃人的不是周军，而是已经断粮的寿州守军……

"周军每日炮击寿州，寿州城外已由石炮堆成了一道石坡，与城楼等高！周军每每攻城，顺坡而上，连骑兵都能轻易冲上城楼！"

"周军凶猛！人人都有九尺之高！"

"周军石炮足有五十门！日夜不断朝寿州投石！那些石块，个个皆有千钧！"

起初，群臣听李明德手舞足蹈，声情并茂的形容，也是纷纷面露惊色，可李明德越说越离谱，最后竟把周军形容成刀枪不入的妖魔鬼怪。

群臣可不是山野愚民，渐渐都朝着李明德投去了鄙夷的目光。

"周军有多少人马？"李璟打断李明德的风言风语，不耐烦问道。

"周军有大军三十万！民夫十万！我大唐十三万大军以寡敌众，势必……"

"荒唐！"李璟突然喝道，"我唐军只有十三万？胡说！"

经历轮番惨败，唐军原本三十万大军损失过半，如今恐怕只有十五万上下，冯延巳开口就说还有三十万，那是说给百官壮胆用的。

五鬼之一陈觉职任御史大夫，最擅构陷，立刻站出来道："李明德，一定是你谎报军情，柴荣以为我大唐无人，这才狮子大开口，勒索我淮南十四州！"

"冤枉啊！皇上！陈觉冤枉微臣！臣深陷敌阵，哪里知道战场局势，这一切都是柴荣告诉我啊！"

李璟冷笑一声，话中浸透杀意："柴荣是不是也教过你，如何在朕面前，扬周贬唐！如何背信弃义！如何通敌叛国！"

李明德顿时大惊，立刻伏地大哭道："皇上！微臣不敢！微臣对大唐绝无二心！"

"来人，将国贼李明德拖去，凌迟！李明德全族，弃市！"

"皇上！冤枉啊！臣乃大唐的使臣！臣是忠心大唐的啊！"

可怜李明德，身为大唐使臣，却不知不觉做了一回柴荣的说客，最后却只落得身败名裂，尸骨无存的下场。

李璟登上高台，原本身上山一般的压力此刻却被一股莫名的恨意代替，他俯视着群臣百官，目光中透着凛冽的杀气。

"从今以后，朕决意与柴荣决一死战！再有人妄言议和者，李明德就是他的下场！"

从此，李璟判若两人，当真发奋图强起来，立刻制定了一系列行之有效的对敌策略。

时下的局势，南唐北面有周军主力，北面有王逵的湘军，西面有吴越的偷袭，可谓是三面受敌，乃兵家大忌。

全盘考虑之下，周军虽然势头最猛，但依旧没有拿下江淮，南唐还有长江天险可以据守，可湘军和吴越却与金陵近在咫尺，长江平原一马平川，无险可守，反而是心腹巨患。李璟思度再三，终于决定启用名将柴再用之子、年轻将领柴克宏为主将，出兵驱除相对弱小的湘军、吴越军。

不知是天道垂怜，还是柴克宏武运当头，南唐军还未出发，两大敌军中的湘军，居然不战而退！

自楚国被南唐所灭，楚地只剩下湖南一州之地，还被王逵、周行逢、潘叔嗣三个军阀占据。其中势力最大的王逵，接受了柴荣的册封，出兵攻打南唐。可其他两家一见王逵动兵，毫不犹豫地在王逵后方偷袭，企图趁机吞并王逵地盘。于是，湘军还没打到南唐境内，自己就陷入三方混战之中，最终，周行逢惨胜，王逵、潘叔嗣被杀，湖南经此巨耗，再也无力进攻南唐。

李璟大喜，转而命令柴克宏集中兵力对付东边的吴越大军。柴克宏初生牛犊不怕虎，率五万大军赶到常州之后，趁着夜色，五千人乘小船渡河，夜袭吴越军的营寨。吴越本想渔翁得利，轻敌大意，一战就被打得措手不及。是役，柴克宏斩敌万人，吴越军几乎全军覆没，主将吴程孤身逃回吴越。吴越王钱俶什么便宜没捞着，还未开战反而丢了一万人马，心中又气又怕，才知道南唐是百足之虫，死而不僵，于是卧兵边境，吴越不再敢轻易攻打南唐。

一月不到，三路敌军去了两路，惊魂未定的南唐终于看到了一线生机，南唐军也终于找回了一点士气。李璟决定孤注一掷，乘胜追击，将大唐剩下所有主力，一举压上，北上与围困寿州的周军，决一死战！

李璟心知肚明，此战乃决定南唐生死存亡的最后一战，故而在选帅上面慎之又慎。

刘彦贞那类误国草包再也不能用了，可太过精明的武将用着也不放心……

思度再三，李璟终于想出了一个万全之策：任命四弟齐王李景达为主帅，御史大夫陈觉为监军使，领南唐最后精锐十万，北上决战！

齐王从来没有率军打仗的经历，陈觉除了谄媚构陷之外，对军事更是一窍不通，放着刚打了胜仗的柴克宏不用，却找这两个门外汉领兵，看懂此举深意的群臣，不禁对这个年轻的皇帝齐齐叹息。

公元955年，十一月。

柴荣的大军围攻寿州已经整整九个月了。

寿州城中存粮早已在三个月前吃完，三个月的时间，寿州已经变成了一座人间地狱。

最先，人们开始抓城中的老鼠。老鼠绝迹之后，人们开始吃知了、蟑螂等爬虫。等到爬虫也吃完了之后，人们就开始吃死尸。最后，死尸也吃完了，饿得发疯的人们，就开始杀人吃肉，先吃老人，再吃妇人，最后就是幼子……

九个月来，柴荣一直留在城外大营，一直冷眼目睹着寿州剧变。

也许是为了示威，也许是为了防止疫病，刘仁瞻下令，每日都会有寿州守军，将成框成框被啃得干干净净的白骨倒到城外，渐渐，寿州城外堆起了一座白骨小山。

惨烈如斯！就连杀人如麻的李重进不禁开始动容。

"皇上，如此下去，我军伤亡两万，换来的也只是拿下一座死城而已啊！"

柴荣站在高台上，朝着不远处的寿州城墙望去。他知道，此刻城墙那头，也会有双深邃的眼睛，同样警惕地望着自己。

征战一生，柴荣第一次对对手产生由衷的敬意。

九个月来，大小六百次攻城，每日从未间断过。周军手下的炮车，用坏了大半。寿州附近的石山，全被移平做了炮弹，如今化成了寿州城墙的一部分。

周军将士人人敢死，可到了如今，面对风雨飘摇的寿州，也不禁心生寒意，望而却步。

无论周军如何进攻，如何偷袭，如何骚扰，寿州城上永远都有整齐的守军，永远都有猛烈的反击。周军防守稍有懈怠，寿州守军就会冲出一群敢死之士，突围，偷袭！其中最厉害的一次，寿州军不足二十人的死士小队，竟然杀死一百多名周军士兵，最后点燃身上的煤油，与数十间军帐同归于尽！

刘仁瞻如何做到这一步的！

"你们以为，这只是一座孤城吗？寿州，南唐军魂！军魂不灭，南唐不灭！"

李重进的话代表着周军将士的军心：周军将士已经开始畏敌了！

柴荣心里马上升起深深担忧，而这种担忧没过多久，就在周军之中酿成恶果。

李璟派出的十万大军，兵分两路北上，一路马不停蹄向寿州赶来增援，而另一路却朝着周军防守最为薄弱的扬州进发。

驻守扬州的是后周名将韩令坤，平日战场上也是个拒不畏死的猛将。可如今韩令坤听说南唐主力杀来，却立即举兵弃城而逃，将手下不到一万的人马开往寿州与柴荣主力汇合。

柴荣一听战报，气得顿时拔刀砍了桌子！

周军军法森严，惧战脱逃将领，一律斩首。韩令坤明知如此，还敢弃城逃跑。这不是在告诉全天下，周军开始显露败绩了吗？

"传令！给朕告诉韩令坤！朕在寿州亲自接应！"

韩令坤跑到半路就收到柴荣的军令，而送信之人不是别人，正是白甲红缨的周军猛将赵匡胤。

"九重！"韩令坤看见赵匡胤，这才松了一口气，"你是替皇上来接应我部的？"

"糊涂！"赵匡胤与韩令坤是发小，情同兄弟，急忙拦住韩令坤道，"你再往前多走一步，就死无葬身之地了！"

韩令坤大惊问道："怎么，寿州大营丢了？皇上呢！皇上可平安无事？"

"还算你忠心大周！"赵匡胤斥道，"围攻的扬州的唐军能有多少？你部一万人不战而退，都是吃白饭的吗！"

韩令坤也是有苦自知，无奈道："九重，不是我畏敌惧战，而是手下这些兄弟！如今年关将近，他们个个思乡心切，守城都是怨声震天。这次唐军主力攻打扬州，若不是我极力约束，手下这些人早就哗变了！"

周军在南唐作战已经十个月，寿州迟迟不克，赵匡胤自己属下都有不少开始畏难懈怠，所以他相信，韩令坤所言并非托词。

赵匡胤打马来到扬州守军面前，威严问道："今日，本将军在此最后问你们一遍，谁还要当逃兵！"

扬州守军望了望一脸厉色的赵匡胤，沉默仅仅维持了一会，马上就有人上前喊道。

"赵将军！我想回家！"

"赵将军！求你放我们回去吧！我们不想打仗了！"

"赵将军！我家老母病危，我不能不回去啊！"

赵匡胤心中不忍，可脸上却冷得能结出冰来："来人，把这些叫苦的士兵，当场给我打断双腿！弃置路边，谁也不准管！"

话音一落，赵匡胤身后的铁骑立刻齐步上前，亮出了手中的兵器。

"九重！赵将军！不可啊！他们都是我们同乡，都是忠心大周的将士啊！"韩令坤一见赵匡胤要下狠手，立刻苦苦劝道。

"现在杀了他们，他们还是大周忠魂！可让你们回到寿州，就是叛兵叛将！等死！不如死在战场！"

"皇上不给活路！兄弟们！反了！"

扬州守军一看骑兵阵势，立刻就拔出兵器，嚷着就要哗变。

可畏战之兵哪有战力可言？赵匡胤手下几枪挑死带头闹事的，又真打断了几人的双腿，扬州守军外强中干都算不上，马上就齐齐丢了兵器，跪地求饶起来。

赵匡胤连逼带吓，总算稳住了韩令坤部，逃军在自己部队刀尖逼迫下，最终走投无路地回到扬州。好在赵匡胤分兵五千驻守扬州，这才保住了扬州，保住了韩令坤及其手下近万人的性命！

哪知这头稍稍安定，唐军另一路主力却从瓜州横渡长江，奇袭六合，周军守军和扬州守军一样，畏战而逃，数千人哗变逃亡，导致六合差点变成一座空城。

六合位于长江北岸，对岸就是都城金陵，收复六合，对保护金陵的战略安全，甚至比扬州更重要。

六合守军，几乎被唐军追杀殆尽，只有数千人逃回了寿州，结果，悉数被震怒柴荣斩尽杀绝！

每每想到此处，韩令坤都不觉一阵后怕，想起赵匡胤的救命之恩，更是对他死心塌地。

"快走！六合告急！我们必须比唐军更早赶到！"赵匡胤心急如焚，指挥大军朝着六合星夜赶去。

然而等赵匡胤部赶到六合，唐军竟然早到三日。可令赵匡胤惊喜的是，唐军赶到六合城外二十里，就停下扎下营寨。

放着眼前的空城三日不攻？

难道唐军有诡计？

赵匡胤如履薄冰，立刻派出大量探马探查，可没有查出丝毫异样，最终，赵匡胤庆幸地驻防六合，保住了这一座空城。

周军上下不禁疑问，唐军主力在二十里外到底在干嘛？

这次唐军队伍之中，主帅乃是皇帝李璟的四弟李景达，是个完全不懂军事的安乐王爷。不过李景达也有一个长处，就是虚怀若谷，听得进谏言。打仗的事交给手下几个战将也无碍，反正大战略都是出自李璟圣旨，李景达也是乐得清闲。可坏事之处不在李景达，反而在随军监军使陈觉身上。

所谓监军，就是指监督军队之人。东汉宦官专权，军中监军均是太监把持，而监军一职，代表着皇上亲临，往往比主帅的实权还大。

宰相冯延巳虽然昏聩，但好歹也干过几件好事。可这位居五鬼第二把交椅的陈觉，则是彻头彻尾一个奸臣，对内专横跋扈，捞钱捞权，对敌则是胆怯如鼠，不懂装懂。

这次唐军主力开到六合，李景达见六合守军空虚，竟不到百人，立即建议拿下该城。可陈觉这时候却突然跳出来，故作高深道："你们何人见过百人守城的？周军是吃素的吗？这一定是周军效法诸葛孔明之空城计！诱骗我军上当！"

诸将无法，当天就派出十几路探马，将方圆百里都彻底摸了一遍，没有查出半点问题。可陈觉却依旧疑神疑鬼，拒不同意大军攻打六合。

就这样，唐军眼看着赵匡胤部驻防六合，依旧无法出击，事后陈觉还洋洋得意地冲着众将士道："看吧！本监军就知道周军定有后手！别看这路人马只有两千人马，其后必定跟着柴荣的主力！哼！想拿两千人为饵钓我唐军主力？太小看我陈觉了！"

唐军将士一听这门外汉的自鸣得意，个个又气又笑，可谁又能拿他怎样？

有将帅如斯，唐军哪里会是智勇双全赵匡胤的对手？

"我军只有两千人，而对面却是唐军主力八万，坐等敌军来攻，死路一条，不如破釜沉舟，主动奇袭，方还有一丝胜算！"

就在赵匡胤入驻的第二夜，赵匡胤就孤注一掷，率领全城兵马对城外唐军发动夜袭。在军营中，周军连杀带烧，打得唐军措手不及。而那陈觉一听敌军偷营，想都未想就立刻率部逃之夭夭，由他这么一带头，唐军士兵哪里还有战斗意志？丢下来五千具尸体，纷纷仓皇逃跑。

陈觉逃到长江边上，还觉危险，竟要连夜渡江返回金陵。是夜风高浪急，还下起了大雨，陈觉不听手下劝阻，依旧强令大军渡河。士兵上船一半，赵匡胤部又趁势掩杀而来，被逼到绝境的陈觉依旧没想起放手一搏，竟然抛下所有部下，换了艘小船，不告而逃！

是役，赵匡胤用不到两千的人马，消灭了接近两万的南唐主力，俘获一万多俘虏，更重要的是，赵匡胤一举拿下了唐军粮草辎重，让唐军再也无力对寿州构成危险。

两千对八万，虽然周军伤亡惨重，可一举打残唐军主力！如此战绩，震惊了整个华夏九州。继柴荣高平之战大胜以后，赵匡胤以六合之战，声震寰宇，威名彻底盖过风头正劲的李重进，被公认为"大周第一猛将"。

南唐方面，当陈觉只身逃回皇宫报信，还不忘推卸责任，将战败职责悉数推到了李景达的身上。

可怜李璟，得知南唐最后主力战败的噩耗，立刻口吐鲜血，白眼一翻，晕倒在了龙椅之上！

冬季到来，江淮开始阴雨绵绵。

寿州城外，柴荣得知赵匡胤大捷的消息，终于长舒了一口气，可还未展眉，柴荣转头望向不远处的城墙，却又发出了一声沉重叹息。

"将南唐最后主力覆灭的消息告诉刘仁瞻！"

柴荣立刻提笔，写好一封信件，就让卫兵用弓箭射进了寿州城内。

围攻寿州已经十个月了，柴荣想不通，为何刘仁瞻在无兵无粮的情况下，依旧坚持到了现在。

柴荣心中清楚，如果换做自己守卫寿州，他也绝做不到刘仁瞻这个地步。

渐渐，攻城变成了围城，柴荣也不让手下士兵去送死了。固执的柴荣决意要和刘仁瞻比耐力。

每隔十几天，柴荣都会亲笔写下一封信件，射入城内。距今为止，写了多少封信，柴荣已经记不清了，但柴荣确定，刘仁瞻必定会把每封信一字不落地看完，而他不到最后关头，也绝不会给柴荣回信。

战争发展到最后，就已经不是两军交锋的事了，而是两位主帅比拼耐力的决斗。

冬雨一连下了十几天，北方国内的粮道不济，周军将士风餐露宿之中，又饿又疲，士气也几乎到了崩溃的极限……

公元 956 年四月初七，就在周军围攻寿州的第十四个月，柴荣终于支撑不住，留下李重进继续围守寿州，自己带着几千护卫，悄然北渡回京。

柴荣，失去耐性，承认失败了吗？

不，不是。

渡船横渡淮河，柴荣站在船头，望着北方，脸上难得露出了惊恐之色。

他从怀中掏出一封火漆密信，里面有王朴拿自己鲜血写的八个大字。

"皇后病危，盼君速归！"

第八章　汴京风云

第 1 节　后院起火

"大哥！说清楚！京城到底发生了何事！"

柴荣到了汴京城郊，就见到王朴一脸愁云密布地恭候圣驾，立刻问道。

"皇后病重……"王朴沉痛地低声道，"是由辽国细作下毒所致……"

"契丹细作？混账！你这个开封尹是干什么吃的！"柴荣当即破口怒骂，王朴自知失职，立刻跪地叩头

"罪臣该死！都是罪臣疏忽！"

"起来！随朕一起进宫！"柴荣强压怒火，立刻要求出发开拔，"路上，详细说清缘由，不得有丝毫隐瞒！"

"皇上，事情说来话长……"王朴骑上马，苦涩地缓缓讲起往事。

时间回到一年前的汴京。

"南妹，我敬你一杯。"符玉儿见郭平南一脸阴沉，连忙举起酒杯冲她笑道。

是夜，皇宫中，符玉儿一改平日里的朴素，特意摆起了一桌家宴，请来了两位意想不到的客人。

"哼！姐姐要早说他也在此，今晚我就不来了！"

郭平南对面，坐得不是别人，正是驸马张永德。

"公主！"张永德已经整整两个月没见到郭平南了，心里早就想得发慌，

此刻见她又要负气离开，连忙起身追去。

"两位今日如此放肆，是不把本宫放在眼里吗？"符玉儿故意板起脸，将酒杯往案上一掷。

郭平南被符玉儿叫住，咬了咬牙道："今日看在嫂嫂面子上，我……我就把酒喝完再走！"

"公主……"面对妻子如此仇视自己，张永德心如刀绞，只得遥遥望着妻子痛苦念道。

"这就对了。今日家宴，可别逼嫂嫂摆皇后的架子。你们大哥征战在外，这后宫真如同冷宫一般，如今有家人陪伴，这才有些人气。"符玉儿举起杯中酒冲着两人笑道："这杯酒，我先干为敬。"

郭平南赌气，一口饮尽一杯酒，而张永德喝尽御酒，却觉得满腹都是苦涩。

看着两人模样，情义未绝……还有转机！

符玉儿立刻端起一杯酒，起身离席走到张永德面前，突然躬身向他敬酒。

"妹夫，嫂嫂今日代你兄长，向你赔罪！"

张永德心中虽然百般记恨柴荣，可如今对符玉儿却不敢有丝毫不敬，连忙站起躬身道："皇后娘娘，万万不可！微臣岂敢让娘娘屈尊！"

郭平南冷笑道："怎么，你也知道上下尊卑了？那朝上怎么处处忤逆皇上？"

张永德正要解释，可符玉儿立刻正色道："国有诤臣，不亡其国。南妹，妹夫虽然在朝上反对皇上新政，可亦有言之有理之处，你们大哥虽然脸上不悦，可还是把妹夫的忠言记在心里的。"

说着，符玉儿冲着张永德又一拜："大哥行事冲动，新政多有纰漏。妹夫一心为公，直言进谏，多有委屈，嫂嫂在此谢过。"

"娘娘！"张永德连忙起身回礼。

"妹夫与大哥有隙，多源于大哥中毒一事。"符玉儿看着张永德的眼睛认真道。"妹夫，还有南妹，你们可想知道当初到底是谁暗中给大哥投毒？"

张永德和郭平南同时一惊，几乎异口同声道："嫂嫂你查出真凶了？"

符玉儿冲着两人点头道："几个月没事可做，随意一查，没想到歪打正

着，让我查了出来。"

"那个暗害大哥，吃里扒外的狗贼是谁！"郭平南立刻双眼通红地吼道。

"请嫂嫂明示！"张永德无故被贬，罪魁祸首也正是此人，立刻也是杀气腾腾地问道。

"卞喜是侍候皇上起居的一名随军小太监，名叫卞喜，此人在王朴大人严刑拷问之下，早已供出幕后黑手。"

符玉儿停顿了一下，凭空让两人变得更加心急："这次真是你们大哥疑心生暗鬼了，幕后黑手正是辽国妖女，肖古。"

"肖古？"张永德皱眉道，"就是几日前那个辽国特使？"

"我已派人查清，肖古正是辽国皇帝耶律璟的国师，擅长巫蛊方术，我怀疑，太原之战，不仅是皇上中毒，连突然出现的疫病也和那妖女有关！"

"皇后娘娘，辽国人如何和皇上近侍勾搭成奸，其间一定还有隐情！"张永德激动起身，立刻告辞道："请恕微臣告辞，微臣要去找王朴大人问个清楚！"

郭平南也坐不住："我也要去，嫂嫂，告辞！"

望着一同离去的夫妻两人，符玉儿微笑起来，可当两人走出宫门，符玉儿的脸色又升起了一丝担忧。

"但愿此事就此结束……"

等驸马和公主同时赶到天牢，那名叫做"卞喜"的小太监早已被刑讯得半死不活。王朴立刻拿来卞喜的招供给两人过目，可张永德夫妇还不放心，要亲自审问犯人。然而不管两人如何盘问那名小太监，得到的证词却永远是一模一样。

"……两年前，小人偷了宫中瓷器出宫去卖，被一伙黑衣人劫道……那些黑衣人，都是辽国人，首领是个女人……她给了小人一份毒药，要小人毒害皇上……小人不肯，她就要挟小人，说要告发小人夹带宫藏，通敌叛国……小人全是被逼无奈啊！"

"该死！该死！"郭平南、张永德气得一脸青紫，正要杀人泄愤，可马上被王朴拦住。

"公主、驸马，此人现在还不能死。契丹方面还不知道此人被扣，此人还有大用。再说，死无对证，咱们还得留下活口给皇上说清楚不是？"

"待抓捕契丹细作之时，张永德愿为王大人驱遣！"张永德终于被说动，瞪了卜喜一眼狠狠道。

"哼！今日就饶你狗命！大哥，届时我也要去！"

"好好，两位都来，两位都来！"王朴冲着两人百般承诺，才说服两人悻悻离开。

"公主……"

从天牢出来已是深夜，张永德见妻子怒气稍解，试探地问道："夜已经深了，你此刻回宫，多有不便，不如……"

郭平南回头瞪了张永德一眼，恶狠狠道："不如什么！今夜我回宫去睡！你做得好事，给我好好反省！"

"好！我反省！"张永德连忙道，"我送公主回宫！"

令张永德开心的是公主只是瞪了他几眼，却未阻拦。张永德看到曙光，欢喜地送郭平南回宫。

"大哥，驸马和公主昨晚可曾和好？"

翌日，符玉儿一早就招来王朴，仔细问道。

"皇后，长公主的脾气你是知道的……"王朴苦笑道，"不负皇后苦心，两人之间总算有了转机。"

"唉。"符玉儿长舒一口气，"皇上在外征战，正缺人手。驸马早日解开心结，就能早日返回南唐战场，帮到皇上。"

"皇后圣明！"王朴不禁折服道。

"大哥如此奉承，是与我见外了。"符玉儿笑道，"玉儿还有一事，请大哥斟酌。"

"皇后请说。"

"玉儿耳闻，皇上前线激战，国库钱粮吃紧。玉儿想，将宫中财物卖出一些，以作军资。"

王朴一听，立刻坚决摇头道："皇后，你看看这中宫空空如也，还有什么好卖？自前朝起，一旦要赈灾或者筹军，先帝就会大开宫门，将皇宫值钱的东西变卖一遍。如此十几年，唐、晋、汉前三朝积累的宫中财富早就'败'

得一干二净！"

"大哥，玉儿身为中宫之主，此事怎会不知。"符玉儿笑道，"玉儿是想把新帝赐的嫁妆卖了……"

"皇后！不要再说了！"王朴毅然起身，转头欲走，"要是皇上回来，知晓皇后把嫁妆也卖了，他会将王某扒皮抽筋的！再说，皇后此举，不是昭告天下，我大周军费不济，连堂堂皇后都要变卖嫁妆！此事传到前线，让我军将士如何自处，大军士气安在！"

"好吧……是玉儿唐突了……"符玉儿黯然道，"他远在南唐，天天征战沙场，可我只能待在这座宫里……不知如何才能帮到他……"

王朴一听，心中不禁暗叹：如此贤后，二弟，还有他的大周，真是好福气啊……

想到此处，王朴眼睛一转，有些犹豫道："皇后！有一事……若皇后出面，必定能为皇上分忧！只是此事颇为棘手……"

"大哥，速速说来，若我力所能及，必当出力！"

"说来话长！"王朴长叹一声，缓缓道来。

半年前，柴荣为了筹措军费，下令开始举国之内，遣僧灭佛。为此，柴荣特意提拔潘豹全权处理此事，收尽天下佛像，重新铸币，其中盈利，一半用之于民，一半用之于军，本是利国利民的好事。可佛灭乃不世骂名，必定遭天下唾弃。

说来不巧，今年开春，恰逢黄河泛滥，不少灾民流入汴京，不找官府求助，反而跑到相国寺旧址哭诉。

一时间，"报应""天谴""佛怒"等不利于柴荣的言论甚嚣尘上。甚至朝中文武官员，也有不少人深以为然。

虽然国库吃紧，可朝廷依旧按照柴荣从前线传来的圣旨，咬牙赈灾。然而钱粮花去不少，可效果依旧不好，汴京灾民的人数，依旧是与日俱增。

"还有此事？"符玉儿听后大惊道，"大哥为何不早提！"

王朴叹息道："黄河年年泛滥，灾民年年不绝。可是今年情形着实怪异，处处直指正在南征的皇上。微臣隐隐察觉，此事背后绝不简单！"

"若是有心人作乱……"符玉儿想到此处，心中一阵后怕，眼神立刻变得坚毅起来。

"大哥不必多言，玉儿明白该如何去做。"

汴京街边酒肆中，侯六正在不快地痛饮掺了水的黄酒。

"妈的，搞什么禁铜令！弄得老子连好酒都喝不上了！"

侯六正边骂边饮，突然一名其貌不扬的路人坐到侯六对面，点了一坛好酒，又推到侯六面前。

"哈哈，你倒准时。"侯六一把搂过酒坛，揭开封泥就自顾自痛饮起来。

"明日正午，皇后会到相国寺主持赈灾。"路人不动声色地说道。

"皇后？"侯六吓得一下站起，又鬼祟地马上坐下，望望四周，低声恶狠狠地对路人道，"皇后都在！这可是杀头的大罪！"

"你潜在人群中，没人会发现你。"

路人从怀里逃出一袋沉甸甸的东西，抛给侯六。侯六急迫地打开一看，顿时眼睛都直了。

"这么多！"

"这只是定钱，事成之后，还有三倍奖赏。"

侯六丝毫没有犹豫，豪饮了一口烈酒，狠狠低吼道："富贵险中求！干了！老子怕什么！"

"相国寺，明日正午，不要忘了。"路人见侯六应了下来，立刻离开。

翌日，烈日当空，相国寺紧锁的门口却依旧挤满了衣衫褴褛的难民。

"菩萨！我父母都被大水冲走了，你要保佑他们平安无事啊！"

"菩萨！我儿子正在高烧，求你让他好起来！"

"菩萨！求你了……给我一顿饱饭吧……"

相国寺内早已无僧无佛，可落魄的难民依旧跪在贴着封条的大门口久久不肯散去，各自虔诚地诉说着各自的苦难。

正当此时，远处传来一阵震天的喧哗，难民们不禁纷纷抬头望去。只见由宫人、禁军组成，不足百人的一队人马缓缓向相国寺走来。

"那坐轿的女人是谁？"

"听前面的人说那人是皇后！"

"胡说！皇后就那个阵仗？我老家的县官出门都比她风光！"

就在难民纷纷议论之中，大周皇后的銮驾缓缓来到相国寺门口。

为了今日，符玉儿特意嘱咐下人不要大摆仪仗，自己也是素面素服，不着粉黛，如果不是身边十几个精干的禁军护卫，恐怕难民们都很难知道她就是大周的中宫皇后。

从銮驾上走下，符玉儿没有让人搀扶，慢慢向寺门走去。不用禁军开道，民众纷纷自发让开一条道路，夹道望着这个没有一点皇家架子的皇后。

站在门口的高台上，符玉儿看见，难民们个个蓬头垢面，衣不蔽体，有些人身上还生有恶疮，散发着阵阵恶臭。可符玉儿眼中没有丝毫厌恶，反而生出了点点不忍。

大周的子民，还有多少在受苦受难……

符玉儿深吸了一口气，压下心中的悲悯，朗声道："诸位，都是大周的子民。如今子民有难，我大周朝廷绝不会坐视不理。城东和城西，官府已经安排了十几处粥棚，还有数百所民居！诸位不要聚在此处了，快去领粥充饥去吧！"

"粥！有粥！"不少饿得无力的人一听，立刻双眼放光，转身就要离去。

"大家不要被她骗了！她才不是皇后！她只是皇后的一个婢女！"人群中，突然有个尖利的嗓子喊了起来，"她是想把我们骗走，然后把我们抓起来！送到南方战场送死去！"

"什么人！胆敢诽谤皇后！"

禁军们立刻怒目，在人群中搜寻了几圈，却没有发现挑头闹事的人。

"不会吧！我们都快饿死了，还怎么去打仗啊！"

"我弟弟就在军队里面！军队每次攻城，都要那些死囚、奴隶冲在最前面！"

"我又不是奴隶，我只想吃饱饭！"

"皇后是个和杨贵妃一样胖的贵妇，怎么会是那副寒酸相！皇后一定是在宫中享福，不管我们的死活！"

几个隐隐的火星轻轻一点，人群中立刻爆发出一股难平的怒火，人们愤怒地望着高高在上的符玉儿，开始暴躁地推搡起来。

"尔等放肆！此乃我大周皇后！本将军就能作证！再不退下，格杀勿论！"

禁军统领看局势十分不妙，立刻站出威吓民众。

"看！他们要动手杀人了！"

"左右都是死！不如和他们拼了！"

受几人挑拨，难民的情绪越来越激愤，喊打喊杀的人大有人在，可就没有一人主动动手。

"该死，都是些怕死鬼！"侯六见状，偷偷从地上捡起一块鸡蛋大的石头，捏了捏怀中的金子，立刻心一横，朝着高台上的皇后脸上狠狠掷去！

侯六本是个混混，多年来偷鸡摸狗却练成了一个绝活，那就是飞石打鸟，百发百中，又准又狠！此刻侯六可是使出了十成力气，这颗石子朝着符玉儿的面门袭去，即使取不了她的性命，也要让她头破血流，眼睛容毁！

只要皇后遇袭，现场势必大乱！届时我趁乱溜走，五百两黄金不就……

正当侯六得意扬扬之时，哪知符玉儿突然眼神一厉，右手挡在眼前，五指轻轻一握，飞来的石子竟然轻巧地被她稳稳抓住。

"抓住那个人！"

符玉儿玉指遥遥一指，人群中的侯六立刻大惊失色，马上狗急跳墙大叫道："打死那个女人！她要抓我们去做人肉馒头！"

应声，人群中几人心领神会，亮出匕首就冲着身边的难民挥舞，还大声叫道："尔等贱民！竟敢同官府作对，统统就地处死！"

"杀人啦！"

"官府杀人啦！"

"和他们拼了！"

眨眼间，就有几个人被乱刀捅死，尖叫声顿起，受惊又愤怒的人群被无形的力量往前驱赶，立刻与禁军队伍碰撞起来！

"难民作祟！保护皇后！"

禁军统领当机立断，立刻拔刀高喊，十几名禁军立刻齐齐拔刀，组成一道人墙，刀尖直指群情激奋的难民。

"所有大周将士听令，不准伤难民一人！"符玉儿神色不变地高喊，双眼却如鹰眼一般，一直盯着人群中藏头露尾的侯六。

第八章 汴京风云

"契丹刺客居然真的动刀子了！快跑！"

几个露出匕首的男子，游走在混乱的人群中，渐渐走向符玉儿方向。最前的一人装作被挤到前方，撞到禁军士兵怀里，手中的匕首立刻暗中就刺向士兵的心窝！

士兵胸口一痛，双眼怒睁，右手却被对方按住，无法拔刀，只能狠狠握住此刺客的刀尖，临死前大喊一声："保护皇后！此人是刺客！"

那刺客几次想拔出匕首，却发现匕首已经牢牢插入士兵的胸口，见大周皇后近在眼前，机不可失，那刺客立刻弃了匕首，闪身就从缺口冲出，狠狠地朝着赤手空拳的符玉儿冲去！

"鼠辈！"符玉儿后退一步，右拳从下挥出，一招朝天泉又狠又准地正中来人的下颚要害，刺客饶是铁打的身子，却经不住符玉儿看着轻巧的粉拳一击，整个人竟然斜飞了出去！

"来人！抓住这些契丹细作！"

人群身后，突然出现了一支百人禁军，领头的竟是张永德和王朴。

难民一见大军出现，立刻放弃抵抗，跪地求饶，而几名刺客正好鹤立鸡群地凸显了出来。那几人眼见无路逃生，彼此看了几眼，立刻横刀自刎当场！

王朴和张永德很快稳住了局势，马上跪在符玉儿面前请罪道："微臣救驾来迟！望皇后恕罪！"

"王大人、驸马来得正是时候。"符玉儿朝着王朴点点头，王朴这才擦了擦冷汗，立刻命人将那晕倒的刺客收押，并当众扒掉死掉的那几人的上衣，展示给难民们看。

"百姓们！你们看！这带头的是京城无赖侯六，平日里欺行霸市，靠收铜钱铸铜像投机暴利！而这些刺客，个个都有虎豹文身，都是契丹细作！你们都被这畜生给骗了！"

难民抬头一看，顿时明白自己上当，那些死了亲人同伴的难民更是悲愤欲绝，跪在地上呜呜哭泣。

符玉儿看见惨状，摇摇头，不顾王朴等人阻拦，径自走到了人群之中。此举不仅吓得官兵们大惊失色，地下跪着的难民们更是战战兢兢，害怕地发抖起来。

此刻，一位半大的男孩正抱着一个更小的幼童哭泣，符玉儿看得心酸，走到男孩身边，半跪下来，摸着他的头轻声问道。

"娃娃，你多大了？你怀里的是谁？"

"我十三岁，这是我的弟弟，他才八岁……"

"你的父母呢？"

"大水来了，他们让我们上房顶，自己却被大水冲走了……"

符玉儿差点落泪，她从男孩手里接过幼童的尸体，抱了起来，转头望向难民们高喊道："乡亲们！天灾当道，可何人不想活下去！不要聚在这里了，这里没人会管你们，还会被契丹人利用！跟官府走吧，大周会让大家活下去！皇上会让大家活下去！"

"娘娘……不追究我们冒犯之罪吗？"

难民还在半信半疑，只见符玉儿突然拔刀，对着手掌狠狠一划，举着鲜血淋漓的手大声道："我大周皇后符氏在此起誓，今日在场人等，一律无罪，不单是你们，还有天下百姓，若有一人因朝廷施救不及时而死，本宫愿受天谴责罚，死无葬身之地！"

"娘娘！"

难民们一听，纷纷泪流满面，跪在地上连连叩头。

"皇后大义！"

王朴与旗下的禁军们，此刻也不禁一起跪下，敬拜符玉儿。

深夜，驸马府中。

张永德此刻自斟自饮，心中还在想着白天发生的一幕，不禁也是一阵阵后怕。

"如果符玉儿今日有任何闪失，柴荣回来了一定不会放过我！那符玉儿也是胆色惊人，竟然敢以身犯险，钓契丹人上钩，最后漂亮地平息民怨……"

张永德心中某个希望越来越小，心中苦涩，只得不停地喝着闷酒，不觉醉倒案上。

也不知过了多久，一阵刀剑出鞘的清响在张永德耳边响起，张永德突然惊醒，立刻拔刀起身。

"谁！"

"驸马，几月不见，还是风采依旧啊。"一个女子的声音甜甜笑道。

待张永德定睛一看，来人却不是别人，正是契丹特使肖古！

"你？你怎么进来的！我的护卫呢！"张永德脸色大变，狠狠问道。

"放心，今夜，驸马府无一人丧命，只是多了几人酣睡而已。"

张永德见肖古灯前把玩一把匕首，更加警觉问道："你不回契丹，跑到我府上作甚！莫不是要行刺我和公主？"

"若是行刺，驸马现在安有命在？"

"说！尔等到底为何而来！"

肖古收起匕首，正色道："请驸马为大辽效力。"

张永德冷笑道："笑话！我堂堂大周驸马，岂会和你们同流合污！"

"事成之后，我辽主必定奉驸马为新君，改朝换代，君临中原！"

"就像石敬瑭那样？让我做辽国的儿皇帝？"张永德骂道，"我堂堂七尺男儿，是可忍孰不可忍！"

"我主授意，张大人之新国，必与辽国为兄弟之邦！"肖古听出张永德弦外之音，马上笑道，"不开战，不称臣，不纳贡。"

"哼！休想！我这就把你绑了，送到朝廷上，岂不更方便！"张永德说着，提刀起身就要攻来。

肖古摇头道："驸马，你可记得望乡楼的如月？"

张永德脸色一变，喝道："什么如云，如月，我不认识！"

"那就可惜了……如果公主知道，驸马近日寂寞，连连眠花宿柳，不知又会如何呢？"

张永德近日烦闷，正值壮年，公主又不在身边，难免酒后乱性，就和京城里的花魁有了一段露水情缘。张永德被兜出老底心中一惊，色厉内荏道："你胡说什么！我什么都不知道！"

"如月姑娘就在我处，驸马要不要与伊人叙叙旧呢？"

张永德气愤地一踢桌子："别想用这个威胁我！你见得到公主再说！"

"公主身在宫中，的确不容易见到……不过，如果宫中还有我安排的眼线，无意中把一张小字条传给公主……依公主的个性，会不会把此事弄得一清二楚呢？"

一滴冷汗从张永德额头划过，肖古敏锐地看到这滴冷汗，愉快地笑了。

张永德脸色阴晴不定，最终狠狠地咬牙道："老子最恨被人威胁！何况还是契丹人！今日就是玉石同焚，我也不让你活着走出驸马府大门！"

"驸马气节，本国师五体投地。本来我就没打算以此要挟驸马……"肖古话锋一转，反问道，"只是，驸马，扪心自问，你情愿一辈子都活在柴荣膝下吗？"

"休要多言！"

"驸马身为先帝女婿，这大周江山本来就有你的一份！奈何被那柴荣独占！"肖古趁势说道："驸马难道认为，柴荣在世之时，公主之心能回到你这边吗？"

"你！你……"

张永德指着肖古的鼻子，刚硬的语气越来越弱。

许久，张永德举刀的右手慢慢无力垂下……

第2节　我为汉人

"来京难民一共四千六百余人，如今大部分已经安置在城郊的临时茅舍之中，一日两餐，一粥一面。"

皇宫中，开封尹王朴摊开卷宗，详细地汇报着近日的工作。而皇后符玉儿也拿着笔在纸上认真地记着。

"另外，难民中身强力壮的男子，已经被组织起来开垦汴京周边的无主荒地，赶上今年春耕，不出几月就能缓解国库粮仓的短缺……至于那些老弱妇孺，只能行权宜之计，暂时由官府养着……"

见王朴脸色露有难色，符玉儿放下笔笑道："大哥，如果钱粮短缺，我这里还有不少体己钱，尽可拿去大用。百姓乃国之根本，不可在小处吝啬，伤了民心啊！"

王朴面色凝重道："大河年年泛滥，不修缮水利，疏浚河道，无法治标；

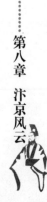

沃野千里成荒地，不均田让民，增加生产，无法治本。皇上灭佛收铜，这才有了银钱打仗，如今还要皇后补贴国库，皆不是长久之计。"

符玉儿摆手笑道："大哥所计深远，玉儿不敢妄言。不如写成纲要，送到南方皇上手中，玉儿料想，皇上一定会同意的。大哥不妨先在汴京做好准备，待皇上得胜还朝，再趁势推行新政。"

"皇后大病初愈，不可过分操劳。微臣告退！"王朴看到符玉儿已经面有倦色，连忙收起卷宗。

"大哥，还有一事，请你务必留意。"符玉儿朝着退去的王朴叫道，"大哥政事繁忙，也请为训儿留意一位启蒙夫子，训儿不小了！"

王朴朝着符玉儿一拱手，随后退出中宫。

"小商。"符玉儿揉了揉额头，对着自己的贴身婢女道，"驸马应该还在宫中当值，速去把他找来。"

自从柴荣在澶州将小商母女救起，当初落魄幼女如今已成了皇后身边的贴身女官。

小商听令，连忙快步离去。不出半个时辰，张永德就匆匆赶到中宫。

难道皇后察觉了？张永德面露忐忑之色，强忍着不安冲着皇后行礼。

"妹夫快请起！"符玉儿笑道，"今日请妹夫来，是有事相求。"

"请皇后示下！"

"训儿如今也高了，半大的娃娃不能总是嬉闹。我有意请妹夫教授训儿习武，不知妹夫意下如何？"

教皇子习武？张永德一愣，放在别人身上，这可是烫手山芋。可放在自己身上，岂不是一场及时雨？

做未来储君的帝师，不是皇家极信任的臣子绝没有这个机会！且不谈来日能绑上太子的战船，就论如今自己的处境，担任这个职务就等于得到皇后支持，官复原职岂不指日可待？

可是，契丹人那边……

"妹夫，怎么面色如此难看？是否身体不适？"符玉儿好心问道。

张永德思度再三，只好低头道："皇后见谅，微臣……"

"别急着决定，三日后再来中宫找我。"符玉儿笑道，"今日身体不爽，就早点回府歇息。小商，将那只贡品高丽参送与驸马。"

"皇后……"张永德欲言又止，脸色皆是难色。

"妹夫，如今南方战事正酣，大周正在兴衰存亡的关键上。"符玉儿朝着张永德拱手敬拜道，"请妹夫以大局为重。"

"微臣……谨记！"张永德点头，黯然退出皇宫。

"娘娘，驸马看起来只是有心事，您怎么把皇上好不容易弄来的高丽参都送给他了……"待张永德走后，小商不满地朝着符玉儿说道。

"药能养身，也能养心。"符玉儿笑道，可转瞬之间，心中莫名升起一股不安。

好似，有些不对……

三日后，王朴为符玉儿带来三位德高望重的先生。正当符玉儿与之一一交谈之时，突然一名小太监惊慌地跑进中宫，禀报了一条惊天动地的消息。

"皇后！皇后！皇子他不见了！"

"什么！"符玉儿与王朴一听大惊失色，"说清楚，怎么回事！"

"乳母带着皇子在御花园的假山玩耍，可一眨眼的工夫，皇子就不见了！整个御花园都被宫娥太监翻遍了，可皇子他，皇子他还是没找到！"

"训儿！"符玉儿方寸大乱，"立刻封锁宫门，所有人都给本宫去找！"

王朴对太监问道："这之前，御花园中可有什么可疑人物？"

"都是些当值的宫人，并无……噢，我想起来了！驸马曾经来过！"

"那还不快到长公主宫中去找！"王朴怒声喝道，"皇子要有半个闪失，你们一个也别想活！"

饶是坚强的符玉儿此刻也是吓得满脸是泪，全然不顾君臣之别，拉着王朴的袖子哭道："大哥，这可如何是好！"

王朴安慰道："皇后，请勿惊慌，事从权宜，请皇后下懿旨，许我调动京城守军，以备不时之需！"

不到一盏茶的工夫，皇宫宫门紧闭，宫内喧闹之声不绝于耳，俨然乱成了一锅粥。

在汴京城郊十里之处，肖古正骑着高头大马，远远地望着京城方向。

"国师大人，周国驸马会来吗？"身边的随从不安地问道

365

第八章 汴京风云

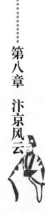

"来与不来都于我有益无害。"肖古自信满满道,"此事成,则我大辽多了一名皇子人质。此事不成,周国也必陷入一场内斗!汉人哪,打仗不行,窝里斗倒是厉害得紧!"

辽国国主耶律璟素来野心勃勃,妄图一举吞并中原。可无奈心比天高,命比纸薄,耶律璟就是个杀人狂徒,对治国一窍不通。耶律德光手下强大的辽国,在耶律璟的手上,弄得是内战连连,民不聊生。肖古本是萨满巫女,精通巫蛊毒术,专门给耶律璟提炼"不死药",被耶律璟奉若神明,这才当了大辽国师。

肖古此时忘了,要说起内斗自戕,契丹也不输给汉人的王朝。

只要此事一了,立得不世大功,看国内还有谁敢反对本国师!届时,皇上不问国事,我就是辽国的女王!

"大人!你看!"

正当肖古想入非非之时,前方突然跑来一队数十人的马队,肖古定睛一看,领头之人正是驸马张永德,而张永德身前的马背上,正伏着一个皇子打扮的小孩!

"驸马!果然信守承诺!"肖古大喊道,"今日之后,驸马……不,张将军君临天下就指日可待了!"

语落,肖古手下打马上前走向张永德。只见张永德低头不语,脸色阴沉,左手紧紧握住皇子的衣襟,貌似十分矛盾。

"张将军。"肖古见张永德似有反复之意,立刻诱道:"张将军千万不要妇人之仁。柴荣远在南唐,此刻正是中原空虚之时,只要你把皇子交给我们。二十万大辽铁骑立刻长驱南下,柴荣首尾难顾,周国必定覆灭!届时,这中原的皇帝,就是张将军的囊中之物!"

一席话还未说动张永德,却说得张永德手下几人不安躁动起来。

"驸马,这是何意!"

"驸马,难道你要降辽!"

张永德转头望向身边的几名心腹,问道:"若是本驸马今日投靠辽国,尔等何去何从?"

十名禁卫想都未想,立刻齐齐拔刀,比在脖上。

"卑职将以死谏之！"

"哈哈！"张永德仰面长笑，突然左手一扬，就将身前的孩子抛向肖古。

"拿去吧！这就是我大周的皇子！"

肖古大喜，立刻跨马前跃，稳稳地接住了孩子，可肖古突然觉得手上异样，孩子竟然如木头般僵硬。

难道张永德杀了皇子泄愤？

死得皇子可不值钱，柴荣毕竟年轻啊！

肖古急忙把皇子反过来查看，顿时大惊失色，举起皇子就朝着张永德大喊道："张永德，你是何意！竟用木偶来糊弄本国师！"

"所有人把刀放下！"张永德突然大声喝道。

"肖古！我与皇上有隙不假，我觊觎大周江山也是真，可你别忘了，我为汉人！汉人的事，轮不到你这个帝国妖女插手！"

"你！给脸不要脸！"肖古大怒，"你以为，今日之后，周国还容得下你吗？"

"我今日敢来，就没打算生还！"

张永德脸色露出决意，大声道："诸将士，今日本驸马决意最后与契丹狗贼决一死战，尔等何去何从！"

十人骑豪气顿生，立刻举刀齐声高喊："愿与驸马同生共死！"

"哈哈！好！这才是我大周精兵！"张永德瞬间卸去所有的负担，脸上露出了轻松之态，"肖古，今日就是你的死期！"

一声令下，张永德率部朝着肖古发动冲击！

"国师！此地不宜久留！你先走！"一名衷心的护卫首领立刻拔刀，率二十人冲杀而去。

"汉人都是疯子！"肖古气愤骂道，由十余人护卫着，转头就向北方逃去。

张永德被削去兵权，此刻手中只能调出这十人出生入死的百战骑兵，可敌方却有二十余人，而且个个都是近卫精兵。

两股勇士一经碰撞，就爆炸出惊人的火花，周军铁骑个个敢死，以一敌二，竟然丝毫不落下风，而张永德此刻也是打算战死沙场，更如同杀神转世，锐不可当！

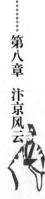

也不知鏖战多久，张永德这时泛红的双眼才慢慢清澈下来，转头望去，身边忠心的卫士已经全部与敌同归于尽，而眼前，一名契丹首领一身是血，手握弯刀朝着张永德喘着粗气。

"还差一个！"

张永德此刻也是身中数刀，可他丝毫感觉不到疼痛，猛地一抽马鞭，就冲着契丹首领发动最后冲锋！对方也是百战勇士，面对绝境悍将，丝毫不惧，举刀就冲。

只见两人两骑全速冲向对方，眨眼间相遇，只听"铿"的一声清响，两骑又飞速分开，各自冲向前方。

契丹守卫脖子猛一剧痛，霎时鲜血直流，直直地倒落马下。

张永德胸口被深深地捅了一刀，见敌将已死，心中最后一根支柱悄然消失，整个人摇摇晃晃，最终力竭，也从马上跌落下来。

"如此结局……也不负公主了……"

张永德心中喃喃念道，慢慢闭上了眼睛。

前方十余里，肖古等人还在飞速逃亡。

"大人！后队没有赶上，恐怕已经……"

"全速前进，本国师的安危才是首要！"

肖古正要怒骂，可前队的人突然刹住快马，叫道："大人！前方有大批周军！"

"什么！张永德还通知了周军！"

肖古勒住马头，举目望去，只见前方居然聚集了数千严阵以待的周军。阵前一名红衣红甲的女将军立刻朝着肖古等人高喊道："来人速速束手就擒！拒不缴械者，杀无赦！"

肖古立刻高声回道："来将可是长公主？周国皇子在我手上！速速让开！不然休怪我手下无情！"

郭平南立刻笑道："你手上是皇子？不巧我大周皇宫中也有一位皇子，也不知谁真谁假？"

该死的张永德！

肖古抛下手中木偶，立刻高喊道："大辽勇士！破釜沉舟，杀出重围！"

"哼！瓮中之鳖！"郭平南不屑，转头对身后的一身戎装的符玉儿说道，"嫂嫂待在这儿，待我去生擒辽国太师！大周将士！随我冲杀！"

"南妹，你要小心啊！这肖古是个用毒高手！"

还未等符玉儿喊完，郭平南就率众冲了出去！

看看辽国女将，是不是我郭平南的对手！

肖古武功虽然不错，可比起郭平南却是差了一大截，再加上人数差距，不到一盏茶的工夫，肖古所带的十人马队很快被分割包围，一一被斩落马下！

"那个辽国女人，留活口！"

郭平南刚杀出兴头，可对方人眨眼间就被吃光，正恼火之际，连忙让包围住肖古的士兵"手下留情"。

肖古倒也知趣，眼见无路可逃，干脆扔下兵器，从容下马。

"本国师投降！"

那辽国勇士个个力战而亡，本以为还有一场恶斗，没想到这领头的如此轻松就投降了，周军们也觉得不痛快，立刻将肖古全身暗器搜尽，再五花大绑，送到郭平南与符玉儿面前。

"没有想到，辽国太师竟然是个女人。"符玉儿望着肖古，心有余悸地喃喃自语。

"你是……皇后符玉儿？"肖古见郭平南称那女子为嫂嫂，也是心中一惊。

"大胆！"郭平南一个耳光打在肖古脸上，"这是我大周国母！你竟敢直呼其名！"

"本来也是个巾帼英雄，可你竟敢图谋掳走我儿，今日饶你不得！"符玉儿气上心头，竟也全然没有平日里的和蔼温婉，拔出佩剑，举手就要刺向肖古。

"辽王愿出万金赎我！杀我岂不可惜！"肖古大惊，连忙叫道。

"纵使将辽国双手奉送，也抵不过训儿半根汗毛！"符玉儿眼中杀意已成，没有半点犹豫，提剑就要刺下。

顿时，肖古面容死灰，本以为她的特殊身份能保她一命，没想到今日她碰到的不是别人，正是性子刚烈的符玉儿，碰了她心中的禁地，肖古还能

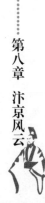

活命？

"慢！"肖古立刻惊慌喝道，"临死之前，我有遗言！"

"嫂嫂，别跟她啰嗦，直接杀了她就是！"

"长公主！我要说的事，正与驸马有关！"

郭平南脸色一变："他？他怎么了？"

"驸马此刻就在南边十几里外和我族勇士鏖战，若公主还想见他最后一面，就速速去救人！"

"哼！让他自生自灭去吧！"郭平南想起张永德的所作所为，狠心说道。

几个时辰前，正当宫中乱成一锅粥的时候，一个小太监突然给郭平南送来一张字条，她展开一看，正是张永德的笔迹。

"皇子身在驸马府，契丹细作北逃。为夫愧对贤妻，必以死殉国！"

郭平南大惊，立刻和符玉儿赶到驸马府，这才找到正在玩耍的柴宗训。众人有惊无险，顿时义愤填膺，郭平南立刻点齐兵马，赶到北上必经之地，等着契丹细作自投罗网。

肖古继续说道："长公主，你有所不知，驸马和京城烟花女子有染，这才有把柄落在我手。"

郭平南一听大怒，提起肖古的衣襟几乎就要一口吞了对方："什么！他敢寻花问柳！说！给我说清楚！"

"容我细细道来……"

肖古说着，眼中突然摸过一丝杀意，一边的符玉儿大惊，立刻推开郭平南："南妹！小心！"

郭平南被推到一边，正疑惑万分之时，只见肖古一个甩头，头发掠过赶来的符玉儿面门，符玉儿立刻捂住口鼻，痛苦地倒在地上！

"嫂嫂！"

一边将士立刻把肖古按住，再仔细一搜，没想到肖古的头发中竟然藏着一枚毒针！

"本想拉个公主垫背，没想到皇后自己送上门来，真是赚了！"

"妖女！我杀了你！"

"长公主。"肖古重新变得自信满满，面对暴怒的郭平南笑道，"杀了我，就没人能给皇后解毒，你还是好吃好喝地把我供起来吧。"

郭平南顿时心乱如麻，立刻下令道："把这妖女绑起来！所有人立刻回宫！找扶摇子道长立刻进宫！"

郭平南抱着浑身发抖的符玉儿，眼泪竟被吓了出来。

嫂嫂，你可千万不能有事啊！

第九章　三战南唐

第 1 节　永失我爱

"玉儿就是被肖古如此投毒的？"柴荣怒视着前方，愤怒地握紧了手中的缰绳，"肖古呢？现在那个畜生在哪里！"

"肖古自恃把持皇后生死，在狱中都嚣张万分，竟扬言要我大周称臣投降才肯为皇后解毒……皇后得知此事，背过众臣，偷偷将其赐死狱中！"

"玉儿，你这是何苦……皇后现在身体到底如何！"

"受扶摇子道长的诊治，皇后体内毒素清除九成，已无性命之虞，只是……"

"只是什么！说！快点说！"

"扶摇子道长说，皇后两次经历生死大劫，元气早已大伤，如今被这毒素一逼，各个脏腑都开始衰竭，情况大大不妙……"

"胡说！朕的玉儿才没有那么娇弱！既未中毒，就应康复！快！传令！快马加鞭！朕要马上回宫！"

汴京城街道上，一向不扰民的周军今日突然疯了一般，进城之后就是一路狂奔，朝着皇宫大门疾驰而去。

柴荣赶到皇宫，还来不及卸甲，直奔中宫而去。

"玉儿！"

"皇上，皇后才刚刚睡去……"

柴荣心急如焚，却在拨开幕帘那一刻轻缓了下来，他摇手示意侍候的宫人全部退到门外，自己轻轻走到符玉儿的病榻前。

此刻符玉儿正斜靠在床头，闭目而眠。

仅仅才一年的时间，符玉儿原本红色的面颊如今变得惨白一片，连嘴唇都没有些许血色。她的双眸微闭，轻轻地呼吸，即使睡得如此安详，可她脸上却尽是全无掩饰的倦色。

"玉儿！"

看到皇后如此惨状，柴荣心中剧痛，也不敢大声呼唤，就半跪在床头边，心疼地端详着自己的妻子。

许是心有灵犀，没过多久，符玉儿缓缓睁开眼睛，原本无力的眼神突然一亮，轻声唤道："小荣子……你回来了……"

柴荣一把抓住符玉儿冰冷的玉手，不断地揉搓着："玉儿，我回来了……你的手好冷，我帮你捂热它！"

"你的手是热的……这不是做梦，你真的回来了……"符玉儿突然开心地像个小女孩，朝着柴荣甜甜地笑道。

柴荣轻轻抱了抱符玉儿，动情道："玉儿，我回来了，你也要好起来。我以后再也不走了，就只陪着你！"

"嗯，好……"符玉儿也轻抚着柴荣的后背，缓缓地闭上了眼睛。

"道长！无论如何，请你救皇后一命！"翌日清晨，柴荣连夜赶到扶摇子的家里，冲着他恳切求道，"皇后一生善良，好事做尽，不能如此啊！"

扶摇子望了望柴荣带来的满桌的金银，轻轻摇头道："皇后体内的余毒已清，贫道能做的，都已经做了。"

"道长，朕的一命就是你救的！你就是华佗再世，扁鹊重生！玉儿的病一定有转机的，对不对！"

许是柴荣神情太过恳切，扶摇子不禁退了一步，指着院中的一颗枯树无奈道："皇上，你看那颗枯树。虽然贫道将树干里的蠹虫除尽，可树根已伤，如何施肥施药，都已无力回天了……"

无力回天！

御医这么说，扶摇子也这么说！

柴荣几欲当场杀人，可面对符玉儿仅存的一线生机，柴荣狠狠打了自己胸口一拳，将心中的戾气强行压下。

"道长……皇后，她真的……"

扶摇子无奈摇头："生老病死，天道使然。皇上，皇后的大限，怕是将近了……"

"胡说！你再敢诅咒皇后！信不信朕现在就杀了你！"

柴荣血红了双眼，立刻拔剑架在了扶摇子脖子上！

"皇上，皇上！"随行的王朴连忙拉回柴荣，又转头对扶摇子致歉道，"道长，皇上怒极攻心，千万不要介怀啊！"

"无量寿福！"扶摇子摆了摆浮沉，叹道："帝后贤德，无奈要遭此劫数，天意如此，怕是只有神仙下凡，才能搭救啊……"

"神仙！哪里有神仙！"柴荣突然抓到了一根救命稻草，抓住扶摇子的手问道，"道长，你们道家不是能修今生，长生不老吗！玉儿也可以啊！玉儿也可以长生不老啊！"

扶摇子哑然一笑，没想到皇上竟把虚妄当真，只见柴荣身后的王朴一个劲朝着扶摇子摇头摆眼色，扶摇子只好叹息道："神仙之事，向来遥不可及。不说别的，皇上你可知道，秦皇汉武，追求了一辈子的长生不老，最终自己落得中毒而亡。就连大唐贞观皇帝，都不能免俗。世间万物，有阴有阳，有雌有雄，有兴有衰，有生有死。谁也无法跳出三界外，不在五行中。如若强求，恐怕连上天给皇上最后的一点时间，都会浪费掉……"

"朕不管！王朴！"柴荣不管许多，直接朝着王朴下令道，"命你一个月内，派人遍访天下隐士、名医，就算是神仙也给我找来！若办不成，提头来见！"

"皇上！"王朴一听就愣在当场。

"朕不信！朕不信你们的话！"柴荣咆哮一声，转身而去。

王朴与扶摇子面面相觑，不约而同地叹了一口气。

"皇上走火入魔，贫道担忧……"

"道长，现在还好，皇后还在，皇上不会太过分。只是将来，皇后一旦不测……汴京一场腥风血雨，怕是躲不过去了……"

"小荣子，我想出宫走走……"

柴荣回朝以后，除了派人遍访名医之外，终日就是陪在符玉儿病榻前，日夜四目相对，看得符玉儿惨白的脸有时也泛红起来。

"好！我这就派人摆驾！我们出宫！"

"不，我只想悄悄地走走，不要大张旗鼓……咳咳……"

符玉儿还未说完，就剧烈咳嗽起来，柴荣大惊，连忙大叫道："道长！道长！"

"我不要紧……别一惊一乍的……"符玉儿强打精神，"带上几个护卫，你扶着我，我们就在汴京走一走，如何？"

"好，好！我们就去半个时辰，马上就得回！"

柴荣不忍拒绝，立刻安排人手。

很快一架不起眼的马车从皇宫侧门悄然驶出，随行的不过只有以赵匡胤为首的，五人乔装护卫。

时隔一年，汴京的发展让柴荣也有些意外，但他并不在意这些。他一身布衣，当起了一名称职的马夫，将马车驶的平平稳稳，生怕颠簸到车上的妻子。

"小荣子，你看，这所酒家是去年新开的，大哥很喜欢里面的杏花酒，我们买点送他吧……"

"小荣子，那个地方可不好……大哥很早就想封了青楼，可是国库存银不济，只好抽重税，姑且它们开下去……"

"这条古董街极好，都说盛世买古董，乱世存黄金……"

符玉儿坐在马车上，靠在柴荣的肩膀上四处指点，将一年内汴京的变化一点一滴地告诉柴荣。

柴荣漫不经心地听着，右手一直挽着符玉儿的腰肢，全部精神都在符玉儿的身上。

"玉儿，你的脸色变好了不少。"柴荣不禁笑道，"以后，我日日陪你出来逛逛如何？"

"好呀……"符玉儿低头微笑，突然她一指前方，"小荣子，你看！那里是原来的相国寺！"

马车缓缓驶近，令柴荣不解的是，原本封禁的寺庙如今却是山门大开，不少百姓从门口进进出出，却无人手中拿着香烛。

在柴荣的搀扶下，符玉儿领着柴荣走进寺门。

"我和大哥觉得这里空着可惜，就把这里改建成了临时民居，收容各地来京的难民，没想到不知不觉，人居然变得这么多了……"

柴荣带着符玉儿走进后院，寻了其中一间民房就敲门拜访，很快，一名农妇模样的妇女就来开门。

"大姐，我与相公路过口渴，能借你家一口水喝吗？"符玉儿笑道。

农妇看符玉儿一脸面善，立刻热情地把两夫妇请进屋中。

"家中简陋，只有粗茶，两位将就！"农妇端来两碗清茶，不好意思笑道。

柴荣环视屋内摆设，简单的几件农具蓑衣，衣柜木床倒是齐全，不禁问道："大姐，家中几口人？日子过得可好？"

"不瞒小兄弟，我家里有两个儿子，小的在私塾读书，大的已经考上功名，上个月到澶州做官去了！"农妇说着，脸上的喜悦尽是不可掩饰的笑容。

"哦？那要恭喜大姐了！"符玉儿笑道，"家门显贵，大哥大姐一声操劳，如今可以享清福了。"

"唉。"农妇叹了一口气，"他爹在去年水灾走了……那时我们孤儿寡母三人，一路乞讨到汴京，差点饿死。要不是贵人相助，哪有如今的好光景。"

"大姐，不知你所说的贵人是谁呢？"符玉儿很快"明知故问"。

农妇走到屋内东边的一座神龛面前，指了指上面的牌位道："咱的贵人，就是当今皇后娘娘啊！若不是皇后娘娘命人开仓放粮，咱早就饿死病死了！这里原来供着菩萨，朝廷不让拜佛，咱就把皇上和皇后的长生牌位摆在上面，日日供奉……"

柴荣走进一看，上面果然是自己和符玉儿的长生牌位，吃惊问道："大姐，这是你一家这样，还是……"

"做人哪能忘本，皇上皇后就是当今的活菩萨！这里家家户户都在为他们两位祈福祈寿！"

柴荣看那农妇眼神清澈，全然不像做戏，心中顿时感慨，感激地望向符玉儿。

"玉儿，我去去就来。你在此等我一会儿。"

叮嘱赵匡胤保护好符玉儿，柴荣只身走出民房，只身快步走到佛寺大殿之中。

原本寺中最大的佛像，如今只剩下地上一个空空的凹印，大殿之中尽是晒干待磨的小麦。柴荣走到凹印面前，有生以来第一次双手合十，虔诚地祈祷。

"诸佛若真有其灵，应当看出朕灭佛原意。如今百姓温饱，中原大定，若是再让朕选一次，朕灭佛之心不移！……然而，皇后无辜，我妻无辜！所有恶报，朕一人承担！请不要加害皇后，她，不该承受如此多的苦难啊……"

正当柴荣祈祷之时，一名护卫惊慌跑来："皇……老爷！有个百姓认出了夫人，很多百姓都往这里涌来，要感激夫人。赵将军请老爷和夫人速速离开！"

柴荣往外一看，果然不少百姓提着鸡蛋、肉就朝着院中赶去。柴荣当机立断，马上抱起符玉儿从后门悄然"逃出"佛寺。

"玉儿，累不累？"

"小荣子，我还想去一个地方……"

柴荣摸着符玉儿的脑袋："今日玉儿累了，我们回去吧。"

"快到了，去嘛……"符玉儿玩性大起，竟然冲着柴荣撒娇起来。

柴荣拗不过妻子，只好调转马头，向符玉儿所指的方向驶去。

一行人出了城，慢慢走到城郊，符玉儿指着前方，高兴地让柴荣去看。

柴荣抬头望去，霎时被眼前的景色震惊。

城郊原本一片荒地，如今却是一望无垠的金黄麦田，风吹麦浪，竟吹来阵阵醉人的麦香。

"今年秋日，又是大丰收……"

符玉儿拉了拉柴荣的手，柴荣感动万分，一把抱起符玉儿，两人步入田埂之中。

"皇上小心刺客……"

一名护卫正要阻拦，却被赵匡胤伸手拦住。

"玉儿，这一年，你不仅给了我这片麦田，还给了我天下民心啊……玉

儿，你说，我怎么能离开你，大周黎民又怎么能离开你？好起来，快点好起来……"

"傻瓜……人哪有不死的……"符玉儿摸着柴荣鬓角的几根白发，"你说，我死后，葬在这片麦田里可好？"

"胡说！不许胡说！"

"……这样，年年麦子长成，我就化成这粒粒麦穗，望着汴京，望着小荣子……"符玉儿笑着说话，竟然缓缓闭上眼，晕了过去。

"玉儿！玉儿！"

赵匡胤听到柴荣惊慌地喊叫，连忙率人冲进麦田。

"九重！玉儿她晕过去了！快！快回宫！"

符玉儿一次晕倒，再次幽幽醒来，已是三日之后。

"玉儿！"柴荣双眼充满血丝，明显是几日未睡，寸步不离地守在床头。

"我睡了多久……"

"玉儿，你身子太弱，别说话！道长！道长！皇后醒了！"

扶摇子急急赶来，马上为皇后把脉，过了许久，扶摇子满面笑容，冲着符玉儿道："皇后，你的身子好了许多……"

哪知，符玉儿艰难地摇头道："道长不要骗我……不然，我会含恨而终的……"

扶摇子抬头看了看六神无主的柴荣，只得摇头叹道："皇后……许还有……三日……"

"还有三日……还好……"符玉儿竟然轻松笑道，"请你们回避一下，本宫有话和皇上交代……"

众人知趣离开，符玉儿抓住柴荣的手，轻声道："小荣子，你能为我做三件事吗……"

"玉儿，别听那老道士胡说，你还能活很久，活得比我更久！"柴荣见已失态，黯然落泪。

"就三件事，为我办好，不然……我死不瞑目！咳咳……"

"好好！我答应你！玉儿，我答应你！你别动气！"

"第一件事，原谅驸马，不要迁怒公主。南唐之战，大周需要驸马……

"第二件事，封我妹妹，符宝儿为妃，让宗训认她做娘……我死后，让我妹妹代替我，照顾你们父子……

"第三件事……"

符玉儿让柴荣附耳过来，她轻轻地在柴荣耳边说道。

"待你成为一代明君，平定乱世之后，才可来找我……我符玉儿，会在那里等你……"

"玉儿！你别吓我，我谁都不要，我只要你活着！"

柴荣抱着符玉儿，大哭起来。

"像个孩子一样……说起来，你我第一次见面……你就是个孩子……你该长大了……能遇到你，真是太好了……"

皇后的中宫弥漫出一阵阵无以言状的悲怆之气，宫外的工人，禁军，甚至连赵匡胤这个征战沙场多年，看淡生死的猛将，都不禁潸然泪下。

显德三年，即公元956年，七月二十一日，就在大周征伐南唐关键之时，周世宗柴荣的皇后，符玉儿不幸病逝于汴京皇宫之中，享年仅二十六岁。

由于各种历史原因，这位贤后生前的事迹并未记载入史书之中，甚至连她的名字，都只是由"符氏"二字一笔带过。然而，她这个坚强的女性，对周世宗柴荣、整个后周，甚至其后的宋朝，都产生了深远的影响。

柴荣将自己关在中宫，谁也不见，抱着符玉儿的遗体整整三日三夜。

第四日清晨，正当王朴要命人冲门进宫之时，柴荣却主动推门而出。

三日摧残，柴荣不到四十的年纪，竟然变得满头白发。

"十几年前，父亲在母亲墓前一夜白头，原来就是这样……"柴荣心中喃喃念道，可眼神却不再迷茫，他冲着几欲落泪的王朴和赵匡胤，轻声说道。

"皇后去了，好好处理后事。朕去完成她交代的事。"

众人惊愕的目光之中，柴荣从容地离开了皇宫。

柴荣先亲自来到天牢，放出了大难不死的张永德，以及自请死罪住进天牢的长公主郭平南，并提拔张永德驸马都尉的武将官职，让张永德取代赵匡胤，成为自己的贴身禁卫长官。

然而，柴荣回到后宫，找到了早已被符玉儿接到宫中的妹妹符宝儿。

符宝儿年芳十五，却和初遇时的符玉儿生得一模一样。半大的柴宗训在

第九章 三战南唐

中宫找不到母亲，却跑到符宝儿怀里熟睡，看得柴荣心中又是一颤。

"姐姐为宗训准备了很多东西。"符宝儿看见柴荣，命人抬来重重一大箱子，打开一看，里面满满当当，竟全是小孩衣裳，柴荣挑起其中几件，摩挲着细腻的阵脚，黯然无语。

"姐姐说，从五岁到十六岁，一年春冬各两套，直到宗训授冠成人，他都有母亲做的衣服穿了……"符宝儿说到此处，早已泣不成声，她不顾身份，一把抱住早已痛得麻木的柴荣哭道，"姐夫，姐姐走了！"

柴荣小心放下衣服，摸着符宝儿的头说道："等你姐姐大丧之后，你就是大周的皇后。只要我大周存世一日，符氏宗亲，就由皇室供养！"

柴荣并未按照符玉儿生前所说，把她葬在城郊的麦田之中，而是由王朴操办，将她葬在了新郑懿陵之中，并追谥符玉儿为"宣懿皇后"。

葬礼上，百姓夹道相送，哭声震天，数月不绝。

而这一切，都没有进入柴荣的眼中。

符玉儿大葬之后的某个黄昏，柴荣一人来到汴京城楼上，夕阳下，原本的麦田早已被收割殆尽，一茬茬青苗逐渐破土而出。

不知何时，王朴悄然走到城楼，也不拜见行礼，只是重重放下几坛烈酒，不顾国丧大禁，当着柴荣的面就喝了起来。

柴荣也不责备，反而取过酒坛，晃动中抬起酒坛，将烈酒迎面倒在脸上。

许是只有酒水的冲刷下，柴荣的泪水才能毫无阻塞地倾泻而出……

第 2 节　战狼复活

就在周国举国大丧之时，南唐的战局也发生了微妙的变化。

柴荣、赵匡胤等将帅回周半年，周军这里的最高将领李重进冲锋陷阵还行，可管理军队却是缺了不少火候。再加上周军在南唐征战一年，心生怠惰。渐渐，周军的军纪开始涣散，竟开始干起抢掠南唐百姓的勾当来。

李璟为了灭楚、灭闽，横征暴敛，尽失南唐民心。南唐百姓本来盼望周军解民倒悬，救民水火，不想竟现出了饿狼的嘴脸。在周军奸杀民女的恶性事件层出不穷之后，南唐百姓再也忍无可忍，纷纷聚啸山林，组成农民武装，和周军打起了游击。

军纪涣散的军队哪里有战斗力？不出数月，周军在和农民军的对战中节节败退，丢了许多到手的州县，甚至整个战线，都被这些农民军往北推进了不少。

李璟闻讯大喜，终于从六合之战的阴影中走了出来，咬紧牙关，再次狠狠地盘剥了一把百姓，终于在三个月内，重新组建起了一支五万人的军队。

名副其实，这五万人就是南唐最后的主力！也是李璟保住江淮诸州乃至南唐本土的最后希望！

柴荣此刻还在汴京陷入符玉儿大丧的悲痛之中，完全没有心思指挥前线作战。几位首辅商议再三，最终举荐名将向训出任"征南大将军"，暂代柴荣奔赴南唐，指挥作战。

向训是后蜀之战的主将，还是柴荣在南唐时期，驻守汴京的军事最高长官，年轻有为，是柴荣为数不多的心腹干将，派他前去，朝野上下均十分放心。

向训来到南唐前线，所做的第一件事，就是整顿军纪。

"将那些犯了军纪，抢人钱财，害人性命的兵卒全部抓起来！若有一人漏网被发现，全队连坐！"

本来打算悄悄避过风头的兵痞们，就被这"全队连坐"一网打尽。害怕株连的兵卒很快就将这群害群之马检举上去，不出数日，将近三千人的犯事兵卒都被向训抓了起来。

李重进本想为这三千人求情，毕竟还在大战，战前一下子斩杀自己人太多太容易动摇军心，可向训却直直向李重进问道："若是皇上在此，他会手软吗？李将军别忘了，高平之战，皇上杀掉叛卒的手段！"

将才与帅才的区别就在于此。

李重进眼见着向训将这三千人统统枭首示众，转而向训又向那些严守军纪士卒大行犒赏。

一赏一罚之下，周军的军心没有动摇，反而因为鲜血和金银变得更加坚

381

第九章 三战南唐

毅。而南唐的民间防抗，却也因为这三千颗头颅，慢慢消弭……

正当情势好转之时，向训却有做出了一个惊人的决定：周军主动撤出扬州，集中优势兵力，进攻围困已久的寿州。

"皇上！扬州周军弃城而逃，周军整体北撤，看来应是粮草不济。此时末将愿率兵一万，趁势击之！一举将周军赶出江淮！"

南唐朝廷上，打赢吴越之战的年轻将领柴克宏见机不可失，殷切地向李璟请战道。

"诸位卿家，意下如何？"李璟此刻也是拿捏不准，手上最后的五万人马，再也经不起折腾了。

五鬼之一的陈觉上次六合打败，却凭着一张妙嘴躲过了责罚，一见有机会表现，立刻进言道："皇上，周军主动北撤，败势已现，猛然偷袭，势必激起周军战心，何苦来哉？不如以我大唐之仁德，纵其北归吧。"

陈觉说得对不对不要紧，关键是他说中了李璟的心思，还为李璟安排了一个体面的台阶。于是，李璟心安理得地按兵不动，唐军几乎是目送着周军离开扬州。

然而，不幸的是，陈觉的话没有实现，周军往北撤退之后，没有渡江回国，反而加大了对寿州围攻的强度。

没有追击北撤的周军，李璟错过的是最后一个打败敌军的机会，然而接下来他的所作所为，就是亲手毁掉最后一个保住江淮的机会。

"命齐王为主帅，御史大夫陈觉为监军使，领兵五万，前去支援寿州！"

连李璟都看得出来，被围攻十八个月的寿州已经到了生死存亡的最后时刻，一旦寿州失陷，就等于丢掉了整个江淮，同时长江边上的京都金陵，就完全暴露在周军的刀锋之下。最后关头，李璟不再含糊，一下子就把手上所有的兵力全部压上，誓要救活寿州。

可令南唐朝野上下扼腕的是，李璟丝毫没有吸取六合之战打败的教训，此次主帅和监军使的人选，依旧点了齐王李景达与御史大夫陈觉这两个草包。

李璟心中想来想去，再也找不到如此"安全"的组合了……

正当南唐军队整装待发，准备最后一搏的同时，后周汴京，一只出栏的猛虎被一纸调令调到了前线寿州。

那人正是被柴荣特赦的妹夫，大周驸马都尉张永德。

张永德经肖古一事之后，本想战死沙场，可无奈劫后余生，在狱中待了大半年，无颜再见长公主郭平南。可谁知柴荣最后非但没有处死自己，反而特赦死罪，委以重任。

事后，当张永德得知皇后因为肖古之事而死，柴荣忍着丧妻剧痛，以德报怨，给了张永德"再世为人"的机会，张永德心中对皇位最后一丝的幻想顷刻间灰飞烟灭，换来的尽是誓死报效大周，报效柴荣的拳拳之心！

一到前线，向训接到授意，立即重用张永德，给了他一万兵马，让他屯兵下蔡，建造浮桥，并挡住即将顺流而下的唐军主力。

一上战场就被派到前线中的前线，张永德没有丝毫怨言，反而觉得这里才是他的归宿。面对即将到来的暴风骤雨，张永德心如止水，不为所动地死守下蔡。

果然，三日后，唐军水军顺流而下，借助风势，直逼下蔡而来。

"驸马！敌军有水师两万！可我军仅有步卒一万，大半还是久战伤员！"

"驸马！敌军顺风顺水，占尽天时地利，下蔡势必难守，不如保存实力，退回寿州本部，以待战机！"

张永德从汴京回到前线之后就养成有个怪癖，从不在军帐中主事，反而总是跑到军营底层，和兵卒们吃住在一起。

此刻，张永德正站在淮河岸边，望着建起的浮桥若有所思。

"早就听说，南线士兵久战怠惰，没想到今日一见，连临阵脱逃的话都说出口了。"

张永德转头望向两个向自己进言撤兵的偏将，眼中已经透出了杀意。

"驸马，你别误会！我二人也只是找你议论战法而已！"

"按我大周军法，临阵脱逃者，杀无赦！"张永德冷笑一声，突然拔剑，眨眼之间，两名偏将一个捂住咽喉，一个捂住胸口，纷纷倒地而亡！

"传令，通告我部上下及寿州本部，此二人临阵妄议，动摇军心，被我军法处死！日后再有人轻言撤军，杀无赦！"

张永德此事传到本部。临阵斩将可是军中大忌，可向训这次也是未做任何批示，任由驸马"胡闹发疯"去了。

此次南唐水军的主将，乃是人称"林虎子"的南唐猛将林仁肇。此人原是闽国大将，后来投靠南唐。他一身闽人习气，悍不畏死，还在背上用草药纹上了一只猛虎，平日里，他袒胸露背，背后空空如也，可一到战场，只要此人战意沸腾，体温上升，背后的青斑猛虎就会跃然显性，吓得敌军望风而逃，"林虎子"的绰号也就因此得名。

天时、地利、悍将、兵种、兵力……战场种种因素，几乎无一对张永德有利。

无论张永德如何冷静，当南唐水军猛攻下蔡之时，周军就立刻陷入了一场苦战之中。是役从清晨打到日落，双方围绕浮桥，展开激烈争夺。

林虎子不枉其名，每次船队冲锋，必定站在首舰船头，直面箭雨而面无惧色，露出背后的猛虎振奋士气。而张永德却也是悍不畏死，率众从江中游到南唐战船之上，竟用如此不要命的办法，弥补了水师不足的缺憾。

双方打了整整六个时辰，整个淮河上几乎血流成河，尸横遍野。

林虎子头一次遇到如此硬茬，首役竟然连浮桥都没摸到，就丢了几千人马，顿时气得失去理智，最后竟下令让先头船队点燃粮草，不惜代价朝着浮桥撞去！

眼见浮桥不保，张永德虎目孜裂，却也回天无力！可这时，劲风突然转向，从东风一下子变成了西风！

浮桥正在南唐船队的西边，此时西风一起，敌军就从顺风行舟变成了逆风行舟，关键火借风势，那些自焚的南唐战船还未开到浮桥附近，就被劲风燃旺火势，被烧得一干二净。

"天佑大周！"

张永德绝境逢生，立刻振臂高喊！顿时，低迷到顶点的周军士气突然爆满，周军士兵个个杀红了眼，在张永德的疯狂带领下，竟朝着明显还具优势的南唐军杀去。

风向转变，南唐军顿时慌了心神，士气迅速萎靡不振，林虎子见状，只好趁着夜色，暂且顺风败退而去。

是夜，正当林虎子摩拳擦掌，准备来日再战之时，南唐船队之中突然燃起大火，船队不知因何故，被钉在原处，无法散开避火。

"报！下蔡敌军趁夜偷袭我部！他们派出水鬼在战船钉上铁锚，又偷偷放火！致使我军水师战船纷纷起火，损失惨重！"

林虎子还在睡梦之中，就被人通知噩耗，他不禁愕然问道："这张永德是疯子吗？如此恶战之后竟然还能主动偷袭！"

可无论如何惊叹，都挽回不了唐军败绩。经此一战，南唐水师损失近一万人，战船数十艘。被称为"闽越第一悍将"的林虎子最终都被打得从陆路落荒而逃。可即使如此，张永德却依然如疯子一般，举兵穷追不舍，对着林虎子连射数箭，直把对方逼进城中，方才悻悻而归！

经此一战，张永德的"凶名"开始在南唐乃至大周军中疯传，周军士气因此振奋，而唐军首战大败，主力将士士气自然低迷不堪。

"驸马倒是很有本事。不枉皇后竭力推荐。"

开封城外的汴河边，战旗猎猎，几百艘新式战舰缓缓开出河港。

就在那最高大的楼船舰上，柴荣望着手中的战报，欣慰地笑了。

第 3 节　天灭南唐

"大哥，找小弟何事？"

赵匡胤刚一下朝就被王朴拦住，被王朴拉回到自己府上叙旧。

"恭喜三弟了，如今你已是匡国军节度使，兼殿点都指挥使，炙手可热，前途无量啊！"王朴说着，举杯就冲着赵匡胤敬酒道，"大哥敬你一杯！"

赵匡胤连忙摆手劝道："大哥！如今正是国丧，不可饮酒！再者大哥莫要取笑小弟，皇嫂离世，小弟如今也是心痛难当……"

"酒可是个好东西啊……"王朴对国丧禁令丝毫不惧，举杯再饮，"开怀时要饮，伤怀时也要饮，一醉可消万古愁！"

赵匡胤看着王朴狂放的样子，心细如尘的他自然也察觉到王朴心中之痛，不禁摇头，拿起眼前的酒杯："罢罢罢，今日小弟就舍命陪大哥同醉！"

两人皆是海量，推杯换盏起来，眨眼间就干掉了几坛陈酿。此刻王朴满

脸通红，已现醉意，冲着赵匡胤迷糊说道："三弟……皇后大丧之后，你不觉得皇上变了吗？"

"皇上？"赵匡胤也有些酒意冲顶，摇了摇脑袋回忆道，"大丧之后，皇上没有沉沦一日，马上就开朝理政，平分土地，减免赋税，大赦天下……皇上的性子，变得更温和了。施政的手段，也越来越宽仁了……小弟揣测，皇上大概是想为皇后积福吧……"

"正是如此，我才担心啊……"王朴叹息道，"大喜大悲，最易走火入魔。皇上一再对百姓施德，虽是好事，可他心中戾气却被强压了下来，总有一天，会猛然爆发！"

"大哥，你言下之意是指……"

"回京半年以来，皇上不断调整人事，把向训和张永德都派到了南唐，还亲自编练大周第一支水师舰队……为兄怕啊，怕他把怒火倾泻到南唐百姓身上，那样，皇后用命给皇上换来的一世英名，顷刻间就会灰飞烟灭！"

赵匡胤一惊，酒醒大半，心领神会："大哥苦心，小弟明了！待再赴战场，小弟必定死谏皇上，不要滥杀无辜！"

"还有一事，为兄更加担心……"王朴的眼神突然变得凌厉，如同鹰眼一般射向赵匡胤。

赵匡胤顿时一惊，马上小心问道："若非是小弟有过？请大哥明示。"

"皇后临终前，曾秘密召见愚兄。皇后说，皇上中毒一事，还有蹊跷！"

"真有此事？"赵匡胤惊得站起，"投毒之人不是那个叫卞喜的太监吗？难道肖古还有内线？"

"皇后似有苦衷，欲言又止，只与我说，如果真有此人，那人必是皇上身边极其亲近之人……"

"大哥！你言下之意，是怀疑那贼人是我了？"赵匡胤立刻砸了酒坛，突然怒气冲冲喝道，"若是如此，大哥何不直接告诉皇上！要杀要剐，我赵九重绝无二话！"

"三弟，少安毋躁！"

王朴投向赵匡胤的眼神猛然变了，原本暴露出的点点杀意瞬间收起，只剩下不可抗拒的威严："你要明白，皇上的安危比任何事都重要！为兄身在其位，不可不虑！"

"大哥！你到底想要怎样？别拐弯抹角，直说吧！"

"皇后也没有明说，可能也只是怀疑。""她也不想我们君臣兄弟因此反目，也担忧皇上安危……所以，她才在最后时刻，把此事告诉于我。"王朴望着赵匡胤，冷静道，"直言不讳，我现在对任何人都心存疑虑，潘豹、李重进、向训、张永德……甚至是长公主、国丈！"

"你疯了！国丈和长公主都是皇上至亲！比你我更近！你连他们都不信……"

"包括你！九重，我也怀疑你！"王朴打断赵匡胤的话，毫不迟疑道："可是，这么多人中，我唯独把此事告之于你！就因为你还叫我一声大哥！"

赵匡胤气得满脸通红，说不出话来。

"皇上第二次御驾亲征已定，你必须派人暗中、寸步不离地保护皇上！但愿是我杞人忧天，不过皇上如果有丝毫不测……"

王朴举起酒坛，将所有酒迎着面门灌进喉咙，最后猛地将酒坛一摔。

"我不问缘由，必定杀你！"

数日之后，柴荣"平复"了丧妻之痛，带着最新编练的五千水师，浩浩荡荡地朝着南唐寿州进发。

此去南唐，柴荣还令人为唐主李璟送去了一份厚礼。

以特使孙忌为首，李璟派出的使团上下一百余人的首级，用石灰封好，满满当当三大箱，赫然摆在李璟的大殿之上。

两国交战，不斩来使。

既斩来使，不死不休！

柴荣狰狞的嘴脸和凛冽的杀意全在这一百颗头颅上体现出来。据说李璟甚至当场吓晕在龙椅之上，南唐朝野上下才轻松了不到半年，顿时再度陷入了灭国的重重危机之中。

"不行，不行！传朕令！令齐王、陈觉火速带兵奔赴寿州！一定要保住寿州！"

李璟连下十几道圣谕，终于催得慢慢行军的唐军主力赶到了寿州周边。这一次，陈觉再也不敢妄议兵事，而是把军务全交给了手下几个主将，自己和齐王一起做起了甩手掌柜。

开赴寿州本部，柴荣得知唐军居然抢占先机屯兵于紫金山上，不禁对唐军刮目相看："这次唐军主帅倒是长了脑子，知道占据紫金山，与寿州遥相呼应！大家看看，这仗该如何去打。"

张永德立刻抱拳道："紫金山之敌，与我军乃心腹之患！只要我部围攻寿州，唐军尽可从紫金山顺流而下，冲击我部后阵！末将愿领兵一万，三日内拿下紫金山之敌！"

李重进见风头被张永德占尽，连忙请战道："皇上！末将也愿率部强攻紫金山！"

"敌军兵力、分布、主帅、战法我们一无所知，两位将军，知己知彼，百战不殆！"柴荣此行，少了许多莽撞，平心静气地对两员虎将道，"南唐最后一支主力就在眼前，越是决战当头，越是要不动如山……"

赵匡胤马上道："皇上！末将推荐两人，必定能为皇上解忧！"

是夜，月黑风高，周军中悄然奔出一只三十人的精骑马队，衔枚裹蹄，不动声色地朝着紫金山开进。天明时分，马队准时回归本部，只是去时三十骑整，回来却只剩下二十八骑。

"末将高行周，携子高怀德叩见皇上！"

柴荣亲见这支队伍的两名特殊将领，好奇问道："难得，上阵父子兵！两位高将军，此行是否顺利，为何失了两人？"

"末将不负皇命，已经摸清紫金山敌军状况！敌军共五万余人，其中步卒三万五，水师一万余，布防图已经画成！请皇上过目！"

"好！"柴荣展露笑容，却把布防图放到一边，"高将军还未告知，此行为何少了两人？"

"皇上！末将撤退时不慎被唐军发现，无数敌军围攻我部，是以折了两名兄弟……"

"传令，找到那两名勇士的家属，好好抚恤。"柴荣望着高行周父子，满意道，"五万人追击，高将军父子三十骑近乎全身而退，何其勇武！二位功劳，朕记下了。"

高行周面露喜色，马上道："谢皇上赏识！皇上！末将还发现了一个重大军情!"

紫金山，南唐军正在进行一项机密的行动。为了绕过周军，进入寿州城内，南唐军竟然出人意料地开始挖掘地下通道！

紫金山与寿州仅隔二十里，五万大军开掘地道虽然要花些时间，却完全可行！

"唐军之中还真有高人！"柴荣有些意外，"不过，天运，不在南唐那边！"

翌日，就在从紫金山延伸出的地道离寿州只有几里之遥时，李重进率大军地毯式搜索，终于摸出了这条地下通道。

李重进出手狠辣，当即命大军朝地道中灌水灌烟，地道中挖掘的唐军连逃命的机会都没有，整整三千人，不到半日，悉数葬身地下！而寿州最后的逃生之路，就此彻底被周军断绝！

"朱元！这就是你干的好事！"紫金山大营中，陈觉几乎指着面前一位年过五旬老将的鼻子痛骂，"是你出的馊主意！挖地道！这下可好！一下又损失三千人！你说，这塘报让我如何写！"

朱元原名为舒元，乃原后汉朝时，河中节度使李守贞的门客，郭威率军进攻河中时，李守贞就派舒元去南唐求救兵。然而，南唐当时是后唐烈宗当朝，对中原纷争向来是装聋作哑。结果，李守贞直到战败身死，也没有等来南唐援军。其后，烈宗赏识舒元的才干，挽留舒元为南唐效力。烈宗倒是一代明主，比起李守贞来强上百倍有余，舒元遂改姓为朱，表明与过去旧主一刀两断，从此一心为南唐效力。

"哼！陈大人！胜败乃兵家常事，此计不通，我方大可改行他策，何必咄咄相逼！"朱元为人耿直，向来不惧小人，若不是此事自己真有三分责任，朱元早就拂袖而去。

"说得轻巧！今日三千，明日三千！我大唐将士就是这么由着你败下去吗！"

朱元此时也是费解：那周国皇帝是神仙不成，怎能做到如此滴水不漏？

"陈大人勿忧！此事确是末将失策，一人做事一人当！陈大人尽可据实相报！末将任凭皇上处置！"

第九章 三战南唐

"哈哈，这可是你说的！"陈觉一阵阴笑，计上心来。

几日后，李璟的案头就送上了陈觉的阵前密报，陈觉这厮，居然将此次作战势利，与朱元后汉前史扯到了一起，声称朱元"心系中原，暗通敌阵，图谋反戈"。

这还得了！

李璟放着先帝留下的那么多良将不用，专点陈觉、李景达这类草包为了什么？不就是为了提防兵权旁落，威胁皇权吗？如今一个前朝老将居然有通敌嫌疑，那还怎么打仗！这可是大唐最后的五万精兵啊！

连夜，三道加急圣谕从金陵火速发往紫金山，陈觉接旨后大喜，当众宣读皇帝圣意：调阵前主将朱元回京述职，任武昌节度使杨守忠即刻接任大军主将之职！

回京述职？岂不是一去不返吗？

想想很快就要被皇上处置，搞不好还会被押赴法场，枭首示众！朱元心痛欲裂，全军上下更是一片哗然。

"先帝啊！末将对大唐忠心耿耿！为何会落得如此下场！"

夜深之时，朱元朝着南方叩拜，老泪纵横。

"与其任人凌辱而死！不如在此了断，以死明志！"

朱元想到此处，立即拔剑，正要自刎，心腹近卫长见状，连忙夺下老将手中的利剑，恳切道。

"将军！不可轻生啊！你这一死，跟随你多年的兄弟们不任由陈觉那个奸臣鱼肉了吗？将军，跟随你多年的兄弟，你忍心看他们像炮灰一样死在紫金山吗？"

朱元颓然道："如今我自身难保，怎么保护你们？大唐容不下我，皇上容不下我啊！"

"大唐无道，何必愚忠！"

"你！你！你！"

属下的话字字千钧，说得朱元半天憋红了脸，竟也无言以对。

三日后，正当陈觉还在梦会周公之时，卫兵突然闯进暖帐，大叫着将他惊醒。

"监军使大人！不好了！朱元将军不见了！"

"混账……今日是他回京的日子，当然不在了！滚！"

"不是！不是啊！朱元旗下八千余人也一起不见了！"

"八千人……八千人！"陈觉一下惊起，抓着卫兵的衣襟狠狠问道，"确定是八千人一起叛逃吗？"

"大人！有人看见他们是深夜丑时出发，寿州方向，哨兵还以为他们是去攻打周军，所以没有阻拦。另外，在空掉的军营里，朱元将军还留下了一封信！"

"信在哪！"

陈觉一把夺过卫兵手中的信件，拆开一看，信中竟然赫然放着一个断指，朱元竟然用断指鲜血给陈觉和李璟留下了最后一句话。

"逼反忠良者奸臣陈觉！"

陈觉顿时气得暴跳如雷，立刻下令南唐兵士出击，追击叛将朱元。可陈觉丝毫没有常识：朱元大军丑时出发，如今已过了三个时辰。三个时辰，二十里路，朱元论爬也爬到周军那边去了！

果然，当南唐军追杀而去的时候，追上的不是朱元的八千叛军，而是张永德的先头部队。一番厮杀之后，南唐军大败，损兵千余，最终只得逃回紫金山。

朱元没有想到，两个前主都与周世宗柴荣有过节，自己临阵倒戈周军反而受到柴荣盛大空前的礼遇。柴荣不仅亲自深夜于十里外迎接归降的朱元，到了军中更是聚集诸将，专门设宴为朱元洗尘。

最让朱元意外与感动的是，柴荣没有改编那八千南唐军，依旧原封不动地交给朱元指挥，更有甚者，柴荣调回了下蔡的张永德，将寿州的门户下蔡直接交到了朱元手里！

柴荣此举，也是让其他周军将领大惊失色。驻守下蔡，只要这个朱元愿意，不仅寿州守军能从周军包围圈中逃出，南唐大军也能随时进入寿州增援！

这是何等的信任！何等的气量！

朱元仰视这柴荣，竟然发现这个不到四十的年轻皇帝身上，竟然包含着超过后唐烈宗的格局！

"皇恩浩荡！末将誓死为大周，为皇上效力！"

公元957年，三月初五清晨，士气高昂的周朝将士对紫金山南唐军发动了最后的猛攻。

本来势均力敌的局势，却由于陈觉的搅和变成了一边倒的结局。

南唐军伤近万人，本还有一战之力，无奈陈觉再次带头逃跑，余下的四万余人不战而溃，可却被淮河挡住了去路。柴荣亲率骑兵追杀，如狼驱羊，将南唐军如无头苍蝇一般赶入淮河之中。而淮河江面上，还游弋着柴荣带来的三千水师……

是役，唐军一败再败，一败涂地，伤亡一万，投降四万，除陈觉外，一干大小将领悉数被俘，收获粮草军械无数！

柴荣将战刀收回刀鞘，望着四万余垂头丧气的唐军，仰天大笑！

"天灭南唐！"

第4节 来生再战

"皇上！此次大败，全是朱元临阵反戈，泄露军情，不然我大唐铁军，何至于败得如此惨烈啊！"

金陵皇宫中，狼狈万分的陈觉几乎要抱住李璟的大腿痛哭，他知道，此刻朝野上下，无数双透着杀意的眼睛在看着自己，其中甚至包括眼前的皇上！如果不哭不闹，自己这条小命，怕是马上不保。

"废物！"李璟一脚就将陈觉踹走，"让你去做监军使，就是为了盯着这些反骨叛将！五万人！整整五万人啊！就被你这个废物一朝败尽！"

李璟气得浑身颤抖，马上高声喊道："来人！把这个无能废物拖出去！"

眼见李璟要气急杀人，宰相冯延巳马上站出来劝道："皇上！不可意气用事！紫金山一役虽败，可齐王事后收拢残部，还找回一万余人，我军还有自保之力！"

"自保？如何自保？"李璟如同一个输光的赌徒，默然瘫坐在龙椅上，"江淮十四州失去大半，我军主力伤亡殆尽，国库耗尽，江南绝户！我大唐，真要覆灭了吗！"

李璟此言一出，满朝文武皆惊，立刻跪在李璟面前。

冯延巳几乎痛哭道："皇上！不可轻言邦国大事！南唐还有半个江淮，还有整个江南！只要守住这些国土不失，我大唐还有沃野千里，黎民百万！不出三年，就能重整旗鼓！东山再起！皇上！想想越王勾践！想想汉高祖刘邦！想想先帝烈宗！他们哪一个没有惨败过，哪一个没有在逆境中反败为胜！"

一席话如同一剂猛药，李璟突然眼神重新凝聚光彩。

他端坐起来，望了一眼冯延巳，又望了一眼跪在地上瑟瑟发抖的陈觉："冯相之言，醍醐灌顶！是朕失态了！御史大夫陈觉，治军不利，致军心动摇，紫金山大败！传旨，将陈觉革去官职，打入天牢，交由刑部严惩！"

"皇上！皇上！微臣冤枉啊！冯相，救我啊！救我！"

陈觉为人刻薄，在朝上可谓人人厌恶，就连五鬼中的其他四人，对之也没有好脸色。一阵惨叫声后，陈觉被拖出大殿，众官才齐齐出了一口恶气。

"诸位，既然柴荣御驾亲征，朕身为大唐天子也不输给他！诸位卿家，朕决意御驾亲征，亲赴战场，与柴荣决一死战！"

冯延巳一愣，李璟好似完全误会他的求和意思，竟要亲自上战场！柴荣是什么人？这不是去送死吗？

冯延巳正想如何让李璟知难而退，这时中书舍人乔匡舜立刻站了出来："皇上！此事万万不可！柴荣乃武将出身，精通兵事，御驾亲征才能指挥大军……"

"哼！乔匡舜，你言外之意是指朕不如柴荣吧？"还未等乔匡舜说完，李璟立即不满冷哼道。

"皇上！马上打天下，马下治天下，前者易，后者难！"

"空话！都是空话！你敢诅咒大唐！今日起，罢官！发配抚州戍边！"

李璟转头向一员武将问道："朱将军，你可有良策退周？"

神卫统军朱匡业一听，说得更加直接："生死由命，成败在天。大势已去，微臣实在无能为力。"

文武两官一带头，朝上百官立刻纷纷进言，无一不是劝李璟放弃御驾亲

征的念头，好好在金陵待着。

见连冯延已都没有为自己帮腔，李璟气得一摆手："罢了！由你们去吧！限你们三天内商议出退周良策！否则统统给朕戍边去！"

一场闹剧就此结束，然而，一场悲剧却在寿州上演。

"父帅！周国皇帝柴荣又送来的信件！"

刘崇谏拿着一封急信，本想一路跑去，无奈四肢虚浮，有气无力，只得慢慢步入中军大帐。

"齐王那边有回信吗？"刘仁瞻的案上空空如也，但他依旧端坐，凝神望着眼前的一盏孤灯。

"齐王根本不管我们死活！至今都没有回信！父帅，再这么下去，兄弟们不被周军杀死，也都饿死累死了。"

"今日是几月了？"刘仁瞻不动如山，淡然问道。

"三月，三月初一！"刘崇谏欲哭无泪道，"已经整整一年了！"

已经三月了啊……

刘仁瞻闭上眼，慢慢回想过去一年的种种。

去年二月初，柴荣大军将寿州死死围住，大小恶仗不下百次，次次都被自己手下的几万守军打退，双方不分胜负。

本以为最多坚守数月，大唐的援军就会赶到寿州增援，届时里应外合，必定能击退周军……人算不如天算啊，正阳之战，因为刘彦贞那个草包大败，接下来，六合之战、紫金山之战，几次明明占尽优势的关键战役，却总是儿戏一般地输了……

是我唐军战力不如周国？还是我大唐国力不如周国？

刘仁瞻摇头叹息。

君暗臣媚！

大唐如果还在烈宗手中，会轻易打破盟约，对邻国发动战争？会任由五鬼那些轻浮文人把持朝政？会让刘彦贞、陈觉、齐王那样的草包统帅三军？

反观敌手周国。

柴荣一介武夫，身为国君竟总是冲锋陷阵！统帅如此彪悍，御下将领还会差到哪去？

一个猛将，偏偏又俱一身帅才，战略方针无一不将唐军玩弄于股掌之间，单是"围城打援"这一战略，前后竟消耗掉了大唐近十万生力军！

　　更可气的是柴荣知人善任，既有恩威之术，又有识人之明！李谷、李重进、张永德、赵匡胤、向训……这些将帅人尽其用，个个唯他马首是瞻！

　　难道，真是天不佑唐吗？

　　难道，真是大唐气数将尽了吗？

　　刘仁瞻思绪繁乱，脸上渐渐露出了无奈的倦容。

　　"再禀齐王，我部粮尽力竭，愿出城与周军决一死战。望齐王趁势偷袭周军。"

　　"父帅！没用的！齐王和他手下的一万人都被打怕了！紧闭城门，草木皆兵！九死一生，冲出包围的兄弟走近城门百步，还未喊出父帅旗号，就被齐王下令射成了刺猬！"

　　"派人再去。"刘仁瞻好似对死亡已经麻木，伸手拨弄着灯火，"如今之计，玉石俱焚，才是我部唯一的归宿。"

　　"父帅！"刘崇谏立即跪下，虚弱的身体怎么也哭不出眼泪，"父帅！难道刘家军一定要和周军同归于尽吗？父帅，孩儿手上就有柴荣的信件！一年来，柴荣的信件足足二十三封，封封皆是仰慕父帅之言……孩儿求父帅三思啊！"

　　刘仁瞻盯着灯火，沉吟了许久。

　　"谏儿，你饿了吧。为父这里还有半个馒头，你拿去吃吧。"

　　"父帅！"刘崇谏一听馒头二字，不禁连咽口水，连连摇头道，"那是父帅一天的干粮！孩儿不饿！孩儿不饿……"

　　"拿去吧，为父也不饿……"刘仁瞻招手让儿子靠近，摸着儿子的头说道，"你才十五岁，跟着为父受苦了……但你记住，日后不可再言投敌之事……没有先帝，就没有为父，更没有你，记住了吗？"

　　"孩儿……孩儿……记住了！"

　　然而，就在当夜，一艘小船载着一人，趁着夜色涛声，幽幽从寿州出发，驶向对岸的周军大营。

　　刘崇谏怀揣着一份降书，心中满是对生的渴望，奋力地摇动船桨。可船未行出护城河，一支唐军船队早已在那敬候他自投罗网。

第九章　三战南唐

"公子，刘帅有令，让末将在此恭候！"

"李叔！是你！父帅怎么知道？"

刘崇谏面色难看地争辩，却发现自己一句话也说不出口，乖乖地上了战船，被李将军押到了中军帐中。

刘崇谏惊恐地发现，父亲似早有准备，竟深夜聚齐了所有寿州将领，明火执仗，摆开了公审的架势。

"禀刘帅，在公子身上发现降表一封！"

李将军为刘仁瞻送上降书，刘仁瞻打开信封，慢慢阅读之后，又将信件传递给诸将审阅。

"刘崇谏，你可有辩解？"

刘仁瞻幽幽的语气吓得儿子瑟瑟发抖，刘崇谏连忙跪地连连叩头："父帅！孩儿一时糊涂，想送上降表，以为人质，诈降周军！以换取时间！"

"哦？"刘仁瞻转头问向其他诸将，"诸位，此事你们如何看待？"

能坚守到此时，剩下的全是刘仁瞻的嫡系亲信，谁会不给刘仁瞻面子。

当信件传到一位高寿将军手中之时，将军干脆将信撕成碎片，大口吞咽下去："刘帅，公子一时贪玩，泛舟游湖！此事就这么算了吧！"

"是啊！大帅，就这么算了吧！"诸将异口同声道。

可刘仁瞻死死盯着刘崇谏，继续问道："你要行诈降之计，为何事先不与本帅商量？"

"孩儿……孩儿……"

"李将军！你负责执法，我问你，私下通敌，依军法该当如何？"

"依大唐军律，该……该当腰斩，可是大帅！"

"休要多言！"刘仁瞻突然虎吼一声，镇住当场所有人，"明日正午，将刘崇谏拖到行刑台，当众腰斩！"

此语一处，四座皆惊，几乎所有的将领全部冲着刘仁瞻跪下求情，可刘仁瞻看都未看吓呆了的儿子一眼，当即转身离去。

天马上亮了，眼看正午将至，行刑台外已经歪歪斜斜站满了饥饿的兵卒。众将见刘仁瞻动了真格，苦劝整整半日无功，只得火速请来夫人薛氏为子求情。

刘崇谏才十五岁，怎能做到无视生死，看着台下黑压压一片士兵，再看高台上冷若冰霜的父亲，顿时知道自己死期将至，当众号啕大哭，冲着刘仁瞻跪地求饶。

"父帅！孩儿知错了！孩儿再也不敢了！求父帅饶命啊！"

求了半天，刘仁瞻如同木头不为所动，刘崇谏绝望之时，母亲薛氏匆匆赶上高台。

薛氏提着一个包袱，赶到儿子身边，对着儿子轻声道。"我儿莫怕！"

"母亲！母亲救我！"

"好好，没事，没事。"薛氏一脸慈祥，打开包袱，里面竟是一个冒着热气的馒头，"谏儿，你先把馒头吃了，我去找你父亲求情。"

刘崇谏也好久没有见到如此美味，心安之后，顿觉饥饿，连忙接过馒头，狠狠地咬了起来。

仅仅是一个馒头，刘崇谏却吃得狼吞虎咽，吃得甘之如饴，看得台下士兵纷纷吞咽口水。可当刘崇谏只吃了半个馒头时，他的脸色却突然一滞，不可置信地看了母亲一眼，须臾之间，整个人竟然直挺挺地倒在母亲怀里！

"公子！公子怎么了？"

诸将正要上台查看，可薛氏却缓缓放下已经气绝的儿子，朝着台上的刘仁瞻跪下："大帅，稚子阵前通敌，罪不容赦，不杀不足以正军法！请大帅可怜我爱子之心，留稚子死后全尸吧……"

"求大帅开恩！"

诸将一听，纷纷动容，齐齐跪在刘仁瞻面前。

刘仁瞻望着薛氏，望着薛氏身后的儿子，最终闭上了冷漠的双眼，轻轻点头。

薛氏看见丈夫点头，终于心安，突然她撕心裂肺地大喊一声"儿啊"！竟抢过刘崇谏手中的馒头，狠狠咬了一口！

"夫人！快救夫人！"

等到众人赶上高台，薛氏竟然双眼含泪，抱着儿子的尸体气绝而亡！

自夫人登台之后，刘仁瞻好似早就料到了如此结局，其他将领扼腕悲戚之时，刘仁瞻却平静地走到台上，捡起最后一点毒馒头端详了一会，接着他

397

第九章 三战南唐

走到台中，冲着台下将士，沉声说道。

"家门不幸，幸而不辱军法，不负三军。请诸位将我儿我妻熬成肉羹充饥，以渡难关。寿州安危，全在诸位！"

要说吃人肉，寿州断粮半年，上下官兵早已饿疯，哪个没有吃过！可如今主帅竟要自己食其妻儿！

台下兵卒望着刘仁瞻突然更加佝偻的身躯，脸上尽是敬畏之色，一股莫名地力量，悄然涌上将士们的心头。

刘仁瞻真的毫无人性吗？诸将看见，他走下台去之时，步履突然变得虚浮，他的双手十指关节，不知何时竟被掐得鲜血横流。

然而，最终让人欣慰的是已经吃惯人肉的寿州守军并没有动刘氏母子遗体分毫，他们自发地为二人准备好了棺材，悄然安葬在寿州城内。而从始至终，刘仁瞻都未到母子坟前看过一眼……

"皇上！整个寿州周边，只有齐王李景达的一万人！我军围攻寿州，已经整整十三月又十天！"

柴荣听着李重进的禀报，不禁叹道："不到两万守军，据守十倍之敌，整整十三月！无论此战胜败，这个刘仁瞻，朕一定要得到！"

李重进苦笑道："皇上每月寄信过去，已是仁至义尽，那厮若要投降，早就投降了。"

"九重，驸马，向训，你三人有何良策？"

被点将的三人平日里计谋百出，可对这个寿州，这个刘仁瞻，却真不得不承认是束手无策。

"看来只能干耗了。"柴荣无奈道，"也好，我军将士久战征伐，也需要时间休整，王大人送来的劳军物资很快运到，各部就地休整半月，咱们和寿州的刘仁瞻比一比耐性。"

时至今日，寿州之战胜负结果已没有悬念了。倒是柴荣对刘仁瞻的坚韧啧啧称奇。

没有了符玉儿，柴荣的世界，便只剩下征服。刘仁瞻正是他征服之路上一生难见的对手。与他之间的胜负，甚至比南唐之战本身还要重要。

三月十七日，周军部突然金鼓齐鸣，寿州守军立刻上城守卫，却发现敌军并未大举攻城，而是方阵列队，骑兵、步兵、水师三军赫然在寿州城外亮出武器，从容地来了一次大型阅兵式！

三月十八日，柴荣对刘仁瞻写了最后一封信，此信的内容依旧是招降，可是在信的最后，柴荣附上了一个全军攻城的最后日期。

三月十九日，寿州的城门终于大开，一位自称是姓李的寿州守将终于送来了周军梦寐以求的降表！

"刘仁瞻呢！刘仁瞻怎么不亲自献降！"

柴荣突然非常生气，他盼望着攻下寿州的一日，却绝非是这种方式！

"刘帅早在十日前，病重不支，至今昏迷不醒……此次献降，绝非刘帅本意，而是末将等人自作主张……我军降周，只有一个要求，望皇上救活刘帅，放刘帅一条生路！"

病倒了？就这么病倒了！

柴荣像是遇到了一个半路脱逃的对手，好不扫兴！

"朕马上就写下圣谕，只要寿州守将放弃抵抗，听从安排，城中将士，朕不杀一人！"

柴荣立刻写下圣旨，并加盖上了玉玺为证："拿去吧，朕说到做到！"

哪知李姓将军却未接过圣旨，而是朝着寿州城轰然一跪，狠狠三次叩首。

"李任广无颜再见刘帅，无颜再见寿州兄弟！"

吼着，李任广竟抢起双拳朝着自己太阳穴狠狠一拳，当即脑浆迸裂，气绝身亡！

"壮士啊……厚葬！"柴荣鲜有动容道，"南唐有此锐士，竟也濒临亡国！李璟昏庸！南唐昏庸！"

公元957年，三月二十一日，历时四百零四日的寿州之战终于落下帷幕，南唐名将刘仁瞻部，以一万三千士卒伤亡，近三万平民殒命的结局惨败而终，却赢得了整个南唐，乃至整个后周由衷的敬重。

寿州，已经完全毁了。

这是柴荣步入寿州大门第一个闪出的念头。

整个寿州城内，只剩下了一个个全无神采的男人，各自依靠在墙根，都无人去看柴荣和周军一眼。

第九章 三战南唐

那些老弱妇孺早已化成了遍地的白骨和空气中挥之不去的肉香。

活下来的，也都只是行尸走肉。

这个城池的生气，已经被战争耗光了……

柴荣被领进寿州中军大营，在一处破败的大帐内，终于看到了奄奄一息的刘仁瞻。

原本以为刘仁瞻是个高大威猛的悍将，可柴荣没有想到，刘仁瞻的本尊，竟然也只是个身材中等，一脸白净的病人。然而，饶是瘦成了一副骨架，刘仁瞻眉宇之间透着的英气凝聚不散，依旧让柴荣动容不已。

"刘帅为何病倒？"柴荣问道。

一个守军士兵好不容易吃了一个糠饼，立刻号啕大哭道："刘帅为正军纪，下令斩了自己的亲子。夫人大义，竟和公子双双服毒而亡！刘帅伤心欲绝，积劳成疾，这才一病不起！"

柴荣深吸一口气，望着沉睡的刘仁瞻竟久久无言以对。

"朕还以为，只有朕在此战中失去了发妻……刘帅，纵使寿州城破，你依旧未败，朕依旧未胜啊……"

柴荣说着，竟拔剑割下自己的一缕头发，放到刘仁瞻手中握紧。

"若有来世，你我再战一场吧！"

是夜，刘仁瞻在昏睡中，溘然长逝。

心中的擎天巨柱轰然倒塌，唐军将士们集体跪在大帅府外，全然不顾颜面，纷纷号啕大哭。直哭得天地变色，哭得周军上下动容不已。

柴荣立即下令，以军人之礼，安葬刘仁瞻等所有阵亡烈士，追封刘仁瞻为彭城郡王。余下幸存将士，无一人愿意加入周军，皆发放路费，送回江南家乡。

周军进城后第一件事，就是马上调来军粮，赈济即将饿死的寿州百姓。柴荣进而大赦囚犯，并发出安民告示，昭示附近流离失所的南唐难民回家。

然而，正如柴荣顾虑，寿州已经千疮百孔，无论如何输血，都无法再现生机。无奈之下，柴荣只好下令将寿州官衙治所，移到了淮河北岸的下蔡。从此寿州改换门庭，开始了历史上新的一页。

当刘仁瞻的衣冠，特意被柴荣送到金陵朝上之时，朝野上下，甚至连没心没肺的南唐五鬼，都发自内心地悲泣痛哭，整个朝廷，包括皇帝在内，都在失态的痛哭中，品味着失败者的苦果。

虽然仅仅数月，可柴荣却觉得过了几年一般漫长。

"诸位，寿州既得，江淮十四州基本大定。朕要回一趟汴京，处理政务。由向训将军继续指挥周军！"

柴荣打了胜仗，暂别战场，再次摆驾回到了汴京。

第5节　功德圆满

此次得胜还朝，柴荣御驾还未到汴京，汴京官民早在三十里外恭迎圣驾。

众人远远望见，皇上骑着一匹健硕的白马，挥舞着马鞭，乘风扬尘而来。

如今的柴荣英姿勃发，来到众官面前，众人没敢等柴荣下马，就都跪在地上，齐声高呼皇帝陛下万岁，祝贺南征大捷。

哪知柴荣脸上并无喜色，他在马上俯视人群，好似在寻找某人的踪迹。

这时，户部尚书潘豹膝行数步，跪在柴荣马前，大声恭维道："臣等亲奉德音，期以两月还京。今才五十余日矣。料敌班师，皆如睿算。臣等不胜庆忭。"

说着，潘豹再次扬袖伏拜，山呼万岁。

看见潘豹此举之后，他才立刻明白这次迎驾盛会一定是潘豹一手促成。而正是因为如此，大哥王朴才不屑于在此出现。

柴荣对此奉承虽不以为然，但毕竟也不反感，他冲着潘豹点头道："劳民伤财……下不为例！"

潘豹一听，先是一惊，随后一喜，立即又五体投地，山呼万岁起来。

"皇上，毁铜令下发以来，潘豹急功近利，出了许多问题。"

皇宫中，王朴拿着堆积如山的卷宗一一给柴荣"补课"。

"其一，手段太酷，在民间征收铜器，寻常百姓家就连一面铜镜也不许留下，不然就是牢狱之灾，许多不明就里的百姓因此而蒙冤入狱。

"其二，官府采铜价格过低。百姓交出了一斤的铜，却换不回等值的铜币。

"其三……"

柴荣少时也做过生意，可多年征战早就把这些生意经忘得一干二净，此刻听王朴说话，正如念经一般。

"大哥，你就饶了我吧！收铜方面的政令，全有你斟酌议定，最后给我过目一下就好了！"

王朴气愤道："若是我能定，还叫你回来作甚！不光是毁铜令，新税法，新盐法，汴京都城扩建，都要你来拿大主意！不只是我这边，范质大人那边的《大周刑统》，总共三百多条新刑律都要你来一一审阅定夺！"

柴荣此时终于明白为何王朴心急火燎地把自己找回汴京，原来有一堆政事等着他！

此次柴荣在汴京小住四月，却是日日被王朴压榨，两人几乎日夜吃住都在御书房，处理着如山一般的政务。

简而言之，王朴就后周的民生民治问题，给柴荣做了一次大总结。

灭佛收铜之策，实属权宜，如今已经显现出诸多问题。柴荣接受王朴的意见，最终颁布了《令毁铜器铸钱敕》等一系列较为人性化的政策法规。在严厉控制民间私自铸币的前提下，放宽了对民间收铜的力度，同时也减轻了违反铜法的处罚手段。

增加国库收入，主要还是要靠税收，所以在税法和盐法方面，柴荣特意请来了擅长商贾营生的颉跌来提供意见，不仅取缔了许多地方私收的私税，还尽量减轻农商税收，促进大周经济的发展。值得一提的是柴荣还依据各州府的具体情况，在各地区实行不同的盐法征收水准，总而言之，就是让富人多交点，穷人少交点，平均各地的贫富差距。

汴京城扩建是一件极其头疼的事，华夏百姓自古安土重迁，谁都不愿意无故搬家，可今日日子太平了，汴京内的人口不知不觉多了起来，整个都城如今显得拥挤不堪，防疫、用水、地价等问题接踵而至。

早在两年前，王朴就开始了新城扩建计划。可如今轮到老城改造，别的不说，城中民众坟墓就有数千座，光是迁坟一事就让汴京官吏头疼了两年。

柴荣性子火暴，直接派兵强行把这些坟茔迁走，顺带又给每家每户送钱免税，恩威并用之下，百姓们埋怨了数月，渐渐也就接受了新家新环境。

最让柴荣重视的，还是刑部草拟的《大周刑统》。为了这部刑法典籍，柴荣特意下令征求朝野上下意见，集思广益，思想是如当初萧何的约法三章，尽力简化繁杂的刑法，让百姓人人都能明白何事可做，何事不可做。

柴荣特意规定，大周官吏，不可滥用刑讯，每次刑讯的时间、次数、程度都有严格的规定，擅自违反的官吏一律革职查办。更可贵的是《大周刑统》给了每个罪犯两次改过的机会。任何罪犯，犯罪前两次者，皆按其罪行范围，从轻发落。但一旦超过三次，无论罪大罪小，一律处死……

后周的兴起，不仅仅是靠战争，有了柴荣四个月来新政改革，后周不仅没有因为南征而衰退，反而再一次迸发出勃勃生机！

"这么多政事，如果玉儿还在……"

御书房内，柴荣看着奏折不觉失神，然而福至心灵，一个俏影悄然走进御书房，从背后轻轻为柴荣披上披风。

柴荣一惊，立刻抓住来人的手叫道："玉儿！你来了！"

只见眼前之人，竟真是符玉儿！

"玉儿！"柴荣喜极而泣，一把将符玉儿揽入怀中，不停地吻着对方，"玉儿！你活了！你又从鬼门关回来了！"

"皇上，皇上……我不是姐姐……"

见到"符玉儿"脸上现出熟悉却又陌生的红晕，柴荣情欲顿起，也不知是骗自己，还是真得将来人看成了符玉儿，竟一把抱住美人，匆匆离开了御书房。

可怜半夜王朴从书堆中醒来，四处张望不见柴荣，喃喃自语道："出恭去了？也不叫醒我……"竟又倒头接着大睡！

旖旎一夜过去，柴荣拥着美人缓缓醒来。

"皇上……""符玉儿"像只害羞的小猫，钻进柴荣怀里不敢抬头，柴荣看清了怀中之人的面容，顿时觉得与符玉儿的恩爱一生竟如黄粱一梦，美妙而短暂。

"宝儿，昨夜是朕唐突了！朕把你当成你姐姐了！"柴荣说着，却又抱紧

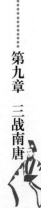

符宝儿的玉体，真心说道，"可是朕发现，朕也喜欢你，宗训更是把你当作亲娘。让你做你姐姐的影子，对你实在不公！"

柴荣平日何等英雄，此时又何等柔情！初经人事的符宝儿和她姐姐一样，一颗芳心完全被眼前的男人征服，顿时感动得热泪盈眶，抱紧柴荣，嘤嘤哭泣。

"不过半年，待南唐之战打完，朕就封你为后！宝儿，别哭了……"

短短四月，充实而又美妙，柴荣意外地收获了一份爱情，心中的伤痛渐渐平复了下来。

终于处理完紧要事务，柴荣也变得精神饱满，终于意气风发地跨上战马，开始了第三次御驾南征。

自寿州被攻占之后，整个江淮战线终于连成一片，周军上下踌躇满志，在柴荣的指挥下，将下一个进攻目标定在了濠州。

南唐军建制虽然被打残，但仍有部分残余与地方势力尚存，其中最多的一处就聚在濠州。

欲取濠州，先要清除掉驻扎在濠州城外一片滩涂地之中的南唐水军。此处滩涂广袤数里，被淮水环绕，实乃濠州上游的咽喉冲要之地，南唐军倍加重视，甚至在此处打造了坚固的防御工事。

论起水师，周军在质量和数量上，皆不如南唐，南唐军因此认为周军奈何他们不得，所以安枕无忧。

殊不知柴荣此次竟然又出奇兵，竟然派出了一只由数千只骆驼组成的新式骑兵，对南唐水军进行偷袭。

后周西部边境与陇西接壤，通过与西域互市，得到了许多骆驼。本来此次骆驼只是用来运送辎重，不想柴荣看到骆驼善于涉水过河，灵机一动，这才发明了一支新兵种，直接用于战阵之上。

南唐军深处南方，哪里见过骆驼？一见周军过河纷纷将骆驼当成了"麒麟下凡"，吓得转头就逃。

是役，柴荣初战告捷，几乎兵不血刃，一举清除了濠州城的外援。

紧接着，柴荣聚集兵力，以赵匡胤为主将，准备向濠州发动猛攻。

然而出乎柴荣和赵匡胤意料，濠州守将郭廷谓倒是个将才，还未等周军发动进攻，竟然有胆主动出击，趁周军初来，立足未稳之际，在夜里派出一千多人的敢死队出城偷袭周军。周军没有防备，再加上久战未逢敌手，骄兵之气渐起，一下子被对方打得措手不及。

"仅仅一千人偷袭！我军竟然伤亡了三千人！"柴荣愤怒地拍着案头，指着手下的将领痛骂，"你们几个！好好修理下手下士兵！都知道骄兵必败！三日之内，打不垮郭廷谓，都给朕回后方守粮草去！"

赵匡胤被骂得实在汗颜，翌日就阻止其强大攻势，发疯一般地朝着濠州城猛攻过去，誓要一雪前耻。

无论郭廷谓如何勇猛，濠州依旧是孤立无援。从战略上看根本没有胜算和柴荣长期对峙。

是役，赵匡胤这员大将竟充当起了先锋之职，亲自披挂上阵，冲在最前。

"皇上！你怎么也杀到前线了！"赵匡胤正杀得起劲，转头一看，柴荣居然也看得手痒，提剑杀了上来，顿时吓得差点傻掉。

"打虎亲兄弟！九重，我们好久没有并肩作战了！"

"好！二哥！我们一起杀进濠州！"

有了两个疯子的带领，一次猛攻，周军气势如虹，一举拿下了濠州外郭的羊马城。

浑身沾满血迹和尘土的柴荣，站在月城的空地上，剑扔在脚下，接过侍从递上来的皮袋，大口喝着水。

"告诉郭廷谓，朕给他投降的机会，保他之后仍在军中任职！如若依旧冥顽不灵，朕就亲手砍了他的脑袋！"

周军即将攻入濠州前，柴荣又给了郭廷谓一个机会，派人进城劝他投降。郭廷谓还算是识时务，立即表示愿意归顺，可他却提出了一个条件：必须给他一个月时间向金陵说明情况，不然他在金陵的一家老小立刻性命不保。

"一月？当我是傻子啊！这明显就是缓兵之计！"赵匡胤一听，气得发笑，"二哥，郭廷谓一定在等援兵，援兵到了，他自可有恃无恐，援兵未到，他再投降也毫发无损，真是只老狐狸！"

"再狡猾的狐狸，也斗不过狼！"柴荣狠狠笑道，"朕就给他一个月。九重，老法子，围城打援！分兵围困濠州，围而不打，你我率部绕过濠州，直

405

第九章　三战南唐

扑泗洲!"

战场上，南唐士兵是死一个少一个，可后周军队却是越战越勇。

泗洲一战，柴荣和赵匡胤再次"赤膊上阵"，皇上和主将甘当先锋，冲在战斗最先线，泗洲守军本来人少，接连十几日如此猛攻，终于抵挡不住，泗州刺史范再遇举军向周军投降。

进驻泗洲之前，柴荣特意下了一道军令：所有周军将士，进城不得扰民，违令者斩！有柴荣坐镇，周军士兵哪敢放肆？纷纷严守军纪，倒是给泗洲百姓留下了一个极好印象。

泗洲处于水道交汇之处，水网纵横，水军尤其居多。就在清河口处，一支近万人南唐水军对泗洲的柴荣虎视眈眈。

稍作休整之后，柴荣立即三路并进：赵匡胤率骑兵数千人沿淮河南岸急速行军，周军水师顺河东下，柴荣本人率亲卫骑兵从淮河北岸行进。

令南唐朝野震惊的是，这一次，柴荣一未偷袭，二未策反，竟在水战中，硬碰硬地打败了南唐最后引以为傲的水师舰队！

是役，南唐水师主力全军覆没，标志着由后唐烈宗一手创造，维持长达六十年之久的南唐淮河水域防守体系土崩瓦解，南唐最后一道防线荡然无存！

公元957年十二月十日，被周军强大战力震撼到的濠州守将郭廷谓终于放弃首鼠两端的观望姿态，举城降周。周军占领濠州。

十二月十一日，痛失濠州、泗洲的李璟得知整条淮河防线被柴荣摧毁，金陵的江北门户扬州、泰州无险可守，完全暴露在周军刀锋之下，竟下令官府立即弃城，驱赶民众南渡长江，将名城扬州、泰州付之一炬！

十二月二十五日，周军占领了扬州、泰州两座空城废墟，进而向楚州进发。

公元958年正月底，周军与南唐军在楚州展开一场恶战，南唐军困兽犹斗，展现出了最后一次疯狂反扑，是役，周军死伤惨重，柴荣血性大发，下令杀尽了最终俘虏的南唐守军近两千余人。

楚州将士，用最后一腔忠血，告知了南唐国主李璟一个无情事实，属于南唐的时代已经过去，在后周的铁蹄之下，南唐已不可逆转地走向了覆灭之路。

持续三年的血战，打到心力交瘁的李璟再也支撑不住了。

李璟黯然回首：曾几何时，南唐吞闽灭楚，俨然有中兴大唐的气势，自己当时是如何风光无限。可不知怎的，灭国之战打空南唐积累数十年的国力，不仅没给南唐带来丝毫好处，反而让他人便宜占尽，最终还引来了周国这只凶狼！

三年时光，柴荣气势汹汹杀过淮河，杀得他山河破碎，杀得他众叛亲离！无论自己如何抵挡，唐军遇上周军，就像纸糊的一样，一败再败，最后近乎全军覆没！

故国不堪回首！

李璟至今都想不明白，南唐处处不利，原因到底出在哪里？

想到华发早生，想到废寝忘食，李璟依旧想不到问题的症结是出在自己身上。

罢了，想不明白，就不去再想了！

突然间，李璟十分向往登基前在庐山瀑布前栖庐读书的日子，在知道无力抵抗命运之后，李璟终于选择放弃了抵抗。

三月初六，南唐国君李璟改元交泰，并立嫡长子、燕王李弘冀为皇太子，几乎将后事都一一安排妥当。

三月二十五日，李璟正式派出特使使周，代表南唐国君承认大周乃这次三年战争的胜利者，并表示南唐愿意向周称臣、去帝号，交割十四州、岁输贡物四十万。

苦战了三年，柴荣得到的战果极为辉煌：州十四、县六十、户口二十二万六千五百七十四，人口百余万。

然而，摆在柴荣眼前的却是另一个艰难的选择：是乘胜追击，打过长江，一举灭掉南唐？还是就此收手，慢慢消化淮南十四州，大力发展大周国力？

柴荣有些犹豫了，征服者的快感让他想一鼓作气，灭掉南唐，立下不世功勋。可身为大周国君，理智又不得不一次次提醒他，大周三年苦战，元气消耗过剧，将士也不堪久战，必须停下来，好好发展了。

左右为难的柴荣，给远在汴京的王朴写了一封长信，几日后王朴回信送至南唐。

第九章 三战南唐

　　王朴认为，百足之虫，死而不僵。周军若继续灭唐，正如唐当初灭楚、灭闽一般，空得其名，渔利他人。后周背面有契丹，南唐四周有吴越和南汉，皆对唐周大战，虎视眈眈。

　　如今，南唐防线崩溃，二十年内，南唐无法对后周造成任何威胁。反而是后周，随时都能以江淮十四州为踏板，长驱直入，覆灭南唐！

　　权衡利弊，留住南唐政权，比直接覆灭它，更有利于后周的生存与发展。

　　王朴之言，顿时让柴荣心中疑惑尽除。

　　四月初四，大周国君柴荣正式欣然接受南唐国主降书，历时三年的南唐战争，以后周的全胜，圆满结束。

第十章　壮志难酬

第1节　一代名相

和平的日子如白驹过隙，淮南之战之后，转眼间过去半年。

正值深秋正午，户部衙门中，潘豹正在懒洋洋地打着瞌睡，不觉伏在案头睡着。突然，一声严厉之声在耳畔炸起，潘豹一个激灵，立刻惊醒过来。

"潘豹！秋税大计，你敢偷懒？"

这京城上下，敢这么和自己这个户部侍郎说话的只有两个人，潘豹看都未看，连忙作揖行礼道："王相到此，恕罪恕罪！只因昨日忙得太晚，下官这才……"

"哼！"王朴对这个潘豹向来没有什么好脸色，在他眼里，这个潘豹就是个势利小人，除了敛财上有些本事，其他的不值一提。

"全国秋税，如今完成多少？"

潘豹连忙回道："禀王相，今年风调雨顺，全国丰收，税粮各地不曾拖欠，纷纷如数上交。只是西边诸县，人口分散，路途遥远，税粮还未运到粮仓……"

"承上账目。"王朴从不相信潘豹所言，立即要求检查账目。

潘豹顿觉委屈，可依旧是赔着笑脸，将大小账目一一送呈给王朴查阅。

果然，不出本官所料……

王朴将账目翻至其中，专注看了半天，心中一声叹息，立刻横眉冷目训

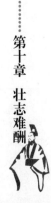

道："潘豹！别的不说，卫州、滑州、泽州等这些直属京城周边的州府赋税怎么如此之少？"

"王相，不少啊，比起前几年，这几州税粮都已翻倍了啊！"

"哼，别糊弄本相！"王朴冷笑道，"不错，比起往年，这几州税务确实增加不少，可如今天下太平，大批荒地复耕，全国各州都是成倍丰收！你看看，西北贫瘠之地，收上的税粮，都比富庶的中原诸州高上几成！这到底是怎么回事？"

"这……这……"潘豹"这"了半天，弄得满头冷汗，最终依旧说不出个所以然来。

"潘侍郎是做官太迂，还是为人精？如此简单的问题，怎么答不上来？"

听着王朴的讽刺，潘豹知道，王朴这次是有备而来，只得抹了抹汗，据实答道："王相，中原诸州，多是皇上为功臣将领封赏的封地……封地之税，不好收啊……"

自淮南一战之后，柴荣得胜还朝，周军上下一一论功行赏，中原诸州丰腴之地，皆被柴荣封给了立功将士。然而，按照大周新法，这些封地依旧是要上交税粮，只是要比其他地方少上三成，可如今，这些立功将士，居然仗着军功，抗税不交。

"王相，封地事关军国大事，卑职实在不敢妄动啊……"

王朴瞥了潘豹一眼："税收乃尔等权责！有什么不敢管的！"

"这个……还请王相示下！卑职谨遵王相吩咐！"潘豹不动声色，把皮球又踢了回去。

"得罪人的事不敢做了吧？你只管按律行事，军队的事情，本相来管！"

王朴掷地有声，说完就气冲冲拂袖而去。

"恭送王相！"潘豹连忙将王朴送出大门，对着背影连连作揖，可等王朴走后，潘豹谄媚的笑脸突然一冷，冲着门口的卫兵大骂道："混账！以后王相来了，一定要大声通传！"

汴京皇宫，已经不太繁忙的柴荣，登基以来第一次闲暇了下来。

深秋时分，落叶缤纷。正巧暖日高照，柴荣就陪着妻儿，一家四口坐在御花园中晒起太阳。

淮南大胜之后，柴荣信守承诺，回朝就晋封符宝儿成为周朝皇后，可喜的是，那时符宝儿已经身怀六甲半年有余，不出几月之后，符宝儿顺利诞下一位皇子。这下，一直为小女儿皇后之位忧心的国丈符彦卿，这才真正安心下来。

"皇上，你看宗训逗弟弟的样子多可爱。"符宝儿拉着柴荣的手，幸福地笑道。

长子柴宗训如今已经六岁了，生得虎头虎脑，如柴荣小时候一样，此刻正趴在摇篮上，好奇地逗刚刚几个月大的弟弟笑，同父异母的哥俩此刻都笑得不亦乐乎。

柴宗训一直将小姨当成母亲，符宝儿也是贤惠，从未让小外甥受过半点丧母之痛，无忧无虑地成长起来。

等小儿子出生的那一刻，柴荣本来有些担忧将来兄弟二人的关系，如今看来，他都觉得自己多虑了。

想到此处，柴荣心中一阵欣慰，不禁想起已故两年的符玉儿。

没想到当初看似存有私心的安排，如今却消弭了未来可能的皇储矛盾……玉儿，你到最后一刻，都是在为我考虑啊……

"皇上……"符宝儿见柴荣有些失神，有些害羞地试探道，"皇上，听说淮南王和蜀王近日给皇上献来了几位美人，皇上何不将她们纳入后宫……"

"纳妃?"柴荣一愣，缓过神来，"朕不纳妃。大哥、九重、黑子、向训那些人还都是光棍呢！便宜他们去吧！"

"可是，后宫光臣妾一人，未免太过冷清了吧……"符宝儿心中暗喜，嘴上依旧讨巧。

这一点，妹妹就不如姐姐直率了。

柴荣看出小符小算盘，也不反感，笑道："朕知道你怎么想的，朕的心眼很小，除了你姐妹二人，再容不下别的女人了。"

"皇上……"符宝儿总是惊喜自己命好如斯，不仅凭空得了皇后宝座，还得了一个爱她疼她的如意郎君，两个乖巧可爱的儿子。

这一切，都要感谢姐姐啊……

正当一家人其乐融融之时，一名太监碎步赶来，对柴荣禀报："皇上，长

411

第十章 壮志难酬

公主说身体不适，晚上家宴恐怕无法出席。"

"这个碎女子，都二十多岁了，还这么小心眼！朕都不怪张永德了，她还赌什么气！"

肖古一事之后，尽管张永德和柴荣最终和解，可这个郭平南却依旧心结难解，终日待在宫中，张永德百战而归，半年以来，她都未回家看上一眼。

"皇上，长公主如此，怕不是为驸马，而是她自己还在自责……"

"朕都说了，玉儿的事不怪她，她还要赌气！"柴荣可不想妹妹就此惨淡一生。不管怎么说，张永德都算是个好男人，得让两人早点和好！

柴荣正要亲自去请妹妹，小太监立刻又说道："皇上，长公主虽说不去，但她让小人拿来一件冬衣，请皇上在今晚转交驸马……"

"嘻嘻，南妹妹也不是石头一块嘛！"符宝儿接过太监手中冬衣，笑道，"这大大咧咧的针脚，看来是南妹妹亲手做的。皇上不必忧心，这二人之事，咱们就顺其自然吧。"

"这妮子……"

柴荣此刻，也是哭笑不得。

是夜，皇宫中举行了一场不算正式的御宴，柴荣请来了王朴、赵匡胤、张永德等心腹，开怀畅饮。

"九重新婚燕尔，果然看起来满面桃花啊！"

柴荣前些日子赐了赵匡胤几位江南美女，终于让这个三弟成了家。

赵匡胤此刻有些脸红，立刻回道："皇上别取笑末将了。若比春风得意，黑子才该第一个敬酒！"

正在胡吃海喝的郑恩一愣："哥哥怎么提起我了，我有什么好得意的！"

赵匡胤巴不得转移众人视线，立刻道："几日前，有一名美艳女子进了你府，如今都未出来，岂不是美人自投罗网？"

柴荣一听来了兴致，问道："老四，真有此事？"

郑恩一听马上哭丧着脸说道："皇上哥哥，哪有什么美人来投哦！就是一母夜叉。"

原来，十年前，郑恩还和赵匡胤、柴荣在河东石重贵军中任职之时，一日郑恩路过一处瓜田，顺手拿了几个西瓜解渴，不想被田间一名看瓜的小姑娘逮个正着。那小姑娘名叫陶三春，性格泼辣彪悍，也不管郑恩是什么来头，提棍就打。郑恩好歹也是个武将，怎会惧她？可没想到那陶三春功夫了得，反而将郑恩痛打一顿。两人不打不相惜，反倒由此相识，玩笑间私订终身。

后来郭威随刘知远四处征战，郑恩就与陶三春失散。一眨眼十年过去，郑恩如今也成了赫赫有名的战将。而陶三春一直守信未嫁，一听郑恩其名，立刻从河东老家一路赶到汴京，气势汹汹地就举棒闯入郑府，大闹三天，誓要打死这个"负心汉"。

柴荣听郑恩说完缘由，笑道："哦？老四你竟然打不过一个女子？那倒是天下奇闻了。"

"我大周女子不知怎的，个个彪悍如虎，长公主如此，就连符皇后也是……"郑恩说着，赵匡胤突然朝他猛使眼色。

一提长公主和皇后，驸马张永德和柴荣脸上皆是一片黯然。

宴上气氛顿时一沉，符宝儿也是贤惠，马上圆场道："皇上，郑将军一直未娶，那陶三春也未嫁，真是缘分使然，您何不赐婚，成就这段佳话呢？"

柴荣立刻转悲为喜，点头道："嗯，难得有人能管住老四，这门亲事朕准了！"

"皇上！你这是要推兄弟进火坑啊！"郑恩马上哭丧着脸道。

"君无戏言！郑恩将军，乖乖成亲吧！赶快多生些小将军出来，这样大周武运才后继有人！"

一阵调笑之后，酒宴气氛正是其乐融融，可唯独身为大哥的王朴一改往日插科打诨的性子，此刻坐在位上一声不吭地自斟自饮，柴荣见状，连忙端起酒壶，走到王朴面前，亲自为王朴斟酒，敬道："大哥为国事日夜操劳，朕敬大哥一杯！"

王朴懒洋洋地站起，懒洋洋地回道："微臣谢皇上……"

"大哥如此无精打采，可是羡慕九重、黑子之艳福？可要朕为大哥选一位美人？"柴荣打趣道。

"皇上，微臣可没那么大艳福可享，如今正为一事发愁呢。"

王朴话里有话，柴荣马上问道："大哥且说，众兄弟在此，朕为大哥解忧！"

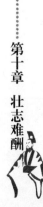

王朴环视宾客，最后对着柴荣无奈道："此事还真与几位贤弟有关……"

马上，王朴将封地税粮难征之事娓娓道来。

"大哥所言属实?"柴荣听完，脸色一沉问道。

"句句属实!"

赵匡胤、张永德几人一听，顿时脸色难看：汴京周边的州府，不正是自己及属下的封地吗?

赵匡胤立即离席正色道："皇上，末将封地，绝无此事。至于其他将士，待末将查清，定给皇上与大哥一个交代!"

"末将也立刻去查!"张永德也马上表态道。

柴荣手持空酒杯，慢慢在大殿内信步走着："圣人曰，生于忧患，死于安乐。我大周将士浴血多年，都应是一块好钢，千万别半年安逸过后，就成了废铁!"

正如柴荣担心的一样，军中的情况，比王朴所说的，还要更糟。

无论是对北汉、后蜀，还是南唐，几次重大战役，柴荣都喜爱起用新人将领，久而久之，如赵匡胤、郑恩、高怀德之类的年轻将星脱颖而出。于是，在朝在野，各方势力重新洗牌，各地军政大权，被重新划定。

"地方的治权，是不是太大了?"

明白问题严重性的柴荣，立刻暗中找来王朴长谈。

"皇上，盛唐之所以覆灭，七十年来，中原四易其主，周边十国鼎立，问题症结，不就在于此处吗?"王朴恳切道，"唐末地方节度使，军政大权于一身，不仅税赋全归地方，连士兵都可以就地征召。俨然就是地方小朝廷! 安史之乱的安禄山、史思明不就是武人出身的节度使吗? 梁、唐、晋、汉以来，哪朝不是节度使所立? 又有哪朝不是被节度使所灭?"

"大哥言下之意，是说朕的江山会被节度使灭了?"柴荣脸色难看地问道。

"皇上天纵奇才，治国治军皆称得上一代明君，臣可断言，皇上有生之年，朝野上下，定无一人敢冒天下之大不韪! 然而，大周要代代相传，地方治权不削，后世之君总会遇到强臣篡国的危机! 皇上你可以保证，子孙代代都如皇上一样英明仁德吗?"

柴荣马上想起了年仅六岁的柴宗训，若是朕百年后，宗训能撑得起大周江山?

柴荣想到此处，心中也有些惶惶，立刻问道："大哥所言甚是，可有良策应对？"

"敢问皇上，半年多来，一直命臣筹集兵器粮草，可是又有征伐大计？"

"嗯，此事瞒不过大哥。"柴荣恨恨道，"契丹侵扰中原多年，与朕更有杀母亡妻之恨！如今我周军将士气势如虹，正是一举收复失地，驱除蛮夷的大好时机！"

"如此，皇上还需将士用命，就不可操之过急。"王朴胸有成竹，"眼下，皇上正可以从税收一事之上，逐步控制地方钱粮来源。只要天下士卒的粮饷均是来自皇上，那么那些武将就永远没有资力得到军队支持！"

"大哥，你办事我从不过问，只要对大周有利，你尽管放手去做，朕……不，二弟我倾尽全力，永不相负！"

很快，在柴荣的授意下，一场轰轰烈烈新政改革，再次在大周各州府上全面进行，各地当权武将的日子，渐渐变得不好过了。

近日，汴京的人悄悄多了起来。

"诸位，小人说了多次了，赵将军近日身体不适，不见客，诸位还是请回吧！"

赵匡胤门口，这几日访客总是络绎不绝，弄得老管家天天都得在门外谢客，连进门吃饭的时间都没有。

"家老，末将是李子常，曾在赵将军手下效力，万望再通禀一次。"

"俺是张天！和赵将军有过命的交情，今日说什么俺都要见将军一面！"

"郑州文恒远将军有加急信件，要送呈赵将军！"

来访的客人，一个比一个显贵，可无论他们如何叫嚷，甚至重金贿赂管家，却没有一人进入将军府。

赵匡胤此刻正紧锁房门，在书房练字。写了几幅，拿起觉得差强人意，干脆揉碎了扔在脚边。

"将军，门外有贵客求见。"老管家突然敲响了书房门。

"都说了，那些各地的贵客统统不见！"赵匡胤不耐烦地说道。

"将军……此人不是地方的故人，而是，而是户部尚书潘大人。"

"潘豹？这厮此时跑来作甚？"赵匡胤微微一惊，"我与他又没什么交情。"

"那，将军，您是见他，还是不见？"

赵匡胤想了想，放下笔道："请潘大人从侧门进，他若不肯，让他回去！"

扪心自问，赵匡胤对潘豹这个小人也是看不上眼的，所以对之也毫不客气，不过，新政对地方财权的改革，户部尚书倒是也许知道些内情……

不出所料，潘豹丝毫没有犹豫，坦坦然然从侧门猫进宅子，又很快来到书房。

"哟！赵将军还有如此好字？"潘豹一见书桌上的字，立刻赞叹道，"素闻赵将军勇不可当，没想到字也写得如此大气，下官如今是大开眼界了！"

赵匡胤对自己笔力很有自知之明，不为所动道："潘大人，有话请直说。"

"好！赵将军如此爽快，下官直言不讳了。"潘豹说着，从袖中抽出一份奏折，"请赵将军过目。"

赵匡胤接过奏折，打开随意瞥了一眼，顿时双眼瞪如铜铃。

这是一份联名奏折，奏折内容繁杂，最醒目的却是奏折最后的联名。赵匡胤细细一数，上面竟然有三十多位手握重兵的武将署名！

"你们想干什么！"赵匡胤啪的一下就把奏折摔到地上，愤然道，"联名上书，意同逼宫！你们想造反吗！"

潘豹连忙捡起奏折，小心拍去上面的灰尘道："赵将军，少安毋躁，听下官慢慢道来。"

"潘大人请回！"

"唉唉，赵将军，既然让下官进来，听一听又何妨？下官手上这份奏折上，可有不少将军旧部的署名啊。"

赵匡胤阴沉着脸，狠狠瞪着潘豹道："这群莽夫绝没联名上书的脑子，一定是你一手所为！"

潘豹不慌不忙道："将军啊，所谓民意不可欺，军心不可违。这也是下官在推行新法时，听到各个将军的心思才写的。"

"哼！螳臂当车！你以为就这几个人的联名，皇上就会改变主意？笑话！就算是百人联名，皇上也不会撤销新法！"

潘豹笑道："所谓新法，也不过是王朴一人折腾大周而已。让贱民平分大户私田，让昔日功臣一个个打回原形，此举看似惠民，实则王朴沽名钓誉，寒了将士之心不说，还会动摇大周根本！"

赵匡胤二话不说，直接拔出佩剑，架在潘豹脖上："潘大人，你再多说一句，今日就别想走出赵府了！"

潘豹顿时变色，立刻瘫倒在地上："将军，下官也是为将军好啊。王朴弄权，他日必定容不下你啊！"

赵匡胤抢过奏折，乱剑砍成几节，最后愤然地报出一个字。

"滚！"

潘豹吓得仓皇而逃，赵匡胤余气未消，目光最终定格在脚下的奏折上。

赵匡胤忍不住捡起奏折，拼好之后又细细看了一遍。

还好，没有张永德、李重进这个级别的名字……

"王朴弄权，他日必定容不下你！"

赵匡胤耳边不断响起潘豹的话，剑眉不禁深深皱起。

地方武将的抵抗，没有朝中高官的支持，俨然对新政没有任何威胁，在柴荣发狠斩了几名贪污军饷的地方守将之后，闹事的风波就这么渐渐消弭。

"皇上北伐契丹，定不比攻打南唐容易，所需钱粮自然多多益善。臣进言，尽快分发全国土地于民，并恢复淮南十四州农事！"

柴荣看了看户部的账目，赞同地点头道："均田之事，利国利民，大哥尽管去办。"

"皇上，微臣要向皇上借两样东西！"王朴"狡诈"笑道。

"哈哈，大哥要什么，朕这里统统管够！"

"皇上，君无戏言哪！"

"君无戏言，兄弟亦无戏言！"

柴荣并不知道，就这么拍拍胸脯，就被王朴这只老狐狸骗走了三百多名官吏，以及还在修建汴京新城的八万南唐战俘！

三百名官吏被分配到中原六十州，各地丈量土地，订立民册。而那八万南唐战俘，却悉数无条件遣送回淮南，每名青壮还附赠了十亩良田！

中原和淮南人人得其田，一时间，天下轰动，往日中原地区的荒地千

第十章 壮志难酬

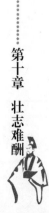

里，如今遍野燃起熊熊大火，百姓迫不及待地烧光了属于自己土地上的荒草，在一片焦黑的沃土上播下希望的种子。而在淮南，被三年战火消耗殆尽的男丁，有了八万人的补充，正如田间的晚稻一般，渐渐也焕发出勃勃生机。

只是，少了这三百官吏和八万战俘，汴京的情况变得大大不妙……诸多部门由于缺乏人手，使得上官个个忙得无法回家。而新城的修建，也由于缺少劳力，也变得缓慢无比。

直到此刻，柴荣才哭笑不得地冲着王朴骂道："上了老狐狸的大当了！"

"皇上，以后，大周的国土只会越来越广，治下之民只会越来越多，眼下皇上手下的官吏，可是明显不够啊。"

"明显不够，你还抽走大半！"柴荣刻意板起脸骂道，"这些官吏，可是朕花了五年，好不容易让百官举荐而来的，一下子全没了！朕不管！缺的人手，你这个宰相一定要负责到底！"

"打天下易，治天下难。皇上终于明白其中道理了吧？"王朴狡诈一笑，"文治仅靠举孝廉，定然大大不够。皇上，微臣有三策，定能每年为皇上献贤百人！"

"每年百人？"柴荣极度不信地瞅了王朴一眼，"若真能做到，朕送大哥美酒百坛！"

"哈哈，那微臣要先谢谢皇上了！"

"慢着，若是大哥吹牛做不到呢？"柴荣笑问道，"总得拿点彩头吧？"

"天下大事，岂可儿戏！"王朴突然正色道，"若不能做到，臣误国误君，定当自刎谢罪！"

柴荣被王朴的气势惊到，不禁也担忧道："大哥乃我大周擎天巨擘，且不可妄言生死！"

王朴的三策，做起来其实比均田要容易百倍。

其一，请柴荣颁布《求书诏》，鼓励民间献书，并由礼部整理成册，以大周官方形式重新编订，流传万世。且不谈献书所能得到的重金报酬，单单是这千古留名的好事，马上激起民间隐士纷纷赶到汴京。

其二，王朴上书《详定雅乐疏》，收散佚天下礼器乐器，重新调整规定音律标准。荒废多年的礼乐之法，以王朴一人之力，重新出现在大周的庙堂之上。

起初，柴荣对王朴还精通音律颇为意外，但对复兴礼乐却不屑一顾。可柴荣事后才发现，他大大低估了自周朝开辟的礼乐之法，对文人的召唤力量。

礼乐一旦在汴京皇宫响起，群臣百官看自己的眼色都变了，人人脸上都充满了敬畏天地一般的虔诚表情。更有甚者，各地的学子、才子、狂生、老者……天下读书之人，齐齐归心，对入世做官又变得狂热不已。

其三，也是最重要的一点，在王朴大力主张下，朝廷终于重开自隋唐开辟的科举大门，并且特意主持恩科，柴荣亲自主考最后一关，是为"殿试"，让那些苦无报国之门的天下学子，终于有了成为天子门生、一步登天的机会！

如此三把火下去，几月下来，汴京差点被天下学子挤满，柴荣及百官被这些书生的狂热惊得啧啧称奇，最终倒是便宜了客栈酒肆的商人。

可不论过程如何，不到三个月的时间，朝廷发现了数百可用之才，大大弥补了之前京城的"用人荒"，还为各地输送了大量民治人才，让均田新政更加快速地进行起来。

几月来，王朴可谓是宵衣旰食，不知疲倦地将文治三策大力推行而下，虽然辛苦，可王朴正值不惑，正是最有精力的时刻，一身才华，加上心中"治国齐家平天下"的大志，遇上柴荣这样明君，就如同星火燎原，将王朴整个人，快乐地、兴奋地、不计后果地燃烧起来。

甚至柴荣有时都看不下去了，严厉下旨让王朴睡上一觉，都被王朴坚决拒绝。

"士为知己者死！微臣为皇上，为大周，为天下百姓，就算累死又有何妨？"

不可否认，后周之所以能称霸于强国之中，是因为柴荣。而后周之所以能鼎盛于五代十国，完全是因为王朴！

王朴以一人之才，使得后周呈现盛世大治之象，其制定的各项章程制度，不仅对后周，乃至于对其后的北宋帝国，都产生了不可磨灭的深远影响！

419

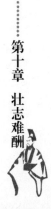

第十章 壮志难酬

第 2 节　知己不在

忙忙碌碌的一年过去，大周迎来了又一个新年。

显德六年，即公元 959 年，正月十五这日晚上，明月当空，汴京城内张灯结彩，盛况空前地迎贺元宵佳节。

汴京皇宫之中，皇家此刻也在举办一场别开生面的迎新大礼。

经过上月一场规模空前的恩科，许多学子金榜题名，而今日的大礼，正是柴荣特意为这些人才精心准备。

"诸位。"柴荣高居主座，举起酒杯遥敬在场各位学子，"大周天下，日新月异，盛世大兴，正是汝辈云鹏展翅的大好时机，望诸位学子不负朕之期望，以天下为己任，廉洁为官，造福黎民！朕敬诸位一杯！"

席下一个个年轻人的脸上皆展现出踌躇满志的豪情，纷纷举杯，齐声喊道："皇上万岁！"

酒过三巡之际，一名内侍太监突然急急走到柴荣面前，小声道："皇上，王大人有要事求见。"

"要事？快宣！"柴荣心中突然不安，立刻说道。

王朴匆匆赶到柴荣面前，急切说道："皇上，大事不好！汴口县令失察，致使汴河通济渠多处决口，百姓死伤惨重！"

"混账！"

柴荣一听，顿时气得摔了酒杯，在座百官及学子顿时大惊，整个大殿立刻变得鸦雀无声。

"皇上，你看……今日大喜，此事不如……"坐在一边的潘豹见柴荣动怒，气氛不佳，连忙劝说柴荣私下处理。

柴荣才不管什么大喜，什么气氛，大声对王朴命令道："王相，此事刻不容缓，王相还有户部尚书李谷大人一同前去赈灾！立刻就去！"

李谷与王朴一听，立刻遵旨离席而去，潘豹等户部一干官员，见势不妙，立刻也跟着两位大人齐齐离席。

一时间，不明就里的学子们纷纷交头接耳。

柴荣再也没有饮宴的兴致，突然站起大喝道："吏部尚书何在？"

退居二线的老宰相王溥立刻回道："老臣在。"

"汴口治官所为何人？"

"禀皇上，汴口令，陈新是也。"

"陈新是吧？玩忽职守，致使通济渠水患肆虐，马上严加查办！"柴荣愤愤道，"对了，陈新是举荐之官。依律，朝中陈新之举荐者同罪连坐！"

立刻，百官中有一人离席，颤颤巍巍地跪在柴荣面前。

"跪朕干什么！自己去刑部领罪！"

王溥望了望尴尬万分的百官，又望了望震怒的柴荣，只得叹息道："老臣遵旨。"

柴荣环视四座，方才还春风得意的学子们如今个个噤如寒蝉。

"朕今日也要敬告诸位学子，大周的官员如果玩忽职守，贪赃枉法，朕必严惩，绝不姑息！"

"皇上，汴河通济渠，自隋朝开凿至今，已有三百余年。上游黄河自唐朝泛滥百年，下游淤沙不尽，每隔十年必须彻底疏浚一次。然自唐末至中原，百年间历府竟无一次治水举措，汴河水位一涨再涨，如今高过河堤，地方官员却视而不见，这才酿成大祸！"

柴荣骂道："看似天灾，都为人祸！大哥，百姓伤亡如何？"

"经官兵抢救，三千多名村民已脱险，如今户部在妥善安置难民。不过，微臣估计，至少八千百姓因此失去家园，而其中两千余人，命丧洪水……"

"该杀！陈新该杀！"柴荣震怒，一掌击在案几上，将几摞奏折震落地上！

"皇上，当务之急不是杀人，而是救人啊！"

"对，大哥所言甚是，朕再多派官兵，搜救难民！"

王朴摇头道："皇上，派兵救民势在必行，可治理水患才能真正治本。朝廷如今国库丰盈，何不痛定思痛，下定决心治理运河呢？"

"说来惭愧，大哥不说，朕也想不到此处。"柴荣痛惜道，"此等利国利民的大事，朕全权交予大哥处理！钱粮人马，大哥只管向户部与枢密院调取！"

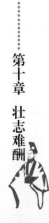

尽管柴荣全力支持，可王朴心中却无法轻松。

此次不同以往，变法改革，阻力来自于人，以人力就可解决。而治理水患，却是与天斗法，其中种种变数，皆是不可预料。

新年一过，王朴就带着大小官员，发动三万民工，开始了对汴河及其他支流的水患治理。

经过百年积累，河中泥沙淤积，导致水位上涨，所以疏浚河道是治水第一要务。三万民工立刻由官吏指挥，通过挖宽河道，清理河沙，挖掘新河道引水它处等办法，誓要将滔滔汴河制服下来。

民工们多是汴京附近的村民，其中很大一部分还是此次受灾的灾民，治好汴河，他们是最先受益之人，再加上王朴大开国库，每位劳工不仅包吃包住，还有大笔赏钱！三万人因而群情激昂，毫不懈怠地日夜赶工。

如火如荼的治水工程本来进行得非常顺利，然而，等到月末发工钱时，却出了意外。

"王相，你找下官前来所为何事？"

这日，潘豹被叫到王朴的帐中，一见王朴一脸厉色，顿时心中一惊，连忙赔笑问道。

"潘豹，我问你，劳工的工钱，发放了没有？"

潘豹连忙点头道："禀王相，工钱前日已经陆续发完。"

"可是每人一百文的数目？"

潘豹听得王朴在"一百文"上咬得很重，顿时明白王朴此次找他麻烦的原因，但潘豹却也不慌不忙回道："王相，国库近年虽然充裕，但这些钱将来皇上还有大用。下官觉得既然包吃包住，每名劳工一百文的工钱略高了一点，便事从便宜，降到了五十文……"

"混账！"王朴走到面前，一巴掌打在潘豹脸上，"本相政令，岂容你讨价还价！"

潘豹虽被各路鄙视，可遭人动手还是头一遭！

"王相，本官好歹是朝廷命官，要杀要剐都由王相一声令下，何必如此羞辱？"潘豹此刻也是动了真火，语气中锋芒毕露。

"哼！你就是皇上敛财的守财奴，本相怎么不能动手？"王朴冷笑着，接着又是一个巴掌，结结实实打在潘豹脸上！

"王相！本官一心为朝廷节省钱粮，从未中饱私囊！你再无礼打人，本官就算是以下犯上，也要在皇上面前，狠狠参你一本！"

"呵，倒有些脾气，可本相今日就要好好惩戒一下，你这种势利小人！来人！把这厮拖出去，当着所有劳工和官吏的面，重责三十军棍！"

王朴如今权倾朝野，脾气也越来越大，对待这些官吏从不手软。

说着，两名卫兵立刻进帐，架起潘豹就往外拖。

"王相！王朴！你见我不顺眼，公报私仇！你等着！等着！"

潘豹也就叫唤了几声，就被拖到空地上，被卫兵死死按在木凳上，当众狠狠痛打了三十军棍。

"这不是潘大人吗？怎么如此狼狈？"

"听说了吗？他克扣劳工工钱，被王相下令军法伺候！"

"该！这些贪官！就该狠狠地打！打完了再拖去砍头！"

围观的劳工见潘豹惨叫连连，纷纷拍手叫好。

而那些户部的同仁，个个心知肚明，冷眼旁观：若这潘豹真的贪污，以王相的火暴脾气，早就将他扔进汴河填河了，又怎会只打三十军棍？其中缘由……还是莫管闲事吧……

不得不说潘豹护院出身，还上过战场，身板倒是不错，三十军棍下去，居然只是半死，翌日就由手下抬回了汴京，找柴荣哭诉"冤情"去了。

柴荣听潘豹哭完，粗粗一算，潘豹所言也并非没有道理，五十文钱足够汴京一户人家一月花销还有宽裕，这个标准也并不算欺民，还能给朝廷省下一百五十万文的用度，也算为大周着想。

柴荣瞥了潘豹一眼，心里虽有同情，但碍于王朴威信，也不便明说。

大哥如此整治这厮，也见这厮有些本事。自高平之战以来，潘豹倒是为朕牟来不少钱财，虽人品低劣，但也算是干才……

柴荣想到此处，不禁叹了口气，不痛不痒地斥责了潘豹几句，又赐予不少药材宽慰，总算把潘豹给打发走了。

然而，柴荣没有料到，今日此举，却最终酿成大祸。

潘豹正哼哼哈哈地被抬出皇宫，路上正巧偶遇入宫当值的赵匡胤。潘豹

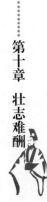

第十章　壮志难酬

此副惨状，赵匡胤竟看也不看，径直就走。

"赵将军！你看到了！王朴那厮如何狠毒！小人贱命一条，死不足惜！可待到来日，倒霉之人，最终会轮到赵将军你！"

赵匡胤心中一愣，面不改色，横眉冷冷地剜了潘豹一眼。

见赵匡胤眼中杀气四溢，潘豹胆寒，立刻闭嘴。

"管好你自己的嘴巴，潘大人！"

有了潘豹这只被杀的鸡，剩下的官吏哪有人敢懈怠半分？纷纷尽职尽责地完成手上的任务。

很快，到了二月月底，仅仅用了二十日，原定两个月工期的清淤工作，竟业已完成。

别看王朴平日里凶悍万分，可他也懂得"御下之道，一张一弛"的道理。就在二月三十这日，王朴终于下令，官员民工皆放假一日，并设宴犒劳上下官民。

作为王朴的副手，老臣李谷由衷敬佩这个后生，举杯敬道："汴河大治，十年内再无大患，此等大功全凭王相调度有方，老臣倚老卖老，特敬王相一杯！"

去了心中一块大石，王朴的神色这才轻松一点，与李谷碰杯："李大人，这治河功劳，首在官民，次在皇上，末在本相……今日我辈虽疏浚了汴河，可到了汛期，黄河年年泛滥，京城漕运必受殃及……不够啊，还远远不够啊……"

李谷不禁动容："王相心怀天下，真乃我大周之福，唉，老臣自愧不如啊……"

心怀天下？

王朴听到此等评价，不禁又痛饮了一杯。

隐居多年，寒窗苦读，为的就是今日啊。

王朴端起酒杯，突然陷入种种回忆之中。

若不是那日与二弟在河边偶遇，恐怕我王朴如今还是澶州一介轻狂书生吧？

王朴此生有幸，终遇明主，让我一身本事尽情施展，能为天下一统，盛世大兴出一份薄力，这是上天对我何等的眷顾……

王朴想到此处，望着漫天繁星，不觉感慨万千。

"哈哈，今日如此尽兴！怎能不醉！"王朴大笑一声，提起酒坛就一通豪饮！

老天，我敬你！

王朴如同发狂一般，连干了几大坛酒，一睹酒疯子真容，让李谷等人震惊不已。一个个也是放开了胆子，尽情痛饮起来！

这场疯狂的酒宴一直进行到深夜，不少人都喝得醉倒桌下。而那王朴喝得最猛，不知何时趴在桌上沉沉睡去。还是李谷想得周到，命人将王朴抬入房中，盖上棉被，让他好生沉睡。

殊不知，后周第一名臣，却在此夜，学了一把诗仙李太白，最终醉死在梦中……

"皇上！大事不好！王朴大人出事了！"

三月一日清晨，柴荣与符宝儿还在睡梦中时，突然被一阵噩耗惊醒。顷刻间，皇宫内风云变色，柴荣立刻命赵匡胤、张永德点齐一万禁军，疯狂赶向汴河工地。

"说！王相到底怎么了？"柴荣双眼血红，又问了来人一次，来人战战兢兢只得小声再次回道："皇上，王相昨夜酒醉不醒，今日一早李谷大人才发现，王大人……猝死房中！"

"胡说！"柴荣再次冲着来人一通咆哮，"朕再说一次，你敢诅咒王大人！朕必诛你九族！"

来人也是冤枉，连连赌咒发誓，要不然柴荣怕是当即就会亲手砍了自己！

柴荣率骑兵一路狂奔，须臾之间就赶到了汴河工地。

只见年逾古稀的李谷，竟然头戴白巾，率百官跪在营地之前。一见柴荣到来，众官顿时如同见了阎王，个个浑身筛糠，五体投地不敢起身。

"李谷大人，王相现在何处？"柴荣看到李谷头上一抹白色，也是吓得肝胆俱裂，立刻惊慌问道。

"皇上，王相正在中军大营，老臣有罪啊……老臣有罪啊……"李谷老泪纵横，跪地连连叩头。

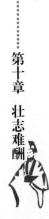

可那柴荣看也不看，疯狂驾马，冲入中军。

大营之中，王朴此刻正安详地躺在军毯之上，双眼微闭，满脸释然。

"大哥，我来了!"

柴荣拉起王朴的手，却发觉寒冷如冰，僵硬如铁!

"大哥! 我来了! 你快起啊!"

柴荣用力搓着王朴的手，企图让它变暖一点，可是……

"大哥! 你快起啊! 快起啊! 你别吓我啊!"摸着王朴毫无生气的手，柴荣不禁眼泪崩落，大喊起来。

"大哥! 酒鬼! 起来啊! 这点酒就想装醉吗!"

"朝廷那么多政务，你想偷懒! 朕不准! 给朕起来!"

"北定幽云! 南平唐汉! 朕的江山，一半都是你的! 你给朕起来啊!"

"大哥……朕求你了……起来啊……"

柴荣失态咆哮，可句句皆是发自真心，在场百官诸将，无不唏嘘动容。

赵匡胤跟随柴荣多年，只见柴荣失态大哭三次：第一次是他母亲被契丹人害死，第二次是郭威大丧，而第三次就是符玉儿大行，没想到如今……

"李谷大人，昨夜到底发生何事?"赵匡胤偷偷将李谷拉到一边，低声问道。

"老臣有罪啊，王相昨日痛饮醉倒，老臣没有留意，就命人将他扶到房里安睡，可没想到……"

"命人? 马上把那几人关起来! 李大人，皇上马上必有雷霆之威，你要早作打算啊!"

"李谷!"

"李谷!"

"李谷!"

柴荣心中的悲痛，化成两行血泪，一转头来，一股罗刹戾气霎时充斥大帐!

柴荣生生咬碎了一颗犬牙，弄得满嘴是血，双眼恨不得射出眼眶!

"谁害了王相! 朕要他偿命! 朕要他后悔曾经投胎为人!"

"皇后，皇上他如今如何了?"赵匡胤一进宫中，就忧心忡忡地找到皇后问道。

符宝儿此刻也是哭哭啼啼："皇上闭门不出已经一日一夜了。本宫曾命人送御膳进去，不想那小太监……却被暴怒的皇上一剑杀了！"

赵匡胤知道，柴荣暴怒之下，喜好杀人，那南唐使节孙忌就是如此。可那孙忌，曾企图将汴京情报送回南唐，又赶上符玉儿身故，柴荣这才盛怒之下杀人，倒也不算妄杀。

如今，柴荣开始对无辜之人动刀了，可见他心底的震怒有多么可怕。

想起昨日在汴河边的一幕，赵匡胤现在都觉得一阵阵胆寒。

盛怒之下的柴荣，完全失去了理智，竟要举剑当场格杀李谷！幸而赵匡胤、张永德二人挡在李谷面前，加上一万禁军跪地力劝，这才避免了柴荣背上擅杀老臣的不世骂名。

可赵匡胤忘不了，柴荣最后望自己的眼神。

他的眼神中既有惊恐，又有震怒，然而这两股眼神汇聚在一起，却变成了一阵阵不可遏制的凛冽杀意！

那一刻，皇上对我，对驸马都动了杀机！

赵匡胤不敢想象，老好人一般的柴荣也会用这种眼神看自己。

伴君如伴虎。

这句话，他终于懂了。

"来人，叫赵匡胤来见朕！"

突然，紧闭一天的御书房里传来柴荣的叫声。众人顿时一惊，齐齐看向门外的赵匡胤。

此刻进门，不知是福是祸……

然而如果连皇上的结义兄弟，都劝不住皇上的话，那大周必定是大祸临头！

赵匡胤稳了稳心神，推门而入。

只见御书房内，奏折散落遍地。赵匡胤随意一扫，居然全是王朴的字迹，不禁心中叹息，跪地黯然道："末将觐见皇上。"

"交出兵符。"柴荣瘫坐案前，双目无神道。

"皇……"赵匡胤还想问上一句，迎头就看见柴荣可怕的眼神，饶是身经

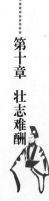

427

第十章 壮志难酬

百战的他，此刻也是心惊胆跳，立刻摸出怀中兵符，跪行送到柴荣案上。

"这是大哥最后给朕的秘折，朕要你读给朕听！"

赵匡胤心中顿时纷乱不安，拿起秘折，声音颤抖地读起来："皇上二弟敬上，愚兄若有朝一日无故横死，此秘折即被愚兄心腹送至皇上手中……杀我者，必为三弟赵匡胤！一切缘由，皆因太原之战，三弟暗通契丹，向皇上投毒之事，被愚兄察觉……望皇上提防此人！王朴绝笔！"

"赵匡胤，你有何话说！"柴荣一拳打在案上，竟将百年红木打成两截！

"皇上！皇上！末将绝没有暗害大哥！"赵匡胤见状，吓得立刻跪地叩头。

"抬起头，看着朕！"

赵匡胤抬头，经受柴荣可怕的直视，眼中尽是惶恐之色。

"再说一遍，你有没有暗害大哥！"柴荣几乎一字一顿，咬牙切齿问道。只要赵匡胤眼神中出现一丝破绽，柴荣定当亲手将其格杀当场！

"皇上！我赵九重在此对天起誓！若曾做过任何愧对大哥之事，让我身无立锥之所，死无葬身之地！"

柴荣凝视赵匡胤，赵匡胤原以为自己算是一只猛虎，可在柴荣面前，他才发现自己只是一只连冷汗都不敢擅自流出的小猫……

"朕不管什么投毒之事！大哥一生，算无遗策，从未出错！如今他被人暗害，你，就是第一嫌犯！"

赵匡胤的赌咒貌似起了作用，柴荣总算收起了些杀气，恶狠狠道，"看在多年兄弟情分上！朕给你三日时间！三日之内，查出凶手，你便无罪。三日之后，查不出凶手，朕，必杀你！"

过了许久，赵匡胤面无人色地从御书房出来，惊慌地朝宫外赶去。

柴荣见赵匡胤离去，慢慢从袖中又拿起一份奏折。

"皇上明鉴。赵匡胤投毒之事，愚兄也无确凿证据。想三弟一生征战，对皇上忠心耿耿，即使行差踏错，也乃一时糊涂。皇上北伐大计，绝不可少此良将。故而愚兄出此下策，请皇上以上部伪奏试之，验之……此事后，愚兄担保，赵匡胤不再敢有二心……皇上与三弟北定中原，勿忘燃信告知愚兄，愚兄九泉之下，必定佑我大周，佑我皇上！"

"大哥……"柴荣再见王朴遗言，痛如锥心，两行热泪悄然滑落纸上……

事关生死，赵匡胤哪敢怠慢，立刻在汴京展开天罗地网，誓要抓出那个幕后黑手。

王朴为相强势，御下严厉，朝中多有得罪之人。

然而，敢做此事的，恐怕唯有一人。

"赵将军！冤枉啊！你不能为了给皇上一个交代，就把我当成炮灰啊！"潘豹此刻已被五花大绑，押在赵匡胤面前。

"王相如果活着，你如今也是如此下场！"赵匡胤才不听潘豹辩解，当即就把他当成嫌犯押了下去。

"赵匡胤！你敢陷害忠良！那王朴明明是横死！我如何杀了他！说不出个子丑寅卯！我就是死，也要拉你垫背！"

潘豹最后的大喊倒是让赵匡胤心忧：是啊，连太医都诊断王朴是酒醉心悸而死，光抓个潘豹，说不出他杀人手法，皇上是不会相信的。

赵匡胤立刻来到王朴殒命现场，调来那两名送王朴回房的卫兵，细细查探。

"那日你们扶王大人回屋，王大人可还有呼吸？"

高个卫兵急切答道："将军，正如小人所言！那时王相还有气，他在醉中还踢了小人一脚，至今瘀青还在！"

"那日王相回屋后屋中可有茶杯之类用具？"

"此乃临时卧房，房中只有桌椅，没有茶水！"

赵匡胤环视四周，有些疑惑：王朴用过的酒菜、餐具皆已验过，无毒。如果他是被人暗害，现场必定就在这里……

赵匡胤环视四周，走了一圈又一圈，最终将视线定格在床头的香鼎之上……

"皇上，潘豹设计将曼陀罗花制成香料，放入王相房中焚烧。此花本是西域良药，可过量服用就会造成梦魇、心悸、长睡不醒，倒也很难致命。可王相那日本来饮酒过量，再加上如此猛药，心脉不堪重负，遂心悸而亡……"

柴荣瞪大了眼睛，望着底下战战兢兢的潘豹，强忍着杀意怒目问道："潘豹，你可有话说？"

潘豹立刻捣蒜似的叩头道："皇上！冤枉啊！不信你可再查那香炉，里面

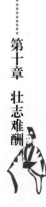

肯定只有灰烬，没有迷药啊！"

赵匡胤立刻问道："潘豹！我从未说过迷药是在香鼎中焚烧，你怎么知道？"

"这……小人……"潘豹自知失言，立刻变得结巴起来。

"皇上！潘豹机关算尽，曼陀罗花的剂量下得不多不少，刚好燃尽。可天网恢恢，那件简陋的房屋没有你家大宅温暖，温差变化让香料最终留下了一些没有燃尽……末将这才发现了端倪！"

潘豹立即大惊失色，"皇上！微臣冤枉啊！微臣根本不知道什么曼陀罗花，赵将军为了脱罪，陷害微臣啊！"

"潘豹！"赵匡胤气急，一把抓起潘豹的衣领，"要我把那个西域商人抓来和你对峙吗？我大哥与你有何冤仇！你竟要置他于死地！"

此刻，一听到"西域商人"，潘豹知道自己万事皆了，绝望之中，潘豹望着赵匡胤，眼中尽是狡诈与疯狂！

"皇上！微臣认罪，是微臣买了西域迷药，也是微臣将香炉暗中放入王相房中。可是这一切，都是赵匡胤主使微臣做的！"

柴荣走下来，虎爪抓住潘豹的脑袋，凑近幽幽问道："你承认了？"

"皇上，罪臣只是小卒，幕后主使是他！是他，赵匡胤！"

"赵匡胤，你怎么说？"

赵匡胤当即咬破食指，指天盟誓："末将清白，天地可鉴！"

柴荣面无表情，望着潘豹，许久不语，直看得潘豹冷汗直冒，差点瘫软如泥。

"想不到，大哥一世英名，最终会死在一个鼠辈手上……"柴荣眼中的杀意刻意地压制着，他忍着全身的颤抖，慢慢说道，"将潘豹关入天牢，好好养着，不可伤着……朕要用他的人头，活祭大哥……如果他死在狱中，所有狱卒，统统死罪！"

潘豹一听，不甘道："皇上！微臣死不足惜，可你不能被奸臣蒙蔽啊！"

"再叫一句，朕会命人每日一刀，慢慢割断你的舌头！"

潘豹吓得立即闭嘴，绝望中被带离御书房。

"皇上……"赵匡胤如释重负，冲着柴荣欲言又止。

"九重，回去吧，禁卫的事不用你管了……大哥丧事之后，你随朕北伐！"

"皇上！"赵匡胤一听，顿时感动万分。

柴荣此意，不正代表他已经不再怀疑自己了吗？

"过去的事，朕不想再提了……大哥走了，朕只剩下你和四弟了……"柴荣想起英年早逝的大哥，不禁再次语噎，泪如雨下。

"二哥！"赵匡胤热泪盈眶，朝着柴荣重重一拜。

这一拜之下，赵匡胤心底发誓，终身跟随柴荣，至死不渝！

不得不说，后周每一次国丧，百姓都得撕心裂肺地痛哭一次。

先帝如此，皇后如此，如今，一朝宰臣王朴大丧，亦是如此……

原以为王朴严苛待人，与朝中百官多是仇人。没想到朝野上下，乃至新晋士子，无一不披麻戴孝，自发加入大丧的队伍之中。

柴荣此刻已听不见汴京漫天的哭声，他手持玉斧，亲自扶棺，一路轻轻敲打着王朴的棺椁。

"大哥，你看，满朝文武，还有汴京百姓都来送你了……"

"大哥，你听，这是你亲手写的国乐，其声浩浩，涤荡人心……"

"大哥，母亲走了，父亲走了，玉儿走了，如今你也走了，朕这皇帝，如今真是孤家寡人了……"

柴荣轻敲着玉斧，有些出神地和王朴这个大哥最后话别。

第一次与王朴相遇之时，两人吃着野味喝着烈酒，篝火夜谈。

与符玉儿大婚之时，王朴拿着一卷治国之策贺喜，还认出刺客，为自己挺身挡刀。

最迷茫之时，王朴在澶州城墙下骂醒自己。

最落魄之时，王朴不顾性命，只身来到汴京帮忙自己。

命悬一线之时，王朴将自己护送回国，安顿上下。

最伤痛之时，王朴默默陪着自己，在夕阳麦田下以酒洗泪。

壮志满怀之时，王朴宵衣旰食，不顾全国阻力，实现变法。

即使到了最后一刻，王朴还在为自己想着，如何消弭身边的隐患……

柴荣望着渐渐被浮土掩盖的棺椁，潸然泪下。

这大周江山哪里是我柴荣的？都是大哥送给我的！

第十章　壮志难酬

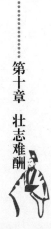

柴荣胸中一股郁气攻心，顿时一口鲜血喷在王朴灵前！

"皇上！"赵匡胤看见柴荣吐血，惊慌叫道。

"大哥，珍重！"

出乎所有人预料，柴荣竟然猛然朝着王朴之灵跪下，狠狠三叩首。

百官见状，哪里还敢站着，连忙齐齐跪下，一同向王朴叩首。

"三弟，走吧。"柴荣最后望了王朴一眼，然后黯然离开。

"皇上，我们去哪里？"

柴荣脸上尽是疲惫，可眼中的战意却浓浓不灭。

"还有最后一场大战，等着你我。"

第 3 节　北伐契丹

　　显德六年，即公元 959 年三月十九日，仅仅在大周枢密使王朴过世的第十八天，大周皇帝柴荣突然下诏，举全国之力，北伐契丹，收复失地，一统中原！

　　几十年来，中原五代连年混乱，导致汉族军民大量逃亡契丹，尤其是汉族农民，给契丹这个北方游牧民族带去了先进的农耕文明。契丹本来土地肥沃，适宜耕种，再加上幽云十六州丰腴的土地，按常理，契丹国力应该明显增强才是。

　　纵观契丹发展史，这个彪悍野蛮的马上民族在耶律阿保机、耶律德光这两位明主的带领下，屹然崛起，几欲做到将中原汉族亡国灭族的地步。然而，即使是这两位明主，也未能正视中原文明。契丹从上至下，皆把汉人当成待宰的肥羊。高兴时，就放任治下汉人苟延残喘，不高兴时，就大举南下烧杀抢掠，将汉人创造的财富掠夺殆尽。幽云十六州如此福地，在契丹治下几十年，竟然年年都有饥荒饿殍。此间百姓，无一人不恨契丹人入骨，日日夜夜都在翘首南望，期待中原王师前来，解放自己的苦难。

　　狼性的游牧民族皆有一个特点，那就是爆发力惊人，他们往往能在一两代人的时间里突然崛起，横扫四邻，征服八方。可游牧民族也皆有一个缺点，那就是短时爆发之后，却又马上陷入糜烂与内斗之中，就这么一盛一衰，不断与中原文明进行着拉锯之争。

如今，轮到辽国的第四任国主耶律璟当政，史称辽穆宗，契丹历史上迎来了又一位昏庸无道的暴君。耶律璟当政十八年，嗜睡嗜杀，赏罚无章，迷信巫蛊，荒废朝政，导致辽国这个昔日的庞然大物如今已是内忧外患，千疮百孔。

公元 951 年十月，五万契丹军趁后周刚刚建国，联合两万北汉军攻绛州，被郭威杀得大败而归。

公元 954 年三月，八万契丹铁骑趁郭威病逝，联合两万北汉军灭周，在高平之战中被新君柴荣以弱胜强，仓皇逃回境内。

昔日引以为傲的契丹铁骑，如今已经渐渐失去了战斗力。

中原收复失地的良机，也随着周强辽弱，而渐渐变得成熟起来。

王朴一去世，柴荣如同失去了左膀右臂，在处理后方政务上，顿时倍感吃力。

好不容易，柴荣选定宣徽南院使吴廷祚与三司使张美这一文一武留守汴京，柴荣颁布诏书，正式对辽宣战，随后立即带着张永德、李重进、赵匡胤、高怀德等心腹将领，举国十五万精兵，挥师北上，誓要收复幽云十六州，与契丹王朝最后决战！

这时，王朴的余温还在默默守护着后周，通过王朴生前治理的运河，柴荣大军乘新造战舰眨眼间就开赴北塞沧州，不仅大大节省了士兵体力消耗，后周水师的出现，也为后周的北伐战争，加上了不小的胜算。

沧州休整之时，赵匡胤身为禁军都统，看到柴荣时常望着北方失神眺望，不禁小心问道："皇上，可有心事？"

"九重，朕近日一直在想，把契丹赶出中原之后，朕还能有何作为。"

"皇上，十国之乱已久，天下百姓正待您一统华夏啊！"

柴荣不禁轻轻一叹："一统华夏？朕如今只打了北汉、后蜀、南唐三次大战，已觉寸土来之不易。真不知，朕有生之年能不能见到九州一统的那一日……"

第十章 壮志难酬

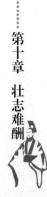

赵匡胤明显感觉到，王朴一死，让柴荣慢慢变得迷茫沧桑，只好开解道："皇上何出此言，您正值壮年，如日中天，何愁没有时光收复河山！"

柴荣转身拍了拍赵匡胤的肩膀："嗯，还好有三弟你在，朕心甚慰！"

征伐，才是治疗柴荣心中的迷茫与伤痛的良药。

沧州休整一日之后，四月十七日，柴荣立即率步骑兵三万，浩浩荡荡地杀向契丹境内的乾宁军。

乾宁军守将，乃契丹宁州刺史王洪。契丹人治理幽云诸州，总觉麻烦，于是就挑选了不少听话的汉人充当州牧刺史。如果一般的汉人百姓只是待宰的羔羊，而这些汉官在契丹贵族眼中，不过也只是牧羊犬而已，丝毫没有半点地位可言。这王洪，也是一名汉官，平日里受尽契丹人凌辱，巴不得中原周军早点北伐。等柴荣一朝兵临城下，王洪想都未想，立即杀了契丹监军，举城归降周军。

"原以为有一场恶战，没想到首战兵不血刃，就拔得一城，王洪大人真乃我大周功臣！"柴荣对王洪这类归降的敌将，自然大大欢迎，立刻下令重用王洪。

"皇上，不仅是我乾宁军，其他诸州，汉人上下无一不盼望王军北伐。罪臣愿为皇上开路，劝服诸州汉臣，弃暗投明！"

"哈哈，天佑大周，契丹狗贼滚出中原之日，指日可待！"

正如王洪所说的一样，契丹在汉地人心尽失。四月二十六日，周朝水军开到益津关下，守将汉官佟廷辉立刻举旗投诚。

柴荣一路北进，竟然没有伤亡就连克两关。周军上下顿时士气大振，柴荣更是变得战意勃勃，迫不及待地继续扩大战果。

"皇上！益津关之西的瓦桥关，河道狭窄，不利水军舰队！"张永德如今已是水师大将，立即将战况告知柴荣。

"这里距瓦桥关多远？"柴荣问道。

"近八十里！"

"瓦桥关乃水路要塞，不取瓦桥关，益津关将孤立与敌军锋芒之下！传令，所有步卒从此下船，登陆作战！"

柴荣说着，立刻打马狂奔而去："驸马，告诉九重，朕带着五百精骑先行开路!"

张永德一听，大惊，正要阻拦，可皇上早已率部奔出老远。

"卫兵！赵匡胤的禁卫骑兵现在何处？"张永德立刻急召传令兵。

"禀将军，禁卫骑兵走的是陆路，目前在益津关以西十里处！"

"快！派人速速通知赵匡胤将军！让他火速赶到瓦桥关，驰援皇上！"张永德突然想到什么，又低声对传令兵嘱咐道，"此事你只可对赵匡胤说，若泄露给旁人半字，军法从事！"

"尊令！"传令兵脸色一紧，立刻退下。

皇上，你可千万要平安无事啊……

原先繁盛的塞北之地，如今已是荒原一片。

是夜，明月当空，平原一望无垠，柴荣策马奔驰，突然心静如水，什么烦恼，什么伤痛，皆在这天地之间，忘得一干二净。

"这里是何处？"柴荣缓过神来，发觉自己奔了几个时辰，却还只在一片荒漠之中。

"皇上，按地图所示，我们应该距离瓦桥关还有一半路程。"

"好，原地休整，冷食用饭，待明日天明再赶路！"

咬着冷硬的馒头，柴荣一个人来到荒漠的长河边，望着大漠长河中当空明月的倒影，柴荣突然觉得自己爱上了这份宁静与孤独。

眨眼之间，三十年匆匆而过……那些往日的记忆，在此刻静谧的河水上，不断闪现在柴荣眼前。

二十年前，还是懵懂少年的柴荣跟着颉跌氏，挑着担子走南闯北，赚钱养家。严寒酷暑，风声雨声，山高水远……

九年前，刘承祐杀了他温柔贤惠的妻子刘夫人，还有三个可爱的儿子。当得知噩耗，柴荣悲愤至极，心在滴血……

六年前，与符玉儿的儿子宗训来到了人间，他还未感受再为人父的幸福，符玉儿一睡就是一年……

五年前，东京滋德殿，奄奄一息的养父郭威紧紧握住他的手，无语凝咽。而柴荣最后一次哭得像孩子一样……

五年前，高平与刘崇的决战。樊爱能、何徽不战而逃。他愤怒地举起大

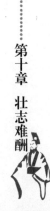

剑，指挥将士与敌人决一死战。耳畔仿佛又传来那时刀戈的撞击声，士兵的喊杀声，战马的嘶鸣声……

四年前，寿春城下。他端坐在战船上，与另外一个血性劲敌强硬对峙。他放任着刘仁瞻向他射出两支利箭，笑声震慑滔滔淮河……

四年前，他一生挚爱符玉儿病重不治，在妻子生命中的最后一刻，他从前线赶回到了她的床边，最后抱着这个他最爱的女人，目送她含笑而终……

两个月前，大哥王朴突然去世。在王朴的遗体前，痛哭流涕的柴荣不停用玉斧捶击着大地，为何上天如此残忍，夺走他最后的知音？

朕这三十年人生，竟是由一场场别离组成。

父母，妻儿，爱人，劲敌，知音……

最终都一一离朕而去……

难怪朕，如此孤独……

柴荣擦了擦眼角，不觉两行热泪悄然而下……

突然，一阵异样的战马嘶鸣声由远而近，打破了这份神圣的静谧，无数支火把渐渐照亮了沉暗的河水。

"皇上！有敌来袭！"

柴荣立刻偷偷擦干眼泪，大叫道："打起王旗，所有人列阵应敌！"

守卫大惊道："皇上！对方是契丹铁骑，足足五千余人，皇上万万不可暴露！"

柴荣拍了拍身上的草屑，突然心中升起一阵莫名的畅然："王旗应敌！朕就是让对方知道，朕是大周天子！"

如是痛快战死在此处，未尝不是一件好事！

契丹骑兵早早发现了柴荣这支人马，马上将他们团团围住。当大周王旗竖起之时，契丹铁骑顿时一愣，他们已经知道了，坐在他们不远处看月亮的那个中年男人，就是大周皇帝柴荣！

柴荣身边的一些官员吓得脸色煞白，甚至隔着很远都能听到他们恐惧的心跳声，有的人几乎都要吓哭了。

柴荣却没有表现出恐惧的神色，只是面无表情地看着这些契丹骑兵，似乎在柴荣眼里，这些凶猛的契丹骑兵根本就不存在。

然而，令人意外的是，成群结队的契丹骑兵，举着火把，说着汉人们听不懂的契丹语，在柴荣身边不停地兜圈子，却没有一个契丹人敢上前袭击周军。

也许是担心附近有周军伏兵，也许是大周皇帝铁血好战的名声太大，这群契丹骑兵逡巡不前。

不觉天色渐渐发白，东方传来周军士兵的喊杀声，是赵匡胤率部杀来了！契丹骑兵见势不妙，立即无奈地离开，朝着北方仓皇逃去。

"皇上！皇上！皇上！你可平安无事！"

赵匡胤此刻也是吓得魂不附体，打马就高喊着向柴荣赶来。

哪知，柴荣拍拍身上的尘土，揉着惺忪的双眼，打了个哈欠，冲着赵匡胤笑道："九重，来得够快啊。正好，随朕一同杀向瓦桥关！"

赵匡胤一愣：刚才……皇上居然冲着我笑了！

经此一夜奇遇，柴荣似又重新脱胎换骨，再度展现出笑容。

只是少有人能发觉，柴荣的笑容之中，少了许多戾气，多了几分祥和……

四月二十八日，柴荣与赵匡胤开到瓦桥关，守将姚内斌未做抵抗，举城而降！自此莫州、瀛州与契丹本部的归路彻底隔断，柴荣终于开始对这两座大城展开攻势。

四月二十九日，契丹的莫州刺史刘楚信举城投降。

五月初一，契丹的瀛州刺史高彦晖举城投降。

至此，契丹在关南的三州十七县悉数落入柴荣的口袋。在后来的宋辽外交史上，"关南"是一个经常出现的地名。

得到三关之后，柴荣马上下令将益津关升为霸州，将瓦桥关升为雄州，大胆任用归降汉将驻守三关，巩固城防以防止契丹大举来袭。

显德六年，即公元959年五月初二，柴荣在雄州的行宫内设宴，宴请随军高级将领，庆贺五场不战之胜。

"诸位一路辛苦，想我大周三军气势如虹，兵不血刃即连下三关。朕欲一举北上，收复幽云二州！诸位有何良策尽可畅所欲言！"

哪知柴荣此言一出，在座主将皆脸色有些难看。

第十章　壮志难酬

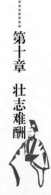

赵匡胤领头道:"皇上,前军探马来报,契丹主力十万铁骑已整装南下,不日就将开赴三关。我军将士,即将面临一场血战。"

柴荣听出赵匡胤的弦外之音,问道:"赵将军,你的意思是?"

"我军此次北伐大胜,皆未遇到契丹守军,得以一路连克数城,但契丹主力一来,恐怕就不太好打了……"

"怎么,你想退兵?"柴荣转而望向其他诸将,"其他诸位的意见呢?"

李重进此刻也进言道:"皇上!不是老李不想打仗,只是军情有变哪!河东北汉三万大军陈军我大周边境,虎视眈眈。南汉和后蜀那两国军队也是集结待发,哪有那么巧的!定是那契丹狗贼的奸计!想要偷袭我中原本土!此刻若与契丹决战,我大周恐受腹背夹击!"

"张永德!高怀德!向训!你三人的意见呢?"柴荣有些愠色地看向三位年轻将领。

"皇上,我三人也是认为,此刻应当严守三关,退兵回京。"

"哈哈!你们!你们!"

柴荣怒极反笑,正要呵斥众将之时,突然他眼前一阵天旋地转,双脚突然无力,整个人仿佛被抽去了三魂七魄,最终双目一闭,在众将领惊愕的目光中,赫然倒下!

"皇上!"

公元959年五月初二,柴荣在北伐途中,一病不起,陷入深度昏迷之中。

第4节　陈桥兵变

柴荣只感觉身体忽重忽轻,整个人如同一只浮萍随波逐流在小河之间。

"呜……"一道亮光刺痛柴荣的眼睛,柴荣慢慢睁开沉重的眼皮,看到的却是慈眉善目的扶摇子。

"道长……朕……这是在哪里?"

"皇上!你可醒过来了!"扶摇子笑道,"这里是澶州,您已经昏迷整整十日了!"

"十日!"柴荣一惊,正要起身,顿然觉得四肢沉重,连支撑身体起床的气力都没有了。

"赵匡胤呢!"柴荣尚顾不得这么多,立刻虚弱叫道。

赵匡胤此刻正在帐外焦急等待,一听柴荣声音,大喜入帐:"北伐前线战事如何?"

扶摇子连忙道:"皇上,如今你身体虚弱,不可操劳……"

"说!"柴荣哪管扶摇子良言,立即急切问道。

"皇上,您这一病,吓坏了诸将,大军不敢妄动,末将擅作主张,留下三万步卒驻防三关,契丹主力赶到,连攻三关数日不克,最终北逃。北汉贼寇率先犯我边境,李重进将军领兵拒敌,如今大胜而归……"

"你!"柴荣痛心道,"收复幽云,千载难逢的时机!九重!你太让朕失望了!"

见柴荣脸色顿时变差,赵匡胤连忙下跪道:"皇上保重龙体啊!如今我大周大治,兵马钱粮源源不断,再积累数年实力,何愁不灭契丹!待皇上龙体安康之后,末将甘领罪责!"

柴荣无力地躺回病榻,摆摆手道:"怪朕哪,不争气……收复失地,又得要等数年了……九重,下去吧,朕有些累了……道长,请留步,朕有话想问,其余人退下。"

待到帐中只剩柴荣与扶摇子两人,柴荣直接问道:"道长,朕这次是中毒,还是染病?"

"皇上多虑了。皇上此次既非中毒,也非染病。"

"道长,你的话朕好像听懂了,好像又听不懂……"

"贫道观皇上气色祥和,定是有突破境界而大悟的奇遇。"扶摇子淡然道。

"道长,请直言不讳,朕的身体到底怎么了?"柴荣正色问道,"朕昏迷的感觉就像是三魂七魄离体,整个身体的力气,不断消失。"

"皇上……实不相瞒,您眼下的状况,与符皇后很像……"扶摇子欲言又止,只好暗示道。

"玉儿?朕与玉儿很像?"柴荣一听,竟有些高兴,"玉儿……哈哈,

第十章 壮志难酬

玉儿！"

扶摇子眼看柴荣看淡生死，不禁劝道："皇上，不宜大喜大悲。"

柴荣仰头靠在床头，慢慢闭上了眼睛："朕原以为，帝王们为了追求长生不老而选择孤独，殊不知，他们可能是害怕孤独而追求长生不老……"

"皇上……"

"道长，够了。你于我皇家有三次救命之恩，朕会妥善报答道长的……"柴荣语气渐轻，慢慢陷入沉睡之中。

扶摇子很快走出柴荣大帐，任诸位将领如何询问，扶摇子皆笑而不语。

当日，扶摇子告辞柴荣，竟一去不回，再也没有回到汴京皇宫……

澶州，这里有柴荣太多的回忆。

柴荣卧在太师椅上，悠哉地享受着五月春日的阳光。

与玉儿是在澶州成亲，与大哥也是在澶州相遇，如今朕又回到这里，莫不是冥冥之中的安排？

近日，柴荣的气色好了许多，但整个人却变得沉默，就喜爱在暖日下沉思。

"皇上，你找我有何事？"赵匡胤来到院中低头问道。

"九重，那里有个小凳，坐。"

赵匡胤一阵狐疑，可还是照办。

此刻院中，一个九五之尊坐在太师椅上晒太阳，而一个禁军大将坐在小凳上聆听皇帝训示，此情此景，真是让人诧异不已。

"九重，今日，朕……不，是二哥，有话问你。你要如实答我。"

"二哥只管问！"

"当日太原之战，是不是你对朕下毒？"

赵匡胤心中一惊，顿时下跪发誓道："末将不敢！"

"别急，朕还没有说完……那日朕与玉儿大婚之日，那个刺客，是不是也与你有关？"

等到第二问题问出，赵匡胤马上就知道，此生唯一做过的两件错事，竟终被柴荣发觉！

"末将……不知皇上所指何事。末将如今对皇上乃是一心一意，请皇上相信末将。"

如今，一心一意。

那么，当初呢？

柴荣摆摆手，淡然道："三弟，起来说话。朕总是忙忙碌碌，难得有闲好好想想往事。如今慢慢回想，朕想明白了许多人，许多事……"

赵匡胤不安地环视四周，生怕周遭突然冲出武士，将自己乱刀砍死。惶惶不安之时，柴荣突然悠悠说了一句话，让他猛然震惊当场。

"三弟，二哥错了，二哥对不起你啊……"

"二哥！你何出此言！"赵匡胤被柴荣这句歉意说得差点落泪，立刻又跪了下来，"是我对不起二哥啊！"

"我年少轻狂，本以为能征服天下，建立不世功勋。但我却没有看到，你这颗明珠的光辉，被我的影子牢牢遮住了……"

"二哥！"

"九重啊，你很像我，而且，你比我强很多啊……"

柴荣说着说着，竟慢慢闭上眼睛，呼呼沉睡起来。

赵匡胤跪在地上，早已泣不成声……

五月三十日，柴荣在澶州待了足足一月之后，终于决定摆驾回京。

一场极有可能改变大周历史的北伐战争，就这样以一种极其意外的方式结束了。

然而，柴荣回到京城，病情却一直没有好转。

六月初九，柴荣拖着病体下诏，正式册立符宝儿为大周中宫皇后，正式主持中宫事宜。同时立柴宗训为梁王，领左卫上将军，食邑三千户，实封五百户。柴宗让为燕王，领左骁卫上将军。

几乎同时，柴荣连下数道政令。

其一，改组内阁，魏仁浦、吴廷祚两位新人为宰相与枢密使，范质、王溥两位老臣为参知枢密院事，俨然让朝中文臣形成了新旧两派势力。

其二，全国各地节度使互调，将渐渐形成的地方豪情势力，重新洗牌。

其三，也是最重大的决策，柴荣将禁军最高军事长官殿前都点检的人选，从驸马张永德，直接换成了赵匡胤。

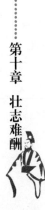

此举一出，天下皆惊！

皇上这是要干嘛？交代后事吗！如此大刀阔斧的人事调动难道不怕如前朝一样，地方节度使起兵造反吗？

不过，反问一句，柴荣在世，何人敢造反呢？

举国上下武将，怕是无一人敢应下这个疑问。

"父皇！"柴宗训如今也是梁王了，由一脸愁容的符宝儿领着，欢快地跑到柴荣床边。"父皇！你看，儿臣又长高了！"

柴荣如今已经无力下床了，他吃力地伸出手，抚了抚柴宗训的脑袋，"训儿长得越来越像你娘了。"

"不！孩儿要像父皇，当大将军，征战四方！"

"哈哈，训儿，将军可不是那么好当的……"

柴荣此刻言语虽然虚弱，可语气却是如此平和，平和的令人害怕。

符宝儿再也忍不住，跪在柴荣榻前，痛哭起来。

"训儿，你带着弟弟出去玩耍吧。"柴荣支开孩子，艰难地伸出手，牵住符宝儿的手说道，"宝儿，你怎么哭了？"

"皇上，你不要如此说话，你不要吓臣妾！臣妾害怕啊……"

"宝儿，你别怕，朕已经，安排好你们母子了……"

"皇上！皇上要是，要是……臣妾也绝不愿苟且独活！"

"宝儿，今日，朕有肺腑之言与你说。"柴荣拉起符宝儿的手，缓缓说道，"宝儿，朕对不起你。朕这一生，唯一爱过的女人，只有玉儿。这么多年以来，朕只当你是你姐姐的影子……朕，从未爱过你……"

符宝儿一听，瞬时整个人一滞，继而两行委屈的清泪缓缓流下，符宝儿再也忍受不住，掩面痛哭离去。

"对不起……宝儿……好好活下去……赵匡胤……会照顾好你们母子的……"

柴荣慢慢安详地呼吸着，缓缓地闭上了眼睛。

恍惚间，柴荣似乎猛然又回到了一间青石小瓦房，推开门一看：郭威正坐在院中喝着散酒，看着兵书。柴守玉正坐在一棵桑树下专心纺纱。

一名十五岁大小，曼妙的少女从屋中跑出，她冲着门口的柴荣笑道：

"小荣子！发啥呆呢！快回家呀！"

柴荣看看自己，原来自己才是十六岁的少年，他冲着少女笑道："玉儿！我方才做了一个梦！梦见爹爹做了皇帝，我也做了皇帝！"

说罢，郭威和柴守玉相视一眼，同时大笑了起来。

"就你那熊样！还想当皇帝，做梦吧！"少女朝着柴荣伸伸手，"怎么，还不想回家呀！"

"嗯！回家！"

柴荣突然一身轻松，步入远门，拉起了符玉儿的玉手。

小院的大门，很快缓缓关闭，而院中，立刻传来了欢快不绝的笑声……

显德六年，公元 959 年，六月十九日，后周世宗柴荣，因病逝世，享年三十九岁。

五代十国，最为勇武、最为贤明的一代英主，就此含笑而终。然而后周的历史，也因为这位巨人的倒下，截然而止。

六月二十日，七岁的梁王柴宗训，在群臣的拥戴下，于柩前即皇帝位。

十一月初一，朝廷正式将世宗睿武孝文皇帝下葬于庆陵，从此与符皇后长眠地下。

显德七年，公元 960 年，正月初一，契丹接壤的镇州和定州突然递给朝廷一封急报，称契丹再次与北汉同盟，趁大周国丧，大举南下。

正月初二，大周殿前都点检、检校太傅、领归德军节度使赵匡胤将军，率周朝禁军离开汴京而北上御敌。

三月十八日，历史在这一天展现出可怕的相似。

如当年郭威澶州兵变一模一样，周军行至泽州陈桥驿之时，也是一群官兵起誓，也是那件同样的黄袍，也是同样的说辞，赵匡胤被迫黄袍加身，被迫在陈桥兵变称帝。

噩耗随着赵匡胤的十万叛军一起杀回汴京，汴京上下顿时乱成一团。

赵匡胤已经换上了一身金甲，举兵叩击汴京大门。然而如同事先安排好的一般，汴京守将竟然无一人抵抗，大开城门迎接义军入城。而义军也是军纪严明，入城之后秋毫无犯，仅仅是戒严全城而已。

如果不是郭平南的出现，这一切真像是后周一场再寻常不过的军队调换。

南宫门口，郭平南一身戎装，手持双剑，率领着一支百人禁军，对来志在必得的赵匡胤部，发动了猛烈攻击。

"赵九重！你休想染指我大哥的江山！"

郭平南依旧如当年英武，带领着数百死士竟然足足抵抗了义军一个时辰的攻击。赵匡胤看不下去，竟亲自跨马迎战。

仇人见面，分外眼红。郭平南一见赵匡胤，立刻血性大发，提剑就要取他性命，然而赵匡胤竟然面不改色，几个回合就将郭平南打落马下，被义军生擒。

"皇上！此女以下犯上，伤了我军几百弟兄！要不要就地砍了？"

赵匡胤面对气急败坏的属下沉默不语，转头又看向被五花大绑却依旧不肯服输的郭平南。

"赵九重！有种你杀了我啊！"

"你敢杀大哥！敢杀皇上！敢谋朝篡位！怎么就不敢杀我这个女流之辈！"

面对赵匡胤，郭平南撕心裂肺的叫骂，赵匡胤突然气息一乱，眼中突然闪过一瞬杀意，却又马上消失不见。

"把前朝公主压下，好生看管。有她在手，张永德就不敢轻举妄动！"赵匡胤转头冲着属下说道。

"赵九重！你休想得逞！"

郭平南气急，正要咬舌自尽，可赵匡胤突然又说："朕劝你不要自尽。你信不信，你若自尽，朕就马上杀了柴宗训和符皇后！"

"你！你这个卑鄙小人，枉我大哥视你为兄弟！你背信弃义！你不得好死！"一阵刺耳的叫骂声中，郭平南被拖了下去。

从此郭平南被赵匡胤软禁了起来，虽然一生衣食无忧，还有专人侍候，可郭平南一生都在策划如何为后周复国……直到郁郁而终，郭平南再也没有与张永德见上一面……

赵匡胤最终推开原本属于柴荣的皇宫大殿。

此刻符宝儿一身皇后妆容，全身发抖地站立在龙椅一旁，而仅仅七岁的柴宗训，身着龙袍，正天真无邪地看着赵匡胤。

望着龙椅上的柴宗训，赵匡胤突然想起大半年前，自己与柴荣在澶州小院里密谈的一幕。

"……朕的江山，只有你才最有能力继承……"

"……即使朕下诏禅让，不仅朝内驸马、长公主、李重进皆会不服，而地方节度使更会借着勤王的幌子，举兵造反，届时，中原必又大乱……"

"……唯一的办法，就是你效法先帝，举兵起事，兵不血刃，篡位夺权……"

"……二哥会安排好一切，让你如愿以偿，登上皇位……"

"……二哥唯一求你，好好照顾二哥的妻儿，还有南妹，给他们一条活路……"

赵匡胤脑子里飞快闪过回忆碎片，转眼间就走到了龙椅前。

符宝儿一脸惊恐："你，你到底想干什么！"

赵匡胤低头看了天真无邪的柴宗训，猛然间又想起柴荣，不禁冷冷说道："卧榻之侧，岂容他人鼾睡！"

符宝儿听后霎时面无人色，竟惨然一跪，伏在赵匡胤面前痛哭哀求道："你要杀，就杀我吧！他还是个孩子！他是你二哥的孩子啊！"

赵匡胤俯身抬起符宝儿的下巴，凑近了脸端详着符宝儿因为惊恐有些变形的容颜。

"告诉你一个秘密吧。太原之战，是朕给柴荣投毒。因为朕喜欢你这张脸的主人，朕嫉妒柴荣！可惜了……你终究不是她！"

符宝儿，史称小符后，从此被赵匡胤同柴宗训、柴熙让一起，软禁于汴京之侧的房州。一生荣华依旧，只是失去了国母的尊贵与自由。公元973年，柴宗训郁郁而终，终年二十岁。同年，小符后因病去世，终年二十九岁……

赵匡胤"信守承诺"，也如愿以偿地登基为帝。一手建立起威名赫赫的北宋王朝。

其后，赵匡胤继续着柴荣未竟的事业，继续着平定中原、北伐契丹的雄图大业。

只是，坐在龙椅上的赵匡胤一直被一个疑问困扰着。

为何柴荣会如此无私将帝位拱手让给自己？

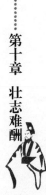

后　记

历史铭记成就，也启迪未来，时代造就机遇，更赋予重任。无数前贤的精神总结，当一个民族能够从历史中不断汲取、不断思考、不断创新、不断反省的时候，他必定可以蓬勃振兴，屹立于世界民族之林。从微观上讲，他必定会生活的健康、自信，争取理想中的最大建业。

历史给人以启示和帮助善莫大焉！不论你从事哪个行业，都应该具备一定的历史知识的修养。然而，在当下这种节奏的生活，要想在人类积储了几千年的历史知识海洋中，汲取到一份你最应该知道的"古为今用"知识，又是谈何容易啊！

因而本书以"五代十国"纷争为背景，以铁血皇帝柴荣为主线，以他的重要活动、重要事件、重要过程和重要人物为脉络，力求全面、系统、实事、通俗地记述那段错综复杂、云遮雾障、扑朔迷离的时代变迁史，并进行全景式的揭示和深入的剖析。

笔者不是历史专家、学者，过去也不曾对历史进行过系统的探究。撰写此书纯属偶然，赋闲之余逛逛书店、国家图书馆和上上网查阅并留意有关五代十国的资料、阅读了大量史料，正史如新、旧《五代史》、《宋史》、《资治通鉴》等，野史笔记如《默记》、《江南野史》等等，力求全面地描写主人公的一生，同时了解那个时代人们的生活风貌和风俗习惯。然而将有关柴荣文字的资料摘录，随着时间的推移，发现许多有关柴荣治理国家、改革创新等等方略，很是上眼，读后思潮澎湃，感慨万千，很想写一部柴荣传奇的书，即是自己学习归纳，也是作为人们实现中国梦的借鉴。于是，不辞劳苦，挑灯夜战历时近3年之久，晓晶、杨琛、肖慧子诸位着意甚殷，用力甚勤的提供资料，及时督促，切磋琢磨，自然不敢懈怠，终于玉成此书。当然，本书是文学作品而非史学作品，为了行文的方便，有一些情节和人物是虚构的，同时，笔者也参考了一些现当代学者的研究成果，在这里一并向这些专家学者们深表敬意！在出版过程中特别感谢王继雄同志的支持和帮助。

由于本人学识有限，考证不足，引用不准及疏漏等错误在所难免，诚望广大读者朋友批评指正，不胜感激！

2015 年 5 月

后记